御製

佛光恩照　三千大千　隨緣徧滿
恒沙法界　普度衆生　悉證菩提
身心安泰　年時豐稔　風雨調順
日月升恒　乾坤清寧　百昌蕃熾
上下樂利　中外協和　庶物咸亨
萬善圓成　情與無情　同登正覺

大清雍正十三年四月初八日

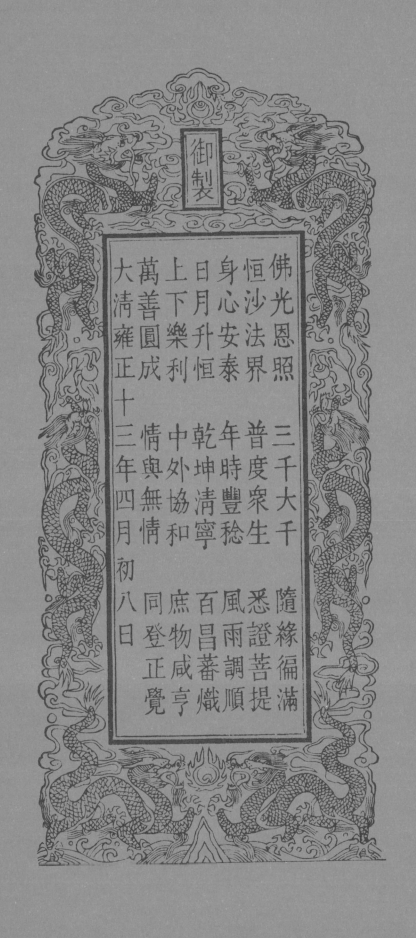

第一六七册 此土著述（五七）

御選語録 四〇卷

御選語錄

清刻龍藏佛說法變相圖

御製總序

如來正法眼藏教外別傳實有透三關之理是真語者是寔語者不妄語者不誑語者有志於道之人則須勤叅力究由一而三步步皆有着落非可顢頇函胡自欺欺人朕既深明此事不惜話墮逐一指明夫學人初登解脫之門乍釋業繫之苦覺山河大地十方虛空並皆消殞不爲從上古錐舌頭之所瞞識得現在七尺之軀不過地水火風自然徹底清淨不挂一絲是則名爲初步破叅前後際斷者破本叅後乃知山者山河者河大地者大地十方虛空者十方虛空地水火風者地水火風乃至無明者無明煩惱者煩惱色聲香味觸法者色聲香味觸法盡是本分皆是菩提無一物非我身無一物是我己境智融

通色空無礙獲大自在常住不動是則名爲透重關名爲大死大活者透重關後家舍即在途中途中不離家舍明頭也合暗頭也合寂即是照照即是寂行斯住斯體斯用斯空斯有斯古斯今斯無生故長生無滅故不滅如斯惺惺行履無明執著自然消落方能踏末後一關雖云透三關而實無透者不過如來如是我亦如是從兹方修無修證無證妙覺普明圓照法界一爲無量無量爲一大中現小小中現大坐微塵裏轉大法輪於一毫端現寶王刹救拔衆生利用無盡佛佛祖祖皆爲此一大事因緣出現於世達摩西來歷代授受古德傳燈無盡光中大圓鏡裏日往月來以至於今雖然廣大法門聖凡並托華嚴香海細鉅同歸得骨得髓者固多如麻如粟者何限去聖遥遠魔外益繁不達佛心妄叅祖席金山泥封慧日雲蔽約其訛謬亦有三端其上者纔見根塵互引法界相生意識紛飛無非幻妄頻生歡喜謂是真常休去歇去以空爲空不知性海無邊化城無住果能見性當下無心心既見空即未見性於是形同槁木心等死灰萬有到前一空不敵縱能立亡坐脱仍是業識精魂况乃固執斷見必至變作狂華謂因果之皆空恣猖狂而不返豈非一妄在心恒沙生滅能不造生死業斷菩提根又其下者見得個昭昭靈靈便謂是無位真人面門出入揚眉瞬目竪指擎拳作識神之活計張日下之孤燈寶魚目爲明珠覓旃檀於糞土噙著鐵丸口稱玉液到得臘盡歲除時方知依舊是個茫茫無據又其下

者從經教語録中挂取葛藤從諸方舉揚處拾人涕唾發狂亂之知見翳於自心立幻化之色聲作爲實法向真如境上鼓動心機於無脱法中自生繫縛魔形難捨逌歸圓相之中解路莫通躲向藤條之下情塵積滯識浪奔催瞞巳瞞人欺心欺佛全是爲名爲利刦來說妙說元盲驢牽盲驢沿磨盤而遶轉癡夢證癡夢拈漆桶爲瓣香是則循覺路而撲火輪能不由善因而招惡果如是三者實繁有徒宗旨不明沉淪浩劫矣朕膺元后父母之任並非開堂秉拂之人欲期民物之安惟循周孔之轍所以御極以來十年未談禪宗但念人天慧命佛祖別傳拚雙眉拖地以悟衆生留無上金丹以起枯朽豈得任彼邪魔瞎其正眼鼓諸塗毒滅盡妙心朕實有不得不言不忍不言者近於幾暇辨味淄澠隨意所如閲從上古錐語録中擇提持向上直指真宗者並擷其至言手爲刪輯曰僧肇曰永嘉曰寒山曰拾得曰潙山曰仰山曰趙州曰永明曰雲門曰雪竇曰圓悟曰玉林十二禪師藏外之書曰紫陽真人乃不數月之功編次成集者其他披覽未周即採掇未及非曰此外無可取也是數大善知識寔皆窮微洞本究旨通宗深契摩詰不二之門曹溪一味之旨能使未見者得無見之妙見未聞者入不聞之妙聞未知者徹無知之正知未解者成無解之大解此是人天眼目無上宗乘至於淨土法門雖與禪宗似無交涉但念佛何礙叅禪果其深達性海之禪人淨業正可以兼修於焉隨喜真如圓證妙果雲棲蓮池大

師梵行清淨乃曾忝悟有得者閲其雲棲法彙一書見論雖未及數善知識之洞徹然非不具正知正見如著相執有者之可比擬亦採其要語别爲一卷以附於後兼此淨土一門使未了證者建菩提道場已了證者爲妙覺果海途路之助爰爲總序弁於篇端刋示來今嘉惠後學庶幾因指見月得魚忘筌破外道之昏蒙奪小乘之戈弁朕有厚望焉

雍正癸丑四月朔日

御製序

漢明帝時佛法始入中國盛於晋宋間遠公其殊勝者也向傳泥洹宗旨由遠公而始聞於此土然觀蓮社高賢傳中所載遠公之語遠公固非洞明泥洹宗旨者徒聞其說耳僧肇與遠公同時晋有遠公秦有僧肇言淨土者推遠公言講經者推僧肇宗徒皆視爲小乗謂是菩提達摩以前時人震旦未聞教外别傳之旨不得入祖席焉朕閲肇法師所作般若無知涅槃無名空有不遷形山秘寶諸論非深明宗旨向能了了如斯以此講經正是不立文字諸佛慧命奚隔封疆有何今古豈得謂菩提達摩未來以前震旦無宗旨哉故删輯其要文序而刊行之學者勿於長江一葦葱嶺隻履邊目起狂華則知菩提達摩見梁武時無所從來遇宋雲時亦無所去也

雍正十一年癸丑四月望日

御選語錄總目

卷二十二之二十四外集

雲棲蓮池大師

卷二十五之三十前集

歷代禪師

卷三十一之四十後集

歷代禪師

御選語録卷第一

大智圓正聖僧肇法師論

肇論序

慧達率愚序長安釋僧肇法師所作宗本不遷等四論曰有美若人超語兼默標本則句句深達佛心明末則言言備通衆教達猥生天幸逢此正音每至披尋不勝手舞誓願生生盡命弘述夫神道不形心敏難繪聊寄一序請俟來哲蓋大分深義厥號本無故建言宗旨標乎實相開空法道莫逾真俗所以次釋二諦顯佛教門但圓正之因無尚般若至極之果唯有涅槃故末啓重元明衆聖之所宅雖以性空擬本無本可稱語本絶言非心行處然則不遷當俗俗則不生不真爲真真但名說若能崇茲一道無言二諦斯則静照之功著故般若無知無名之德興而涅槃不稱余謂此說周圓罄佛淵海浩博無涯窮法體相洪論第一肇公其人矣

傳燈錄載僧肇在姚秦問大辟師乞七日假著寶藏論畢臨刑時說偈曰四大元無主五陰本來空將頭臨白刃猶似斬春風然此偈非肇所作也肇爲鳩摩羅什高弟秦王姚興命入逍遥園助什詳定經論尊禮有加十六國春秋僧肇傳云以姚秦弘始十六年卒於長安時晋義熙十年也況典刑之人豈有給假著論之理則肇法師之以吉祥滅度信矣事既子虚偈非師作蓋訛傳焉

肇論

宗本義

本無實相法性性空緣會一義耳何則一切諸法緣會而生緣會而生則未生無有緣離則滅如其真有有則無滅以此而推故知雖今現有有而性常自空性常自空故謂之性空性空故故曰法性法性如是故曰實相實相自無非推之使無故名本無言不有不無者不如有見常見之有邪見斷見之無耳若以有爲有則以無爲無有既不有則無無也夫不存無以觀法者可謂識法實相矣是謂雖觀有而無所取相然則法相爲無相之相聖人之心爲住無所住矣三乘等觀性空而得道也性空者謂諸法實相也見法實相故云正觀若其異者便爲邪觀設二乘不見此理則顛倒也是以三乘觀法無異但心有大小爲差耳漚和般若者大慧之稱也諸法實相謂之般若能不形證漚和功也適化衆生謂之漚和不染塵累般若力也然則般若之門觀空漚和之門涉有涉有未始迷虛故常處有而不染不厭有而觀空故觀空而不證是謂一念之力權慧具矣好思歷然可解泥洹盡諦者直結盡而已則生死永滅故謂盡耳無復別有一盡處耳

物不遷論第一

夫生死交謝寒暑迭遷有物流動人之常情余則謂之不然何者放光云法無去來無動轉者尋夫不動之作豈釋動以求静必求静於諸動必求静於諸動故雖動而常静不釋動以求静故雖静而不離動然則動静未始

異而惑者不同緣使真言滯於競辯宗途屈於好異所以靜躁之極未易言也何者夫談真則逆俗順俗則違真違真故迷性而莫返逆俗故言淡而無味緣使中人未分於存亡下士撫掌而弗顧近而不可知者其唯物性乎然不能自已聊復寄心於動靜之際豈曰必然試論之曰道行云諸法本無所從來去亦無所至中觀云觀方知彼去去者不知方斯皆即動而求靜以知物不遷明矣夫人之所謂動者以昔物不至今故曰動而非靜我之所謂靜者亦以昔物不至今故曰靜而非動動而非靜以其不來靜而非動以其不去然則所造未嘗異所見未嘗同逆之所謂塞順之所謂通苟得其道復何滯哉傷夫人情之惑也久矣目對真而莫覺既知往物而不來而謂今物而可往往物既不來今物何所往何則求向物於向於向未嘗無責向物於今於今未嘗有於今未嘗有以明物不來於向未嘗無故知物不去覆而求今今亦不往是謂昔物自在昔不從今以至昔今物自在今不從昔以至今故仲尼曰回也見新交臂非故如此則物不相往來明矣既無往返之微朕有何物而可動乎然則旋嵐偃嶽而常靜江河競注而不流野馬飄鼓而不動日月歷天而不周復何怪哉噫聖人有言曰人命逝速速於川流是以聲聞悟非常以成道緣覺覺緣離以即真苟萬動而非化豈尋化以階道覆尋聖言微隱難測若動而靜似去而留可以神會難以事求是以言去不必去閑人之常想稱住不必住釋人之所謂往耳豈

曰去而可遣住而可留耶故成具云菩薩處計常之中而演非常之教摩訶衍論云諸法不動無去來處斯皆道達羣方兩言一會豈曰文殊而乖其致哉是以言常而不住稱去而不遷不遷故雖往而常靜不住故雖靜而常往雖靜而常往故往而弗遷雖往而常靜故靜而弗留矣然則莊生之所以藏山仲尼之所以臨川斯皆感往者之難留豈曰排今而可往是以觀聖人心者不同人之所見得也何者人則謂少壯同體百齡一質徒知年往不覺形隨是以梵志出家白首而歸鄰人見之曰昔人尚存乎梵志曰吾猶昔人非昔人也鄰人皆愕然非其言也所謂有力者負之而趨昧者不覺其斯之謂歟是以如來因羣情之所滯則方言以辯惑乘莫二之真心吐不一之殊教乖而不可異者其唯聖言乎故談真有不遷之稱導俗有流動之說雖復千途異唱會歸同致矣而徵文者聞不遷則謂昔物不至今聆流動者而謂今物可至昔既曰古今而欲遷之者何也是以言往不必往古今常存以其不動稱去不必去謂不從今至古以其不來不來故不馳騁於古今不動故各性住於一世然則羣籍殊文百家異說苟得其會豈殊文之能惑哉是以人之所謂住我則言其去人之所謂去我則言其住然則去住雖殊其致一也故經云正言似反誰當信者斯言有由矣何者人則求古於今謂其不住吾則求今於古知其不去今若至古古應有今古若至今今應有古今而無古以知不來古而無今以知不去若古不至今

今亦不至古事各性住於一世有何物而可去來然則四象風馳璇璣電卷得意毫微雖速而不轉是以如來功流萬世而常存道通百劫而彌固成山假就於始簣修途托至於初步果以功業不可朽故也功業不可朽故雖在昔而不化不化故不遷不遷故則湛然明矣故經云三災彌綸而行業湛然信其言也何者果不俱因因因而果因因而果因不昔滅果不俱因因不來今不滅不來則不遷之致明矣復何惑於去留踟躕於動靜之間哉然則乾坤倒覆無謂不靜洪流滔天無謂其動苟能契神於即物斯不遠而可知矣

不真空論第二

夫至虛無生者蓋是般若玄鑒之妙趣有物之宗極者也自非聖明特達何能契神於有無之間哉是以至人通神心於無窮窮所不能滯極耳目於視聽聲色所不能制者豈不以其即萬物之自虛故物不能累其神明者也是以聖人乘真心而理順則無滯而不通審一氣以觀化故所遇而順適無滯而不通故能混雜致淳所遇而順適故則觸物而一如此則萬象雖殊而不能自異不能自異故知象非真象象非真象故則雖象而非象然則物我同根是非一氣潛微幽隱殆非羣情之所盡故頃爾談論至於虛宗每有不同夫以不同而適同有何物而可同哉故衆論競作而性莫同焉何則心無者無心於萬物萬物未嘗無此得在於神靜失在於物虛即色者明色不自色故雖色而非色也夫言色者但當色即色豈待色色而後爲色哉此直語

色不自色未領色之非色也本無者情尚於無多觸言以賓無故非有有即無非無無即有尋夫立文之本旨者直以非有非真有非無非真無耳何必非有無此有非無無彼無此直好無之談豈謂順通事實即物之情哉夫以物物於物則所物而可物以物物非物故雖物而非物是以物不即名而就實名不即物而履真然則真諦獨靜於名教之外豈曰文言之能辯哉然不能杜默聊復厝言以擬之試論之曰摩訶衍論云諸法亦非有相亦非無相中論云諸法不有不無者第一真諦也尋夫不有不無者豈謂滌除萬物杜塞視聽寂寥虛豁然後爲真諦者乎誠以即物順通故物莫之逆即僞即真故性莫之易性莫之易故雖無而有物莫之逆故雖有而無雖有而無所謂非有雖無而有所謂非無如此則非無物也物非真物物非真物故於何而可物故經云色之性空非色敗空以明夫聖人之於物也即萬物之自虛豈待宰割以求通哉是以寢疾有不真之談超日有即虛之稱然則三藏殊文統之者一也故放光云第一真諦無成無得世俗諦故便有成有得夫有得即是無得之僞號無得即是有得之真名真名故雖真而非有僞號故雖僞而非無是以言真未嘗有言僞未嘗無二言未始一二理未始殊故經云真諦俗諦謂有異耶答曰無異也此經直辯真諦以明非有俗諦以明非無豈以諦二而二於物哉然則萬物果有其所以不有有其所以不無有其所以不有故雖有而非有有其所以不無故雖無

而非無雖無而非無無者不絶虛雖有而非有有者非真有若有不即真無不夷迹然則有無稱異其致一也故童子歎曰說法不有亦不無以因緣故諸法生瓔珞經云轉法輪者亦非有轉亦非無轉是謂轉無所轉此乃衆經之微言也何者謂物無耶則邪見非惑謂物有耶則常見爲得以物非無故邪見爲惑以物非有故常見不得然則非有非無者信真諦之談也故道行云心亦不有亦不無中觀云物從因緣故不有緣起故不無尋理即其然矣所以然者夫有若真有有自常有豈待緣而後有哉譬彼真無無自常無豈待緣而後無也若有不能自有待緣而後有者故知有非真有有非真有雖有不可謂之有矣不無者夫無則湛然不動可謂之無萬物若無則不應起起則非無以明緣起故不無也故摩訶衍論云一切諸法一切因緣故應有一切諸法一切因緣故不應有一切無法一切因緣故應有一切有法一切因緣故不應有尋此有無之言豈直反論而已哉若應有即是有不應言無若應無即是無不應言有言有是爲假有以明非無借無以辨非有此事一稱二其文有似不同苟領其所同則無異而不同然則萬法果有其所以不有不可得而有有其所以不無不可得而無何則欲言其有有非真生欲言其無事象既形象形不即無非真非實有然則不真空義顯於茲矣故放光云諸法假號不真譬如幻化人非無幻化人幻化人非真人也夫以名求物物無當名之實以物求名名無得物之功物

無當名之實非物也名無得物之功非名也是以名不當實實不當名名實無當萬物安在故中觀云物無彼此而人以此爲此以彼爲彼彼亦以此爲彼以彼爲此此彼莫定乎一名而惑者懷必然之志然則彼此初非有惑者初非無既悟彼此之非有有何物而可有哉故知萬物非真假號之矣是以成具立强名之文園林托指馬之況如此則深遠之言於何而不在是以聖人乘千化而不變履萬惑而常通者以其即萬物之自虛不假虛而虛物也故經云甚奇世尊不動真際爲諸法立處非離真而立處立處即真也然則道遠乎哉觸事而真聖遠乎哉體之即神

般若無知論第三

夫般若虛玄者蓋是三乘之宗極也誠真一之無差然異端之論紛然久矣有天竺沙門鳩摩羅什者少踐大方研幾斯趣獨拔於言象之表妙契於希夷之境齊異學於迦夷揚淳風於東扇將爰燭殊方而匿耀凉土者所以道不虛應應必有由矣弘始三年歲次星紀秦乘入國之謀舉師以來之意也北天之運數其然矣大秦天王者道契百王之端德洽千載之下遊刃萬機弘道終日信季俗蒼生之所天釋迦遺法之所仗也時乃集義學沙門五百餘人於逍遥觀躬執秦文與什公參定方等其所開拓者豈唯當時之益乃累劫之津梁矣余以短乏曾厠嘉會以爲上聞異要始於時也然則聖智幽微深隱難測無相無名乃非言象之所得爲試罔象其懷寄之狂言耳豈曰聖心而可辨哉試論之曰放

光云般若無所有相無生滅相道行云般若無所知無所見此辨智照之用而曰無相無知者何耶果有無相之知不知之照明矣何者夫有所知則有所不知以聖心無知故無所不知不知之知乃曰一切知故經云聖心無所知無所不知信矣是以聖人虛其心而實其照終日知而未嘗知也故能默耀韜光虛心元鑒閉智塞聰而獨覺冥冥者矣然則智有窮幽之鑒而無知焉神有應會之用而無慮焉神無慮故能獨王於世表智無知故能玄照於事外智雖事外未始無事神雖世表終日域中所以俯仰順化應接無窮無幽不察而無照功斯則無知之所知聖神之所會也然其爲物也實而不有虛而不無存而不可論者其唯聖智乎何者欲言其有無狀無名欲言其無聖以之靈聖以之靈故虛不失照無狀無名故照不失虛照不失虛故混而不渝虛不失照故動以接麤是以聖智之用未始暫廢求之形相未暫可得故寶積曰以無心意而現行放光云不動等覺而建立諸法所以聖迹萬端其致一而已矣是以般若可虛而照真諦可亡而知萬動可即而靜聖應可無而爲斯則不知而自知不爲而自爲矣復何知哉復何爲哉夫聖人功高二儀而不仁明逾日月而彌昏以無知之般若照彼無相之真諦真諦無兎馬之遺般若無不窮之鑒所以會而不差當而無是經云般若義者無名無說非有非無非實非虛虛不失照照不失虛斯則無名之法故非言所能言也言雖不能言然非言無以傳是以聖人終

日言而未嘗言也夫聖心者微妙無相不可爲有用之彌勤不可爲無不可爲無故聖智存焉不可爲有故名教絶焉是以言知不爲知欲以通其鑒不知非不知欲以辨其相辨相不爲無通鑒不爲有非有故知而無知非無故無知而知是以知即無知無知即知故經云盡見諸法而無所見然則聖人無無相也何者若以無相爲無相無相即爲有捨有而之無譬猶逃峰而赴壑俱不免於患矣是以至人處有而不有居無而不無雖不取於有無然亦不捨於有無所以和光同塵周旋五趣寂然而往泊爾而來恬淡無爲而無不爲然聖人非無心但是無心心耳又非不應但是不應應耳是以聖人應會之道則信若四時之質直以虛無爲體斯不可得而生不可得而滅也是以般若之與真諦言用即同而異言寂即異而同同故無心於彼此異故不失於照功是以辨同者同於異辨異者異於同斯則不可得而異不可得而同也何者內有獨鑒之明外有萬法之實萬法雖實然非照不得內外相與以成其照功此則聖所不能同用也內雖照而無知外雖實而無相內外寂然相與俱無此則聖所不能異寂也是以經云諸法不異者豈曰續鳧截鶴夷岳盈壑然後無異哉誠以不異於異故雖異而不異也故經云甚奇世尊於無異法中而說諸法異又云般若與諸法亦不一相亦不異相信矣

奏秦王表

僧肇言肇聞天得一以清地得一以寧君王

得一以治天下伏惟陛下濬哲欽明道與神會妙契環中理無不統游刃萬機弘道終日威被蒼生垂文作則所以域中有四大而王居一焉涅槃之道蓋是三乘之所歸方等之淵府渺漭希夷絶視聽之域幽致虛玄殆非羣情之所測肇以人微猥蒙國恩得閑居學肆在什公門下十有餘載雖衆經殊致勝趣非一然涅槃一義常以聽習爲先肇才識闇短雖屢蒙誨喻猶懷疑漠漠爲竭愚不已亦如似有解然未經高勝先唱不敢自決不幸什公去世諮參無所以爲永慨而陛下聖德不孤獨與什公神契目擊道存快其方寸故能振彼玄風以啓末俗一日過蒙答安城侯姚嵩書問無爲宗極頗涉涅槃無名之義何者夫衆生所以久流轉生死者皆由著欲故也若欲止於心即無復於生死既無生死潛神玄默與虛空合其德是名涅槃矣既曰涅槃復何容有名於其間哉斯乃窮微言之美極象外之談者也自非道參文殊德侔慈氏孰能宣揚玄道爲法城塹使夫大教卷而復舒幽旨淪而更顯尋玩殷勤不能暫捨欣悟交懷手舞弗暇豈直當時之勝軌方乃累劫之津梁矣然聖旨淵元理微言約可以匠彼先進拯拔高士懼言題之流或未盡上意庶擬孔易十翼之作豈貪豐文圖以弘顯幽旨輒作涅槃無名論論有九折十演博採衆經託證成喻以仰述陛下無名之致豈曰關詰神心窮究遠當聊以擬議玄門班喻學徒耳論末章云諸家通第一義諦皆云廓然空寂無有聖人吾常以爲太甚逕庭不近人情若

無聖人知無者誰實如明詔實如明詔夫道恍惚窅冥其中有精若無聖人誰與道游頃諸學徒莫不躊躇道門怏怏此旨懷疑終日莫之能正幸遭高判宗徒㦎然扣關之儔蔚登玄室真可謂法輪再轉於閻浮道光重映於千載者矣今演論之作旨曲辯涅槃無名之體寂彼廓然排方外之談條牒如左謹以仰呈若少參聖旨願勑存記如其有差伏承指授僧肇言

泥曰泥洹涅槃此三名前後異出蓋是楚夏不同耳云涅槃音正也

御選語録卷第一

音釋

迭（杜結切音經更也）嵐（婁肖切音盧）㦎（霍虢切音獲）

御選語録卷第二

大智圓正聖僧肇法師論

九折十演者

開宗第一

無名曰經稱有餘涅槃無餘涅槃者秦言無爲亦名滅度無爲者取乎虛無寂寞妙絶於有爲滅度者言其大患永滅超度四流斯蓋是鏡像之所歸絶稱之幽宅也而曰有餘無餘者良是出處之異號應物之假名耳余嘗試言之夫涅槃之爲道也寂寥虛曠不可以形名得微妙無相不可以有心知超羣有以幽升量太虛而永久隨之弗得其蹤迎之罔眺其首六趣不能攝其生力負無以化其體潢漭惚恍若存若往五目不覩其容二聽不聞其響冥冥窅窅誰見誰曉彌綸靡所不在而獨曳於有無之表然則言之者失其真知之者反其愚有之者乖其性無之者傷其軀所以釋迦掩室於摩竭淨名杜口於毘耶須菩提唱無說以顯道釋梵絶聽而雨華斯皆理爲神御故口以之而默豈曰無辯辯所不能言也經云真解脫者離於言數寂滅永安無始無終不晦不明不寒不暑湛若虛空無名無說論曰涅槃非有亦復非無言語道斷心行處滅尋夫經論之作豈虛構哉果有其所以不有故不可得而有有其所以不無故不可得而無耳何者本之有境則五陰永滅推之無鄉而幽靈不竭幽靈不竭則抱一湛然五陰永滅則萬累都捐萬累都捐故與道通洞抱一湛然故神而無功神而無功故至功常存與道通洞故沖而不改沖而不改故

不可爲有至功常存故不可爲無然則有無絶於内稱謂淪於外視聽之所不曁四空之所昏昧恬焉而夷泊焉而泰九流於是乎交歸衆聖於是乎冥會斯乃希夷之境太玄之鄉而欲以有無題牓標其方域而語其神道者不亦邈哉

覈體第二

有名曰夫名號不虛生稱謂不自起經稱有餘涅槃無餘涅槃者蓋是返本之真名神道之妙稱者也請試陳之有餘者謂如來大覺始興法身初建澡八解之清流憩七覺之茂林積萬善於曠劫蕩無始之遺塵三明鏡於内神光照於外結僧那於始心終大悲以赴難仰攀玄根俯提弱喪超邁三域獨蹈大方啓八正之平路坦衆庶之夷途騁六通之神驥乘五衍之安車至能出生入死與物推移道無不洽德無不施窮化母之始物極玄樞之妙用廓虛宇於無疆耀薩雲於幽燭將絶朕於九止永淪太虛而有餘緣不盡餘迹不泯業報猶魂聖智尚存此有餘涅槃也經云陶冶塵滓如鍊真金萬累都盡而靈覺獨存無餘者謂至人教緣都訖靈照永滅廓爾無朕故曰無餘何則夫大患莫若於有身故滅身以歸無勞勤莫先於有智故絶智以淪虛然則智以形倦形以智勞輪轉修途疲而弗已經曰智爲雜毒形爲桎梏淵默以之而遼患難以之而起所以至人灰身滅智捐形絶慮内無機照之勤外息大患之本超然與羣有永分渾爾與太虛同體寂焉無聞泊爾無兆冥冥長往莫知所之其猶燈盡火滅膏明

俱竭此無餘涅槃也經云五陰永盡譬如燈滅然則有餘可以有稱無餘可以無名無名立則宗虚者欣尚於沖默有稱生則懷德者彌仰於聖功斯乃典誥之所埀文先聖之所軌轍而曰有無絕於内稱謂淪於外視聽之所不暨四空之所昬昧使夫懷德者自絕宗虚者靡託無異杜耳目於胎殼掩玄象於霄外而責宮商之異辨玄素之殊者也子徒知遠推至人於有無之表高韻絕唱於形名之外而論旨竟莫知所歸幽途故自蘊而未顯静思幽尋寄懷無所豈所謂朗大明於冥室奏玄響於無聞者哉

位體第三

無名曰有餘無餘者蓋是涅槃之外稱應物之假名耳而存稱謂者封名志器象者耽形名也極於題目形也盡於方圓方圓有所不寫題目有所不傳焉可以名於無名而形於無形者哉難序云有餘無餘者信是權寂致教之本意亦是如來隱顯之誠迹也但未是玄寂絕言之幽致又非至人環中之妙術耳子獨不聞正觀之說歟維摩詰言我觀如來無始無終六入已過三界已出不在方不離方非有為非無為不可以識識不可以智知無言無說心行處滅以此觀者乃名正觀以他觀者非見佛也放光云佛如虚空無去無來應緣而現無有方所然則聖人之在天下也寂莫虚無無執無競導而弗先感而後應譬猶幽谷之響明鏡之像對之弗知其所以來隨之罔識其所以往恍焉而有惚焉而亡動而逾寂隱而彌彰出幽入冥變化無常其

爲稱也因應而作顯迹爲生息迹爲滅生名有餘滅名無餘然則有無之稱本乎無名無名之道於何不名是以至人居方而方止圓而圓在天而天處人而人原夫能天能人者豈天人之所能哉果以非天非人故能天能人耳其爲治也故應而不爲因而不施因而不施故施莫之廣應而不爲故爲莫之大爲莫之大故乃返於小成施莫之廣故乃歸乎無名經曰菩提之道不可圖度高而無上廣不可極淵而無下深不可測大包天地細入無間故謂之道然則涅槃之道不可以有無得之明矣而惑者覩神變因謂之有見滅度便謂之無有無之境妄想之域豈足以標牓玄道而語聖心者乎意謂至人寂泊無兆隱顯同源存不爲有亡不爲無何則佛言吾無生不生雖生不生無形不形雖形不形以知存不爲有經云菩薩入無盡三昧盡見過去滅度諸佛又云入於涅槃而不般涅槃以知亡不爲無亡不爲無雖無而有存不爲有雖有而無雖有而無故所謂非有雖無而有故所謂非無然則涅槃之道果出有無之域絶言象之逕斷矣子乃云聖人患於有身故滅身以歸無勞勤莫先於有智故絶智以淪虚無乃乖乎神極傷於玄旨者也經曰法身無象應物而形般若無知對緣而照萬機頓赴而不撓其神千難殊對而不干其慮動若行雲止猶谷神豈有心於彼此情係於動靜者乎既無心於動靜亦無象於去來去來不以象故無器而不形動靜不以心故無感而不應然則心生於有心象出於有象象非我出

故金石流而不燋心非我生故日用而不動紜紜自彼於我何爲所以智周萬物而不勞形充八極而無患益不可盈損不可虧寧復痾癘中逵壽極雙樹靈竭天棺體盡焚燎者哉而惑者居見聞之境尋殊應之迹秉執規矩而擬大方欲以智勞至人形患大聖謂捨有入無因以名之豈謂採微言於聽表拔玄根於虛壤者哉

徵出第四

有名曰夫渾元剖判萬有參分有既有矣不得不無無不自無必因於有所以高下相傾有無相生此乃自然之數數極於是以此而觀化毋所育理無幽顯恢恑憰怪無非有也有化而無無非無也然則有無之境理無不統經云有無二法攝一切法又稱三無爲者虛空數緣盡非數緣盡數緣盡者即涅槃也而論云有無之表別有妙道妙於有無謂之涅槃請覈妙道之本果若有也雖妙非無雖妙非無即入有境果若無也無即無差無而無差即入無境總而括之即而究之無有異有而非無無有異無而非有者明矣而曰有無之外別有妙道非有非無謂之涅槃吾聞其語未即於心也

超境第五

無名曰有無之數誠以法無不該理無不統然其所統俗諦而已經曰真諦何耶涅槃道是俗諦何耶有無法是何則有者有於無無者無於有有無所以稱有無有所以稱無然則有生於無無生於有離有無無離無無有有無相生其猶高下相傾有高必有下有下

必有高矣然則有無雖殊俱未免於有也此乃言象之所以形是非之所以生豈足以統夫幽極而擬夫神道者乎是以論稱出有無者良以有無之數止乎六境之内六境之内非涅槃之宅故借出以袪之庶悕道之流髣髴幽途託情絶域得意忘言體其非有非無豈曰有無之外别有一有而可稱哉經曰三無爲者蓋是羣生紛繞生乎篤患篤患之尤莫先於有絶有之稱莫先於無故借無以明其非有明其非有非謂無也

搜玄第六

有名曰論自云涅槃既不出有無又不在有無不在有無則不可於有無得之矣不出有無則不可離有無求之矣求之無所便應都無然復不無其道其道不無則幽途可尋所以千聖同轍未嘗虚返者也其道既存而曰不出不在必有異旨可得聞乎

妙存第七

無名曰夫言由名起名以相生相因可相無相無名無名無説無説無聞經曰涅槃非法非非法無聞無説非心所知吾何敢言之而子欲聞之耶雖然善吉有言衆人若能以無心而受無聽而聽者吾當以無言言之庶述其言亦可以言淨名曰不離煩惱而得涅槃天女曰不出魔界而入佛界然則玄道在於妙悟妙悟在於即真即真則有無齊觀齊觀則彼已莫二所以天地與我同根萬物與我一體同我則非復有無異我則乖於會通所以不出不在而道存乎其間矣何則夫至人虚心冥照理無不統懷六合於胸中而靈鑒

有餘鏡萬有於方寸而其神常虚至能拔元根於未始即羣動以静心恬淡淵默妙契自然所以處有不有居無不無居無不無故不無於無處有不有故不有於有故能不出有無而不在有無者也然則法無有無之相聖無有無之知聖無有無之知則無心於内法無有無之相則無數於外於外無數於内無心此彼寂滅物我冥一泊爾無朕乃曰涅槃涅槃若此圖度絶矣豈容可責之於有無之内又可徵之於有無之外耶

難差第八

有名曰涅槃既絶圖度之域則超六境之外不出不在而玄道獨存斯則窮理盡性究竟之道妙一無差理其然矣而放光云三乘之道皆因無爲而有差別佛言我昔爲菩薩時名曰儒童於然燈佛所已入涅槃儒童菩薩時於七住初獲無生忍進修三位若涅槃一也則不應有三如其有三則非究竟究竟之道而有升降之殊衆經異説何以取中耶

辨差第九

無名曰然究竟之道理無差也法華經云第一大道無有兩正吾以方便爲怠慢者於一乘道分别説三三車出火宅即其事也以俱出生死故同稱無爲所稱不一故有三名統其會歸一而已矣而難云三乘之道皆因無爲而有差别此以人三三於無爲非無爲有三也故放光云涅槃有差别耶答曰無差别但如來結習都盡聲聞結習不盡耳請以近喻以況遠旨如人斬木去尺無尺去寸無寸脩短在於尺寸不在無也夫以羣生萬端識

根不一智鑒有淺深德行有厚薄所以俱之彼岸而升降不同彼岸豈異異自我耳然則衆經殊辯其致不乖

責異第十

有名曰俱出火宅則無患一也同出生死則無爲一也而云彼岸無異異自我耳彼岸則無爲岸也我則體無爲者也請問我與無爲爲一爲異若我即無爲無爲亦即我不得言無爲無異異自我也若我異無爲我則非無爲無爲自無爲我自常有爲冥會之致又滯而不通然則我與無爲一亦無三異亦無三三乘之名何由而生也

會異第十一

無名曰夫止此而此適彼而彼所以同於得者得一得之同於失者失亦失之我適無爲我即無爲無爲雖一何乖不一耶譬猶三鳥出網同適無患之域無患雖同而鳥鳥各異不可以鳥鳥各異謂無患亦異又不可以無患既一而一於衆鳥也然則鳥即無患無患即鳥無患豈異異自鳥耳如是三乘衆生俱越妄想之樊同適無爲之境無爲雖同而乘乘各異不可以乘乘各異謂無爲亦異又不可以無爲既一而一於三乘也然則我即無爲無爲即我無爲豈異異自我耳所以無患雖同而升虛有遠近無爲雖一而幽鑒有淺深無爲即乘也乘即無爲也此非我異無爲以未盡無爲故有三耳

詰漸第十二

有名曰萬累滋彰本於妄想妄想既祛則萬累都息二乘得盡智菩薩得無生智是時妄

想都盡結縛永除結縛既除則心無爲心既無爲理無餘翳經曰是諸聖智不相違背不出不在其實俱空又曰無爲大道平等不二既曰無二則不容心異不體則已體應窮微而曰體而未盡是所未悟也

明漸第十三

無名曰無爲無二則已然矣結是重惑而可謂頓盡亦所未喻經曰三箭中的三獸渡河中渡無異而有淺深之殊者爲力不同故也三乘衆生俱濟緣起之津同鑒四諦之的絶僞即真同升無爲然則所乘不一者亦以智力不同故也夫羣有雖衆然其量有涯正使智猶身子辯若滿願窮才極慮莫窺其畔况乎虚無之數重元之域其道無涯欲之頓盡耶書不云乎爲學者日益爲道者日損爲道者爲於無爲者也爲於無爲而曰日損此豈頓得之謂要損之又損之以至於無損耳經喻螢日智用可知矣

譏動第十四

有名曰經稱法身已上入無爲境心不可以智知形不可以象測體絶陰入心智寂滅而復云進修三位積德彌廣夫進修本於好尚積德生於涉求好尚則取捨情現涉求則損益交陳既以取捨爲心損益爲體而曰體絶陰入心智寂滅此文乖致殊而會之一人無異指南爲北以曉迷夫

動寂第十五

無名曰經稱聖人無爲而無所不爲無爲故雖動而常寂無所不爲故雖寂而常動雖寂而常動故物莫能一雖動而常寂故物莫能

二物莫能二故逾動逾寂物莫能一故逾寂逾動所以爲即無爲無爲即爲動寂雖殊而莫之可異也道行云心亦不有亦不無不有者不若有心之有不無者不若無心之無何者有心則衆庶是也無心則太虛是也衆庶止於妄想太虛絶於靈照豈可止於妄想絶於靈照標其神道而語聖心者乎是以聖心不有不可謂之無聖心不無不可謂之有不有故心想都滅不無故理無不契理無不契故萬德斯弘心想都滅故功成非我所以應化無方未嘗有爲寂然不動未嘗不爲經云心無所行無所不行信矣儒童曰昔我於無數刧國財身命施人無數以妄想心施非爲施也今以無生心五華施佛始名施耳又空行菩薩入空解脱門方言今是行時非爲證時然則心彌虛行彌廣終日行不乖於無行者也是以賢刧稱無捨之檀成具美不爲之爲禪典唱無緣之慈思益演不知之知聖旨虛玄殊文同辯豈可以有爲便有爲無爲便無爲哉菩薩住盡不盡平等法門不盡有爲不住無爲即其事也而以南北爲諭殊非領會之唱

窮源第十六

有名曰非衆生無以御三乘非三乘無以成涅槃然必先有衆生後有涅槃是則涅槃有始有始必有終而經云涅槃無始無終湛若虛空則涅槃先有非復學而後成者也

通古第十七

無名曰夫至人空洞無象而萬物無非我造會萬物以成已者其唯聖人乎何則非理不

聖非聖不理理而爲聖者聖不異理也故天帝曰般若當於何求善吉曰般若不可於色中求亦不離色中求又曰見緣起爲見法見法爲見佛斯則物我不異之効也所以至人戢玄機於未兆藏冥運於即化總六合以鏡心一去來以成體古今通終始同窮本極末莫之與二浩然大均乃曰涅槃經曰不離諸法而得涅槃又云諸法無邊故菩提無邊以知涅槃之道存乎妙契妙契之致本乎冥一然則物不異我我不異物物我元會歸乎無極進之弗先退之弗後豈容終始於其間哉天女曰耆年解脫亦何如久

考得第十八

有名曰經云衆生之性極於五陰之内又云得涅槃者五陰都盡譬猶燈滅然則衆生之性頓盡於五陰之内涅槃之道獨建於三有之外邈然殊域非復衆生得涅槃也果若有得則衆生之性不止於五陰必若止於五陰則五陰不都盡五陰若都盡誰復得涅槃耶

玄得第十九

無名曰夫真由離起僞因著生著故有得離故無名是以則真者同真法僞者同僞子以有得爲得故求於有得耳吾以無得爲得故得在於無得也且談論之作必先定其本既論涅槃不可離涅槃而語涅槃也若即涅槃以與言誰獨非涅槃而欲得之耶何者夫涅槃之道妙盡常數融治二儀滌蕩萬有均天人同一異内視不已見返聽不我聞未嘗有得未嘗無得經曰涅槃非衆生亦不異衆生維摩詰言若彌勒得滅度者一切衆生亦當

滅度所以者何一切衆生本性常滅不復更滅此名滅度在於無滅者也然則衆生非衆生誰爲得之者涅槃非涅槃誰爲可得者放光云菩提從有得耶答曰不也從無得耶答曰不也從有無得耶答曰不也離有無得耶答曰不也然則都無得耶答曰不也是義云何答曰無所得故爲得也是故得無所得也無所得謂之得者誰獨不然耶然則玄道在於絶域故不得以得之妙智存乎物外故不知以知之大象隱於無形故不見以見之大音匿於希聲故不聞以聞之故能囊括終古導達羣方亭毒蒼生疎而不漏汪哉洋哉何莫由之哉故梵志曰吾聞佛道厥義弘深汪洋無涯靡不成就靡不度生然則三乘之路開真僞之途辨賢聖之道存無名之致顯矣

寶藏論

空可空非真空色可色非真色真色無形真空無名無名名之父無色色之母形興未質名起未名形名既兆遊氣亂清寂兮寥兮分兮別兮有善可稱有惡可名善人所重惡人所輕於是即是非而競生其智有解其愚有縛其妄有識其真有感非取而取非得而得是故理則無窮物則無極動兮亂兮内發三毒視兮聽兮外受五欲其心慌慌其身忙忙觸物動作如火煌煌故聖人立正教置真謨使無知之侶上下相依修無爲息有餘漸至乎如如如如之理同本真軌不可以修證不可以希冀惟寂滅性耳夫真也者無洲無渚無伴無侶無涯無際無處無所能爲萬物之祖宗非目視非耳聞非形色非幻魂能爲三

界之根門其正者先離形次泯情不依物不拘生可以合大道通神明有用曰神有形曰身無爲曰道無相曰真應物而號隨物而造常住常存不生不老理合萬德事出千巧事雖無窮理終一道無有證者無有得者有妄曰愚無妄曰真真氷釋氷妄水結氷氷水之二其體不異迷妄曰愚悟真曰智其氷也冬不可釋其水也春不可結故愚不可即改智不可即待漸釋漸消以通乎大海斯可謂自然之道運用玄玄非念慮所測當可以綿綿不可以勤勤夫進道之由中有萬途困魚止瀝病鳥棲蘆其二者不識於大海不識於叢林人趨乎小道其義亦然此可謂久功中止不達如理捨大求小半路依止以小安而自安不及大安而安矣其大也恍蕩無涯含識

一體萬物同懷應則千變化則衆現不出不沒用無有間有心無形有用無人示生無生示身無身常測不測常識不識爲而無爲得而無得無形而形無名而名物類相感和合而生生而不生其無有情衆謂之聖衆謂之明種種稱號各任其名然其實也以無爲爲宗無相爲容等清虛同大空究無處所用在其中其得者一其證者客得則不一證則不客然非不一然非不客夫學道者習無餘不學道者習有餘無餘道近有餘道踈知有有壞知無無敗真知之知有無不計於有不有於無不無有無不見性相如如夫神通變化者其猶於龍昇天覆宇宙者其猶於雲凝斯未可貴斯未可真若取其爲實者而未爲道也或有形而麗或有語而辨或有智而聽或

有用而巧若取以爲道者亦未爲善也有必不真作必不常乾坤尚壞器物何剛唯道無根虚湛常存唯道無體微妙常真唯道無事古今常貴唯道無心萬物圓備故道無相無形無事無意無心善利羣品率意人倫可謂一切物無不賓夫萬物有侶唯道獨存其外無他其内無腹無内無外包含太一該羅八冥周備萬物其狀也非内非外非小非大非一非異非明非昧非生非滅非麤非細非空非有非開非閉非動非静非歸非逝非剛非柔非獨非對所以然者若以言内通含法界若言其外備應形載若言其小包裹彌遠若言其大復入塵界若言其一各任其質若言其異妙體無物若言其明杳杳冥冥若言其昧朗照徹明若言其生無狀無形若言其滅今古常靈若言其麤束入塵盧若言其細山嶽之軀若言其空萬用在中若言其有閴然無容若言其開攝入塵埃若言其閉義出無際若言其動湛然凝重若言其静忙忙物聳若言其歸往而不辭若言其逝應物還來若言其剛摧挫不傷若言其柔力屈不厄若言其獨恒沙物族若言其對真一孤轂故道不可以一名言理不可以一義宣蓋略陳其説何能以盡其邊是以斬首灰形其無以損生金丹玉液其無以養生故真生不滅真滅不生可謂常滅可謂常生其有愛生惡滅者斯不悟常滅愛滅惡生者斯不悟常生其迷悟二名不見真成取捨之意隨虚妄情故常空不有常有不空兩不相待句句皆宗是以聖人隨有道有隨空道空空不乖有有不乖空

兩語無病二義雙通乃至説我亦不乖無我乃至説事亦不乖無事以故不爲言語之所轉也夫鑄金爲人但觀其人不覩其金其名也迷其相也惑所以然者皆失乎真然則一切皆幻虚妄不實知幻是幻守真抱一不染外物清虚太一平等不二圓通一身不遺一法不得一法不修一法不證一法性淨天真而謂大道乎是以徧觀天下莫非真人孰得此理同其一倫其學者希其得者微可謂渺漠而難知其知者師其化者衷無心動作作而無爲無爲而爲無所不爲和光任物物無所羈夫天地之内宇宙之間中有一寶秘在形山識物靈照内外空然寂寞難見其號玄玄巧出紫微之表用在虚無之間端化不動獨而無雙聲出妙響色吐華容窮覩無所寄號空空唯留其聲不見其形唯留其功不見其容幽顯朗照物理虚通森羅寶印萬象真宗其爲也形其寂也寞本淨非瑩法爾圓成光超日月德越太清萬物無作一切無名轉變天地自在縱横恒沙妙用混沌而成誰聞不喜誰聞不驚如何以無價之寶隱在陰入之坑哀哉哀哉其爲自輕悲哉悲哉晦何由明其寶也焕焕煌煌朗照十方閴寂無動應用堂堂應聲應色應陰應陽奇特無根虚湛常存瞬目不見側耳不聞其本也寞其化也形其爲也聖其用也靈可謂大道之精其精甚真萬物之因凝然常住與道同倫故經云隨其心淨則佛土淨任用森羅其名曰聖

御選語録卷第二

音釋

濬須晉切音峻

潢漭上胡光切音黃下毋黨切音莽

邈末各切音莫遠也

騁五郢切稱上聲

痾癘上於何切音阿下力霽切音例

覈胡得切音劾考之使實也

尫烏光切音汪

轂古禄切音谷

御製序

古人遇時節因緣每云言下大悟夫言下大悟悟不在言也韓盧逐塊乃於言中求悟夢到驢年是爲執指求月者黄梅曹溪密室夜分傳衣授受究何曾道一字耶迨後黄梅送曹溪至九江驛邊兩人共語曹溪云只合自性自度黄梅云如是如是夫旣自性自度則黄梅何授曹溪何受乎雖然此正黄梅所授曹溪所受也永嘉之於曹溪更可分明舉似天下後世夫永嘉參承止一宿耳故謂之一宿覺今觀其問答語永嘉全是逆水之機毫無順水之意然則曹溪何授而永嘉何受乎不知永嘉正從此得曹溪法乳不可誣也蓋使有一實法與人而曰法乳直同馬生馬驢生驢耳若此魔外别生魔外又如久竹生青寧青寧生程尚安得稱慧命哉永嘉言句西竺推爲東土大乘論朕披覽之嘉其修悟雙圓乘戒兼妙自淺之深淺深一致實惟宗徒指南爰加刪訂刊示十方叢林焉

雍正十一年癸丑四月望日

御選語錄卷第三

洞明妙智永嘉覺禪師語錄

師永嘉人也姓戴氏丱歲出家徧探三藏精天台止觀圓妙法門於四威儀中常冥禪觀後因左谿朗禪師激勵與東陽策禪師同詣曹谿初到振錫攜瓶繞祖三帀祖曰夫沙門者具三千威儀八萬細行大德自何方而來生大我慢師曰生死事大無常迅速祖曰何以體取無生了無速乎曰體即無生了本無速祖云如是如是於時大衆無不愕然師方具威儀叅禮須臾告辭祖曰返太速乎師曰本自非動豈有速耶祖曰誰知非動曰仁者自生分別祖曰汝甚得無生之意曰無生豈有意耶祖曰無意誰當分別曰分別亦非意祖歎曰善哉善哉少留一宿時謂一宿覺矣迴住溫江學者輻輳號真覺大師著禪宗悟修圓旨自淺之深慶州刺史魏靜緝而成篇目爲永嘉集

慕道志儀第一

先觀三界生厭離故次親善友求出路故次朝晡問訊存禮數故次審乖適如何明侍養故次問何所作爲明親承事故次瞻仰無息生般重故次數決心要爲正修故次隨解呈簡爲識邪正故次驗氣力知生熟故次見病生疑堪進妙藥故委的審思求諦當故日夜精勤恐緣差故專心一行爲成業故亡身爲法爲知恩故如其信力輕微意無專志麤行淺解汎漾隨機觸事則因事生心緣無則依無息念旣非動靜之等觀則順有無之得失然道不浪階隨功涉位耳

戒憍奢意第二

衣食由來長養栽種墾土掘地鹽煮蠶蛾成熟施爲損傷物命令他受死資給自身但畏饑寒不觀死苦殺他活已痛哉可傷兼用農功積力深厚何獨含靈致命亦乃信施難消雖復出家何德之有噫夫欲出超三界未有絶塵之行徒爲男子之身而無丈夫之志但以終朝擾擾竟夜昏昏道德未修衣食斯費上乖弘道下闕利生中負四恩誠以爲恥故智人思之寧有法死不無法生徒自迷癡貴身賤法耳

淨修三業第三

貪瞋邪見意業妄言綺語兩舌惡口口業殺盜婬身業夫欲志求大道者必先淨修三業然後於四威儀中漸次入道乃至六根所對隨緣了達境智雙寂冥乎妙旨云何淨修身業深自思惟行住坐卧四威儀中檢攝三愆無令漏失慈悲撫育不傷物命水陸空行一切含識命無大小等心愛護蠢動蜎飛無令毀損危難之流殷勤拔濟方便救度皆令解脱於他財物不與不取乃至鬼神隨有主物一鍼一艸終無故犯貧窮乞丐隨已所有救心施與令彼安隱不求恩報作是思惟過去諸佛經無量劫行檀布施象馬七珍頭目髓腦乃至身命捨而無悋我今亦爾隨有施與歡喜供養心無悋惜於諸女色心無染著凡夫顛倒爲慾所醉躭荒迷亂不知其過如捉花莖不悟毒蛇智人觀之毒蛇之口熊豹之手猛火熱鐵不以爲喻銅柱鐵牀焦背爛腸血肉糜潰痛徹心髓作如是觀唯苦無樂革

囊盛糞膿血之聚外假香塗内惟臭穢不淨流溢蟲蛆住處鯹肆厠孔亦所不及智者觀之但見髮毛爪齒薄皮厚皮肉血汗淚涕唾膿脂筋脉腦膜黄痰白痰肝膽骨髓肺脾腎胃心膏膀胱大腸小腸生藏熟藏屎尿臭處如是等物一一非人識風鼓擊妄生言語詐爲親友其實怨妬敗德障道爲過至重應當遠離如避怨賊是故智者觀之如毒蛇想寧近毒蛇不親女色何以故毒蛇殺人一死一生女色繫縛百千萬劫種種楚毒苦痛無窮諦察深思難可附近是以智者切檢三愆改往修來背惡從善不殺不盜放生布施不行婬穢常修梵行日夜精勤行道禮拜歸憑三寶志求解脱於身命財修三堅法知身虚幻無有自性色即是空誰是我者一切諸法但有假名無一定實是我身者四大五陰一一非我和合亦無内外推求如水聚沫浮泡陽焰芭蕉幻化鏡像水月畢竟無人無明不了妄執爲我於非實中橫生貪著殺生偷盜婬穢荒迷竟夜終朝矻矻造業雖非真實善惡報應如影隨形作是觀時不以惡求而養身命應自觀身如毒蛇想爲治病故受於四事身著衣服如裹癰瘡口飡滋味如病服藥節身儉口不生奢泰聞説少欲深樂修行故經云少欲頭陀善知止足是人能入聖賢之道何以故惡道衆生經無量劫闕衣乏食叫喚號毒饑寒切楚皮骨相連我今暫闕未足爲苦是故智者貴法賤身勤求至道不顧形命是名淨修身業云何淨修口業深自思惟口之四過生死根本增長衆惡傾覆萬行遮相

是非是故智者欲拔其源斷除虛妄修四實語正直柔輭和合如實此之四語智者所行何以故正直語者能除綺語柔輭語者能除惡口和合語者能除兩舌如實語者能除妄語正直語者有二一稱法說令諸聞者信解明了二稱理說令諸聞者除疑遣惑柔輭語者亦二一者安慰語令諸聞者歡喜親近二者宮商清雅令諸聞者愛樂受習和合語者亦二一事和合者見鬭諍人諫勸令捨不自稱譽卑遜敬物二理和合者見退菩提心人殷勤勸進善能分別菩提煩惱平等一相如實語者亦二一事實者有則言有無則言無是則言是非則言非二理實者一切衆生皆有佛性如來涅槃常住不變是以智者行四實語觀彼衆生曠劫已來爲彼四過之所顛倒沉淪生死難可出離我今欲拔其源觀彼口業脣舌牙齒咽喉臍響識風鼓擊音出其中由心因緣虛實兩別實則利益虛則損減實是起善之根虛是生惡之本善惡根本由口言詮詮善之言名爲四正詮惡之語名爲四邪邪則就苦正則歸樂善是助道之緣惡是敗道之本是故智者要心扶正實語自立誦經念佛觀語實相言無所存語默平等是名淨修口業云何淨修意業深自思惟善惡之源皆從心起邪念因緣能生萬惡正觀因緣能生萬善故經云三界無別法惟是一心作當知心是萬法之根本也云何邪念無明不了妄執爲我我見堅固貪瞋邪見橫計所有生諸染著故經云因有我故便有我所因我所故起於斷常六十二見見思相續九十

八使三界生死輪迴不息當知邪念衆惡之本是故智者制而不隨云何正觀彼我無差色心不二菩提煩惱本性非殊生死涅槃平等一照故經云離我我所觀於平等我及涅槃此二皆空當知諸法但有名字故經云乃至涅槃亦但有名字又云文字性離名字亦空何以故法不自名假名詮法法既非法名亦非名名不當法法不當名名法無當一切空寂故經云法無名字言語斷故是以妙相絶名真名非字何以故無爲寂滅至極微妙絶相離名心言路絶當知正觀還源之要也是故智者正觀因緣萬惑斯遣境智雙忘心源淨矣是名淨修意業此應四儀六根所對隨緣了達入道次第云爾　檀（此云布施）　劫（此云長時）　頭陀（此云抖擻）　菩提（此云覺道）　涅槃（此云無生）

奢摩他頌第四

恰恰用心時恰恰無心用無心恰恰用常用恰恰無夫念非忘塵而不息塵非息念而不忘塵忘則息念而忘念息則忘塵而息忘塵而息息無能息息念而忘忘無所忘忘無所忘塵遣非對息無能息念滅非知知滅對遣一向冥寂闃爾無寄妙性天然如火得空火則自滅空喻妙性之非相火比妄念之不生其辭曰忘緣之後寂寂靈知之性歷歷無記昏昧昭昭契本真空的的惺惺寂寂是無記寂寂非寂寂惺惺是亂想惺惺非若以知知寂此非無緣知如手執如意非無如意手若以自知知亦非無緣知如手自作拳非是不拳手亦不知知寂亦不自知知知不可爲無知自性了然故不同於木石手不執如意亦不

自作拳不可爲無手以手安然故不同於兎角復次修心漸次者夫以知知物物在知亦在若以知知知知知則離物物離猶知在起知知於知後知若生時前知早已滅二知旣不並但得前知滅滅處爲知境能所俱非真前則滅滅引知後則知知續滅生滅相續自是輪迴之道今言知者不須知知但知而已則前不接滅後不引起前後斷續中間自孤當體不顧應時消滅知體旣已滅豁然如托空寂爾少時間唯覺無所得即覺無覺無覺之覺異乎木石此是初心處冥然絶慮乍同死人能所頓忘纎緣盡淨閴爾虚寂似覺無知無知之性異乎木石此是初心處領會難爲入初心時三不應有一惡謂思惟世間五欲等因緣二善謂思惟世間雜善等事三無記謂善惡不思閴爾昏住戒中三應須具一攝律儀戒謂斷一切惡二攝善法戒謂修一切善三饒益有情戒謂誓度一切衆生定中三應須別一安住定謂妙性天然本自非動二引起定謂澄心寂泊發瑩增明三辨事定謂定水凝清萬像斯鑑慧中三應須別一人空慧謂了陰非我即陰中無我如龜毛兎角二法空慧謂了陰等諸法緣假非實如鏡像水月三空空慧謂了境智俱空是空亦空見中三應須識一空見謂見空而見非空二不空見謂見不空而見非不空三性空見謂見自性而見非性偏中三應須簡一有法身無般若解脱二有般若無解脱法身三有解脱無法身般若有一無二故不圓不圓故非性又偏中三應須簡一有法身般若無解脱二

有般若解脱無法身三有解脱法身無般若有二無一故不圓不圓故非性圓中三應須具一法身不癡即般若般若無著即解脱解脱寂滅即法身二般若無著即解脱解脱寂滅即法身法身不癡即般若三解脱寂滅即法身法身不癡即般若般若無著即解脱舉一即具三言三體即一此因中三德非果上三德欲知果上三德法身有斷德遍因斷惑而顯德故名斷德自受用身有智德具四智真實功德故他化二身有大恩德他受用身於十地菩薩有恩德故三種化身於菩薩二乘異生有恩故三諦四智除成所作智爲緣俗諦故然法無淺深而照之有明昧心非垢淨而解之有迷悟扱入初心迷復何非淺終契圓理達始何非深迷之失理而自差悟之失差而即理迷悟則同其致故有漸次名焉

復次初修心人入門之後須識五念一故起二串習三接續四別生五即靜故起念者謂起心思惟世間五欲及雜善等事串習念者謂無心故憶忽爾思惟善惡等事接續念者謂串習忽起知心馳散又不制止更復續前思惟不住別生念者謂覺知前念是散亂即生慚愧改悔之心即靜念者謂初坐時更不思惟世間善惡及無記等事即此作功故言即靜串習一念初心者多接續故起二念懈怠者有別生一念慚愧者多即靜一念精進者有串習接續故起別生四念爲病即靜一念爲藥雖復藥病有殊總束俱名爲念得此五念停息之時名爲一念相應一念者靈知之自性也然五念是一念枝條一念是五念

根本復次若一念相應之時須識六種料簡一識病二識藥三識對治四識過生五識是非六識正助第一病者有二種一緣慮二無記緣慮者善惡二念也雖復差殊俱非解脫是故總束名爲緣慮無記者雖不緣善惡等事然俱非真心但是昏住此二種名爲病第二藥者亦有二種一寂寂二惺惺寂寂謂不念外境善惡等事惺惺謂不生昏住無記等相此二種名爲藥第三對治者以寂寂治緣慮以惺惺治昏住用此二藥對破二病故名對治第四過生者謂寂寂久生昏住惺惺久生緣慮因藥發病故云過生第五識是非者寂寂不惺惺此乃昏住惺惺不寂寂此乃緣慮不惺惺不寂寂此乃非但緣慮亦乃入昏而住亦寂寂亦惺惺非唯歷歷兼復寂寂此乃還源之妙性也此四句者前三句非後一句是故云識是非也第六正助者以惺惺爲正以寂寂爲助此之二事體不相離猶如病者因杖而行以行爲正以杖爲助夫病者欲行必先取杖然後方行修心之人亦復如是必先息緣慮令心寂寂次當惺惺不致昏沉令心歷歷歷歷寂寂二名一體更不異時譬夫病者欲行闕杖不可正行之時假杖故能行作功之者亦復如是歷歷寂寂不得異時雖有二名其體不別又曰亂想是病無記亦病寂寂是藥惺惺亦藥寂寂破亂想惺惺治無記寂寂生無記惺惺生亂想寂寂雖能治亂想而復還生無記惺惺雖能治無記而復還生亂想故曰惺惺寂寂是無記寂寂非寂寂惺惺是亂想惺惺非寂寂爲助惺惺爲正

思之復次料簡之後須明識一念之中五陰謂歷歷分別明識相應即是識陰領納在心即是受陰心緣此理即是想陰行用此理即是行陰汙穢真性即是色陰此五陰者舉體即是一念此一念者舉體全是五陰歷歷見此一念之中無有主宰即人空慧見如幻化即法空慧是故須識此五念及六種料簡願勿孅之如取真金明識瓦礫及以僞寶但盡除之縱不識金金體自現何憂不得　奢摩他(此云止能滅一切煩惱故)般若(此云智慧)菩薩(此云道心)

毘婆舍那頌第五

夫境非智而不了智非境而不生智生則了境而生境了則智生而了智生而了了無所了了境而生生無能生生無能生雖智而非有了無所了雖境而非無無即不無有即非有有無雙照妙悟蕭然如火得薪彌加熾盛薪喻發智之多境火比了境之妙智其辭曰達性空而非縛雖緣假而無著有無之境雙照中觀之心歷落若智了於境即是境空智如眼了花空是了花空眼若智了於智即是智空智如眼了眼空是了眼空眼智雖了境空及以了智空非無了境智境空智猶有了境智空智無境智不了如眼了花空及以了眼空非無了花眼花空眼猶有了花眼空眼無花眼不了復次一切諸法悉假因緣因緣所生皆無自性一法既爾萬法皆然境智相從於何不寂何以故因緣之法性無差別故今之三界輪迴六道昇降淨穢苦樂凡聖差殊皆由三業四儀六根所對隨情造業果報不同善則受樂惡則受苦故經云善惡爲因

苦樂爲果當知法無定相隨緣攝集緣非我有故曰性空空故非異萬法皆如故經云色即是空四陰亦爾如是則何獨凡類緣生亦乃三乘聖果皆從緣有是故經云佛種從緣起是以萬機叢湊達之者則無非道場色像無邊悟之者則無非般若故經云色無邊故當知般若亦無邊何以故境非智而不了智非境而不生智生則了境而生境了則智生而了智生而了了無所了了境而生生無能生生無能生則内智寂寂了無所了則外境如如如寂無差境智冥一萬累都泯妙旨存焉故經云般若無知無所不知如是則妙旨非知不知而知矣

優畢叉頌第六　毘婆舍那此云觀正見爲義

夫定亂分岐動静之源莫二愚慧乖路明闇之本非殊羣迷從闇而背明捨静以求動衆悟背動而從静捨暗以求明明生則轉愚成慧静立則息亂成定定立由乎背動慧生因乎捨暗暗動連繫於煩籠静明相趨於物表物不能愚功由於慧煩不能亂功由於定定慧更資於静明愚亂相纏於暗動動而能静者即亂而定也暗而能明者即愚而慧也如是則暗動之本無差静明由兹合道愚亂之源非異定慧於是同宗宗同則無緣之慈定慧則寂而常照寂而常照則雙與無緣之慈則雙奪雙奪故優畢叉雙與故毘婆奢摩以奢摩他故雖寂而常照以毘婆舍那故雖照而常寂以優畢叉故非照而非寂照而常寂故説俗而即真寂而常照故説真而即俗非寂非照故杜口於毘耶復次觀心十門初則

言其法爾次則出其觀體三則語其相應四則警其上慢五則誡其踈怠六則重出觀體七則明其是非八則簡其詮旨九則觸途成觀十則妙契玄源第一言其法爾者夫心性虚通動靜之源莫二真如絶慮緣計之念非殊惑見紛馳窮之則唯一寂靈源不狀鑒之則以千差千差不同法眼之名自立一寂非異慧眼之號斯存理量雙消佛眼之功圓著是以三諦一境法身之理恒清三智一心般若之明常照境智冥合解脫之應隨機非縱非橫圓伊之道玄會故知三德妙性宛爾無乖一心深廣難思何出要而非路是以即心爲道者可謂尋流而得源矣第二出其觀體者祇知一念即空不空非空非不空第三語其相應者心與空相應則譏毀讚譽何憂何喜身與空相應則刀割香塗何苦何樂依報與空相應則施與刦奪何得何失心與空不空相應則愛見都忘慈悲普救身與空不空相應則內同枯木外現威儀依報與空不空相應則永絶貪求資財給濟心與空不空非空非不空相應則實相初明開佛知見身與空不空非空非不空相應則一塵入正受諸塵三昧起依報與空不空非空非不空相應則香臺寶閣嚴土化生第四警其上慢者若不爾者則未相應也第五誡其踈怠者然渡海應須上船非船何以能渡修心必須入觀非觀無以明心心尚未明相應何日思之勿自恃也第六重出觀體者祇知一念即空不空非有非無不知即念即空不空非非有非非無第七明其是非者心不是有心不是無

心不非有心不非無是有是無即墮是非有非無即墮非如是祇是是非之非未是非是非非之是今以雙非破兩是是破非是猶是非又以雙非破兩非非破非非即是是如是祇是非是非非之是未是不非不不非不是不不是是非之惑絲微難見神清慮靜細而研之第八簡其詮旨者然而至理無言假文言以明其旨旨宗非觀藉修觀以會其宗若旨之未明則言之未的若宗之未會則觀之未深深觀乃會其宗的言必明其旨旨宗既其明會言觀何得復存耶第九觸途成觀者夫再演言辭重標觀體欲明宗旨無異言觀有逐方移移言則言理無差改觀則觀旨不異不異之旨即理無差之理即宗宗旨一而二名言觀明其弄引耳第十妙契玄源者夫悟心之士寧執觀而迷旨達教之人豈滯言而惑理理明則言語道斷何言之能議旨會則心行處滅何觀之能思心言不能思議者可謂妙契環中矣　優畢叉（此云止觀平等又名不靜）毘婆奢摩他（此云觀止平等）毘耶（此云廣嚴）三昧（此云正受）

三乘漸次第七

夫妙道沖微理絕名相之表至真虛寂量超羣數之外而能無緣之慈隨有機而感應不二之旨逐根性以區分順物忘懷施而不作終日說示不異無言設教多途無乖一揆是以大聖慈悲隨機利物統其幽致羣籍非殊中下之流觀諦緣而自小高上之士御六度而成大由是品類愚迷無能自曉或因說而悟解故號聲聞原其所修四諦而爲本行觀無常而生恐念空寂以求安患六道之輪迴

惡三界之生死見苦常懷厭離斷集恒畏其生證滅獨契無爲修道惟論自度大誓之心未普攝化之道無施六和之敬空然三界之慈靡運因乖萬行果闕圓常六度未修非小何類如是則聲聞之道也或有不因他說自悟非常偶緣散而體真故名緣覺原其所習十二因緣而爲本行觀無明而即空達諸行而無作二因既非其業五果之報何疇愛取有以無疵老死亦何所累故能翛然獨脫靜處幽居觀物變而悟非常覩秋零而入真道四儀庠序攝心慮以恬愉性好單棲憩閒林而自適不忻說法現神力以化他無佛之世出興作佛燈之後焰身惟善寂意翫清虛獨宿孤峰觀緣散滅利他不普自益未圓於下有勝於上不足兩非其類位處中乘如此辟支佛道也如其根性本明玄功宿著學非博涉解自生知心無所緣而能利物慈悲至大愛見之所不拘終日度生不見生之可度一異齊旨解惑同源人法俱空故名菩薩原其所修六度而爲正因行施則盡命傾財持戒則吉羅無犯忍辱則深明非我割截何傷安耐毀譽八風不動精進則勤求至道如救頭然自行化他剎那之頃無間禪那則身心寂泊安般希微住寂定以自資運四儀而利物智慧則了知緣起自性無生萬法皆如真源至寂雖知煩惱無可捨菩提無可取而能不證無爲度生長劫廣修萬行等觀羣方下及諦緣上該不共大誓之心普被四攝之道通收總三界以爲家括四生而爲子悲智雙運福慧兩嚴超越二乘獨居其上如是則大乘

之道也是以一真之理逐根性以階差取益隨機三乘之唱備矣然而至理虛玄窮微絶妙尚非其一何是於三不三之三而言三不一之一而言一一三非三尚不三三一之一亦何一一不一自非三三不三自非一非一一非三不留非三三非一不立不立之一本無三不留之三本無一一三本無無亦無無無無本故妙絶如是則一何所分三何所合合分自於人耳何理異於言哉譬夫三獸渡河河一寧從獸合復何獨河非獸合亦乃獸不河分河尚不成三河豈得以河而合獸獸尚不成一獸豈得以獸而成河河非獸而何三獸非河而何一一河獨包三獸而河未曾三三獸共履一河而獸未嘗一獸之非一明其足有短長河之不三知其水無深淺水無深淺譬法之無差足有短長類智之有明昧如是則法本無三而人自三耳今之三乘之初四諦最標其首法之旣以無差四諦亦何非大而言聲聞觀之位居其小者哉是知諦似於河人之若獸聲聞最劣與兎爲儔雖復奔波寧窮浪底未能知其深極位自居卑何必觀諦之流一槩同其成小如其智照高明量齊香象者則可以窮源盡際煥然成大矣故知下智觀者得聲聞果中智觀者得緣覺果上智觀者得菩薩果明宗皎然豈容圖度者矣是以聲聞見苦而斷集緣覺悟集散而觀離菩薩了達真源知集本無和合三人同觀四諦證果之所差殊良由觀有淺深對照明其高下耳是以下乘行下中上之所未修上乘行上而修中下中行中下不修於上上

中下之在人非諦令其大小耳然三乘雖殊同歸出苦之要聲聞雖小見愛之惑已祛故於三界無憂分段之形滅矣三明照耀開朗八萬之刦現前六通縱任無為山壁遊之直度時復空中行住或坐卧之安然沉沼則輕若鴻毛涉地則猶如履水九定之功滿足十八之變隨心然三藏之佛望六根清淨位有齊有劣同除四住此處為齊若伏無明三藏則劣佛尚為劣二乘可知望上斷伏雖殊於下悟迷有隔如是則二乘何咎而欲不修者哉如來為對大根引歸寶所令修種智同契圓伊或毀或譽抑揚當時耳凡夫不了頑畏被呵寧知見愛尚存去二乘而甚遠雖復言其修道惑使諸所不袪非惟身口未端亦乃心由諂曲見生自意解背真詮聖教之所不

依明師未曾承受根緣非唯宿習見解未預生知而能世智辯聰談論以之終日時復牽於經語曲會私情縱邪說以誑愚人撥因果而排罪福順情則嬉怡生愛違意則忿懥懷瞋三受之狀固然稱位乃儔菩薩初篇之非未免過人之釁又縈大乘之所不修而復譏於小學恣一時之强口謗說之愚鏗然三塗苦輪報之長刦哀哉吁哉言及愴然悲酸矣然而達性之人對境彌加其照忘心之十相善不涉其懷況乎三業之邪非寧有歷心於塵滴是以鑒玄之侶淨二受於心源滌穢之流掃七支於身口無情罔侵塵業有識無惱蜎蝡幽澗未足比其清飛雪無以方其素眷德若羽羣揚翅望星月以窮高棄惡若鱗衆驚鈎投江瀛而盡底玄曦暫其照遠上界惡

以緣消境智合以圓虛定慧均而等妙桑田改而心無易海嶽遷而志不移而能處憒非喧凝神挺照心源朗淨慧解無方觀法性而達真如鑒金文而依了義如是則一念之中何法門而不具如其妙慧未彰心無準的解非契理行闕趣塵乖法性而順常情背圓詮而執權說如是則次第隨機對根緣而設教矣是以敘其綱紀委悉餘所未明深淺宗途畧言其趣三乘之學影響知其分位耳　辟支（此云緣覺）吉羅（此云應當學）禪那（此云靜慮）安般（梵語安那般那此云出入息）

事理不二第八

夫妙悟通衢則山河非壅迷名滯相則絲毫成隔然萬法本源由來實相塵沙惑趣原是真宗故物像無邊般若無際者以其法性本真了達成智故也譬夫行由通徑則萬里可期如其觸物衡渠則終朝域內以其不知物有無形之畔渠有窮虛之域故也是以學遊中道則實相可期如其執有滯無則終歸邊見以其不知有有非有之相無有非無之實故也今之色相紛紜窮之則非相音聲吼喚究之則無言迷之則謂有形聲悟之則知其閒寂如是則真諦不乖於事理即事理之體元真妙智不異於了知即了知之性元智然而妙旨絕言假文言以詮旨真宗非相假名相以標宗譬夫象非雪山假雪山而類象者此但取其能類耳豈以雪山而爲象耶今之法非常而執有假非有以破常性非斷而執無假非無而破斷類夫淨非水灰假水灰而洗淨者此但取其能洗耳豈以水灰而爲淨

耶故知中道不偏假二邊而辨正斷常非是寄無有以明非若有若無言既非非有非無亦何是信知妙達玄源者非常情之所測也何者夫妄非愚出真不智生達妄名真迷真曰妄豈有妄隨愚變真逐智廻真妄不差愚智自異耳夫欲妙識玄宗必先審其愚智若欲審其愚智善須明其真妄若欲明其真妄復當究其名體名體若分真妄自辨真妄既辨愚智迨然是以愚無了智之能智有達愚之實故知非智無以明其真妄非智莫能辨其名體何者或有名而無體或因體而施名名體混緒實難窮究矣是以體非名而不辨名非體而不施言體必假其名語名必藉其體今之體外施名者此但名其無體耳豈有體當其名耶譬夫兎無角而施名此則名其無角耳豈有角當其名耶無體而施名者則名無實名也名無實名則所名無也所名既無能名不有也何者設名本以名其體無體何以當其名言體本以當其名無名何以當其體體無當而非體名無名而非名此則何獨體而玄虚亦乃名而本寂也然而無體當名由來若此名之體當何所云爲夫體不自名假他名而名我體名非自設假他體而施我名若體之未形則名何所名若名之未設則體何所明然而明體雖假其名不爲不名而無體耳設名要因其體無體則名之本無如是則體不名生名生於體耳今之體在名前名從體後辨者如此則設名以名其體故知體是名源耳則名之所由緣起於體體之元緒何所因依夫體不我形假緣會而成體

緣非我會因會體而成緣若體之未形則緣何所會若緣之未會則體何所形體形則緣會而形緣會則體形而會體形而會則明形無別會形無別會則會本無也緣會而形則明會無別形會無別形則形本無也是以萬法從緣無自體耳體而無自故名性空性之既空雖緣會而非有緣之既會雖性空而不無是以緣會之有有而非有性空之無無而不無何者會即性空故言非有空即緣會故曰非無今言不有不無者非是離有別有一無也亦非離無別有一有也如是則明法非有無故以非有非無名耳不是非有非無既非有無又非非有非非無也如是何獨言語道斷亦乃心行處滅也

勸友人書

婺州浦陽縣佐溪山朗禪師召大師山居書

自到靈谿泰然心意高低峰頂振錫常遊石室巖龕拂巾宴坐青松碧沼明月自生風掃白雲縱目千里名花香果蜂鳥銜將猨嘯長吟遠近皆聽鋤頭當枕細草爲氊世上峥嶸競争人我心地未達方乃如斯儻有寸陰願垂相訪

答朗禪師書

自別以來經今數載遥心眷想時復成勞忽奉來書適然無慮不委信後道體如何法味資神故應清樂也玄覺粗得延時欽詠德音非言可述承懷節操獨處幽棲泯跡人間潛形山谷親朋絶往鳥獸時遊竟夜緜緜終朝寂寂視聽都息心累閑然獨宿孤峰端居樹下息繁飡道誠合如之然而正道寂寥雖有

修而難會邪徒諠擾乃無習而易親若非解契玄宗行符真趣者則未可幽居抱拙自謂一生歟應當博問先知伏膺誠懇執掌屈膝整意端容曉夜忘疲始終虔仰折挫身口蠲矜怠慢不顧形骸專精至道者可謂澄神方寸歟夫欲採妙探玄實非容易決擇之次如履輕氷必須側耳目而奉玄音肅情塵而賞幽致忘言宴旨濯累飡微夕惕朝詢不濫絲髮如是則乃可潛形山谷寂累絶羣哉其或心徑未通矚物成壅而欲避喧求靜者盡世未有其方況乎鬱鬱長林峩峩聳峭鳥獸嗚咽松竹森梢水石崢嶸風枝蕭索藤蘿縈絆雲霧氤氳節物衰榮晨昏眩晃斯之種類豈非喧雜耶故知見惑尚紆觸途成滯耳是以先須識道後乃居山若未識道而先居山者

但見其山必忘其道若未居山而先識道者但見其道必忘其山忘山則道性怡神忘道則山形眩目是以見道忘山者人間亦寂也見山忘道者山中乃喧也必能了陰無我無我誰住人間若知陰入如空空聚何殊山谷如其三毒未祛六塵尚擾身心自相矛盾何關人山之喧寂耶且夫道性冲虛萬物本非其累真慈平等聲色何非道乎特因見倒惑生遂成輪轉耳若能了境非有觸目無非道場知了本無所以不緣而照圓融法界解惑何殊以含靈而辨悲即想念而明智智生則法應圓照離境何以觀悲悲智理合通收乖生何以能度度盡生而悲大照窮境以智圓智圓則喧寂同觀悲大則怨親普救如是則何假長居山谷隨處任緣哉況乎法法虛融

心心寂滅本自非有誰强言無何喧擾之可喧何寂靜之可寂若知物我冥一彼此無非道場復何徇喧雜於人間散寂寞於山谷是以釋動求靜者憎枷愛杻也離怨求親者厭檻忻籠也若能慕寂於喧市鄽無非宴坐徵違納順怨債由來善友矣如是則刼奪毀辱何曾非我本師叫喚喧煩無非寂滅故知妙道無形萬像不乖其致真如寂滅衆響靡異其源迷之則見倒惑生悟之則違順無地閴寂非有緣會而能生峨巍非無緣散而能滅滅既非滅以何滅滅生既非生以何生生生滅既虚實相常住矣是以定水滔滔何念塵而不洗智燈了了何惑霧而不祛乖之則六趣循環會之則三途逈出如是則何不乘慧舟而遊法海而欲駕折軸於山谷者哉故知物類紜紜其性自一靈源寂寂不照而知實相天真靈智非造人迷謂之失人悟謂之得得失在於人何關動靜者乎譬夫未解乘舟而欲怨其水曲者哉若能妙識玄宗虚心冥契動靜常矩語默恒規寂爾有歸恬然無間如是則乃可逍遥山谷放曠郊鄽遊逸形儀寂泊心腑恬澹息於内蕭散揚於外其身兮若拘其心兮若泰現形容於寰宇潛幽靈於法界如是則應機有感適然無準矣因信畧此餘更何申若非志朋安敢輕觸宴寂之暇時暫思量予必誑言無當看竟迴充紙爐耳不宣同友玄覺和南

證道歌

君不見絶學無爲閑道人不除妄想不求真無明實性即佛性幻化空身即法身法身覺

了無一物本源自性天真佛五陰浮雲空去來三毒水泡虛出沒證實相無人法剎那滅却阿鼻業若將妄語誑衆生自招拔舌塵沙刦頓覺了如來禪六度萬行體中圓夢裏明明有六趣覺後空空無大千無罪福無損益寂滅性中莫問覓比來塵鏡未曾磨今日分明須剖析誰無念誰無生若實無生無不生喚取機關木人問求佛施功早晚成放四大莫把捉寂滅性中隨飲啄諸行無常一切空即是如來大圓覺決定說表真乘有人不肯任情徵直截根源佛所印摘葉尋枝我不能摩尼珠人不識如來藏裏親收得六般神用空不空一顆圓光色非色淨五眼得五力唯證乃知難可測鏡裏看形見不難水中捉月爭拈得常獨行常獨步達者同遊涅槃路調古神清風自高貌顇骨剛人不顧窮釋子口稱貧實是身貧道不貧貧則身常披縷褐道則心藏無價珍無價珍用無盡利物應機終不悋三身四智體中圓八解六通心地印上士一決一切了中下多聞多不信但自懷中解垢衣誰能向外誇精進從他謗任他非把火燒天徒自疲我聞恰似飲甘露銷融頓入不思議觀惡言是功德此即成吾善知識不因訕謗起寃親何表無生慈忍力宗亦通說亦通定慧圓明不滯空非但我今獨達了恒沙諸佛體皆同師子吼無畏說百獸聞之皆腦裂香象奔波失却威天龍寂聽生欣悅遊江海涉山川尋師訪道爲參禪自從認得曹谿路了知生死不相關行亦禪坐亦禪語默動靜體安然縱使鋒刀常坦坦假饒毒藥也

聞聞我師得見然燈佛多刧曾爲忍辱仙幾
廻生幾廻死生死悠悠無定止自從頓悟了
無生於諸榮辱何憂喜入深山住蘭若岑崟
幽邃長松下優游靜坐埜僧家閴寂安居實
蕭灑覺即了不施功一切有爲法不同住相
布施生天福猶如仰箭射虛空勢力盡箭還
墜招得來生不如意爭似無爲實相門一超
直入如來地但得本莫愁末如淨瑠璃含寶
月既能解此如意珠自利利他終不竭江月
照松風吹永夜清宵何所爲佛性戒珠心地
印霧露雲霞體上衣降龍鉢解虎錫兩鈷金
環鳴歷歷不是標形虛事持如來寶杖親蹤
跡不求真不斷妄了知二法空無相無相無
空無不空即是如來真實相心鏡明鑒無礙
廓然瑩徹周沙界萬象森羅影現中一顆圓

光非內外豁達空撥因果莽莽蕩蕩招殃禍
棄有著空病亦然還如避溺而投火捨妄心
取真理取捨之心成巧僞學人不了用修行
真成認賊將爲子損法財滅功德莫不由斯
心意識是以禪門了却心頓入無生知見力
大丈夫秉慧劍般若鋒兮金剛燄非但空摧
外道心早曾落却天魔膽震法雷擊法鼓布
慈雲兮灑甘露龍象蹴踏潤無邊三乘五性
皆醒悟雪山肥膩更無雜純出醍醐我常納
一性圓通一切性一法徧含一切法一月普
現一切水一切水月一月攝諸佛法身入我
性我性同共如來合一地具足一切地非色
非心非行業彈指圓成八萬門刹那滅却三
祇刧一切數句非數句與吾靈覺何交涉不
可毀不可讚體若虛空勿涯岸不離當處常

湛然覔即知君不可見取不得捨不得不可得中只麼得默時説説時默大施門開無壅塞有人問我解何宗報道摩訶般若力或是或非人不識逆行順行天莫測吾早曾經多刦修不是等閒相誑惑建法幢立宗旨明明佛敕曹溪是第一迦葉首傳燈二十八代西天記法東流入此土菩提達磨爲初祖六代傳衣天下聞後人得道何窮數真不立妄本空有無倶遣不空空二十空門元不著一性如來體自同心是根法是塵兩種猶如鏡上痕痕垢盡除光始現心法雙忘性即真嗟末法惡時世衆生福薄難調制去聖遠兮邪見深魔强法弱多恐害聞説如來頓教門恨不滅除令瓦碎作在心殃在身不須寃訴更尤人欲得不招無間業莫謗如來正法輪旃檀林無雜樹鬱密森沉師子住境靜林閒獨自遊走獸飛禽皆遠去師子兒衆隨後三歳便能大哮吼若是野干大法王百年妖怪虚開口圓頓教勿人情有疑不決直須爭不是山僧逞人我修行恐落斷常坑非不非是不是差之毫釐失千里是則龍女頓成佛非則善星生陷墜吾早年來積學問亦曾討疏尋經論分別名相不知休入海算沙徒自困却被如來苦訶責數他珍寶有何益從來蹭蹬覺虚行多年枉作風塵客種性邪錯知解不達如來圓頓制二乘精進勿道心外道聰明無智慧亦愚癡亦小騃空拳指上生實解執指爲月枉施功根境法中虚捏怪不見一法即如來方得名爲觀自在了即業障本來空未了應須還夙債饑逢王饍不能飡病遇醫王

爭得瘥在欲行禪知見力火中生蓮終不壞勇施犯重悟無生早時成佛於今在師子吼無畏說深嗟懵懂頑皮靼秖知犯重障菩提不見如來開祕訣有二比丘犯婬殺波離螢光增罪結維摩大士頓除疑猶如赫日銷霜雪不思議解脫力妙用恒沙也無極四事供養敢辭勞萬兩黃金亦銷得粉骨碎身未足酧一句了然超百億法中王最高勝恒沙如來同共證我今解此如意珠信受之者皆相應了了見無一物亦無人亦無佛大千沙界海中漚一切聖賢如電拂假使鐵輪頂上旋定慧圓明終不失日可冷月可熱衆魔不能壞真說象駕崢嶸謾進途誰道螗蜋能拒轍大象不遊於兎徑大悟不拘於小節莫將管見謗蒼蒼未了吾今爲君訣 剎那此云迅速 阿鼻此云無間獄 摩尼此云如意珠 恒沙此云天堂來 蘭若此云寂靜處 摩訶般若此云大智慧 迦葉此云飲光 菩提 達磨此云覺法 旃檀此云與藥 維摩大士此云淨名 魔此云惡者

御選語錄卷第三

音釋

丱古患切音慣束髮如兩角貌 㤖[illegible]上音淤下音佳 嵍無暮切音務 闃傾入聲寂靜 紆衣虛切迂曲也 嶷延知切音夷 鄽同廛呈延切音蟬 顇秦醉切音萃 嶔魚音切音吟 蹭蹬上七鄧切音寸下唐亘切音鄧蹭蹬失道

御製序

寒山詩三百餘首拾得詩五十餘首唐閭邱太守寫自寒巖流傳閻浮提界讀者或以爲俗語或以爲韻語或以爲教語或以爲禪語如摩尼珠體非一色處處皆圓隨人目之所見朕以爲非俗非韻非教非禪真乃古佛直心直語也永明云修習空花萬行宴坐水月道場降伏鏡裏魔軍大作夢中佛事如二大士者其庶幾乎正信調直不離和合因緣圓滿光華周遍大千世界不萌枝上金鳳翺翔無影樹邊玉象圍繞性空行實性實行空妄有真無妄無真有有空無實念念不留有實無空如如不動是以直心直語如是如是學者狐疑淨盡圓證真如亦能有無一體性行一貫乃可與讀二大士之詩否則隨文生解總無交涉也删而錄之以貽後世寒山子云有子期辨此音是爲序

雍正十一年癸丑五月朔日

御選語錄卷第四

寒山拾得詩序

唐朝議大夫使持節台州諸軍事守
刺史上柱國賜緋魚袋閭邱胤撰

詳夫寒山子者不知何許人也自古老見之皆謂貧人風狂之士隱居天台唐興縣西七十里號爲寒巖每於茲地時還國清寺寺有拾得知食堂尋常收貯餘殘菜滓於竹筒內寒山若來即負而去或長廊徐行叫噪陵人或望空獨笑時僧遂捉罵打趁乃駐立撫掌呵呵大笑良久而去且狀如貧子形貌枯悴一言一氣理合其意沉思有得或宣暢乎道情凡所啓言洞該玄默乃樺皮爲冠布裘破敝木屐履地是故至人遯迹同類化物或長廊唱詠唯言咄哉咄哉三界輪迴或於村墅與牧牛子而歌笑或逆或順自樂其性非哲者安可識之矣胤頃受丹邱薄宦臨途之日乃縈頭痛遂召日者醫治轉重乃遇一禪師名豐干言從天台山國清寺來特此相訪乃命救疾師乃舒容而笑曰身居四大病從幻生若欲除之應須淨水時乃持淨水上師師乃噀之須臾祛殄乃謂胤曰台州海島嵐毒到日必須保護胤乃問曰未審彼地當有何賢堪爲師仰師曰見之不識識之不見若欲見之不得取相乃可見之寒山文殊遯迹國清拾得普賢狀如貧子又似風狂或去或來在國清寺庫院走使廚中著火言訖辭去胤乃進途至任台州不忘其事到任三日後親往寺院躬問禪宿果合師言乃令勘唐興縣有寒山拾得是否時縣申稱當縣界西七十

里內有一巖巖中古老見有貧士頻往國清寺止宿寺庫中有一行者名曰拾得亂乃特往禮拜到國清寺乃問寺衆此寺先有豐干禪師院在何處并拾得寒山子現在何處時僧道翹答曰豐干禪師院在經藏後即今無人住得每有一虎時來此吼寒山拾得二人現在廚中僧引亂至豐干禪師院乃開房唯見虎迹乃問僧寶德道翹禪師在日有何行業僧曰豐干在日唯攻舂米供養夜乃唱歌自樂遂至廚中竈前見二人向火大笑亂便禮拜二人連聲喝亂自相把手呵呵大笑叫喚乃云豐干饒舌饒舌彌陀不識禮我何爲僧徒奔集遞相驚訝何故尊官禮二貧士時二人乃把手走出寺乃令逐之急走而去即歸寒巖亂乃重問僧曰此二人肯止此寺否乃令覓訪喚歸寺安置亂乃歸郡遂置淨衣二對香藥等持送供養時二人更不返寺使乃就巖送上而見寒山子乃高聲喝曰賊賊退入巖穴乃云報汝諸人各各努力入穴而去其穴自合莫可追之其拾得迹沉無所乃令僧道翹等具往日行狀唯於竹木石壁書詩并村墅人家廳壁上所書文句三百餘首及拾得於土地堂壁上書言偈並纂集成卷亂棲心佛理幸逢道人乃爲讚曰

菩薩遯迹　示同貧士　獨居寒山
自樂其志　貌悴形枯　布裘敝止
出言成章　諦實至理　凡人不測
謂風狂子　時來天台　入國清寺
徐步長廊　呵呵撫指　或走或立
喃喃獨語　所食廚中　殘飯菜滓

吟偈悲哀　僧俗咄捶　都不動揺
時人自恥　作用自在　凡愚難値
即出一言　頓袪塵累　是故國清
圖寫儀軌　永刦供養　長爲弟子
昔居寒山　時來玆地　稽首文殊
寒山之士　南無普賢　拾得定是
聊申贊歎　願超生死

妙覺普度和聖寒山大士詩

重巖我卜居鳥道絶人跡庭際何所有白雲抱幽石住玆凡幾年屢見春冬易寄語鐘鼎家虛名定何益

欲得安身處寒山可長保微風吹幽松近聽聲愈好下有斑白人嗬嗬讀黄老十年歸不得忘却來時道

巖前獨静坐圓月當天耀萬象影現中一輪本無照廓然神自清含虛洞元妙因指見其月月是心樞要

水清澄澄瑩徹底自然見心中無一事萬境不能轉心既不妄起永刦無改變若能如是知是知無背面

寒巖深復好無人行此道白雲高岫閒青嶂孤猨嘯我更何所親暢志自宜老形容寒暑遷心珠甚可保

吾家好隱淪居處絶囂塵踐草成三徑瞻雲作四鄰助歌聲有鳥問法語無人今日娑婆樹幾年爲一春

人問寒山道寒山路不通夏天氷未釋日出

霧朦朧似我何由届與君心不同君心若似我還得到其中

家住緑巖下庭蕪更不芟新藤垂繚繞古石竪巉巖山果獼猴摘池魚白鷺啣仙書一兩卷樹下讀喃喃

報汝修道者進求空勞神人有精靈物無字復無文呼時歷歷應隱處不居存叮嚀善保護勿令有點痕

自樂平生道煙蘿石洞間野情多放曠長伴白雲閑有路不通世無心孰可攀石牀孤夜坐圓月上寒山

時人尋雲路雲路杳無蹤山高多嶮峻澗闊少玲瓏碧嶂前兼後白雲西復東欲知雲路處雲路在虛空

凡讀我詩者心中須護淨慳貪繼日廉諂曲登時正驅除遣惡業歸依受真性今日得佛身急急如律令

手筆太縱橫身材極魁偉生爲有限身死作無名鬼自古多如此君今爭奈何可來白雲裏教你紫芝歌

慣居幽隱處乍向國清中時訪豐干老仍來看拾公獨回上寒巖無人話合同尋究無源水源窮水不窮

一向寒山坐淹留三十年昨來訪親友太半入黄泉漸減如殘燭長流似逝川今朝對孤影不學淚雙懸

有酒相招飲有肉相呼喫黄泉前後人少壯須努力玉帶暫時華金釵非久飾張翁與鄭婆一去無消息

可憐好丈夫身體極稜稜春秋未三十才藝

百般能金騎逐俠客玉饌集良朋唯有一般
惡不傳無盡燈
我見東家女年可十有八西舍競來問顧姻
夫妻佸烹羊煮衆命聚頭作婬殺含笑樂呵
呵啼哭受殃決
益者益其精可名爲有益易者易其形是名
爲有易能益復能易當得上仙籍無益復無
易終不免死厄
我今有一襦非羅復非綺借問作何色不紅
亦不紫夏天將作衫冬天將作被冬夏遞互
用長年只者是
惡趣甚茫茫冥冥無日光人間八百歲未抵
半宵長此等諸癡子論情甚可傷勸君求出
離認取法中王
有人把椿樹喚作白栴檀學道多沙數幾箇
得泥洹棄金却擔草謾他亦自謾似聚沙一
處成團也大難
欲識生死譬且將氷水比水結即成氷氷消
返成水已死必應生出生還復死氷水不相
傷生死還雙美
人生不滿百常懷千載憂自身病始可又爲
子孫愁下視禾根土上看桑樹頭秤錘落東
海到底始知休
有樹先林生計年逾一倍根遭陵谷變葉被
風霜改咸笑外凋零不憐内文彩皮膚脱落
盡唯有真實在
有人畏白首不肯捨朱紱採藥空求仙根苗
亂挑掘數年無効驗癡意瞋怫鬱獵師披袈
裟元非汝使物
老翁娶少婦髮白婦不耐老婆嫁少夫面黄

夫不愛老翁娶老婆一一無棄背少婦嫁少
夫兩兩相憐態
高高峰頂上四顧極無邊獨坐無人知孤月
照寒泉泉中且無月月自在青天吟此一曲
歌歌中不是禪
世有多事人廣學諸知見不識本真性與道
轉懸遠若能明實相豈用陳虛願一念了自
心開佛之知見
丈夫莫守困無錢須經紀養得一牸牛生得
五犢子犢子又生兒積數無窮已寄語陶朱
公富與君相似
寒山有躶蟲身白而頭黑手把兩卷書一道
將一德住不安釜竈行不齎糧袱常持智慧
劍擬破煩惱賊
可貴天然物獨立無伴侶覓他不可見出入
無門戶促之在方寸延之一切處你若不信
受相逢不相遇
大海水無邊魚龍萬萬千遞互相食噉冗冗
癡肉團爲心不了絶妄想起如煙性月澄澄
朗廓爾照無邊
教汝數般事思賢知我賢極貧忍賣屋纔富
須買田空腹不得走枕頭須莫眠此言期共
見掛在日東邊
昔時可可貧今日最貧凍作事不諧和觸途
成倥傯行泥屢腳屈坐社頻腹痛失却斑猫
兒老鼠圍飯瓮
余家有一窟窟中無一物淨潔空堂堂光華
明日月蔬食養微軀布裘遮幻質任你千聖
現我有天真佛
從生不往來至死無仁義言既有枝葉心懷

便諭詖若其開小道緣此生大僞詐説造雲
梯削之成棘刺
一瓶鑄金成一瓶埏泥出二瓶任君看那箇
瓶牢實欲知瓶有二須知業非一將此驗生
因修行在今日
不見朝垂露日爍自消除人身亦如此閻浮
是寄居慎莫因循過且令三毒袪菩提即煩
惱盡令無有餘
國以人爲本猶如樹因地地厚樹扶疎地薄
樹顦顇不得露其根枝枯子先墜決陂以取
魚是求一期利
昔日經行處今復七十年故人無往來埋在
古塚間余今頭已白猶守片雲山爲報後來
者何不讀古言
我見利智人觀者便知意不假尋文字直入

如來地心不逐諸緣意根不妄起心意不生
時内外無餘事
本志慕道倫道倫常獲親時逢社源客每接
話禪賓談玄月明夜探理日臨晨萬機俱泯
迹方識本來人
世事何悠悠貪生未肯休研盡大地石何時
得歇頭四時凋變易八節急如流爲報火宅
主露地騎白牛
可歎浮生人悠悠何日了朝朝無閑時年年
不覺老總爲求衣食令心生煩惱擾擾百千
年去來三惡道
二儀既開闢人乃居其中迷汝即吐霧醒汝
即吹風惜汝即富貴奪汝即貧窮碌碌群漢
子萬事由天公
傳語諸公子聽説石齊奴僮僕八百人水碓

三十區舍下養魚鳥樓上吹笙竽伸頭臨白
刃癡心爲緑珠
出身旣擾擾世事非一狀未能捨流俗所以
相追訪昨弔徐五死今送劉三葬日日不得
閑爲此心悽愴
世有一般人不惡又不善不識主人翁隨客
處處轉因循過時光渾是癡肉臠雖有一靈
臺如同客作漢
是我有錢日恒爲汝貸將汝今旣飽煖見我
不分張須憶汝欲得似我今承望有無更代
事勸汝熟思量
人以身爲本本以心爲柄本在心莫邪心邪
喪本命未能免此殃何言嬾照鏡不念金剛
經却令菩薩病
五嶽俱成粉須彌一寸山大海一滴水吸入
其心田生長菩提子徧盖天中天語汝慕道
者愼莫繞十纒
無衣自訪覓莫共狐謀裘無食自採取莫共
羊謀羞借皮兼借肉懷歎復懷愁皆緣義所
失衣食常不周
我見黃河水凡經幾度清水流如急箭人世
若浮萍癡屬根本業無明煩惱坑輪廻幾許
刦只爲造迷盲
常聞釋迦佛先受然燈記然燈與釋迦只論
前後智前後體非殊異中無有異一佛一切
佛心是如來地
一人好頭肚六藝盡皆通南見趁向北西見
趁向東長漂如泛萍不息似飛蓬問是何等
色姓貧名曰空
柳郎八十二藍嫂一十八夫妻共百年相連

情狡猾弄璋字烏龜擲尾名婠妠屢見枯楊荑常遭青女殺
可笑五陰窟四蛇同苦居黒暗無明燭三毒遞相驅伴儅六箇賊刦掠法財珠斬却魔軍輩安泰湛如蘇
世有一等流悠悠似木頭出語無知解云我百不憂閙道道不會閙佛佛不求仔細推尋著茫然一場愁
鹿生深林中飲水而食草伸脚樹下眠可憐無煩惱繫之在華堂餚饍極肥好終日不肯嘗形容轉枯槀
自古多少聖叮嚀教自信人根性不等高下有利鈍真佛不肯認置力枉受困不知清淨心便是法王印
可畏三界輪念念未曾息纔始似出頭又却遭沉溺假使非非想蓋縁多福力爭似識真源一得即永得
可畏輪廻苦往復似翻塵蟻廵環未息六道亂紛紛改頭換面孔不離舊時人速了黒暗獄無令心性昏
余鄉有一宅其宅無正主地生一寸草水垂一滴露火燒六箇賊風吹黒雲雨仔細尋本人布畏真珠爾
寒山出此語此語無人信蜜甜足人嘗黄蘗苦難呑順情生喜悦逆意多嗔恨但看木傀儡弄了一場困
有箇王秀才笑我詩多失云不識蜂腰仍不會鶴膝平仄不解壓凡言取次出我笑你作詩如盲徒詠日
三五癡後生作事不真實未讀十卷書强把

雌黄筆將他儒行篇喚作賊盜律脫體似蟫
蟲齩破他書帙
衆生不可說何意許顛邪面上兩惡鳥心中
三毒蛇是渠作障礙使你事煩拏高攀手彈
指南無佛陀耶
時人見寒山各謂是風顛貌不起人目身唯
布裘纏我語他不會他語我不言爲報往來
者可來向寒山
勸你休去來莫惱他閻老失脚入三途粉骨
遭千擣長爲地獄人永隔今生道勉你信余
言識取衣中寶
男兒大丈夫作事莫莽鹵勁挺鐵石心直取
菩提路邪路不用行行之枉辛苦不要求佛
果識取心王主
城北仲翁翁渠家多酒肉仲翁婦死時弔客
滿堂屋仲翁自身亡能無一人哭喫他盃臠
者何太冷心腹
人生一百年佛說十二部慈悲如野鹿瞋怒
似家狗家狗趁不去野鹿常好走欲伏獼猴
心須聽獅子吼
我見百十狗箇箇毛鬡鬡臥者樂自臥行者
樂自行投之一塊骨相與嘊喍爭良由爲骨
少狗多分不平
猪喫死人肉人喫死猪腸猪不嫌人臭人返
道猪香猪死拋水內人死掘地藏彼此莫相
喫蓮花生沸湯
世有一等愚茫茫恰似驢還解人言語貪婬
狀若猪險歌難可測實語却成虛誰能共伊
語令教莫此居
憐底衆生病餐嘗略不厭蒸豚搵蒜醬炙鴨

點椒鹽去骨鮮魚鱠兼皮熟肉臉不知他命
苦只取自家甜
寄語諸仁者復以何爲懷達道見自性自性
即如來天真元具足修證轉差迴棄本却逐
末只守一場𢙏
下愚讀我詩不解却嗤誚中庸讀我詩思量
云甚要上賢讀我詩把著滿面笑楊修見幼
婦一覽便知妙
五言五百篇七字七十九三字二十一都來
六百首一例書巖石自誇云好手若能會我
詩真是如來母
吾心似秋月碧潭清皎潔無物堪比倫教我
如何說
碧澗泉水清寒山月華白默知神自明觀空
境逾寂

瞋是心中火能燒功德林欲行菩薩道忍辱
護真心
閒自訪高僧烟山萬萬層師親指歸路月掛
一輪燈
閒遊華頂上天朗月光輝四顧晴空裏白雲
同鶴飛
身著空花衣足躡龜毛履手把兎角弓擬射
無明鬼
多少天台人不識寒山子莫知真意度喚作
閒言語
粤自居寒山曾經幾萬載任運遯林泉棲遲
觀自在巖中人不到白雲常靉靆細草作臥
褥青天爲被蓋快活枕石頭天地任變改
自羡山間樂逍遥無倚托逐日養殘軀閒思
無所作時披古佛書往往登石閣下窺千尺

崖上有雲盤礴寒月冷颼颼身似孤飛鶴
昔日極貧苦夜夜數他寶今日審思量自家
須營造掘得一寶藏純是水晶珠大有碧眼
胡密擬買將去余即報渠言此珠無價數
一生慵懶作憎重只便輕他家學事業余背
一卷經無心裝標軸來去省人擎應病則說
藥方便度衆生但自心無事何處不惺惺
有人笑我詩我詩合典雅不煩鄭氏箋豈用
毛公解不恨會人稀只爲知音寡若遣趁宮
商余病莫能罷忽遇明眼人即自流天下
我見人轉經依他言語會口轉心不轉心口
相違背心真無委曲不作諸纏蓋但且自省
躬莫覓他替代可中作得主是知無内外
余勸諸稺子急離火宅中三車在門外載你
免飄蓬露地四衢坐當天萬事空十方無上
下來往任西東若得箇中意縱横處處通
我見出家人不習出家學欲知真出家心淨
無繩索澄澄絶玄妙如如無倚託三界任縱
横四生不可泊無爲無事人逍遥實快樂
寒山出此語復似顛狂漢有事對面說所以
足人怨心直出語直直心無背面臨死渡奈
河誰是嘍囉漢冥冥泉臺路被業相拘絆
憶得二十年徐步國清歸國清寺中人盡道
寒山癡癡人何用疑疑不解尋思我尚自不
識是伊爭得知低頭不用問問得復何爲有
人來罵我分明了了知雖然不應對却是得
便宜
語你出家輩何名爲出家奢華求養活繼綴
族姓家美舌甜唇觜諂曲心鈎加終日禮道
場持經置功課鑪燒神佛香打鐘高聲和六

時養客春夜夜不得臥只爲愛錢財心中不脫灑見他高道人却嫌誹謗罵驢屎比麝香苦哉佛陁耶

又見出家兒有力及無力上上高節者鬼神欽道德君王分輦坐諸侯拜迎逆堪爲世福田世人須保惜下下低愚者作現多求覓濁濫即可知愚癡愛財色著却福田衣種田討衣食作債稅牛犂爲事不忠直朝朝行弊惡往往痛臀脊不解善思量地獄苦無極一朝著病纏三年臥牀席亦有真佛性翻作無明賊南無佛陁耶遠遠求彌勒

上人心猛利一聞便知妙中流心清淨審思云甚要下士鈍暗癡頑皮最難裂直得血淋漓始知自摧滅看取開眼賊鬧市集人決死屍棄如塵此時向誰說男女大丈夫一刀兩段截人而禽獸心造作何時歇

我見轉輪王千子常圍繞十善化四天莊嚴多七寶七寶鎮隨身莊嚴甚妙好一朝福報盡猶若棲蘆鳥還作牛領虫六趣受業道況復諸凡夫無常豈長保生死如旋火輪迴似麻稻不解早覺悟爲人枉虛老

寒山有一宅宅中無欄隔六門左右通堂中見天碧房房虛索索東壁打西壁其中一物無免被人來借寒到燒軟火饑來煮菜喫不學田舍翁廣置田莊宅盡作地獄業一入何曾極好好善思量思量知軌則

寒山無漏巖其巖甚濟要八風吹不動萬古人傳妙寂寂好安居空空離譏誚孤月夜長明圓日常來照虎邱兼虎谿不用相呼召世間有王傅莫把同周邵我自遯寒岩快活長

歌笑沙門不持戒道士不服藥自古多少賢
盡在青山脚
自聞梁朝日四依諸賢士寶誌萬廻師四仙
傅大士顯揚一代教作持如來使建造僧伽
藍信心歸佛理雖乃得如斯有爲多患累與
道殊懸遠拆西補東爾不達無爲功損多益
少矣有聲而無形至今何處是
我見凡愚人多畜資財穀飲酒食生命謂言
我富足莫知地獄深唯求上天福罪業如毗
富豈得免災毒財主忽然死爭共當頭哭供
僧讀疏文空是鬼神祿福田一箇無虛設一
羣禿不如早覺悟莫作黑暗獄狂風不動樹
心真無罪福寄語兀兀人叮嚀再三讀
心高如山嶽人我不伏人解講闡陁典能談
三教文心中無慚愧破戒違律文自言上人
法稱爲第一人愚者皆讚歎智者撫掌笑陽
燄虛空花豈得免生老不如百不解靜坐絶
憂惱
儂家暫下山入到城隍裏逢見一羣女端正
容貌美頭戴蜀樣花胭脂塗粉膩金釧鏤銀
朶羅衣緋紅紫朱顏類神仙香帶氤氳氣時
人皆顧盼癡愛染心意謂言世無雙魂影隨
他去狗齩枯骨頭虛自舐唇齒不解返思量
與畜何曾異今成白髮婆老陋若精魅無始
由狗心不超解脱地
昨到雲霞觀忽見仙尊士星冠月帔橫盡云
居山水余問神仙術云道若爲比謂言靈無
上妙藥心神秘守死待鶴來皆道乘魚去余
乃返窮之推尋勿道理但看箭射空須臾還
墜地饒你得仙人恰似守屍鬼心月自精明

萬象何能比欲知仙丹術身内元神是莫學黄巾公握愚自守擬

我有六兄弟就中一箇惡打伊又不得罵伊又不着處處無奈何躭財好婬殺見好埋頭愛貪心過羅刹阿爺惡見伊阿孃嫌不悦聎被我捉得惡罵恣情掣趁向無人處一一向伊説汝今須改行覆車須改轍若也不信受共汝惡合殺汝受我調伏我共汝覓活從此盡和同如今過菩薩學業攻鑪冶鍊盡三山鐵至今静恬恬衆人皆讚説

三界人蠢蠢六道人茫茫貪財愛淫欲心惡若豺狼地獄如箭射極苦若爲當兀兀過朝夕都不别賢良好惡總不識猶如猪及羊共語如木石嫉妬似顛狂不自見已過如猪在圈臥不知自償債却笑牛牽磨

推尋世間事仔細總要知凡事莫容易盡愛討便宜護即弊成好毁即是成非故知雜濫口背面總由伊冷煖我自量不信奴唇皮

雲山疊疊連天碧路僻林深無客遊遠望孤蟾明皎皎近聞羣鳥語啾啾老夫獨坐棲青嶂少室閒居任白頭可歎往年與今日無心還似水東流

世間何事最堪嗟盡是三途造業柤不學白雲巖下客一條寒衲是生涯秋到任他林葉落春來從你樹開花三界横眠無一事清風明月是吾家

我家本住在寒山石巖棲息離煩緣泯時萬象無痕跡舒處周流徧大千光影騰輝照心地無有一法當現前方知摩尼一顆珠解用無方處處圓

余家本住在天台雲路煙深絶客來千仞巖巒深可遯萬重谿澗石樓臺樺巾木屐沿流步布裘藜杖繞山廻自覺浮生幻化事逍遥快樂實奇哉

衆星羅列夜深明巖點孤燭月未沉圓滿光華不磨瑩掛在青天是我心

千年石上古人蹤萬丈巖前一點空明月照時常皎潔不勞尋討問西東

寒山頂上月輪孤照見晴空一物無可貴天然無價寶埋在五陰溺身軀

我向前谿照碧流或向巖邊坐磐石心似孤雲無所依悠悠世事何須覓

千生萬死何時巳生死來去轉迷情不識心中無價寶恰似盲驢信脚行

一住寒山萬事休更無雜念掛心頭閒於石壁題詩句任運還同不繫舟

我居山勿人識白雲中常寂寂

寒山深稱我心純白石勿黄金泉聲響撫伯琴有子期辨此音

重巖中足清風扇不揺凉氣通明月照白雲籠獨自坐一老翁

寒山子長如是獨自居不生死

家有寒山詩勝汝看經卷書放屛風上時時看一遍

圓覺慈度合聖拾得大士詩

自從到此天台寺經今早巳幾冬春山水不移人自老見却多少後生人君不見三界之中紛擾擾只爲無明不了絶一念不生心澄然無去無來不生滅

我見頑鈍人燈心拄須彌蟻子齧大樹焉知
氣力微學咬兩莖菜言與祖師齊火急求懺
悔從今輒莫迷
君見月光明照燭四天下圓輝掛太虛瑩淨
能瀟灑人道有虧盈我見無衰謝狀似摩尼
珠光明無晝夜
余住無方所盤礡無爲理時陟涅槃山或翫
香林寺尋常只是閒言不干名利東海變桑
田我心誰管你
左手握驪珠右手執慧劍光射無明賊神珠
吐光燄傷嗟愚癡人貪愛那生厭一墮三途
間始覺前程險
般若酒泠泠飲多人易醒余住天台山凡愚
那見形常遊深谷洞終不逐時情無愁亦無
慮無辱也無榮

嗟見世間人箇箇愛喫肉椀楪不曾乾長時
道不足昨日設箇齋今朝宰六畜都緣業使
牽非干情所欲一度造天堂百度造地獄閻
羅使來追合家盡啼哭鑪子邊向火鑊子裏
澡浴更得出頭時換却汝衣服
出家要清閒清閒即爲貴如何塵外人却入
塵埃裏一向迷本心終朝役名利名利得到
身形容已顦顇況復不遂者虛用平生志可
憐無事人未能笑得汝
得此分段身可笑好形質面貌似銀盤心中
黑如漆烹猪又宰羊誇道甜如蜜死後受波
吒更莫稱寃屈
佛哀三界子總是親男女恐沉黑暗坑示儀
垂化度盡登無上道俱證菩提路教汝癡衆
生慧心勤覺悟

佛捨尊榮樂爲愍諸癡子早願悟無生辦集無上事後來出家者多緣無業次不能得衣食頭鑽入於寺

嗟見世間人永劫在迷津不省者箇意修行徒苦辛

我詩也是詩有人喚作偈詩偈總一般讀者須仔細緩緩細披尋不得生容易依此學修行大有可笑事

有偈有千萬卒急述應難若要相知者但入天台山巖中深處坐說理及談玄共我不相見對面似千山

世間億萬人面孔不相似借問何因緣致令遣如此各執一般見互說非兼是但自修己身不要言他己

我勸出家輩須知教法深專心求出離輙莫染貪婬大有俗中士知非不受金故知君子志任運聽浮沉

寒山自寒山拾得自拾得凡愚豈見知豐干却相識見時不可見覓時何處覓借問有何緣向道無爲力

從來是拾得不是偶然稱別無親眷屬寒山是我兄兩人心相似誰能狥俗情若問年多少黄河幾度清

若解捉老鼠不在五白猫若能悟理性那由錦繡包真珠入席袋佛性止蓬茅一羣取相漢用意總無交

運心常寬廣此則名爲布輟己惠於人方可名爲施後來人不知焉能會此義未設一庸僧早擬望富貴

獼猴尚教得人可不憤發前車既落坑後車

須改轍若也不知此恐君惡合殺比來是夜
义變即成菩薩
閉門私造罪准擬免災殃被他惡部童抄得
報閻王縱不入鑊湯亦須臥鐵牀不許催人
替自作自身當
古佛路凄凄愚人到却迷只緣前業重所以
不能知欲識無爲理心中不掛絲生生勤苦
學必定覩吾師
各有天真佛號之爲寶王珠光日夜照玄妙
卒難量盲人常兀兀那肯怕災殃唯貪婬佚
業此輩實堪傷
出家求出離哀念苦衆生助佛爲揚化令教
選路行何曾解救苦恣氣亂縱横一時同受
溺俱落大深坑
我見出家人總愛喫酒肉此合上天堂却沉
歸地獄念得兩卷經欺他市鄽俗豈知鄽俗
人大有根性熟
嗟見多知漢終日枉用心岐路逞嘍囉欺謾
一切人唯作地獄滓不修來世因忽爾無常
到定知亂紛紛
迢迢山徑峻萬仞險隘危石橋莓苔綠時見
片雲飛瀑布懸如練月影落潭輝更登華頂
上猶待孤鶴期
松風冷颼颼片片雲霞起匼匝幾重山縱目
千萬里谿潭水澄澄徹底鏡相似可貴靈臺
物七寶莫能比
水浸泥彈丸思量無道理浮泡夢幻身百年
能幾幾不解細思維將言長不死誅剝累千
金留將與妻子
世有多解人愚癡學閑文不憂當來果唯知

造惡因見佛不解禮覩僧倍生瞋五逆十惡
輩三毒以爲鄰死定入地獄未有出頭辰
可笑是林泉數里少人煙雲從巖嶂起瀑布
水潺潺猿啼唱道曲虎嘯出人間松風清颯
颯鳥語聲關關獨步繞石澗孤陟上峰巒時
坐盤陀石偃仰攀蘿沿遥望城隍處唯聞鬧
喧喧
自笑老夫筋力敗偏戀松巖愛獨遊可歎往
年至今日任運還同不繫舟
無去無來本湛然不拘内外及中間一顆水
精絶瑕翳光明透滿出人間
雲山疊疊幾千重幽谷路深絶人蹤碧澗清
流多勝境時來鳥語合人心
三界如轉輪浮生若流水蠢蠢諸品類貪生
不覺死汝看朝垂露能得幾時子
悠悠城裏人常樂塵中趣我見塵中人心多
生憫顧何哉憫此流念彼塵中苦
豐干詩附
余自來天台曾經幾萬迴一身如雲水悠悠
任去來逍遥絶無鬧忘機隆佛道世間岐路
心衆生多煩惱兀兀沉浪海漂漂輪三界可
惜一靈物無始被境埋電光瞥然起生死紛
壓埃寒山特相訪拾得常往來論心話明月
太虛廓無礙法界即無邊一法普徧該
本來無一物亦無塵可拂若能了達此不用
坐兀兀

御選語録卷第四

音釋

緋芳微切音非絛色也　竪承與切音竪　噀蘇困切音巽本作潠噴水也　佛符勿切音佛　牸疾二切音字牝牛　倥傯上康董切音孔下作孔切音總倥傯事多也　諗詖上思廉切音暹下兵媚切音祕諗詖不平之言　埏夷然切音延地際也　孌盧演切戀上聲　虒　婠妠上烏入切彎入聲下奴答切音納　蟫夷今切音淫書中白魚　鬇鬡上甾庚切音爭下泥庚切音能鬇鬡髮亂貌　搵烏困切温去聲手捺物貌　嗤抽知切音鴟笑也　帔兵臂切音轡　礴弼角切音薄　匼遏合切庵入聲

御製序

夫佛祖代代相承稱爲父子雖曰假世間之名教表出世之真傳然大死大活而慧命斯續視屬毛離裏而四大和合者一爲生身一爲無生身同是實際本非引喻也永明云須臾即俗歸真莫疇茲旨頃刻從凡入聖難報斯恩夫拔火宅而登清涼之山開迷雲而入光明之海迴視頭剌膠盆身同繭縛之時正所謂如人飲水冷暖自知豈有不念皮肉骨髓所由來者乎莫非父子也而其中父子濟美以潙仰爲最當日提唱一聲啐啄一時同稟法王之正令共現琉璃之金身一堂兩琴鼓宮而宮應鼓商而商應一奩兩鏡胡來而皆胡漢來而皆漢無上妙旨齊轉金輪一代法門雙標銅柱葢潙山仰山之父子正同寒山拾得之弟兄於佛法中如世間所云家慶人瑞者矣故合爲一編以爲天下後世宗徒勸是爲序

雍正十一年癸丑五月朔日

御選語録卷第五

靈覺大圓溈山祐禪師語録

潭州溈山靈祐禪師福州長谿趙氏子年十五出家依本郡建善寺法常律師剃髮於杭州龍興寺究大小乘教二十三遊江西參百丈丈一見許之入室遂居參學之首侍立次丈問誰師曰某甲丈曰汝撥爐中有火否師撥之曰無火丈躬起深撥得少火舉以示之曰汝道無這箇呪師由是發悟禮謝陳其所解丈曰此乃暫時岐路耳經云欲識佛性義當觀時節因緣時節既至如迷忽悟如忘忽憶方省已物不從他得故祖師云悟了同未悟無心亦無法秖是無虛妄凡聖等心本來心法元自備足汝今既爾善自護持次日同百丈入山作務丈曰將得火來麽師曰將得來丈曰在甚處師乃拈一枝柴吹兩吹度與百丈丈曰如蟲禦木

司馬頭陀自湖南來謂丈曰頃在湖南尋得一山名大溈是一千五百人善知識所居之處丈曰老僧住得否陀曰非和尚所居丈曰何也陀曰和尚是骨人彼是肉山設居徒不盈千丈曰吾衆中莫有人住得否陀曰待歷觀之時華林覺爲第一座丈令侍者請至問曰此人如何陀請謦欬一聲行數步陀曰不可丈又令喚師師時爲典座陀一見乃曰此正是溈山主人也丈是夜召師入室囑曰吾化緣在此溈山勝境汝當居之嗣續吾宗廣度後學而華林聞之曰某甲忝居上首典座何得住持丈曰若能對衆下得一語出格當與住持即指淨瓶問曰不得喚作淨瓶汝喚

作甚麽林曰不可喚作木橛也丈乃問師師踢倒淨瓶便出去丈笑曰第一座輸却山子也師遂往焉是山峭絶夐無人烟猿猱爲伍橡栗充食經於五七載絶無來者師自念言我本住持爲利益於人既絶往還自善何濟即捨庵而欲他往行至山口見蛇虎狼豹交横在路師曰汝等諸獸不用攔吾行路吾若於此山有緣汝等各自散去吾若無緣汝等不用動吾從路過一任汝喫言訖蟲虎四散而去師乃回庵未及一載安上座（即懶安也）同數僧從百丈來輔佐於師安曰某與和尚作典座待僧及五百人不論時節即不造粥便放某甲下山自後山下居民稍稍知之率衆共營梵宇連帥李景讓奏號同慶寺相國裴公休嘗咨玄奥繇是天下禪學輻輳焉

上堂夫道人之心質直無僞無背無面無詐妄心一切時中視聽尋常更無委曲亦不閉眼塞耳但情不附物即得從上諸聖秖説濁邊過患若無如許多惡覺情見想習之事譬如秋水澄渟清淨無爲澹泞無礙喚他作道人亦名無事人時有僧問頓悟之人更有修否師曰若真悟得本他自知時修與不修是兩頭語如今初心雖從緣得一念頓悟自理猶有無始曠刦習氣未能頓淨須教渠淨除現業流識即是修也不可別有法教渠修行趣向從聞入理聞理深妙心自圓明不居惑地縱有百千妙義抑揚當時此乃得座披衣自解作活計始得以要言之則實際理地不受一塵萬行門中不捨一法若也單刀直入則凡聖情盡體露眞常理事不二即如如佛

仰山問如何是祖師西來意師指燈籠曰大好燈籠仰曰莫秖這便是麽師曰這箇是甚麽仰曰大好燈籠師曰果然不見

一日師謂衆曰如許多人秖得大機不得大用仰山舉此語問山下庵主曰和尚恁麽道意旨如何主曰更舉看仰擬再舉被庵主踏倒仰歸舉似師師呵呵大笑

師在法堂坐庫頭擊木魚火頭擲却火杪拊掌大笑師曰衆中也有恁麽人遂喚來問你作麽生火頭曰某甲不喫粥肚饑所以歡喜師乃點頭

師摘茶次謂仰山曰終日摘茶秖聞子聲不見子形仰撼茶樹師曰子秖得其用不得其體仰曰未審和尚如何師良久仰曰和尚秖得其體不得其用師曰放子三十棒仰曰和尚棒某甲喫某甲棒教誰喫師曰放子三十棒

上堂僧出曰請和尚爲衆說法師曰我爲汝得徹困也僧禮拜

師坐次仰山入來師曰寂子速道莫入陰界仰曰慧寂信亦不立師曰子信了不立不信不立仰曰秖是慧寂更信阿誰師曰若恁麽即是定性聲聞仰曰慧寂佛亦不立

師問仰山涅槃經四十卷多少是佛說多少是魔說仰曰總是魔說師曰已後無人奈子何仰曰慧寂即一期之事行履在甚麽處師曰秖貴子眼正不說子行履

仰山搭衣次提起問師曰正恁麽時和尚作麽生師曰正恁麽時我這裏無作麽生仰曰和尚有身而無用師良久却拈起問曰汝正

恁麽時作麽生仰曰正恁麽時和尚還見伊否師曰汝有用而無身

師一日喚院主主便來師曰我喚院主汝來作甚麽主無對又令侍者喚第一座座便至師曰我喚第一座汝來作甚麽座亦無對

師問雲巖聞汝久在藥山是否巖曰是師曰如何是藥山大人相巖曰涅槃後有師曰如何是涅槃後有巖曰水灑不著巖却問師百丈大人相如何師曰巍巍堂堂煒煒煌煌聲前非聲色後非色蚊子上鐵牛無汝下觜處

師過淨瓶與仰山山擬接師却縮手曰是甚麽仰曰和尚還見箇甚麽師曰若恁麽何用更就吾覓仰曰雖然如此仁義道中與和尚提瓶挈水亦是本分事師乃過淨瓶與仰山

師與仰山行次指栢樹子問曰前面是甚麽仰曰栢樹子師却問耘田翁翁亦曰栢樹子師曰這耘田翁向後亦有五百衆

師問仰山何處來仰曰田中來師曰禾好刈也未仰作刈禾勢師曰汝適來作青見作黄見作不青不黄見仰曰和尚背後是甚麽師曰子還見麽仰拈禾穗曰和尚何曾問這箇師曰此是鵞王擇乳

師問仰山天寒人寒仰曰大家在這裏師曰何不直說仰曰適來也不曲和尚如何師曰直須隨流

上堂仲冬嚴寒年年事晷運推移事若何仰山進前叉手而立師曰我情知汝答這話不得香嚴曰某甲偏答得這話師躡前問嚴亦進前叉手而立師曰賴遇寂子不會

師一日見劉鐵磨來師曰老牸牛汝來也磨

曰來日臺山大會齋和尚還去麽師乃放身作臥勢磨便出去

有僧來禮拜師作起勢僧曰請和尚不用起師曰老僧未曾坐僧曰某甲未曾禮師曰何故無禮僧無對

僧問如何是道師曰無心是道曰某甲不會師曰會取不會底好曰如何是不會底師曰秖汝是不是別人復曰今時人但直下體取不會底正是汝心正是汝佛若向外得一知一解將爲禪道且沒交涉名運糞入不名運糞出汙汝心田所以道不是道

問如何是百丈真師下禪牀叉手立曰如何是和尚真師却坐

師坐次仰山從方丈前過師曰若是百丈先師見子須喫痛棒始得仰曰即今事作麽生師曰合取兩片皮仰曰此恩難報師曰非子不才迺老僧年邁仰曰今日親見百丈師翁來師曰子向甚麽處見仰曰不道見秖是無別師曰始終作家

師問仰山即今事且置古來事作麽生仰叉手近前師曰猶是即今事古來事作麽生仰退後立師曰汝屈我我屈汝仰便禮拜

仰山香嚴侍立次師舉手曰如今恁麽者少不恁麽者多嚴從東過西立仰從西過東立師曰這箇因緣三十年後如金擲地相似仰曰亦須是和尚提唱始得嚴曰即今亦不少師曰合取口

師坐次仰山入來師以兩手相交示之仰作女人拜師曰如是如是

師方丈內坐次仰山入來師曰寂子近日宗

門令嗣作麽生仰曰大有人疑著此事師曰寂子作麽生仰曰慧寂秖管困來合眼健即坐禪所以未曾說著在師曰到者田地也難得仰曰據慧寂所見秖如此一句也著不得師曰汝爲一人也不得仰曰自古聖人盡皆如此師曰大有人笑汝恁麽秖對仰曰解笑者是慧寂同叅師曰出頭事作麽生仰遶禪牀一匝師曰裂破古今

一日仰山香嚴侍立次師曰過去現在未來佛佛道同人人得箇解脫路仰曰如何是人人解脫路師回顧香嚴曰寂子借問何不答伊嚴曰若道過去未來現在某甲却有箇秖對處師曰子作麽生秖對嚴珍重便出師却問仰山曰智閑恁麽秖對還契寂子也無仰曰不契師曰子尺作麽生仰亦珍重出去師呵呵大笑曰如水乳合

師一日索門人呈語乃曰聲色外與吾相見時有幽州鑒弘上座呈語云不辭出來那箇人無眼師不肯仰山凡三度呈語第一云見取不見取底師云細如毫末冷似雪霜第二度云聲色外誰求相見師云秖滯聲聞方外榻第三度云如兩鏡相照於中無像師云此語正也我是你不是早立像了也仰山却問師某甲精神昬昧拙於秖對未審和尚於百丈師翁處作麽生呈語師云我於百丈先師處呈語云如百千明鏡鑒像光影相照塵塵剎剎各不相借仰山於是禮拜

師向仰山云有俗弟子將三束絹來與我贖鐘子欲與世人受福仰云俗弟子則有絹與和尚贖鐘子和尚將何物酬他師以柱杖敲

牀三下云我將這箇酬他仰云若是這箇用作甚麽師又敲三下云汝嫌這箇作甚麽仰云某甲不嫌這箇這箇只是大家底師云你既知是大家底何得更就我覓物酬他仰云只怪和尚把大家底行人事師云汝不見達摩大師從西天來此土亦將此物來人事汝諸人盡是受他信物者

師坐次仰山問和尚百年後有人問先師法道如何祇對師曰一粥一飯曰面前有人不肯又作麽生師曰作家師僧仰便禮拜師曰逢人不得錯舉

師問仰山生住異滅汝作麽生會仰曰一念起時不見有生住異滅師曰子何得遣法仰曰和尚適來問甚麽師曰生住異滅仰曰却喚作遣法

一日師翹起一足謂仰山曰我每日得他負載感伊不徹仰曰當時給孤園中與此無別師曰更須道始得仰曰寒時與他襪著也不爲分外師曰不負當初子今已徹仰曰恁麽更要答話在師曰道看仰曰誠如是言師曰如是如是

師曰仰山妙淨明心汝作麽生會仰曰山河大地日月星辰師曰汝祇得其事仰曰和尚適來問甚麽師曰妙淨明心仰曰喚作事得麽師曰如是如是

石霜會下有二禪客到云此間無一人會禪後普請搬柴仰山見二禪客歇將一橛柴問曰還道得麽俱無對仰曰莫道無人會禪好仰歸舉似師曰今日二禪客被慧寂勘破師曰甚麽處被子勘破仰舉前話師曰寂子又

被吾勘破
師睡次仰山問訊師便回面向壁仰曰和尚何得如此師起曰我適來得一夢你試爲我圓看仰取一盆水與師洗面少頃香嚴亦來問訊師曰我適來得一夢寂子爲我圓了汝更與我圓看嚴乃點一椀茶來師曰二子見解過於鶖子
師因泥壁次李軍容來具公裳直至師背後端笏而立師回首見便側泥盤作接泥勢李便轉笏作進泥勢師便拋下泥盤同歸方丈
僧問不作潙山一頂笠無由得到莫傜村如何是潙山一頂笠師喚曰近前來僧近前師與一踏
上堂老僧百年後向山下作一頭水牯牛左脇下書五字曰潙山僧某甲當恁麼時喚作潙山僧又是水牯牛喚作水牯牛又是潙山僧畢竟喚作甚麼即得仰山出禮拜而退雲居膺代曰師無異號資福寶曰當時但作此○相拓呈之新羅和尚作此(牛)相拓呈之又曰同道者方知芭蕉徹作此○○○相拓呈之又曰說也說了也注也注了也悟取好乃述偈曰不是潙山不是牛一身兩號實難酬離却兩頭應須道如何道得出常流
師敷揚宗教凡四十餘年達者不可勝數大中七年正月九日盥漱敷坐怡然而寂壽八十三臘六十四謚大圓禪師

眞證通智仰山寂禪師語録

袁州仰山慧寂通智禪師韶州懷化葉氏子年九歲於廣州和安寺投通禪師出家十四歲父母取歸欲與婚媾師不從遂斷手二指

跪致父母前誓求正法以答劬勞父母乃許再詣通處而得披剃未登具即遊方初謁耽源已悟元旨後叅潙山遂升堂奥耽源謂師曰國師當時傳得六代祖師圓相共九十七箇授與老僧乃曰吾滅後三十年南方有一沙彌到來大興此教次第傳受無令斷絶我今付汝汝當奉持遂將其本過與師師接得一覽便將火燒却耽源一日問前來諸相甚宜秘惜師曰當時看了便燒却也源曰吾此法門無人能會唯先師及諸祖師諸大聖人方可委悉子何得焚之師曰慧寂一覽已知其意但用得不可執本也源曰然雖如此於子即得後人信之不及師曰和尚若要重録不難即重集一本呈上更無遺失源曰然耽源上堂師出衆作此○相以手拓呈了却叉手立源以兩手相交作拳示之師進前三歩作女人拜源點頭師便禮拜師浣衲次耽源曰正恁麽時作麽生師曰正恁麽時向甚麽處見

後叅潙山潙問汝是有主沙彌無主沙彌師曰有主曰主在甚麽處師從西過東立潙異之師問如何是真佛住處潙曰以思無思之妙返思靈燄之無窮思盡還源性相常住事理不二真佛如如師於言下頓悟自此執侍前後盤桓十五載

後叅巖頭頭舉起拂子師展坐具巖拈拂子置背後師將坐具搭肩上而出巖曰我不肯汝放秖肯汝收

掃地次潙問塵非掃得空不自生如何是塵非掃得師掃地一下潙曰如何是空不自生

師指自身又指溈溈曰塵非掃得空不自生離此二途又作麽生師又掃地一下又指自身并指溈

溈一日指田問師這邱田那頭高這頭低師曰却是這頭高那頭低溈曰你若不信向中間立看兩頭師曰不必立中間亦莫住兩頭溈曰若如是著水看水能平物師曰水亦無定但高處高平低處低平溈便休

有施主送絹與溈山師問和尚受施主如是供養將何報荅溈敲禪牀示之師曰和尚何得將衆人物作自已用

師在溈山爲直歲作務歸溈問什麽處去來師曰田中來溈曰田中多少人師插鍬叉手

溈曰今日南山大有人刈茅師拔鍬便行

師在溈山牧牛時踢天泰上座問曰一毛頭師子現即不問百億師子現又作麽生師便騎牛歸

侍立溈山次舉前話方了却見泰來師曰便是這箇上座溈遂問百億毛頭百億師子現豈不是上座道泰曰是師曰正當現時毛前現毛後現泰曰現時不說前後溈山大笑師曰師子腰折也便下去

一日第一座舉起拂子曰若人作得道理即與之師曰某甲作得道理還得否座曰但作得道理便得師乃掣將拂子去

一日雨下天性上座謂師曰好雨師曰好在什麽處性無語師曰某甲却道得性曰好在甚麽處師指雨性又無語師曰何得大智而默

師隨溈山遊山到磐陀石上坐師侍立次忽

鵶銜一紅柿落在面前溈拾與師師接得洗了度與溈溈曰子甚處得來師曰此是和尚道德所感溈曰汝也不得無分即分半與師溈山問師忽有人問汝汝作麼生祇對師曰東寺師叔若在某甲不致寂寞溈曰放汝一箇不祇對罪師曰生之與殺秖在一言溈曰不負汝見别有人不肯師曰阿誰溈指露柱曰這箇師曰道甚麼溈曰道甚麼師曰白鼠推遷銀臺不變

師問溈山大用現前請師辨白溈山下座歸方丈師隨後入溈問子適來問什麼話師再舉溈曰還記得吾答語否師曰記得溈曰你試舉看師便珍重出去溈曰錯師回首曰閑師弟若來莫道某甲無語好

師問東寺曰借一路過那邊還得否寺曰大凡沙門不可秖一路也别更有麼師良久寺却問借一路過那邊得否師曰大凡沙門不可秖一路也别更有麼寺曰秖有此師曰大唐天子決定姓金

師在溈山前坡牧牛次見一僧上山不久便下來師乃問上座何不且留山中僧曰秖爲因緣不契師曰有何因緣試舉看曰和尚問某名甚麼某答歸真和尚曰歸真何在某甲無對師曰上座却回向和尚道某甲道得也和尚問作麼生道但曰眼裏耳裏鼻裏僧回一如所教溈曰脱空謾語漢此是五百人善知識語

師卧次夢入彌勒内院衆堂中諸位皆足惟第二位空師遂就座有一尊者白槌曰今當第二座説法師起白槌曰摩訶衍法離四句

絶百非諦聽諦聽衆皆散去及覺擧似溈溈曰子已入聖位師便禮拜

師侍溈行次忽見前面塵起溈曰面前是甚麼師近前看了却作此㊥相溈點頭

溈山示衆曰一切衆生皆無佛性鹽官示衆曰一切衆生皆有佛性鹽官有二僧往探問既到溈山聞溈山舉揚莫測其涯若生輕慢因一日與師言話次乃勸曰師兄須是勤學佛法不得容易師乃作此○相以手拓呈了却抛向背後遂展兩手就二僧索二僧罔措師曰吾兄直須勤學佛法不得容易便起去時二僧却回鹽官行三十里一僧忽然有省乃曰當知溈山道一切衆生皆無佛性信之不錯便回溈山一僧更前行數里因過水忽然有省自歎曰溈山道一切衆生皆無佛性灼然有他恁麼道亦回溈山久依法席

溈山同師牧牛次溈曰此中還有菩薩也無師曰有溈曰汝見那箇是試指出看師曰和尚疑那箇不是試指出看溈便休

師送果子上溈山溈接得問子甚麼處得來師曰家園底溈曰堪喫也未師曰未敢嘗先獻和尚溈曰是阿誰底師曰慧寂底溈曰既是子底因甚麼教我先嘗師曰和尚嘗千嘗萬溈便喫曰猶帶酸澀在師曰酸澀莫非自知溈不答

赤干行者聞鐘聲乃問有耳打鐘無耳打鐘師曰汝但問莫愁我答不得干曰早箇問了也師喝曰去

師夏末問訊溈山次溈曰子一夏不見上來在下面作何所務師曰某甲在下面鉏得一

片畬下得一籮種溈曰子今夏不虚過師却問未審和尚一夏之中作何所務溈曰日中一食夜後一寢師曰和尚今夏亦不虚過道了乃吐舌溈曰寂子何得自傷已命

溈山一日見師來即以兩手相交過各撥三下却豎一指師亦以兩手相交過各撥三下却向胸前仰一手覆一手以目瞻視溈山休去

溈山餧鵶生飯回頭見師曰今日爲伊上堂一上師曰某甲隨例得聞溈曰聞底事作麽生師曰鵶作鵶鳴鵲作鵲噪溈曰爭柰聲色何師曰和尚適來道甚麽溈曰我秖道爲伊上堂一上師曰爲甚麽喚作聲色溈曰雖然如此驗過也無妨師曰大事因緣又作麽生驗溈豎起拳師曰終是指東畫西溈曰子適來問甚麽師曰問和尚大事因緣溈曰爲甚麽喚作指東畫西師曰爲著聲色故某甲所以問過溈曰並未曉了此事師曰如何得曉了此事溈曰寂子聲色老僧東西師曰一月千江體不分水溈曰應須與麽始得師曰如金與金終無異色豈有異名溈曰作麽生是無異名底道理師曰瓶盤釵釧劵盂盆溈曰寂子説禪如師子吼驚散狐狼野干之屬

師後開法王莽山問僧近離甚處曰廬山師曰曾到五老峰麽曰不曾到師曰闍黎不曾遊山

上堂汝等諸人各自回光返照莫記吾言汝無始刦來背明投暗妄想根深卒難頓拔所以假設方便奪汝麁識如將黄葉止啼有甚麽是處亦如人將百種貨物與金寶作一鋪

貨賣秖擬輕重來機所以道石頭是真金鋪我這裏是雜貨鋪有人來覓鼠糞我亦拈與他來覓真金我亦拈與他時有僧問鼠糞即不要請和尚真金師曰齧鏃擬開口驢年亦不會僧無對

師曰索喚則有交易不索喚則無我若說禪宗身邊要一人相伴亦無豈況有五百七百衆邪我若東說西說則爭頭向前采拾如將空拳誑小兒都無實處我今分明向汝說聖邊事且莫將心湊泊但向自己性海如實而修不要三明六通何以故此是聖末邊事如今且要識心達本但得其本不愁其末他時後日自具去在若未得本縱饒將情學他亦不得汝豈不見溈山和尚云凡聖情盡體露真常事理不二即如如佛

問如何是祖師意師以手於空作此(佛)相示之僧無語師謂第一座曰不思善不思惡正恁麼時作麼生座曰正恁麼時是某甲放身命處師曰何不問老僧座曰正恁麼時不見有和尚師曰扶我教不起

師因歸溈山省覲溈問子既稱善知識爭辨得諸方來者知有不知有有師承無師承是義學是玄學子試說看師曰慧寂有驗處但見僧來便竪起拂子問伊諸方還說這箇不說又曰這箇且置諸方老宿意作麼生溈歎曰此是從上宗門中牙爪溈問大地衆生業識茫茫無本可據子作麼生知他有之與無師曰慧寂有驗處時有一僧從面前過師召曰闍黎僧回首師曰和尚這箇便是業識茫茫無本可據溈曰此是師子一滴乳迸散六

斛驢乳

師問僧甚處來曰幽州師曰我恰要箇幽州信米作麼價曰某甲來時無端從市中過踏折他橋梁師便休

師見僧來竪起拂子僧便喝師曰喝即不無且道老僧過在甚麼處曰和尚不合將境示人師便打

有梵師從空而至師曰近離甚處曰西天師曰幾時離彼曰今早師曰何太遲生曰遊山翫水師曰神通遊戲則不無闍黎佛法須還老僧始得曰特來東土禮文殊却遇小釋迦遂出梵書貝多葉與師作禮乘空而去自此號小釋迦

師住東平時溈山令僧送書并鏡與師師上堂提起示衆曰且道是溈山鏡東平鏡若道是東平鏡又是溈山送來若道是溈山鏡又在東平手裏道得則留取道不得則撲破去也衆無語師遂撲破便下座

僧參次便問和尚還識字否師曰隨分僧以手畫此○相拓呈師以衣袖拂之僧又作此○相拓呈師以兩手作背拋勢僧以目視之師低頭僧遶師一匝師便打僧遂出去

師坐次有僧來作禮師不顧其僧乃問師識字否師曰隨分僧乃右旋一匝曰是甚麼字師於地上書十字酬之僧又左旋一匝曰是甚字師改十字作卍字僧畫此○相以兩手拓如修羅掌日月勢曰是甚麼字師乃畫此卍相對之僧乃作婁至德勢師曰如是如是此是諸佛之所護念汝亦如是吾亦如是善自護持其僧禮謝騰空而去

時有一道者見經五日後遂問師師曰汝還見否道者曰某甲見出門騰空而去師曰此是西天羅漢故來探吾道道者曰某雖覩種種三昧不辨其理師曰吾以義爲汝解釋此是八種三昧是覺海變爲義海體則同然此義合有因有果即時異時總別不離隱身三昧也

師問僧近離甚處曰南方師舉拄杖曰彼中老宿還說這箇麽曰不說師曰既不說這箇還說那箇否曰不說師召大德僧應諾師曰叅堂去僧便出師復召曰大德僧回首師曰近前來僧近前師以拄杖頭上點一下曰去

劉侍御問了心之旨可得聞乎師曰若要了心無心可了無了之心是名真了

師一日在法堂上坐見一僧從外來便問訊了向東邊叉手立以目視師師乃垂下左足僧却過西邊叉手立師垂下右足僧向中間叉手立師收雙足僧禮拜師曰老僧自住此未曾打著一人拈拄杖便打僧便騰空而去

陸希聲相公欲謁師先作此○相封呈師開封於相下面書云不思而知落第二頭思而知之落第三首遂封回公見即入山師乃門迎公纔入門便問三門俱開從何門入師曰從信門入公至法堂又問不出魔界便入佛界時如何師以拂子倒點三下公便設禮又問和尚還持戒否師曰不持戒曰還坐禪否師曰不坐禪公良久師曰會麽曰不會師曰聽老僧一頌滔滔不持戒兀兀不坐禪釅茶三兩椀意在钁頭邊師却問承聞相公看經得悟是否曰弟子因看涅槃經有云不斷煩

惱而入涅槃得箇安樂處師豎起拂子曰秖如這箇作麽生入曰入之一字也不消得師曰入之一字不爲相公公便起去

龐居士問久嚮仰山到來爲甚麽却覆師豎起拂子士曰却是師曰是仰是覆士乃打露柱曰雖然無人也要露柱證明師擲拂子曰若到諸方一任舉似

師指雪師子問衆有過得此色者麽衆無對

師問雙峰師弟近日見處如何曰據某見處實無一法可當情師曰汝解猶在境曰某秖如此師兄又如何師曰汝豈不知無一法可當情者潙山聞曰寂子一句疑殺天下人

師臥次僧問曰身還解說法也無師曰我說不得別有一人說得曰說得底人在什麽處師推出枕子潙山聞曰寂子用劒刃上事

師閉目坐次有僧潛來身邊立師開目於地上作此㊌相顧視其僧僧無語

師攜拄杖行次僧問和尚手中是甚麽師便拈向背後曰見麽僧無對

師問一僧汝會甚麽曰會卜師提起拂子曰這箇六十四卦中阿那卦收僧無對師自代云適來是雷天大壯如今變爲地火明夷

問僧名甚麽曰靈通師曰便請入燈籠曰早箇入了也

問古人道見色便見心禪牀是色請和尚離却色指學人心師曰那箇是禪牀指出來看僧無語

問如何是毘盧師師乃叱之僧曰如何是和尚師師曰莫無禮

師共一僧語旁有僧曰語底是文殊默底是

維摩師曰不語不默底莫是汝否僧默然師曰何不現神通曰不辭現神通秖恐和尚收作教師曰鑒汝來處未有教外底眼

問天堂地獄相去幾何師將拄杖畫地一畫

師住觀音時出牓云看經次不得問事有僧來問訊見師看經旁立而待師卷却經問會麼曰某甲不看經爭得會師曰汝已後會去在其僧到巖頭頭問甚處來曰江西觀音來頭曰和尚有何言句僧舉前話頭曰這箇老師我將謂被故紙埋却元來猶在

僧思鄰問禪宗頓悟畢竟入門的意如何師曰此意極難若是祖宗門下上根上智一聞千悟得大總持其有根微智劣若不安禪靜慮到這裏總須茫然曰除此一路別更有入處否師曰有曰如何即是師曰汝是甚處人曰幽州人師曰汝還思彼處否曰常思師曰能思者是心所思者是境彼處樓臺林苑人馬駢闐汝反思底還有許多般也無曰某甲到這裏總不見有師曰汝解猶在信位即得人位未在曰除却這箇別更有意也無師曰別有別無即不堪也曰到這裏作麼生即是師曰據汝所解秖得一元得座披衣向後自看鄰禮謝之

師接機利物爲宗門標準再遷東平將順寂數僧侍立師以偈示之曰一二二三子平目復仰視兩口一無舌即是吾宗旨至日午陞座辭衆復說偈曰年滿七十七無常在今日日輪正當午兩手攀屈膝言訖以兩手抱膝而終諡通智禪師

御選語録卷第五

音釋

椞音突夐同迥猱惱平聲猴屬橡同樣泞直呂切摘側格切音窄手取物也刈音蓺晷音軌徭餘招切音姚畬音于釅魚欠切音驗騈闐上蒲明切下音田[illegible]音益卍音萬武后長壽二年權制此字著於天樞

御製序

夫達摩西來九年面壁無多言句而能直指人心見性成佛首開震旦之宗風後人演唱提持照用權實鳴塗毒鼓揮太阿鋒於言象不該之表形名未兆之先機如電掣雷奔譚似河流海注青蓮花紛飄舌本大師子吼斷十方穿透百千諸佛耳根踔跳三十三天空外究其所歸不過鋪荆列棘徧地生枝甘草黄連自心甘苦耳然則自利利他固不存於多言歟趙州諗禪師圓證無生法忍以本分事接人龍門之桐高百尺而無枝朕閱其言句真所謂皮膚剝落盡獨見一真寔者誠達摩之所護念獅乳一滴足迸散千斛驢乳但禪師垂示如五色珠若小知淺見會於言表則辜負古佛之慈悲落草之婆心也觀師信手拈來信口說出皆令十方智者一時直入如來地可謂壁立萬仞月印千江如趙州之接人誠爲直指人心見性成佛之古佛云爰録其精粹者著於篇以示後學俾知真宗軌範如是如是爾

雍正十一年癸丑五月望日

御選語録卷第六

圓證直指真際趙州諗禪師語録

師問南泉如何是道泉云平常心是師云還可趣向也不泉云擬即乖師云不擬爭知是道泉云道不屬知不知知是妄覺不知是無記若真達不疑之道猶如太虛廓然蕩豁豈可强是非也師於言下頓悟玄旨心如朗月

南泉上堂師問明頭合暗頭合泉便歸方丈師便下堂云這老和尚被我一問直得無言可對首座云莫道和尚無語自是上座不會師便打又云這棒合是堂頭老漢喫

師問南泉知有底人向什麽處去泉云山前檀越家作一頭水牯牛去師云謝和尚指示泉云昨夜三更月到窻

師在南泉作爐頭大衆普請擇菜師在堂内叫救火救火大衆一時到僧堂前師乃關却僧堂門大衆無對泉乃抛鑰匙從窻内入堂中師便開門

師在南泉井樓上打水次見南泉過便抱柱懸却脚云相救相救南泉上楜梯云一二三四五師少時間却去禮謝云適來謝和尚相救

師問南泉異即不問如何是類泉以兩手托地師便蹋倒却歸涅槃堂内叫悔悔泉聞乃令人去問悔箇什麽師云悔不與兩蹋

師上堂謂衆曰此事的的没量大人出這裏不得老僧到潙山一僧問如何是祖師西來意潙山云與我將牀子來若是宗師須以本分事接人始得時有僧問如何是祖師西來意師云庭前栢樹子學云和尚莫將境示人

師云我不將境示人云如何是祖師西來意師云庭前栢樹子師又云老僧九十年前見馬祖大師下八十餘員善知識箇箇俱是作家不似如今知識枝蔓上生枝蔓都大是去聖遥遠一代不如一代只如南泉尋常道須向異類中行且作麼生會如今黄口小兒向十字街頭説葛藤博飯噇覓禮拜聚三五百衆云我是善知識你是學人

僧問如何是清淨伽藍師云了角女子如何是伽藍中人師云了角女子有孕

問法無別法如何是法師云外空內空內外空

師上堂云兄弟莫久立有事商量無事向衣鉢下坐窮理好老僧行脚時除二時齋粥是雜用心力處餘外更無別用心處也若不如此出家大遠在

問十二時中如何用心師云你被十二時使老僧使得十二時你問那箇時

問毘目仙人執善財手見微塵佛時如何師遂執僧手云你見箇什麼

有尼問如何是沙門行師云莫生兒尼云和尚勿交涉師云我若共你打交涉堪作什麼

問凡有施爲盡落糟粕請師不施爲答師叱尼云將水來添鼎子沸

問如何是趙州主人公師云田庫奴

問如何是王索仙陀婆師云你道老僧要箇什麼

問如何是法非法師云東西南北學云如何會去師云上下四維

問王索仙陀婆時如何師驀起打躬叉手

問如何是道師云不敢不敢
問如何是法師云勑勑攝攝
問趙州去鎮府多少師云三百學云鎮府來趙州多少師云不隔
問如何是學人自己師云還見庭前栢樹子麼
問如何是西來意師下禪牀學云莫便是否師云老僧未有語在
問如何是趙州一句師云半句也無學云豈無和尚在師云老僧不是一句
問如何得不被諸境惑師垂一足僧便出鞋師收起足僧無語
老僧在此間三十餘年未曾有一箇禪師到此間設有來一宿一食急走過且趁軟煖處去也

問忽遇禪師到來向伊道什麽師云千鈞之弩不爲鼷鼠而發機師云兄弟若從南方來者即與下載若從北方來即與裝載所以道近上人問道即失道近下人問道即得道兄弟正人說邪法邪法亦隨正邪人說正法正法亦隨邪諸方難見易識我這裏易見難識
問善惡惑不得底人還獨脱也無師云不獨脱學云爲什麽不獨脱師云正在善惡裏
問世界變爲黑穴未審此箇落在何路師云不占學云不占是什麽人師云田厙奴
問無言無意始稱得句既是無言喚什麽作句師云高而不危滿而不溢學云即今和尚是滿是溢師云爭奈你問我
問如何是佛如何是衆生師云衆生即是佛佛即是衆生學云未審兩箇那箇是衆生師

云問問
問正修行底人被鬼神測得也無師云測得云過在什麽處師云過在覓處云與麽即不修行也師云修行
問孤月當空光從何生師云月從何生
問承和尚有言道不屬修俱莫染污如何是不染污師云檢校内外云還自檢校也無師云檢校云自已有什麽過自檢校師云你有什麽事
師上堂云此事如明珠在掌胡來胡現漢來漢現老僧把一枝草作丈六金身用把丈六金身作一枝草用佛即是煩惱煩惱即是佛
問佛與誰人爲煩惱師云與一切人爲煩惱云如何免得師云用免作麽
師示衆云老僧此間即以本分事接人若教老僧隨伊根機接人自有三乘十二分教接他了也若是不會是誰過歟已後遇著作家漢也道老僧不辜他但有人問以本分事接人
問古鏡不磨還照也無師云前生是因今生是果
問三刀未落時如何師云森森地云落後如何師云迥迥地
問如何是出三界底人師云籠罩不得
問牛頭未見四祖百鳥銜花供養見後爲什麽百鳥不銜花供養師云應世不應世
問白雲自在時如何師云爭似春風處處閑
問龍女親獻佛未審將什麽獻師以兩手作獻勢
師示衆云此間佛法道難即易道易即難別

處難見易識老僧這裏即易見難識若能會得天下横行忽有人問什麽處來若向伊道從趙州來又謗趙州若道不從趙州來又埋没自己諸人且作麽生對他僧問觸目是謗和尚如何得不謗去師云若道不謗早是謗了也

問如何是正修行路師云解修行即得若不解修行即參差落他因果裏又云我教你道若有問時但向伊道趙州來忽問趙州説什麽法但向伊道寒即言寒熱即言熱若更問道不問者箇事但云問什麽事若再問趙州説什麽法便向伊道和尚來時不教傳語上座若要知趙州事但自去問取

問且如二祖得髓又作麽生師云莫謗二祖師又云達摩也有語在外者得皮在裏者得骨且道更在裏者得什麽

問如何是得髓底道理師云但識取皮老僧者裏髓也不立云如何是髓師云與麽皮也摸未著

問與麽堂堂豈不是和尚正位師云還知有不肯者麽學云與麽即別有位師云誰是別者學云誰是不別者師云一任叫

問如何是衲衣下事師云莫自瞞

問如何是趙州師云東門西門南門北門

問如何是定師云不定學云爲什麽不定師云活物活物

問不隨諸有時如何師云合與麽學云莫便是學人本分事師云隨也隨也

問古人三十年一張弓兩下箭只射得半箇聖人今日請師全射師便起去

師示衆云至道無難唯嫌揀擇才有言語是揀擇老僧却不在明白裏是你向什麽處見祖師問和尚即不在明白裏護惜什麽處師云我亦不知學云和尚旣自不知爲什麽道不在明白裏師云問事即得禮拜退

師示衆云法本不生今則無滅更不要道才語是生不語是默諸人且作麽生是不生不滅底道理問草是不生不滅麽師云者漢只認得箇死語

問至道無難唯嫌揀擇才有言語是揀擇和尚如何示人師云何不盡引古人語學云某甲只道得到者裏師云只這至道無難唯嫌揀擇

上堂示衆云看經也在生死裏不看經也在生死裏諸人且作麽生出得去僧便問只如俱不留時如何師云實即得若不實爭能出得生死

問如何是通方師云離却金剛禪

師示衆云大道只在目前要且難覩僧乃問目前有何形叚令學人覩師云任你江南江北學云和尚豈無方便爲人師云適來問什麽

問入法界來還知有也無師云誰入法界學云與麽即入法界不知去也師云不是寒灰死木花錦成現百種有學云莫是入法界處用也無師云有什麽交涉

問若是實際理地却向什麽處得來師云更請闍黎宣一遍

問未審古人與今人還相近也無師云相近即相近不同一體學云爲什麽不同師云法

身不說法學云法身不說法和尚爲人也無師云我向箇裏答話學云爭道法身不說法師云我向箇裏救你阿爺他終不出頭

師示衆云龍女心親獻盡是自然事問旣是自然獻時爲什麽師云若不獻爭知自然

問只如無佛無人處還有修行也無師云除却者兩箇有百千萬億學云道人來時在什麽處師云你與麽即不修行也其僧禮拜師云大有處著你在

師示衆云是他不是不將來老僧不是不秖對僧云和尚將什麽秖對師長吁一聲云和尚將者箇秖對莫辜負學人也無師云你適來肯我我即辜負你若不肯我我即不辜負你

師示衆云老僧今夜荅話去也解問者出來有僧才出禮拜師云比來抛塼引玉只得箇墼子

問如何是法身師云應身云學人不問應身師云你但管應身

問正當二八時如何師云東東西西學云如何是東東西西師云覓不著

問學人全不會時如何師云我更不會云和尚還知有也無師云我不是木頭作麽不知云大好不會師拍掌笑之

師示衆云闍黎不是不將來老僧不是不秖對又云闍黎莫孽拳合掌老僧不將禪牀拂子對

問思憶不及處如何師云過者邊來云過者邊來即是及處如何是思不及處師豎起手云你喚作什麽云喚作手和尚喚作什麽師

云百種名字我亦道云不及和尚百種名字且喚什麼師云與麼即你思憶不及處僧禮拜師云敎你思憶得及者云如何是師云釋迦敎祖師敎是你師云祖與佛古人道了也如何是思憶不及處師再舉指云喚作什麼僧良久師云何不當頭道着更疑什麼

問如何是和尚家風師云老僧耳背高聲問僧再問師云你問我家風我却識你家風

問萬境俱起時如何師云萬境俱起云一問一答是起如何是不起師云禪牀是不起底僧才禮拜次師云記得問荅云記得師云試舉看僧擬舉師云誑我

問如何是目前佛師云殿裏底云者箇是相貌佛如何是佛師云即心是云即心猶是限量如何是佛師云無心是學云有心無心還許學人揀也無師云有心無心總被你揀了也更敎老僧道什麼即得

問遠遠投師未審家風如何師云不說似人學云爲什麼不說似人師云是我家風學云和尚旣不說似人爭奈四海來投師云你是道我不是海學云未審海内事如何師云老僧釣得一箇

問祖佛近不得底是什麼人師云不是祖佛學云爭奈近不得何師云向你道不是祖佛不是衆生不是物得麼學云是什麼師云若有名字即是祖佛衆生也學云不可只與麼去也師云卒未與你去在

問如何是平常心師云狐狼野干是

問如何是學人保任底物師云盡未來際揀不出

問如何是大修行底人師云寺裏綱維是
問如何是和尚大意師云無大無小學云莫便是和尚大意麽師云若有纖毫萬刦不如
問如何是毘盧圓相師云老僧自小出家不曾眼花學云和尚還爲人也無師云願你長長見毘盧圓相
問佛祖在日佛祖相傳佛祖滅後什麽人傳師云古今總是老僧分上學云未審傳箇什麽師云箇箇總屬生死云不可埋没却祖師也師云傳箇什麽
問朗月當空未審室中事如何師云老僧自出家不曾作活計學云與麽即和尚不爲今時也師云自疾不能救焉能救諸疾學云爭奈學人無依何師云依即蹋着地不依即一任東西

問在心心不測時如何師云測阿誰學云測自己師云無兩箇
問不見邊表時如何師指淨瓶云是什麽學云淨瓶師云大好不見邊表
問如救頭然底人如何師云便學學云什麽處師云莫占他位次
問空刦中阿誰爲主師云老僧在裏許坐學云説什麽法師云説你問底
問承古有言虚明自照如何是自照師云不稱他照學云照不著處如何師云你話墮也
問如何是法王師云州裏大王是云和尚不是師云你擬造反去都來一箇王不認
問如何是佛心師云你是心我是佛奉不奉自看學云師即不無還奉得也無師云你教化我看

問二身中那箇是本來身師云闕一不可
問未審此土誰爲祖師師云達摩來這邊總
是學云和尚是第幾祖師云我不落位次學
云在什麼處師云在你耳裏
問不棄本不逐末如何是正道師云大好出
家兒學云學人從來不曾出家師云歸依佛
歸依法學云未審有家可出也無師云直須
出家學云向什麼處安排他師云且向家裏
坐
問明眼人見一切還見色也無師云打却著
學云如何打得師云莫用力學云不用力如
何打得師云若用力即乖
問祖佛大意合爲什麼人師云只爲今時學
云爭奈不得何師云誰之過學云如何承當
師云如今無人承當得云與麼即無依倚也
師云又不可無却老僧
崔郎中問大善知識還入地獄也無師云老
僧末上入崔云旣是大善知識爲什麼入地
獄師云老僧若不入爭得見郎中
問毫釐有差時如何師云天地懸隔云毫釐
無差時如何師云天地懸隔
問如何是不睡底眼師云凡眼肉眼又云雖
未得天眼肉眼力如是學云如何是睡底眼
師云佛眼法眼是睡底眼
問大庾嶺頭趁得及爲什麼提不起師拈起
衲衣云你甚處得者箇來云不問者箇師云
與麼即提不起
問如何是不錯路師云識心見性是不錯路
問明珠在掌還照也無師云照即不無喚什
麼作珠

問學人擬作佛時如何師云太煞費力生云不費力時如何師云與麼即作佛去也
問學人昏鈍在一浮沉如何得出師只據坐云某甲寔問和尚師云你甚處作一浮一沉
問不指一法如何是和尚法師云老僧不說茆山法云即不說茆山法如何是和尚法師云向你道不說茆山法云莫者箇便是也無師云老僧未曾將者箇示人
問如何是目前獨脫一路師云無二亦無三云目前有路還許學人進前也無師云與麼即千里萬里
問如何是毘盧向上事師云老僧在你脚底云和尚爲什麼在學人脚底師云你元來不知有向上事
問如何是合頭師云是你不合頭云如何是不合頭師云前句辨取
問如何和尚的的意師云止止不須說我法妙難思
問未審出家誓求無上菩提時如何師云未出家被菩提使既出家使得菩提
有一秀才辭去云某甲在此括撓和尚多時無可報答和尚待他日作一頭驢來報答和尚師云教老僧爭得鞍
師到道吾處纔入僧堂吾云南泉一隻箭來師云看箭吾云過也師云中也
師上堂示衆金佛不度爐木佛不度火泥佛不度水真佛内裏坐菩提涅槃真如佛性盡是貼體衣服亦名煩惱不問即無煩惱實際理地什麼處著一心不生萬法無咎但究理而坐二三十年若不會截取老僧頭去夢幻

空花徒勞把捉心若不異萬法亦然既不從外得更拘什麽如羊相似更亂拾物安口中作麽

問百骸潰散一物長靈時如何師云今朝又風起

問萬國來朝時如何師云逢人不得喚

問十二時中如何淘汰師云奈河水濁西水流急云還得見文殊也無師云者矇瞳漢什麽處去來

問如何是道場師云你從道場來你從道場去脱體是道場何處更不是

問如何數量師云一二三四五云數量不拘底事如何師云一二三四五

問什麽世界即無晝夜師云即今是晝是夜云不問即今師云爭奈老僧何

問迦葉上行衣不踏曹溪路什麽人得披師云虛空不出世道人都不知

問如何是混而不雜師云老僧菜食長齋云還得超然也無師云破齋也

問萬法歸一一歸何所師云我在青州作一領布衫重七觔

問四山相逼時如何師云無路是趙州

問和尚年多少師云一串數珠數不盡

問外方忽有人問趙州說什麽法如何秪對師云鹽貴米賤

問純一無雜時如何師云大煞好一問

問無爲寂靜底人莫落在沉空也無師云落在沉空云究竟如何師云作驢作馬

問如何是祖師西來意師云牀脚是云莫便是也無師云是即脫取去

問澄澄絶點時如何師云老僧耆裏不着客作漢
問鳳飛不到時如何師云起自何來
問實際理地不受一塵時如何師云一切總在裹許
問如何是一句師應喏僧再問師云我不患聾
問如何是和尚的家風師云老僧自小出家抖擻破活計
問請離四句道師云老僧常在裏許
問如何是大人相師云側耳視之云猶是隅堦趍附在師云老僧無工夫趍得者閑漢
問纔有心念落在人天直無心念落在眷屬時如何師云非但老僧作家亦答你不得
問如何是般若波羅密師云摩訶般若波羅密
問如何是咬人師子師云皈依佛皈依法皈依僧莫咬老僧
問離却言句請師道師咳嗽
問如何是一句師云兩句
問如何是菩提師云者箇是闡提
問如何是大人相師云好箇兒孫
問如何寂寂無依時如何師云老僧在你背後
問如何是伽藍師云別更有什麽云如何是伽藍中人師云老僧與闍黎
問如何是離因果底人師答云不因闍黎問老僧實不知
問衆盲摸象各説異端如何是真象師云無假自是不知
問如何是第一句師咳嗽云莫便是否師云

老僧咳嗽也不得
問大海還納衆流也無師云大海道不知云
因什麽不知師云終不道我納衆流
問如何是毘盧師師云毘盧毘盧
問諸佛還有師也無師云有云如何是諸佛
師師云阿彌陀佛阿彌陀佛
問如何是學人師師云雲有出山勢水無投
澗聲云不問者箇師云是你師不認
問諸方盡向口裏道和尚如何示人師脚跟
打火爐示之云莫便是也無師云恰認得老
僧脚跟
問不行大道時如何師云者販私鹽漢云刧
行大道時如何師云還我公驗來
問如何是祖師西來意師答云東壁上挂葫
蘆多少時也
問方圓不就時如何師云不方不圓云與麽
時如何師云是方是圓
問道人相見時如何師云呈漆器
問諦爲什麽覰不得師云諦即不無覰即不
得云畢竟如何師云失諦
問行又不到問又不到時如何師云到以不
到道人看如涕唾云其中事如何師唾地
問如何是祖師西來意師云如你不喚作祖
師意猶未在云本來底如何師云四目相覰
更無第二主宰
問學人擬向南方學些子佛法去如何師云
你去南方見有佛處急走過無佛處不得住
云與麽即學人無依也師云柳絮柳絮
問如何是和尚家風師云茫茫宇宙人無數
云請和尚不答話師云老僧合與麽

問二龍爭珠誰是得者師云失者無虧得者無用

有俗士獻袈裟問披與麽衣服莫辜負古人也無師抛下拂子云是古是今

問如何是沙門行師云展手不展脚

問牛頭未見四祖時如何師云飽柴飽水云見後如何師云飽柴飽水

問如何是學人自己師云喫粥了也未云喫粥也師云洗鉢盂去

問如何是毘盧師師云驢駝來也未云來也師云牽去餵草

問不借口還許商量也無師云正是時云便請師商量師云老僧不曾出

問二祖斷臂當爲何事師云粉骨碎身云供養什麽人師云來者供養

問晝是日光夜是火光如何是神光師云日光火光

問如何是大人相師以手摸面叉手斂容

問如何是祖師西來意師云欄中失却牛

問栢樹子還有佛性也無師云有云幾時成佛師云待虛空落地云虛空幾時落地師云待栢樹子成佛

問無邊身菩薩爲什麽不見如來頂相師答云如隔羅縠

問諸天甘露什麽人得喫師云謝你將來

問如何是伽藍師云三門佛殿

問如何是不生不滅師云本自不生今亦無滅

問如何是趙州主師云州裏大王是

問急切處請師道師答云尿是小事須是老

僧自去始得
問學人有疑時如何師云大宜小宜學云不疑師云大宜東北角小宜僧堂後
師示衆云老僧三十年前在南方火爐頭有箇無賔主話直至如今無人舉着
問和尚受大王如是供養將什麼報答師云念佛云貧子也解念佛師云喚侍者將一錢與伊
問如何是和尚家風師云屏風雖破骨格猶存
問如何是不遷之義師云你道者野鴨子飛從東去西去
問大耳三藏第三度覔國師不見未審國師在什麼處師云在三藏鼻孔裏
問盲龜值浮木孔時如何師云不是偶然事
問久居巖谷時如何師云何不隱去
問久響趙州石橋到來只見畧彴子師云闍黎只見畧彴子不見趙州石橋云如何是趙州石橋師云過來過來
又僧問久響趙州石橋到來只見畧彴子師云你只見畧彴子却不見趙州石橋云如何是石橋師云度驢度馬
問和尚姓什麼師云常州有又問甲子多少師云蘇州有
師上堂云才有是非紛然失心還有答話分也無有僧出撫侍者一下云何不秖對和尚師便歸方丈後侍者請益適來僧是會也不會也師云坐底見立底立底見坐底
問如何是道師云墻外底云不問者箇師云問什麼道云大道師云大道通長安

問撥塵見佛時如何師云撥塵即不無見佛即不得

問如何是無疾之身師云四大五陰

問如何是闡提師云何不問菩提云如何是菩提師云只者便是闡提

師有時屈指云老僧喚作拳你諸人喚作什麼僧云和尚何得將境示人師云我不將境示人若將境示闍黎即埋没闍黎去也云爭奈者箇何師便珍重

師示衆云才有是非紛然失心還有答話分也無有僧出將沙彌打一掌便出去師便歸方丈至來日問侍者昨日者師僧在什麼處侍者云當時便去也師云三十年弄馬騎被驢子撲

問與麼來底人師還接也無師云接云不與麼來底人師還接也無師云接云與麼來從師接不與麼來師如何接師云止止不須説我法妙難思

鎮府大王問師尊年有幾箇齒在師云只有一箇牙大王云爭喫得物師云雖然一箇下下咬着

問如何是學人珠師云高聲問僧禮拜師云不解問何不道高下即不問如何是學人珠何不與麼問僧便再問師云洎合放過者漢

問二邊寂寂師如何闡揚師云今年無風波

問大衆雲集却合談何事師云今日拽木頭豎僧堂云莫只者箇便是接學人也無師云老僧不解雙陸不解長行

問如何是真實人體師云春夏秋冬云與麼即學人難會師云你問我真實人體

問如何是佛法大意師云你名什麽云某甲
師云舍元殿裏金谷園中
問如何是七佛師師云要眠即眠要起即起
問道非物外物外非道如何是物外道師便
打進云和尚莫打某甲已後錯打人去在師
云龍蛇易辨衲子難瞞
師見大王入院不起以手自拍膝云會麽大
王云不會師云自小出家今已老見人無力
下禪牀
問從上至今不忘底人如何師云不可得繫
心常思念十方一切佛
問如何是佛向上事師便撫掌大笑
問一燈然百千燈一燈未審從什麽處發師
便趯出一隻履又云作家即不與麽問
問歸根得旨隨照失宗時如何師云老僧不
答者話云請和尚答話師云合與麽
問夜昇兜率晝降閻浮其中爲什麽摩尼不
現師云道什麽僧再舉前問師云毘婆尸佛
早留心直至如今不得妙
問如何是衣中寶師云者一問嫌什麽云者
箇是問如何是寶師云與麽即衣也失却
問萬里無店時如何師云禪院裏宿
問覿面相呈還盡大意也無師云低口云收
不得處如何師云向你道低口
問不與萬法爲侶者是什麽人師云非人
問三乘教外如何接人師答云有此世界來
日月不曾換
問衆機來湊未審其中事如何師云我眼本
正不說其中事
問如何是萬法之源師云棟梁椽柱云學人

不會師云拱斗义手不會
問一物不將來時如何師云放下着
問路逢達道人不將語默對未審將什麼對
師云人從陳州來不得許州信
問開口是有爲如何是無爲師以手示之云
者箇是無爲云者箇是有爲如何是無爲師
云無爲云者箇是有爲師云是有爲
師示衆云佛之一字吾不喜聞
問和尚還爲人也無師云佛佛
問盡却今時如何是的的處師云盡却今時
莫問那箇云如何是的師云向你道莫問云
如何得見師云大無外小無内
問如何是和尚家風師云内無一物外無所
求
問出家底人還作俗否師云出家即是座主
出與不出老僧不管云爲什麼不管師云與
麼即出家也
問不見邊表時如何師云因什麼與麼
問澄而不清渾而不濁時如何師云不清不
濁云是什麼師云也可憐生云如何是通方
師云離却金剛禪
問如何是祖師的的意師啼唾云其中事如
何師又唾地
問四山相逼時如何師云無出跡
問如何是三界外人師云爭奈老僧在三界
内
問知有不有底人如何師云你若更問即故
問老僧
師示衆云向南方趁叢林去莫在者裏僧便
問和尚者裏是甚處師云我者裏是柴林

問如何是毘盧師師云性是弟子
劉相公入院見師掃地問大善知識爲什麽
却掃塵師云從外來
問如何是和尚示學人處師云目前無學人
云與麽即不出世也師便珍重
問祖意與教意同別師作拳安頭上云和尚
猶有者箇在師卸下帽子云你道老僧有箇
什麽
問如何是異類中行師云唵鄂啉唵鄂啉
問毫氂有差時如何師云麁云應機時如何
師云屈
問如何是沙門行師展手拂衣
問佛花未發如何辨得真實師云是真是實
云是什麽人分上事師云老僧有分闍黎有
分

問覺花未發時如何辨得真實師云已發也
云未審是真是實師云真即實實即真
有婆子問婆是五障之身如何免得師云願
一切人生天願婆婆永沉苦海
問朗月當空時如何師云猶是堦下漢云請
師接上階師云月落了來相見
師有時示衆云老僧初到藥山時得一句子
直至如今齁齁地飽
師因看金剛經次僧便問一切諸佛及諸佛
阿耨菩提皆從此經出如何是此經師云金
剛般若波羅密經如是我聞一時佛在舍衛
國僧云不是師云我自理經也不得
因僧辭去師云闍黎出外忽有人問還見趙
州否你作麽生祇對云只可道見師云老僧
是一頭驢你作麽生見無語

師問新到從什麽處來云南方來師云還知有趙州關麽云須知趙州關者師叱云者販私鹽漢又云兄弟趙州關也難過云如何是趙州關師云石橋是

問新到離什麽處云離雪峰師云雪峰有什麽言句示人云和尚尋常道盡十方世界是沙門一隻眼你等諸人向什麽處屙師云闍黎若迴寄箇鍬子去

師因捨衣俵大衆次僧便問和尚總捨却了用箇什麽去師召云湖州子僧應諾師云用箇什麽

僧問如何是此性師云五蘊四大云此猶是壞如何此性師云四大五蘊

定州有一座主到師問習何業云經律論不聽便講師舉手示之還講得者箇麽座主茫然不知師云直饒你不聽便講得也只是箇講經論漢若是佛法未在云和尚即今語話莫便是佛法否師云直饒你問得答得總屬經論佛法未在主無語

師問僧你曾看法華經麽云曾看師云經中道衲衣在空閑假名阿練若誑惑世間人你作麽生會僧擬禮拜師云你披衲衣來否云披來師云莫惑我云如何得不惑去師云自作活計莫取老僧語

問新到從什麽處來云南方來師云三千里外逄莫戲云不曾師云摘楊花摘楊花

問如何是心地法門師云古今榜樣

問利劍鋒頭快時如何師云老僧是利劍你道快在什麽處

問朗月當空時如何師云闍黎名什麽學云

某甲師云朗月當空在什麼處
問三乘十二分教即不問如何是祖師西來意師云水牯牛生兒也好看取云未審此意如何師云我不知
問如何是寶月當空師云塞却老僧耳
示衆云我此間有出窟獅子亦有在窟獅子只是難得獅子兒時有僧彈指對之師云是什麼云獅子兒師云我喚作獅子兒實實罪過你更行趯踏
師一日將拄杖上茱萸法堂上東西來去萸云作什麼師云探水萸云我者裏一滴也無探箇什麼師將杖子倚壁便下去
師因見僧掃地次遂問與麼掃還得淨潔也無云轉掃轉多師云豈無撥塵者也云誰是撥塵者師云會麼云不會師云問取雲居去其僧乃去問雲居如何是撥塵者雲居云者瞎漢
因沙彌童行叅師向侍者道教伊去侍者向行者道和尚教去師云沙彌童行得入門侍者在門外
師問二新到上座曾到此間否云不曾到師云喫茶去又問那一人曾到此間否云曾到師云喫茶去院主問和尚不曾到教伊喫茶去即且置曾到為什麼教伊喫茶去師云院主院主應喏師云喫茶去
師到雲居雲居云老老大大何不覔箇住處師云什麼處住得雲居云前面有古寺基師云與麼即和尚自住取師又到茱萸茱萸云老老大大何不覔箇住處去師云什麼處住得茱萸云老老大大住處也不識師云三十

年弄馬騎今日却被驢撲師又到茱萸方丈上下觀瞻茱萸云平地喫交作什麽師云只爲心麤

師見僧來挾火示之云會麽僧云不會師云你不得喚作火老僧道了也師挾起火云會麽云不會師却云此去舒州有投子山和尚你去禮拜問取因緣相契不用更來不相契却來其僧便去才到投子和尚處投子乃問近離什麽處云離趙州特來禮拜和尚投子云趙州老人有何言句僧乃具舉前話投子乃下禪牀行三五步却坐云會麽僧云不會投子云你歸舉似趙州其僧却歸舉似師師云還會麽云未會師云也不較多也

師因行路次見一婆子問和尚住什麽處師云趙州東院西師舉向僧云你道使那箇西字一僧云東西字一僧云依棲字師云汝兩人總作得鹽鐵判官

師問僧你在此間多少時也云七八年師云還見老僧麽云見師云我作一頭驢你作麽生見云入法界見師云我將爲你有此一著枉喫了如許多飯僧云請和尚道師云因什麽不道向草料裏見

師問菜頭今日喫生菜熟菜菜頭提起一莖菜師云知恩者少負恩者多

有俗行者到院燒香師問僧伊在那裏燒香禮拜我又共你在者裏語話正與麽時生在那頭僧云和尚是什麽師云與麽即在那頭也云與麽已是先也師笑之

師與小師文遠論義不得占勝占勝者輸餬餅師云我有一頭驢遠云我是驢胃師云我

是驢糞遠云我是糞中虫師云你在彼中作麽遠云我在彼中過夏師云把將餬餅來

師因入內回路上見一幢子無一截僧問云幢子一截上天去也入地去也師云也不上天也不入地云向什麽處去師云撲落也

有僧上叅次見師衲衣蓋頭坐次僧便退師云闍黎莫道老僧不祗對

師問僧從什麽處來云南方來師云共什麽人爲伴云水牯牛師云好箇師僧因什麽與畜生爲伴云不異故師云好箇畜生云爭肯師云不肯且從還我伴來

堂中有二僧相推不肯作第一座主事白和尚師云總敎他作第二座云敎誰作第一座師云裝香着云裝香了也師云戒香定香

有僧見猫兒問云某甲喚作猫兒未審和尚喚作什麽師云是你喚作猫兒

因鎮州大王來訪師侍者來報師云大王來師云大王萬福侍者云未在方到三門下師云又道大王來也

因在殿上過乃喚侍者侍者應喏師云好一殿功德侍者無對

師因到天台國清寺見寒山拾得師云久響寒山拾得到來只見兩頭水牯牛寒山拾得便作牛鬬師云叱叱寒山拾得咬齒相看師便歸堂二人來堂內問師適來因緣作麽生師乃呵呵大笑

師行脚時到一尊宿院纔入門相見便云有麽有麽尊宿竪起拳頭師云水淺船難泊便出去又到一院見尊宿便云有麽有麽尊宿竪起拳頭師云能縱能奪能取能撮禮拜便

出去
師一日拈數珠問新羅長老彼中還有者箇也無云有師云何似者箇云不似者箇師云既有爲什麽不似無語師自代云不見道新羅大唐
問新到什麽處來云南方來師竪起指云會麽云不會師云動止萬福不會
師行脚時問大慈般若以何爲體慈云般若以何爲體師便呵呵大笑而出大慈來日見師掃地次問般若以何爲體師放下掃箒呵呵大笑而去大慈便歸方丈
師到投子處對坐齋投子將蒸餅與師喫師云不喫不久又下糊餅投子敎沙彌度與師師接得餅却禮沙彌三拜投子默然
因僧寫師真呈師師云若似老僧即打殺我若不似即燒却
師與首座看石橋乃問首座是什麽人造云李膺造師云造時向什麽處下手無對師云尋常説石橋問着下手處也不知
師因參潼關潼關問師云你還知有潼關麽師云知有潼關云有公驗者即得過無公驗者不得過師云忽遇鑾駕來時如何關云也須檢點過云你要造反
師在南泉時泉牽一頭水牯牛入僧堂内巡堂而轉首座乃向牛背上三拍泉便休去師後將一束草安首座面前首座無對
有秀才見師乃讃歎師云和尚是古佛師云秀才是新如來
有僧問如何是涅槃師云我耳重僧再問師云我不害耳聾乃有頌勝勝大道者對面涅

槃門但坐念無際來年春又春
有僧問生死二路是同是別師乃有頌道人
問生死生死若爲論雙林一池水朗月耀乾
坤喚他句上識此是弄精魂欲會箇生死顛
人說夢春
因見諸方見解異途乃有頌呵
趙州南石橋北觀音院裏有彌勒祖師遺下
一隻履直至如今覓不得
魚鼓頌
四大猶來造化功有聲全貴裏頭空莫怪不
與凡夫說只爲宮商調不同
趙王與師作真讚
碧溪之月清鏡中頭我師我化天下趙州
哭趙州和尚二首
師離漉水動王侯心印光潛麈尾收碧落霧
靇松嶺月滄溟浪覆濟人舟一燈乍滅波旬
喜雙眼重昏道侶愁縱是了然雲外客每瞻
瓶杌淚還流
佛日西傾祖印隳珠沉丹沼月沉輝影敷丈
室爐烟慘風起禪堂松韻微隻履乍來留化
跡五天何處又逢歸解空弟子絕悲喜猶自
潸然對雪幃

御選語録卷第六

音釋

丫於加切音鴉　厙式夜切音舍　甓古歷切　彴職畧切音酌橫木渡水　叱尺栗切　漉息移切音思　靇音埋　隳音灰　潸音山

御製序

顧著曰鑒擬問即咦揭眷眨眼敢闞如斯又道古來老宿爲慈悲之故有落草之談如是鑒咦落草也未大慈大悲那顧喪身失命秖這註破即今早已落草了也佛印元曰雲門說法如雲雨絶不喜人記錄見必罵逐曰汝口不用反記吾語今室中對機錄皆香林明教以紙爲衣隨即書之朕今刊錄删輯雲門言句且道與雲門意旨是同是别雲門古德豈畏落草朕亦大丈夫豈問與雲門是同是别者哉雖然超情絶解直指自心如雲門者實爲奇特垂示後世雲門與朕寔是大慈大悲設使燈籠露柱向前致問還慈悲箇什麼答曰鑒進云落草了也答曰咦

雍正十一年癸丑六月朔日

御選語錄卷第七

慈雲匡真弘明雲門偃禪師語錄

機緣

雲門文偃禪師浙西嘉興張氏子依空王寺志澄律師出家稟具窮律部初叅睦州蹤禪師州纔見師來便閉却門師乃扣門州云誰師云某甲州云作什麼師云已事未明乞師指示州開門一見便閉却師如是連三日去扣門至第三日州始開門師乃撥入州便擒住云道道師擬議州托開云秦時轅轢鑽師從此悟入師到雪峯莊見一僧師問上座今日上山去那僧云是師云寄一則因緣問堂頭和尚秖是不得道是別人語僧云得師云上座到山中見和尚上堂衆纔集便出握腕立地云這老漢項上鐵枷何不脫却其僧一依師教雪峯見這僧與麼道便下座攔胸把住其僧云速道速道僧無對雪峯托開云不是汝語僧云是某甲語雪峯云侍者將繩棒來僧云不是某語是莊上一浙中上座教某甲來道雪峯云大衆去莊上迎取五百人善知識來師次日上山雪峯纔見便云因什麼得到與麼地師乃低頭從茲契合

師在雪峯與長慶西院商量雪峯上堂云盡大地撮來如粟米大拋向面前漆桶不會打鼓普請看西院問師雪峯與麼道還有出頭不得處麼師云有院云作麼生是出頭不得處師云不可總作野狐精見解也又云狼籍不少又云七曜麗天又云南閻浮提北鬱單越

師一日與長慶舉趙州無賓主話雪峯當時

與一蹋作麽生師云某甲不與麽慶云你作麽生師云石橋在向北

師到洞巖巖問作什麽來師云親近來巖云亂走作什麽師云暫時不在巖云知過即得師云和尚亂走作什麽

師到疎山疎山問得力處道將一句來師云請和尚高聲問山便高聲問師云和尚早朝喫粥麽山云作麽生不喫粥師云亂叫作麽

師到曹山山示衆云諸方盡把格則何不與他道一轉語教伊莫疑去師便問密密處爲什麽不知有山云秖爲密密所以不知有師云此人作麽生親近山云不向密密處師云不向密密處還得親近也無山云始得親近師應諾諾師問曹山 如何是沙門行云喫常住苗稼者師云便與麽去時如何云你還畜得麽師云學人畜得山云你作麽生畜師云著衣喫飯有什麽難山云何不道披毛戴角師便禮拜

師到江州有陳尚書請師齋相見便問儒書中即不問三乘十二分教自有座主作麽生是衲僧行脚事師云曾問幾人來書云即今問上座師云即今且置作麽生是教意書云黄卷赤軸師云這箇是文字語言作麽生是教意書云口欲談而辭喪心欲緣而慮忘師云口欲談而辭喪爲對有言心欲緣而慮忘爲對妄想作麽生是教意尚書無語師云見說尚書看法華經是否書云是師云經中道治生産業皆與實相不相違背且道非非想天有幾人退位書無語師云尚書且莫草草十經五論師僧拋却特入叢林十年二十年

尚不奈何尚書又爭得會尚書禮拜云某甲罪過

師到歸宗僧問大衆雲集合談何事宗云兩兩三三僧云不會宗云三三兩兩師却問其僧歸宗意旨如何僧云全體與麽來師云上座曾到潭州龍牙麽僧云曾到來師云打野榸漢

師因乾峯上堂云法身有三種病二種光須是一一透得更須知有照用臨時向上一竅在峯乃良久師便出問庵内人爲什麽不見庵外事峯呵呵大笑師云猶是學人疑處在峯云子是什麽心行師云也要和尚相委峯云直須與麽始解穩坐地師應諾諾乾峯示衆云舉一不得舉二放過一著落在第二師出衆云昨日有人從天台來却徃徑山去峯云典座來日不得普請便下座師問乾峯請師荅話峯云到老僧處也未師云與麽則學人在途也峯云與麽那與麽那師云將謂候白更有候黑

師到灌溪時有僧舉灌溪語云十方無壁落四面亦無門淨躶躶赤灑灑没可把問師作麽生師云與麽道即易也大難出僧云上座不肯和尚與麽道那師云你適來與麽舉那僧云是師云你驢年夢見灌溪僧云某甲話在師云我問你十方無壁落四面亦無門淨躶躶赤灑灑没可把你道大梵天王與帝釋商量箇什麽事僧云豈干他事師喝云逐隊喫飯漢

示衆

師上堂良久云夫唱道之機固難諸剖若也

一言相契猶是多途況復忉忉有何所益然且教乘之中各有殊分律爲戒學經爲定學論爲慧學三藏五乘五時八教各有所歸然一乘圓頓也大難明直下明得與衲僧天地懸殊若向衲僧門下句裏呈機徒勞佇思門庭敲磕千差萬别擬欲進步向前過在尋他舌頭露布從上來事合作麽生向者裏道圓道頓得麽者邊那邊得麽莫錯會好莫見與麽道便向不圓不頓處卜度者裏也須是箇人始得莫將依師語相似語測度語到處呈似將謂自己見解莫錯會祇如今有什麽事對衆決擇看時有州主何公禮拜問曰弟子請益師云目前無異草有官問佛法如水中月是不師云清波無透路進云和尚從何得師云再問復何來進云正與麽時如何師云

重疊關山路有官問千子圍繞何者爲的師云化下住持已奉來問問今日開筵將何指教師云來風深辨進云莫祇者便是麽師云錯問從上古德以心傳心今日請師將何施設師云有問有答進云與麽則不虚施設也師云不問不答問如何是正法眼師云普問如何是端坐念實相師云河裏失錢河裏摝問如何是沙門行師云會不得進云爲什麽會不得師云秖守會不得問如何是尋常之用師云且那裏葛藤去問如何是教意師云你看什麽經僧云般若經師云一切智智清淨還夢見未僧云一切智智清淨且置如何是教意師云心不負人面無慚色放你三十棒問如何是諸佛出身處師云東山水上行問乞師指箇入路師云喫粥喫飯時問如何

是塵塵三昧師云桶裏水鉢裏飯問如何是一如體玄師云欠你一問問如何是玄中的師云堅進云如何即是師云速退速退妨他別人問問如何是非思量處師云識情難測問鑿壁偷光時如何師云恰問一言道盡時如何師云裂破進云和尚作麽生下手拈掇師云拈取糞箕掃箒來問如何是透法身句師云北斗裏藏身問如何是本來宗師云不問不答問如何是內外光師云向什麽處問學人如何明達師云忽然有人問你作麽生道進云明達後如何師云明即且置還我達來問學人有疑請師不責從上宗乘事作麽師云三拜不虛

上堂云舉一則語教汝直下承當早是撒屎著你頭上也直饒拈一毛頭盡大地一時明得也是剜肉作瘡雖然如此也須是實到者箇田地始得若未且不得掠虛却須退步向自己脚根下推尋看是什麽道理實無絲髮許與汝作解會與汝作疑惑況汝等且各各當人有一段事大用現前更不煩汝一毫頭氣力便與祖佛無別自是汝諸人信根淺薄惡業濃厚突然起得如許多頭角擔鉢囊千鄉萬里受屈作麽且汝諸人有什麽不足處大丈夫漢阿誰無分獨自承當尚猶不著便不可受人欺瞞取人處分纔見老和尚開口便好把特石驀口塞便是屎上青蠅相似鬬咂將去三箇五箇聚頭商量苦屈兄弟古人一期爲汝諸人不奈何所以垂一言半句通你入路知是般事拈放一邊自著些子筋骨豈不是有少許相親處快與快與時不待人

出息不保入息更有什麽身心閒別處用切須在意珍重

上堂良久云觸目不會道運足焉知路僧問如何是觸目菩提師云與我拈却佛殿問如何是最初一句師云九九八十一問承教有言一切智智清淨時如何師便唾之問學人與麽來請師實說師云知問金剛爲什麽倒地師云不著力問不起一念還有過也無師云須彌山問如來唯一說無二說如何是如來說師云那箇師僧何不問

上堂云諸和尚子莫妄想天是天地是地山是山水是水僧是僧俗是俗良久云與我拈案山來看便有僧問學人見山是山見水是水時如何師云三門爲什麽從這裏過進云與麽則不妄想去也師云還我話頭來

上堂良久云還有人道得麽道得底出來衆無語師拈柱杖云適來是箇小屎坑如今是箇大屎坑問萬法歸一一即不問如何是萬法師云你來這裏説葛藤瞞我問聖僧爲什麽被大虫咬師云與天下人作榜樣問十二時中如何用心即得不辜負去師云省力問學人擬伸一問還許也無師云佛不奪衆生所願問如何舉唱即得不負來機師云痛領一問問已事未明如何指示師云不避來機還當得麽問盡其機來師還接也無師云一問不錯學云一問且置師還接不師云細看前話問毘盧向上即不問虛空請師留些子師云把却汝咽喉你作麽生道問如何是學人自己師云一扠一劄進云莫便是不師云蘇嚕蘇嚕

上堂云一言纔舉千差同轍該括微塵猶是化門之説若是衲僧合作麽生若將祖意佛意這裏商量曹溪一路平沈還有人道得麽道得底出來時有僧問如何是超佛越祖之談師云餬餅進云這箇有什麽交涉師云灼然有什麽交涉問當今一句請師道師云放你一線道還我一句來問不涉廉纖請師道師云一怕汝不問二怕汝不舉三到老僧敎跳四到你退後速道速道僧便禮拜師便打問目前蕩盡時如何師云熱發作麽其僧禮拜而退師云且來且來僧近前師便棒云這掠虛漢謊我問絶消息處如何履踐師云三十年後進云秖今如何師云莫亂統問凡有言説皆是葛藤如何是不葛藤師云大有人見汝問

上堂云大衆汝等還有鄆州針麽若有試將來看有麽有麽衆無對師云若無散披衣裳去也便下座問盡大地人來師如何接師云提綱有路進云莫秖這便是指示不師云合取狗口問目前坦然時如何師云海水在汝頭上進云還著得也無師云向這裏脱空妄語問施主設齋將何報荅師云量才補職進云不會師云不會即喫飯問如何是向上事師云截却汝肚腸換却是筋拈將鉢盂來看僧無對師云這掠虛漢問上無攀仰下無巳躬時如何師云藏身一句作麽生道僧便禮拜師云放過一着置將一問來僧無語師云這死蝦蟇問如何是色即是空師云拄杖敲汝鼻孔問久值爲什麽不識師云測問如何是心師云心進云不會師云不會進云究竟

如何師咄云靜處東行西行問如何是途中受用師云七九六十三進云如何是世諦流布師云江西湖南新羅渤海問請師提綱宗門師云南有雪峰北有趙州問大徹底人見一切法是空不師云蘇嚕蘇嚕問樹凋葉落時如何師云體露金風

上堂云夫學般若菩薩須識得衆生病即識得學般若菩薩病還有人揀得麼出來對衆揀看衆無語乃云若揀不得莫妨我東行西行問一擺淨盡時如何師云爭奈老僧何進云此事和尚分上師云這掠虛漢問如何是道師云透出一字進云透出後如何師云千里同風問古人道知有極則事如何是極則事師云爭奈在老僧手裏何進云某甲問極則事師便棒云吽吽正當撥破便道請益這般底到處但知亂統近前來我問你尋常在長連牀上商量向上向下超佛越祖你道水牯牛還有超佛越祖底道理麼僧云適來已有人問了也師云這箇是長連牀上學得底不要有便言有無便言無僧云若有更披毛戴角作麼師云將知你祇是學語之流

上堂有僧出禮拜云請師荅話師召大衆大衆舉頭師便下座

上堂有解問話者置將一問來僧出禮拜云請師鑒師云拋鈎釣鯤鯨釣得箇蝦蟇云和尚莫錯師云朝走三千暮走八百作麼生僧無語師便打

上堂云江西即說君臣父子湖南即說他不與麼我此間即不如此良久云汝還見壁麼

上堂云從上來且是箇什麼事如今抑不得

已且向汝諸人道盡大地有什麽物與汝爲對爲緣若有針鋒與汝爲隔爲礙與我拈將來喚什麽作佛作祖喚什麽作山河大地日月星辰將什麽爲四大五蘊我與麽道喚作三家村裏老婆說話忽然遇着本色行脚漢聞與麽道把脚拽向階下有什麽罪過雖然如此據箇什麽道理便與麽莫趂口快向這裏亂道須是箇漢始得忽然被老漢脚根下尋着你去處打脚折有什麽罪過旣與麽如今還有問宗乘中話麽待老漢荅一轉了東行西行有僧擬問次師以拄杖劈口打便下座問獅子嚬呻時如何師云嚬呻且置試哮吼看僧應諾師云這箇是老鼠啼

上堂云不得已且作死馬醫向汝道是箇什麽是東是西是南是北是有是無是見是聞是向上是向下是與麽是不與麽這箇喚作三家村裏老婆說話是你有幾箇到此境界相當即相當不相當靜處薩婆訶下座

上堂云諸方老和尚道須知有聲色外一段事似這箇語話誑謼人家男女三間法堂裏獨自妄想未曾夢見我本師宗旨在作麽生消得他信施臘月三十日箇箇須償他始得任汝敎跳去是你諸人各自努力珍重問目前無一法還免得生死不師云你驢年未免得在問如何是道師云去進云學人不會乞師道師云闍黎公驗分明何在重判問維摩一默還同說也無師云痛領一問進云與麽則同說也師云適來道什麽問如何是淸淨法身師云花藥欄進云便與麽會時如何師云金毛獅子

上堂因聞鐘鳴乃云世界與麽廣濶爲什麽鐘聲披七條

上堂云人人自有光明在看時不見暗昏昏便下座

上堂大衆集定師乃拈起柱杖云不得已且向這裏會取看看三門在露柱上便下座

示衆云盡十方世界乾坤大地以柱杖一畫百雜碎三乘十二分教達摩西來放過即不可若不放過不消一喝

示衆云西天二十八祖唐土六祖天下老和尚總在柱杖頭上直饒會得倜儻分明秖在半途若不放過盡是野狐精師一日云古來老宿皆爲慈悲之故有落草之談隨語識人若是出草之談即不與麽若與麽便有重話會語不見仰山和尚問僧近離甚處僧云廬山仰山云曾遊五老峰麽僧云不曾遊仰山云闍黎不曾遊山師云此語皆爲慈悲之故有落草之談有時云若言即心即佛權且認奴作郎生死涅槃恰似斬頭覓活若說佛說祖佛意祖意大似將木槵子換却你眼睛相似

室中語要

舉古云聞聲悟道見色明心師云作麽生是聞聲悟道見色明心乃云觀世音菩薩將錢來買餬餅放下手云元來秖是饅頭有時云燈籠是你自巳把鉢盂噇飯飯不是你自巳有僧便問飯是自巳時如何師云者野狐精三家村裏漢復云來來不是你道飯是自巳僧云是師云驢年夢見三家村裏漢有時云真空不壞有真空不異色僧便問作麽生是

真空師云還聞鐘聲麽僧云此是鐘聲師云驢年夢見

舉疎山和尚問僧什麽處來僧云嶺中來山云曾到雪峰麽僧云曾到山云我已前到時是事不足如今作麽生僧云如今足也山云粥足飯足僧無語師云粥足飯足

舉三平頌云即此見聞非見聞師云喚什麽作見聞無餘聲色可呈君師云有什麽口頭聲色箇中若了全無事師云有什麽事體用無妨分不分師云語是體體是語復拈起柱杖云柱杖是體燈籠是用是分不分不見道一切智智清淨

舉一宿覺云幻化空身即法身師拈起柱杖云盡大地不是法身

舉僧問趙州某甲乍入叢林乞師指示州云喫粥了也未僧云喫粥了也州云洗鉢盂去師云且道有指示無指示若道有指示向他道什麽若道無指示者僧何得悟去

舉無情說法忽聞鐘聲云釋迦老子說法也驀拈起柱杖問僧者箇是什麽僧云柱杖子師云驢年夢見一日云三家村裏賣卜東卜西卜忽然卜着也不定僧便問忽然卜着時如何師云伏惟師有時云大用現前不存軌則僧便問如何是大用現前師乃拈柱杖高聲唱云釋迦老子來也有時以柱杖打火爐一下大衆眼目定動師乃云火爐教跳上三十三天見麽衆無語師云無智人前莫說打你頭破百裂師有時云看看法身變作燈籠超佛越祖之談從你脚跟下過也僧云脚跟下認得時如何師云鈍置殺我僧云與

麽則迥然不在者裏也師云十萬八千
舉盤山語云光境俱忘復是何物師云直饒
與麽道猶在半途未是透脱一路僧便問如
何是透脱一路師云天台華頂趙州石橋
舉仰山云如來禪即許師兄會僧便問如何
是如來禪師云上大人又拈起扇子云我唤
作扇子你唤作什麽僧無語師云扇子上説
法燈籠裏藏身作麽生僧却問如何是和尚
禪師叱云元來秖在者裏
舉雪峰唤僧近前來僧近前峰云去師舉了
問僧你作麽生道得叉手句你若道得叉手
句即見雪峰
舉三祖云一心不生萬法無咎師云祇者裏
悟了乃拈起拄杖云乾坤大地有什麽過
舉盤山云光景俱忘復是何物師云東海裏

藏身須彌山上走馬復以拄杖打牀一下大
衆眼目定動乃拈拄杖趂散云將謂靈利者
漆桶
舉僧問乾峰十方薄伽梵一路涅槃門未審
路頭在什麽處峰以拄杖劃云在者裏師拈
起扇子云扇子敎跳上三十三天築着帝釋
鼻孔東海鯉魚打一棒雨似盆傾相似會麽
師有時云諸方拈槌竪拂云會麽但云莫壓
良爲賤却云是是待伊擬議便行
舉敎云心生種種法生心滅種種法滅乃拈
起拄杖云重多少僧云半觔師云驢年夢見
舉夾山語云百草頭上薦取老僧師合掌云
不審不審又以拄杖指露柱云夾山變作露
柱也看看
舉叅同契云回互不回互師云作麽生是不

回互乃以手指板頭云者箇是板頭作麼生是回互師云喚什麼作板頭

舉見聞覺知無障礙聲香味觸常三昧師云一切處不是三昧行時不是三昧有處云聲香味觸體在一邊聲香味觸在一邊見解偏枯

舉祖師偈云法法本來法師云行住坐臥不是本來法一切處不是本來法祇如山河大地與你日夕著衣喫飯有什麼過又云法本法無法師拈起柱杖云不是本無法

舉寶公云如我身空諸法空千品萬類悉皆同師云你立不見立行不見行四大五蘊不可得何處見有山河大地來是你每日把鉢盂噇飯喚什麼作飯何處更有一粒米來

舉一切聲是佛聲一切色是佛色師拈起拂子云是什麼若道是拂子三家村裏老婆禪也不會

舉南方禪客問國師此間佛法如何國師云身心一如身外無餘師云山河大地何處有也有時云要識祖師麼以柱杖指云祖師在你頭上敎跳要識祖師眼睛麼在你脚跟下又云這箇是祭鬼神茶飯然雖如此鬼神也無厭足師有時云若說菩提涅槃真如解脫是燒楓香供養你若說佛說祖是燒黃熟香供養你若說超佛越祖之談是燒餅香供養你歸依佛法僧下去師一日拈起柱杖舉敎云凡夫實謂之有二乘析謂之無緣覺謂之幻有菩薩當體即空乃云衲僧見柱杖但喚作柱杖行但行坐但坐總不得動着

舉夾山語云百草頭上薦取老僧鬧市裏識

取天子又云一塵纔起大地全收
舉盤山語云光非照境境亦非存光境俱忘
復是何物師云盡大地是光喚什麽作自己
你若識得光去境亦不可得有什麽屎光境
光既不可得境復是何物又云此是古人慈
悲之故重話會語者裏倜儻分明去放過即
不可若不放過復舉手云蘇嚧蘇嚧
舉傅大士云禪河隨浪靜定水逐波清師拈
柱杖指燈籠云還見麽若言見見破凡夫若
言不見有一雙眼在你作麽生會良久復拈
柱杖云盡大地不是浪師有時拈柱杖打牀
一下云一切聲是佛聲一切色是佛色你把
鉢盂喫飯時有箇鉢盂見行時有箇行見坐
時有箇坐見者般底作與麽去就把棒一時
趂散有時拈起拂子云者裏得箇入處去捏
怪也日本國裏說禪三十三天有箇人出來
喚云吽吽特庫兒擔枷過狀
舉古人道一處不通兩處失功兩處不通觸
途成滯拈起柱杖云山河大地三世諸佛盡
在柱杖頭上有甚滯礙如今明也暗向什麽
處去秖者明便是暗一切衆生秖被色空明
暗隔礙便見有生滅之法
舉一宿覺云六般神用空不空一顆圓光色
非色師拈起拂子云者箇是圓光是色非色
喚什麽作色與我拈將來看
舉般若經云無二無二分無別無斷故師乃
指露柱云與般若經相去多少
師因齋次將餬餅一咬云咬著帝釋鼻孔帝
釋害痛復以柱杖指云在你諸人脚跟下變
作釋迦老子見麽見麽闍羅聞說呵呵大笑

云者箇師僧相當閻王不柰你何若不相當總在我手裏師有時以柱杖打牀一下云你若是箇漢忽然者裏聞聲悟了一切山河大地日月星辰有什麽過

舉洛浦云一塵纔起大地全收師云烏窠拈布毛便有人悟去因喫茶次舉一宿覺云三身四智體中圓八解六通心地印師云喫茶時不是心地印乃拈柱杖云且向者裏會取

舉僧問雪峰如何是觸目菩提峰云好箇露柱有處云還見露柱麽師拈起柱杖云有底體上會事見露柱祇喚作露柱有處道不見有露柱見解偏枯見露柱但喚作露柱見柱杖但喚作柱杖有什麽過

舉國師云南方佛法半生半滅此間身心一如身外無餘師云喚什麽作身心一如又云汝等要識國師底麽自代云不可辜負國師去也

舉肅宗帝請國師看戲國師云有什麽身心看戲帝再請國師云幸自好戲師云龍頭蛇尾

舉雪峰云飯籮邊坐餓死人臨河渴死漢玄沙云飯籮裏坐餓死漢水裏没頭浸渴死漢師云通身是飯通身是水

舉僧問資福如何是一塵入正受福作入定勢僧云如何是諸塵三昧起福云你問阿誰師云這阿師話墮也不知

舉茱萸上堂云你諸人莫向虚空裏釘橛時有靈虚上座出衆云虚空是橛茱萸便打虚云和尚莫錯打某甲萸便歸方丈師云矢上加尖僧云和尚適來與麽道那師云槌鐘謝

嚮得箇蝦蟇出來
舉古云寂寂空形影師展兩手云山河大地何處得也又云一切智通無障礙師云柱杖走到西天却歸新羅國裏乃敲牀云這箇是你鼻孔
舉僧問夾山如何是道山云太陽溢目萬里不挂片雲師云不喚作一句不喚作法身却是什麼僧問如何是學人自己師云老僧入泥入水僧云某甲粉骨碎身去也師喝云大海水在你頭上速道速道僧無語師代云也知和尚恐某甲不實有時云直得乾坤大地無纖毫過患猶是轉句不見一色始是半提直得如此更須知有全提時節有時云泡幻同無礙一切處不是幻一切處不是無礙有時云橫說豎說菩提涅槃真如佛性總是向下商量直得拈槌豎拂時節雖亦是橫說豎說然較前猶較些子僧問請師向上道師云大衆久立速禮三拜
舉趙州問僧什麽處去僧云摘茶去師云閑口
舉法身說法青青翠竹盡是法身然未是提綱拈掇時節
舉有爲無三世無爲有三世有爲是斷滅法何處得三世無爲有三世不是守寂處法
舉法身喫飯早是剜肉作瘡將謂合有與麽說話
舉僧問雲居湛然時如何居云不流師云不流說什麼湛然又云此是截鐵之言
舉心經云無眼耳鼻舌身意師云爲你有箇眼見所以言無不可如今見時不可說無也

然雖如此見一切有什麽過一切不可得有什麽聲香味觸法

舉光明寂照徧河沙問僧豈不是張拙秀才語僧云是師云話墮也

舉僧問石霜教中還有祖師意麽霜云有僧云如何是教中祖師意霜云莫向卷中求師代云不得辜負老僧却向屎坑裏坐地作什麽

舉石霜云須知有教外別傳一句僧問如何是教外別傳一句霜云非句師云非句始是句

舉法身清淨一切聲色盡是廉纖語話不涉廉纖作麽生是清淨又云作麽生是法身師云六不收又云三十三天二十八宿

舉古云如我身空諸法空千品萬類悉皆同師云身不可得一切諸法豈是有也所以古人道無情有佛性又云無情不喚作法身說法有時云光不透脫有兩般病一切處不明面前有物是一又透得一切法空隱隱地似有箇物相似亦是光不透脫又法身亦有兩般病得到法身爲法執不忘已見猶存坐在法身邊是一直饒透得法身去放過卽不可仔細檢點來有什麽氣息亦是病

舉韋監軍見帳子畫牛抵樹問僧牛抵樹抵牛無對師代云歸依佛法僧

舉雪峰云盡大地是你將謂別更有師云不見楞嚴經云衆生顛倒迷己逐物若能轉物卽同如來

舉僧問投子如何是此經子云維摩法華又問塵中不染丈夫兒時如何子云不著師云

不喚作法身不喚作第一義亦爲說法亦爲說真空師齋次拈起匙筯云我不供養南僧祇供養北僧時有僧問爲什麽不供養南僧師云我要鈍置供養僧云爲什麽祇供養北僧師云一箭兩垜有僧拈問祇如前意作麽生師云好即同榮或時以柱杖打露柱一下云三乘十二分教說得着麽自云說不着復云咄者野狐精僧問祇如師意作麽生師云張公喫酒李公醉

舉國師云語漸也返常合道論頓也不留朕跡師云拈槌竪拂彈指時節若檢點來也未是無朕跡有時拈柱杖云乾坤大地殺活總在這裏僧便問如何是殺師云七顛八倒僧云如何是活師云要作飯頭僧云不殺不活時如何師便起云摩訶般若波羅密有時云遇人即途中受用乃拈起柱杖云柱杖不是途說話不是途

舉法身喫飯幻化空身即法身師云乾坤大地何處有也物物不可得以空噇空若約點檢來將謂合有與麽說話

舉誌公云雞鳴丑一顆圓光明已久師云腦後即不問你三千里外道將一句來

舉僧問南泉牛頭未見四祖時爲什麽百鳥啣花獻泉云步步踏佛階梯僧云見後爲什麽不啣花獻泉云直饒不來猶較王老師一線道師云南泉祇解步步登高不解從空放下僧云如何是步步登高師云香積世界僧云如何是從空放下師云塡溝塞壑有時云若問佛法兩字東西南北七縱八橫朝到西天暮歸唐土雖然如此向後不得錯舉

舉祖師偈云心隨萬境轉轉處實能幽僧問如何是轉處實能幽師云吉嘹舌頭老僧倒走三千里又問如何是隨流認得性師云饅頭䭔子摩訶般若波羅蜜

舉玄沙示衆云諸方老宿盡道接物利生忽遇三種病人來作麽生接患盲者拈椎竪拂他又不見患聾者語言三昧他又不聞患啞者教伊說又說不得且作麽生接若接此人不得佛法無靈驗有僧請益師師云你禮拜著僧禮拜起師以拄杖便指僧退後師云你不是患盲復喚近前僧近前師云你不是患聾乃竪起拄杖云還會麽僧云不會師云你不是患啞其僧於此有省

舉肇法師云諸法不異者不可續鳬截鶴夷嶽盈壑然後爲無異者哉師云長者天然長短者天然短又云是法住法位世間相常住乃拈起拄杖云拄杖不是常住法

舉古云一念劫收一切智師拈起拄杖云乾坤大地總在上頭若透得去拄杖也不見有直饒與麽也是不著便

舉湖南報慈垂語云我有一句子徧大地僧便問如何是徧大地底句慈云無空缺師云不合與麽道別云何不庵外問

舉南泉示衆云昨夜三更文殊普賢相打每人與二十棒趂出院去也趙州出衆云和尚棒教誰喫泉云王老師有什麽過州便禮拜師代云深領和尚慈悲某甲歸衣鉢下得箇安樂

舉長慶拈拄杖云識得這箇一生參學事畢師云識得這箇爲什麽不住

舉僧到翠巖值巖不在乃下看主事主事云衆見和尚也未僧云未主事却指狗子云要見和尚但禮拜者狗子僧無語後翠巖歸聞此語云作麽生道免得與麽無語師代云欲觀其師先觀弟子

舉龍牙尋常道雲居師兄得第二句我得第一句西院云秖如龍牙與麽道還扶得也無師云須禮拜雲居始得西院云傍觀者哂

舉崇壽問僧還見燈籠麽僧云見壽云兩箇師代云三頭兩面又云七箇八箇

師云打草鞋行脚去無對又云汝問我與汝道僧便問和尚什麽處去師云四維上下對機設教去　或云佛法不用學燈籠露柱欺你去作麽生得不欺你去代云趙州南石橋此　一日云古人面壁閉却門還透得這裏麽代云這裏是什麽乾屎橛又云一　或云般柴來去行住坐卧四威儀中還出得釋迦老子鼻孔麽代云和尚也是量才補職　一日云古人道一句合頭語萬刧繫驢橛作麽生明得免此過代云趙州石橋嘉州大像

或云虛空還有長短也無代云這箇師僧得與麽肥這箇師僧得與麽瘦　或云是你諸人繞天下行脚不知有祖師意露柱却知有祖師意你作麽生明得露柱知有祖師意代云九九八十一　示衆云一舉不再説作麽生是一舉代云長安雖樂又云你若不相當且覓箇入頭路微塵諸佛盡在你舌頭上三藏聖教在你脚根下不如悟去好還有人悟得底麽出來道看代云養子之縁　或云第一句作麽生道若道不得作麽生得心息代

云和尚莫要草鞋柱杖麽　或云今日二十七拈向什麽處代云壁上挂　一日云汝作麽生辨得無礙法代云閙家具　師或云日裏來往日裏辨人忽然中夜教取箇物來未曾到處作麽生取代云瞞却多少人　或云作麽生是不瞞人底句代云莫道這箇是瞞人底　或云你多年在叢林裏乃舉手便放下云向後不得與麽代云若與麽便成辜負和尚　上堂大衆集定云總上來也各自東行西行便下座代云不少　或云古人一言悟道觸縁見性拈起作麽生商量代云雲居鼓上藍鐘　師因說事了起立以柱杖打禪牀一下云適來如許多葛藤貶向什麽處去靈利底即見不伶利底著我熱瞞代云雪上加霜　一日云今日十五入夏也寒山子作麽生代云和尚問寒山學人對拾得　或云你諸人傍家行脚還識西天二十八祖麽代云坐底坐臥底臥又云少喫　因齋次指白磁器云這箇知有超佛越祖之談代云五九四十五又云和尚自喫飯　一日云是你傍家行脚作麽生是不落賓主底句道將來代云便出去　一日云非貴賤據什麽代云蝦跳不出斗　或云作麽生是脚跟下一句代云有麽　或云作麽生出得這裏代云朝游羅浮暮歸檀特　一日云明已底人還見有已麽代云把將來又代展兩手　一日云你師僧繞天下行脚見老和尚開口便上來東聽西聽何不向洗鉢盂處置將一問來代云也知和尚爲物之故　或云佛法還有變易也無代云鉢盂鞋履柱杖針筒　一日云佛

法拈却我不問你還有識世諦法麽代云某甲若道有被和尚領過　示衆云大衆函蓋乾坤目機銖兩不涉世緣作麽生承當代云一鏃破三關　或云你諸人擔鉢囊行脚不知有佛法佛殿上噇吻却知有佛法代云佛殿裏裝香三門外合掌　師或以柱杖一畫云微塵諸佛盡在這裏還辨得盡麽代云日出東方夜落西　一日云作麽生是扣門一句代云打　師或云古人道觸目是道拈却𪒠𪖌阿那箇是道無對代云是什麽心行師云蒼天蒼天　示衆云十五日已前不問你十五日已後道將一句來代云日日是好日　因看誌公頌問僧半夜子心住無生即生死古人意作麽生代云不可總作野狐精見解也　或云古人道人人盡有光明在看時不見暗昏昏作麽生是光明代云廚庫三門又云好事不如無　或云是你諸人行脚須知有隔身句作麽生是隔身句代云初三十一　或云大智非明真空絶跡還有人明得這箇道理麽若有人明得出來道看代云揑　或云一言纔舉千差同轍是什麽言代云如是我聞又云要道有什麽難　因見狗子乃打一下云你爲什麽咬這露柱代云但以脚趯狗子便去　一日衆集定云莫錯認一着便下座代云謝和尚重重相爲　示衆云中有一寶祕在形山拈燈籠向佛殿裏將三門來燈籠上作麽生代云逐物意移又云雷起雲興　師或云阿耶耶新羅國裏打鐵火星燒着我指頭自代云非但指頭　一日云眼睫横亘十方眉毛上透乾坤下透黄泉須

彌塞却你咽喉還有人會得麽若有人會得拽取占波共新羅鬬額代云㗝　或云古人道聲香味觸常三昧我與你葛藤乃拈拄杖云這箇拄杖子是三昧你若識得拄杖子即識得天下老宿又云你若識得拄杖子未夢見天下老宿脚根下一莖毛代云和尚不使別人　一日云一箭兩垛作麽生代云長安雖樂　一日云作麽生道得不落第二問代云洪州鞋履　一日拈起拄杖云解脱深坑教跳代云出　或云一語明得不要分外代云將謂是天地　師或云塵無自性攬真成立作麽生是成立底事代云五尺拄杖三尺竹　一日云説即天地懸殊不説即眼睫裏藏身背毛上教跳代云三三　或云古人道一語無二語作麽生是一語代云早朝粥齋後茶　師或拈起拄杖云是你諸人作麽生辨雲門雲門作麽生辨你諸人代云平　問僧佛法還有青黄赤白黑也無代云東方甲乙木西方庚辛金　一日云作麽生是塵中辨主代云趙州去江華不遠　師或云有一人問著口似木楔有一人問著口似懸河你道二人過在甚處代云有過即拈出　示衆云叢林言話即不要作麽生是宗門自己代云但展兩手　一日云作麽生是不續再問代云秋風過去春風至　因齋時聞鼓聲師云釋迦老子吽喚也時有僧問未審釋迦老子吽喚作麽師云你與麽驢年夢見在代云今日喫飯甚是遲　或云我今年老七十八也所作事難也良久問僧你道淨缾年多少無對代云甲子會　一日云靈利底人難得

作麽生是靈利底人代云不妨　一日云會佛法底人共什麽人語話代云行者　問僧云三藏聖教天下老和尚言語總拈去蝦蟇口裏道將一句來代云昨日新雷起　問僧云行住坐卧著衣喫飯是法身那箇是你四大代云和尚今年年尊　或云照盡一句作麽生道代云某甲不欲開蝦蟇口　師在餬餅寮喫茶云不向汝道罪過無對復云第一須忌火便起去代云大衆不得辜負和尚師或拈起柱杖問僧這箇汝不得道著作麽生是衲僧孔竅無對又云你若道不得向鼻孔裏道將一句來代云新羅火鐵鄆州針又云足上不足　因僧來衆師拈起袈裟云你若道得落我袈裟繼續裏你若道不得又在鬼窟裏坐作麽生代云某甲無氣力　一日云萬法從甚處起代云糞堆頭　師或云第一句作麽生道你若明得陝府鐵牛吞却乾坤代云謝和尚重重相爲　示衆云舉一不得舉二你若舉二放你舉三代云開　或云頭上霹靂即不問你脚下龍過道將一句來代云朝起雲暮降雨　一日云一切智智清淨中還有生滅麽代云夜叉説半偈　示衆云作麽生是不露鋒骨句代云今時人須是明明向道始得師乃有須不露鋒骨句未語先分付進歩口喃喃知君大罔措　或云十方國土中唯有一乘法你道自己在一乘法裏一乘法外代云入又云是　或云折半列三針筒鼻孔在什麽處與我箇箇拈出來看代云上中下　師或云衲僧須得巴鼻即識得天下人作麽生是衲僧巴鼻代云德山棒

示衆云淺聞即深悟深聞即不悟代云迷逢達摩　或云衲僧須識古人眼作麽生是古人眼代云蝦蟇趴上天　師或拈起柱杖云莫道老和尚瞞你貴之與賤縱橫十字一時這裏會得了莫辜負老僧代云百鳥爲子屈又云抑與之與　師舉古人云至道無難唯嫌揀擇這箇是僧堂這箇是佛殿那箇是不揀擇代云何必如此　師或云不問汝叢林言教這箇是天這箇是地以手指身云這箇是我又指露柱云這箇是露柱那箇是佛法代云也大難　一日云通明底人什麽物與麽來代云莫教屈着人又云釋迦老子須彌山　一日云一句辨邪正忽有人問作麽生是辨邪正底句你作麽生道代云西天與此土不同　或云今日已前不要今日已後不要正當今日道將一句來代云正好　或云鉢盂匙筯與露柱相去多少代云分開好又云尋常得此便　一日云作麽生是提婆宗代云西天令嚴此土還較　或云有一切見底人是什麽人代云三家村裏納稅漢一日云不占田地道將一句來代云總屬和尚　師行次以柱杖打露柱一下云什麽處來自云西天來復云來這裏作什麽自云說佛法乃喝云欺我唐土人又以柱杖打一下便行却拈問僧汝道我意作麽生僧便問祇如師意作麽生代云不用行主又云獅子咬人　一日云驀劄一句作麽生道代云因一事長一智　或云大藏教將什麽辨代云點又云衲僧鼻孔又作麽生道代云玩山玩水　或云作麽生是入鄉隨俗底句代云君

子可入　一日云作麼生是提綱一句代云雪峰南趙州北　師或云非色非聲體上明得是第幾機代云不可向野狐窟裏作活計　一日云遠即照近即明作麼生道代云入水始見長人又云更不要也　師或拈柱杖云且向這裏會也有利益也無利益總不會顢頇佛性儱侗真如代云疋上不足疋下有餘　因齋時打帳座一下云這箇喫又打飯牀一下云這箇不喫代云一槌兩當　因搬米問僧人擔米米擔人代云總得又云搬米辛苦猶是可　又問僧大檣有多少米僧云七十碩師拈起柱杖云七十碩米一時在柱杖頭上擔將來即得若擔不得餓殺你代云不可爲小小　一日云有所說野干鳴無所說獅子吼我與麼是野干鳴作麼生是獅子吼代云九九八十一　師或云埋没兩字不用道著代云深領和尚慈悲又云因某甲所置　善財入門也作麼生道得出去代云朝遊羅浮　或云餬餅從你横咬豎咬不離這裏道將一句來代云今日新麪　或云作麼生得道斷商量代云來年更有新條在惱亂春風卒未休

御選語錄卷第七

音釋

轋轢上達各切下歷各切　腕烏貫切　榸音齋　諕呼嫁切音號　敎蒲没切音孛　蚩充之切音婁

御製序　林八

宋初杭州永明智覺禪師平生著述有宗鏡録唯心訣心賦萬善同歸等集凡千萬言並在大藏有流傳海外者朕披閱採録不勝敬禮喜悦真所謂明逾曉日高越太清如鼓師子弦衆響俱絶如發摩尼寶五色生光信爲曹溪後第一人超出歷代大善知識者特加封妙圓正修智覺禪師卷中萬善同歸集一書禪師自謂畧述教海之一塵普施法界之含識云自師證明方知大小齊觀宗教一貫但學人須必真參實有所悟乃可觀此書依教行持可以普獨耀之神光圓幻有之萬行所爲無成之成不修之修無碍妙諦有益圓證若未能解縛俱空境智雙泯則必依情起識執相求詮則墮鐵圍之山轉迷真覺之海禪師云先明其宗方能進道若一向逐末實有所妨然則此書未經參悟不必觀讀本禪師之志也朕既刊其全書頒示宗徒又採其至言附於本集因恐疑悮初學故又指述於此

雍正十一年癸丑六月望日

御選語録卷第八

妙圓正修智覺永明壽禪師集

唯心訣

詳夫心者非眞妄有無之所辨豈文言句義之能述乎然衆聖歌詠往哲詮量千途異説隨順機宜無不指歸一法而已故般若唯言無二法華但説一乘思益平等如如華嚴純眞法界圓覺建立一切楞嚴含裹十方大集染淨融通寶積根塵泯合涅槃咸安祕藏淨名無非道場統攝包含事無不盡籠羅該括理無不歸是以一法千名應緣立號不可滯方便之説迷隨事之名謂衆生非眞諸佛是實若悟一法萬法圓通塵劫凝滯當下氷消無邊妙義一時通盡深徹法源之底洞探諸佛之機不動微毫之功匪移絲髮之步優游沙界徧歷道場何佛刹而不登何法會而不涉無一相而非實相無一因而非圓因恒沙如來煥若目前十方佛法皎然掌内高低岳瀆共轉根本法輪大小鱗毛普現色身三昧處一座而十方俱現演一音而沙界齊聞談玄顯妙而不壞凡倫千變萬化而未離眞際與三世佛一時成道共十類生同日涅槃擊法鼓於魔宮震法雷於邪域履逆而自順處剛而自柔臨高而不危在滿而不溢可謂端居絶學之地深履無爲之源入衆妙之玄門遊一實之境界無一法本有無一法始成泯中邊絶前後印同異一去來萬境齊觀一際平等梵音恒聞慧光常照此大寂三昧金剛定門今古咸然聖凡齊等如一滴之水與渤澥之潤性無差若芥孔之空等太虚之容納

非別信之者功超遠刧明之者秖在刹那此一際之法門眞無方之大道聚一塵而非合散衆刹而非分和光而不羣同塵而不染超出而不離冥合而無歸養育凡聖而無質像可觀興建法界而無名字可立依蔭草木籠罩古今徧界徧空穹蒼不能覆其體常照常現鐵圍不能匿其輝無住無依塵勞不能易其性非純非雜萬法不能隱其眞閴爾無聲而羣音揭地蕩然無相而衆像參天相入而物境千差相卽而森羅一味不從事而失體非共非分不守性而任緣亦同亦別是以卽性之相故無妨建立卽理之事故不翳眞常以空之有故豈礙繁興以靜之動故何虧湛寂言一則大小相入言異則高下俱平言有則理體寂然言無則事用不廢雖起而常滅

世相舍虛雖寂而恒生法界出現任動而常住萬化不移任隱而恒與一體隨應無假而幻相和合無實而眞性湛然無成而異質交輝無壞而諸緣互絶境雖現而無現性智雖照而無照功寂用非差能所一際狀同淨鏡萬像而不能逃形性若澄空衆相而不能離體爲常住藏作變通門湛爾堅凝恒隨物化紛然起作不動眞如男身沒女身彰東方入西方起當存而正泯在卷而恒舒普注而不遷俱徧而無在舉一塵列無邊刹土指一念樹無盡古今居一相而非升卽淨隨染驟五趣而不墜處濁恒清外望無盈餘內窺無積聚觸目而不見滿耳而不聞盈懷而無知徧量而非覺本成而非故今現而非新不磨而自明弗瑩而自淨可謂妙體常住靈光靡沉

至德遐周神性獨立衆妙羣靈而普會爲萬法之王三乘五性而冥歸作千聖之母獨尊獨貴無比無儔實大道源是真法要玄蹤不定任物性以方圓妙應無從逐機情而隱顯是以本生末而末表本體用互與真成俗而俗立真凡聖交映此顯彼而彼分此主伴齊叅生成佛而佛度生因果相徹境無自性而他成自心無自性而自成他理不成就而一卽多事不成就而多卽一相雖虛而恒冥一體性雖實而常在萬緣雖顯露而難以情求任超絶而無妨大用縱横幻境在一性而融真寂滅靈空寄森羅而顯相諦智相發染淨更熏隨有力無力而出沒無恒逐緣成緣散而卷舒不定相攝則纖塵不現相資則萬境俱生來如水月之頓呈去若幻雲之忽散動寂無礙涉入虛融互奪互存靈通莫測不出不在妙性無方智海滔滔包納而無遺纖芥靈珠璨璨照臨而不隱微毫若真金隨異器以分形千差不礙如湛水騰羣波而顯相一體無虧俱是俱非亦邪亦正不有而示有杳若夢存無成而似成儵如幻住依空源而起盡法法無知隨化海以興亡緣緣絶待是以五岳穹崇而不峻四溟浩渺而不深三毒四倒而非凡八解六通而非聖悉住真如寂滅之地盡入無生不二之門施爲大解脫中重重無盡顯現不思議内浩浩難窮豈可立其始終定其方域何必崇真斥妄厭異欣同欲壞幻化之身擬斷陽焰之識不知念念釋迦出世步步彌勒下生分别現文殊之心動止運普賢之行門門而皆開甘露味味而純是

醍醐不出菩提之林長處蓮華之藏晃晃而無塵不透昭昭而溢目騰光豈勞妙辯之敷揚誰待神通之顯示動止常遇明暗不離非古盛而今衰豈愚亡而智現語默常合終始冥通初祖豈用西來七佛何嘗出世是以心空則天地虛寂心有則國土崢嶸念起則山岳動搖念默則江河寧謐機峻而言了義志徹而念念虛玄器廣而法法周圓量大而塵塵無際意地清而世界淨心水濁而境像昏舉一全該坦然平等宛爾具足唯在正觀萬法本只由人真如自含衆德無念而殊功悉備無作而妙行皆圓不運而成靈智法爾無求自得妙性天真方知理智圓融大道無外絕一塵而獨立何衆相以縱然是則聲處全聞見外無法豈玄黃之所惑匪音響之能淪如滄海之味混百川猶須彌之色吞羣鳥無一名不播如來之號無一物不闡遮那之形嵓樹庭莎各挺無邊之妙相猿吟鳥噪皆談不二之圓音癡愛成解脫真源貪瞋運菩提大用妄想興而涅槃現塵勞起而佛道成從體施爲報化而未嘗不寂隨緣顯現法身而無處不周實教法之所歸聖賢之稟受羣生之實際萬物之根由正化之大綱出世之本意三乘之正轍入道之要津般若之靈源涅槃之窟宅蓋以妙理玄邈大旨希夷狂慧而徒自勞神癡禪而但能守縛實謂言思路絕分別意窮識智脩然神清可鑑空有雙豁根塵洞開如窺淨天似臨皎日無一法門而不現無一至理而不明豈動神情春池而穩探真寶匪勞心力赤水而自獲玄珠觀沙界

於目前指大千於身際收羣生於掌握納萬彙於胸襟不施一功成就楞嚴之大定不披一字徧覽普眼之眞經四句之義頓融百非之路杳絶竪徹三際横亘十方為一總持號大自在神光赫赫威德巍巍尼乾䰇消波旬膽碎煩惱賊颯然隳壞生死軍豁爾飄颻愛河廓清慢山崩倒逍遥物外無得無求憺怕虛懐曠然絶累虛空讓其高廣日月慚其光明然後則權實雙遊悲智齊運拯世若幻度生同空涉有而不乖無履眞而不礙俗若乾坤之覆載猶日月之相須示聖現凡出生入死持實相印建大法幢作一種之光明為萬途之津濟能令寒灰再焰焦種重榮永為苦海之迅航常作迷途之明導任運遮照隨智卷舒雖無知而萬法圓通雖無見而一切明現但契斯旨體本自然如羣萌值春萬物得地十身頓現四智鬱興猶如意幢若大寶聚法財豐溢利物何窮故號功德之林乃稱無盡之藏豈有朝曦而不照夜炬而不明者哉何得以限量心起分齊見局太虛之濶狹定法界之邊疆遂令分別之情不越衆塵之境向眞如境上皷動心機於寂滅海中奔騰識浪於管中存見向壁鏬偷光立能所之知起勝劣之解齊文定旨逐語分宗蟭螟豈繼於鵬程螢照那齊於日曜豈能一毛孔内納十方之虛空一刹那中現億佛之世界一一身而徧一切刹一一刹而含無邊身乘高廣之大車展大千之經卷陞燈王之法座飡香積之嘉饍披迦葉之上衣入釋迦之正室促多生於頃刻擲世界於他方腹吸風輪口吹刼

火變邱陵爲寶刹移淨土於穢邦一毫中放無盡之光明一言內演難思之敎海此乃羣生之常分與衆聖而同儔無一法而不然但有心而皆爾非假變通之力不從修證之因德量如然塵毛悉具一香一味同棲滅盡定門蠢動蜎飛不昧靈知寂照何得遺山認培弃海存漚劣志卑心而自鄙屈翻乃持神珠而乞丐守金藏以貧窮辜負巳靈埋沒家寶或捨離而保持偏正或絕分而甘處塵勞或認妄而謬附邪宗或執權而勞修漸行或認位高推於極聖或積德望滿於三祇不知全體現前猶希妙悟豈覺從來具足仍待功成不入圓常終成輪轉只爲昧於性德罔辯眞宗捨覺循塵弃本就末掛有無之魔罥投一異之邪林宰割眞空分羅法性依塵生滅隨境有無執斷迷常驟緣遺性謬興知解錯倒修行或和神養氣而保自然或苦質摧形而爲至道或執無著而椿立前境或求靜慮而伏捺妄心或剗情滅法以凝空或附影緣塵而抱相或喪靈源之眞照或殞佛法之正因或絕識凝神受報於無情之地或澄心泯色住果於八難之天或著有而守乾城或撥無而同兎角或絕見而居暗室或立照而存所知或認有覺是眞佛之形或効無知同木石之類或執妄同究竟之果如卽泥是餅或忘緣趣解脫之門似撥波求水或外馳而妄興夢事或內守而端居抱愚或宗一而物象同如或見異而各立法界或守愚癡無分別而爲大道或尚空見排善惡而作眞修或解不思議性作頑空或體眞善妙色爲實有或沉

機絶想同有漏之天或覺觀思惟墮情量之域或不窮妄性作冥初之解或昧於幻體立空無之宗或認影而爲眞或執妄而求實或認見聞性爲活物或指幻化境作無情或起意而乖寂知或斷念而虧佛用或迷性功德而起色心之見或據畢竟空而生斷滅之心或執大理而頓弃莊嚴或迷漸說而一向造作或據體離緣而堅我執或亡泯一切而守已愚或定人法自爾而墮無因或執境智和合而生共見或執心境混雜亂能所之法或著分别眞俗縛智障之愚或守一如不變而墮常或定四相所遷而沉斷或執無修而祛聖位或言有證而背天眞或躭依正而隨世輪廻或猒生死而喪眞解脱或迷眞空而祟因著果或昧實際而欣佛猒魔或著隨宜所說而守語爲眞或失音聲實相而離言求默或宗教乘而毁自性之定或弘禪觀而斥了義之詮或鬭奇特而但顧出身俄沉識海或作淨潔而推求玄密返墮陰城或起殊勝知解而剜肉爲瘡或住本性清淨而執藥成病或尋文探義而飲客水或守靜居閒而坐法塵或起有得心談無相大乘或運圖度想探物外玄旨或廢說起絶言之見或存詮招執指之譏或認動用而處生滅根源或專記憶而住識想邊際或安排失圓覺之性或縱任虧入道之門或起身心精進而滯有爲或守任眞無事而沉慧縛或專繫念勤思而失於正受或效無礙自在而放捨修行或隨結使而恃本性空或執纒蓋而妄加除斷或保重而生法愛或輕慢而毁佛因或進求而乖本

心或退墮而成放逸或語證相違而虧實地或體用各隊而乖佛乘或守寂而住空失大悲之性或泯緣而厭假違法爾之門或著我見而昧人空或迷現量而堅法執或解不兼信而滋邪見或信不兼解而長無明或云入是而法非或稱境深而智淺或取而迷法性或捨而乖即眞或離而違因或即而忘果或非而謗實或是而毀權或惡無明而背不動智門或憎異境而壞法性三昧或據同理而起增上慢或貶別相而破方便門或是菩提而謗正法輪或非衆生而毀眞佛體或著本智而非權慧或迷正宗而執化門或滯理溺無爲之坑或執事投虛幻之網或絶邊泯跡違雙照之門或保正存中失方便之意或定慧偏習焦爛道芽或行願孤興沉埋佛種或作無作行修有爲菩提或著無著心學相似般若或趣淨相而迷垢實性或住正位而失自本空或立無相觀而障翳眞如或起了知心而違背法性或守眞詮而生語見服甘露而早終或敦圓理而起著心飲醍醐而成毒已上畧標一百二十種邪宗見解並是迷宗背旨失湛乖眞揑目生花迷頭認影若敲氷而索火類緣木以求魚畏影逃空捫風捉電苦非甘種砂豈飯因皆不能以法性融通一旨和會盡迷方便悉溺見河障於本心不入中道翩翩昇沉之路纒綿取捨之懷於無心中强欲斷除向無事内剛求捨離將法空爲恚愛之境返眞智作想礙之情長隨八倒之風難出四邊之網竟不知理即生死恒與道冥妄本菩提從來合覺明常住暗水不離氷

靈智常存妙用無盡何乃過想念而求湛寂斷煩惱而證真如妄作妄修自難自易且靈覺之性本非祕密如來之藏實不覆藏故知圓常之理不虧信解之機難具如針鋒上無邊身菩薩似藕絲懸須彌盧之山唯歎希奇罔知所措如水母土蜂之類猶蚨蛛屈步之徒歷刼他求終朝取相不自暫省返照回光貨鬻衣珠承紹家業但爭空花之起滅定認靑影之是非去淳朴而專尚浮華喪根源而唯尋枝派可謂遺金拾礫擲寶持薪是以衆聖驚嗟達人悲歎都謂不到實地未達本心妄識浮沉緣心巧僞徧計所執現佀外塵人杌繩蛇橫生空見不知萬法無體一切無名從意現形因言立號意隨想起言逐念興想念俱虛本末非有是以三界無物萬有俱空

邪正同倫善惡齊旨全抛大義莫返初源於無心中妄立異同就一體內強分離合自他纔立逆順隨生起鬭爭之端結惑業之始織是非之緻網緝憎愛之樊籠觀鏡像分妍醜之心聆谷響興喜怒之色責化人之心行保幻物之堅牢汲陽燄水而欲滿漏卮折空花而擬栽頑石能所雙寂事理俱空旣造惑因不無幻果欲知妙理唯在觀心恒沙之業一念而能消千年之暗一燈而能破自然不立名相解惑寂然豈有一物當情萬境作對取捨俱喪是非頓融衆翳咸消豁然清淨無非不思議解脫盡是大寂滅道場視聽俱忘身心無寄隨緣養性逐處消時猶縱浪之虛舟若凌空之逸翮縱橫放曠任跡郊鄽普勸諸後賢但遵斯一路聞而不信尚結佛種之因學

而未成猶益人天之福此乃羣經具載諸佛同宣非率爾以致辭請收凝而玄鑒

心賦

覺王同稟祖亂親傳大開真俗之本獨標天地之先常爲諸佛之師能含衆妙恒作羣賢之母可謂幽玄靈性有殊該通匯一千途盡向於彼生萬象皆從於此出事廓恒沙理標精實吞滄溟於毛孔唯是自因卷法界於塵中匪求他術任機啓號應物成名大士修之而行立覺帝體之而圓成聲聞證之爲四諦支佛悟之詺緣生天女之華無著海慧之水澄清執謬解而外道門開邊邪網密役妄念而凡遂業起生死波横括古搜今深含獨占五乘道鍊出於沖襟十法界孕成於初念虚聲頓息法空之正信旋生猛燄俄消靈潤之真誠立驗陞沉表用體具靈知惺惺不昧了了何虧湛爾而無依無住蕭然而非合非離一字寶王演出難思之法海羣生慈父訓成莫測之宗師任性卷舒隨緣出沒挺一真之元始總萬有之綱骨十二因緣之大樹産自元根五千教典之圓詮終歸理窟孤標寂寂獨立堂堂若華中之靈瑞猶照内之神光截瓊枝而寸寸是寶析栴檀而片片皆香尅從凡夫之身便登覺位類在白衣之地直坐龍牀聽而不聞觀之莫見常在而莫更推尋本瑩而何勞熏鍊三界之門無體谷裏傳聲六塵之境本空鏡中寫面寂寞虚沖無事不融彌勒閣而普現摩耶腹而無窮文殊寶冠之内淨名方丈之中芥子針鋒而不窄近塵遠剎而全通靡減靡增綿綿而常凝妙體非成

非壞續續而不墜玄風大業機關金輪種族如頻伽鳥而韻壓羣音猶好堅樹而高陞衆木一翳初起繽紛而華影駢空瞥念纔興縱横而森羅滿目道絶浮言至妙難論出生死而無別路登涅槃而唯一門須臾而卽俗歸眞莫儔兹旨頃刻而從凡入聖難報斯恩羣籍共推罕逈深理呑蛇得病而皆是疑生懸砂止饑而悉從思起乃至筍抜寒林魚跳氷沚酒變河中箭穿石裏非麴蘗之所成豈功力之能恃無纖塵而不因識變道理昭然非一種而罔賴心成言思絶矣動靜之境皆我緣持如雲駛而月運似舟行而岸移魚母憶而魚子長蜂王起而蜂衆隨印前後而無差諸賢共仰楷初終而不謬千聖同推是以朕迹纔生皆從此建快馬見鞭而駕子先知香象廻旋而龍女親獻得果而榮枯已定盡合前因舉念而苦樂隨生悉諧初願美惡無體因念所持聲響冥合形影相隨本性希奇莫可思議似服伽陀之藥如餐眞乳之糜同如意樹雨無盡之寶類水清珠澄衆濁之池陞第一義天正會大仙之日登普光明殿當朝法界之時冥眞寂照含虛吐耀罔象兮獲明珠希夷兮宗法要恩覆羣生而無得不作不爲光含萬象而絶思忘知忘照如是則塵成佛國念契圓音但顯金色之世界唯聞薝蔔之園林莫比商人之寶寧齊樵客之金厭異忻同而情自隔捨此取彼而理恒任繩上生蛇而驚悸杌中見鬼而沉吟癡猿捉月而費力渴鹿逐燄而虛尋飲狂藥而情隨轉日食莨蕩而眼布華針皆自想生萬品而始終常

寂盡因念起一眞而境界恒深法内規模人間軌則願無不從信無不尅見萬像於掌中收十方於座側感現而唯徇吾心美惡而咸歸我識手出金毛師子皆籍善根城變七寶華池盡承慈力卷舒不定隱顯千端或閴爾無跡或爛然可觀處繁而不亂履險而常安醍醐之海泓深横呑衆派法性之山挺出高落羣巒理體融通芳名震烈聽時而别相難窮入處而一門深徹服善見王之藥餌衆病咸消奏師子筋之琴絃羣音頓絶爾乃明逾皎日德越太清隨機起用順物無生非異非同盈刹而坦然平現不大不小遍空而法爾圓成神靈之臺秘密之府病遇良醫民逢聖主以本攝末駕智海之津梁舉一蔽諸闢玄關之規矩匡時龜鏡爲物權衡相奪則境智互泯相資則彼我俱生無明樹上而覺華頓發八苦海内而一味恒清全體現前豈用更思於妙悟本來具足何須苦待於功成顯異標奇精明究竟如舒杲日之光似布勾芒之令三毒四倒而非凡八解六通而非聖至寶居懷兮終不他求靈珠在握兮應須自慶懸同體兮起無緣溢法財兮資慧命履得一之旨豁爾消疑入不二之門廓然無諍大理齊平不虧不盈道性如是無送無迎千濤海底而孤峻萬仞峰頭而坦平竹祖摇風而自長桐孫向日而潛榮數朶之青山長在一片之閒雲忽生意地頓空如兎角之銛利解心全息猶飲水之澄清大建法幢深提寶印居下恒高處違常順握王庫刀之眞形撫修羅琴之正韻得趣而幽途大闢胡用多求了一而

萬事齊休但生深信自在無礙超古絶倫荆
棘變爲行樹梟獍啼成梵輪似毛端之頭含
於寶月如瑠璃之内現出金身若暢斯宗發
明妙慧刖摩訶衍之骨髓摘優曇華之根蒂
任聚須彌之筆未寫纖毫縱饒樂説之門難
敷一偈印同異泯中邊等來去絶偏圓水朝
東而星拱北谷孕風而海納川寂爾無聲衆
響羣音而吼地蕩然無相奇形異狀而參天
納理而分稱真而説蜜齊海内之甜火均天
下之熱當正位之發揚因法性之施設弗從
事而失體非一非多不守已而任緣亦同亦
别本迹雙舉權實俱存言中而盡提綱要指
下而全見根源如一金分衆器之形不變隨
緣之道猶千波含溼性之理隨緣不變之門
若達斯宗無在不在入聖體而靡高居凡身

而弗改即狹而廣毫端遍於十方以短攝長
刹那包於刼海一葉落時天下秋一塵起處
厚地收向空門而及第於禪苑而封侯敵生
死軍之甲冑戰煩惱陣之戈矛得大總持可
作超塵之本具王三昧堪爲入道之由學問
宗師菩提牓樣功德叢林真如庫藏縱横幻
境在一性而融虚寂滅靈空寄千門而顯相
妙跡無等寰中最親小器出無邊之嘉饌仰
空雨莫測之殊珍仙人執手之時動經塵刼
童子登樓之日倏見前因成現而雖圓至道
弘闡而全在當人殊功警世大用通神樂藴
奇音指妙而宮商應節心懷覺性智巧而動
用真十力功高上賢能踐日月潛光山川
迴轉摧慢峯兮涸愛河拆疑城兮截魔罥明
之而法法在我巨嶽可移昧之而事事隨他

纖毫莫辯法無難易轉變由人促多生於一念化寒谷爲芳春秉大炬而燭幽關炳然見旨駕迅航而渡深濟倏爾登真生如來家之要行菩薩道之因萬別千差靡出虛空之性尊高卑下難逃平等之津剪惑裁疑標真顯正使佛法之穹崇致宗門之昌盛類秋江萬影而交羅狀寒室千燈而互暎若鳥夌漢以翺翔似魚沉淵而游泳啼笑而佛慧分明行坐而覺源清淨妙解而唯應我是列祖襟喉通心而莫更餘思羣賢性命

逆順同歸行住不離兩寶而摩尼絕意演教而天鼓無私重重而理事相須恒體恒用一一而有空齊現常寂常知迎之弗前隨之不後匿纖芥而非無展十方而曷有旋轉陀羅之內常當大士之心嚬呻三昧之中不墮二乘之手一理當鋒萬境皆融囊括智源之底冠擧法海之宗如覩鏡中現千重之影像猶窺牖隙見無際之虛空萬彙雖分還歸一總渤澥之潤同濫觴十方之空齊芥孔其猶今古之日照無異明仍併過現之風皷無二動履實際地沖涅槃天掘衆生之乾土涌善逝之智泉聲聞之焦芽蘗綻華王之極果功圓如得返魂之香枯荄再發似服還丹之藥寒燄重燃了達無疑何勞科判駕牛車而立至祇林秉慈舟而坐昇彼岸千年闇室而破在一燈無始樊籠而唯憑妙觀臨法國土無小境而不降靜佛邊疆豈一塵而作亂超情絕解對此無言旨冥真極道契玄源二諦推而莫知理中第一三際求而罔得法內稱尊覺樹根株教門頭首安詳作象王之行決定成

獅子之吼欲薦黙傳之法合在言前將陳祕密之門寧思機後圓宗談火手觸應難驅四句於虛無之外殄百非於寂寞之間如那羅箭之功勢穿鐵鼓似金剛鎚之力擬碎邪山成七辯才具四無畏人中日用之韜鈐世上時機之經緯若森羅之吐孕總攝地輪猶萬物之發生皆含一氣玄邈甚深力自堪任月渚煙林而常談妙旨雲臺寶網而盡演圓音餐香積之廚真堪入律聽風柯之響密可傳心莫尚他宗須遵此令出世之大事功終入禪之本叅學竟直言不謬指南之車轍非虛的示無疑雜犀之枕紋常正絕待英靈一念齊成轉變天地撼動神明孰見不喜誰聞弗驚普現心光標人間之萬號遍該識性猶帝釋之千名妙覺非遥當人不遠隨法性而雲散晴空任智用而華開媚苑攀覺樹而不榮陷鐵圍而非損冒境而朝宗悟旨諸佛果源拶目而得意通真羣生理本祖佛不道父母非親知三有異我而明佛性會萬物爲已而成聖人一兩真金勝氍花千斤之價直半株檀樹改伊蘭四十之由旬上上真機滔滔法海墮無明而不可隳縱神力而焉能改設戴角披毛之者本性非殊任形消骨散之人至靈常在等覺不還隨物周旋爲出世真慈之父作歸宗所敬之天一雨無私羣木而自分甘苦太虛絕量衆器而各現方圓既在正觀須當神聽扣寂寂之玄門躡如如之道徑若玻璃隨物而現色於自體而匪亡猶金剛對日而分形逐前塵而不定菩提窟宅解脫叢林澹泊而慧眼何見杳靄而大智難尋五嶽

崢嶸而不峻四溟浩渺而非深輪王坐妙寶牀時方能入定菩薩戴法性冠處始得明心滯念纔通幽襟頓適成現而可以坐參周遍而徒煩遊歷達無不是統法界以爲家用而靡虛將大地爲標的至道無隔唯理堪親抉目而金鎞快利霔頂而甘露光新寂黙無言因居士而薦旨虛空絶相化闍王而悟眞慧日晶明信心調直被大乘衣而坐正覺牀飲菩提漿而餐禪悅食善財知見舉目而皆入法門華藏山河立相而無非具德羣蒙盡正一槩齊平迹分塵界而不濁性合眞空而靡清體凝一味而匪縮用周萬物而非盈似天中意樹之林常隨天轉若人間心想之處還逐人成貧濟驪珠幽冥玉燭如來寶眼而自絶纖毫金沙大河而更無迴曲若海中之鹹味物物圓通猶色裏之膠青門門具足孤高獨步瑩徹攄情意根淨而寶坊淨心地平而世界平若拂霧以披天神襟頓爽似撥雲而見日法眼恒清一道逍遙羣心仰慕保證而猶玉璽之眞文包藏而若瓊林之寶庫久行方了具遍吉之明宗初學易親成慈氏之入路正念纔發狐疑自惺匪五目之可鑒豈二耳之能聽非有而非空故稱卓絶不出而不在實謂通靈塵思俱逃煩機頓洗迥超萬行之先深徹法源之底月光大士變清水於自心空藏高人現太虛於本體甄明暢志悟入怡神若旱天而遍霧甘澤猶萎草而頓遇陽春翠羽紅鱗普現色身之三昧霞峯霧沚同轉根本之法輪智朗昏衢夢驚長夜貧室之金藏全開燄宅之牛車盡駕紛然起作冥冥

而弗改真如豁爾虛凝歷歷而常隨物化大象無形洪音絕聲三光匿曜河嶽齊平向九居六合之中隨作色空明闇之體於七大四微之內分爲色香味觸之名德御神州威靈法宇通智海之宏津立吾宗之正主達情難信如藕絲懸須彌之山入悟能談似一手接四天之雨居混沌之始出恍惚之間法雷震四生之幽蟄慧日燭三界之重關不世之珍抱玄門而寂寂非常之道任法性以閑閑發覺根苗亂靈筋骨若谷神之安靜似幻雲之出沒事因理顯猶金烏照萬里之程用就體施如玉兎攝千江之月非相非名孤寂幽清一言無不略盡殊說更非異盈吞苦霧而浸邪峯須澄性海降四魔而夷六賊應固心城廣演玄風長施法利諸聖不改其儀萬邪莫迴其致十軍三惑消影響於幻場智刀慧刃利鋒芒於實地一言合理天下同歸體標竒而顯妙用含虛而洞微可謂鎮敵國之寶珠千金罕易挺驚人之法將萬古傳輝動而無爲寂而常照立佛道之垣墻樹修行之大要畫出山河國土意筆縱横分開赤白青黃心燈照耀性自神解不同虛空或埀本以顯跡或居邊而即中猶師子就人之機理標徑直如王索一鎚之器言下全通慧海關防靈園苗裔遍滋廣攝而不揀高低竪徹横該而混同麤細作一種之光輝爲萬途之津濟闇鬼沒於明燈毛輪消於厚瞖確乎不拔高超變易之門湛爾唯堅永出輪迴之際妙極衆象理統諸方如積海而含萬水猶聚日而放千光文圃義園言將發而詞喪清神靜思意欲

緣而慮亡處衆不羣居尊匪獨闡大道之基坰布教海之漩澓了辯乳之眞機達觀象之明目躡薩雲路兮非近非遠詣清涼池兮不遲不速出一語兮海竭山崩提妙旨兮天翻地覆舉圓宗兮數至理法界横關括衆義兮掩羣詮禪門鬰鑠念念而靈山出世步步而兜率下生娑婆現華藏之海園林爲王舍之城見聞覺知運普賢無盡之行周旋俯仰具文殊本智之名從實分權因别顯總擲大千於方外吸海水於毛孔妙位初成之際天雨四華無明欲破之時地搖六動理事無礙本末同岐横吞五乘之粹圓舒八藏之奇從心而出心猶蘭生蘭葉因意而發意似檀孕檀枝不空之空非有之有如外無智而可知智外無如而可守帝網而重重交暎非一非多芥瓶而歷歷分明不前不後忘心而照無念而知若瑞草生於嘉運如林華結於盛時頓息疑情現頷珠於明鏡全澄亂想獲眞寶於春池體廣用深文豐理詣攀覺樹以分枝受輪王之解髻初終交徹卽凡心而見佛心理事該羅當世諦而明眞諦龍宮詮奥海藏抽奇空裏披文之際塵中剖卷之時覺華枝秀忍草苗垂臨太華之猶低機前鵬翥比毗嵐之未速言外鷹馳身泛禪河手開玄鑰執石爲珍攬草成藥傳智燄兮胡假世燈受佛職兮寧齊天爵貿内珠而自省不探驪龍受密印而明知靡求乾鵲迷時徒昧諦處非難念想而如山不動襟懷而似海常安實際無差與三世佛而一時成道眞空平等共十類生而同日涅槃心若不分法終

無咎是之而六蔭七情非之而二頭三手從因緣而生起不同兎角之無向正法而施爲豈類乾城之有德業無盡至理難論恒一恒異常泯常存說證說知背天眞而求沉有海無照無悟失圓修而常鎖空門大體爲分隨機自別萬派而豈有殊源千車而終無異轍不隱不顯四聰而莫認眞歸無性無形妙辯而難窮實說冥心合道意解難明了達而尚非於智叅詳而豈在於情化人舞而幻士謌誰當斷送木馬奔而泥牛鬭孰定輸贏故知唯識唯心無二無別一旨而已絕詮量萬法而但空施設虛生虛滅唯情想而成持似義似名但意言而分別於一圓湛析出根塵外摶地水而成境內聚風火而爲身持種之門作生死之元始總報之主爲涅槃之正因標

實慧宗成眞性軌具體而有法皆宗絕待而無塵可比高高法座非聲聞矬短之能昇赫赫日輪豈外道嬰兒之所視無偏無黨至極至尊總千岐而得旨搜一切而歸根眼底放光照破十方之刹土意根演教碾開一代之法門觸目相應盈懷周匝清白混同水乳無雜理從事變存泯而盡逐緣分事得理融一多而常隨性合意網彌布心輪遍生與羣徒而作體向萬物以安名初居圓成現量之中浮塵未起後落明了意根之地外狀潛呈原夫業識之宗何成教訓能所不分是非焉運因依轉相之內倏起見心俄關現識之間忽陳相分光消積瞶影射重昏徹古而眞源不散該今而妙用常存八萬四千之教乘苗抽性地三十七品之道樹果秀靈根出迷之津

履玄之始義似華開行同雲起當覆一簣之日山聳千尋玄行初步之時程通萬里真俗無礙其道在中非即非離常泯常通應用恒沙求之而奚窮秘跡含容百巧窺之而靡銜殊功易辯邪途難探正穴聽之者無得無聞演之者非示非說妙峰聳於性地仰之彌高法水涌於真源酌而何竭包空而遍匝界而周是以大忘天下方能萬事無求火災欲壞之時一吹頓滅世界將成之際舉念全收乘急戒圓因成果滿該括有空交參主伴十玄門之資攝無盡無窮六相義之融通不常不斷鷲山正脉鹿苑鴻基真風長扇慧範恒施隱顯無際而晦明相並念劫融通而延促同時微妙之境幽深非從像設太玄之鄉綿邈莫可心知卓爾不羣湛然純一天成神授而挺生萬德千珍而共出衆義咸歸於此宗百華同成於一蜜獨超紫微之表敎海宏樞細開虛寂之間禪扃正律唯自不動於彼云云道在心而不在事法由我而不由君真性與緣起同壽不思議而可思議有量共無量平運居見聞而非見聞物外祥雲法中閒氣奇絶而異代殊珍廣大而宗徒富貴得初而即得後猶圓珠無間隔之方了一而便了餘似海滴總江河之味一法纔徹萬彙皆通直論入道之處靡離淨意之中諸佛不證真門悟時無得異生弗沉死海迷處全亡幽旨罕窮淺根難信情見不到而理深智解莫明而機峻業果廓於淨地苦海收波罪華籍於慈風刀山落刃旨不可見義不可尋理短而甘鞭屍吼石請說而願捧足傾心廣長舌之敷揚

暫披而即能熏種五實語之剖析一覽而須納千金舉止施爲現大神變理不偏而事不孤行常順而道常遍即多用之一體同時頓具而非分於一體之多門前後交羅而齊現美惡無體唯想任持聲響冥合形影相隨胎獄華池受報而自分優劣瓊林棘樹稟生而各具榮衰明斷由人斯言可聽運意而須契正宗舉步而莫行他徑如急湍之水逐南北而分流似蚑蟲雙之身食青黃而不定如來之藏萬德之林湛然無際曷用推尋木毋變色之時生於孝意金像舒光之日起自誠心引喻何窮證明非一理理而悉具圓常事事而皆談眞實似幻師觀技而無著了是心生如調馬見影而弗驚知從身出諸塵不隔此旨堪導變化莫測綿密難論如善財不出道場

遍歷百城之法猶海幢常冥寂定廣開佛事之門最上之宗第一之説大悟而豈假他求内證而應須自決似冰含水融通而豈有等倫如金與鐶展轉而更無差別若空孕色猶藍出青馬鳴因茲而製論釋迦由此而弘經外道打髑髏之時察吉凶之徃事相者占人面之際辯貴賤之殊形大體平分玄基高峙十心九識之宗三細六麤之旨根身國土因本識而先生妍醜高低從分別而潛起矗然端直靡歷光陰德用之道恢廓善巧之門甚深金地酥河匪出化源之意人波鬼火寧離業識之心跡現多門光韜實地不用天眼而十方洞明豈運神通而千界飛至未離兜率雙林而已般涅槃不起樹王六欲而早昇忉利堅貞難並泡沫非同立絶相

之相運無功之功慈勑分明始因四念之處教文齋的終歸三點之中性非造作理實鎔融明之而心何曾動昧之而路自迷東任竭海移山未是無爲之力縱躡虛履水皆爲有漏之通辯玉須眞探珠宜靜但向境外而求心馬知圓光而在眚揑目之處飛三有之虛華迷頭之時認六塵之幻影順法界性合真如心智必資理而成照理不待發而自深意絶思惟鑒徹十方之際佛不說法聞通無盡之音莫摘枝苗須搜祖禰豁爾而無明頓開湛然而情塵自洗惡從心起如鐵孕垢而自毀鐵形善逐情生猶珠現光而還照珠體鵠林大意須歸准憑形端影直風靜波澄辯僞識眞如試金之美石除昏鑒物猶照世之明燈事絶纖毫本無稱謂因用之而不窮從讚之而成貴義天行布重重之星象璨然法海圓融浩浩之波瀾一味根塵泯合能所雙銷了了而如同眼見一一而盡是心標照燭森羅隨念而未曾暫歇飛穿石壁舉意而頃尅非遙絶觀通人破塵上將作智海之健舟爲法筵之極唱如蚉附翔鸞之尾逈登丹漢之程猶聲入畫角之中出透重霄之上言言合道法法隨根對大心之高士談普眼之法門厚地金剛穿之而始終不壞雪山正味流之而今古恒存一際無差隨緣自結曠代無減十方咸說如天寶器任福而飯色不同似一無爲隨證而三乘有別萬法萬形皆逐心成孤光一照衆慮俱清如瓶貯醍醐隨諸器而不等猶水分江海逐流處而得名直了無疑襟懷自豁非劣解情當乃上根機奪猶如庭

雀焉攀鴻鵠之心還似井蛙豈測滄溟之闊羣經之府衆義之都寫西來之的意脱出世之真模或徇他求如鑽冰而覓火但歸巳解猶向乳以生酥正業常新恒居本位統一心之高廣燭微言之周備了宗之際殞十方之虛空懺罪之時翻無邊之大地一華開而海内春一理現而法界真如二乘之蒙佛記似窮子之付家珍水未入海之時不成鹹味境若歸心之日方可言均夢宅虛無化源寂滅破疑情而藤蛇併融廓智地而形名雙絶心外求悟望石女而兒生意上起思邀空華而菓結本非有作性自無爲智者莫能運其意像者何以狀其儀言語道亡是得路指歸之日心行處滅當放身捨命之時執迹多端窮源孤邁非世匠之所成豈刼火之能壞白毫光裏出莫測之身雲無生蓋中現大千之世界釋門挺價法苑垂箴無聲之樂寂寂真如之海沉沉應量出生如龍王之降雨差别循業發現猶人間之隨福淺深既達心宗應當瑩飾鍊善行以扶持澄法水而潤澤照世行慈而不謬先洞三明觀根授道而無差須憑十力杜源大士立志高强或剝皮出髓而誓思繕寫或投巖赴火而志願傳揚身燭千燈瀝懇而唯求半偈足翹七日傾心而爲讚華王更有念法勤苦秪希一言懸懸而頓忘寢食顒顒而不避寒暍遍界南求行菩薩之大道忘身東請爲般若之真源冲邃幽奇舉文難述任身座與肉燈用海墨而山筆藥王燒手報莫大之深恩普明刎頭求難思之妙術能祛冰執可定行藏證自覺之聖智入本住

之道場步步而到泥徹底箭箭而破的穿楊齊襟而唯思舉領整網而秪要提網浴滄溟而已用諸河之水爇一塵而皆含衆味之香如忉利雜林靡作差殊之見猶須彌南面純舒金色之光乍似醉醒如同夢起外道授咒於天中婦人求男於林裏無爲無事全當實相之門唯寂唯深頓悟法空之旨百氏冥歸萬古難移據前塵之無體唯自法之施爲若樂工之弄木偶如戲場之出技兒縱淺縱深靡出一心之際任延任促但當唯識之時大矣圓詮奇哉正轍六神通而焉可變四辯才而莫能説攀枝而直到根株尋水而已窮源穴傳印而盡繼曹溪得記而俱成摩竭可謂履道之通衢悟宗之真訣

御選語録卷第八

音釋

澥 胡買切音蟹渤澥海之別名也 謐 覓筆切音密 鬻 余六切音欲賣也 隳 呼回切音灰毀也 齧 魚列切音孽噬也 矗 昌六切音觸聳上也 眚 所景切生上聲目病生翳也

御選語録卷第九

妙圓正修智覺永明壽禪師集

宗鏡録序

伏以真源湛寂覺海澄清絶名相之端無能所之迹最初不覺忽起動心成業識之由爲覺明之咎因明起照見分俄興隨照立塵相分安布如鏡現像頓起根身次則隨想而世界成差後則因智而憎愛不等從此遺真失性執相徇名積滯著之情塵結相續之識浪鏁真覺於夢夜沉迷三界之中瞽智眼於昏衢匍匐九居之内遂乃縻業繫之苦喪解脱之門於無身中受身向無趣中立趣約依處則分二十五有論正報則具十二類生皆從情想根由遂致依正差别向不遷境上虚受輪迴於無脱法中自生繫縛如春蠶作繭似秋蛾赴燈以二見妄想之絲纏苦聚之業質用無明貪愛之翼撲生死之火輪用谷響言音論四生妍醜以妄想心鏡現三有形儀然後違順想風動搖覺海貪癡愛水資潤苦芽一向徇塵罔知反本發狂亂之知見翳於自心立幻化之色聲認爲他法從此一微涉境漸成嶽漢之高峯滴水興波終起吞舟之巨浪爾後將欲反初復本約根利鈍不同於一真如界中開三乘五性或見空而證果或了緣而入真或三祇熏鍊漸具行門或一念圓修頓成佛道斯則尅證有異一性非殊因成凡聖之名似分真俗之相若欲窮微洞本究旨通宗則根本性離畢竟寂滅絶昇沉之異無縛脱之殊既無在世之人亦無滅度之者二際平等一道清虚識智俱空名體咸寂迥

無所有唯一真心達之名見道之人昧之號生死之始復有邪根外種小智權機不了生死之病源罔知人我之見本唯欲厭喧斥動破相析塵雖云味靜寘空不知埋真拒覺如不辯眼中之赤眚但滅燈上之重光罔窮識内之幻身空避日中之虛影斯則勞形役思喪力損功不異足水助氷投薪益火豈知重光在眚虛影隨身除病眼而重光自消息幻質而虛影當滅若能回光就已反境觀心佛眼明而業影空法身現而塵跡絶以自覺之智刃剖開纏内之心珠用一念之慧鋒斬斷塵中之見網此窮心之旨達識之詮言約義豐文質理詣揭疑關於正智之户薙妄草於真覺之原愈入髓之沉痾截盤根之固執則物我遇智火之焰融唯心之爐名相臨慧日之光釋一真之海斯乃内證之法豈在文詮知解莫窮見聞不及今爲未見者演無見之妙見未聞者入不聞之圓聞未知者説無知之真知未解者成無解之大解所冀因指見月得兎忘罤抱一寘宗捨詮檢理了萬物由我明妙覺在身可謂搜抉玄根磨礱理窟剔禪宗之骨髓標教網之紀綱餘惑微瑕應手圓淨玄宗妙旨舉意全彰能摧七慢之山永塞六衰之路塵勞外道盡赴指呼生死魔軍全消影響現自在力闡大威光示真實珠利用無盡傾祕密藏周濟何窮可謂香中爇其牛頭寶中探其驪頷華中採其靈瑞照中耀其神光食中啜其乳糜水中飲其甘露藥中服其九轉主中遇其聖王故得法性山高頓落羣峯之峻醍醐海潤横吞衆派之波似夕

魄之騰輝奪小乘之星宿如朝陽之孕彩破外道之昏蒙猶貧法財之人値大寶聚若渴甘露之者遇清凉池爲衆生所敬之天作菩薩眞慈之父抱膏肓之疾逢善見之藥王迷險難之途偶明達之良導久居暗室倏臨寶炬之光明常處躶形忽受天衣之妙服不求而自得無功而忽成故知無量國中難聞名字塵沙刼内罕遇傳持以如上之因緣目爲心鏡現一道而清虚可鑒辟羣邪而毫髮不容妙體無私圓光匪外無邊義海咸歸顧盻之中萬象形容盡入照臨之内斯乃曹溪一味之旨諸祖同傳鵠林不二之宗羣經共述可謂萬善之淵府衆哲之玄源一字之寶王羣靈之玄祖遂使離心之境文理俱虚即識之塵詮量有據一心之海印楷定圓宗八識之智燈照開邪闇實謂含生靈府萬法義宗轉變無方卷舒自在應緣現迹任物成名諸佛體之號三菩提菩薩修之稱六度行海慧變之爲水龍女獻之爲珠天女散之爲無著華善友求之爲如意寶緣覺悟之爲十二緣起聲聞證之爲四諦人空外道取之爲邪見河異生執之作生死海論體則妙符至理約事則深契正緣然雖標法界之總門須辯一乘之别旨種種性相之義在大覺以圓通重重即入之門爲種智而妙達但以根羸靡鑒學寡難周不知性相二門是自心之體用若具用而失恒常之體如無水有波若得體而闕妙用之門似無波有水且未有無波之水曾無不濕之波以波徹水源水窮波末如性窮相表相達性源須知體用相成性相互顯

今乃細明總別廣辯異同研一法之根源搜諸緣之本末則可稱宗鏡以鑒幽微無一法以逃形斯千差而普會遂爾編羅廣義撮略要文鋪舒於百卷之中卷攝在一心之内能使難思教海指掌而念念圓明無盡眞宗目覩而心心契合若神珠在手永息馳求猶覺樹垂陰全消影跡獲眞實於春池之内拾礫渾非得本頭於古鏡之前狂心頓歇可以深挑見刺永截疑根不運一毫之功全開寶藏匪用刹那之力頓獲玄珠名爲一乘大寂滅場眞阿蘭若正修行處此是如來自到境界諸佛本住法門是以普勸後賢細垂玄覽遂得智窮性海學洞眞源此識此心唯尊唯勝此識者十方諸佛之所證此心者一代時教之所詮唯尊者教理行果之所歸唯勝者信解證入之所趣諸賢依之而解釋論起千章衆聖體之以弘宣談成四辯所以掇奇提異研精洞微獨舉宏綱大張正網撈摝五乘機地昇騰第一義天廣證此宗利益無盡遂得正法久住摧外道之邪林能令廣濟含生塞小乘之亂轍則無邪不正有僞皆空由自利故發智德之原由利他故立恩德之事成智德故則慈起無緣之化成恩德故則悲含同體之心以同體故則心起無心以無緣故則化成大化心起無心故則何樂而不與化成大化故則何苦而不收何樂而不與則利鈍齊觀何苦而不收則怨親普救遂使三草二木咸歸一地之榮邪種焦芽同霑一雨之潤斯乃盡善盡美無比無儔可謂括盡因門搜窮果海故得創發菩提之士初求般若之人

了知成佛之端由頓圓無滯明識歸家之道路直進何疑或離此別修隨他妄解如聲角取乳緣木求魚徒歷三祇終無一得若依此旨信受弘持如快舸隨流無諸阻滯更遇便風之勢復加櫓棹之功則疾届寶城忽登覺岸可謂資糧易辦道果先成披迦葉上行之衣坐釋迦法空之座登彌勒毗盧之閣入普賢法界之身能令客作賤人全領長者之家業忽使沉空小果頓受如來之記名未有一門匪通斯道必無一法不契此宗過去覺王因茲成佛未來大士仗此證眞則何一法門而不開何一義理而不現無一色非三摩鉢地無一聲非陀羅尼門嘗一味而盡變醍醐聞一香而皆入法界風柯月渚並可傳心烟島雲林咸提妙旨步步踏金色之界念念齅薝蔔之香掬滄海而已得百川到須彌而皆同一色煥今開觀象之目盡復自宗寂爾導求珠之心俱還本法遂使邪山落仞苦海收波智檝以之安流妙峯以之高出今詳祖佛大意經論正宗削去繁文唯搜要旨假申問荅廣引證明舉一心爲宗照萬法如鏡編聯古製之深義撮畧寶藏之圓詮同此顯揚稱之曰錄分爲百卷大約三章先立正宗以爲歸趣次申問荅用去疑情後引眞詮成其圓信以茲妙善普施含靈同報佛恩共傳斯旨耳

萬善同歸

夫衆善所歸皆宗實相如空包納似地發生是以但契一如自含衆德然不動眞際萬行常興不壞緣生法界恒現寂不閡用俗不違

眞有無齊觀一際平等是以萬法惟心應須廣行諸度不可守愚空坐以滯眞修若欲萬行齊興畢竟須依理事理事無閡其道在中遂得自他兼利而圓同體之悲終始該羅以成無盡之行若論理事幽旨難明細而推之非一非異若離事而推理墮聲聞之愚若離理而行事同凡夫之執當知離理無事全水是波離事無理全波是水故菩薩以無所得而爲方便涉有而不乖空依實際而起化門履眞而不閡俗常然智炬不昧心光雲布慈門波騰行海遂得同塵無閡自在隨緣一切施爲無非佛事故般若經云一心具足萬行華嚴經云善男子應以善法扶助自心應以法水潤澤自心應於境界淨治自心應以精進堅固自心應以智慧明利自心應以佛自在開發自心應以佛平等廣大自心應以佛十力照察自心明心雖卽佛久翳塵勞故以萬行增修令其瑩徹但說萬行由心不說不修爲是萬法卽心修何閡心問曰祖師云善惡都莫思量自然得入心體涅槃經云諸行無常是生滅法如何勸修故違祖教荅祖意據宗教文破著若禪宗頓教泯相離緣空有俱亡體用雙寂若華嚴圓旨具德同時理行齊敷悲智交濟是以文殊以理印行差別之義不虧普賢以行嚴理根本之門靡廢本末一際凡聖同源不壞俗而標眞不離眞而立俗具智眼而不沒生死運悲心而不滯涅槃以三界之有爲菩提之用處煩惱之海通涅槃之津夫萬善是菩薩入聖之資糧衆行乃諸佛助道之階漸若有目而無足豈到清涼

之池得實而忘權奚昇自在之域是以方便般若常相輔翼眞空妙有恒共成持法華會三歸一萬善悉向菩提大品一切無二衆行咸歸種智維摩經云菩薩雖行於空而植衆德本是菩薩行雖行無相而度衆生是菩薩行雖行無作而現受身是菩薩行雖行無起而起一切善行是菩薩行古德問云萬行統惟無念今見善見惡願離願成疲役身心豈當爲道答此離念而求無念尚未得眞無念况念無念而無閡乎又無念但是行之一豈知一念頓圓如上所引佛旨煥然何得空腹高心以少爲足擬欲蛙嫌海量螢掩日光乎問泯絶無寄境智俱空是祖佛普歸聖賢要路若論有作心境宛然憑何教文廣陳萬善荅諸佛如來一代時教自古及今分宗甚衆撮其大約不出三宗一相宗二空宗三性宗若相宗多說是空宗多說非性宗惟論直指卽同曹溪見性成佛也如今不論見性罔識正宗多執是非紛然諍競皆不了祖佛密意但徇言詮如教中或說是者卽依性說相或言非者是破相顯性惟性宗一門顯了直指不說是非如今多重非心非佛非理非事泯絶之言以爲玄妙不知但是遮詮治病之文執此方便認爲標的却不信表詮直指之教頓遺實地昧却眞心但任淺近之情不探深密之旨迷空方便豈識眞歸問經云但凡夫之人貪著其事取相凡夫隨宜爲說若得理本萬行俱圓何須事跡而興造作乎荅此是破貪著執取之文非干因緣事相之法淨名經云但除其病而不除法金剛三昧經云有

二入一理入二行入以理導行以行圓理又菩提者以行入無行以行者緣一切善法無行者不得一切善法豈可滯理虧行執行違理祖師馬鳴大乘起信論云信成就發心有三一直心正念真如法故二深心樂集一切諸善行故三大悲心欲拔一切衆生苦故論問上說法界一相法體無二何故不惟念眞如復假求學諸善法之行論荅譬如大摩尼寶體性明淨而有鑛穢之垢若人雖念寶性不以方便種種磨治終無得淨如是衆生眞如之法體性空淨而有無量煩惱垢染若人雖念眞如不以方便種種熏修亦無得淨以垢無量偏修一切善行以爲對治若人修行一切善法自然歸順眞如法故當知三祇修道不曾心外得一法行一行何以故但是自心引出自淨行性而起修之故知摩尼沉泥不能雨寶古鏡積垢焉能鑑人雖心性圓明本來具足若不衆善顯發萬行磨治方便引出成其妙用則永翳客塵長淪識海成妄生死障淨菩提是以祖教分朗理事相即不可偏據而溺見河問夫如來法身湛然清淨一切衆生祇爲客塵所蔽不得現前如今但息攀緣定水澄清何須衆善向外紛馳反背眞修但成勞慮荅無心寂現此是了因福德莊嚴須從緣起二因雙備佛體方成諸大乘經無不具載淨名經云佛身者即法身也從無量功德智慧生從慈悲喜捨生從布施持戒忍辱柔和勤行精進禪定解脫三昧多聞智慧諸波羅蜜生乃至從斷一切不善法集一切善法生如來身又云具福德故不住無爲

具智慧故不盡有爲大慈悲故不住無爲滿本願故不盡有爲此乃自背圓詮不遵佛語擬捉涅槃之縛欲沈解脫之坑栽蓮花於高原植甘種於空界欲求菩提華果何處得成譬如不下巨海不能得無價寶珠如是不入煩惱大海則不能得一切智寶問入法以無得爲門履道以無爲先導若與衆善起有得心一違正宗二虧實行荅以無得故無所不得以無爲故無所不爲無爲豈出爲中無得非居得外得與無得既非全別爲與無爲亦非分同非別非同誰言一二而同而別不闕千差若迷同別兩門卽落斷常二執所以華嚴離世間品云知一切法無相是相相是無相無分別是分別分別是無分別非有是有有是非有無作是作作是無作非說是說說是非說如今末代宗門中學大乘人多輕戒律稱是執持小行失於戒急所以大涅槃經佛臨涅槃時扶律談常則乘戒俱急故號此經爲贖常住命之重寶何以故若無此教但取口解脫全不修行則乘戒俱失故經云尸羅不清淨三昧不現前從定發慧因事顯理若闕三昧慧何由成是知因戒得定因定得慧故云贖常住命之重寶何得滅佛壽命壞正律儀爲和合海內之死屍作長者園中之毒樹衆聖所責諸天所訶善神不親惡鬼削跡居國王之地生作賊身處閻羅之鄉死爲獄卒諸有智者宜暫思焉問空卽罪性業本眞如取相增瑕如何懺悔荅若煩惱道理遣合宜苦業二道須行事懺投身歸命雨淚翹誠感佛威加善根頓發似池華得日敷榮若

塵鏡遇磨光耀三障除而十二緣滅衆罪消而五陰舍空最勝王經云求一切智淨智不思議智不動智三藐三菩提正徧知者亦應懺悔滅除業障何以故一切諸法從因緣生故又經云前心起罪如雲覆空後心滅罪如炬破暗須知炬滅暗生要須常然懺炬彌勒所問本願經云彌勒大士善權方便安樂之行得致無上正真之道晝夜六時正衣束體下膝着地向於十方說此偈言我悔一切過勸助衆道德歸命禮諸佛令得無上慧又經云然諸福中懺悔爲最除大障故獲大善故婆沙論云若人於一時對十方佛前代爲一切衆生修行五悔其功德若有形量者三千大千世界着不盡夫罪性無體業道從緣不染而染習垢非無染而不染本來常淨業性如是去取尤難一切衆生業通三世真慧不發被二障之所纏妙定不成爲五蓋之所覆唯圓乘佛旨須於淨處嚴建道場苦到懇誠普代有情勤行懺法内則唯憑自力外則全仰佛加遂得障盡智明雲開月朗是以非内非外能悔所懺俱空而内而外性罪遮愆宛爾且登地入位尚洗垢以除瑕毛道散心却談虛而拱手問淨名經云罪性不在内外中間豈是虛誑何堅不信謗正法輪執有所作罪根實乃重增其病荅佛語誠諦理事分明能拔深疑善開重惑若深信者一聞千悟稱說而行既蕩前非不形後過步步觀照念念無差此乃宿習輕微善根深厚乘戒俱急理行相從斯即深達教門堅持佛語何須事懺過自不生如若垢重障深智荒德薄但空念

一切罪性不在内外中間觀其三業現行全沒根塵法内如說美食終不充饑似念藥方馬能治病若令但求其語而得罪消則一切業繫之人故應易脫何乃積劫生死如旋火輪以知業海渺茫非般若之舟罕渡障山孤峻匪金剛之慧難傾然後身心一如理事雙運方萎苦種永斷業繩所以祖師云將虛空之心合虛空之理亦無虛空之量始得報不相酬又教云淨意如空此有二義一者離虛妄取如彼淨空無有雲翳二者觸境無滯如彼淨空不生障閡既廓心境罪垢何生若能如是名爲依教尚不見無罪豈況有僁耶又罪性本淨是體性淨契理無緣是方便淨因方便淨顯體性淨因體性淨成方便淨方便淨者力行熏治體性淨者一念圓照本末相應内外更資故須理事相扶成其二淨正助兼懺證此一心設但念空言實難違教不信之謗非此誰耶問一生習惡積累因深如何臨終十念頓遣答那先經云國王問那先沙門言人在世間作惡至百歲臨終時念佛死後得生佛國我不信是語耶先言如持百枚大石置船上因船故不沒人雖有本惡一時念佛不入泥犁中其小石沒者如人作惡不知念佛便入泥犁中又智度論問云臨死時少許時心云何能勝終身行力荅是心雖時頃少而心力猛利如火如毒雖少能作大事是垂死時心決定勇健故勝百歲行力是後心名爲大心及諸根事急如人入陣不惜身命名爲健故知善惡無定因緣體空跡有昇沉事分優劣真金一兩勝百兩之疊華爝火

徹光爇萬仞之積草問心外無法佛不去來何有見佛及來迎之事荅唯心念佛以唯心觀徧該萬法既了境唯心了心即佛故隨所念無非佛矣般舟三昧經云如人夢見七寶親屬歡喜覺已追念不知在何處如是念佛此喻唯心所作即有而空故無來去又如幻非實則心佛兩亡而不無幻相則不壞心佛空有無閡即無去來不妨普見見即無見常契中道是以佛實不來心亦不去感應道交唯心自見如造罪衆生感地獄相唯識論云一切如地獄問見獄卒等能爲逼害事故四義皆成四義者如地獄中亦有時定處定身不定作用不定皆是唯識罪人惡業心現並無心外實銅狗鐵蛇等事世間一切事法亦復如是然遮那佛土匪局東西若正解了然

習累俱殄理量雙備親證無生既歷聖階位居不退即不厭生死苦六道化羣生如信心初具忍力未圓欲拯沉淪實難俱濟無船救溺翅弱高飛卧沉痾而欲離良醫處襁褓而擬抛慈母久遭沉墜必死無疑但得陷已之慮未明利他之分故智論云譬如嬰兒若不近父母或墮坑落井水火等難乏乳而死須常近父母養育長大方能紹繼家業初心菩薩多願生淨土親近諸佛增長法身方能繼佛家業十方濟運有斯益故多願往生聖境非虛眞談匪謬何乃愛河浪底沉溺無憂火宅焰中焚燒不懼密織癡網淺智之刃莫能揮深種疑根汎信之力焉能拔遂即甘心伏意幸禍樂災却非清淨之邦顧戀恐畏之世燋蛾爛蠒自處餘殃籠鳥鼎魚翻稱快樂故

知佛力不如業力邪因難趣正因且未脱業身終縈三障既不愛蓮臺化質應須胎藏禀形若受肉身全身是苦既沉三界寧免輪迴生死海淵業道難窮聲聞尚昧出胎菩薩猶昏隔陰況具縛生死底下凡夫寧不被生苦所爲死魔所繫故目連所問經云佛告目連譬如萬川長注有浮草木前不顧後後不顧前都會大海世間亦爾雖有豪貴富樂自在悉不得免生老病死秖由不信佛經後世爲人更甚困劇不能得生千佛國土是故我說無量壽佛國易往易取而人不能修行往生反事九十六種邪道我說是人名無眼人名無耳人大集月藏經云我末法時中億億衆生起行修道未有一得者當今末法現是五濁惡世唯有淨土一門可通入路當知自行難圓他力易就如劣士附輪王之勢飛游四天凡質假仙藥之功昇騰三島實爲易行之道疾得相應慈旨叮嚀須銘肌骨維摩經云欲得淨土但淨其心隨其心淨即佛土淨又經云心垢即衆生垢心淨故衆生淨華嚴經云譬如心王寶隨心見衆色衆生心淨故得見清淨刹大集經云欲淨汝界但淨汝心故知一切歸心萬法由我欲得淨果但行淨因如水性趣下火性騰上勢數如是何足疑焉問住相布施果結無常增有爲之心背無爲之道爭如理觀福等虛空故經云佛言非我而能順理何堅執事緣塵而不觀心達道乎荅若約觀心寓目皆是既云達道舉足寧非菩薩萬行齊興四攝廣被不可執空害有守一疑諸華嚴經云受一非餘魔所攝持是以

捨邊趣中還成邪見不可據宗據令認妙認玄識相施爲陰界造作應須隨機遮照任智卷舒於空有二門不出不在眞俗二諦非卽非離動止何乖圓融無閡大凡諸佛菩薩修進之門有正有助有實有權理事齊修乘戒兼急悲智雙運內外相資若定立一宗是魔王之種或亡泯一切成已見之愚問祖佛法要惟立一乘或云十方薄伽梵一路涅槃門或云一切無閡人一道出生死如何廣陳差別立二法門惑亂正宗起諸邪見荅諸佛法門雖成一種約用分二其體常同如一心法立眞如生滅二門則是二諦一乘之道今古恒然無有增減是以總別互顯本末相資非總無以出別非別無以成總非本無以垂末非末無以顯本故知隻翼難沖孤輪匪運惟眞不立單妄不成約體則差而無差就用則不別而別一二無閡方入不二之門空有不乖始蹈眞空之境是以八萬法門無非解脫一念微善皆趣眞如自有初心後心生忍法忍未必將高斥下以下凌高善須知時自量根力不可評他美惡強立是非言是禍胎自招來業是知事出千巧理歸一源皆是大慈善權方便或因捨身命而頓入法忍或一心禪定而豁悟無生或了本清淨而證實相門或作不淨觀而登遠離道或住七寳房舍而階聖果或處塚間樹下而趣涅槃是以塵沙度門入皆解脫無邊教網了卽歸眞大聖垂言終不虛設譬如涉遠以到爲期不取途中強論難易故知醫不專散天不長晴應須丸散調停陰陽兼濟遂得衆疾同愈萬物齊榮

皆是權施實無定法隨其樂欲逗其便宜惟取證道爲心不揀八門麁細是以衆行俱備萬善齊修一行歸源千門自正豈可捨此取彼執實謗權頓棄機緣滅佛方便故云從實分權權是實權開權顯實實是權實如迷權實二門則智不自在所言般若功深者然般若孕聖弘賢含靈蘊妙標之則爲宗爲首爲導爲依融之則觸境該空無非般若故經云色無邊故般若無邊肇論云三毒四倒皆悉清淨何獨尊淨於般若今何取捨而欲逃空避影乎且諸佛密意詮旨難裁空拳誑小兒誘度於一切無有決定法故號大菩提不知般若有破著之功教中偏讚卻乃隨語生見是以依方故迷故般若能導萬行若無萬行般若何施偏噉醬而飲醎失味致患事抱空

而執斷喪智成癡智論云帝釋意念若般若是究竟法者行人但行般若何用餘法佛荅菩薩六波羅密以般若波羅密用無所得法和合故此即是般若波羅密若但行般若不行餘法則功德不具足不美不妙譬如愚人不識飯食種具聞醬是衆味主便純飲醬失味致患行者亦如是欲除著心故但行般若反墜邪見不能增進善法若與五波羅密和合則功德具足義味調適是以般若無方便溺無爲之坑方便無般若陷幻化之網二輪不滯一道無虧權實雙行正宗方顯住無所住佛事所以兼修得無所得智心所以恒寂華嚴經云譬如虛空於十方中若去來今求不可得然非無虛空菩薩如是觀一切法皆不可得然非無一切法如實無異不失所作

普示修行菩薩諸行不捨大願調伏衆生轉正法輪不壞因果又云菩薩摩訶薩了達自身及以衆生本來寂滅不驚不怖而勤修福智無有猒足雖知一切法無有造作而亦不捨諸法自相雖於諸境界永離貪欲而常樂瞻奉諸佛色身雖知不由他悟入於法而種種方便求一切智雖知諸佛國土皆如虚空而常樂莊嚴一切佛刹雖恒觀察無人無我而教化衆生無有疲猒雖於法界本來不動而以神通智力現衆變化雖已成就一切智智而修菩薩行無有休息雖知諸法不可言説而轉淨法輪令衆生喜雖能示現諸佛神力而不猒捨菩薩之身雖現入於大涅槃而一切處示現受生能作如是權實雙行法是佛業是以若撥果排因卽空見外道據體絶用是趣寂聲聞如金中雖有衆器除礦但能顯金若不施功造作無因得成其器豈金出礦已不造不作自然得成於器是知果佛須性相具足因行必須事理雙修依本智如得金修理行如去礦修事行如造作求佛智如成器也若三世佛行執爲妄想憑何修學而得解脱不依佛行別有所宗皆外道行古德云若一向拱手自取安隱不行仁義道卽闕莊嚴多劫亦不成但實際不受一塵佛事不捨一法還源觀云眞該妄本行無不修妄徹眞源相無不寂又云眞如之性法爾隨緣萬法俱興法爾歸性祖師傳法偈云心地隨時説菩提亦秖寧事理俱無閡當生卽不生故知眞不守性順寂而萬有恒興緣不失體任動而一空恒寂問思益經云入正位者不從

一地至十地楞伽經云寂滅眞如有何次第古德云寧可永劫沉淪終不求諸聖解脱又云任汝千聖現我有天眞佛何乃揑目生華强分行位荅若心宾性佛理括眞源豈假他緣尚猶忘已若隨智區分於無次第中而立次第雖似昇降本位不動常居中道不有而有階降歷然有而不有泯然虛静故般若經云須菩提問佛若諸法畢竟無所有云何説有一地乃至十地佛言以諸法畢竟無所有故則有菩薩初地至十地若諸法有决定性者則無一地乃至十地是以三十七品菩薩履踐之門五十二位古佛修行之路從初念處一念圓修迄至十八不共練磨三業究竟清淨問何不一法頓悟萬行自圓而迂迴漸徑勤勞小善乎禪宗一念不生一塵不現若爭馳熖水兢執空華以幻修幻終無得理荅諸佛了幻方能度幻衆生菩薩明空是以從空建立涅槃經云佛言一切諸法皆如幻相如來在中以方便力無所染著何以故諸佛法爾中論云以有空義故一切法得成是以頓如種子已包漸似芽莖旋發又如見九層之臺則可頓見要須躡階而後得昇頓了心性即心是佛無性不具而須積功遍修萬行又如磨鏡一時徧磨明淨有漸萬行頓修悟則漸勝此名圓漸非是漸圓亦是無位中位無行中行是以徹果該因從微至著皆須慈善根力乃能自利利他故道不遺於小行暗弗拒於初明故一句染神歷刼不朽一善入心萬世匪忘又云萬善理同無漏者夫萬善本有皆資理發理旣無異善豈容二本如來

藏性為萬善之因亦名正因親生萬善台教云如輕小善不成佛是滅世間佛種又云善機有二一感人天華報二感佛道果報是以大聖順機曲應大小不忘接後逗前半滿豈廢或讚小而引歸深極或訶半而恐滯初門黃葉寧金空拳豈實皆是抑揚之意權施誘度之恩而不得教旨者但執方便之言互相是非確定取捨或執小滯大違失本宗或據大妨小而虧權慧又雖然宗大大旨馬明徒云斥小小行空失運意則承虛託假出語則越分過頭斷正法輪謗大般若深僣極過莫越於斯歷劫何窮長淪無間淨名經云無方便慧縛有方便慧解無慧方便縛有慧方便解豈可執權謗實害有資無但大小雙弘空有俱運一心三觀即無過矣是以順法體則纖毫不立隨智用則大業恒興體不離用故寂而常照用不離體故照而常寂是以常體常用恒照恒寂若會旨歸宗則體用俱離何照何寂曷乃據體而礙用執性而壞緣理事不融真俗成隔則同體之悲絕運無緣之慈靡成善惡既不同觀究親何能普救過之甚矣失莫大焉又先德云夫善知識者雖明見佛性與佛同等若論其功未齊諸聖須從今日步步資熏是以諸大菩薩皆思往世波騰苦海作諸不利益事捐功喪力惟長業芽今省前非頓行佛道擐精進甲發金剛心衆善普行廣興法利入世間三昧現功巧神通和光同塵潛行密用滅無明火摧憍慢幢曲順機宜和顔誘誨愛語攝受慈眼顧瞻開諭愚盲安慰驚恐懸照世之日耀破暗之燈揭有

獄之重關沃火宅之熾燄滿求者之願若如意之珠拔病者之根猶善見之藥乾欲海而成悲海碎苦輪而成智輪變貧窮濟作福德之津轉生死野合菩提之道諸佛法内靡所不爲衆生界中無所不濟如地所載如橋所昇如風所持如水所潤如火所熟如春所生如空所容如雲所覆遂今聞名脱苦蹈影獲安觸光而身垢輕清憶念而心猿調伏皆是從微至著漸積善根行滿功圓成其大事何乃毁善業道開惡趣門成就魔緣斷滅佛種夫一念頓圓三德悉備未有一法能越心源設修萬行皆從眞法界之所成或治習氣而用佛知見之所斷所謂無成之成何妨妙行不斷之斷豈閡圓修極惡違境尚爲助發知識美德嘉善寧非進趣道乎問何不直明本際則本立而道生若廣述行門恐生迂滯荅理爲道本行爲道跡因本垂跡無本跡何所施因跡顯本無跡本奚獨立故云本跡雖殊不思議一也是知先明其宗方能進道若一向逐末實有所妨經云非不了眞如而能成其行猶如幻事等侶有而非眞且圓根頓受之人則遮照而無滯卽遮而照故雙非卽是雙行卽照而遮故雙行卽是雙遣不壞本而常末萬行紛然不壞末而常本一心恒寂問法句經云若能心不起精進無有涯何故立事與心而乖無作道乎荅卽心無心事不妨理作而無作性不閡緣故賢首國師云緣起體寂起恒不起達體隨緣不起恒起大集經云佛言精進有二種一始發精進二終成精進菩薩以始發精進習成一切善法以終成

精進分别一切法不得自性金光明經中雖得佛果精進不休故於衆中起禮身骨況餘凡下端拱成耶故十八不共法中精進無減大論云菩薩知一切精進皆是虚妄而常成就不退是名眞實精進弘明集云或有惡趣於空以生斷見說之於口若同用之於心則異正法以空去其貪邪説以空資其愛大士體空而進德小人説空而退善良由反用正言以生邪執矣不觀空以遣累但取空而廢善又善惡諸法等空無相而善法助道惡法生障故知萬法眞性同一如矣無妨因緣法中有萬殊矣故經云深信因果不謗大乘二世因果佛不誑欺十力勸誡聞當不疑而謂善惡都空無損益乎夫法眼明了無法不悉舌相廣長言無不實其析有也則一毫爲萬其等空也則萬像皆一防斷常之生尤兼空有而除疾非聖者必凶順道者終吉勿謂不信有如皎日故中論云諸佛說空法爲始於有故若復著於空諸佛所不化金剛三昧經云若離無取有破有取空此僞妄空而非眞無今雖離有而不存空如是乃得諸法眞無故肇論云若以有爲有則以無爲無有既不有則無無也夫不存無以觀法者可謂見法實性矣何得以空害有以有害空乖一味之源成二見之垢乎並是依語失義遺智存情雖言破有未達有源強復執空罔窮空旨經云菩薩不盡有爲不住無爲肇法師云有爲雖僞捨之則大業不成無爲雖實住之則慧心不朗華嚴經云解如來身非如虚空一切功德無量妙法所圓滿故大集經云捨離大

慈而觀無生是爲魔業厭離有爲功德是爲魔業問忘緣頓入教有明文今何所非而逐因緣法乎答頓教一門亦是上根所受忘緣淨意真爲如實修行今所論者爲著法之人而生偏見一向毀事不了圓宗但析妄情豈除教道台教云如大乘師不弘小教則失佛方便秖如古德設有邊辟之言皆是爲物遣執今時但效其言罔知其旨又全未入於頓門但妄生譏謗所失太過故今愍之是以驟緣遺性積雜染而爲凡離緣求證沉偏空而成小緣性無閡即大菩提不離塵勞門能成無爲種不溺實際海能隨有作波真俗鎔融有無不滯可謂履非道而達正道即世法而具佛法矣問萬善威儀聲聞劣行迂滯化壘跧伏草菴豈稱大心何成圓頓答三乘初學

不愚於法所以法華經云若有比丘實得阿羅漢若不信此法無有是處又云汝等所行是菩薩道漸漸修學悉當成佛皆是中途取證起住著心是以諸佛所訶勸令起行且二乘之人皆登聖位超九地之煩惱斷三界之業身同坐解脫之牀已具神通之慧豈比博地具縛凡夫惟向依通全無修證故真覺大師云二乘何咎而欲不修教中或毀或讃抑揚當時耳凡夫不了預畏被訶寧知見愛尚存去小乘而甚遠雖復言其修道惑使之所不除非惟身口未端亦乃心由邪曲見生自意解背真詮聖教之所不依明師未曾承受根緣非爲宿習見解未預生知而能世智辯聰談論以之終日時復牽於經語曲會私心縱邪說以誑愚人撥因果而排罪福順情則

熙怡生喜逆意則[忄於][忄者]懷瞋三受之狀固然稱位乃儔菩薩初篇之誹未免過人之疊又縈大乘之所不修而復譏於小學恣一時之強口謗說之患鏗然三途苦輪報之長劫問五度如盲般若如導今則偏讚衆行廣明散善乎荅今所論衆善者秖爲成就般若故敎中或訶有爲但是破其貪執如若取捨不生一切無闕若未明般若以萬行爲助緣若已明般若用衆行爲嚴飾萬善同歸集離般若外更無一法或不證般若但習有爲所成生死之因豈得涅槃之果若布施無般若惟得一世榮後受餘殃債若持戒無般若暫生上欲界還墮泥犂中若忍辱無般若報得端正形不證寂滅忍若精進無般若徒興生滅功不趣真常海若禪定無般若但行色界禪不入金剛定若萬善無般若空成有漏因不契無爲果故知般若是險惡徑中之導師迷闇室中之明炬生死海中之智楫煩惱病中之良醫碎邪山之大風破魔軍之猛將照幽途之赫日驚昏識之迅雷抉愚盲之金錍沃渴愛之甘露截癡網之慧刃給貧乏之寶珠若般若不明萬行虛設祖師云不識玄旨徒勞念靜不可剎那忘照率爾相違乃至成佛究竟位中定慧力莊嚴以此度含識大凡善法畧有四種一自性善無貪癡瞋等三善根二相應善善心起時心王心所一時俱起三發起善發身語業表內心所思四第一義善體性清淨又畧有二種一理善卽第一義二事善卽六度萬行今時多據理善若是理善闕提亦具何不成佛是以須行事善莊嚴顯理

積大福德方成妙身如鑛藏金佀山藏玉若石蘊火猶地生泉未遇因緣不成濟用雖然本具有亦同無衆生三因亦復如是故法華經云我以相嚴身光明照世間一切衆所尊爲說實相印又薄德少福人不堪受此法夫善根易失惡業難除是故此心難得調伏故知善事易忘人身難得不可因循剎那異世如上所明萬德衆善菩提資糧惟除二法能成障閡一者不信二者瞋恚不信障未行善欲行善瞋恚滅已行善現行善以不信故如同敗種永斷善根槃壞正宗增長邪見以瞋恚故焚燒功德遮障菩提開惡趣門閉人天路又不瞋從慈而起大信因智而成智刃纔揮疑根頓斷慈雲既潤瞋火潛消是以因智度苦海之津因信入菩提之戶因慈住大覺之室因忍披如來之衣問慈悲萬善深如佛業祖教或毀或讚所以生疑上雖廣明猶懷餘惑未審佛旨究竟所歸更希指南永袪積滯荅祖立言詮佛垂教跡但破徧計所執不壞緣起法門徧計性者情有理無如繩上生蛇杌中見鬼無而横計脫體全空依他性者卽是因緣若隨淨緣卽得成聖若隨染緣卽乃爲凡是以從緣無性故號圓成法華經云諸佛兩足尊知法常無性佛種從緣起是故說一乘論云若見因緣法則名爲見佛故知無有一塵不合理事未有一法非是佛乘皆是不了萬法之初源一塵之自性遂生情執滯相迷名妄分自他强生離合致令理事水火競生各據二邊不成一味自翳眼見明珠有類以執心觀萬善生瑕嫉怒癡性邪見非

道尚爲解脱之門尊崇三寶利他衆信豈成障閡之事是以達之則瓦礫爲金取之則妙藥成毒故經云虛妄是實語除邪執故實語成虛妄生語見故但除去取之情盡履元通之道見網既裂惟一真心塵翳若除無非佛國故華嚴經云偏修理則滯寂偏修智則無悲偏修悲則染習便增但發願則有爲情起故菩薩以法融通不去不取圭峯禪師云師資傳授須識藥病承上方便皆須先開示本性方令依性修禪性不易悟多由執相故欲顯性先須破執破執方便須凡聖俱泯功業齊袪使心無所著方可修禪後學淺識便執此言爲究竟道如上所引祖教了然但以所非者破其執離性之相而生常見離相之性成其斷滅或有所讚者乃是了卽相之性用不離體卽性之相體不離用故知相是性之用性是相之體若欲讚性卽是讚相若欲毀相秖是毀性云何妄起取捨之心而生異見若入一際法門則毀讚都息問如上問意秖據今時多取理通少從事習皆稱玄學離物超塵佛果尚鄙而不修片善豈宗而當作未審上古事總如然請更決疑免墜邪網答前賢往聖志大心淳究理而晷刻不忘潛行而神靈罔測時夕如臨深履薄尅證似然足救頭重實而不重虛貴行而不貴說涉有而不住有行空而不證空從小善而積殊功伏微因而成大果今時則却濁時訛志微根鈍我慢垢重懈怠障深一行無成百非恒習乘戒俱喪理事雙亡墮無知坑坐黑暗獄不達卽事卽理之旨空念破執破病之言智者深嗟

愚人做做既成途轍頓奪尤難是以廣引祖佛之深心備彰經論之大意希悛舊執庶攺前非同躡先聖之遺蹤共稟覺王之慈勅無虧本志免負四恩齊登解脫之門咸聞離生之道成諸佛業滿大菩提塞邪徑而闢正途堅信根而拔疑刺備波羅蜜之智楫駕大般若之慈航越三有之苦津入普賢之願海度法界之飄溺置涅槃之大城往返塵勞周旋五趣不休不息無始無終未來窮而不窮虛空盡而無盡仰惟佛眼證此微誠普爲羣靈敬述茲集問上上根人頓悟自心還假萬行助道熏修不荅圭峯禪師有四句料簡一漸修頓悟如伐樹片片漸砍一時頓倒二頓修漸悟如人學射頓者箭箭直注意在的漸者久久方中三漸修漸悟如登九層之臺足履漸高所見漸遠四頓悟頓修如染一線絲萬條頓色上四句多約證悟惟頓悟漸修此約解悟如日頓出霜露漸消華嚴經說初發心時便成正覺然後登地次第修證若未悟而修非真修也惟此頓悟漸修既合佛乘不違圓旨如頓悟頓修亦是多生漸修今生頓熟此在當人時中自驗若所言如所行所行如所言量窮法界之邊心合虛空之理八風不動三受寂然種現雙消根隨俱盡若約自利則何假萬行熏修無病不應服藥若約利他亦不可廢若不自作爭勸他人故經云若自持戒勸他持戒若自坐禪勸他坐禪智論云如百歲翁翁舞爲敎授兒孫故先以欲鈎牽後令入佛智如或現行未斷煩惱習氣又濃寓目生情觸塵成滯雖了無生之義其力未

先不可執云我已悟了煩惱性空若起心修却爲顛倒然則煩惱性雖空能令受業業果無性亦作苦因苦痛雖虛秪麽難忍如遭重病病亦全空何求醫人徧服藥餌故知言行相違虛實可驗但量根力不可自謾察念防非切宜仔細問因緣義空自他無性涅槃生死一體無殊如何行慈廣垂攝化荅雖人法本空彼我虛寂而衆生迷如夢所得都不覺知菩薩興悲而示眞實問西天九十六種外道各立修行之門勤苦兢兢非無善業云何報盡還入輪迴不得解脫荅未達無生正理惟修生滅有因起貪着之心懷希望之意以苦捨苦從迷積迷匍匐昇沉輪迴莫已蒸砂之喻足可明之問非惟外道修善不得解脫依内教修亦有不得道者何耶荅皆爲有我故不得斷結凡作之時皆云我能作隨境所得住着因果若了二無我理證解一心不動塵勞當處解脫凡有一法皆從衆緣所成實無本體以無體故空是以衆生於性空中執爲實有内則爲我所羈外則爲塵所局所以修行不出心境及至得果不離所因昇降雖殊常縈諸有互爲高下終始輪迴衆患所生我爲其本問既萬法無體本來自空云何復有諸法建立荅秪爲空無體性而從緣生若有自體卽不假緣生既不從緣生卽萬法有其定體若立定相卽成常過善惡不可改移因果遂成錯亂爲惡應生天爲善應沉淵以無因故作善應無福作惡應無罪以無果故是以萬法無體無定但從緣現以緣生故無性諸法皆空以無性故緣生諸法建立故華

嚴經明菩薩於無自性中建立一切佛事是以因空立有有無自名從有辨空空無自體問旣一切諸法無性無生云何衆生執著境緣而受實報荅秖爲不了無性迷爲實有所以受其實報如達其性空卽不生貪着旣不躭著任運施爲不住其因終不受果故經云心生種種法生又云一切惟心造若心不起外境常虛了境性空其心自寂妄心旣寂幻相何生心境俱寘自然合道華嚴經云眼耳鼻舌身心意諸情根一切空無性妄心分別有又云世間一切法但以心爲主隨解取衆相顚倒不如實問旣受實報云何言一切空荅分明云衆生自妄認爲實其性常空雖受苦樂厭愛情生人法俱空一無所得猶如夢見好惡欣慼盈懷及至覺來豁然無事覺來非有夢裏非無旣習顚倒之因不無虛妄之果問所修萬善以何爲根本乎荅一切理事以心爲本約理者經云觀一切法卽心自性成就慧身不由他悟此以真如觀眞實心爲本約事者經云心如工畫師能畫諸世間五蘊悉從生無法而不造此以心識觀緣慮心爲本眞實心爲體緣慮心爲用用卽心生滅門體卽心眞如門約體用分二惟是一心卽體之用用不離體卽用之體體不離用開合雖殊眞性不動心能作佛心作衆生心作天堂心作地獄心異則千差競起心平則法界坦然心凡則三毒縈纏心聖則六通自在心空則一道清淨心有則萬境縱橫如谷應聲語高而響大似鏡鑑像形曲而影邪以萬行由心一切在我內虛外終不實內細外終不

竊善因終値善終惡行難逃惡境問萬行之源以心爲本助道門内何法爲先荅以其眞實正直爲先慈悲攝化爲道以正直故果無迂曲行順眞如以慈悲故不墮小乘功齊大覺以此二門自他兼利問前明先知正宗遍行助道今萬行門中以消疑滯未審以何爲宗旨荅佛法本無定止但隨入處明見心性權名爲宗問以何方便而得悟入荅有方便門應須自入問豈無指示荅見性無方云何所指實非見聞覺知境界問既無所指明見之時見何物荅見無物問無物如何見荅無物即無見無見是眞見有見即隨塵問若然如是教中佛云何亦説見荅佛隨世法即是不見見非同凡夫執爲實見究竟而論見性非屬有無湛然常寂問畢竟如何荅須親省察問理事無閡萬事圓修何教所宗何諦所攝荅法性融通隨緣自在隨舉一法萬行圓收即華嚴所宗圓教所攝若六度萬行成佛度生雖淨緣起皆世諦所收若發明本宗深窮果海則理智俱亡言心路絶問此集所陳有何名目荅若問假名數乃恒沙今畧而言之總名萬善同歸别開十義一名理事無閡二名權實雙行三名二諦並陳四名性相融即五名體用自在六名空有相成七名正助兼修八名同異一際九名修性不二十名因果無差問此集所申當何等機得何等利荅自他兼利頓漸俱收自利者助道之圓門修行之玄鏡利他者滯眞之皎日二見之良醫頓行者不違性起之門能成法界之行漸進者免廢方便之教終歸究竟之乘若信之者

則稟佛言若毀之者則謗佛意信毀交報因果歷然略述教海之一塵普施法界之含識願弘正道用報佛恩頌曰

菩提無發而發　佛道無求而求
妙用無行而行　眞智無作而作
興悲悟而同體　行慈深入無緣
無所捨而行檀　無所持而具戒
修進了無所起　習忍達無所傷
般若悟境無生　禪定知心無住
鑒無身而具相　證無說而談詮
建立水月道場　莊嚴性空世界
羅列幻化供具　供養影響如來
懺悔罪性本空　勸請法身常住
回向了無所得　隨喜福等眞如
讚歎彼我虛玄　發願能所平等
禮拜影現法會　行道足躡眞空
焚香妙達無生　誦經深通實相
散華顯諸無著　彈指以表去塵
施爲谷響度門　修習空華萬行
深入緣生性海　常遊如幻法門
誓斷無染塵勞　願生惟心淨土
履踐實際理地　出入無得觀門
降伏鏡像魔軍　大作夢中佛事
廣度如化含識　同證寂滅菩提

御選語録卷第九

音釋

繭吉典切堅上聲　爝子肖切音醮爝火炬火也　𥎊居仰切繈上聲　閡與礙同　跧阻頑切贊平聲蹲也屈也伏也　鑛古猛切音礦

御製序

紫陽真人作悟真篇以明玄門秘要復作頌偈等三十二篇一一從性地演出西來最上一乘之妙旨自叙云此無爲妙覺之至道也標爲外集夫外之云者真人豈以玄門爲内而以宗門爲外哉審如是真人止應專事玄教又何必旁及於宗説且又何謂此爲最上豈非以其超乎三界真亦不立故爲悟真之外也歟真人云世人根性迷鈍執其有身惡死悦生卒難了悟黄老悲其貪著乃以修生之術順其所欲漸次導之觀乎斯言則長生不死雖經八萬劫究是楊葉止啼非爲了義信矣若此事雖超三界之外仍不離乎一毛孔之中特以不自了證則非人所可代學者將個無義味語放在八識田中奮起根本無明發大疑情猛利無間縱喪身失命亦不放捨久之久之人法空心境寂能所亡情識盡并此無義味語一時忘却當下百雜粉碎覿體真純此從上古德所爲決不相賺者真人以華池神水温養子珠會三界於一身之後能以金丹作無義味語用忽地翻身一擲抹過太虛脱體無依隨處自在仙俊哉大丈夫也篇中言句真證了徹直指妙圓即禪門古德中如此自利利他不可思議者猶爲希有如禪師薛道光皆皈依爲弟子不亦宜乎刋示來今使學玄門者知有真宗學宗門者知惟此一事實餘二即非真焉是爲序

雍正十一年癸丑七月朔日

御選語録卷第十

大慈圓通禪仙紫陽真人張平叔語録

悟真篇後序

切以人之生也皆緣妄情而有其身有其身則有患若其無身患從何有夫欲免夫患者莫若體夫至道欲體夫至道莫若明夫本心故心者道之體也道者心之用也人能察心觀性則圓明之體自現無爲之用自成不假施功頓超彼岸此非心鏡朗然神珠廓明則何以使諸相頓離纖塵不染心源自在決定無生者哉然其明心體道之士身不能累其性境不能亂其眞則刀兵烏能傷虎兕烏能害巨焚大浸烏足爲虞達人心若明鏡鑑而不納隨機應物和而不唱故能勝物而無傷也此所謂無上至眞之妙道也原其道本無名聖人强名道本無言聖人强言爾然則名言若寂則時流無以識其體而歸其眞是以聖人設教立言以顯其道故道因言而後顯言因道而返忘奈何此道至妙至微世人根性迷鈍執其有身而惡死悅生故卒難了悟黄老悲其貪著乃以修生之術順其所欲漸次導之以修生之要在金丹金丹之要在乎神水華池故道德陰符之教得以盛行於世矣盖人悅其生也然其言隱而理奥學者雖諷誦其文皆莫曉其義若不遇至人授之口訣縱揣量百種終莫能著其功而成其事豈非學者紛如牛毛而達者乃如麐角也余向已酉歲於成都遇師授丹法當年且生公傾背自後三傳於人三遭禍患皆不逾兩旬近方憶師之所戒云異日有與汝解韁脫鎖者

當宜授之餘不許爾後欲解名籍而患此道人不知信遂撰此悟眞篇叙丹藥本末既成而求學者湊然而來觀其意勤心不忍秘乃擇而授之然而所授者皆非有巨勢强力能持危拯溺慷慨特達能仁明道之士初再罹禍患心猶未知竟至於三乃省前過故知大丹之法至簡至易雖愚昧小人得而行之則立超聖地是以天意秘惜不許輕傳於非其人也而余不遵師語屢泄天機以其有身故每膺譴患此天之深戒如此之神且速敢不恐懼克責自今以往當鉗口結舌雖鼎鑊居前刀劍加項亦無復敢言矣此悟眞篇中所歌詠大丹藥物火候細微之旨無不備悉好事者夙有仙骨觀之則智慮自明可以尋文解義豈須余區區之口授之矣如此乃天之所賜非余之輙傳也如其篇末歌頌談見性之法即上之所謂無爲妙覺之道也然無爲之道齊物爲心雖顯秘要終無過咎奈何凡夫緣業有厚薄性根有利鈍縱聞一音紛成異見故釋迦文殊所演法寶無非一乘而聽學者隨量會解自然成三乘之差此後若有根性猛利之士見聞此篇則知余得達摩六祖最上一乘之妙旨可因一言而悟萬法也如其習氣尚餘則歸中小之見亦非余之咎矣時元豐改元戊午歲仲夏月戊寅日張平叔再序

悟眞篇外集

性地頌

一

佛性非同異千燈共一光增之寧解益減著且無傷取舍俱無過焚漂總不妨見聞知覺法無一可猜量

二

如來妙體遍河沙萬象森羅無障遮會得圓通眞法眼始知三界是吾家

三

視之不可見其形及至呼之又却應莫道此聲如谷響若還無谷有何聲

四

一物含聞見覺知盖諸塵境顯其機靈常一物尚非有四者憑何作所依

五

不移一步到西天端坐諸方在目前項後有光猶是幻雲生足下未爲仙

六

求生本自無生畏滅何曾暫滅眼見不如耳見口説爭如鼻説

無罪福

終日行不曾行終日坐不曾坐修善不成功德造惡原無罪過時人若未明心莫執此言亂做死後須見閻王難免鑊湯碓磨

三界惟心

三界惟心妙理萬物非此非彼無一物非我心無一物是我已

見物便見心

見物便見心無物心不現十方通塞中眞心

無不遍若生知識解却成顛倒見覩境能無
心始見菩提面

圓通

見了眞空空不空圓明何處不圓通根塵心
法都無物妙用方知與物同

隨他

萬物縱横在目前看他動靜任他權圓明定
慧終無染似水生蓮蓮自蓮

寶月

一輪明月當虛空萬國清光無障礙收之不
聚撥不開前之不進後不退彼非遠兮此非
近表非外兮裏非内同中有異異中同問你
傀儡會不會

心經頌

藴諦根塵空色都無一法堪言顛倒之見巳
盡寂靜之體脩然

人我又名齊物

我不異人人心自異人有親疎我無彼此水
陸飛行等觀一體貴賤尊卑首足同巳我尚
非我何嘗有你彼此俱無衆泡歸水

讀雪竇禪師祖英集

曹溪一水分千派照古登今無滯礙近來學
者不窮源妄指蹄窪爲大海雪竇老師達眞
趣大震雷音椎法鼓獅王哮吼出窟來百獸
千邪皆恐懼或歌詩兮或語句叮嚀指引迷
人路言詞磊落義高深擊玉敲金響千古爭
奈迷人逐境留却將言相尋名數眞如實相
本無言無下無高無有邉非色非空非二體
十方塵刹一輪圓正定何曾分語默取不得
兮捨不得但於諸相不留心即是如來眞軌

則爲除妄想將眞對妄若不生眞亦晦能知眞妄兩俱非方得眞心無罣礙無罣礙兮能自在一悟頓消窮劫罪不施功力證菩提從此永離生死海吾師近而言語暢留在世間爲榜樣昨宵被我喚將來把鼻孔穿放杖上問他第一義何如却道有言皆是謗

戒定慧解

夫戒定慧者乃法中之妙用也佛祖雖嘗有言而未達者有所執今畧而言之庶資開悟然其心境兩忘一念不動曰戒覺性圓明內外瑩徹曰定隨緣應物妙用無窮曰慧此三者相須而成互爲體用或戒之爲體者則定慧爲其用定之爲體者則戒慧爲其用慧之爲體者則戒定爲其用三者未嘗斯須相離也猶如日假光而能照光假照以能明非光則不能照非照則不能明原其戒定慧者本乎一性光照明者本乎一日一尚非一三復何三三一俱忘湛然清淨

即心是佛頌

佛即心兮心即佛心佛從來皆妄物若知無佛復無心始是眞如法身佛法身佛沒模樣一顆圓光含萬象無體之體即眞體無相之相即實相非色非空非不空不動不靜不來往無異無同無有無難取難捨難聽望內外圓通到處通一佛國在一沙中一粒沙含大千界一箇身心萬箇同知之須會無心法不染不滯爲淨業善惡千端無所爲便是如來及迦葉

採珠歌

貧子衣中珠本自圓明好不會自尋求却數

他人寶數他寶終無益只是教君空費力爭如認取自家珍價值黄金千萬億此寶珠光最大遍照三千大千界從來不解少分毫剛破浮雲無障礙自從認得此摩尼泡體空就誰更愛佛珠還與我珠同我性即歸佛性海珠非珠海非海坦然心量包法界任你塵囂滿眼前定慧圓明常自在不是空不是色内外皎然無壅塞六通神明妙無窮自利利他寧解極見即了萬事畢絶學無爲度終日怕兮如未兆嬰兒動止隨緣無固必不斷妄不修真真妄之心總屬塵從來萬法皆無相無相之中有法身法身即是天真佛亦非人兮亦非物浩然充塞天地間只是希夷并恍惚垢不染光自明無法不從心裏生心若不生法自滅即知罪福本無形無佛修無法説丈夫智見自然別出言便作獅子鳴不似野狐論生滅

禪定指迷歌

如來禪性如水體静風波自止興居湛湛常清不獨坐時方是今人静坐取證不道全在見性性於見裏若明見向性中自定定成慧用無窮是名諸佛神通幾欲究其體用但見十方虛空空中杳無一物亦無希夷恍惚希恍既不可尋尋之却成乖失只此乖失兩字不可執爲憑據本心尚乃如空豈有得失能所但將萬法遣除遣令淨盡無餘豁然圓明自現便與諸佛無殊色身爲我桎梏且憑和光混俗舉動一切無心爭甚是非榮辱生身只是寄居逆旅主號毘盧毘盧不來不去乃知生滅無餘或問毘盧何似只爲有相不是

眼前葉葉塵塵塵葉非同非異況此塵塵葉葉箇箇釋迦迦葉異則萬籟皆鳴同則一風都攝若要認得摩尼莫道得法方知有病用他藥療病瘥藥更何施心迷須假法照心悟法更不要又如昏鏡得磨痕垢自然滅了本爲心法皆妄故令離盡諸相諸相離了何如是名至真無上若欲莊嚴佛土平等行慈救苦菩提本願雖深切莫相中有取此爲福慧雙圓當來授記居先斷常纖塵有染却於諸佛無緣翻念凡夫迷執盡被情愛染習只爲貪著情多常生胎卵化濕學道須教猛烈無情心剛似鐵直饒父母妻兒又與他人何別常守一顆圓光不見可欲思量萬法一時無著說甚地獄天堂然後我命在我空中無聲無墮出沒諸佛土中不離菩提本坐觀音三十二應我當亦從中證化現不可思議盡出逍遙之性我是無心禪客凡事不會揀擇昔時一箇黑牛今日渾身總白有時自歌自笑傍人道我神少爭知被褐之形內懷無價之寶更若見我談空恰似渾圇呑棗此法惟佛能知凡愚豈解相表兼有修禪上人只學鬪口合唇誇我問答敏急却元不識主人盡是尋枝摘葉不解窮究本根得根枝葉自茂無根枝葉難存便逞已握靈珠轉於人我難除與我靈源妙覺遠隔千里之殊此輩可傷可笑空說積年學道心高不肯問人枉使一生虛老乃是愚迷鈍根邪見業重爲因若向此生不悟後世爭免沉淪

無心頌

堪笑我心如頑如鄙兀兀騰騰任物安委不

解修行亦不造罪不曾利人亦不私已不持戒律不狥忌諱不知禮樂不行仁義人間所能百無一會饑來喫飯渴來飲水困則打睡覺則行履熱則單衣寒則蓋被無思無慮何憂何喜不悔不謀無念無意凡生榮辱逆旅而已林木棲鳥亦可爲比來且不禁去亦不止不避不求無讚無毀不厭醜惡不羡善美不趨靜室不遠鬧市不説人非不誇已是不厚尊崇不薄賤稚親愛寃讐大小内外哀樂得喪欽侮險易心無兩覩坦然一揆不爲福先不爲禍始感而後應迫而後起不畏鋒刄馬怕虎兕隨物稱呼豈拘名字眼不就色聲不來耳凡所有相皆屬妄僞男女形聲悉非定體體相無心不染不礙自在逍遥物莫能累妙覺光圓映徹表裏包裹六極無有遐邇光兮非光如月在水取捨既難復何比擬了茲妙用迥然超彼或問所宗此而已矣

西江月一十二首

一

妄想不復强滅眞如何必希求本源自性佛齊修迷悟豈拘前後　悟即刹那成佛迷而萬劫輪流若能一念契眞修滅盡恒沙罪垢

二

本自無生無滅强作生滅區分祇如罪福亦無根妙體何曾增損　我有一輪明鏡從來只爲蒙昏今朝磨瑩照乾坤萬象昭然難隱

三

我性入諸佛性諸方佛性皆然亭亭寒影照寒泉一月千潭普現　小即毫毛莫識大時徧滿三千高低不約信方圓説甚短長深淺

四

法法法元無法空空空亦非空靜喧語默本
來同夢裏何勞說夢　有用用中無用無功
功裏施功還如果熟自然紅莫問如何修種

五

善惡一時忘念榮枯都不關心晦明隱顯任
浮沉隨分饑餐渴飲　神靜湛然常寂不妨
坐卧歌吟一池秋水碧仍深風動莫驚儘恁

六

對鏡不須强滅假名權立菩提色空明暗本
來齊眞妄休分兩體　悟即便名淨土更無
天竺曹溪誰言極樂在天西了即彌陀出世

七

人我衆生壽者寗分彼此高低法身通照沒
吾伊念念不須尋覓　見是何曾見是聞非
未必聞非從來諸用不相知生死誰能礙你

八

住相修行布施果報不離天人恰如仰箭射
浮雲墜落只緣力盡　爭似無爲寶相還源
返樸歸淳境忘情盡任天眞以證無生法忍

九

魚兔若還入手自然忘却筌蹄渡河筏子上
天梯到彼悉皆遺棄　未悟須憑言說悟來
言說成非雖然四句屬無爲此等仍須脫離

十

悟了莫求寂滅隨緣且接羣迷斷常知見及
提携方識指歸實際　五眼三身四智六度
萬行修齊圓光一顆好摩尼利物兼能自濟

十一

我見時人談性只誇口急酬機及逢境界轉

癡迷又與愚人何異　說得便須行得方明言行無虧能將慧劍斬摩尼此號如來正智

十二

欲了無生妙道惟須自見真心真身無相亦無音清淨法身只恁　此道非無非有非中有甚求尋二邊俱遣棄中心見了名爲上品

御選語録卷第十

音釋

兕詳子切詞上聲野牛　翛先雕切音宵飛羽之聲也　窪烏瓜切音哇　磊魯偉切雷上聲衆石狀　筌罤上且緣切音詮取魚竹器下杜奚切音題兔網　麐力珍切音鄰仁獸也

御製序

雪竇徧叅諸方機辯無敵忽遇智門兩度拂子驀口打豁然開悟乃嗣智門學者於此薦得當知心不在思維而普照法界口不必語言而遍演恒沙如雪竇云直饒乾坤大地草木叢林盡爲衲僧㒷口同聲各置百千問難也不消長老一彈指便乃高低普應前後無差也雖然一彈指中隨緣自結如三十三天共食寶器隨其福德而飯色不同故經云一切賢聖皆以無爲法而有差別一彈指尚且如是況乃有答有問有字有文豈得顢頇渾同無復選擇昔年雪竇眉毛拖地留此葛藤今日圓明解髻探珠蛇足一上兹編也皆是第一義諦最上宗乘學者不假外求直下自證則不離此言句而皆有從凡入聖之機譬如以火銷氷氷釋於水水水一味得無所得火水殊途有何交涉然而火力銷氷其功曷可誣歟

雍正十一年癸丑七月朔日

御選語録卷第十一

正智明覺雪竇顯禪師語録

上堂

師在萬壽開堂日白槌畢師云宗乘一唱三藏絶詮祖令當行十方坐斷其有達士不避死生眨上眉毛出衆相見問人天普集佇聽雷音學人上來乞師垂示師云十萬八千不是遠進云恁麼則大衆霑恩也師云後五日看問師唱誰家曲宗風嗣阿誰師云分明記取進云恁麼則昔日智門今朝和尚師云有甚麼交涉問如何是和尚爲人一句師云量才補職學云謝師方便師云自領出去師乃云一問一答總未有事在直饒乾坤大地草木叢林盡爲衲僧異口同聲各置千百問難也不消長老彈指一下並乃高低普應前後無差曠祖佛之妙靈廓天人之幽迹如是則何假覺城東際五衆咸居古佛廟前此時叅畢

師在杭州靈隱受疏了衆請陞座時有僧問寶座先登於此日請師一句震雷音師云徒勞側耳進云恁麼則一音普徧於沙界大衆無不盡咸聞師云忽有人問爾作麼生舉僧云三十年後敢爲流芳師云賺了也師乃云天下絶勝之覺場靈隱導師之廣座暫借畢僧陞陟實愧非材豈敢於五百員衲子前提唱佛祖抑揚古今衒耀見知恥他先作假饒說得天雨四華地分六震於曹溪路上一點使用不著何也行脚高士有把定世界函蓋乾坤底眼誰敢錯悞絲毫其知有者必共相悉

師到蘇州日僧俗迎在萬壽衆請上堂問向上一路千聖不傳和尚從何而得師云將謂是衲僧學云恁麽則大衆霑恩學人禮謝也師云龍頭蛇尾問選佛場開還許學人入選也無師云切忌點額學云恁麽則心空及第歸也師云堦下漢師乃云如天普蓋似地普擎有如是自在具如是威德誰不承恩誰不景慕過去諸聖於無量刦勤苦受盡所得秘要法門今將普示大衆不用纖毫心力各請一時驗取於此薦得便能永出四流高步三界其或不知剛是諸人諱却

師初到院陞座僧問杖錫已居於此日請師一句定乾坤師云百雜碎進云恁麽則海晏河清去也師云非公境界問如何是佛法大意師云龍吟霧起虎嘯風生問如何是祖師西來意師云山高海濶進云學人不會師云緊悄草鞋師乃云未來翠峰多人疑著及乎親到一境蕭然非同善財入樓閣之門暫時斂念莫比維摩掌中世界別有清規冀諸人飽足觀光以資欣慰

上堂僧問如何是實學底事師云針劄不入進云乞師方便師云水到渠成問如何是教外別傳一句師云看看臘月盡學云恁麽則流芳去也師云瘂子喫苦瓜問言迹之興異途之所由生不犯鋒鋩請師道師云誰家無白月清風進云還當也無師云土上加泥漢師乃云劍輪飛處日月沉輝寶杖敲時乾坤失色衆魔從茲膽裂千聖由是眼開其如二聽不圓震迅雷而莫覺孤根將敗霈春雨以非滋致使凡聖岐分悟迷派列奔馳七趣汨

没四流重業相纏無有休日爾諸禪德覬善恭詳如人上山各自努力

上堂僧問古人借問田中事插鍬义手意如何師云人從陳州來不得許州信問古人道有讀書人到來意旨如何師云且在門外立學云請師相見師云任是顏回亦不通師乃云立賓立主剜肉作瘡舉古舉今抛沙撒土直下無事正是無孔鐵槌别有機關合入無間地獄明眼衲子應須自看

上堂僧問古人一喝不作一喝用是否師云是僧便喝師便棒僧無語師云謔我問古人道有佛法處不得住無佛法處急走過意旨如何師云氣急殺人僧擬議師云甚麽處去也問只在目前爲甚麽再三不覩師云截耳卧街僧云恰是師云令我攢眉問黑豆未生芽時如何師云餧驢餧馬進云生後如何師云透水透沙僧禮拜師云一似不齋來問功巧諸技藝盡現行此事如何是此事師云諸方牓様進云莫便是學人會處也無師云有頭無尾漢師乃云過去諸如來斯門巳成就放過一著現在諸菩薩今各入圓明兩重公案未來修學人總被翠峰穿却鼻孔

上堂纔有僧出禮拜師云大衆一時記取者僧話頭便下座

上堂云從天降下從地湧出南北東西一棚傒鶻顧杍停機苦屈苦屈

上堂問答罷乃云映眼時若千日萬像不能逃影質凡夫只是未曾覲何得自輕而退屈師拈起柱杖云把定世界不漏絲髮還覲得也無所以雲門大師道直得乾坤大地無纖

毫過患分只是轉句不見一色猶爲半提直得如此更須知有全提時節諸上座翠峰若也全提盡大地人並須結舌放一線道轉見不堪以柱杖一時趂下

師到靈隱衆請陞座僧問遠别翠峰丈室將屆雪竇道場如何是不動尊師云看風使帆進云恁麽則觀方知彼去去者不至方師云龍頭蛇尾問如何是祖師西來意師云點進云猶有者箇在師云三十年後進云與麽則翠峰今日瓦解氷消師云有些子師乃云莫是與上座相爭然則論戰也箇箇力在箭鋒相柱又須是箇特達漢始得若意根尚滯直須向前決擇所以長沙和尚道百尺竿頭坐底人雖然得入未爲眞百尺竿頭須進步十方世界是全身僧舉問南泉百尺竿頭如何進步泉云更進一步僧復問瓦官官云百尺竿頭用進作什麽僧不肯官便打師云大衆古人機變出在一時其間别有商量亦未言著且如雪竇今日再入靈隱也似百尺竿頭依南泉之言得進一步喜與大衆相見則十方世界一時周帀便下座

師到越州承天寺衆請陞座僧問學人不問西來意藏身北斗意如何師云拈頭作尾漢進云請師答話師云西天令嚴問有問有答賓主歷然無問無答時如何師云古路草漫漫進云若不上來馬知與麽師云利劍不斬死漢師乃云作者相見一撥一捺撩起便行若佇思停機卒摸索不著若言問在答處答在問宗箇箇依草附木問不在答處答不在問宗罕見頂上有眼諸人還薦得也無薦得

薦不得並是新雪竇之過且莫鈍致承天和尚

上堂僧問承師有言三更過鐵門意旨如何師云忠言不避截舌僧禮拜師云臨筌方覺取魚難問千山萬水穿雲去撥草瞻風事若何師云蹋破草鞋進云爲什麽如此師云人無遠慮必有近憂問如何是向去的人師云伊蘭樹下坐進云却來時如何師云白日繞須彌進云天上天下唯我獨尊師云二頭三手漢問承師有言釋迦老子出氣不得甚處誵訛師云君子千里同風進云與麽則殃及子孫也師云素非鴨類師乃云諸禪德直饒文殊辯說認螢火爲太陽居士杜詞指魚目同明月所以雪竇尋常道威音王已前無師自悟是第二句還我第一句來若未能把定要津不免奔馳南北

上堂因僧送柱杖上師師拈起成頌云清峻孤根別有靈勢含山水自分明提來勝得豐城劍報盡人間兩不平復云大凡以平報不平是義烈常準以不平報不平爲格外清規亦循以智遣惑頗逢下士以智遣智罕遇作家要會兩不平麽諸人也沒量罪過雪竇也沒量罪過雪竇過自能檢責你者漆桶不打更待幾時以柱杖一時趁下

上堂云布袋裏盛錐子不出頭是好手復云大衆雪竇錐頭出也莫有傍不肯底禪客出來良久云諸人既乃縮頭且聽諸方檢責

上堂云黃金爲地白銀爲壁釋迦老子不合向者裏屙師以柱杖撥一下云看看落爾諸人頭上

上堂拈起柱杖云物中眼眼中物十方如來同此起出還會麽瞎漢歸堂

上堂云直得動地雨華何如歸堂向火便下座

上堂舉雲門大師云禪河隨浪靜山河大地不是浪師拈起柱杖云看看一處起千處百處沒箇一處息千處百處不識還會麽歸堂

上堂云見一則瞎汝眼知一則翳汝眼翳生則天上人間瞎却則三頭六臂或若辯得許爾十字縱横

上堂云大無外小無内半合半開成團成塊老胡既隔絶衲子多違背從他千古萬古長漫漫塡溝塞壑沒人會以柱杖卓地一下云歸堂

上堂衆方集以柱杖横按膝上云恁麽會得瞎却天下人眼復抛下柱杖云救取一半便下座

上堂云似地擎山不知山之孤峻如石含玉不知玉之無瑕晝行三千夜行八百是我尋常用底拈放一邊爾諸人向甚處見盤山速道速道

上堂舉僧問趙州二龍爭珠誰是得者州云老僧只管看師云看即不無爭即不得且道扶者僧扶趙州

上堂善財別後誰相訪樓閣門開竟日閑便下座

上堂云一華開天下春古佛爲甚麽不著便爾若透得救取天下老宿忽若有箇衲僧出來云和尚且自救也許伊是金毛獅子

上堂云國無定亂之劍四海晏清也不是分

外還有梯山入貢底麽
上堂云摩竭掩室計校未成毗耶杜辭伎倆俱盡還有人點檢得者兩箇老漢出頭不得處麽直饒覷透更有箇漢礙著以柱杖擊繩牀一下便下座
上堂云一塵一佛國一葉一釋迦德山何以卓牌於鬧市又云入林不動草入水不動波挨子因甚麽脚下五色索透關底試辯看
上堂云世事悠悠不如山邱卧藤蘿下塊石枕頭者般底有甚用處喚起了打
上堂云一切法皆是佛法瞞瞞頇頇非爲正觀一切法即非一切法莽莽鹵鹵還同天鼓賞箇名安箇是立箇非向甚處見釋迦老子還會麽以柱杖卓地一下云各請歸堂
上堂云機輪轉處作者猶迷千眼頓開與君相見
上堂云泡幻同無礙拈起柱杖云泡幻何處得來又擊一下云西天四七聖東土二三祖鼻孔眼睛總穿在者裏瞌睡漢歸堂
上堂云目前無法意在目前不是目前法非耳目之所到師拈起柱杖云夾山老子甚處去也何不出來百草頭與大衆相見又卓地一下云在者裏復云咄者野狐精縮頭去便下座
上堂僧問承和尚有言道士倒騎牛意旨如何師云泥人眼赤僧云不會師云有甚麽了期便下座
上堂云天得一以清地得一以寧衲僧得一無風浪起爾若辯得禍不入愼家之門
上堂舉雪峰示衆云盡乾坤是箇解脱門把

手拽不肯入一僧云和尚怪其甲不得一僧云用入作什麼師云三箇中有一人受救在忽若總不辯明平地上有甚數便下座

上堂云窮諸玄辯若一毫致於太虛竭世樞機似一滴投於巨壑不如歇去好還會麼客亭不遠

上堂云萬法本閑而人自鬧國師走入露柱裏去也見麼見麼良久云出頭便死歸堂

上堂云欲得現前莫存順逆者裏叅見祖師了更買草鞋行脚三千里外也被雪竇穿却鼻孔

上堂云胡蜂不戀舊時窠好花不在枝上萎若是箇漢聊聞舉著剔起眉毛便行

上堂僧問如何是時節因緣師云瞌睡漢僧便喝師云詐惺惺復云譬若世界壞時大水競作其間無量衆生或沒未沒互相悲號仰望蒼蒼皆云相救當爾之時四禪天人一見便高聲喝云咄哉衆生我預曾報汝令頻頻上來汝都不聽如今有甚麼救處乃拍手一下云歸堂

上堂云乾坤之內宇宙之間中有一寶挂在壁上達摩九年不敢正眼覷著如今衲僧要見劈脊打

上堂僧問如何是佛師云頭鬚鬢耳卓朔學云不會師云堪笑堪悲復云不著便也不奈何爾從江南江北來笠子下爲什麼撥破洛浦徧叅底

上堂云乾坤把定即不無爾作麼生是手擎日月底句又云周遊四天下道我知有須彌頂上著得幾人復云舉步已經諸佛剎是爾

草鞋踏破多少

上堂云不與一法作對便是無諍三昧或是箇漢聞我舉著悉能坐斷有甚麼難處雖然如此向後莫辜負人好便下座

上堂舉古人道明眼漢沒窠臼我且問爾各從德山臨濟下來棒喝向爾不能施語言向爾使不著我既如此汝合必然又作麼生露得箇消息令雪竇知爾是箇風不入底漢去便下座

上堂云糞掃堆上現丈六金身遇賤則貴赤肉團上壁立千仞遇明則暗鼻孔撩天底衲僧試辯雪竇爲人眼看

上堂云禪河隨浪靜定水逐波清若柱杖子是浪衲僧便七縱八横忽乾坤大地是浪便見扶籬摸壁且道放行好把定好一日云春雷已發陽鳥未啼迷身句即不問爾透出一字作麼生道

上堂云巢知風穴知雨靈利衲僧未可相許若問如何苦哉佛陀耶

上堂云種種幻化皆生如來圓覺師云住住三世諸佛是幻六代祖師是幻天下老和尚是幻復拈起柱杖云柱杖子是幻那箇是圓覺良久以柱杖擊繩牀一下云幻出大衆擬議師云者一隊漆桶總無孔竅以柱杖一時趂下

上堂云乾坤側日月星辰一時黒東西不辯南北不分底衲僧向甚處見雪竇

上堂僧問雪覆蘆華時如何師云點僧云恁麼則爲祥爲瑞也師云雨重公案復成一頌雪覆蘆華欲暮天謝家人不在魚船白牛放

却無尋處空把山童贈鐵鞭
上堂云汝等諸人盡是久經陣敵慣戰作家倚天長劍即不問你作麼生是袖裏藏鋒代云寡不敵衆又云彼此
上堂師云不得春風華不開箇箇道我會會即且置作麼生舉代云時人相師又云空劫已前徒指生空劫之後錯商量正當空劫時什麼人爲主代云本是將軍致太平
上堂天不能蓋地不能載衲僧坐斷如恒河沙鬧市裏指出一箇來代云便摑傍僧
上堂云如來惟一説無二説穿却衲僧鼻孔換却衲僧眼睛即得若教我明破恐帶累你不是好人代云欲見其師先觀弟子
上堂云遠則照近則明你會也笠子柱杖拈放一邊入水見長人作麼生辯代云平出
上堂云若道得隔身句知你是箇了事人忽若總道不得我也知你親代云猛虎不食其子

示衆

有時云一切不是句瞎却時人眼還有出得底麼
示衆云父子親其居尊卑異其位於衲僧分上是放開是捏聚或若辯得分半院與爾
一日云寶山到也須開眼勿使茫茫空手迴便下座
示衆云譬若二龍爭珠有爪牙者不得或有衲僧問既是有爪牙者爲什麼不得請大衆爲雪竇下一轉語
一日云此大講堂洞開東方日輪昇天則有明曜中夜黑月雲霧晦暝則復昏暗戶牖之

隙則復見通墻宇之間則復觀壅分別之處則復見緣頑虚之中徧是空性欝㶃之象則紆昏塵澄霽斂氛又觀清淨慚愧釋迦老子說甚還與不還文殊堂裏萬菩薩到處覓不得元來總在者裏靈利漢一見便請拗折柱杖

一日云古人道其爲也形其寂也冥轉變天地自在縱横河沙而用混沌而榮誰聞不喜誰聞不驚如何以無價之寶隱在陰入之坑師以柱杖擊一下云打破了也寶在甚處

示衆云迴而更相涉拈起柱杖云頭上是天脚下是地眼前緑水背靠青山衲僧道我會也忽若騎驢入爾鼻孔裏牽牛入爾眼睛中又作麼生商量

師因事示衆云杜耳目於胎殼掩玄象於霄外而責宫商之異辯玄素之殊底是甚麼人還知落處麼那一箇者一箇兼本三人放過一著便下座

一日三僧辭師把住問云天無門地無戸辭走衲僧擬往何處僧皆無對師劈面唾云柱喫我多少粥飯便推出

有時云袖頭打領腋下剜襟諸方一任剪裁南山起雲北山下雨衲子作麼話會

示衆云一法不通萬緣方透會與不會成羣作隊築著磕著一時拈却管取乾坤獨露便下座

一日云山河無隔礙光明處處透傳大士騎驢入爾鼻孔裏見爾諸人不惺惺却歸雙林寺去也便下座

示衆云世界與麼廣闊爲甚麼向雪竇手裏

乞命
師云交鋒兩刃要定生死彼此無傷功勳不
立作麽生是將軍正令代云到即不點
有時云釋迦老子出氣不得甚麽處諸訛代
云塡溝塞壑又代云退身三步問云塡溝塞
壑負恩者多甚處見老底代云香積世界
師云五千四十八卷止啼之說如今啼止也
還我黄葉來代云事不孤起
師云威音王已前無師自悟是第二句還我
第一句來代云掃土而盡問僧掃土而盡你
還知麽代云因誰致得
有時拈起柱杖云天不能蓋地不能載復以
柱杖畫一畫云百千諸佛諸代祖師盡向翠
峰乞命代云官不容針
師一日云舉一明三爲甚不著便代云作賊

人心虚又云文殊起佛見法見貶向二鐵圍
山衲僧起佛見法見列在三條椽下翠峰起
佛見法見誰敢覰着代云秤尺在手
師云洞庭湖水一吸淨盡魚鼈向甚處藏身
代云咦又云喝下承當崖州萬里棒頭薦得
別有條章作麽生是衲僧本分代云惡
師云火待日熱風待月涼北斗南星句不要
你道留與後人貶剥代云一言已出駟馬難
追
師云因一事長一智針筒藥袋不得失却如
履輕氷道將一句來代云以已妨人又云會
則事同一家且放你過不會則東西南北付
與驢年代云一日便頭白
師云閫內者不出閫外者不入將相雙行句
作麽生道代云弔民伐罪

因普請問僧甚處來云摘茶來師云茶園裏有玄沙見底還見麽代但指露柱云和尚問又問僧甚處來云摘茶來師云人摘茶茶摘人不問你無底籃子重多少代云慣得其便又問僧甚處來云摘茶來云茶叢列作鼻孔茶葉是你眼睛作麽生摘師代云今日不著便

一日云佛法不用學觸目皆成滯百城既未遊樓閣門長閉勸君回首看請下一轉語自云莫辜負人好

一日遊園次問僧苦瓠連根苦甜瓜徹蒂甜明得箇什麽邊事僧無對代云平出

師一日見二僧來拈起柱杖云與你二人分取僧云只恐和尚不平第一僧云那上座先到雪竇師云有功者賞

師一日見僧來拈起柱杖云我兩手分付你作麽生僧退身云不敢師云爲什麽棒上不成龍僧云三十年後恐辜負和尚師放下柱杖云吽吽

師一日問僧你見雪竇後録未僧云見了師云向甚處見我僧云也知和尚是川中人師將柱杖打一下云夢見

師一日見僧出歸師云鬧市裏還見天子麽僧無語師代云非但又云苦哉佛陀

師因在莊數僧侍立次師問云維摩老云步步是道場這裏何似山裏衆下語師皆不諾師代云只恐和尚不肯

師一日同三五僧看種田師云靈苗無根作麽生種僧云明年更有新條在師云你問我我與你道僧便問師云分付田舍奴

玄沙見乎上座便云新到相看乎云已相見了也沙云什麼刦中曾相見來乎云莫瞌睡別云這賊敗也

雲門示衆云世尊生下一手指天一手指地周行七步目顧四方云天上天下唯我獨尊我當時若見一棒打殺與狗喫貴得天下太平法眼云雲門氣勢甚大要且無佛法道理老宿代云將謂無人證明別云鈎在不疑之地

拈古

舉米胡問僧近離甚處僧云藥山米云藥山近日如何僧云大似頑石一般米云得恁麼鄭重僧云也無提撥處米云非但藥山米胡亦恁麼僧近前顧視而立米云看看頑石動也其僧便出師拈云米胡也縱奪可觀爭柰死而不弔

舉長髭到石頭處頭問什麼處來髭云嶺南來石頭云大庾嶺頭一鋪功德還成就也未髭云成就久矣只欠點眼石頭云莫要點眼麼髭云便請石頭垂下一足髭便禮拜石頭云見什麼道理便禮拜髭云如紅爐上一點雪石頭便休師拈云無眼功德有什麼點處

舉德山和尚到龍潭問久嚮龍潭及乎到來潭又不見龍又不現龍潭云子親到龍潭德山便休去師拈云將錯就錯又云大小德山

舉外道問佛不問有言不問無言世尊據坐外道禮拜云世尊大慈大悲開我迷雲令我得入外道去後阿難問佛外道有何所證而言得入佛云如世良馬見鞭影而行師拈云邪正不分過猶鞭影

舉傅大士云夜夜抱佛眠朝朝還共起起生鎮相隨如身影相似要識佛去處只者語聲是玄沙云大小傅大士只認得箇昭昭靈靈師拈云玄沙也是打草蛇驚

舉南泉示衆云三十年來牧一頭水牯牛欲擬東邊放不免侵他國王水草欲擬西邊放不免侵他國王水草不如隨分納些子免被官王勞攘長慶云爾道南泉前頭爲人後頭爲人雲門云且道牛內納牛外納直饒道得納處分明我更問你牛在甚處師拈云一時穿却

舉僧問長慶如何是正法眼慶云有願不撒沙保福云不可更撒也師云夫宗師決定以本分相見不敢撒沙且那箇是諸人正眼不受人瞞底漢出來對衆道看共相知委若道不得翠峰一一與爾點過開眼也著合眼也著

舉趙州問僧曾看法華經麼僧云看來州云衲衣在空閑假名阿練若誑惑世間人爾作麼生會其僧擬禮拜州云爾披衲衣來麼僧云披來州云莫惑我僧云如何得不惑去州云莫取我語師云大小趙州龍頭蛇尾諸人若能辯得便乃識破趙州如或不明箇箇高擁衲衣莫惑翠峰好

舉傅大士云要知佛去處師云三生六十劫末後一句天下衲僧跳不出直饒口挂壁上漢別有一竅勘過了打

舉長慶示衆云撞著道伴交肩過一生參學事畢師云是即是針不劄風不入有甚麼用處

舉乾峰示衆云舉一不得舉二放過一著落在第二雲門大師出衆云昨日有人從天台來却往南嶽去峰云來日不要普請師云諸禪德雲門老漢只解一手擡不能一手搦還有共相著力底麼試露爪牙看

舉馬祖上堂衆方集百丈出捲簾祖便下座諸方皆謂奇特涒麼舉還當麼若當譬若水母以蝦爲目若不當又空讚歎圖箇什麼衆中一般漢亂踏向前問古人意旨如何更有老底不識好惡對云將謂仙陀客又云來日更到座前苦哉苦哉如此自稱宗匠欲開人天眼目驢年去諸上座雪竇當時若見伊出來捲簾劈胸與一踏令坐者倒者俱起不得且要後人別有生涯去免見互相鈍置豈不箇箇是英靈底漢還會也無歸堂

舉雲門大師云盡十方世界乾坤大地天下老和尚以柱杖一畫云百雜碎師云者老漢是即是要且未有出身之路如今柱杖在雪竇手裏復横按云東西南北甚處得來

舉僧問投子如何是十身調御投子下繩牀立又問凡聖相去多少投子下繩牀立師云此公案諸人無不委知若涒麼舉天下衲僧盡爲念話社家雪竇莫有長處也無試爲大衆舉看凡聖相去多少投子下繩牀立如何是十身調御投子下繩牀立且道與前來舉底同別若道一般許上座具一隻眼若云別有奇特也許上座具一隻眼復更開一線道凡聖相去多少請上座下一轉語如何是十身調御答一轉話非但參見投子亦乃知雪竇長處或若總道下繩牀立惜取眉毛便下

座

舉洞山聰和尚每見新到便問潙山水牯牛上座作麼生會前後皆不相契師到亦乃垂問師云後人標榜洞山擬道師以坐具拂一下便行洞山云且來上座師云未叅堂

舉永嘉云六般神用空不空一顆圓光色非色雲門大師拈起柱杖云是色非色師云雪竇即不然圓光一顆儱侗眞如神用六般和泥合水塓窑人設齋且置水中拈月致將一問來

舉僧問乾峰十方薄伽梵一路涅槃門路頭在什麼處乾峰云在者裏師代僧便喝復有僧問長慶長慶云問取堂中第二座師代僧云錯復有僧問師師云墮坑落壍自代云作賊人心虛

舉趙州問僧甚處來云雪峰來州云雪峰近日有何言句示徒僧云雪峰道盡大地是沙門一隻眼爾諸人向什麼處屙州云爾若過嶺我附箇鍬子去師云者僧旣不從雪峰來可惜趙州鍬子

舉崇壽指凳子云識得凳子周帀有餘雲門云識得凳子天地懸殊師云潭廣藏山貍能伏豹

舉香嚴垂語云如人上樹口嗛樹枝手不攀枝脚不踏樹樹下有人問西來意不對則違他所問若對又喪身失命當恁時作麼生即是有虎頭上座云上樹即不問未上樹請和尚道嚴呵呵大笑師云樹上道即易樹下道即難老僧上樹也致將一問來

舉僧問雪峰古澗寒泉時如何峰云瞪目不

見底僧云飲者如何峰云不從口入僧舉似趙州州云不可從鼻孔裏入僧却問趙州古澗寒泉時如何州云苦云飲者如何州云死雪峰聞舉云趙州古佛從此不答話師云衆中總道雪峰不出者僧問頭所以趙州不肯如斯話會深屈古人雪竇即不然斬釘截鐵本分宗師就下平高難爲作者

舉欽山一日上堂竪起拳又開云開即爲掌五指參差復握云如今爲拳必無高下還有商量也無一僧出衆竪起拳山云爾只是箇無開合漢師云雪竇即不然乃竪起拳云握則爲拳有高有下復開云開則成掌無黨無偏且道放開爲人好把定爲人好開也造車握也合轍若謂閉門造車出門合轍我也知爾向鬼窟裏作活計

舉洞山到雲門門問近離甚處山云查渡云夏在甚處山云湖南報慈云甚時離山云去年八月門云放爾三頓棒山至來日却上問訊昨日蒙和尚放三頓棒不知過在什麼處門云飯袋子江西湖南便恁麼去山於此大悟師云雲門氣宇如王授著便氷消瓦解當時若據令而行子孫也夫到斷絶

御選語録卷第十一

音釋

眨竹洽切音劄目動也　覬吉器切音記　杼與抒同　鬅鬙上步崩切音朋下思登切音僧鬅鬙髮亂貌　髭即移切音貲口上須也

御選語録卷第十二

正智明覺雪竇顯禪師語録

舉僧問智門和尚如何是佛云踏破草鞋赤脚走僧云如何是佛向上事云柱杖頭上挑日月師云千兵易得一將難求

舉師祖問南泉摩尼珠人不識如來藏裏親收得如何是如來藏云王老師與爾往來者是藏師云草裏漢祖云不往不來者云亦是藏師云雪上加霜祖云如何是珠師云嶮百尺竿頭作伎倆不是好手者裏著得箇眼實主互換便能深入虎穴或不滑麼縱饒師祖悟去也是龍頭蛇尾漢

舉馬大師令智藏馳書上徑山山接書開見一圓相於中下一點國師聞舉云欽師猶被馬師惑師云徑山被惑且置若將呈似國師別作箇什麼伎倆免被惑去有老宿云當時坐却便休亦有道但與劃破若與麼只是不識羞敢謂天下老師各具金剛眼睛廣作神通變化還免得麼雪竇見處也要諸人共知只者馬師當時畫出早自惑了也

舉趙州訪茱萸纔上法堂茱萸云看箭州亦云看箭茱萸云過州云中師云二俱作家盖是茱萸趙州二俱不作家箭鋒不相拄直饒齊發齊中也只是箇射垜漢

舉巴陵示衆祖師道不是風動不是旛動既不是旛風向什麼處著有人與祖師作主出來與巴陵相見師云雪竇道風動旛動既是風旛向甚處著有人與巴陵作主亦出來與雪竇相見

舉僧問雲門一言道盡時如何門云裂破師

乃彈指三下

舉僧問睦州一言道盡時如何州云老僧在爾鉢囊裏師呵呵大笑

舉本生和尚以柱杖示衆云我若拈起爾便向未拈起時作道理我若不拈起爾便向拈起時作主宰且道老僧爲人在甚處時有僧出云不敢妄生節目本生云也知闍黎不分外僧云低低處平之有餘高高處觀之不足本生云節目上更生節目僧無語本生云掩鼻偷香空招罪犯師云者僧也善能切磋爭柰弓折箭盡然雖如此且本生是作家宗師拈起也天迴地轉應須拱手歸降放下也草偃風行必合全身遠害還見本生爲人處也無師復拈起柱杖云太平本是將軍致却許將軍見太平

舉僧問雪峰聲聞人見性如夜見月菩薩人見性如晝見日未審和尚見性如何峰打三下其僧復問巖頭巖頭打三掌師云應病設藥且與三下若據令而行合打多少

舉太原孚上座叅雪峰至法堂上顧視雪峰便下看知事師云一千五百人作家宗師被孚老一覷便高竪降旗孚至來日入方丈云昨日觸忤和尚峰云知是般事便休師云果然僧問雲門作麼生是觸忤處門便打師云打得百千萬箇有什麼用處直須盡大地人喫棒方可扶竪雪峰且道太原孚具什麼眼

舉鼓山示衆云若論此事如一口劒時有僧問承和尚有言若論此事如一口劒和尚是死屍學人是死屍如何是劒山云拖出者死屍僧應諾歸衣鉢下打摞便行山至晚問首

座問話僧在否座云當時便去也山云好與二十棒師云諸方老宿總道鼓山失却一隻眼殊不知重賞之下必有勇夫然雖如此若仔細點檢來未免一時埋却

舉僧問智門和尚如何是般若體云蚌含明月僧云如何是般若用云兎子懷胎師云非唯把定世界亦乃安貼邦家若善能叅詳便請丹霄獨步

舉烏臼有元紹二上座到臼云二禪伯近離甚處云江西臼便打僧云久聞和尚有此機要臼云爾既不會第二箇近前來僧擬議臼亦打云同坑無異土叅堂去師云宗師眼目須至恁麼如金翅擘海直取龍吞有般漢眼目未辯東西拄杖不知顛倒只管說照用同時人境俱奪

舉茱萸把一橛竹上堂云還有虛空裏釘得橛麼時有靈虛上座出云虛空是橛茱萸便打虛云莫錯打某甲茱萸休去師云若要此話大行直須打了趂出

舉夾山與定山同行言話次定山云生死中無佛則無生死夾山云生死中有佛則不迷生死互相不肯同上大梅相見了具說前事夾山問未審那箇親那箇踈梅云一親一踈山又問那箇親梅云且去明日來夾山至來日又問未審那箇親梅云親者不問問者不親夾山住後云我當時在大梅失却一隻眼師云夾山畢竟不知換得一隻眼大梅老漢當時聞舉若以棒一時打出豈止劃斷兩人葛藤亦乃爲天下宗匠

舉僧問保福雪峰平生有何言句得似羚羊

挂角時福云我不可作雪峰弟子不得師云一千五百箇布衲保福較些些子
舉僧問長慶羚羊未挂角時如何慶云草裏漢云挂角後如何慶云亂呌喚云畢竟如何慶云驢事未了馬事到來師云寧可碎身若微塵終不瞎箇衆生眼長慶較些些子復云一般漢說使羚羊未挂角也是萬里望鄉關
舉僧問巴陵祖意教意同別陵云雞寒上樹鴨寒下水僧問睦州祖意教意同別州云青山自青山白雲自白雲師云問既一般答亦相似其中有利他自利瞞人自瞞若檢點分明管取解空第一
舉雪峰問僧近離甚處云覆船峰云生死海未渡爲什麼覆船師代云乆響雪峰待者老漢擬議拂袖便行其僧當時無語歸舉似覆船船云何不道渠無生死僧再至雪峰舉此語峰云此不是爾語云是覆船恁麼道峰云我有二十棒寄與覆船二十棒老僧自喫不干闍棃事師云能區能別能殺能活若也辯得天下横行
舉大梅聞鼯鼠鳥聲謂衆云即此物非他物汝善護持吾當逝矣師云者漢生前莽鹵死後顢頇即此物非他物是何物還有分付處也無有般漢不解截斷大梅脚跟只管道貪程太速
舉雪峰示衆云望州亭與爾相見了也烏石嶺與爾相見了也僧堂前與爾相見了也保福問鵞湖僧堂前且置望州亭烏石嶺什麼處相見鵞湖驟步歸方丈保福便入僧堂師云二老宿是即是只知雪峰放行不見雪峰

把定忽有箇衲僧出問未審雪竇作麼生豈不是別機宜識休咎底漢還有望州亭烏石嶺相見的衲僧麼良久云擔版禪和如麻似粟

舉趙州問大慈般若以何爲體慈云般若以何爲體州呵呵大笑至來日州掃地次大慈却問般若以何爲體州放下掃箒呵呵大笑師云前來也笑後來也笑笑中有刀大慈還識麼直饒識得也未免喪身失命

舉德山一日飯遲自掌鉢至法堂上雪峰見云者老漢鐘未鳴鼓未響托鉢向什麼處去德山便回峰舉似巖頭頭云大小德山不會末後句山聞舉令侍者喚巖頭至方丈問爾不肯老僧那巖頭密啟其意山至來日上堂與尋常不同巖頭到僧堂前撫掌大笑云且喜得老漢會末後句他後天下人不奈何雖然如此只得三年明招代德山云咄咄沒處去沒處去師云曾聞說箇獨眼龍元來只有一隻眼殊不知德山是箇無齒大蟲若不是巖頭識破爭得明日與昨日不同諸人要會末後句麼只許老胡知不許老胡會

舉雪峰一日見獼猴乃云者獼猴各各背一面古鏡三聖便問歷刼無名何以彰爲古鏡峰云瑕生也聖云一千五百人善知識話頭也不識峰云老僧住持事繁師云好與二十棒者棒放過也好免見將錯就錯

舉僧問國師如何是本身盧舍那云與老僧過淨瓶來僧將到淨瓶云却安舊處著僧復問如何是本身盧舍那云古佛過去久矣雲門大師道無朕跡師云直得一手指天一手

指地爭得無還會麽雲在嶺頭閒不徹水流澗下太忙生

舉洛浦久爲臨濟侍者到夾山問自遠趨風乞師一接山云目前無闍黎此間無老僧浦便喝山云住住闍黎莫草草忽忽雲月是同溪山各異截斷天下人舌頭即不無爭教無舌人解語浦無對山便打師云者漢可悲可痛鈍置他臨濟他既雲月是同我亦溪山各異説什麽無舌人不解語坐具劈口便摵夾山若是箇知方漢必然明牕下安排

舉三聖問雪峰透網金鱗以何爲食峰云待汝出網來向汝道聖云一千五百人善知識話頭也不識峰云老僧住持事繁師云可惜放過好與二十棒者棒一棒也饒不得直是罕遇作家

舉玄沙問鏡清我不見一法爲大過患爾道不見什麽法清指露柱云莫是不見者箇法麽沙云浙中清水白米從爾喫佛法則未在師云大小鏡清被玄沙熱瞞我當時若見但只向道靈山授記也未到如此

舉先報慈問僧近離甚處答云卧龍慈云在彼多少時云經冬過夏慈云龍門無宿客爲什麽在彼許多時云獅子窟中無異獸慈云爾試作獅子吼看云若作獅子吼即無和尚慈云念汝新到且放三十棒師云奇怪諸禪德若平展則兩不相傷據令則彼此俱嶮還點檢得麽

舉船子云千尺絲綸直下垂一波纔動萬波隨夜靜水寒魚不食滿船空載月明歸師云者漢勞而無功忽若雲門道一句合頭語萬

刬繫驢橛又作麽生免此過良久云莫謂水寒魚不食如今釣得滿船歸

舉祖師道六塵不惡還同正覺柱杖子是塵有甚麽過過既無應合辯主所以道糞掃堆上現丈六金身且拈在一邊赤肉團上壁立千仞又放過一著直饒八面四方正好連架打

舉古云眼裏著沙不得耳裏著水不得忽若有箇漢信得及把得住不受人瞞祖佛言教是什麽熱椀鳴聲便請高挂鉢囊拗折柱杖管取一員無事道人又云眼裏著得須彌山耳裏著得大海水一般漢受人商量祖佛言教如龍得水似虎靠山却須挑起鉢囊横擔柱杖亦是一員無事道人復云恁麽也不得不恁麽也不得然後沒交涉三員無事道人中要選一人爲師

舉裴相公捧一尊佛像於黄檗前跪云請師安名檗云裴休師代相公當時便喝

舉投子示衆云汝等諸人盡道我實頭若出門三步有人問你作麽生是投子實頭處作麽道師代云疑殺天下人

舉有老宿見官人手中執笏乃問在宫人手中爲笏在天子手中爲珪在老僧手中喚作什麽師代云弄巧成拙

舉問投子定慧等學明見佛性此理如何投子云打水用桶呂粥用杓師代云爭得不問

舉玄沙與地藏在方丈説話夜深沙云侍者關隅子門汝作麽生出得地藏云喚什麽作門別云珍重便行

舉崇壽問僧泉眼不通被沙礙道眼不通被

甚麼礙僧云眼礙師别云强將下無弱兵

舉有西天聲鳴三藏到王大王處王令玄沙驗過玄沙以銅火筯擊鐵火爐問三藏云是什麼聲云銅鐵聲沙云大王莫受外國人瞞師别云大王宜加信敬又别三藏云莫瞞外國人

舉有僧問法燈百骸俱潰散一物鎮長靈未審百骸一物相去多少燈云百骸一物一物百骸師别云吾不如汝

舉麻谷持錫到國師處振錫而立國師云汝既如是何用見吾谷又振錫一下别云泊不到此

舉玄沙問南際云此事惟我能知長老作麼生會際云須知有不求知者師别云雪峰門下幾箇如斯

舉清峰辭雪峰問甚處去清峰云識得者漢即知去處雪云你是了事人亂走作什麼别云西天斬頭截臂清峰當時云和尚莫塗污人好雪云我即塗污你你道古人吹布毛作麼生清峰云殘羹餿飯已有人喫了也雪峰休去師出雪峰語云一死更不再活

偈頌

送全禪者

有龍彪兮時之相宜有藝行兮人之所歸東西武步兮復誰是我上下覯方兮存機未機全禪全禪知不知大施門開兮塵區可依

送澄禪者

春色依依襲爾原草春風浩浩拂我牕牖念此分飛贈無瓊玖片片亂飄巖上梅條條縱舞溪邊柳澄禪澄禪聽斯言古也今也行路

難知之者石火星流未急不知者龍驤步驟

曾寛看看孰云平地起波瀾

送繼寶禪者

寶非寶日杲杲上上機無處討赤水求來何

太狂荆山覓得苦相惱不惱不狂排夜光險

惡道中爲津梁

送小師元楚

道之冥機一何相守汝競光陰我親蒲柳毋

厚辨之奪席毋薄愚之誦篇深思彼伐木丁

丁之聲照古照今兮宜善求友

送清果禪者

春雨濛濛春風颸颸動兮靜兮匪待時出雲

霞閉滃作性金鐵冷落爲骨知我者謂我高

蹈世表不知我者謂我下視塵寰道惢隨方

情融彛鎖紫栗一尋青山萬朶行行思古人

之言無可不可南北東西但唯我

酬行谿長老

黄金爲骨松爲惢道高曾鄙天人師有言遺

我千古竒無人知石虎吞却木羊兒

春風辭寄武威石秘校

春風何蕭蕭和雨復兼雪折華功未深偃草

勢曾烈毗城癡愛老怯寒對清拙襄巖影響

士難御同孤劣鼇峰人不來柴門亦休閉松

頭栗鼠下時把藤牀嚙庭際霜禽歸釐啄苔

錢闕一旦春風息暖日生林樾幽徑磐石上

拄笻行且歌無弦兮莫彈有語兮存舌冷落

流水聲古之若爲説凋殘早梅樹今之若爲

別俯仰身力輕翻憶春風切爲吾吹却塵欲

革分岐轍爲吾吹却雲欲問遼空月不知天

地間堪爲誰交結

擬寒山送僧

擇木有靈禽寒空寄羽翼不止蓬萊山冥冥去何極

寄于秘丞

石徑通巖竇引步藏欹側蓬萊人不來掃盡蒼苔色飛瀑千萬層五月狀氷雪將期雲霧開永夜對孤月

再成古詩

霜華一鑷中王童摘未摘斯言如不聞千古動愁色因憶商山吟在烏不在白

因事示衆

客從遠方來遺我徑寸璧中有四箇字字字無人識淸涵鯨海寛冷射蟾輪窄今朝呈似看請道末後句

靜而善應二首

覿面相見不在多端龍蛇易辯衲子難瞞金槌影動寶劒光寒直下來也急著眼看

對揚殊特本同条誰自遼空强指南今古不存師弟子一輪秋月印寒潭

自誨

麟龍不爲瑞草木生光輝三尺一丈六且同携手歸慚爾懲世師巍巍何巍巍

宗門三印三首

印空印水印泥炳然字義還迷黄頭大士不識敢問誰得親提

印泥印空印水帀地寒濤競起其中無限鱗龍幾處爭求出觜

印水印泥印空衲子不辯西東撥開向上一竅千聖齊立下風

革轍二門二首

劫火曾洞然木人淚先落可憐傅大士處處
失樓閣德雲閒古錐幾下妙峰頂喚他癡聖
人擔雪共塡井
祖佛未生前已振塗毒鼓如今誰樂聞請試
分回互宛轉復宛轉眞金休百鍊喪却毗耶
離無人解看箭

透法身句 二首

潦倒雲門泛鐵船江南江北競頭看可憐無
限垂鉤者隨例茫茫失釣竿
一葉飄空便見秋法身須透鬧啾啾明年更
有新條在惱亂春風卒未休

靈隱小叅

六合茫茫竟不知靈山經夏是便宜虛堂夜
靜無餘事留得禪僧立片時

祕魔巖

把斷重津過者難擘杈須信髑髏乾藿山到
後知端的同死同生未足觀

靈雲和尚

本無迷悟數如麻獨許靈雲是作家借問徧
叅諸祖客不知何處見桃華

名實無當

玉轉珠回祖佛言精通猶是汙心田老盧只
解長舂米何得黃梅萬古傳

迷悟相返

霏霏梅雨灑危層五月山房冷似氷莫謂乾
坤乖大信未明心地是炎蒸

道貴如愚

雨過雲凝曉半開數峰如畫碧崔嵬空生不
解巖中坐惹得天華動地來

晦跡自貽

圖畫當年愛洞庭波心七十二峰青如今高
臥思前事添得盧公倚石屏

送文用菴主歸舊隱

太白峰前舊隱基杉松寒翠滴無時經年拋
却又歸去再聽巖猿只自知

送寶月禪者之天台

春風吹斷海山雲別夜寥寥絕四隣月在石
橋更無月不知誰是月邊人

玄沙和尚

本是釣魚船上客偶除鬚髮著袈裟祖佛位
中留不得夜來依舊宿蘆華

送僧

涼颸新葉墜巖陰禪起高秋別翠岑孤月冷
光清有興斷雲閒影合無心瓶分吳浪情何
極鉢化齊門道更深好是却迴舊屋日倚欄
同看橘鋪金

寄内侍太保二首

千尺巖泉噴冷聲草堂雲淡竹風清蒲團時
倚無他事永日寥寥謝太平

蘿龕蘚室狎猿猱忽捧綸言掛紫袍恩大不
知何以報五雲天上望空勞

寄曹都護

故國休言萬里程爲官爲釋且分明道存不
必曾傾盖俱有清風帀地生

寄靈隱惠明禪師二首

千峰影裏葉初凋極望還將慰寂寥也謂毫
端不相隔秋雲秋水奈遙遙

海嶠生片雲有時忽如盖不掛飛來峰悠悠
擬何待

送益書記之霅水

白蘋汀是舊家鄉歸興蘭舟泛渺茫日暮沙禽啼欲斷不知誰在碧雲房

雲門俱字

百草頭何太極重與禪徒下錐刺雲門俱字好參詳雪峰輥毬亦端的黛非青兮藍一色辰錦砂兮敢言赤紫羅帳裏有眞珠曹溪路上生荆棘還會麽此時若不究根源直向當來問彌勒

送德珉山主

溪山春色映雲袍愛住隍城意轉高翻笑忘機自安者不能垂手入塵勞

送中座主入廣

船王船中寄惠持雲霞無跡共依依海山見說多嘉賞莫便因循忘却歸

因仰山氣毬頌

四大假合非虛妄儱儱侗侗爲一相東西南北不相知留與衲僧作榜様

寄陳悅秀才

水中得火旨何深握草由來不是金莫道莊生解齊物幾人窮極到無心

春日示衆 二首

門外春將半閑華處處開山童不用折幽鳥自銜來

門外春將半閑華處處開山童曾折後幽鳥不銜來

因金鵞和尚語藥病

藥病相治見最難百重關鎖太無端金鵞道者來相訪學海波瀾一夜乾

風旛競辯 二首

不是旛兮不是風衲僧於此作流通渡河用

筏尋常事南山燒炭北山紅
不是風旛何處著新開作者曾拈却如今懵
懂癡禪和謾道玄玄爲獨脚

兎角柱杖

少室傳來兎角杖千聖護持爲頂相虎踞龍
蟠勢未休雲影山形泠相向有時閒倚在虛
空寥寥帀地凝秋霜有時大作師子吼德嶠
臨濟何茫茫今日提來還不惜分明普示諸
知識解拈天下任橫行高振風規有何極

送從吉禪者

君不見行路難亦容易握草爲金不爲貴難
曾平地湧波瀾易復到處列祥瑞堪笑堪悲
能幾幾天上人間立高軌凡弟十字越參星
一義同心淡秋水因憶韶陽古風骨石火電
光遲出沒隔身之句是程途扣門之問非窠
窟殷勤報君君記取方外周遊看爪距虎狼
叢不遇知音剔起眉毛便歸去

寄送凝長老

德不孤兮必有隣四明留住是因循如今高
步錢塘境只許靈山箇老人

喜禪人迴山

别我遊方意未論瓶盂還喜到雲根舊巖房
有安禪石再折松枝拂蘚痕

送丈信歸廬嶽

春色未深與無遲早瓶謝九江峰尋五老到
日攀蘿獨上時依依莫忘海山腦

送侃禪者之丹邱

石橋多古跡路嶮少人過如同白日閒冷拂
青苔坐寒老若相逢爲吾略嘲破

示衆

了角女子白頭絲報你諸方作者知借問住山何境界春風颼颼春鳥喧喧翠峰不能助發心印却是他傳

因香嚴和尚

我有一機禪子須知爍迦羅眼總是膠黐若人借問伏惟伏惟

爲道日損

三分光陰二早過靈臺一點不揩磨貪生逐日區區去喚不迴頭爭奈何

疏古

我有面鏡到處懸掛凡聖不來誰上誰下

訪俞秀才

萬叠雲山未得歸寂寥心許老盧知江城雨雪書名紙不謁鴻儒更謁誰

偶作

列岫齊新雨凭欄只澹交夕陽明遠水秋葉露空巢思極會無玷神清未動爻只應千古意誰得共雲坳

和酬郎簽判殿丞

向國心存了了身大方無外且同塵江城早晚重相見解笑宗雷十八人

寄海會之長老

百華開後一華開風遞清香遠遠來誰問黃梅不平事照中依舊惹塵埃

石頭大師叅同契

予嘗覽斯作頗見開士皆擒辭肇極成贊厥道因亦隨與以擬之匪求蝕木於文也噫先覺洪規可洞照遐古豈復情謂逾越於其間哉蓋往往學者抑問勉意不獲而已其或金沙混流淘之汰之固必存彼匠手明矣

竺土大仙心(誰是能舉)東西密相付(惜取眉毛)人根有利鈍(作麽生)道無南北祖(且款款)靈源明皎潔(撫掌呵呵)枝派闇流注(亦未相許)執事元是迷(展開兩手)契理亦非悟(拈却了也)門門一切境(捨短從長)回互不回互(以頭換尾)回而更相涉(這箇是拄杖子)不爾依位住(莫錯認足)盤星色本殊質像(豈辨開眸)聲元異樂苦(還同掩耳)闇合上中言(心不負人)明明清濁句(口宜掛壁)四大性自復(隨所依)如子得其母(可知也)火日風動揺(春氷自消)水濕地堅固(從旦至暮)眼色耳音聲(海晏河清)鼻香舌鹹醋(可憑可據)然於一一法(重報君)依根葉分布(好明取)本末須歸宗(惟我能知)尊卑用其語(不犯之令)當明中有闇(闇必可明)勿以闇相遇(明還非覩)當闇中有明(一見三)勿以明相覩(無異說)明闇各相對(若爲分)比如前後步(不如此)萬物自有功(肯爾寧止)當言用及處(縱横十字)事存函盖合(仔細看)理應箭鋒拄(莫教錯)承言須會宗(未兆非明)勿自立規矩(突出難辨)觸目不會道(又何妨)運足焉知路(也不惡)進步非近遠(唱彌高)迷隔山河礙(和彌寡)謹白叅玄人(聞必同歸)光陰莫虛度(誠哉是言也)

三寶讚(并序)

予天禧中寓跡靈隱與寶真禪者爲友或遊或處固以道義相接投報相襲泠泠然自樂天常之性也一日真公謂予曰愚近偶作三寶讚三十韻宜請賡唱因披閱加歎率爾而繼之類蝕木也俄屬分飛吳楚將二十載殊不復記憶真公不以事曠成隔遠遠附僧如衍而至再窺荒斐愧慰多集且夫聖人之立言也必眹虛必寘奥使文外之士同振古風垂千萬世又焉知來者及之不及道在其中也斯之讚辭曾不沾不待但遐仰覺皇宗致

禪徒告而行之得不曲爲序引

佛寶

甘蔗流苗應剎塵覺場髙發利生因紫金蓮捧千輪足白玉毫飛萬德身孤立大方資定慧等觀含類捨怨親埃星相好中天圭帀地名聞出世人螺髮右旋仙島碧月眉斜印海門新鸞翔鳳舞非殊品象轉龍蟠絶比倫瓔珞聚中騰瑞色華鬘影裏奪芳春慈儀戀望知何極梵德言辭莫可陳胸字杳分無量義頂珠常照百由旬雙林孰謂歸圓寂坐斷乾坤日見真

法寶

後得智生功德聚大悲留演潤禽魚貫華雖自科千品標月還歸理一如過量劫應期廣布剎那心合未忘書四衢道内拋紅燄五欲波中綻白蕖排斥衆魔登壽域引携諸子上安車義天星象螢螢也辭海波瀾浩浩歟違背此恩難拯拔遭逢末世豈躊躇聞來半偈須相斆惜去全身莫共居飛辯恨曾虧激問頤幽欣且免長噓生生頂奉輝心鏡廓照塵勞信有餘

僧寶

方袍圓頂義何宣續燄千燈豈小緣華雨座前猶滯相虎馴菴畔尚稽詮巗棲塚宿難依望鶴貌雲心迥灑然寶杖夜鳴寒嶠月銅瓶秋漱碧潭煙名標練若澄諠猾跡念昏衢警睡眠林下雅爲方外客人間堪作火中蓮情高不是超三際道在非同入四禪浮世勉誰知逝水深峰甘自聽飛泉苾芻草馥僧祇後玳瑁玉傳古佛先珍重覺皇有真子坤維髙

步列金田

御選語録卷第十二

音釋

檿音掘舀以沼切遥上聲抒臼也丁叶甾耕切音爭丁丁伐木聲也颵敷勿切疾風鼇音教海中大鼇鑷尼輒切音捻飃音漂風聲颷音標猱惱平聲猴屬黐音癡黐膠蝕裳職切賡古衡切斅音效教也玳瑁上度耐切下莫佩切

御製序

頻呼小玉緣何事爲要檀郎認得聲圓悟勤禪師因此言下頓徹斯語也綺語耶禪語耶塗毒鼓邊豈容側耳但於綺語禪語一佇思擬議則緲去遠矣亘古亘今亘上亘下亘東亘西亘南亘北皆是微塵一微塵中皆建寶刹一寶刹中皆作佛事凡諸佛事皆具如來正法眼藏涅槃妙心於何開口說得於何著手揀得開口說者卽是者個著手揀者亦是者個豈得以者個說者個以者個揀者個略一佇思擬議這邊是地水火風鐵山岌岌那邊是見聞知覺玉海沉沉何由撒手懸厓盡是開眼說夢所以古德云若欠一法不成法身若剩一法不成法身若有一法不成法身若無一法不成法身於此薦取開口說亦可著手揀亦可如或未能可惜孤負圓悟平生許多絡索即圓明主人一番選録亦復鈍置不少

雍正十一年癸丑七月望日

御選語録卷第十三

明宗眞覺圓悟勤禪師語録

上堂

陞座云蝸牛角上三千界雲月溪山共一家既爾業緣無避處不如隨分納些些一不做二不休還有共相建立底麽僧問逢人即不出出即便爲人逢人即出出即不爲人未審如何師云兩箇無孔鐵鎚進云把斷要津還有爲人處也無師云百雜碎進云恁麽則如龍得水去也師云知則得問如何是道中至寶師云待你脫却業識來向你道進云業識已脫請師指示師云種穀不生豆問寶劒出匣海蚌初開向上宗乘乞師直指師云横按鏌鎁全正令進云恁麽則坐斷十方去也師云七縱八横乃云一向目視雲霄壁立千仞則孤負諸聖一向拖泥涉水灰頭土面則埋没自己如今恁麽也得不恁麽也得且貴正眼流通還委悉麽直饒高步毗盧頂不稟釋迦文婢視聲聞奴呼菩薩底來也須亡鋒結舌自餘故是出頭不得所以道三世諸佛只言自知歷代祖師全提不起一大藏教詮註不及明眼衲僧自救不了若據本分草料猶是節外生枝不涉化門一句作麽生道陣雲横海上拔劍攪龍門下座

陞座云火不待日而熱風不待月而凉鶴脛自長凫脛自短松直棘曲鵠白烏玄頭頭露現若委悉得隨處作主遇緣即宗竿木隨身逢場作戲有麽有麽問靈雲見桃華衲子如何通信師云滿山紅爍爍進云上機頓曉中下何如師云頂門上着眼進云功不浪施去

也師云你脚跟下作麽生僧云踏破澄潭月
師云當空轟霹靂進云泥牛吼處天關轉木
馬嘶時地軸摇師云闍黎還和得麽僧拍手
三下師云錯錯錯進云靈山授記未到如此
師云不是苦心人不知進云四海浪平龍睡
穩九天雲静鶴飛高師云却得闍黎共証明
乃云我本無心有所希求今此寶藏自然而
至上是天下是地左邊厨庫右邊僧堂前是
佛殿三門後是寢堂方丈寶藏在什麽處還
見麽如今坐立儼然見聞不昧光輝溢目寂
爾無垠盡凡聖情脱知見佛長河爲酥酪大
地變黄金從自己胷襟流出一句作麽生道
今古長如白練飛一條界破青山色下座
上堂云法界不容身佛眼覷不見聖智離言
説海口莫能宣直截當陽已成階級轉身吐
氣轉見周遮明明無覆藏明明絶點翳寛若
太虚清如古鏡若以眼見文殊横身若以耳
聞觀音彰用若以心知普賢當堂且道毗盧
遮那在什麽處眨上眉毛
上堂云一毫穿衆穴大地没遮攔徧界不曾
藏今古無向背剎剎爾塵塵爾句句爾念念
爾還明得麽若明得去不費纖毫力直入解
脱門絶承當一句作麽生道喝一喝下座
上堂云一即一切實際理地一切即一本來
無物拈起也吒吒沙沙放下也綿綿密密三
界長時獨露十方無處容身孤峯頂上倒行
十字街頭横卧目視雲霄則且置魚行酒肆
一句作麽生道放憨作麽
上堂云通身是眼見不及通身是耳聞不徹
通身是口説不着通身是心鑑不出直饒盡

大地明得無絲毫透漏猶在半途據令全提且道如何展演域中日月縱横掛一亘晴空萬古春

上堂云當陽有路祖佛共知覿面相呈見聞不隔萬象不能藏覆千聖無以等階活鱍鱍絶承當淨躶躶無回互直饒棒如雨點喝似奔雷猶未動着向上關棙在如何是向上關棙瞎却諸聖眼瘂却山僧口日午打三更面南看北斗

上堂僧問一大藏教那箇是頭師云如是我聞進云此是阿難底如何是和尚底師云山僧用得甚快乃云一言道合隨處皆真一句無私全彰寶印問得也善不問甚奇烜赫光明本無向背所以道無邊刹海自他不隔於毫端十世古今始終不移於當念不隔處總十方爲真境不移處貫十世於目前淨躶躶脱塵情赤灑灑無蓋覆直得千聖同躔萬機頓赴還會麽竿頭絲線從君弄不犯清波意自殊下座

上堂僧問如何是教外别傳一句師云問取燈籠進云謝師答話師云自領出去進云却是禪外别傳也師云三千里外過崖州問學人不恁麽時如何師云莫亂統進云趙州庭前栢崇寧庭前楠是同是别師云莫眼華進云一種没絃琴惟師彈得妙師云山僧亦不承當乃云在天成象在地成形日月爲照臨四時作寒暑居谷盈谷處坑滿坑有情則動轉施爲無情則森羅顯煥如今在山僧柱杖頭上指山山崩指海海竭點鐵成金點金成鐵攪長河爲酥酪化酥酪爲長河見諸人不

會變作無邊身菩薩十方六趣悉皆普現去也還見麼鴛鴦綉出從君看不把金針度與人以柱杖擊禪牀下座

上堂問如何是塵塵三昧師云點滴不施進云是一是二師云毫端寶刹進云兩彩一賽去也師云痛領一問僧云蒼天蒼天師云未領在問世尊拈華迦葉微笑和尚説法有何指示師云一物也無進云爲什麼一物也無師云爲你無眼進云爭奈學人何師云一任踍跳乃云目前絶對待萬境森然物外有立機當陽卓犖棒喝照用拈向一邊語路縱横放過一着爾諸人向這裏撥得一線路去直下孤危倘未撥得鼻孔盡在山僧手裏拈柱杖云穿却了也擊禪牀下座

上堂僧問團團無縫罅因甚麼得恁奇特師云七華八裂進云言中有響去也師云且緩緩問長至一陽生君子道長時如何師云衲僧門下無許多事進云萬法是心光又作麼生師云却好高着眼進云直下承當去也師云利劍揮空乃云離相離名絶塵絶跡一回拈出一回新一度用着一度快横該萬有豎透金輪内没纖毫外無點綴若能不作聖情凡解擔荷展演得去入鄽垂手着着有出身之機退處孤峯處處歷刹塵之境恁麼中不恁麼不恁麼中却恁麼全提一句作麼生道撥開向上一竅千聖齊立下風下座

上堂僧問十五日卽不問如何是和尚分明爲人一句師云當陽見定無毫髮擬議尋思隔萬山問正當上元水牯牛在什麼處師云鐵棒打着瘡痕露乃云撥塵見佛未免眼裏

撒沙聞聲悟道亦是耳中着水直得生佛無階級空界悉等平淨躶躶絶思惟赤灑灑沒可把猶未離這邊事在更須揮金剛寶劍斬斷謦詠拈殺活柱杖打破得失亦未明向上一竅在儻或具大丈夫意氣有烹佛祖鉗鎚直下向那邊承當得却來這裏橫三竪四坐一走七荷負宗乘提持祖印有時放行同彼同此現隨類身和光順物有時把住莫道佛眼覷不見設使盡大地草木悉變爲千百億身放無數光明也照不着且道卽今作麼生若不藍田射石虎幾乎悞殺李將軍下座

上堂僧問橫穿碧落倒卓須彌未審是什麼人分上事師云入地獄人分上事進云却是他安身立命處師云瓦解氷消進云此心能有幾人知師云只恐不知乃云終日相逢無半面剛然千里有知音不須格外論奇特只此全機耀古今傾蓋如舊白頭如新兩鏡相照不隔纖塵徧界未甞示相毫端普現色身止猶谷神動若行雲相見又無事不來還憶君

上堂僧問了了見無一物未審如何師云好箇消息進云功不浪施去也師云只恐脚不點地進云回頭看滸眼特地一場愁師云果然浪走僧問學人不起一念時如何師云自傷已命進云因誰致得師云莫換崇寧舌頭好問妙體本來無處所時如何師云腦後拔楔問如何是玄中玄師云玄殺你進云石人暗點頭師云言猶在耳乃云舉無遺照十方刹海目前觀正體堂堂大千同一真如性各守本位去山是山水是水互換投機去星辰

易位祖佛潛蹤兩處絶聱訛二邊純莫立無可不可悉得安居隨時應緣凝然湛寂且道長養聖胎一句作麽生道不起纖毫修學心無相光中常自在

上堂僧問須彌山意旨如何師云推不向前約不退後進云未審還有過也無師云坐却舌頭問法不孤起仗境方生提坐具云這個是境如何是法師云却被闍黎奪却槍進云和尚今日爲什麽退己讓人師云只有先鋒無殿後進云未審如何是殿後師云還我話頭來乃云田地穩密底擡脚不起探頭太過神通妙用底放脚不下收身未轉直饒十字縱横朝打三千猶較些子且道謷訛在什麽處若知有去始見全提半提儻或未知布袋裏老鵶雖活如死

上堂云風清戸牖明明古鏡高懸光射斗牛凛凛太阿横按外魔臨之膽慴妖邪擬之魂亡千聖拱手歸降十方居然坐斷外絶四維内絶理事直下便是諸人還見麽不離當處常湛然覓則知君不可見

退院歸辭衆上堂云未有長行而不住未有長住而不行爲無爲益無益梯航三有津濟四生是衲僧家本分事雖然時節到來一刀兩段要且鼻孔不在别人手裏所以道動若行雲止猶谷神既無心於彼此亦無象於去來如是則去來不以象動静不以形豈不綽綽然有餘裕哉且道臨行一句作麽生道本是林下人却歸林下去下座

上堂洛浦和尚白槌云法筵龍象衆當觀第一義師云早是第二了也若論勝義諦中真

勝義文彩未兆一槌未落把斷要津不通凡聖不於言下薦不向意中求既然草偃風行不免隨波逐浪還有共相證據者麼師乃云爍迦羅眼頂上放大光明摩醯首羅面門現奇特相一言含衆象一句逗羣機何止猛虎穴裏横身萬仞峯頭側足所以道顯大機明大用得失俱喪是非杳忘絶塵絶跡透色透聲重重無盡事事圓融又如華嚴法界無邊香水海不可說浮幢王刹盡向這裏一時開現即此現成即此受用不以眼見不以耳聞不以口談不以心知還證得麼若也證得不必覺城東際初見文殊樓閣門開方叅慈氏敢問大衆且道即今是什麼人境界舉拂子云盧舍本身全體現當機直下没纖毫

洛浦上堂云萬木縈紆一逕遥遥沈沈古屋枕山腰今朝喜到深深處幾度飛書辱見招爍爍山桃似火絲絲溪柳拖金日暖風和鸎吟燕語所以不離普光殿不出菩提場徧遊華藏海無邊刹境左穿右穴重重無盡一一交羅且作麼生是洛浦深深處覿面若無宗正眼回頭只見翠山巖

留首座上堂古路坦然真規不墜紀綱得所表帥得人内肅外寧安家樂業以大千界爲一真境以十方佛同一舍那文殊普賢交光相羅觀音彌勒擎拳合掌臨濟德山互相贊成白牯貍奴了無向背可以演無生曲唱太平歌且超情離見一句作麼生道木人把板雲中拍石女含笙井底吹

開爐上堂僧問古者道敲空作響擊木無聲如何是敲空作響師云釋迦老子來也師乃

云三世諸佛句火焰裏轉大法輪熱發作什麼火焰爲三世諸佛説法三世諸佛立地聽也須照顧眉毛若是聊聞徹骨徹髓信得及見得徹直下與三世諸佛同生同死與火焰同起同滅當處解脱得大安隱衲被蒙頭便是箇清凉世界苟或未然只知事逐眼前過不覺老從頭上來

上堂云一向不恁麼目視雲漢不狥人情一向恁麼灰頭土面帶水拖泥恁麼中不恁麼就下平高不恁麼中却恁麼從空放下或有箇恁麼不恁麼總不管亦無明亦無暗亦不放亦不收且道如何到頭霜夜月任運落前溪

上堂云雪竇道義出豐年儉生不孝於衲僧門下是放行是把住若人道得老僧分半院與伊住師云雪竇病多諳藥性經效始傳人箇中或有知豐知儉知放行知把住底亦何必分半院與伊住燒香發願只圖他早有箇院子住使嘗些滋味且免得窮廝煎餓廝炒

上堂云滿天和氣帀地韶光柳眼迸開桑條瞥破華枝似錦鳥語如簧八穴七穿象不雕之心印百頭千緒演不説之妙門物物上明頭頭上現當處截得斷去死灰不重燃直下信得及去枯荄生物外不涉程途則且置和泥合水一句作麼生道還家盡是兒孫事祖父從來不出門

上堂云牙上生牙角上生角機上生機巧上生巧毒蛇鼻頭揩癢餓鷹爪下奪肉千尺井底施籌略百尺竿頭作伎倆納須彌於芥子擲大千於方外奇則甚奇妙則甚妙子細檢

點將來爭如向這裏直下似桶底脱去三界平沈得箇休歇過去自過去未來由未來只今現成坐斷天下人舌頭還委悉麽簷聲不斷前句雨電影還連後夜雷

上堂云華開世界起達者先知葉落即驚秋賢明早悟而况鴈連湘浦影蟲作促織吟明明節換時移歷歷星馳電急正當恁麽時機關脱落底萬法本閑尚留見聞底長安正鬧若能善觀時節把斷要津堂堂越聖超凡一一騎聲盖色當處平和一句作麽生道志士惜日短愁人知夜長

上堂云一塵入正受盡大地冷啾啾諸塵三昧起徧十方鬧浩浩分身百億未足爲多端坐虚堂未甞言静到這裏卷舒收放擒縱殺活以金剛寶劍截斷疑情將衲僧巴鼻脱生死關坐斷要津不通凡聖千人萬人羅籠不住百千境界轉變不得始能爲如來使普現色身且道正當恁麽時如何日用無回互當機有卷舒

上堂云山頭鼓浪井底揚塵眼聽似震雷霆耳觀如張錦繡三百六十骨節一一現無邊妙身八萬四千毛端頭頭彰寶王刹海不是神通妙用亦非法爾如然苟能千眼頓開直下十方坐斷且超然獨脱一句作麽生道試玉須經火求珠不離泥下座

上堂云第一句下薦得祖師乞命第二句下薦得人天膽落第三句下薦得虎口裏横身不是循途守轍亦非革轍移途透得則六臂三頭未透亦人間天上且道三句外一句作麽生道生涯只在絲綸上明月扁舟泛五湖

陞座云炎炎伏暑離青嶂肅肅清秋渡碧湘古殿眈眈松檜密無塵金地足清凉既到這裏還有本色衲僧麽出來共相證明（問答不録）師乃云法無住相著相乖宗道不虚行隨行得路須知住中無住行中無行寛若太虚明如杲日萬象不能藏覆千聖豈可擬倫一塵飛而翳天一芥墮而覆地一華開而見佛一葉落而知秋物物頭頭明明歷歷事有千差理歸一揆須是通方作者始解證明不見道盡乾坤都盧是沙門一隻眼又道盡大地撮來如粟米粒大非是神通妙用亦非本體如然到這裏遇緣即宗隨處應機且到山一句作麽生道古殿倚巖腹新徑繞雲根復云諸佛不出世四十九年説威音已前没交涉祖師不西來少林有妙訣達摩一宗掃土淨盡若人識祖佛渠無面目甚處識渠當處便超越前是三門佛殿後是方丈寢堂左右廚庫僧堂作麽生説當處超越還委悉麽撒手到家人不識更無一物獻尊堂

上堂師云大道無向背至理絶言詮迥出三乘高超十地萬法不到處特地光輝生佛未分時靈源獨耀不落聞見不隨色聲直下無一絲毫頭徧界全彰奇特事直饒棒頭取證喝下承當猶是曲爲今時更或光境俱忘契心平等畢竟亦非的旨所以道向上一路千聖不傳學者勞形如猿捉影到這裏理絶事絶行絶照絶用絶權絶實絶直似倚天長劍凜凜神威如鐵牛之機羅籠不住今日不肯被蓋囊藏八字打開去也拈拂子云還委悉麽耀古騰今活鱍鱍大千沙界露全身復云

大衆昔日雪峯拈柱杖示衆云我這箇爲中下機人時有僧出問云忽遇上上機人來時如何峯拈却柱杖雲門云我不似雪峯打破這葛藤乃拈柱杖云我這箇爲中下機人時有僧問忽遇上上機人來時如何雲門便打師拈云大凡扶宗立敎須是頂門上具眼肘臂下有符看他二老宿縱横殺活出没卷舒甚生奇特仔細檢點將來猶是節外生枝若據山僧見處乃拈柱杖云山僧只將這箇普爲一切人無論上中下若要擘展一任擘展若要承當一任承當處處把斷要津箇箇壁立千仞且道忽遇其中人來時如何萬國醉心甞大鼎相逢攜手上高臺

上堂云玄玄玄太顢頇了了了没邊表有生有滅特地乖張無去無來轉見漏逗不起滅盡定而現諸威儀不捨凡夫法而修諸勝行且道是放行是把住隨流認得性無喜亦無憂

檀越請上堂僧問敎云初日分中日分後日分皆以恒河沙等身布施如何是初日分恒河沙等身布施師云大海若不納百川應倒流進云如何是中日分恒河沙等身布施師云現成公案進云如何是後日分恒河沙等身布施師云盡未來際一時收師乃云日面月面珠回玉轉有句無句絲來線去如來禪父母未生前祖師意井底紅塵起透得者權實句下雙明透未得者葛藤窩裏埋没透得透不得總不恁麼時如何薰風自南來殿閣生微凉

結夏上堂云高超十地不歷僧祇物我一如

身心平等不與萬法爲侶不與千聖同途歷歷常光現前處處壁立萬仞直饒透出威音已前猶是這邊事在及乎理隨事變應物應機或現十種他受用身或現三尺一丈六有時孤峯頂上目視雲霄有時淺草平田橫三竪四亦只是這邊事只如不動步而廓周沙界不起念而周徧十虛底人且道九旬三月還結夏也無雲在嶺頭閒不徹水流澗下太忙生

鄧樞密奏到紫衣師名上堂云此一瓣香奉爲祝嚴今上皇帝伏願帝基永久寶祚彌昌億萬斯年永隆聖壽次拈香奉爲兩府樞密相公伏願常居三事永處巖廊壽筭等喬松福禄深巨海陞座僧問師名遠賜全提佛祖大機椹服初披獨露人天正眼百帀千重則且置孤峯頂顊事如何師云優鉢羅華火裏開進云只如朕兆未分已前是何面目師云渠無面目進云龍得水時添意氣虎逢山勢長威獰師云誰不恁麽進云空生若解巖中坐爭得天華動地來師云却被闍黎勘破進云聖明天子未審將何報答師云此心心外更無心進云還許學人轉身吐氣也無師云你作麽生著力進云三事衲衣青嶂外一爐沈水白雲中師云大家讚嘆師乃云大道絶遮攔其誰趣向虛空無背面何處雕鐫迥出威音王高超毗盧頂直得絶塵絶跡離相離名海口莫能宣佛眼覷不見其奈巖中宴坐諸天雨華淨室掩關梵音慰諭遠稟一人洪造特賚宰輔陶鎔椹服師名荐臻巖穴既爾從天降下理應直下承當泉石光輝林巒增

秀風行草偃水到渠成由是擊開解脱門顯示正法眼調無生曲唱太平歌樂無爲之化去也還委悉麼優鉢羅華開鼻著無香氣名自樞密府恩從九天王草木生光輝麟龍不爲瑞誓奮鐵石心仰答邱山恵

解夏上堂云妙淨明心本無延促金剛正眼豈有開遮絲毫不移古今獨露理隨事變事逐理融隨所作心應所知量便有春夏秋冬生住異滅從無住本立一切法用無功用成一切事且隨緣不變一句作麼生道秋風吹八極木落露千山下座

道林辭衆上堂云十虛同一漚寧分彼此大千同一塵豈有去來若能各人明見本心顯發妙用通天作略動靜一如帀地風光彼此無二住也浮雲凝於幽谷去也虛舟泛於長江去住本自圓成解脱更無異路如是則全起全滅全動全靜全去全來全收全放且出門一句作麼生道頭頭物物皆成現正眼當陽廓太虛復云三年承乏幸忝陪道業荒虛愧不材赴詔直從天外去何時相與復徘徊

上堂陞座云道不虛行如風偃草緣不虛應似鏡臨形若能於心無心於己無己於彼無彼於我無我蕩蕩廓周沙界皆非外物縱歷盡乾坤際悉在目前法隨法行法幢隨處建立理亦如是事亦如是況寶公道場梁時示化舒王福地聖世重興宏開選佛場宣唱大般若於其中間且作麼生是於心無心於已無已坐斷要津不通凡聖底一句三山半落青天外二水中分白鷺洲

結夏上堂云一塵含法界無邊仔細點檢猶

有空缺處在百億毛頭師子百億毛頭一時現着實論量未是極則之談若論本分事大人具大見大智得大用設使盡無邊香水海越不可說不可說世界都盧是自已安居處舉一念超越無邊刹海猶未是衲僧行履處不犯鋒鋩不拘得失不落二見不在中間正當恁麼時如何山中九十日雲外幾千年

上堂云一切無收攝觸處圓成應用絕參差莫窮形相向千聖頂𩕳上有時露出祖佛莫窮底機關於一毫端中有時演出主賓互換底文彩經天緯地玉轉珠回即且置舉拂子作點勢云這一點落在什麼處海神知貴不知價留與人間光照夜

上堂云至眞非內大千非外表裏一如含融法界月印寒潭珠沉滄海樹彫葉落無在不在萬法本通同從來無向背要是箇中人始終無變改且作麼生是無變改雪後始知松栢操事難方見丈夫心

上堂云格外眞乘當陽正眼騎聲蓋色離見絕聞非三賢十聖所知非神通變化所測撥開向上一竅威音已前把斷封疆直饒達摩西來也無措手足處到這裏更說心說境說得說失得麼揿知有什麼交涉若是利根漢一刀截斷不落第二見不落第二機直下便承當豈不省要乃至若行若住若坐若卧一香一華一瞻一禮無不皆從自已流出無不皆從本有道場中來以此坐斷報化佛頭不妨隨時著衣喫飯三世諸佛只言自知祖師西來全提不起一大藏教詮註不及且道到這裏作麼生說預作津梁底道理還委悉麼

片雲點太清已落第二見

報寧民和尚受帖上堂云一向孤峯獨宿目視雲霄雖則不埋没宗風無乃太高生一向十字路口土面灰頭利物應機雖則埋没自已無乃太屈辱生況明悟之士頂門具眼肘下有符出没卷舒得大自在動若行雲止猶谷神可以或孤峯獨宿不礙土面灰頭或土面灰頭不礙孤峯獨宿恁麼中有不恁麼不恁麼中却有恁麼且應時應節一句作麼生道良久云瑞氣逢嘉運靈苗觸處春下座

上堂云千聖不同轍正體獨露萬象無所覆妙用常眞法隨法行無處不徧心隨心用無處不周若能上絶攀仰下絶已躬放出人人常光目前各各獨露便可以於一塵中現寶王刹坐毛端裏轉大法輪以無轉而轉即一切皆轉以無身現身一切處無不是身亘古亘今凝然寂照所以道唯一堅密身一切塵中現雖居塵中而塵中收他不得雖居四相而四相羅籠不住雖一切處見其纖毫形相了不可得然而要用便用要行便行亦不於一塵中見塵亦不尋其纖毫形相謂之無生法忍且只如截斷兩頭一句作麼生道死生同一際萬化悉皆如

解夏上堂云毫端寶刹寬濶優游十世隣虚古今渺邈洞視不見徹聽不聞到這裏非止善財七日歛念設使文殊百劫運大智力起無邊神用亦不能覷見只如諸人九十日間各各於中全體遊歷出没卷舒縱横收放八穴七穿東涌西没儻忽於此知得諦當去不妨步步踏着實地心心契證平常苟或未然

今日布袋口開還委悉麼良久云無謂清秋多勝致低回且復按雲頭

開爐上堂云乾坤近火理合先燋滴水氷生事不相涉倘或透生死明寒暑融動靜一去來直得意遣情忘如凝似兀然後乃可饑則喫飯健則經行熱則乘凉寒則向火雖然如是趙州道我在南方三十年有個無賓主句直至如今無人舉得且無賓主話火爐頭如何舉得還委悉麼衲被幪頭萬事休此時山僧都不會

上堂僧問選佛場開上根圓證不昧當機如何指示師云一超直入如來地進云龎居士道不昧本來人請師高著眼馬大師因什麼直下覷師云頂門上有進云居士道一種沒絃琴惟師彈得妙馬大師直上覷未審意旨如何師云暗裏能抽骨進云直上覷底是直下覷底是師云莫謗馬大師進云爭奈龍袖拂開全體現象王行處絶狐蹤師云有龎居士證明師乃云眞妄窠窟生死根株論其汗漫則千差搆其趣向則一致起唯法起滅唯法滅起滅全眞了無二致所以道三界唯心萬法唯識離心之外無別識境楊岐又道羣靈一源假名爲佛體竭形消而不變金流朴散而常存如此則亘古亘今不生不滅羅籠不住呼喚不回古聖不安排至今無處所且始終不變一句作麼生道還委悉麼不從千聖中傳得透出威音更那邊

楊安撫請上堂僧問白雲生滿座瑞氣擁禪堂少室眞消息當機願舉揚師云一舉千差同一照進云一音清迅生潮舌萬類聊聞道

眼開師云風行草偃進云只如蘊定乾坤謀略有蓋世英雄具殺人刀秉活人劍還有佛法道理也無師云有進云如何是佛法道理師云直是天下無敵師乃云十虚融攝正眼洞明八表昇平圓機獨運萬象不能藏覆千聖無以擬倫明明絶承當歷歷無回互現成是箇大解脱門有超宗越格底眼具離見絶情底機出没於中往復同用直得拈起也天回地轉應須拱手歸降放下也草偃風行必合全身遠害可以集衆福可以滅諸殃可以報君親可以安邦國全明一道神光不落見聞知覺正當恁麼時收因結果一句作麼生道萬里江河歸有道凱歌齊唱賀郎回

上堂僧問單拈獨弄只貴眼辦手親正按傍提須是作家手段棒喝交馳則且置頂門一句事如何師云倒行此令進云蔣山門下不爲分外師云分身兩處看進云學人更向上行時如何師云且只向下問進云任大也須從地起更高爭奈有天何師云過師乃云目擊塵塵刹刹同居華藏海中頂門窓窓堂堂渾是無生法忍拈一莖草現丈六身吹一布毛傳正法眼離無離有絶聖絶凡八字打開分明顯示了也若委悉得去遂舉拂子云東方妙喜世界不離箇裏西方極樂世界亦不離箇裏上方兜率世界亦不離箇裏如是則一處通千處百處一時通一處圓千處百處一時圓且不離本有一句作麼生道閻浮樹下親修處九品蓮中妙果圓

開聖節上堂云頂天履地共荷皇恩含齒戴髮均承帝力神霄降慶眞主示生傾萬國丹

心祝一人聖壽當陽有路萬派朝宗一句無私輾輸肝膽還委悉麼大明齊北極聖壽等南山

陞座僧問承師有言龍飛鳳舞降自九重此意如何師云無人不仰最深恩進云好音在耳人皆聳去也師云水到渠成是一家進云直得樵夫舞袖野老謳歌去也師云誰不恁麼進云莊野春林與天華而合彩師云一枝別是太和春進云爭奈雲本無心自有從龍之勢師云却得闍黎出氣進云只如寶公還肯放和尚去也無師云放來久矣進云從教猿鶴怨且副一人心師云是處是彌勒無門無善財師乃云寒巖枯木白雲堆散質何能中巨財豈爲虛聲徹清禁紫微聖詔九天來既然事出意外要須直下承當所貴正眼流通仰祝無疆睿算直得昆蟲草木悉仰動地風光大地生靈咸霑唐虞睿澤處處和風徧野人人喜氣盈眸感覆燾無疆之恩荷一人生成之德正當恁麼時還委悉麼碧桃冉冉凝朝露紅杏濛濛映彩霞下座

喬貴妃設千佛會上堂云千華顯瑞應萬善積靈臺廣闢解脫門大開無價藏舉揚正法眼表示千佛因直得徧界絕籠羅當陽無取捨透聲透色亘古亘今有具大信根修菩薩行發難思願力啟清淨莊嚴建大道場具列珍羞一香一華一茶一果同法性等太虛塵塵刹刹千佛放光如理如事十方普應所以道大匠無繩墨良材無曲直紅輪爍太虛徧界皆輝赫一華開一佛出世一塵舉一佛成道主伴交參森羅顯煥集無涯福祿祝睿算

無疆正當恁麽時作麽生道室内千燈相照耀天邊寶月更清圓

郢國大王請上堂僧問如何是第一句師云豈容聲相從君見進云半夜碧雲籠古殿天明海岸迸金烏師云肘臂有符人共看進云如何是第二句師云眞金須向爐中煅進云倒騎鐵馬上須彌踏斷曹溪流水聲師云正在半途間進云如何是第三句師云出草入草要求人進云妙喜刹中爲雨露無明山上起雲雷師云分明垂手處仔細好生觀師乃云至理自調然千華曾現瑞無在無不在十方即目前若是利根上智一舉便解承當既能截斷衆流可以趈今冠古以如是智以如是力以如是心以如是願明同杲日寛若太虛所以道譬如虛空體非羣相而不拒彼諸相發揮又道若人欲了知三世一切佛應觀法界性一切唯心造盖此清淨本元離去離來離聲離色若以眞實正見契寂如如雖二六時中不思不量無作無爲至於動靜語默覺夢之間無不皆是本地風光本來面目現諸祥瑞現諸奇特皆是從無量無邊劫海薫習種智從清淨微妙根智如是應現正當恁麽時如何無相光中千佛現一道清虛亘古今復舉釋迦老子靈山會上説大般若舍利弗於佛前問須菩提夢中説六波羅蜜與覺時是同是别須菩提云此義幽深吾不能説此會中有彌勒大士次補佛處可往問之彌勒云誰爲彌勒誰是彌勒者師拈云還委悉麽一句當機萬緣寢削更聽一頌夢中説法覺無殊妙用神通不出渠誰是誰名總彌勒

祥光起處現心珠下座
本然居士請上堂云寸絲不掛猶有赤骨律在萬里無片雲處猶有青天在若乃不盡去未免者也周由直饒一切坐斷已落佛祖圈續到這裏作麼生舉揚作麼生提持雖然如是從上來有個現成公案不免提持去也古者道吾有大病非世所醫僧後問曹山未審是什麼病山云攢簇不得底病僧云未審一切衆生還有此病也無山云衆生若病即非衆生僧云只如和尚還有麼山云正覓起處不得大衆此病即非世所醫須要本分作家以金剛錐與他頂上一劄正覓起處不得也與一服直教祖病佛病玄妙之病機緣境界悉灑灑落落脫然解脫不住解脫機到這裏羅籠不肯住呼喚不回頭古聖不安排至今無處所只這無處所早是處所了也直須千峯萬峯那邊承當得去好等閑拈一機舉一句盡與人抽釘拔楔解黏去縛更說甚麼直指人心更覓什麼見性成佛正當恁麼時如何不假纖毫力碎佛祖窠窟下座
少保張丞相忌日請上堂僧問維摩大士去何從千古今人望莫窮不二法門今正問夜來明月上高峯只如維摩一默意旨如何師云逼塞虛空進云恁麼則當陽無向背覿體露全機師云無你插嘴處進云爭奈前三三後三三師云也是鞏縣茶瓶進云只如文殊道我於一切處無言無說與他一默是同是別師云落在第二頭進云爭奈斬釘截鐵師云橫按鏌鎁進云只如無盡居士與和尚平昔道契相知且道即今何在師云爲你說了

也進云學人今日小出大遇師云你將什麼報恩進云萬古碧潭空界月師云閑言語師乃云大衆握佛祖鉗鎚控作家爐韝烹煅古今驗證衲僧唯用向上一機金剛王寶劒臨濟祖師傳黄檗馬祖此箇機要向大河之北獨振正宗一喝分賓主照用一時行坐斷天下人舌頭奔走四海雲水以至乃子乃孫傳此正見用此眞機若非大解脱人安能當陽證驗憶昔無盡大居士生平以此個事爲務徧寰海宗師無不咨叅到兜率山下逢見老衲論末後句始得脱體全眞言解道理一時脱却遂作偈云鼓寂鐘停托鉢回巖頭一撥語如雷果然只得三年活莫是遭他授記來鏗金戛玉虎驟龍驤不妨具大機得大用以此正印印天下叢林善知識山僧昔在湖北相見與伊電卷星馳一言契證表裏一如居士功業書於竹帛遺德在於生民後來當此之日撒手那邊行止且道無盡居士向什麼處去還委悉麼大千沙界諸佛土刹刹塵塵現勝身復云盛德在生民四方共欽仰三教大宗師秤頭有銖兩七十九歲佛齊年是日霜風亘霄壤一聲振忽雷前星墮雲帳麒麟掣斷黄金鎖一躍直歸梵天上萬載千秋著遺想

鄭太師請上堂僧問萬機休罷時如何師云坐斷毘盧頂進云可謂風前一句超調御擬問如何歷劫迷師云只得拱手讃歎師乃云靈光未兆萬彙含太虛一氣既彰華開世界起過去諸佛現在諸佛未來諸佛皆同個中出現若天若人若羣生無不從是中流出以

一處明百處千處光輝一機轉千機萬機歷落所以道淨法界身本無出没大悲願力示現受生然而此悲此願此力若是宿稟靈根具超脱種智則纔生下時已作獅子吼已具大神通至於若行若住若坐若卧或放行或把住無不皆從諸聖頂𩕳上縱横十字乃至享福享壽享富貴多子孫悉承渠儂威力正當恁麽時一句作麽生道重重彰瑞氣一一湧金蓮復頌云威音已前靈苗秀到今光彩轉新鮮萬卉芬芳風景麗壽山高到大椿年

大内慶國夫人請上堂僧問空劫中還有佛法也無師云逼塞虚空僧云未審學人向什麽處安身立命師云蹉過也僧云和尚喚什麽作虚空師云闍黎問從何來僧云三際斷時凡聖盡十身圓處刹塵空師云爭奈你踏不著師乃云處處眞無回互塵塵爾有鑑覺萬象以不見而見萬法以不聞而聞不見見其見逼塞虚空不聞聞其聞包含萬有離却見不見聞不聞别有一段奇特事要須是個大解脱機大解脱用然後方能歷落起處全眞豈不見僧問雲門如何是塵塵三昧門云鉢裏飯桶裏水又僧問如何是諸佛出身處門云東山水上行一等是個時節朴實頭處直是朴實頭孤危峭峻處直是孤危峭峻正當恁麽時將個什麽提持將個什麽眼目辨别還委悉麽試玉須經火求珠不離泥復頌云此心含法界明契本來人千祥如霧集萬善若雲臻

上堂云我我我渠渠渠千聖頂𩕳乃蘧廬不是心不是物一口吞盡三世佛浮幢王香水

海拈起擲向他方外淨躶躶赤灑灑萬象森羅無縫罅平懷的實鎮巍然饑來喫飯困來眠下座

大内貴妃請上堂云一句亍出於千聖頂門一妙機發於無盡寶藏迥無依倚杳絶端倪非色非心非如非異盡虚空窮法界都盧是個大解脱門你諸人浩浩地於中出入還覺寒毛卓竪麼若向脚根下一念不生全體顯露則淨躶躶活鱍鱍要行即行要住即住要用即用要休即休不指第二頭不落第二見到這裏亘古亘今凝然寂照若踏著去透脱生死是甚閑事能以無漏根力建法幢立宗旨衣被一切羣靈盡未來際無有窮盡正當恁麼時且道承誰恩力還委悉麼五蘊山頭無相佛放光動地廓周沙頌云一心無住著徧界法王家崇成無漏福端坐寶蓮華

上堂陞座云正令已行十方同應獻華酌水全藉傍人還有共相證明底麼僧問唱罷御樓一曲高陞浮玉孤峯未過揚子江如何道得接手句師云風不來樹不動進云只這裏何異妙峯頂師云吹毛寶劍當頭截進云忽若德雲比丘出來道個隅和尚如何轉身師云也則摸索不著進云爭奈處處無回互頭頭不讓機師云七日何曾得見來進云設使親見也只是山上底師云苦屈之詞最難吐進云學人若也通消息只恐揚子江水逆流去師云三十棒且待别時師云大道無背面眞機有卷舒撮大地如陶家輪運大千向針鋒上猶未是寰中正令閫外全威所以萬國仰瞻同歸舜日靈光一道共照皇家重興佛

祖道場追還普天寶所正令全提主賓同用山僧今日得奉一人聖詔傍資宰輔威權共建法幢竪立宗旨揚子江心滔天滚浪妙峯孤頂舒卷閑雲是處著眼不前頂顙正令全現若是個同得同用同殺同活底共一眼見共一耳聞同一口宣同一音演更無異緣亦無異見説什麽九十六種二十五有正要當頭辨取一時列在下風且如今日應時應節事作麽生道一句迴超今古格萬年仰祝聖明天

上堂云大衆赤肉團上人人古佛家風毘盧頂門處處祖師巴鼻拈一機千機萬機通透用一句千句萬句流通不假他人全彰已用若也人人恁麽返照則亘古亘今凝然寂照一段光明非中非外非色非心行棒也打他不著行喝也喝他不得直得淨躶躶赤灑灑是個無生法忍不退轉輪截斷兩頭歸家穩坐正當恁麽時不須他處覓只此是西方

錢學士請陞座云透生死關出有無見脱佛祖機超格則量須是利根上智一聞千悟直下承當始得撒手那邊更無餘事所以道幾回生幾回死達者悠悠無定止自從頓悟了無生於諸榮辱何憂喜諸人還識無生麽劫火洞然毫末盡青山依舊白雲中

陞座云葢天葢地觸處逢渠亘古亘今全彰正體法無異相不落生滅時無異緣不涉春秋所以道處生死流驪珠獨耀於滄海踞涅槃岸桂輪孤朗於碧天如是則人人脚根下輝騰今古迴絶見知六處惹絆不住三界收攝不得唯當陽直截承當便見透脱分曉正

當恁麼時如何天上有星皆拱北人間無水不朝東下座

上堂云法身無相應機現形法眼無瑕隨照鑑物安排不得處是天真佛受用不及處乃向上機若能上絶攀仰下絶已躬鼻孔摩觸家風髑髏常干世界則一爲無量無量爲一小中現大大中現小更討甚麼生死去來地水火風聲香味觸都盧是箇眞實人體還有人向個裏承當得麼識取摩尼無價珠當來受用無窮極

黄運使請上堂云大衆一句截流鐵壁銀山莫湊泊萬緣俱透照地照天絶羅籠明明無覆藏歷歷非照用三世諸佛出興唯此一事歷代祖師傳持亦此一心所以般若如大火聚般若如無盡藏般若如泛海舟檝般若如照夜明燈若向下委曲提持則敲牀豎拂瞬目揚眉或語或默說有說無若向上提掇如擊石火似閃電光有時行棒有時行喝有時箭鋒相拄有時佛眼覷不見雖然如是猶有向上向下忽遇其中人却沒許多般事只是現成所以道山是山水是水天是天地是地不移易一絲毫正當恁麼時還委悉麼萬邦有道歸皇化偃息干戈樂太平

鄭龍學請上堂云相逢不拈出舉意便知有且道此意作麼生舉知有個什麼若論佛論祖論玄論妙論機論境論棒論喝盡是末邊事上頭還著得麼若著得去盡十方世界香水海向一毫頭上見得物物頭頭初無變易若向一毫端蹉過設使用得七穿八穴亦沒交涉只如有交涉一句你作麼生道咭嘹舌

頭三千里壺中日月自分明
上堂云靈山話月語寄難藏曹溪指月心眞莫測倒却門前刹竿著已落第二頭金剛堦下蹲神龜火裏走猶落第三首只如未有佛祖已前還有恁麽時節麽到這裏不論慒底唯是俊流還委悉麽巨浪湧千尋澄波不離水
耿左丞請上堂云無佛世界是般若光百千聖賢是般若用金剛正體是般若根摧魔城壘是般若力有如是自在威神得如是解脫知見用一絲毫千里萬里盡光輝拈一絲毫無邊世界無變易全體承當如如不動所以乃佛乃祖提持此事令一切人各各於根脚下洞明正見得其光顯其用證其根獲其力正當恁麽時如何天上有星皆拱北人間無水不朝東
陳大夫請上堂師云有句無句初無兩端如藤倚樹打作一片樹倒藤枯忽俊韓盧呵呵大笑金毛獅子若是鐵眼銅睛當陽覷透便可以把斷要津不通凡聖終不向他語言裏作窠窟機境上受羅籠所以道言無展事語不投機承言者喪滯句者迷不落語言不立機關布漫天網打衝浪魚垂萬里鈎駐千里烏騅也須還他大達之士始得所以趙州勘破處爲方便立沙蹉過處驗作家雪峯輥毬雲門顧鑑睦州現成俱胝一指如生鐵鑄就通上徹下只要箇本分人忽若總不恁麽又作麽生委悉麽了取平常心是道饑來喫飯困來眠復頌云即心即佛開心印非佛非心蹈大方當處分身千百億普光明殿放毫光

御選語録卷第十三

音釋

鱍比末切音鉢魚掉尾皃　慴與懾同　凱與愷同善也又南風謂之凱風　燾杜到切音導溥覆照也　驤息良切音湘馬低昂騰躍也又馳駕也　鎛虛訏切鰕去聲

御選語録卷第十四

明宗眞覺圓悟勤禪師語録

趙觀察請上堂僧問有一句子從上千聖不曾道著未審喚作什麽句師云你那裏得這消息來僧云未審千聖密祝用那一句師云用鼻孔上一句僧云此一句還該一切也無師云闍黎不空鈌師乃云當陽直截不昧時機答去問來全彰與旨直得千古萬古只如今前佛後佛無别道寬廓無外大千沙界個中藏寂寥非内香水海裏浮幢刹若能無彼無此非色非心直下坐斷要津不通凡聖則古釋迦不先新彌勒不後只如今人人頂門上放大寶光壁立千仞顯一切妙用神通挺單提不思議力正當恁麽時一句作麽生道一一山河無障礙重重樓閣應時開

上堂云山僧入院得六日表裏如如十方純靜只有一事説向諸人且道是什麽事不得動著下座

上堂云古者道結夏得十一日也寒山子作麽生又道結夏得十一日也水牯牛作麽生山僧即不然結夏得十一日也燈籠露柱作麽生若透得燈籠露柱即識水牯牛若識得水牯牛即見寒山子忽若擬議老僧在你脚底

上堂僧問鏡清諸方只具啐啄同時眼不具啐啄同時用如何是啐啄同時眼師云打破千年野狐窟進云如何是啐啄同時用師云掀翻驪龍頷下物進云南院道作家不啐啄啐啄同時失又作麽生師云隨他語言走向草窠裏打輥進云忽被學人掀翻禪牀時如

何師云我且問你見個什麼道理僧禮拜云仁義道中放過一著師云倒退三千師乃云平旦清晨五月一吹起少林無孔笛十方沙界坦然平大地山河印印出二祖曾不往西天達摩曾不到梁國大家共賀太平歌摩訶般若波羅蜜復云孤迥迥峭巍巍面前案山子昔聞弘覺言今朝親到此有時生層雲有時霈微雨逗到大晴明依前突兀地且道是心耶是境耶爲復在心内爲復在心外鴛鴦綉出從君看不把金針度與人下座

上堂云五月五日天中節萬祟千妖俱殄滅眼裏拈却須彌山耳中拔出釘根楔鍾馗小妹舞三臺八臂那吒嚼生鐵勅攝截急急如律令

上堂舉僧問法眼慧超咨和尚如何是佛法眼云汝是慧超師云還委悉麼病遇良醫饑逢王饍醬裏得鹽雪中送炭

上堂云昨日風今日風陣陣不從他發十日雨五日雨點點不落别處大方無外大象無形盡世界撮如粟米粒總虚空乃掌中葉可以拽新羅國與占波國鬭額直得東勝身洲射箭西瞿耶尼中垜所以道髑髏常干世界鼻孔摩觸家風若是未出陰界尚滯見知聞恁麼説話一似鴨聽雷鳴隔靴抓癢亘饒脫却根塵去却機境尚餘一線路在且二途不涉一句作麼生道還委悉麼佛殿堦前石獅子大洋海底鐵崑崙

上堂僧問百丈問潙山併却咽喉唇吻作麼生道山云却請和尚道此理如何師云傍觀者哂進云百丈云不辭向汝道恐已後喪我

兒孫爲復是答他話爲他説師云老婆心切進云五峰道和尚也須併却意旨如何師云一箭中紅心進云百丈道無人處斫額望汝是肯他不肯他師云萬人叢裏奪高標進云雲巖道和尚有也未又作麽生師云拖泥涉水兩三重進云未審雲巖會了恁麽道不會了恁麽道師云與闍黎一般進云忽有人問和尚併却咽喉唇吻作麽生道師云合取進云恁麽則與雲巖一般去也師云直截根源人不識忙忙業識幾時休師乃云萬仞懸崖撒手要須其人千鈞之弩發機豈爲鼷鼠雲門睦州當面蹉過德山臨濟誑謼閭閻自餘立境立機作窠作窟故是滅胡種族且獨脱一句作麽生道萬緣遷變渾閑事五月山房冷似氷

上堂壁立萬仞處透得鬧市裏可以横身鬧市裏透得壁立萬仞處可以倒退何也根本若眞正眼洞明則七穿八穴根本若不明正眼若糜麻則皮穿骨露故德山入門便棒臨濟入門便喝睦州見僧便道現成公案資福道隔江見刹竿便去脚跟下好與三十棒豈不是壁立萬仞處透得大丈夫漢一等是踏破草鞋何不向祖佛提不起處承當天人著眼不及處擔荷然後即心即佛非色非心以一重去一重以一句脱一句豈不是鬧市裏透得向箇裏直得壁立萬仞然後似鶻提鳩所以古人道垂手還同萬仞崖正偏何必在安排然後與麽也得不與麽也得與麽不與麽總得似虎靠山忽若與麽也不得不與麽也不得與麽不與麽總不得如銀山横路許

他是具眼底向箇裏雙照雙遮同生同死全明全暗全殺全活正與麼時且作麼生杖頭點出金剛王鐵壁銀山百雜碎復云聖凡情解初無相一法眞時法法眞萬仭崖頭能撒手千峰頂上現全身

上堂舉古者道動是誑寂是謗動寂向上有事在老僧口門窄不能與汝說師云是則是只道得一橛若是山僧則不然語是誑默是謗語默向上有事在老僧舌頭短不能與你說還委悉麼兩刃金剛寶劍一對無孔鐵鎚下座

上堂云釋迦慳彌勒富八字打開無盡庫柱杖子化爲龍赫日光中吐雲霧徧界雱霈注甘雨卓柱杖下座

上堂云知幻即離不作方便眼裏拈却須彌山離幻即覺亦無漸次耳裏除却四大海不見而見鐘鳴鼓響玲瓏不聞而聞大地山河歷落無生田地有種有收般若梯航有津有濟離一切相即且置威音王已前一句作麼生道雲中生石笋火裏出青蓮

中秋上堂僧問黃龍三關即不問如何是楊岐栗棘蓬師云天下人吞不得進云和尚還吞得也無師云老僧是第一箇吞不得底進云既是吞不得將何爲人師云終不敢孤負楊岐進云如何是金剛圈師云闍黎盡伎倆百年透不出進云忽遇箇漢出來道盡是閒言語又作麼生師云一任踍跳進云這老和尚今日稍有些子相爲師云且莫冬瓜印子師乃云秋半西風急當空月正圓蕭蕭木葉落湛湛露珠懸嘹唳衝雲鴈淒清抱樹蟬頭

頭渾漏泄切忌覓幽玄

上堂云大衆仲冬嚴寒千山萬山滴水滴凍成塊成團凍得達摩板齒落氷得金烏紫團團明鏡當臺幽洞側更看雙鳳舞孤鸞復云金毛獅子一滴乳迸散驢兒乳十斛活却死人平地上似地擎山石含玉

上堂云不登泰山不知天之高不涉滄海不知海之濶此區中之論也若是其中人天在一粒粟中海在一毫頭上浮幢王華藏界盡在眉毛眼睫間且道此箇人在什麼處安身立命還委悉麼無邊虚空盛不受直透威音更那邊

上堂云三界無法霜天皎月何處求心山高水深四大本空不辨西東佛依何住乾坤獨露透得脫見得徹正在半途逡巡擊碎鐵門關拔脫無根樹便見掌擎日月背負須彌引手過越一百一十城翻身獨立十方華藏界到箇裏也無佛也無祖不立照不立用不立權不立實不行棒不行喝正當恁麼時如何憑仗阿伽陁妙藥點取金剛正眼開下座

上堂云十方同聚會本來身不昧箇箇學無爲頂上用鉗鎚此是選佛場深廣莫能量心空及第歸利劍不如錐龐居士舌拄梵天口包四海有時將一莖草作丈六金身有時將丈六金身作一莖草甚是奇特雖然要且不曾動著向上關如何是向上關鑄印築高壇

上堂云日面月面胡來漢現有時放行有時把斷世法佛法打成一片若作一片會遇貴即賤不作一片會麥裏有麵復云三世諸佛不知有一一面南看北斗貍奴白牯却知有

戴角擎頭獅子吼四稜蹋地又團圞八角磨盤空裏走擬推尋劈脊摟拈得鼻孔失却口爲問普化一頭驢何似子胡一隻狗

上堂云大衆久雨不晴今日晴乾坤大地放光明墻壁瓦礫說佛法露柱燈籠著眼聽敢問諸人作麼生聽得乃云親復云釋迦老子道知幻即離橫身萬里不作方便十分成現離幻即覺須彌倒卓亦無漸次眼中出刺忽若盡大地撮來如粟米粒大且作麼生知扇子跨跳上三十三天且作麼生覺正恁麼時還委悉麼十方刹海金剛座萬煆爐中鐵蒺藜

上堂僧問日面佛月面佛意旨如何師云翻來覆去看進云金烏急玉兔速又作麼生師云雨重公案進云只如道三世諸佛六代祖師同一舌說未審同那一舌說師云便是同也截斷了也進云未審將什麼截師云將無舌底進云草賊大敗師云點師乃云大衆月生一快鷹俊鷂趂不及月生二德山臨濟失巴鼻月生三文殊普賢特地忿怒那吒把須彌一擘百雜碎折脚鐺子撞破無底籃兒大悲千手一隻手中一隻眼也提不起無言童子却解道前三三後三三還委悉麼萬仞峰頭都放却多年破衲太毿毿

上堂云大衆傅大士道須彌芥子父芥子須彌爺山水坦然平敲冰來煮茶曾聞傅大士乃彌勒大士化身看他通箇消息不妨著實山僧今日土上加泥亦有箇頌子須彌納芥不容易芥納須彌匹似閑長河攪著成酥酪輕輕擊透祖師關下座

舉丹霞裕長老爲人入室上堂云大衆摩醯首羅揭示頂門正眼摩竭陁國全提向上鉗鎚壁立萬仞絶承當孤光爍破四天下所以道殺人刀活人劍將錯就錯上古之風規亦是今時之樞要和泥合水若論殺人刀不存毫末活人劍横屍萬里須知殺中有活擒縱人天活中有殺權衡佛祖直饒說得殺活倜儻分明山僧更問你覔劍在正恁麽時見麽萬仞懸崖垂隻手高峰共唱太平歌復云趙州道趙州南石橋北觀音院裏有彌勒祖師留下一隻履直至如今覔不得諸人要知落處麽問取丹霞和尚

上堂金色頭陁衣糞掃毱多尊者運神通火星迸入新羅國大象牽藏藕竅中下座

上堂一二三四五六七七六五四三二一旋風車上定盤星百尺竿頭吹篳栗咦復舉雲門一日示衆云和尚子莫妄想山是山水是水僧是僧俗是俗時有僧出云學人見山是山見水是水時如何雲門以手劃一劃云佛殿爲什麽從這裏去師拈云似地擎山如石含玉透得過者盡在無盡藏中透不過者未免摶量只如雲門以手劃一劃云佛殿因什麽從這裏去又且如何一葉落知天下秋

上堂云十方同聚會箇箇學無爲此是選佛場心空及第歸大丈夫具決烈志氣慷慨英靈踏破化城直截承當外不見有一切境界内不見有自己上不見有諸聖下不見有凡愚淨躶躶赤灑灑一念不生桶底剔脱豈不是心空到箇裏還容棒喝麽還容玄妙理性麽還容彼我是非麽直下如紅爐上一點雪

相似豈不是選佛場中斬頭截角雖然如此仔細檢點將來猶涉階梯且不涉階梯一句作麽生道還委悉麽千聖不留無朕跡萬人叢裏奪高標復有頌云住山只貴衆和諧表裏通明應整齊折脚鐺兒幸無恙相憑出手共提携

上堂云清秋晴色苗稼豐登四海晏清萬民樂業林下之士歇意休心直下當陽坐斷報化饑飡渴飲倦卧閑行無事無爲得大自在當陽一句不可重宣迴避不行直須漏泄還委悉麽八月秋何處熱復云昨夜夢登樓驀然得箇時節因緣今朝舉似大衆四野迥澄澄端如坐少林雲籠高嶽頂月在碧波心下座

小叅

示衆云祖師心印直截當機凛若劍鋒明如皎日當臺輝赫縱爾現前還有互相平展底麽僧問世尊久默斯要及至末後爲什麽獨名飲光密傳法眼師云正是龍頭蛇尾進云一點水墨兩處成龍師云帶累山僧進云苦瓠連根苦甜瓜徹蔕甜師云灼然進云也是烏龜喫生菜師云取性乃云欲知佛性義當觀時節因緣時節若至其理自彰苟或時節未至理地未明便乃業識茫茫無本可據敢問諸公即今是什麽時節莫是黄昏時節麽莫是小叅時節麽莫是坐立儼然時節麽莫是説禪説道時節麽莫是萬像交叅時節麽莫是心境一如時節麽若與麽儱侗且喜没交涉今夜諸公在此權立片時山僧不惜眉毛確實評論這一段時節去也只如諸人在

此聽山僧鼓兩片皮用作時節正隨常情須知山僧不曾説一字諸人不曾聞一言諸人與山僧各各有一段大事輝騰今古逈絶知見淨躶躶赤灑灑各不相知各不相到透聲透色超佛越祖若能退步就已脱却情塵意想記持分别露布言詮聞見覺知是非得失直下豁然瞥地便與古佛同一知見同一語言同一手作同一體相非惟與諸聖同亦乃與歷代宗師天下老和尚同下至四生六道醯鷄蠛蠓無不皆同不被前塵所惑知解所撓不畏生死不愛涅槃放曠平常隨時任運動靜施爲無非解脱能轉一切境界能使一切語言非唯諸人分上如此至於古人無不皆由此箇時節得入豈不見趙州初叅南泉悟平常心是道後來有問西來意便對曰庭前栢樹子以至鎮州出大蘿蔔頭我在青州作一領布衫重七斤非唯趙州德山得此時節入門便打臨濟得此時節入門便喝睦州得此時節便道現成公案放你三十棒俱胝一指頭上用此時節鳥窠吹布毛處見此時節以要言之古來宗師無不皆用此箇時節只如法眼曾舉叅同契云竺土大仙心遂云無過此語也向下中間也只是應時應節説話至最後謹白叅玄人光陰莫虛度乃云住住恩大難酬設使粉骨碎身亦報此恩不得豈不是知此時節方恁麼説如今若有未發明處去只虛度光陰若叅得徹底分明去二六時中管取無絲毫許落虛非惟二六時中下至百千億劫盡未來際悉不落虛只如山僧說恁麼時節還得諦當也未復云夢也未

曾夢見在且道還有爲人處也無若善參詳只這一句亦不虛設有箇山頌舉似大衆秋深天氣爽萬象共沉沉月瑩池塘靜風清松檜陰頭頭非外物一一本來心直下便薦取切莫更沉吟

示衆云當軒有路直下坦平慣戰作家便請單刀直入有麼有麼良久云諸人既是藏鋒山僧不免作一場獨弄雜劇去也未恁麼前是第二頭正恁麼時是第三首餉間恁麼去只是隨波逐浪如今且向隨波逐浪處與諸人商量還葢覆得麼還有一法與他爲伴侶麼所以道他能成就一切法能出生一切法一切諸佛依之出世一切有情因他建立六道四生以他爲本只如諸人即今在此坐立悉皆在他光中顯現還見得他麼若也見得直下無一絲髮隔礙無一絲髮道理更有什麼見聞覺知爲緣爲對但恐自家不能返照所以生疑尋常不是向諸人道千言萬言但只識取一言千句萬句但只識取一句千法萬法但只識取一法識得一萬事畢透得一無阻隔直下脱却情塵意想放教身心空勞勞地於一切時遇茶喫茶遇飯喫飯天但喚作天地但喚作地露柱但喚作露柱燈籠但喚作燈籠一切亦然二六時中只麼平常無一星事雖然如是若有箇無事懷在胸中亦未得自在有箇有事亦未得自在直須有事也無無事也無無二亦無猶在半途若是聊聞舉著入骨入髓信得及底人聞恁麼説話大似熱椀鳴聲尋常聞説箇禪字便去河邊洗耳等閒地不著便偶然道著箇佛字也須

潄口三日寧可生身入地獄永劫受沉輪向鑊湯爐炭裏煑爍終不肯將佛法作解會亦終不起佛見法見佛見法見尚自不起何况更起世間情想分別妄緣諸業且作麽生見得此人作麽生親近得此人有具眼底麽出來道看如無待三二十年後山僧換却骨頭別與諸公通箇消息

示衆云道無方所明之在人法離見聞斷之在智若能頓捨從來妄想執著於一念頃頓悟自心頓明自性不染諸塵不落有無自然法法成現然雖此事不可造次領會須是發大丈夫慷慨特達之志不顧危亡不拘得失存箇長久鐵石身心逢境遇緣不變不異時時著眼體究不論歲月以悟爲期祖師門下不比教家只要直截根源於一言下領取與諸聖同體同用大解脫任運施爲無不見性至於離亂狂慧思量分別有一絲毫斬不斷則無趣入之期教中尚道是法非思量分別之所能解又云以有思惟心測度如來圓覺境界如取螢火燒須彌山終不能著祖師道但盡凡情別無聖量凡情盡處聖量現前直須頓歇妄緣無念無爲放教虛靜千聖萬聖未有不從此門而得入者只在存誠堅固努力向前但辦肯心必不相賺珍重

郡中出隊衆請小叅師云蘭城道友集如雲選佛場開不二門光飾碧巖無舌老小叅佳會四方聞聞者爭如見底見底爭如激揚酬唱底還有作家禪客麽僧問三世諸佛只言自知歷代祖師全提不起一大藏教詮註不及未審和尚如何師云夾山到這裏口似匾

擔進云捉敗這老漢師云且喜没交涉進云恁麽則天下人鼻孔被和尚穿却了也師云你且道夾山鼻孔在什麽處僧便喝師云也須穿却進云明眼宗師天然有在師云猶是落二落三師乃云開佛祖鑪鞴用向上鉗鎚擬議不來則千里萬里當鋒薦得則坐斷要津此猶是化門之説若確實而論山僧有口無説處諸人有耳無側聆處乃至日月未足爲明虚空未足爲廣乾坤未足爲大萬象未足爲衆到這裏一搓一捺一挨一撥要見本分事且問如何是本分事大千沙界海中漚一切聖賢如電拂

師示衆云舉不顧即差互擬思量何劫悟且道舉箇什麽直饒解顧也是方木逗圓孔何況更涉思量計較道理轉没交涉著實而論有什麽事直下無一絲毫事亦無一絲毫見聞玄妙道理得失到這裏便是千聖出來要舉揚也無下口處要作用亦無動轉處所以雲門云向你道直下無事早是相埋没了也且道什麽處是埋没處灼然能有幾人到此此是文殊普賢大人境界豈是尋常涉道理計較得失思量底還知麽須是絶情識絶玄妙千聖只言自知亦無窠臼照用淨躶躶赤灑灑巖頭道只露目前些子如擊石火此是向上人行履若覷不見切不得疑著若無恁麽事達摩西來經六百年亦不傳至今日爲有恁麽事至今天下列刹相望一一眞善知識踞獅子座各各爲人天師牙如利劍口似血盆其餘有窠臼有依倚黏皮著骨有得有失有傳授盡打入弄泥團處去若是石頭馬

師百丈黃檗臨濟雲門玄沙巖頭法眼溈仰曹洞此等之流皆是向上宗師動靜施爲皆在此中行履譬如獅子捉象皆全其力至於捉兎亦全其力如僧問雲居弘覺獅子捉兎捉象亦全其力未審全什麽力雲居云不欺之力要須一一與他本分草料且那箇是本分草料豈不見長沙道我若一向舉揚宗教法堂前須草深一丈事不獲已向你道盡大地是般若光光未發時無佛無衆生消息向什麽處得來恁麽說話早是葛藤了也所以尋常向兄弟道須是打疊情塵得失計較淨盡驀地一場汗出自然活鱍鱍天下人不柰何幸有如是威風有如是自在若隨人脚跟轉覓人涎唾喫則没交涉且如仰山問同叅道近日見處如何對曰實無一法可當情山云師弟解猶在境問何故仰山云汝豈無能知一法可當情者他直得無一法可當情尚遭仰山點檢到這裏無能所知無一法無無一法也須是箇人始得所以唤作無事人方始說本來無事既是本來無事只如目前萬境縱然六凡四聖那裏得來直須超達始得且作麽生是超達底句莫怪從前多意氣他家曾踏上頭關

小叅僧問猿抱子歸青嶂裏鳥啣華落碧巖前此是和尚舊時安身立命處如何是道林境師云寺門高開洞庭野殿脚揷入赤沙湖進云如何是境中人師云僧寶人人滄海珠進云此是杜工部底作麽生是和尚底師云且莫亂統進云如何是奪人不奪境師云山僧有眼不曾見進云如何是奪境不奪人師

云闍黎問得自然親進云如何是人境俱奪師云收進云如何是人境俱不奪師云放進云人境已蒙師指示向上還有事也無師云不可土上更加泥師乃云恁麼恁麼如虎帶角不恁麼不恁麼似兔無角恁麼又却不恁麼暗隔兩重關不恁麼又却恁麼全行向上路此四句若排著四邊則爲禍爲祟若一時劃斷則爲祥爲瑞何故他從上來本無許多事只爲羣機有利鈍所悟有淺深是故勞他諸聖出來應物現形隨機逗教便有權有實有照有用有殺有活有賓有主有問有答萬別千差只如正當恁麼時可中若有箇漢牙如劍樹口似血盆一棒打不回頭出來掀翻露布截斷葛藤天是天地是地山是山水是水長是長短是短方是方圓是圓一絲毫不得動著直下承當便能丹霄獨步與他諸聖把手共行有佛世界互爲賓主接物利生無佛世界風颯颯地坐斷要津不通凡聖然雖恁麼若是於中端的恁麼來底且道與他作麼生商量待老僧上山斫棒來

小參僧問玄沙不過嶺保壽不渡河未審意旨如何師云直超物外進云雪峯三度到投子九度上洞山是同是別師云別是一家春進云恁麼則春色無高下華枝自短長師云一任卜度師乃云大道坦然更無回互同證者識同道者知若有實法繫綴羅籠人入地獄如箭射所以諸佛出世祖師西來實無一法與人只要諸人休歇若實到休歇田地二六時中如天普蓋似地普擎更不剩一絲毫亦不欠一絲毫淨躶躶赤灑灑現成公案若

更躊躕四顧說有說無論得論失有會有不會有得有不得落二落三去也所以上古尊宿天下老和尚拂子邊柱杖頭現無量神通其實與你諸人解黏去縛抽釘拔楔令汝直下到安閒之地也無證也無得亦無周由者也七十三八十四若也未到不免搽糊去也一切境界一切有無一切法門但於一言下一念頃脫得情塵去塵塵剎剎廓周沙界大小長短方圓青黃赤白全是本心於見處淨躶躶於聞處八面玲瓏無得失是非無長短好惡山是山水是水僧是僧俗是俗無異無別若能實頭到這箇田地離情塵絕露布不落勝妙更須知有一塵中含一切境界一切境界入一塵中悉皆含攝於一毫端現無邊剎海直得恁麼更須知有大用現前時節始得且作麼生是大用現前底時節畢竟水須朝海去到頭雲定覔山歸

冬夜小參有作思惟從有心起一輪生滅行無間道修無漏業萬古超然拈一放一半開半合未免在窠窟裏殊不知往復無間動靜一如融大千沙界於一塵會十世古今於一念去來起滅甚處安排春夏秋冬如何理論到這裏淨躶躶赤灑灑沒可把東西不辨南北不分底則固是未知落處久參先得脚踏實地且道正當恁麼時如何還委悉麼羣陰消剥盡來日是書雲

師云一向據令而行呵佛罵祖截斷眾流直得釋迦彌勒文殊普賢退身無路臨濟德山趙州睦州目瞪口呿千里萬里無片雲擬議不來三十棒恁麼舉唱本色衲僧愈生光彩

後學初機無摸索處一向垂慈落草立問立答存主存賓有始有末三元戈甲中論誵訛四種料揀裏别皂白絲來線去照用雙行各各脚跟下只推明一箇大機唯此一事更無餘事恁麽舉唱後學初機通一線道其奈取笑衲僧恁麽中有不恁麽不恁麽中有恁麽權實雙運照用並行佛祖誵訛離名絶相不守窠窟單明向上一路猶是尋常茶飯更或打翻許多露布則上是天下是地山是山水是水僧是僧俗是俗都無許多得失玄妙又落在無事甲裏四種爲人向此時爲諸人都拈却更教山僧説箇什麽若能不以眼見不以耳聞不以意想不以口説則千里萬里見誵訛千句萬句都穿却恁麽會得可以通徹古今更須知有向上事始得敢問大衆作麽生是向上事萬古碧潭空界月再三撈摝始應知

師云諸佛不出世那裏得這箇消息祖師不西來免見累及後代正恁麽時天之自高地之自厚日月星辰之昭昭人物境界之浩浩不曾移易一絲毫何不向這裏薦取若向這裏薦得管取是一員無事道人及至諸佛出世提持一大事因緣祖師西來傳持箇正法眼藏令一切聞者見者生希有心起難遭想各各依佛依祖歴堦梯超地位證無爲登聖果若恁麽薦得亦是一員無事道人更有箇具大闡提不起信根逢佛叱佛遇祖駡祖乃至滅却佛滅却祖令人不見佛不聞法淨躶躶赤灑灑全體只是箇眞實若向箇裏薦得亦是一員無事道人有箇信得及把得住依

佛行而不著佛依祖證而不著祖善建法幢能立宗旨讚佛讚祖如錦上鋪華乃至天上天下如金如玉若向箇裏薦得亦是一員無事道人此四員無事道人中要選一人爲師且道選那一人爲師若道得試出來道看若道不得山僧不免露箇消息去也拔蓑側立千峰外引水澆蔬五老前

檀越請小叅師云盡大地是箇解脱門頭頭物物皆證入無邊刹海如來藏綿綿密密悉包容舉處峭巍巍用時淨躶躶譬如猛火聚近之則燎却面門又如太阿劍擬之則神驚膽戰若是知有恁麽徹骨徹髓承當不勞啗啄其或尚留觀聽猶滯皮膚須是透出金剛圈吞却栗棘蓬若透得一圈則百千億圈一時透過若吞得一蓬則無數億蓬一時吞得可以作奇特因可以現殊勝相無罪可懺而罪垢消除無冤可解而冤家解釋顯現一切難思議作爲無邊殊勝業只消箇一道清虚更不用周由者也正當恁麽時當機一句作麽生道聲前突出金剛眼彈指圓成八萬門頌云懺罪滌垢解冤釋結似日鎔霜如湯沃雪雲散長空一輪皎潔感應道交綿綿瓜瓞

鄧朝議請小叅云宏機獨唱千聖潛蹤一句當陽十方坐斷有亦不管無亦不拘聖亦不收凡亦不立明明無覆藏明明無滲漏頂門眼照山河大地全彰肘後符開萬象森羅頓現有如是奇特相有如是殊勝門只求向上作家要接大乘根器所以道垂鈎四海只釣獰龍格外玄機爲尋知識若是利根種智具大解脱性一聞一切聞一了一切了一見一

切見一證一切證淨躶躶赤灑灑只如今還有道得底麼試出衆露箇消息看若道未得山僧這裏八字打開去也還委悉得麼利根上智須圓證十聖三賢一念超復頌云無對毗耶彼上人頂門有眼耀乾坤只憑一箇無言說徧界全開不二門

修道者請小參天地與我同根其根深固萬物與我一體其體虛凝萬物之根亘古亘今堅固之體包含萬有毫芒得意可以點鐵成金可以轉凡作聖如理如事即處即眞一念不生前後際斷所以道不思議解脫力妙用恒沙也無極若論妙用去可以擊碎業山可以點竭苦海可以懺不懺之罪可以解不解之冤可以起必死之疾可以證無生法忍正當恁麼時不立功勳一句作麼生道還委悉麼千年闇室一燈破萬劫愆尤一句消頌云阿闍被疾投皇覺調御垂慈放月光法藥之功同佛力自然身病得清涼

住東京天寧寺小參師云一見更不再見今已再見一說更不重說今已重說未有長行而不住途中無這箇消息未有長住而不行屋裏沒此葛藤直得二途俱不涉去住得縱橫其住也千人萬人羅籠不得其去也等閑坐斷一切人舌頭假使親到這箇田地更須知有照用同時人境俱奪向上一竅始得若論向上一竅佛祖不立凡聖沓絕淨躶躶沒承當赤灑灑無回互正當恁麼時作麼生但願春風齊著力一時吹入此中來復頌云明珠在掌有功者賞長老新入院都盧無伎倆不立趙州關各自著槽櫪

四月八日小叅直下便是已步階梯總不恁麽猶落情識直得威音已前没交涉七佛已後没交涉向上向下總没交涉然雖如是通方作者舉著便知尚滯皮膚難脱蹊徑所以向第二義門不恁麽中有時恁麽恁麽中有時不恁麽淨法界身本無出没大悲願力示現受生雖則落草之談也須草中有通身之路敢問諸人要知本無出没底道理麽乃竪拂子云只這是要知示現受生麽竪拂子云只這是到這裏雙收雙放全暗全明若言九龍吐水一場揑恠目視四方轉納敗闕直饒未離兜率已降王宫未出母胎度人已畢一徃看來却是仔細點檢將來猶滯兩邊殊不知東弗于逮走馬南瞻部洲作舞西瞿耶尼作拍北欝單越翻筋斗也無是也無非也無得也無失且道畢竟如何八角磨盤空裏走

郢王請小叅僧問無修無證乃是本覺妙明爲求佛果菩提正是有作之因去此二途請師直指師云吹毛寶劒逼人寒進云一點靈光與萬古照人間師云用一點靈光作麽進云可謂言言合聖道法法自圓成師云他亦本無言僧禮拜師乃云寛廓非外十方國土目前觀寂寥非内一毫頭上寶王刹直得無内無外絶彼絶此亘古亘今全明全暗到這裏亦須有轉身一路始能得大自在豈不見道大人具大見大智得大用發大機羣機泯息立一言衆言絶謂直得言言機機頭頭相副如金鎖連環相續不斷此猶是長生路上事所以道言鋒若差玄關萬里直得懸崖撒手自肯承當絶後再蘇欺君不得非常之旨

人焉廋哉既有非常之旨必藉非常之人既有非常之人必明非常之旨正當恁麼時如何側身方外看誰是箇中人復云護生之德徹坤維草木昆蟲樂聖時敵勝鷲羣有奇特如何是奇特囉囉哩哩擊禪牀下座

小叅目前無一法森羅萬法歷然格外立千機權實照用廓爾只如不落權實照用不落格外千機不落目前一法正當恁麼時如何湊泊若是心機透脫得失已忘玄妙理遺有恁麼人聊聞舉著踢起便行釋迦自釋迦彌勒自彌勒解脫自解脫善財自善財其或未能便恁麼直下信得及把得定作得主却須於古人方便門建立處頭頭上明物物上顯無一絲毫蹉過無一絲毫得失淨躶躶絕承當赤灑灑無回互踏著本地風光明見本來面目正當恁麼時如何著力不起纖毫修學心無相光中常自在復頌云佛佛道同同至道心心眞契契眞心廓然透出威音外地久大長海更深

益國夫人請小叅云目前無一法綿密有誰知格外列千差到頭須自用若自用得去改禾莖爲粟柄易短壽作長年變大地作黃金攪長河爲酥酪不爲分外且如綿密處若辨得用處即是綿密綿密即是用處所以道世尊三昧迦葉不知迦葉三昧阿難不知阿難三昧商那和修不知商那和修三昧優婆毱多不知既是各各不知何故却相傳受到這裏不妨諦訛處直是諦訛綿密處直是綿密若會山僧適來答這僧問道和尚三昧什麼人得知荅云山僧自知然雖如是大似把手

上高山未免傍觀者哂更有一著諸人往往向知不知處作活計若道知去此人只具一隻眼若道不知去此人亦只具一隻眼離却知不知正當恁麼時如何大千沙界海中漚一切聖賢如電拂復舉外道問佛昨日說什麼法世尊云說定法外道云今日說什麼法世尊云說不定法外道云昨日定今日爲什麼不定世尊云昨日定今日不定師云大小世尊龍頭蛇尾若是天寧即不然忽有問早朝說什麼法對云不定法即今說什麼法對云定法或云早辰不定而今爲什麼定即向他道一釣便上

小參云提向上機須向上眼指其中事要其中人若能立千聖於下風擲大千於方外脚根下硬糾糾頂門上黑漫漫坐斷要津不通凡聖亦未是向上機亦未是其中事且作麼生是向上機其中事灼然將謂實有恁麼說話殊不知如將審果換苦葫蘆淘却業根俱無實事若是靈利底人聊聞舉著便知落處更不紛紜既不紛紜則二六時中雖終日喫飯不曾咬著一粒米終日著衣不曾掛著一條線終日說話不曾動著舌頭雖然如是能有幾人到此田地何故只爲不落心意識不落淨穢邊透出威音那邊全明本元要地一棒一喝一挨一拶一出一入一問一答譬如擲劍揮空莫論及之不及斯乃空輪無迹劍刃無虧正當恁麼時著實一句作麼生道還委悉麼撒手那邊千聖外燈籠露柱放毫光頌云妙德空生讚莫窮摩醯正眼不通風大千擲在他方外作者須明向上宗

解夏小叅云護生須殺雖殺無傷蠟人已水其功歷爾可以駕鐵船入海可以飛磨盤輪空半合半門成團成塊盡出箇大圓覺不得若有出得大圓覺底便能逆順縱橫殺活自在是故文殊菩薩一夏三處度夏一月日在魔宫一月日在長者家一月日在婬房既三處度夏却入世尊會中解制極爲不平所以迦葉欲白椎擯出文殊纔舉此念見會中有無量釋迦無量文殊無量迦葉無量揵椎迦葉既見恁麼直得目瞪口呿何故過量人有過量見有過量用雖金色頭陀到這裏縮手不得展手不去只如與麼時是大圓覺裏耶大圓覺外耶須是通方作者始能證明何故此是文殊普賢大人境界若叅得文殊普賢境界則無邊香水海無量無數微塵佛刹悉爲安居處乃至現無邊身處處行住坐卧亦不相妨亦不犯手正當恁麼時若是知音者舉起便知所以天寧雖與大衆九十日安居畢竟諸人還知麼諸人若透頂透底去即是文殊普賢境界若不透頂透底去即是迦葉境界離却文殊迦葉收因結果一句作麼生道還委悉麼九十日功今已滿豁開布袋各優游

小叅僧問如何是主中賓師云闍黎問處帶纖塵進云如是則靈光千古秀萬法落階梯師云階下立進云如何是賓中主師云山僧不免自道取進云古佛位中無覔處深深草裏露全身師云莫來這裏呈幪袋進云如何是主中主師云坐斷舌頭無去取進云袖裏金鎚光燦爛吹毛寶劍逼人寒師云七十五

棒翻成一百五十進云如何是賓中賓師云青山之外更愁人進云如是則家貧未是貧路貧愁殺人師云荒村古廟裏去進云只如不涉賓主是什麽人師便喝師乃云目擊知歸已爲分外未言先契猶涉程途須知箇中有格外機行格外用明格外道證格外心灑灑落落淨躶躶絕承當密密堂堂赤灑灑無回互壁立萬仞處千差萬别萬别千差處壁立萬仞所以道垂鈎四海只釣獰龍格外之機爲尋知識於中若有箇便恁麽承當得格外趣向便恁麽權衡得格外底作略時向伊道箇什麽即得説玄説妙説佛説祖説心説性已是此人棄下之剩語論棒論喝論權論實論照論用亦是此人不要之長物以其中間不犯鋒鋩纖塵不立如何透脱還委悉麽大道體寬無向背當陽須是箇中人

季廸甫請小叅師云鷲地相期全機獨證覰眼相照心心相知俱不從他處得來盡皆在胷襟流出正當恁麽時森羅萬像古佛家風碧落青霄道人活計打開自已庫藏運出自已家財與諸佛祖師同德同誠維摩龐老同拈同放與裴相國王常侍同一機用同一境照更無餘事截斷生死路頭打破煩惱窠窟不消一句子且道是那一句子還委悉麽超然直透威音外目前無法可商量

益國夫人請小叅僧問冣初威音王末後樓至佛未審威音叅見什麽人師云叅見無面目底僧云只如無面目人復見阿誰師云狂狗趂塊僧云争奈柱杖子在學人手裏師云你試用看僧云到這裏直得無言可説無理

可伸師云只得七成乃云三世諸佛也恁麼歷代祖師也恁麼德山也恁麼臨濟也恁麼天寧豈可不恁麼所以早朝也恁麼而今也恁麼且道恁麼恁麼是箇什麼還委悉麼所以道向上一路千聖不傳學者勞形如猿捉影只如遇達者面前作麼生提掇作麼生諳悉説理性玄妙得麼喝一喝得麼劃一劃得麼口吧吧地得麼六六三十六九九八十一得麼且總不是這箇道理況此乃千聖不傳之妙這一片田地唯佛與佛乃能知之畢竟知後還傳與人不傳與人若傳得去龍頭蛇尾若傳不得千聖萬聖一箇箇到這裏若佛若祖於一切人機境不到處發明於一切人用不及處提掇一切人情識計較不得處坐斷千差路頭雖然拈一句簇錦攢華攢華簇錦可以趣向及至到那畔若也承當則没交涉到這裏有棒有喝有權有實有殺有活有擒有縱唯許諸佛知不許諸佛會既許諸佛知爲什麼不許諸佛會會則傳得去也所以要人心機絶智境忘得失遣是非一時落謝萬境縱然而無可礙可以與千聖把手共行同用同證一切處光輝一切處澄湛抽釘拔楔解黏去縛只如今山僧對衆恁麼説還當得千聖不傳底麼灼然當不得既當不得又説作什麼千人萬人管取不柰何所以古人道雖然點破綱宗意在文彩未生時要一覰便透一咬便斷若也未會切不得疑著如今不惜性命向這裏與諸人通箇消息還會麼千聖共傳無底鉢大千沙界一浮漚

小叅云截斷千差路坐却是非頭報化不容

身語默絶消息正當恁麽時若有祖師西來意正是撒土撒沙若無西來大似對面相謾去此二途須知他家有出身底路大衆灼然不是目前事亦非目前機有一句子千聖覷他不見有一句子千聖出頭不得有一句子千聖同鄽共用且道此一句畢竟從什麽處流出若有識得流出去處則淨躶躶赤灑灑也不説一即三三即一不用行棒不用行喝不用道現成公案不消瞬目揚眉不用談玄説妙所以釋迦彌勒文殊普賢猶是他走使他本不作一切不爲一切坐斷一切初無動揺各各當人脚跟下圓明朗照如大日輪人人回光得度也不在他處也不在已處不在内不在外不在中間然而一切奇特事因他建立一切殊勝事由他圓成如王庫寶刀如摩醯三目如圓伊二點如塗毒鼓千言萬句終説他不成説他不就正當恁麽時還委悉麽如王寶劍隨王意揮斥縱橫得自由

御選語録卷第十四

音釋

諕呼嫁切音罅誑也又虎伯切音劃諕然驚貌　瞪除庚切音棖直視貌　呿丘於切音區張口貌　跌杜結切音絰

御選語録卷第十五

明宗真覺圓悟勤禪師語録

濟王請小叅僧問波斯匿王請問世尊聖諦義中還有世俗事也無世尊云大王汝於龍光佛時曾問此義爲復答他話爲他説師云一時在裏許進云只如翠巖道大王善問不善答世尊善答不善問未審此意如何師云拈起上頭關棙子進云忽若大王請傳此語問和尚未審如何祇對師云開口見膽乃云適早已露線索如今更展家風摩醯首羅三隻眼八面通透釋迦老子百億身十方分形如印印空如印印水如印印泥初不分前後際亦不分縱横並列到這裏若深入骨髓底直下透脱不疑天下人舌頭聊聞舉著踢起便行可以坐斷十方可以乾坤獨步其或尚留觀聽猶滯皮膚直須脚跟下一一洞明各各見本來面目踏著本地風光不隨聲色不居凡聖不落見聞不涉語默浄躶躶赤灑灑所以道十方無壁落四面亦無門全體與麽來全體與麽去畢竟天人羣生類皆承此恩力若識此恩力終不落虚步步脚踏實地句句透見根源全體如如不變不動推此以及羣靈攝此普濟品彙正當恁麽時超聲越色一句作麽生道還委悉麽不須更費纖毫力吞跳金圈栗棘蓬

張國太夫人請小叅云霜風凛凛細雨微微解脱門八字打開正法眼頂門顯示還有超宗越格離見絶情底麽出來證據若也證據得去七佛已前也不恁麽七佛已後也不恁麽西天二十八祖亦不恁麽唐土六祖亦不

恁麼至於歷代宗師天下老和尚亦不恁麼爲什麼不與麼只恐賺悞人去既不與麼亦不賺悞人作麼生承當到這裏平田中萬仞壁立壁立萬仞處一似平田把斷要津不通凡聖亦無語話分亦無展演分畢竟教一切人什麼處入老僧不惜眉毛通箇消息去也遂竪起拂子云見麼又擊禪牀云還聞麼若道見且得沒交涉若道不見更是沒交涉畢竟作麼生若教老僧只管與你說經無窮劫摸索不著不隨言解則浄躶躶赤灑灑各各坐斷報化佛頭各各氣衝宇宙設使千佛出與恰如蚊蚋相似與麼把得定作得主方始是本分作家正當恁麼時如何委悉一句逈超諸佛格坐斷天下衲僧頭復頌云雖然說破五家宗爭及曹溪一線通寶劒當陽誰敢活離名離相振高風

師云昨夜鐘鳴時諸人盡來此已是刺腦入膠盆今夜鐘鳴時復來有何事兩重三重已落節若是知有底聊聞舉著徹骨入髓踢起便行坐斷報化佛頭不落語默聲色却校些子如或準前只守窠窟山僧不免向無事處生事無言處顯言無葛藤處說葛藤無荊棘處立荊棘去也一塵纔舉大地全收四方八面浄躶躶華開世界起浮幢王刹明歷歷直得無情有情齊成佛道有說無說俱轉法輪此猶是法性海邊拈掇在若向衲僧門下直饒一棒打破虛空一喝喝散白雲釋迦彌勒猶爲走使德山臨濟目瞪口呿也未當本分氣宇在所以道坐却舌頭別生見解他叅活句不叅死句活句下薦得永劫不忘死句下

薦得自救不了只如諸人即今作麼生會他活句莫是即心即佛是活句麼沒交涉莫是非心非佛是活句麼沒交涉不是心不是佛不是物是活句麼沒交涉莫是入門便棒是活句麼沒交涉入門便喝是活句麼沒交涉但有一切語言盡是死句作麼生是活句還會麼萬仞峯頭獨足立四方八面黑漫漫復云一口吸盡西江栗棘蓬殺老龐當陽若也吞得管取海內無雙

師云天無四壁迥絕羅籠地絕八維了無障隔與虛空同體合暗合明與虛空同壽亘古亘今人人有一坐具地何用安排處處悉彌勒門開不須彈指盡是人人受用無去無來以大悲力成此勝事所以釋迦老子未離兜率已降王宮未出母胎度人已畢且道諸人分上還有這箇消息也無若無人人具足箇箇圓成因什麼卻無若有諸人即今在甚麼安身立命還知落處麼若知落處不動道場而徧能含受十方刹海一塵一刹隨處受生何待九龍吐香水分手指天地作大獅子吼須知未出母胎時已作大獅子吼直至各各時時念念處處悉皆圓滿清淨無爲無間無斷大解脫門正當恁麼時晝昇兜率夜降閻浮其中摩尼珠爲什麼不現敢問諸人中間作麼生還委悉得麼龍袖拂開全體現象王行處絕狐蹤

師云大機圓應大用縱橫不墮千聖機關不遊諸祖窠窟舉一機千機截斷拈一事萬事齊彰須是他大解脫人乃能明向上宗旨豈不見維摩不離本座移妙喜世界如針鋒持

東葉又不見大仰云拈一片木葉便是移一座仰山去是知箇事若在心機意識露布言詮上覓大似掘地覓天了沒交涉若是箇生鐵鑄就不涉化城不由迷悟不拘得失然後一明一切明一了一切了一見一切見一用一切用此猶是衲僧家垂手應機爲人邊行履若使他獨照獨運乃至千聖覓他不著諸天捧華無路魔外潛覷不見周旋往返十方無礙一念普應前後際斷只如今坐立儼然燈燭熒煌且道是什麼時節若道是唯心境界正坐在荆棘林裏若道是向上時節亦未跳出金剛圈在總不恁麼又作麼生還有人道得麼若不藍田射石虎幾乎悮殺李將軍

頌曰天上人間不可陪同風千眼應時開智通居士眞奇特道照三年兩度來

師云言發非聲和言擊碎色前不物與物俱融聲色翳障全消聞見之源亦脫直得淨躶躶赤灑灑清寥寥白滴滴一片本地風光一著本來面目神通妙用底縱横十字不離田地穩密田地穩密底坐斷十方不離神通妙用雙明中有雙暗同生中有同死恁麼也不得不恁麼也不得恁麼也得不恁麼也得所以道即此見聞非見聞無餘聲色可呈君箇中若了全無事體用何妨分不分箇中見聞是體聲色是用聲色是體見聞是用分也得不分也得所以雲門道移燈籠向佛殿裏拈三門向燈籠上若以衲僧正眼覰之猶爲小事直得納須彌於芥中擲大千於方外也只是箇半提所以盡乾坤大地都無空闕處更須知有全提時節三世諸佛只堪齊立下風

六代祖師只得全身遠害當機直截一句作麽生道三尺杖子攪滄波今彼魚龍知性命如上座請小參僧問城東老母與佛同生爲什麽不欲見佛師云他具大丈夫意氣進云以手掩面十指悉皆見佛爲什麽回避不得師云只爲渠儂得自由進云雪竇道他雖是女人却有丈夫之行是肯伊不肯伊師云重言不當喫師乃云情與無情一體觸目皆真佛與衆生不別當體全現隨處作主遇緣即宗有時放行則溝渠瓦礫悉生光彩有時把定則真金七寶咸皆失色所以道諸人欲識命麽流泉是命湛寂是身千波競起是文殊境界一亘晴空是普賢牀榻其次借一句子是指月於中事是話月從上來事如節度使信旗相似如諸古德未建立許多作畧到這裏作麽生商量不假三寸試請説看不假眼試覰矚看不假耳試采聽看所以道盡十方世界都盧是箇真實人體更向什麽處著眼耳鼻舌身意所以山僧從來向諸人道塞却你眼教你覰不見塞却你耳教你聽不聞塞却你鼻教你嗅不得塞却你口教你説不得拈却你身教你不知痛痒坐却你意根教你分別不得正當恁麽時却是好箇消息且不是情塵意想分別計較得失是非境界也須是罷却機境不立知見不作道理除却解會不見有佛祖然後可以坐斷報化法佛天下人羅籠不住是故玄沙道沙門眼目直須把定世界不漏絲毫只如把時諸人向這裏下喝得麽打一坐具得麽拂袖出去得麽從東過西從西過東得麽六六三十六九九八十

一得麽都盧是自家屋裏事得麽喚作本分事得麽指露柱話燈籠得麽唯心唯性得麽若恁麽渾是紛紛紜紜俱非正見若有箇正知正見底便知有本分事既知有本分事終不作計較窠窟道理作麽生道還委悉麽振奮吒沙無向背翻身獅子大家看

師云道由悟達法離見聞直下便承當更無第二箇此猶是就今時曲爲垂手處若是本分事又且不然所以道你未跨船舷時好與三十棒如此則千里萬里一時坐斷何故須知當人分上各有水洒不著風吹不入清寥寥白滴滴祖佛不能到魔外不能入坐斷要津不通凡聖設使盡大地草木叢林盡化爲衲僧各各置百千問難不消一劄盡教吞聲飲氣目瞪口呿而今事不獲已且無見起見無言起言與諸人通箇時節只如各各當人分上上來下去已是十分現成欠少箇什麽更來就人覓所以玄沙道飯籮裏坐地展手問人覓飯喫只爲無始劫來抛家日久背馳此本分事向六塵境界裏妄想輪回不能回光返照甘處下流若能具上根利智返本還源知有此事輝騰今古逈絕知見坐斷十方無復輪轉始有語話分而今須是換箇骨頭了方見此一片田地若未知有此一片田地直饒解到佛祖邊事問一答十終無交涉須知諸佛出世唯證明此一片田地祖師西來亦提持此一片田地所以先師見白雲師翁一覷透了便作箇頌子道山前一片閒田地叉手叮嚀問祖翁幾度賣來還自買爲憐松竹引清風諸人還曾恁麽也未須是向此一

片田地浄騍騍赤灑灑方可入作

普説

告香普説師示衆云只這箇便承當得去如天普蓋似地普擎更不欠一毫頭亦無第二見設使盡無邊香水海塵塵刹刹一時穿却鼻孔也更不落別處儻或思量擬議即沒交涉所以道一念不生前後際斷即名爲佛若也涉思量作計校分能所作知解則千里萬里祖師門下直教見須實見悟須實悟證須實證諸人各各有一靈妙性確實而論才被撈著便脚忙手亂作麼生見得親信得徹桶底子脫去只爲從無始劫來妄想濃厚只在諸塵境界中元不曾踏著本地風光明見本來面目若是真實人直下承當了知生本不生知死本不死向不生不死處千聖著眼覷不見千手大悲提不起而今兄弟若能返照更無第二人更不待山僧兩回三度不惜眉毛入泥入水何況抛沙撒土說心說性未免落七落八當面相謾去也豈不見破竈墮和尚聞古廟作孽遂領十八弟子入山觀之全無神相唯見三間空屋一所泥竈遂以杖擊之云汝本泥土合成靈從何來聖從何起其竈乃颯颯而墮破竈墮云破也破也墮也墮也不覺紙錢後有一神人出云某甲乃竈神蒙師爲說無生法已得生天禮謝而去其十八弟子乃白師云某等皆久叅侍和尚殊不蒙開示無生法今日竈神何幸和尚却爲伊說破竈墮云我只向伊道汝本塼瓦泥土合成靈從何來聖從何起其徒皆作禮破竈墮云破也破也墮也墮也其十八弟子悉皆省

悟只如山僧即今舉拂子且道與破竈墮是同是別遂云破也破也墮也墮也若也見得不唯不孤負破竈墮和尚亦乃不孤負從上祖師若也不見不唯孤負破竈墮和尚亦乃孤負自己知有此事不從他得所以道靈從何來聖從何起只如諸人現今身是父母血氣成就若於中識得靈明妙性則若凡若聖覓你意根了不可得便乃內無見聞覺知外無山河大地尋常著衣喫飯更無奇特所以道我若向刀山刀山自摧折我若向地獄地獄自消滅方知有如是靈通有如是自在只如今禪僧家何不回光返照明教徹去若也未明得且向三根椽下七尺單前默默地究取不見雲門大師道你且東卜西卜忽然卜著也不定若也打開自己庫藏運出自己家財拯濟一切教無始妄想一時空索索地豈不慶快老僧往日爲熱病所苦死却一日觀前路黑漫漫地都不知何往獲再甦醒遂驚駭生死事便乃發心行脚訪尋有道知識體究此事初到大潙叅真如和尚終日面壁默坐將古人公案翻覆看及一年許忽有箇省處然只是認得箇昭昭靈靈驢前馬後只向四大身中作箇動用若被人拶著一似無見處只爲解脫坑埋却禪道滿肚於佛法上看即有於世法上看即無後到白雲老師處被他云你總無見處自此全無咬嚼分遂煩悶辭去心中疑情終不能安樂又上白雲再叅先師便令作侍者一日忽有官員問道次先師云官人你不見小艷詩道頻呼小玉元無事只要檀郎認得聲官人却未曉老僧聽得

忽然打破漆桶向脚跟下親見得了元不由別人方信乾坤之内宇宙之間中有一寶秘在形山以至諸佛出世祖師西來只教人明此一件事若也未知只管作知作解瞠眉努目元不知只是揑目生華擔枷過狀何曾得自在安樂如紅鑪上一點雪去若打破了或喝或掌一切皆得然終不作此解方可放下人我擔子千休萬歇方可生死奈何不得也須是實到此箇田地始得若實到此便能提唱大因縁建立法幢與一切人抽釘拔楔解黏去縛如是揭千人萬人如金翅鳥入海直取龍吞如諸菩薩入生死海中撈摝衆生放在菩提岸上方可一舉一切舉一了一切了有時一喝如金剛王寶劍有時一喝如踞地獅子有時一喝如探竿影草有時一喝不作一喝用方可殺活自由布置臨時謂之我爲法王於法自在諸人既是挑囊負鉢徧叅知識懷中自有無價之寶方向這裏叅學先師常云莫學瑠璃瓶子禪輕輕被人觸著便百雜碎叅時須叅皮殼漏子禪任是向高峰頂上撲下亦無傷損劫火洞然我此不壞若是作家本分漢遇著咬猪狗底手脚放下複子靠將去十年二十年管取打成一片且作麼生得獨脱去須是入流人方知恁麼事此事如何萬古碧潭空界月再三撈摝始方知

法語

示隆藏主

五祖老師平生孤峻少許可人乾嚗嚗地壁立只靠此一著常自云如倚一座須彌山豈可落虛弄滑頭謾人把箇没滋味鐵酸餡劈

頭拈似學者令咬嚼須待渠桶底子脫喪却如許惡知惡見胸次不掛絲毫透得淨盡始可下手鍛煉方禁得拳踢然後示以金剛王寶劍度其果能踐履負荷淨然無一事山是山水是水更應轉向那邊千聖籠羅不住處便契乃祖已來所證傳持正法眼藏及至應用爲物仍當驅耕夫牛奪饑人食證驗得十成無滲漏即是本家道流也

示禪人

達摩西來不立文字語句唯直指人心若論直指只人人本有無明殼子裏全體應現與從上諸聖不移易一絲毫許所謂天真自性本淨妙明含吐十方獨脫根塵一片田地唯離念絕情迥超常格大根大智以本分力量直下就自已根脚下承當如萬仞懸崖撒手放身更無顧藉教知見解礙倒底脫去似大死人已絕氣息到本分地上大休大歇口鼻眼耳初無相知手足項背各不相到然後向寒灰死火上頭頭上明枯木朽株間物物斯照乃契合孤迥迥峭巍巍更不須覓心覓佛築著磕著無非外得古來悟達百種千端只這便是心不必更求心是佛何勞更覓佛儻於言句上作露布境物上生解會則墮在骨董袋中卒撈摸不著此忘懷絕照真諦境界也

示尼修道者

學道之士初無信向厭世煩溷長恐不能得箇入路既逢師指或因自已直下發明從本已來元自具足妙圓真心觸境遇緣自知落著便乃守住患不能出得遂作窠臼向機境

上立照立用下咄下拍努眼揚眉一場特地更遇本色宗匠盡與拈却如許知解直下契證本來無爲無事無心境界然後識羞慚知休歇一向寘然諸聖尚覓他起念處不得況其餘耶所以巖頭道他得底人只守閒閒地二六時中無欲無依可不是安樂法門昔灌溪往末山山問近離甚處溪云路口山云何不蓋却溪無語次日致問如何是末山境山云不露頂如何是境中人云非男女等相溪云何不變去山云不是神不是鬼變箇什麼如此豈不脚蹈實地到壁立萬仞處所以道末後一句始到牢關把斷要津不通凡聖古人既爾今人豈少欠耶幸有金剛王寶劍當須遇著知音可以拈出

示諧知浴

此箇大法三世諸佛同證六代祖師共傳一印印定直指人心見性成佛不立文字語句謂之教外別行單傳心印若涉言詮露布立堦立梯論量格内格外則失却本宗辜負先聖要須最初入作便遇本分人直截根源退步就已以鐵石心將從前妄想見解世智辯聰彼我得失到底一時放却直下如枯木死灰情盡見除到淨躶躶赤灑灑處豁然契證與從上諸聖不移易一絲毫許諦信得及明見得徹此始爲入理之門更須教一念萬年萬年一念二六時中純一無雜纔有纖塵起滅則落二十五有無出離之期抵死謾生咬教斷然後田地穩密聖凡位中收攝不得始是如鳥出籠自休自了處得座披衣真金百煉舉動施爲等閒蕩蕩地根塵生死境智互

妙如湯沃雪遂自知時更無分外底名爲無心道人以此自修轉開未悟令如是履踐豈不爲要道哉

示印禪人

道由悟達立志爲先自博地具縛凡夫便欲跂步超證直入聖域豈小因緣哉固宜操鐵石心截生死流承當本來正性不見纖塵中外有法使胸次蕩然了無罣礙施爲作用悉根本中出根本既牢實能轉一切物是謂金剛正體一得永得豈假外求是故古德云此中難得其妙當須仔細用心可中頓悟正因便是出塵階漸古德隔江摇扇吹布毛便有發機處至於驀口塞劈脊棒亦解桶底子脱蓋緣專一久之一日瞥地此豈外得之皆由自證自悟

示信侍者

學道之要在深根固蔕於二六時中照了自己根脚當未起念百不干懷時圓融無際脱體虚凝一切所爲曾無疑間謂之現成本分事及至纔起一毫頭見解欲承當作主宰便落在陰界裏被見聞覺知得失是非籠罩半醉半醒打疊不辦約實而論但於閙鬨鬨處管帶得行如無一事相似透頂透底直下圓成了無形相不廢功用不妨作爲語黙起倒終不是别人稍覺纖毫滯礙悉是妄想直教洒洒落落如太虚空如明鏡當臺如杲日麗天一動一静一去一來不從外得放教自由自在不被法縛不求法脱盡始盡終打成一片何處離佛法外别有世法離世法外别有佛法是故祖師直指人心金剛般若貴人離

相譬如壯士屈伸臂頃不借他力如此省要好長時自退步體究令有個落著諦實證悟之地即是念念徧參無邊無量大善知識也切切諦信勉力作工夫乃善也

示材知莊

俱胝凡見僧來及答問唯竪一指蓋通上徹下契證無疑瘥病不假驢駞藥也後代不諳來脉隨例竪箇指頭謾人不分皂白大似將醍醐作毒藥良可憐愍若是真的見透底始知鄭重終不將作等閑所謂千鈞之弩不爲鼷鼠而發機是故須具頂顐上眼方可入作後來玄沙拈曰俱胝承當處莽鹵只認得一機一境有般拍盲底隨語生解便抑屈俱胝以謂實然殊不知焦塼打著連底凍到這裏直須仔細切忌顢頇只如俱胝臨遷化去自云得天龍一指頭禪一生受用不盡豈徒然哉

示覺民知庫

圓湛虚凝道體也展縮殺活妙用也善游刃能操守如珠走盤如盤走珠無頃刻落虚亦不分世法佛法直下打成一片所謂觸處逢渠出没縱横初無外物浄躶躶阿轆轆以本分事印定頭頭上明物物上了何處更有得失是非好惡長短來但恐自已正眼未得洞明是致落在二邊則没交涉也豈不見永嘉道上士一決一切了中下多聞多不信佛祖言教筌罤爾藉之以爲入理之門旣廓然明悟承當得則正體上一一切圓具觀佛祖言教皆影響邊事終不向頂顐上戴却近世參學多不本其宗猷唯務持擇言句論親踈

辯得失浮漚上作實解誇善淘汰得多少公案解問諸方五家宗派語一向没溺情識迷却正體良可憐愍有真正宗師不惜眉毛勸令離却如上惡知惡見却返謂之心行移換攏撼煆煉展轉入荆棘林中所謂打頭不遇作家到老只成骨董

送圓首座西歸

大凡爲善知識應當慈悲柔和善順接物以平等無諍自處彼以惡求及以惡聲名色加我非理相干訕謗毀辱但退步自照於已無慊一切勿與較量亦不動念嗔恨只與直下坐斷如初不聞不見久久魔孽自銷爾若與之校則惡聲相返豈有了期又不表顯自已力量與常流何以異切力行之自然無思不服棖拂之下開發人天俾透脱生死豈小因緣應恬和詞色當機接引勘對辯其來由驗其蹲坐攻其所偏墜奪其所執著直截指示令見佛性到大休大歇安樂之場所謂抽釘拔楔解黏去縛切不可將實法繫綴人令如是住如是執勿受别人移倒此毒藥也令渠喫著一生擔板賺悞豈有利益耶

示樞禪人

解語非干舌能言不在詞要明舌頭語言不是倚仗處古人一言半句其意唯要人直下契證本來大事因緣所以修多羅教如標月指但知是般事便休行履處綿密受用時寬通日久歲深不少移易拈弄收放得熟小小境界悉能照破斷割不留朕迹及至死生之際結角羅紋不相參雜湛然不動翛然出離此臘月三十日涅槃堂裏禪也

示裕書記

踏著實地到安穩處時中無虛棄底工夫綿綿不滲絲毫湛寂凝然佛祖莫能知魔外無捉摸是自住無所住大解脫雖歷無窮劫亦只如如地況復諸緣耶安住是中方可建立與人抽釘拔楔亦只令渠無住著去此謂之大事因緣

如來有密語迦葉不覆藏迦葉不覆藏乃如來真密語也當不覆藏即密當密即不覆藏此豈可與繫情量立得失存窠窟作解會者舉耶透脫到實證之地向出格超宗頂顊上領始得既已領畧應當將護遇上根大器方可印受也

秉拂據位稱宗師若無本分作家手段未免賺悞方來引他入草窠裏打骨董去也若具金剛正眼須灑灑落落唯以本分事接之直饒見與佛齊猶有佛地障在是故從上來行棒行喝一機一境一言一向意在鈎頭只貴獨脫勿使依草附木所謂驅耕夫之牛奪饑人之食若不如是盡是弄泥團漢

方來衲子有夙根作工夫驀地得入者不遇真正宗師返引他作露布墮在機境中無繩自縛半前落後似是不是最難整理要須識其病脉辯其落著徵其所偏墜而發起之俾捨執著住滯然後示以本分正宗使無疑惑了然得大解脫居大寶宅自然趣亦不去可以洪濟大法傳續祖燈堪報不報之恩也

黃龍老南禪師昔未見石霜會一肚皮禪翠巖悅之勸謁慈明只窮究玄沙語靈雲未徹處應時瓦解氷消遂受印可三十年只以此

印拈諸方解路瘥病不假驢駞藥緊要處豈有如許多佛法也大宗師爲人雖不立窠臼露布久之學徒妄認亦成窠臼露布也蓋以無窠臼爲窠臼無露布作露布應須及之令盡無令守株待兔認指爲月鑒在機先風塵草動亦照其端倪況應酬擾擾哉非胸次虚静無一法當情安能圓應無差先機照物耶此皆那伽在定之効也

示粲禪人

趙州和尚見僧喚云近前來僧近前州云去多少省力若薦得乃是十成完全若作如之若何則知見生也

唐朝古德因禪師徹時事田運槌擊塊見一大塊戲以槌猛擊之應時粉碎驀地大悟自此散誕爲不測人頗彰神異有老宿拈云山河大地被這僧一擊百雜碎獻佛不假香多誠哉是言

示成修造

諸佛開示祖師直指唯心妙性徑截承當不起一念透頂透底無不現成於現成際不勞心力任運逍遥了無取舍乃真密印也

示曾待制

禪非意想道絶功勳若以意想參禪如鑽氷求火掘地覓天只益勞神若以功勳學道如土上加泥眼裏撒沙轉見困頓儻歇却意識息却妄想則禪河浪止定水波澄去却功用休却營爲則大道坦然七通八達是故僧問石頭如何是禪頭云碌磚僧云如何是道頭云木頭此豈意想功勳所能辯哉除非直下頓領截流便透則禪道歷然纔擬作解則千

里萬里要是向來世智辯聰頓然放却消遣令盡自然於此至實之地自證自悟而不留證悟之迹翛然立虛通達乃善

示智祖禪德

從上古德動盡平生或三十二十年靠箇入處期徹頭徹尾去志既有力用心堅確是以成就得來擲地金聲大丈夫兒舉上景仰不得不然彼既能爾我豈不能耶况透脱死生窮未來際一得永得當深固根本根本既固枝葉不得不欝茂但於一切時令長在勿使走作湛湛澄澄吞爍羣象四大六根皆閒家具爾况知見語言解會耶一時到底放下到至實平常大安穩處了無纖芥可得只恁隨處輕安真無心道人也保任此無心究竟佛亦不存喚甚作衆生菩提亦不立喚甚作煩惱翛然永脱應時納祐遇茶喫茶遇飯喫飯縱處闤闠如山林初無二種見假使致之蓮華座上亦不生忻抑之九泉之下亦不起厭隨處建立又是贏得邊事何有於我哉大迦葉云法法本來法無法無非法何於一法中有法有不法古人得旨之後多深藏不欲人知恐生事也抑不得已被人捉出亦不牢讓蓋無心矣至於垂慈示方便亦只隨家豐儉如俱胝一指打地唯打地秘魔擎叉無業莫妄想面壁降魔舞笏骨剉初不拘格徹勝負唯務要人各知歸休歇不起見刺向鬼窟裏弄精魂卓卓叮嚀到脱體安隱之地乃妙旨也伶利漢脚跟須點地脊梁要硬似鐵遊人間世幻視萬緣把住作主不徇人情截斷人我脱去知解直下以見性成佛直指妙心爲

堦梯及至作用應縁不落窠臼辦一片長久守寂淡身心於塵勞中透脫去乃善之又善者也

示蔣待制

襄陽郡正常侍叅潙山大圓得旨有僧從潙山來常侍問山頭老漢有何言句僧云人問如何是祖師西來意山豎拂子常侍云山中如何領解僧云山中商量即色明心附物顯理常侍云會便會著甚死急汝速去侍有書與老師僧馳書回潙山拆見畫一圓相於中書箇日字潙山呵呵大笑云誰知吾千里外有箇知音仰山云也只未在潙山云子又作麼生仰山於地上作一圓相書箇日字以脚抹之而去看他得底人步驟趣向豈守窠窟耶箇裏若善觀其變則能原其心既能原其心則有自由分既有自由分則不隨他去也既不隨他去何往而不自得哉

示方清老道友

老達摩來自竺乾豈嘗持一物及遊梁歷魏面壁少林無人識渠獨可祖効勤立雪斷臂始畧垂慈由此印心若謂無言從何而入如謂有言向伊道甚將知須是箇人始十分領畧乃無滲漏所以入此門來要是根器猛利能疾速棄捨從前知見解路使胸次空勞勞不留毫髮洞然虛凝言思路絶直契本源泯然無際自得本有無得妙智方號信及見徹猶有無量無邊莫測莫量大機大用在儻留些能所墮在縁塵則卒急未便相應是故古德勸人直下休去歇去此段譬如快鷹快鷂捎雲突日迷風透青掀騰直截不容擬議苟

或踟躕乃蹉過也其爲教外别行則可知矣旣有志於是放下著覿體承當一切現成則初祖不曾來自己亦無得

示李嘉仲賢良

全心即佛全佛即人人佛無異始爲道矣此諦實之言也但心真則人佛俱真是故祖師直指人心俾見性成佛然此心雖人人具足從無始來清淨無染初不取著寂照凝然了無能所十成圓陁陁地只緣不守自性妄動一念遂起無邊知見漂流諸有脚跟下恒常佩此本光未嘗曖昧而於根塵枉受纏縛若能藴宿根本從諸佛祖師直截指示處便到底脱却炙脂衲袄赤條條淨躶躶直下承當不從外來不從内出當下廓然明證此性更説甚人佛心如烘爐上著一點雪何處更有如許多忉怛也是故此宗不立文字語句唯許最上乘根器如飄風疾雷電激星飛脱體契證截生死根破無明㲉了無疑惑直下頓明二六時中轉一切事緣皆成無上妙智豈假厭喧求靜棄彼取此一真一切真一了一切了總萬有於此心握權機於方外而應物現形無法不圓何有於我哉要須先定自己著落立處旣硬糾糾地自然風行草偃所以王老師十八上便解作活計香林四十年乃成一片塵勞之儔爲如來種只在當人善自看風使帆念念相續心心不住向此長生路上行履即與佛祖同得同體同作同證況百里之政柄在手頭安民利物即是自安萬化同此一機千差竝此一照盡塵沙法界可以融通何況人佛無異耶

示遠猷奉議

從上徑截一路直拔超昇無出直指人心見性成佛但此心淵奥脱去聖凡階級只貴利根上智於無明具縛窠窟中不動纖毫直下頓契廓徹靈明與有情無情有性無性同體與大法相應發起作用透古超今騎聲蓋色虛而靈寂而照無量無涯不思議大解脱一一七穿八穴了無回互便識落著所以乃佛乃祖謂之單傳密付如印印空如印印水如印印泥萬德昭然十方坐斷獨證獨超初無依倚若起見作相則没交涉也今時大有具種性之士能始末覷破幻緣幻境勇猛奮志向箇邊來亦有久存誠探賾者然患鈌方便力止以知見解會爲明了殊不知全坐了但是識心縱解到佛邊窮到修證盡頭處不出指蹤在是故古來作家宗師不貴人作解會唯許人捨知見胸中不曾留毫髪許蕩然如太虛空悠久長養純熟此即是本地風光本來面目也到此亘古亘今之地脱離生死有甚難也如裴相國龐居士様直以信得及便得力受用自在塵緣幻境豈從別處生若脚下諦實二六時中能轉一切物而無能相等閒空牢牢地不生心動念隨自天真平懐常實便是從官遊幹幹悉皆照透承那箇恩力既識渠如下水船相似畧左右照顧扶持將去自然速疾與般若相應此禪流所謂自做工夫觸處無有虛棄的時節綿綿相續辦長久不退轉心不必盡棄世間有漏有爲然後入無爲無事當知元非兩般若懐去取則打作兩橛也一切時一切處唯以此爲實在力

行之當截斷衆流得大安樂矣

示無住道人

維摩經依無住本立一切法金剛經應無所住而生其心古德云一切無心無住著世出世法莫不皆爾使有住則膠固豈復能變通耶日月住則無晝夜四時住則失歲功唯其無住乃所以流於無窮是故住於無所住所以轉凡成聖即無作無爲無住妙用於萬有中得大解脫旣達此意見此道唯力行不倦乃真道人也

拈古

舉僧問雲門佛法如水中月是否門云清波無透路僧云和尚從何得門云再問復何來僧云便恁麼去時如何門云重疊關山路師云清波萬里湛寂凝然寶月凌虛光吞羣象這僧泛一隻船入雲門法海裏引得一陣猛風看伊把柂張帆也不易當抵及至下梢可惜輸却一籌且道是什麼處是輸處試辨看

舉文殊菩薩問維摩居士云我等各自說已云何是仁者所說不二法門師云這一轉語叢林話會不少有道默然有道良久有道據坐有道不對要且摸索不著直得其聲如雷普驚羣動自古及今前聖後聖所說法門只向維摩片時之間一時顯現且道正當恁麼時作箇什麼得見維摩

舉僧問破竈墮如何是大修行人竈云擔枷抱鎖僧云如何是大作業人竈云坐禪入定復云會麼僧云不會竈云汝問我善善不從惡汝問我惡惡不從善後有僧舉似安國師安云此子會盡諸法無生師云窮善善自何

生究惡惡從何起若能明見這箇田地便是諸法無生有問崇寧如何是大修行人對他道坐禪入定如何是大作業人對他道擔枷抱鎖且道是同是別

舉雪峰示衆云世界濶一丈古鏡濶一丈世界濶一尺古鏡濶一尺玄沙指火爐云且道火爐濶多少峰云如古鏡濶沙云老和尚脚跟未點地在師云現成公案古鏡本非火爐打破籠羅火爐即是古鏡若非父子投機爭見赤心片片諸人作麽生會他道這老漢脚跟未點地在如來寶杖親蹤跡

舉雲門示衆云你若實未得箇入頭處三世諸佛在你脚跟下一大藏教在你舌頭上且向葛藤處會取師云崇寧土上加泥敢道直得溈山水牯觸殺東海鯉魚陜府鐵牛呑却嘉州大像

舉古者道這一片田地分付來多時也我立地待你搆去法眼云這一片田地分付來多時也我坐待你搆去師云這一片田地分付來多時也我今日當衆慶懺

舉臨濟入僧堂兩堂首座齊下喝僧問臨濟還有賓主也無濟云賓主歷然師云正勑既行諸侯避道

舉僧問巴陵如何是道陵云明眼人落井僧問石頭如何是道頭云木頭僧又問韶國師如何是道國師云四生浩浩師拈云宗師家爲人各有出身處若是通方之士一舉便知苟未相諳不免指注只如一箇問頭三人恁麽答且道是那一句親切還委悉麽一鏃破三關分明箭後路

舉趙州訪一庵主便云有麼有麼庵主豎起拳頭州云水淺不是泊船處便去又訪一庵主亦云有麼有麼庵主亦豎起拳頭州云能縱能奪能殺能活禮拜而去師拈云佛祖命脉列聖鉗鎚換斗移星經天緯地有般漢未出窠窟只管道舌頭在趙州口裏殊不知自巳性命巳屬他人若能握向上綱宗與二庵主相見便可以定龍蛇別緇素正好着力還知趙州落處麼切忌顢頇

舉僧問長沙作麼生轉得山河大地歸自巳去沙云作麼生轉得自巳歸山河大地去師拈云得人一牛還人一馬

舉玄沙見鼓山來作一圓相山云人人出這箇不得沙云情知汝向驢胎馬腹裏作活計山云和尚又作麼生沙云人人出這箇不得山云和尚與麼道得某甲却與麼道不得沙云我得汝不得師拈云灼然這一條路作者方知直得窮天地亘萬古而不移消刼石空芥城而不盡便是透關底也須急著眼始得一等是與麼時節爲甚麼我得汝不得切忌向驢胎馬腹裏作活計

舉道吾問雲巖脫却殼漏子向甚麼處相見去巖云向不生不滅處相見師拈云太周遮生道吾云何不道非不生不滅處相見師拈云太孤峻生大凡善知識舉一語垂一機要明生死根源令一切人明心見性去豈不快哉或有問道林脫却殼漏子向甚麼處相見只對他道何處不逢渠

舉修山主頌云欲識解脫道諸法不相到眼耳絕見聞聲色鬧浩浩師拈云聲不到耳色

不到眼聲色交㕘萬法成現且道還踏著解脫道也無不省這箇意修行徒苦辛

舉古者道生死中有佛則不迷生死又有道生死中無佛則無生死師拈云是則是兩口金剛寶劍要且拂掠虛空金山則不然生死爲諸佛根基諸佛乃生死爐鞲若解崄絕承當即證六通八解

禪人寫真求讚

泡幻中出枯木朽株頂缺神骨額無圓珠曾遭海會毒龍咬快意追風天馬駒施設千種巧其實一物無若憑這箇見至了不識渠混沌未分時無此箇面孔泡幻既張皇乃具足十種胸次不立纖塵口角波濤洶涌唯有一件長愛打破漆桶乍嗔乍喜渾只由你最愛謾人搖唇弄觜忍草徧地生何曾澆法水傾倒心肝一句禪箇些兒子猶呈瑞模子中脫出佛果老古錐萬緣休歇處端坐不言時移刻定動奮迅全威爲人到徹骨不惜兩莖眉

御選語録卷第十五

音釋

矚之六切音竹視之甚也　跂去冀切音器垂足坐舉足望也　堲側六切音縅　訕所晏切刪去聲謗也毀語也

御製序

昔黃帝訪道於廣成子湯問於卞隨務光古之聖王其於高世之士必資其薰習身心以爲宰制萬事之本迨於後世凡入帝王之門者功業邊事尚難其人何況心性邊事從來宗門古德傳靈山之心燈其中不少大丈夫而不入帝王之門其居帝王之位者悟宗旨主復少間或浮慕教相淺識小夫輒以崇尚異端議之而其所尊禮之人多每不足以服世徒滋疑謗於是黃帝成湯之美事不可復見於後世我朝之初居東土也風俗淳古實忠實孝亶心亶行歷代敬禮

佛天而於僧道並無不問高下一槩尊敬之事與蒙古習尚迥殊我

皇祖世祖章皇帝撫有方夏萬幾餘暇與玉琳琇茆溪森父子究竟心性之學一時遇合葢與黃帝成湯之事無二無別非我朝夙有崇僧之習而然也朕覽玉琳琇父子之書闡揚宗乘之妙旨實能利人濟世如杲日在空迷雲頓淨如清鐘響夜幻夢旋消惠當來龍象於無窮媲從上佛祖而不愧用是採輯校刊傳示後世因念帝王訪道於高世之士乃古聖之盛軌而自昔世儒每於二氏限量區別朕不忍將來者之終懵而不爲之剖晰也故叙其說如左至於萬善殿西苑說法并奏對機緣雖載自骨巖侍香紀略但皆佛法中事非裝點誇張妄謬之說亦玉琳琇揚日月之光華作人天之眼目處尚足取者故採編數則敬

昭
皇祖當日之恩遇云
雍正十一年癸丑八月朔日

御選語錄卷第十六

大覺普濟能仁玉琳琇國師語錄

順治十六年已亥閏三月初一日萬善殿
奉
御旨上堂師至座前召衆云會麼若也會得山僧未離江南陞座説法已竟如或未然看向第二門頭施展去也便登座拈香云此一瓣香親受靈山記莂焫向爐中祝嚴
佛心天子成等正覺次拈香云此一瓣香華藏海會早已敷宣焫向爐中祝嚴
佛母太后百福具備保助
皇躬大揚法化上首白椎竟問百福叢中選佛場海衆側聆求法要如何是賓中賓師云一盋千家飯進云箇中好消息剎剎塵塵現如何是賓中主師云青目覷人少進云一人有慶兆民賴之如何是主中賓師云庭前古栢蔭人天進云天高羣象正海濶百川朝如何是主中主師云當堂不正坐進云賓主歷然承指示當陽一句又如何師打云有功者賞問仁皇好道啟大會於重玄祖令當行建法幢於今日從上宗猷如何展演師云進前來與汝道進云金輪頂上無生曲唱徹皇都調更新師云一句聾人進云恁麼則萬善殿中爲雨露五龍亭上起清風師云共願如是進云只如仰荅聖明一句又作麼生道師云天台華頂萬年藤報德酬恩心鐵石問即今萬善堂中頂禮萬佛寶號但知其名未審居何國土師云上座醉那進云某甲則不然師便打僧喝師又打進云不勞重舉師復打

問如何是十方薄伽梵師云處處撞著進云如何是一路涅槃門師云看脚下進云如何是選佛場師云棒頭有眼明如日進云如何是心空及第歸師便打進云恁麽則天上有星皆拱北人間無水不朝東師又打問五祖門下有一神秀大師因什麽不得衣盋師云爲他通身是佛進云盧行者因什麽却得衣盋師云爲他不會禪道進云恁麽可謂伶俐不妨隨處有癡愚端的世間稀師便打是日名德頗多師復左右顧眎云世尊拈花迦葉微笑百萬人天次第成佛

御駕儼臨命登萬善寶座揭露正法眼藏涅槃妙心作家禪侶盡出相見還更有麽乃云九年面壁計較未成立雪齊腰苦勞徒爾三拜依位立可知禮也懺罪解縛鞭影高飛無性性空松風聒耳本無一物追金琢玉兩枝嫩桂五葉芬敷異口同音千山一月乃至笑巖老祖挺生神京建立臨濟宗旨禹門浪濶突兀孤危事是恁麽事人須恁麽人但得恁麽人何愁恁麽事且道如何是恁麽事舉袈裟云如天普葢似地普擎好風齊著力盡向此中吹

上堂上首白椎竟問仙客乘雲泛紫戟欣逢聖主話玄微五旬金殿垂恩重又許扁舟渡雪谿未審其中祕密還得大家知也無師云天高地厚進云雷音已震青霄外四海咸聞第一機師云日光月華問當今天子聖明君隆興三寶剔禪燈特請和尚登寶座御駕親臨轉法輪如何是轉法輪

師云山僧慚愧進云本來大道無言說未審如何又有言師云聖恩難報進云一顆明珠在海中光炤虗空作慧燈師卓拄杖云念汝老實問舌無十字關脚斷五色線請問和尚如何是舌頭上無十字關師云恁麼的人來與他茶喫進云如何是脚跟下斷五色線師云恁麼的人來教他地下坐著進云打破十字關掃斷五色線師打云你替他各喫三十棒乃云釋迦文佛降生之月朔旦良辰奉

旨重陞寶座舉揚大法通琇打點些佛法出來供養大衆及乎陞到座上觀諸大衆通身是法一一毛孔出無量口一一口出無量音聲一一音聲宣無量妙義人人爾法法爾盈虗空徧法界無有一毫虧欠處無有一毫空缺處通琇更作麼擔水河頭賣直如河伯見海若恍然自失耳伏惟大衆各自珍重下座

巳亥春詔迎入京命住西苑

世祖問心在七處不在七處師云覓心了不可得

世祖問悟道的人還有喜怒哀樂也無師云喚什麼作喜怒哀樂

世祖問山河大地從妄念而生妄念若息山河大地還有也無師云如人睡醒夢中之事是有是無

世祖問如何用工師云端拱無爲

世祖問如何是大師云光被四表格于上下

世祖問本來面目如何叅師云如六祖所言叅云六祖如何說師云祖言不思善不思

惡正恁麽時如何是本來面目
世祖問思善思惡時如何師云好善但好善
惡惡但惡惡正好善善惡惡時即參者好善
惡惡的是箇什麽所謂要一切處參第一
要動裏參動中得力静中愈勝古人所謂
從緣薦得相應捷也
世祖退命近侍傳語云恨相見之晚
庚子秋
世祖馬上有省連
詔敦請至京
世祖就見西苑丈室相視而笑曰窮玄奥
世祖見一矮戒子指問師師云長者長法身
短者短法身
世祖喜謝
奉
旨進頌
深殿焚香永心齋笑坐忘大圓鏡智淨應
物妙無方
又
慈幃色養適侍坐快談玄法界塵塵佛同
光照大千
雨夜奉
旨書
僧問趙州如何得不蹉路州云識自本心
見自本性即不蹉路
心同虚空界示等虚空法證得虚空時無
是無非法且道虚空作麽生證
心隨萬境轉轉處實能幽隨流認得性無
喜亦無憂見聞覺知是流且道性作麽生
認

一念不生全體現六根纔動被雲遮且道全體現時如何畧彴不是趙州橋明月清風安可比

世祖賓天拈香

師云報身如夢幻世界若空華唯過量大人去來無礙進如意云此是

皇上生生用不盡的現前大衆專精持念究竟堅固大陀羅尼執事舉楞嚴大悲藥師往生等神咒並遶誦普門大士名懺悔發願回向

元旦上堂問答不錄師云追金琢玉繡口文心自有當行作者轉身掉臂努目撑眉一任逞俊禪流兩眼對兩眼眞金不博鍮未舉先知早巳屬二屬三當陽薦取豈止落七落八諸佛不出世祖師不西來目前無闍黎此間無老僧但有言說都無實義擲拂子云踏著故鄉田地密人人鼓腹樂昇平下座

端陽上堂白椎竟舉天龍爲玄沙侍者侍沙山行遇虎龍曰和尚虎沙云是汝虎師召衆云衲僧行處如火消水萬法本閒惟人自鬧六祖大師云非風旛動仁者心動將謂說心性禪承言者喪滯句者迷舍多尊者云非風鈴鳴我心鳴耳多少人面牆而立心復誰乎俱寂静故大衆還會麼一物寂静多物寂静一身寂静多身寂静一世界寂静多世界寂静先師天隱老和尚如是龍池幻翁老和尚如是濟宗上下諸祖如是東土二三西天四七如是卓柱杖云柱杖如是山僧如是大衆如是顧左右

云堂中喫欆子如是下座

幻有大和尚誕日設供師指真云兀坐嘴盧都教人没奈何箇老漢慣得其便者裏透得過的如龍得水似虎靠山有意氣時添意氣不風流處也風流而今大明國裏稱爲師翁後裔者不啻百千萬億究竟得大機顯大用堪爲的骨兒孫者能有幾人某上座初閲龍池語録見師翁云世間多少不平之輩務要别尋一箇人與我老釋迦比勝負較優劣還知我釋迦如來是何等一箇面目麽某上座便於此喪身失命將謂師翁面目只如是後來呈似先師和尚受他許多惡辣鉗錘方知見與翁齊減翁半德見過於翁方堪嗣續從此脚跟下自解作活計雖與師翁同條生不與師翁同條死師翁善爲隱語云人還知我釋迦如來是何等一箇面目令某小瞎禿最初祗見師翁殺人刀未見師翁活人劍今日某上座不妨顯示令見者聞者知我祖師門下亦有殺人刀亦有活人劍顧視左右云若有問如何是我師翁真面目拈香云急著眼

佛誕度僧上堂師云報恩新長老今年纔廿四黄面老瞿曇是吾最小子古往今來多少居曲彔牀的大善知識凡於四月八日播弄瞿曇小老的矢臭氣則有分還曾夢見瞿曇的師麽若向者裏瑠素得則不論鬍髮不鬍髮不虚親到報恩來若者裏緇素不得直饒新報恩親手為他剗草也未免對面白雲千萬里驀喝一喝下座

秋中行化上堂師拈柱杖召衆云終日與山僧同居共處還識得山僧立地處也未時常見山僧摇唇鼓舌還會得山僧眞實相爲處也未若識得山僧立地處則於此深山窮谷卧月披雲却在十字街頭拖泥帶水而十字街頭拖泥帶水却在此深山窮谷卧月披雲若識得山僧眞實相爲處則與大衆耳提面命却千里萬里而千里萬里未嘗不與大衆耳提面命還會麽卓柱杖云頂上一輪滿清光何處無

元旦上堂衆問話畢師乃云衆禪流聽我說此事非常休倉卒登山須到絶頂頭入水須至最深窟乾坤寬廣實難知滄海淵深豈易識不識不知且止透頂透底一句作麽生道草樹盡非前度色藍田日暖玉生光

便舟化主領崑山衆居士請上堂師顧左右云毁形易服作世外之士直須不惜身命饑寒困苦置之度外頴究大事圖報佛恩所以古德示衆云夫旣出家如囚脱獄於佛法中萬死一生更莫棄捨薀慮後學遇境界艱難一時打不過故爾苦口叮嚀殊不知清苦僧家本分不獨今時如此自古皆然昔日大愚芝和尚常住澹薄想與報恩差不多而芝老和尚窮酸直是窮酸到底幾株宿菜也不令人好喫嘗上堂云大家相聚喫莖虀喚作一莖虀入地獄如箭射報恩者裏雖云澹薄然山僧素願有食有法令衆安止近因饑饉安衆無方直是食不下咽坐卧不寧幸有化主發心在

外漸領信心檀越入山且不要學他古人見識度量與麽小口門與麽窄大家相聚在此澹薄時澹薄喫齋時喫齋喚作喫齋我等與施主皆共成佛道問如何是函葢乾坤句師云滿院梅花香噴鼻進云如何是截斷衆流句師云近日厨房幾斷烟進云如何是隨波逐浪句師云禮拜著復舉雪竇禪師云客從遠方來贈我徑寸璧中有四個字字字無人識報恩亦有一偈化主崑山歸獻我數塊石通身渾是口有眼誰不識下座

行化過清谿明道蔡封翁就開封寺請上堂師云本是眞實人共譚眞實話欲明眞實事須辦眞實心會中辦心眞實的出來互相酬唱問臨濟問黄檗佛法大意黄檗便打某甲問和尚佛法大意和尚如何師云化長生米師乃云佛祖出世爲一大事因緣人人悟自妙心得自寶藏虗空不足以喻其大宇宙不足以喻其寛岱嶽未可以爲高滄海未可以爲深取之不竭用之無窮明道老居士深受靈山付囑欲爲有情揭開迷封悟自妙心得自寶藏特重建此開封古剎玉琳道人到來特爲舉揚驀召衆云我不輕於大衆大衆皆當作佛下座蔡居士作禮云弟子每對神佛前發願護持蔡鐸正念禁止蔡鐸邪思惟願臨欲命終時淨除一切諸障礙等是否師云卽此誓願眞實皆成佛道士再禮謝

誕日上堂衆僧問話畢師乃云白雲千頃老屋數間一榻高眠令土木瓦石爲大衆

轉大法輪者是先師和尚向日家風唐存翁合諸檀越建大禪堂十方聚會應時及節請山僧説法者是新報恩今日行履且道先和尚向日家風是新報恩今日行履是竪柱杖云若也會得釋迦不在前彌勒不在後大衆與諸佛同證一相三昧山僧與大衆壽量無殊若也不會父少而子老舉世所不信擲柱杖下座

出坡上堂問歲將終期已半當人脚下事請師相爲師云三十棒一棒也較不得師乃云報恩寺裏禪盡在衲僧邊搬柴及運土終日擔横肩下座

上堂師云馬祖道一口吸盡西江水慈悲之故而有落草之譚世尊道十方虚空生汝心中猶如片雲點太清裏與麽會得正好捉來朝打三千暮打八百有般漢迷頭認影棄本逐末以守箇昭昭靈靈爲悟主人公把舉足動步搖唇鼓舌的爲常住心體認六塵緣影爲自心相譬如病眼見空中華及第二月百千澄清大海棄之惟認一浮漚迷中倍人佛所深愍世尊又示阿難云如汝今者承聽我法此則因聲而有分别縱離一切見聞覺知内守幽閒猶爲法塵分别影事今時外道好笑殺人既以曉得走路問話的爲悟自心更以識神空主人公也不可得爲末後無疑誰知數千年前盡被世尊痛呵明叱有如斯舉凡學者可弗見不善如探湯猛看破浮幻身心向一念未生前當下證得廣大心體連證之一字亦不可得便識得一切佛祖廣大

心體方可出生出死方可入死入生事是恁麼事人須恁麼人苟不如斯生死到來便驗眞僞復舉古德云毫釐有差天地懸隔師驀竪如意召大衆云還會麼良久擲如意云萬古碧潭空界月再三撈摝始應知

示衆

示衆舉法眼禪師指凳子云識得凳子周匝有餘雲門偃云識得凳子天地懸殊天衣懷云識得凳子榆楠木做大慧杲云識得凳子好縈頭洗脚師云諸大老與麼各出好手放過則盡可居寶華王座仔細檢點將來合各與三十矮凳脚

因課誦示衆師云邇來魔彊法弱亦以上無嚴師故容邪謬之徒挿足宗門多是學宗旨論宗旨虛擬宗旨一味妄穿妄鑿妄卜妄度從上綱宗面目儼然何嘗夢見所以言言會旨步步迷宗即如一等無慚愧漢妄稱自已亦是臨濟兒孫開口便道吾慈必有法無法不垂慈臨濟宗有玄有要有權有實有照有用有主有賓而竟把叢林正務及兩堂課誦皆曰此只是應點故事可將就些些必當少念佛方像祖師門下客吁嗟乎我不知此等人面皮厚多少若道是泛常故事有礙祖道則宜當不念何得云少念及將就些些若如此隨順俗套將就故事豈是大丈夫作人天眼目與佛祖爲師者之所爲耶我今誠實指示此輩暗短流俗阿師且莫誇是祖師門下客莫虛稱會宗旨莫別求所以爲人旣欲明宗旨

且莫當面蹉過莫拈一放一好教你知報恩者裏即兩堂課誦便有玄有要有權有實有照有用某上座有時一聲佛如金剛王寶劍有時一聲佛如踞地獅子有時一聲佛如探竿影草有時一聲佛不作一聲佛用亦有殺亦有活亦有縱亦有奪亦有主亦有賓亦如清凉池亦如大火聚背之則受諸苦惱觸之則燒却面門饒人左之右之時進時退或邪或正或是或非或行解相應不相應或見地透脱不透脱不消别施勘驗只者兩堂課誦都料簡詳悉也凡在報恩者切莫以課誦出坡等爲虛應故事須知無不是佛祖之秘密法無不是佛祖之總持門無不是佛祖之不傳心要無不是佛祖之自利利人捷徑若道别有宗旨别有佛法别有好知解更欲假借趙州念佛潄口之說以圖避懶妄擬議人則先謗他趙州爲不要人念佛又以報恩念佛作念佛會則眞可憐生你若果是箇人能各出手眼别樣設施爲人去某上座自識得你不要你類我若你等道必要恁麽我又不恁麽也衹如我恁麽事無不具玄要權實照用主賓縱奪你作麽生會敢妄擬議耶凡爲魔所攝毒氣深入者一任你别去學佛法學宗旨多生分别異樣揀擇他日眼開自知負墮如我同志眞實學道者切須立定脚跟努力行持莫爲魔惑其或獅子蟲定不輕縱以亂清規

羯磨夜示衆師云毁犯者墮諸苦趣執持者報在人天且道旣不毁犯又不執持的

當生何處良久云自是不歸歸便得故園風月有誰爭便歸方丈

示衆舉僧問慈明閙中取静時如何明曰頭枕布袋師云山僧若在座下管敎先南源不只恁麽休去何不進云和尚莫世諦流布且道先南源又且如何

示衆師云汝等諸人須信本來是佛各須識取本來面目蹋著本地風光若識得本來面目黄金世界白玉爲身栴檀叢林栴檀圍繞不然草木叢林時時凋喪衆禮拜

示衆舉佛眼禪師上堂云世人盡道路行難本分眞金入火看煉去煉來金體淨一槌打作玉欄杆師云古德恁麽道應有聞之踴躍者應有聞之竦惕者

示衆舉淨覺本禪師僧問同聲相應時如何淨云鵓鳩樹上啼師云可惜者僧浪問不知落處見淨老云鵓鳩樹上啼何不遥空掌云打落枝頭時如何儻淨老再云作家禪客天然有在何不進云某甲點茶來請和尚儻淨老再云果然作家便禮拜而出豈不話不虚行雖然鵓鳩樹上啼汝諸大衆作麽生會

死關千丈巖回示衆云者一百二十日老僧日日在兩序諸公肚裏走三轉諸公知麽衆進語畢師又云者一百二十日老僧日日在各堂寮苦行諸禪肚裏走三轉諸禪知麽衆進語畢師又云者一百二十日老僧日日在内外大衆肚裏走三轉大衆知麽衆良久立師左右顧視下座

小叅

晚叅師拈柱杖云我此山中一物也無石頭大的大小的小内外諸人每日出坡三兩度驀有箇漢出來道和尚前言不應後語但向他道非汝境界顧左右云若也會得許你不齩一粒米大碗喫飯不挂一縷絲終日著衣若也不會不是逐色隨聲即落解脱深坑大衆到者裏切須仔細良久卓柱杖云叅

晚叅師拈柱杖云當初龎居士到百尺竿頭將謂見過於人開口便道不與萬法爲侶者是什麽人幸而其時諸方有人若遇如今狐狼野干之屬盲引衆盲見有百尺竿頭坐的便道你已死了須透祖師機縁方是死中得活便教人胡穿亂鑿今日透者一則明日透那一則若恁麽豈不見笑一時遺臭萬世討甚葢天葢地好龎老耶然而也是當人肯入作家爐韛肯求大手眼人鍛鍊始得你看龎居士見石頭問不與萬法爲侶者是什麽人頭驀掩其口於此有箇會處慚惶不少未到大休大歇田地到江西馬大師處仍舊問云不與萬法爲侶者是什麽人馬大師蹋向前一步云待汝一口吸盡西江水方與汝道龎居士到者裏方纔命根子卒地折爆地斷放開窮肚皮海納百川七縱八横千通萬達高步大方發一言令人不敢正耳聽著立一行令人不敢正眼視著師召衆云馬大師進那一步諸人還見到也未若也見到方可與山僧柱杖子相見若未見到豈可衲子不如他俗人有麽有麽驀竪柱杖云吸

盡西江且止只如山僧柱杖子作麽生吞良久卓杖云劍爲不平離寶匣藥因救病出金鉼擲杖出堂

十五夜小叅舉僧問趙州如何是祖師西來意州云庭前栢樹子師云報恩則不然有人問如何是祖師西來意但向道今夜一輪滿清光何處無

小叅師云山僧不指路頭一任諸人瞎闖諸人若也瞎闖得勇猛不顧危亡得失盡力闖將去驀然撞着峭壁巉巖磕破腦殼則一回知痛癢也未可知問諸人瞎闖則不問磕破腦殼時如何師云又慚惶又好笑問磕破腦殼則不問爲甚又慚惶又好笑師云非汝境界

小叅舉眉州黄龍禪師僧問如何是密室龍曰斫不開曰如何是密室中人龍曰非男女相師云古人恁麽道山僧則不然如何是密室七通八達如何是密室中人長的長矮的矮且道與古人是同是別喝一喝卓柱杖一下

仲春晚叅師云古者道靈雲見處不在桃華上且道他見處作麽生衆無語師云正所謂如將名品菓子殼也去了核也去了送人口邊人不解喫

舉峰西堂秉拂師云昔日趙州云我在南方火爐邊有箇無賓主話至今無人舉著噁亘饒道閉門打睡接上上機也未若如斯提持今時人聞舉著向上一路末後牢關未嘗不商量浩浩地如說藥人眞藥現前都不能識淵明云平疇交遠風良苗亦

懷新東坡云非古之耦耕植杖者不能道非吾世農不知此語之妙吾於趙州亦云少間煩峰西堂對衆拈出

晚叅問答不録師云早間森首座領衆請法山僧道鐘動喫齋召衆云大包方外細徹毫端帆正晴湘衡開九面出家兒造次顛沛不離衣鉢之側端能與露柱同披一領袈裟與山僧同一鉢盂烹饔也未此間一草一木同證圓明胡爲有人自疑自別損法財滅功德莫不繇茲心意識誠哉是言也台山南岱宗北殊天異域之賓咸與山僧晨香暮燈共分參寂胡爲有人咫尺闑山只爲分明極翻令所得遲不大可哀乎昔日少林面壁二祖趨風寒庭立雪沒膝齊腰何等心骨鼻祖尚訶爲輕心慢心徒勞無益斷臂安心出羣得髓瞻彼前脩豈同裨販打一拂云精金百鍊自光瑩藥汞從教誇燿冶

晚叅問某甲閱楞嚴至七處徵心有個會處師云咄此非汝心作麽生會進云某甲無心師云皷人矢橛不是好狗問光陰如箭日月如梭如何了生脱死師云莫厚顔師乃云莫謂無心云是道無心猶隔一重闗又有道說甚一重直是千重萬重旣然如是畢竟如何明心見性良乆云山僧昨在報恩示衆云古之天地日月猶今之天地日月天地日月無古今之異禪道佛法亦不應有古今之分爲甚麽古之知識千百世之下凛凛常在人目前後之知識當世現在每淹淹如九泉下人古之學者一

面皆地耀古輝今今之學者今日有些會處明日有些會處及乎生死到來依舊手忙脚亂葢道無同異同異在人今之發心未嘗不如古人叅究未嘗不如古人刻苦未嘗不如古人用心到無用心處亦未嘗不如古人但古人到無用心處決不望崖而退百尺竿頭更能進步所以道懸崖撒手自肯承當絶後再甦欺君不得今人到千峰絶頂不惟不進步反退轉身來云吾已死而得活了以了不可得爲究竟以擎拳竪指爲透祖師關盡是懸崖縮脚種種自欺去他古人遠之遠矣卓拄杖云有志之士自知好惡

晚叅師云明道者多行道者少大小祖師話作兩橛明而不能行明的事向那裏去也諸人十二時中行的事作麽生良久云遶菴一水聲常住擁榻千峰勢欲翔

早叅師云古者道莫被天下老和尚舌頭瞞山僧道莫被天下善知識行履瞞祖師門下容須確實爲生死口不嚼一粒米身不挂一縷絲方可隨意穿衣喫飯眼中不見一畫一竪耳中不聞一語一言方可隨時寫字看書否則大事未明如喪考妣大事已明如喪考妣如或生死心不切愼勿出家縱出家愼勿來宗門何以故目下雖未爲生死儻不輕易出家不輕易來宗門尚知有出家事在尚知有宗門事在有等造次出家來此宗門隨羣逐隊發意做工夫如撞采的一般做幾時撞不著便一日悠忽一日一時怠惰一時自已既然將謂

他人亦是如此謗大般若苦報無量有志之士務須確實

晚叅師云同居在此不論久叅初學須各各退步到眞實不欺之地

晚叅師云龍淵今冬與大衆約法三章第一飲水不得打濕口第二喫飯不得齩著米第三經行不得撞著露柱

元旦知浴領檀越請小叅師云大衆知麽汝等成佛以來已經無量阿僧祇刦舉足下足其地堅固金剛所成上妙寶輪以爲嚴飾寶池瓊閣奇樹珍禽樂具充溢無有苦緣壽命無量光明無量法親無量如或未知則不矜久脩不薄初學一念回光即同諸聖若也根思遲鈍便請一念不生去如或多知解多愚癡便請淨念相繼去但辦肯心決不相賺雖然如是且道善財入樓閣門爲甚入已還閉所以道如來不出世祖師不西來汝等成佛已經無量阿僧祇刦

晚叅師云昨夜行者通大衆晚叅山僧傳語云大好月你諸人作麽生會僧云砍却月中桂清光應更多師云矢上加尖衆久立師云山僧自領三十棒

知浴古淵領海寧衆居士請解制紹興范居士求釋懟同請小叅問答畢師揮拂云人人殊勝箇箇淨明似鳥行空而昧空如魚在水而忘水無瑕翳中自生瑕翳無障緣處自生障緣結空花於無明樹頭有何實果撈水月於昏沉海上徒見勞心旣能物外逍遙必須眞源頓達苟知空門皈向

定應覺性洞明覺性明眞源達方知罪垢本空而無罪不懺法道本超而無法不成大衆我不輕於汝等汝等皆當作佛下座

小叅師云昨日大衆晚叅山僧道洸清昔日擔泉處斫出當年面壁巖汝諸大衆各各領悟也否聞斯提舉若能正眼洞開則忙閒動静一語一默著著有出身之路用得十二時不爲十二時用轉得一切物不爲一切物轉攪長河爲酥酪變大地作黄金供養大衆不爲分外如或不然二時粥飯齩須彌山子唇齒之間太費支持七尺形骸挂氷稜鐵甲俯仰之際大有不便卓柱杖

結夏檀越請小叅師云圓陀陀光爍爍淨躶躶赤灑灑三頭六臂千手千眼而本無一物純眞一如無臭無聲而萬象縱横閒門打坐遍界不藏鬧市横身孤巍嚴密諸作紛紜而非動一物不爲而非寂違之者自暴求之者愈失千賢萬聖趨向無門千佛萬祖退身有分師以拂子打一下云誰叅勝熱婆羅門六月霜花凝枕席下座

晚叅師云去聖時遥言高志下欲明格外旨須盡域中情顧左右云大衆看脚下

晚叅師云劫火洞然大千俱壞未審者箇壞不壞壞恁麼則隨他去也隨他去大隨恁麼荅話有甚長處投子望山禮拜衆無語師云古之學者爲巳以竹篦拍香案便歸寢室

晚叅師云祖師時時在水桶上出現剛見人挑水走入水桶裏去也祖師時時在火

燄上出現剛見人燒火走入火燄裏去也祖師時時在木魚上出現剛見人打木魚走入木魚裏去也祖師時時在鐘鼓上出現剛見人打鐘鼓走入鐘鼓裏去也良久云有人出來道和尚何得壓良爲賤山僧只要你恁麼道

小叅師云理無事外之理事無理外之事理外之事則愚事外之理則狂狂則爲魔所攝愚則爲佛所悲寧爲佛悲莫爲魔攝大衆來此祖庭必須立深誓願正知正見正路修行庶幾同證圓滿菩提

晚叅師云昔年大慧禪師因一禪子叅公案不透乞求方便慧云你是福建人我爲汝說箇譬喻如將名品荔枝皮也去了核也去了送在汝口邊只是汝不解嚥師召衆云當初大慧爲此一人設個譬喻此人當下敲破舌頭山僧因衆叅上樹公案重重相爲云緊夾籓籬寬闢道如何衆中未見有脚頭點地的乃云但辦肯心必不相賺更與汝等一個安心丸子三文大光錢買得個油餈嚥向肚裏了當下便不饑

晚叅師顧左右云今日晚叅不許問話問話者三十棒衆擬議師云自從立雪人歸後幾片白雲護翠岑

結制古淵知洛領海寧衆檀越請小叅問爐鞴大開不留鈍鐵金鎚揮擲萬竅通明還許學人立地成佛也無師云進前來嚥棒進云與麼則滚入紅爐大冶中直得通身無縫罅師云許汝胆大問得祖宗之髓登祖宗之堂敢問和尚昔日僧問臨濟如

何是奪人不奪境濟云煦日發生鋪地錦嬰兒垂髮白如絲爲甚本山中祖道錯師云一對無孔鐵鎚進云與麽則二大老料揀一齊蒙和尚指示去也師云與汝六十棒問如何是法王正令師云千鈞之弩進云與麽則人人沾恩個個得力師云已放過居士問不侶萬法不取凡聖事如何師云佛子受佛戒即入諸佛位師乃云天目山下無寸土天目山頭無片雲脚跟跐著寸土有寒暑兮促君壽有鬼神兮妒君福眼中見有片雲風力所轉終成敗壞且道住此天目山如何行履即得虗空拍手呵呵笑報汝人人淨法身聞斯告報直下承當如來禪許汝會更須知有祖師禪始得且道如何是祖師禪驀喝一喝隨聲以竹篦撫案一下

晚叅師云祖師示現全身向汝諸人毛孔中念普字眞言汝等盡見盡聞麽一僧喝師云胡喝亂喝乃云分明指出平川路却奈忠言逆耳何

除夕晚叅師拈柱杖召衆云識得柱杖子麽一日不爲少千載不成多小則蟭螟眼裏横眠大則乾坤西傾東闕出息不隨衆緣入息不居陰界試看先宗是何標格你有柱杖子與你柱杖子你無柱杖子奪你柱杖子

晚叅師召大衆云莫瞌睡

石庭晚叅師以杖指一碎石云者石版如何沒一些縫良久又指一完石云者石版若爲有許多縫一僧云謝師指示師便打

乃云今時學者有兩種錯路一種錯路的問著便道喚什麼作燈籠一種錯路的問著便道露柱没一點縫是者兩般錯路便掩蔽却人人本地風光若不蹋著本地風光終不能免此兩種錯路今日不惜眉毛説似諸人竪柱杖云山僧柱杖子有九千九百九十九隻眼顧眎左右云更有一隻不與你們説盡何故若教容易得便作等閒看

晚叅師云吾觀大衆盡與佛祖無二無别但存人我自生間隔所以祖師示衆誦金剛般若經上根者一聞千悟後來祖師教人叅死了燒了話父母未生前話便是將一卷般若經括作一句教人持念汝諸大衆須在佛祖路上行方到佛祖田地若四相未空徒勞無益各宜珍重

晚叅師云山僧説得一篇佛法懸在雨華橋上大衆各去看取良乆云伯樂曾三顧千金誰解增贈君君不納完璧倚枯藤

晚叅舉傅大士道空手把鋤頭步行騎水牛人從橋上過橋流水不流師云天目則不然生鐵打鋤頭披簑牧水牛人從橋上過水流橋不流且道傅大士的是山僧的是良乆云朝叅暮請緣何事應須立透祖師關

早叅舉六祖云本來無一物長慶云萬象之中獨露身師云孫必類祖大衆會麼拈柱杖旋風打散

晚叅師云汝諸大衆多有廣遊人間世徧禮諸名山的多有叅遍諸方乆親知識的

多有諸方許可記莂的我不問汝別樣佛法只有一句極平常的話問你且道者一時香在什麽所在坐良久云衲僧在處如火消氷終不却成氷若道有香可坐有坐的人有坐的所在莫道你廣遊博禮叅方受記直饒你向世尊肚中轉一過來也只是箇能仁的矢橛各各自揣摩道箇驚人句看顧視左右震威一喝

小叅舉世尊九十日在忉利天爲母說法及辭天界下時四衆八部俱往空界迎有蓮華色比丘尼作念云我是尼身必居大僧後見佛不如用神力變作轉輪聖王千子圍繞最初見佛果滿其願世尊纔見乃訶云蓮華色比丘尼汝何得越大僧見我汝雖見我色身且不見我法身須菩提巖中宴坐却見我法身師云大小世尊抑強爲劣山僧若見蓮華色比丘尼但云汝眞能現大人相殷勤見我若須菩提巖中宴坐乃是閉門作活豈能見我全身薦拈柱杖云還有爲世尊作主的麽有則出來各出人一頭地卓柱杖云好手豈容無妙拍三臺須是大家推

小叅舉趙州問南泉知有的人向甚處去泉云山前檀越家作一頭水牯牛去師云長帬新婦拖泥走州云謝師答話師云帆隨湘轉望衡九面泉云昨夜三更月到牕師云向上一路千聖不傳

晚叅舉僧問趙州如何是佛州云殿裏的師云古佛恁麽道可謂眼空四海

晚叅師云解制來走動的走動各執少人

久住者未免辛苦汝諸大衆如何得不爲境轉一僧云心如木石師笑云說到行到吾爲汝保任此事終不虛也

早參師云有一人日勤衆務一物不爲有一人一物不爲日勤衆務且道那箇作家一僧出師打退又一僧作禮師亦喝出師廼云有叟情相似日香夜夜燈

晚參師云如淨琉璃內外明徹凡見道者若身心世界果如淨琉璃內外明徹方是眞見本來面目的人不然徒自欺耳生死到來悔將何及不見道吾心似燈籠點火內外紅雖非依樣畫描却是一鼻出氣

晚參師云秋來好坐禪賢衲莫亂走各得坐具地他年大開口且得地一句作麼生道父母所生口終不爲人說

燈節知浴同王檀越請小參師云如淨琉璃內外明徹光逾日月量裹太虛探之不見其初避之莫究其極山河大地即之靡不消鎔明暗色空捨之無以建立神鬼不能覷賢聖不能知潔之不新垢之不故蝡動不減佛祖不增謂之爲微普天帀地謂之爲顯朕蹟不留指爲智珠闇然日著目爲福嶽坦然日尊召大衆云我見燈明佛本光瑞如此

戒私看文書晚參師云上三畫長下二畫短天左旋地右轉日月照臨乎其上龍象奔走乎其下高出無頂天深逾香水海無論智愚賢不肖識得者個字宣聖孟天子拱手讚歎釋迦不在前彌勒不在後奔軼絕塵今之古之誰敢與偶好大哥直截根

源尚迂曲尋枝摘葉復何如

小叅問話畢師云一片清凉地安閒絶比倫往來及住衆舉步莫迷津衆乆立師震威一喝下座

小叅師云有一無事人終日忙鹿鹿有一精進漢長年訥且木如是二人中有一人堪與人爲師汝諸大衆出入好看良乆云寄光眞境何嘗遠同在琉璃國土行下座

御選語録卷第十六

音釋

竦息勇切嵩上聲竦動又敬也 噁烏路切汙去聲唶噁怒貌 螟眉兵切音明食苗心蟲

御選語錄卷第十七

大覺普濟能仁玉琳琇國師語錄

法語

示全菴進上座

進上座事我十年不動筆頭每爲𢿱破拇指戛初入大雄室聞舉一歸何處話直下透脱須念自利易利人難深心大心終身誓居學地所謂證無量聖身猶未是泊頭處也

示嶺侍司

禪和家善用心難善用心的得正悟難得正悟的打脱見地難打脱見地的不走作難翻此四難爲四易則自利利他一切了辦

古人道數十年尚有走作或云我數十年方打成一片成片者無論矣未成片者但把曹谿云什麽物恁麽來隨時覺察管教衲僧行處如火消氷

示岳書狀

余生平無甚長處祇不記古今隻言片字生平亦有自負處不學他諸方佛法世法噫安得不記人言句者聆我斯言乎書付行岳以示千百年知音者

示巘侍司

在堂中不要學佛學法辯古明今當毒眼孤矒無佛無祖無人無巳放出葢天葢地志氣來東拂于逮橫身西瞿耶尼展脚南贍部洲啜飯北欝單越撒溺語默超越常情動止逈殊舊習天神捧華無路人鬼覷捕無門果能如是不變不雜等閒舉起鈍

刀子也能殺也能活也能照人肝膽也能稱人伎倆把從上千七百老古錐遺下一言半句或是作家相見或是出格提持或嚴密或危險或泥中有刺或沙裏無油或人目爲諸訛或人目爲奇特千岐萬別駭狀奇音逢著箇鈍刀子自然如庖丁之解牛由基之繞樹豈他穿窬擔板亂統支離者可同年而語哉然猶未也并知山僧與麽庭訓亦是憐兒不覺醜方是有氣性衲子祖師云行解相應名之曰祖又曰明道者多行道者少如斯料簡豈是等閒今時有等無忌憚者擬爲佛祖苗裔得些見地全不修省難免道力不勝業力又安望其透末後句向上關哉戒之勉之

示峰首座

長沙岑禪師因秀才看千佛名經問曰百千諸佛但見其名未審居何國土還化物也無岑曰黃鶴樓崔顥題後秀才還曾題也未曰未曾曰得閒題取一篇好如斯答話非大有福慧人不能

自勵四誓

一誓不與本分間隔作一佛事乃至一稱一禮

一誓不與本分間隔爲一人乃至交一言

一誓不與本分間隔閱一書作一字

一誓不與本分間隔一坐立一譚笑

客問

客問學道如何不蹉路曰善哉斯問世之不叅涅槃堂裏禪者難乎其不蹉路矣雖然當今傳法者徧界方行等慈不擇淨穢開闡無遮度諸疑謗先進者以廣接爲心

後進者以易入爲事知名盛而實衰辯名似而實非者難道全無敢謂罕有吾言之安足爲人重而可與子深言之也哉客固請曰如子之不以人廢言吾姑與子漫言之學道欲無首越之燕之歎第一須發心諦當或志小見近圖作世間善人只消讀治世聖賢之書行治世聖賢之事或遵行如來權教法門助其修省亦有益無損若欲究竟出世無上妙道當巔爲生死始得巔爲生死則博聞强記如慶喜一問十答如香嚴百鳥銜華如牛頭千指遶座如夾山尚須捨巳從人況降斯而下者乎不爲生死必尚知見此道不屬知見不爲生死必務功能此道不屬功能不爲生死必慕豪放此道不屬豪放一尚知見務功能慕豪放則非愚即狂成魔落外善因而招惡果多自不巔爲生死學道者而成豈不一蹉永蹉哉第二須工夫諦當旣爲生死發心學道可不返躬自省果能具大根器一聞千悟也未若也未能須叅一句話頭一日不透一日叅一月不透一月叅一年不透一年叅一生不透一生叅今生不透來生叅永無退失永無改變方謂之諦當工夫叅定一句話頭便是斬知見稠林之利刃渡生死苦海之慈航解雜毒入心之聖藥指萬古迷津之導師不集善而自集不斷惡而自斷不持戒而自戒不習定而自定不修慧而自慧不課佛而自課不誦經而即誦不求生勝處而自生勝處不求多善友而自多善友本不求譽亦莫可毀如

是顓一如是精進如是从遠縱未發明亦現在可爲後學規模將來必得佛祖心隨儻名色爲生死學道而起傍疑求別助生異見多外騖憚艱辛喜快便管教百妄交集其蹉可勝言哉第三須悟處諦當旣顓爲生死純一衮究必待工窮力極時至理彰命根斷本來面目現不疑生死不疑古今不墮坑落塹不彊作主宰不認識神不陷空豁不涉矯亂不入邪師圈繢不犯明眼料簡儻魚目爲珠瞌睡當死以鹵莽承當爲有力量以硬差排爲不疑以粗放狂亂爲大機大用以顢頇爲透脫無餘竿頭宜進而不進言句應衮而不衮不煩穿鑿而穿鑿不可抹殺而抹殺入門一蹉異解雜陳所謂可痛哭流涕長太息者非此類乎第四須師承諦當非但無眞傳杜撰阿師不可承虛接響即沿流不斷者亦須察其行實不擔條斷貫索謬自主張蹉過師家相爲處否不孤負師家腦後深錐否洞明從二綱宗否不施爲偏重瞎人眼目否若無眞正作家宗師爲之打瞎項門眼奪却肘後符則雖有實悟自了則可爲人則禍生儻若已見旣偏投人又謬自方空豁復向瞎棒瞎喝下似水合水如空合空謬執金剛寶劍斬盡一切爲實不知我王庫內無如是刀盲引衆盲江河日下或自入處廉纖沾著邪知惡解家滋味邪毒入心如油入麪更或不知錯認漫云自肯不受人究竟謂之不被他轉却又或云我見處是的只要行履了此等何足挂之齒頰第

五須末後諦當末後一句始到牢關靈龜負圖自取喪身之兆不透末後牢關而言得大機大用不透末後牢關而言具本分草料其不爲粗惡狂徒者鮮矣不透此關有正悟者猶可爲一時唱導之師如無正悟不知有此關者其於古人叅悟與悟後重疑不移前作後指悟爲迷者鮮矣謗先聖悞後人皆由不知向上一關可不畏懼乎自利不全利人不足皆由不透向上一關可不惕厲乎第六須修道諦當雖發心諦當工夫諦當悟處諦當師承諦當末後透脱諦當更須自已覺察是頓悟頓修根器否是果地善知識否打成一片速於香林否不走作過涌泉否現業流識淨盡否事事無礙否行解相應名之爲祖試看先宗是何標格第七須爲人諦當不可有實法與人不可騙人云有方便助汝易入不可教人不叅死話頭決要人真叅決要人實悟決要人悟後達向上關棙決以見性謂之悟不可輕意牢籠人於人認識之謬哄云有省於人向念未生時認妄爲真印云有入園一時門庭熱鬧不顧展轉誤賺邪法縱横病發於此寧絶嗣不亂傳方謂之爲人諦當前六種不諦當則自錯後一種不諦當則錯人良藥苦口忠言逆耳憐子請之誠而示之甚弗輕以語人

機緣

僧問如何是函蓋乾坤句師鼓腹云我容得你者些人萬萬千進云如何是截斷衆流句師云趕得你無脚跑進云如何是隨

波逐浪句師云容你在者裏立片時
師問僧玄沙是汝虎話你如何會僧舒五指云牙爪齊露師便打復示偈云生平不出嶺一語古今傳明眼人難會君須向上看
師問僧向父母未生前道將一句來進云八角磨盤空裏走師指香盒云者是什麽僧擬議師便打僧無語師云真誠莫作小兒嬉
問行堂云飯桶裏多少達磨眼睛堂罔措問火頭三世諸佛向火燄裏說法還端的也未頭亦罔措師指傍立一僧云惟有者箇師僧解荅話便歸方丈
園頭問和尚病好了麽師云我從來不病有何好不好進云某甲不能親近得和尚師云我日日在你園中
退菴呈世尊拈花頌云倚天長劍露鋒鋩拈出何人敢近傍潦倒飲光輕觸著面門血濺太郎當師云只見錐頭利不見鑿頭方進云却被和尚看破師面壁云誰人知此意令我憶龐公
僧問如何是有拄杖子與拄杖子師云長安風月貫今昔那箇兒童摸壁行進云如何是無拄杖子奪却拄杖子師云多少人飯籮邊餓死
師還江上度親張靜涵老居士過訪十方菴話次伸問塵勞中如何得本師云居士者一問從那裏來士無語師云昔雲棲大師雖不主持宗門指示人叅究却甚諦當嘗盛稱人著述之妙末後提撕之云須看

者叚光明從何處流出於此著眼便是得本之捷徑士云如何用力師云者箇代居士不得

師一日入庫房指團子問庫頭吸盡西江即不問你試吞却者兩籮團子看進云吞却了也師云大衆喫箇什麽頭荅不契師自代云樂則同歡

僧問不與萬法爲侶的是誰師云桌子板凳

韞荆璧入精進三次日上方丈云某有箇見處師云狗子爲甚無佛性韞拳師肋下云一向在趙州處落節今日在和尚處扳本師便推出次日復入師云盡大地火發得何三昧不被燒却進云特來度夏師便喝璧呈頌云圓似滿月圓寬同太虗寬歷刼無姓氏從來絶蹤攀聖凡由此出刹海在伊安始終無變異觸處善隨緣師云還會適來一喝麽璧便出

師從龍淵歸問侍司云你十二時中還見念頭起處麽進云念頭了不可得更覔什麽起處師云我適來見一塊石有九十九條縫

師與一秀才話次謂云你合會得天地同根萬物一體進云某甲何嘗不會師云爲甚殺生食肉

脩殿公務作禮師云釋迦老子向灰瓦上轉大法輪什麽人得聞衆無語師云好生看取璧侍司作禮云請和尚荅一轉語師云問將來進云聞的事作麽生師云逼塞虗空無縫殿東西南北月輪紅

江上歸師問衆云大地無寸土是什麽人境界一僧進云和尚家風師云如何大地無寸土是山僧家風僧不能答師代云常州湖州杭州

僧問大地山河即不問一毛頭上事如何師云吞取七箇八箇進云不會師云吐却兩箇三箇

僧問如何是萬法歸一師云天圓地方進云一歸何處師云地方天圓

僧問百千法門無量妙義如何是第一義師云横七豎八

問如何是本來面目師舉扇示云不得喚作扇僧禮拜師云伶俐衲僧

問前不得後不得時如何是出身處師云前去佛殿後去東司爲甚不得

問僧父母未生前道來僧以手外拱云遍界不曾藏師云遍界不曾藏因甚偏向那邊僧無語師云何不道某甲指東畫西

僧叅師云承你遠來無可供養將五間禪堂與你一口吞却進云大地無寸土吞箇什麽師云多少人恁麽道苕帚柄也要打三十

僧問一塵透脱千界光輝爲甚十聖三賢不明斯旨師云你莫管他十聖三賢且道虗空作麽生證進云覔虗空了不可得師云恰是進云和尚是大善知識師云正要你檢點僧擬議師云直透萬重關莫住青霄裏

師問圓證堂寮主云香爐幾時成佛進云成佛久矣師云昨夜被虗空壓碎你還知

歷僧擬議師云脱空妄語漢
師雲覆菴歸侍司中路接師云你來得遲
將前面遠山與你作點心侍擬議師以拄
杖驀面劃一劃云再加一分𥇍錢進云也
不得將別人家物作人情師云不但𥇍錢
點心也消受不起

頌古

舉趙州問南泉知有的人向甚處去泉云
山前檀越家作一頭水牯牛去州作禮云
謝師指示泉云昨夜三更月到牕
雪中春色梅梢見黄鳥聲聞意氣新意氣
新誰知黄鳥笑聲頻説與風流明敏者眼
從今日碧華自去年馨
舉歸宗常禪師素與南泉同行忽一日相
別煎茶次南泉問曰從來與師兄商量語
句彼此已知或後有人問畢竟事作麽生
宗曰者一片地大好築菴泉曰築菴且置
畢竟事作麽生宗打翻茶銚便起泉曰師
兄喫茶了普願未喫宗曰作者箇説話滴
水也難消
賓則始終賓主則始終主金鎚各逞藏鋒
技父子不傳兄弟同氣和烟搭在玉欄干
上苑垂楊烏深處
舉陸亘大夫向南泉云肇法師也甚奇怪
解道天地與我同根萬物與我一體泉指
牡丹華云大夫時人見此一株華如夢相
似
一枝華發十分春覩徹根源把玩新堪羡
大夫打失鼻共來笑傲古今人
舉僧問疎山禪師如何是法身山云枯椿

如何是法身向上事山云非枯椿
一拳拳倒黃鶴樓一踢踢翻鸚鵡洲有意
氣時添意氣不風流處也風流
舉慈明祖師僧問鬧中取靜時如何云頭
枕布袋
悟入汾陽鞋穿足裂塞却口門出廣長舌
如鐘在簴小大徐疾有扣斯應渾身金石
三玄彈指四看語默易知難會易見難識
蓮棹洛伽雲開兜率

詩

贈履坦禪人兼報天一居士

鼎立三峰勢插天嶺門雖闢白雲連飛鴻
傳得人間信石壁難依過别川

入磬山

隱居風範依然在說法堂前任草生莫謂
門庭能閒寂從來此道少人行

示退菴重子住敔山

澄江有山孰多僻敔山兩灣蒼翠積澄江
有水孰多情敔山前後敔水平當年一身
澹如水夜隨明月過深林化山擬作推蓬
室扁舟乘興堪深入汝今為我先去住菴
傍閒地多栽芋忘世情懷爾我同茅鐮鐵
钁振先風得人不在門如市猶憶當年面
壁翁

贈禪人

見道誰脩道忘山好住山雪深巖屋老百
衲一身閒

又

重巖之下茅屋耽耽有幽人兮雪立氷餐

又

好山如畫畫如山紅葉村村杖笠閒看到
桃華成一笑再來雲外訪柴關

守塔懷古

多年黄葉類形骸此日徘徊誰偶諧麻衣
草履食接氣象骨崖前呼再來

咏懷

千峰絶頂尖頭屋草薦柴牀火一爐三十
年中無一事諸方何處覓潛夫

靜夜思

枝枝葉葉月疎疎密密風誰共蹋流水倚
杖石橋東

題壁

星高月曉松雨滿衣西閫危坐嗒然忘歸

偶題

月浸千山冷風鳴萬木清一聲村外犬客
路有人行

山居

荒涼苔壁寺孤冷草堂人雨後舒長望庭
泥虎迹新

烹泉

廣修供養事如何百沸清泉上佛陀早色
爭妍排闥入鶯啼古木梵音多

對鏡華山蘭若

對鏡吾非昔撋懷志自新何林一枝别蔭
我雪霜身

冬日有懷荆山旅堂

空階栢子落饑鳥入門來千尺危巖下梅
花幾樹開

望臺山

荒澗三千路髙閒一萬人當年氷畔石遲

我未歸身

舟居 三却竹林

澹蕩寒煙古木孤懸雪浪輕帆只在尋常
行處杳然萬壑千嵒

又

一葉千谿水三盂六月霜逢人不舞棹高
臥對斜陽

冬歸草堂

潛形餐栢實放目看梅花何處忘機客同
來灌古畬

濟寧道中

臨溪茅屋臨簷樹雞犬依依水國村虞夏
平成風化永江南江北共林園

讀白樂天詩懷扣冰 舟次東昌

池上有小舟舟中虛胡牀我心久忘世愧
未使世忘

甲馬營夜泊

水上舟如織人間事若蕉無爲與無欲誰
共我逍遙

節食

寄形天地間飲食唯接氣翛然等箇人明
此澹泊意

龍淵南塢坐月

松樹三長四短石臺七高八低坐來夕陽
在樹歸去月落峰西

晝寢

譬如木偶人鼓歇索亦佳山僧動與靜請
問諸露柱

荊溪道中招友

正是千山紅葉時摩挲石壁好題詩百年

爵蠟能多味分取松根帶露葵

高祖寢堂題壁

牀頭懸瀑布塔頂長苔衣一住不復入高寒到乃知

示衆

萬里晴空誰共三春花柳爭遊王孫醉眠芳草何似漱石枕流

我有蓮舟一葉沙城芥刼全收高歌唾壺擊破童稚出沒洪流

山居

胸中無一事終日坐閒閒睡起摩挲腹山間與水間

高步

登山造極步自此始有懷君子行遠本邇促都監立還山

山中有佳月宜人終夜看山中有好風解衣可盤桓泉鳴千嶂寂松靜一濤寒永日鳥相喚清秋蟲自紈解聽紫芝曲喬木在層巒活埋與斷壁千古仰金蘭時哉石梁雉雪飲且霞餐

普請口占

年來漸覺精神復老去偏知日月閒飽飯安眠無一事椎鳴隨衆看秋山

枕流臺題石

山中流水寂無聲枯木生花別有春若箇到來知解絕紅爐分取萬年氷

庚戌二月磬山題壁

面目分明徧界親徧於此地受恩深三更月下低徊立恍是當年侍拂巾

磬山揮塵臺先録法濟十咏之一有此名

松根時獨坐花雨不從栽憶昔別峰待無
言聲似雷

庚戌題壁 三首

本是矜矜自了僧飽餐安寢別無能酬恩
報祖雄明哲斗室焚香懷古人

一盎霜華半榻雲無求無喜亦無嗔三更
對月開扉坐慚愧焚香侍立人

臥倚青山飯白雲谿聲鳥語共晨昏空庭
有隙栽蘭蕙緘户無蹊入慇

捲簾

尋常入望驚殊絶何意全身住此中傳語
巖棲木石侶時時放眼識雲松

獨樂園雨後 二首

一谿銀鳳玉龍騰想見霜華此得名步到
上方忘藥石勞他從者請頻頻

枕流石上枕流臺到者教君悔晚來白鷺
羣飛千磵雪洪鐘大扣萬山雷

巡寮至大義閣 癸丑燈前

花滿寒庭月滿林巡寮未半欲三更到門
且莫掀簾入愛此樓前布水聲

邗江贈虎公至契

交道江河下於公見古人素心千里月青
目一山晴

楚州題壁

澹黃微綠拂疏風到處垂楊適我慵覓得
小舠瓜子大一帆漂渺水雲中

旅堂

愛柳無如我摩挲玩歲年旅堂忘岑寂一
樹適垂軒

開窓

風聲雨聲聲聲入耳花色草色色色幽妍

書問

復岵瞻戴廷丞

在在是居士菩提場物物是居士正法眼事事是居士菩薩行步步是居士那伽定使十二時不爲十二時使轉一切境不爲一切境轉斯爲道人若一處光不透脱一時光不透脱即本分不透脱須刻刻向父母未生前絶思惟無依倚旣恒且密時至道成冷眼圓明方知在在是菩提場物物是正法眼事事是菩薩行步步是那伽定使十二時不爲十二時使轉一切境不爲一切境轉此言不欺人也居士心光時注天目居士慧性不昧古今居士至行大建法幢奉復不覺縷縷

答王泰卿居士三問

問爲人容易做人難敢問爲人之道師云己所不欲勿施於人問何爲知生何爲知死師云知所從來爲知生知所從去爲知死問臨去時心不顛倒意不散亂在何處捉摸師云驗在目前師復云居士眞爲生死須知制心一處無事不辦但勤持藥師如來萬德洪名持到持而無持徹見念未生前本來面目則率性而行頭頭是道所謂發而皆中節天下之達道也如是方能了生脱死方可出死入生何謂了生脱死如太虚空先天地而生後天地而不老何謂出死入生譬如大海日照光明生風來波浪起到此則去來自在夭壽不二又臨去時作得主有二種徹見本來面目則了

知生死不相干如上所云若未見本來面目勤持藥師如來則臨命終時八大菩薩接引上生極樂世界入不退地見佛明心因切問處請不覺縷縷

雜著

東語西話

開了兩片皮只是粥飯罐當世有與麽人山僧禮他三拜

顛仙謠

憎愛胸中盡是非眼底空泥牛入海後聚散問漚風

書潙山語

行脚高士須向聲色裏睡眠聲色裏坐卧始得山谷云東坡文字語言歷刦贊揚有不能盡吾於潙山亦云戊子春二日荆邱書

題雪竇頌古

野鴨子知何許馬祖見來相共語話盡雲山水月情依然不會還飛去却把住道道頌出雪竇眞能於法自在匪夷所思如清光匝地猶舟夜塘以盡所欲言而妙此却把住道道以不完題而妙盡所欲言如千雷竝吼易不完題如千日竝照難偶閲之亶欲擊碎唾壺

草堂書壁

日中一食樹下一宿世尊模範如是一語不投折葦渡江少林九年終日面壁鼻祖標格何如

荆山旅堂紀事

丁亥十一月朔著新絮襖飽領本菴香飯

飯餘展足熟睡皆行脚經年未曾有事睡起一趺晚晴快人遺景在屋庭東大樹茂綠未衰殊映日溢目忽憶十五年前侍先師鳥峰竹齋瞌睡起書憁浣壁時復憶甲戌秋先師還吳與報恩是日結冬破屋敗垣炊巾滿谷羣賢臥草眠霜氷骨老人支枯藤指點磚頭瓦礫爲諸人闡最上機余時獨處江干野色無垠天光連水曾和老人寄示偈云師闢山頭宇吾撐水上門脚全蹋實地眼獨空叢林小兒無繩尺曠蕩之言不謂至今多人成誦聕便鴻南去拈句寄重監院高歌天地外穩臥雪霜中他日憶此更作何狀

書巖子紙

大雄道人廿年來炊氷煮雪接納諸方能三十夏不憚寒苦者敢保出他人一頭地巖子能否

叅禪悟難旣悟已忘悟難且道忘悟的人何如巖子道看

此事極平易極欺人等閒看得平易者此最受人欺者也戒之哉

多見人在㲉漏子裏譚葢天葢地之道徒自欺耳葢天葢地者能把㲉漏子作塗毒鼓撾

書楚紙

近年少至性衲子葢稍有見處不能出頭天外全體受用多以名利熏心學文字語言還知但患不成佛不怕佛不解說法麽筆此覗子和尚卓立紙末

三師說

吾有三師父師母師師師父師生我眼師師開我眼母師護我眼父師身示無常此生我眼者也師師了我生死此開我眼者也母師勗我證果此護我眼者也三師皆有大因緣使我悚然省豁然開惻然痛吾何修而得此三善知識師也噫吾於荆溪磬山開此眼於江上水關忘此眼於吳興草堂保此眼不知何年得眞不負三師也有客躡而問曰忘矣何用保爲曰此非汝所知也保矣更俟何年不負師曰此非汝所知也待汝證果地涅槃與汝共報難報之恩可也雖然父師母師出離之緣皆賴師師師乎師乎粉骨碎身未足酬將此身心奉塵刹潛子苫次草述時乙未九月戊戌

西樓聞雪

潛子早失太山之仰不獲徧任兩序列職壬辰夏報恩之住持供先老人方丈重歸侍室首修殿公務攝客司諸禪極不安潛子有餘樂也向志夙夜守塔每爲事奪適寓監院寮後軒篝燈正當寶峰塔下漏下三十刻聞雪起立不禁清絶向於磬山有生平徼幸處千古快心時之句此際是第二番境界時壬辰十一月癸巳手書所用破硯猶是二十年前記室舊物并記

報恩旅堂閒書

近日學者有二病一等弄聰明習外學一等守愚抱拙般若不清楚二者皆不可與言道不識一丁者必如六祖方可不撥文字者必須遠同西大龍樹馬鳴近同永明

明教始得無過

題壁

本學古人莫視流俗閱趙州語録自勵

跋趙州三佛話

金佛不度爐木佛不度火泥佛不度水眞佛内裏坐南嶽磨磚江西鹽醬不是過也又云非四十年不雜用心者不知斯言簡盡

題藥師日課語

予辭恩絶塵不暇披覽偶入藏閱藥師如來本願功德不覺手額失聲願人人入如來願海也或問何於此經驚歎如是告之曰予見世人順境淪溺者不一富貴可畏甚於貧賤今此如來使人所求如願遂從此永不退道直至菩提則欲於王臣長者一切人中作同事攝不乗如來願航何從濟乎大凡修持須量己量法直心直行誠能厭惡三界堅志往生則專依阿彌陀經收攝六根淨念相繼所謂執持名號一心不亂決定往生此先自利而後利人者之所爲也若於現前富貴功名未能忘情男女飲食之欲未知深厭則於往生法門未易深信即信矣身修淨土而心戀娑婆果何益乎則求其不離欲鈎而成佛智處於順境不致淪胥者固無如修持藥師願海者之殊勝難思也癸巳之夏山居不寧偶奉親歸養江上晏如程君以刺成藥師日課見示此出人意表是經流傳已久編成日課未之聞也乃得之吾江之善士爲之助喜信能修持久久不懈知不獨富貴功

名轉女成男離危廸吉如如意珠隨願成就即得於一切成就處直至菩提永無退轉何幸如之人間亦有揚州鶴但泛如來功德船

御選語錄卷第十七

音釋

訥奴骨切嫩入聲難言也　鶩土遇切音務　敔偶許切音語樂器亦作圉　钁丘縛切匡入聲大鉏也　嗒託甲切音搨忘懷也　戽荒故切呼去聲戽斗舟中抒水器

中也

御選語録卷第十八

明道正覺茆溪森禪師語録附

結制陞座問答畢師云放下布袋快活無匹閒看猢猻偷喫生鐵阿呵呵的的的問甚生前面目誰論梨花笑日齋堂有粥有飯禪和要喫便喫喫即不無飽後作麼生夜行莫踏白下座

解制陞座問正法眼藏即不問今朝解制句如何師云穿山鼻孔破僧禮拜師大笑云雖然和盤托出却是大昄不同瑯琊禪師道本來無一物厭殺天下人直饒便分明坐在糞坑裏作麼生是透脱一路妙音觀世音梵音海潮音衆兄弟朝看東南暮看西北近世雙笛從羌伬飯不及壺食下座

報恩元旦秉拂僧問古徳道清光照眼尚迷家明白轉身猶墮位且止請問報恩意作麼生師云數點梅花報曉春進云恁麼則月明簾外家風古寶鏡堂前瑞氣新師云且站過問靈山記莂則不問今朝分座事如何師云孤鴻嚦嚦進云龍象雲臻乞慈再示師云野鶴穿雲進云點開碧眼水到渠成畢竟恩歸何地師云不許物外安身進云恁麼則水接長天遠春光徧界新師云巡照去問物有新舊柱杖子還有新舊也無師云老鴉亂叫進云今古頓超圓智體何山松栢不青青師云截斷葛藤進云謝師荅話師云今日且放過問幾點梅花送春來那裏來師云人笑你進云數聲爆竹催臘去那裏去師云羞也不識進云

去來且止卉木咸新又作麽生師云轉見轉見進云一天佳氣萬象騰輝師云望烟尋食地一僧出呈數珠云這箇依舊一百八請師點出新鮮句師云光寒星斗少進云不會師云切忌五更初又進云不會師便打進云從今更不疑師云錯認焇皮家問舉足動步則不問新年接新令句作麽生師云貴貨易土僧禮拜師云今日行森承老人命爲衆敷揚適纔一問一答祇恐錯會數點梅花報曉春一聲爆竹催殘臘不許物外安身誰論老鴉亂叫嗟嗟多少人望烟尋食地錯認焇皮家呵呵光寒星斗少切忌五更初咄孤鴻嚦嚦野鶴穿雲新年新令貴貨易土衆兄弟六橋近日水仙花十字街頭鐵拐李卓柱杖云珍重

上堂問荅畢師乃云行脚須具眼叅禪要識句大衆識得句也未適纔荅僧云是柱不見柱咦非柱亦不見柱旣然是非都去了因甚又説是非裏薦取汝等諸人作麽生薦莫是雲日能催曉風光不惜年麽莫錯會好幸逢征客盡歸在落花前切忌顢頇儱侗去所以古德云至道無難唯嫌揀擇桃花紅李花白誰道融融只一色諸禪德瞥不瞥一夜東風吹散枝頭殘雪會麽老祖殿前梵王宮闕雙峰燈放九天風月燕子語黄鸎鳴誰道關關只一聲不透祖師關棙子空認山河作眼睛咄冷的冷熱的熱粥鍋西邊底莓苔裹石碣良久喝一喝云歇如今是什麽時節師大笑曳杖下座

兩序請陞座師竪拂云一羣子上來一羣子下去殘夢五更鐘落花三月雨合掌低頭換步時進前退後翻身處有利有害人無遠慮歸到故鄉還似客布穀催耕鳴別樹叉手句可惜許一切數句非數句打一拂云去下座問學人道眼不明未審什麽碍師云幾時立春僧云昨日二十三師云怪我作麽

小衆

衆入室師拈杖云摩訶般若波羅密明如日黑如漆典解多途商量非一卓柱杖云急若人信受奉行一生衆學事畢昔日殃崛摩羅尊者持鉢至一長者家其家婦人正值産難子母未分長者曰瞿曇弟子汝爲至聖當有何法能免産難尊者曰我乍入道未知此法待問世尊却來相報及返具事白佛佛告殃崛速往報言我從賢聖法來未曾殺生殃崛奉佛語疾往告之其婦得聞當時分娩師云從古至今拈提者極多錯會者不少龍溪今晚索性與你點出天蒼蒼野茫茫風吹草見牛羊禪和子會也未不會再說一遍水溢天開堤花落滿龍溪見隨潮落去日上綺霞低衆作禮師擲柱杖便起

晚衆師云萬法歸一一歸何處呵呵學人也有趣和尚也有趣拂一拂歸臥室

晚衆師云山門前得底句禪堂裏商量去進到方丈不必再舉何也天溪不肯辜負汝

晚衆師云竹窓夜敞月明霜大高鴻入雲

鼠兒穿磨大衆行住坐卧且道是箇什麽
良久大笑云癩頭回子騎駱駝
重陽早叅師云今朝九月九胡猻上樹賽
觔斗右轉左左轉右好手手中呈好手呵
呵天溪長老不唧𠺕
早叅師云水中鹽味色裏膠青咄將謂明
星是眼睛通身有口向誰說挽盡天河洗
鐵丁
室中晚叅問答畢師乃云阿逸多笑甚麽
蛇穿耗子窟普化搖鈴過嗚呼小子脚板
踏破癢瘡近火血沾衣傷鹽傷醋陳年貨
有入道慈翁老有茶請喫茶無茶滚水好
咄漢仙琴高騎赤鯉羲之寫字換鵞兒良
久云歸堂去
六月十九早叅師云路上紅塵起江中白
浪飛拈柱杖云觀音菩薩來也有眼者近
前無眼者退後一僧出作禮畢擬歸位師
打云與麽不得得與麽良久卓柱杖云禮
拜歸位眞堪笑與麽不得得與麽曼拏羅
指地爲泉胡大頭錘破鐵山若也知去龍
行虎步如或懵懂世尊陞座黙然阿難遣
出比丘左右顧云半山廟三天竺遂以柱
杖一齊打散
雪夜晚叅師云喫苦茶說淡話誰管佛法
不佛法馮夷剪破龍筭練枯柳梅花處處
春噢月下凍痕生綠井隅窓玉片飛無影
樹枝風息轉迎寒寒人如鳥棲未安日短
夜長誰先覺熒熒殘燭嗚嗚角咄咄黄龍
三關香嚴獨脚
冬至早叅師云冷地裏夢見一𪅆和尚曰

昨夜三更子癸時楓杉隅塢問松枝滿天飛雪來何處寒梅低首笑嘻嘻他又大叫云老祖老祖如今是什麽時節大衆說看傍僧擬荅師便打僧復出問生擒猛虎活捉獰龍人來時如何師云官法如爐進云忽遇透網金鱗又作麽生師云謹愼火燭進云驅耕夫牛奪饑人食未是向上鉗鎚如何是向上鉗鎚師叱云揚州客僧擬議師云大衆歸堂

小年晚叅衆集師舉柱杖云是我不是衆茫然師擲下歸臥室

四月八日早叅師云從古相傳釋迦佛今日降生不知是否說與諸人檢點看南康府裏星子縣黃梅縣外義豐城這便是森長老見處良久云知客在否衆荅在復云内外大衆今早都念課誦麽衆云念師便入臥室

師見病人多逐苦境乃示云莫莫莫病是衆生之良藥我在俗時一病幾死正迷悶中忽聞皷吹始知病源不從他有遂決志出家云鼓角分明破毒針驀然劄斷愛情心死去活來眞好笑石頭土塊盡知音語諸人識病因大家割捨夢中身咄咄不作維摩詰文殊何處尋

機緣

僧問如何是鳥道玄路師云白雲飛起紅葉落進云文武兼濟人來時如何施設師云不許飲酒食肉進云邪法難扶時如何師云豈有此理進云如何是正法眼師云早晚也進云何以爲之大機師云米進云

何以爲之大用師云時進云異類中如何行得師云斗有大小秤有輕重進云疑情未息時如何師云魚勞尾赤人勞頭白

同叅問首座親見老人是否師云是叅云還有奇特事也無師云扣氷人少祟福人多

僧入室請師決疑師云鬼谷老爺不在家

僧云豈無方便師云歸去門前自打瓦

僧問如何是清淨法身師云普請擔泥僧云因甚學人不會師云有亘歲在僧云如何是超佛越祖之談師云依教奉行

僧云牛頭横說竪說不知有關棙子如何是關棙子師云止僧擬議師云去

僧問如何是妙唱不干舌師云罕遇知音

僧云如何是死蛇驚出草師云照顧性命

僧云如何是鐵鋸舞三臺師云呆鴨聞雷

僧云如何是解針枯骨吟師云切忌寐語

僧問終日紛紛擾擾如何是不動尊師云天晴快走僧擬進語師云換手搥胸

僧問四方八面來時如何師云門前石馬脚撩天

僧問羚羊挂角時如何師云引我笑

僧問一等是水因甚海鹹河淡師云莫矢溺

僧請益云不假半寸繩如何出得深井人師云賴遇天溪進云大似失便宜師云看你顛倒進云乞師方便師云大聖緊那羅王菩薩

僧問如何是玄中玄師云日長夜短

僧問佛心無處不慈悲觀音大士因甚不

去高麗國師云謝汝饅頭湯餅

游山歸問僧塗毒鼓聞者皆喪因甚擊者不死僧下語不契師示偈云山上鴟夷又買舟清風明月幾時休欲知進退存亡事只問歸來鄭化州

僧問昔日趙州勘破臺山婆子畢竟在甚麽處師云天開河進云學人不知落處師云齋堂東邊進云乞師慈悲直說師云趙州兩隻眼婆子一條舌五臺山上去舊路嶺莫歇

僧問如何是先照後用師云臨濟來也僧擬議師便喝僧云如何是先用後照師搊住云道道僧茫然師遂托開僧云如何是照用同時師掌云非驢所堪僧云如何是照用不同時師云不知痛癢漢僧喝師云再喝看僧又喝師便打

僧問如何是無相涅槃師云五里亭十里鋪僧云因甚學人不會師云驢前馬後

僧問如何是雲門顧鑑咦師展手云那僧擬議師云了僧再問師云去

僧問劈面來時如何師隨聲便掌

僧問如何是大雄山底佛法師云白額當途坐僧云還有方便也無師云闍黎莫夜行

僧問如何是西來祖意師云南人瘦北人肥

僧問諸佛出身處且置如何是和尚安身立命處師云你却跳得好僧喝師云爲什麽僧擬議師打退

僧問因甚不點路燈師云一任瞎闖

僧問入門便喝便打意作麽生師云祖師在你背後

僧問不慕千聖不重巳靈時如何師云你五戒也不持僧云古人到者裏爲甚不肯住師劃一劃僧喝師云好喝僧擬議師便打

僧問金鎖斷後時作麽生師云腦門著地

僧問堆堆坐禪圖箇什麽師掩鼻云出去

僧茫然師云走來僧近前師云三黄九好

僧問從上宗乘如何接續師云日東上月西下僧云與麽則人人有分也師云知章騎馬似乘船

同叅問如何是首座家風師云沒籬沒壁

叅云忽遇賊來時作麽生師云憑你摸索

僧問畢竟如何是佛師云撞不破便燒

僧問如何是梵音相師云鋪堂不細行

僧問箭鋒相拄時如何師云過者邊立僧喝師便笑僧擬議師云大好箭鋒相拄

僧問作麽生轉得自巳歸山河大地去師云昨夜好秋雨

僧問如何是和尚爲人處師云𢿀子𢿀子進云不落古今句作麽生道師云官久必富進云七佛未出世時向甚處行履師云疑人莫用

僧入室請益心經云揭諦揭諦意旨如何師云孔子産山東文才令古通大夫天下有白屋出三公僧云學人不知落處師云自衛返魯

僧問一人發眞歸元十方虛空悉皆消殞爲什麽方丈後泥挑不盡師云鬼喫饅饅

頭
僧問旣是報恩人因甚不識金車山師云看你打之遶僧喝師云有甚了期僧擬議師云還怪得我麽便打
僧問山河大地還有過也無師云缺嘴打鑼
僧問乍起乍滅時如何師云不是鬼燈便是螢火
僧問如何是觀音三昧師云夜來孩子哭
僧云如何是文殊三昧師云日裏踢繡毬
僧云如何是普賢三昧師云包公廟裏失毡包
僧問心佛俱忘時如何師云誰與麽道僧擬議師喝出
僧問浩浩塵中如何辨主師云飯裏沙多

僧云謝師指示師云莫亂嚼
僧問無夢無想時主人公在什麽處師云大衆笑你
師問僧仙鄉那裏僧荅合浦縣師云明珠拈出看僧無對師云想是新戒
師問座主金剛且止喚什麽作經主擬議師便笑主問如何是經師召云法師主應諾師云好箇座主主指茶鍾云者裏有趙州也無師云匙挑不上
師問一切葛藤敲門瓦子如今門開也瓦子在什麽處僧茫然師云可惜七間僧堂
僧問一字不著畫是什麽字師云鼻大心無毒
僧問未生之前即不問如何是趙州勘破婆子處師云飯飽弄筋進云某甲即不然

師云要扃那邊去僧無語師云急歸堂

僧問如何是有柱杖子與柱杖子師云伶俐好僧云如何是無柱杖子奪柱杖子師云懵懂漢

僧問目前蕩盡時如何師云更夢見什麽

僧作禮師問汝名什麽僧云南山師云南山起雲爲甚北山下雨僧無對師云春無三日晴

僧問百尺竿頭進步時如何師云三月三

僧云學人不知落處師云起席不謝坐僧云從今得箇安樂地師云義塚淚痕多

師問僧抑而爲之可謂貴人多忘擬向那邊施設僧無對師問傍僧若也鑑不出落地作金聲你道作麽生僧擬作禮師便打

師遊牛首時路逢一道者者彈指一下問云是何宗旨師云老鼠喫鹽者云如何是藏鋒句子師云東西南北者云如何是事藏鋒師云隔岸醉人多者云如何是理藏鋒師云滿江野鴨子者云如何是事理俱藏鋒師云水裏船船裏水者云如何是事理俱不藏鋒師云上底上下底下者便作禮

僧問萬法歸一即不問畢竟一歸何處師云昨日典座來今朝柴頭去

僧問髑髏粉碎時如何師云僧排夏臘俗列耆年

僧問供養百千諸佛不如供養一無心道人諸佛有何過無心道人有何德師云打皷轉船頭

僧問王索仙陀婆意作麽生師云聽事不

眞僧云古人點鐵成金乞師直捷指示師云淮北皷
師問打稻僧禾熟不臨場且置作麽生耕人田不種僧無對師云賀家湖上天華寺
僧問不是風動不是旛動是什麽動師云禪和走入漆桶僧云和尚作麽生師云苧溪號做慈翁
僧問樹凋葉落時如何師云大好從頭起
僧云體露金風又作麽生師云歌於斯哭於斯僧喝師云汝命何短僧擬議師打退
僧問至道無難唯嫌揀擇是否師云雙陸盤開大喝彩進云如何是至道師云不差不差進云學人今日得遇和尚師云禪客昨晩在那裏歇
僧問如何是大通智勝佛師云古家橋下

進云爲什麽佛法不現前師云臨平廢乾入室僧問臨濟的的意作麽生師云官打
現在進云學人不識宗旨時如何師云我是天溪主人進云道眼如何得明師云禮防君子進云乞師方便師云你問什麽僧罔然師云近前來僧近前師大笑云金風落落洗芳菲瘦盡千峰雁始飛南海一波長不定西山半面莫疑非
僧問燕子善談實相如何是實相師云韓獹韓獹
僧問撩起便行時如何師云泥作頭
僧問如何是古佛心師云橋流紅樹僧云如何是物不遷師云葉泛霜波
僧問禪客相逢祇彈指此心能有幾人知如何是此心師云闍黎鼻頭黑

僧問如何是道師云好日多同僧云如何是道中人師云再過一家

僧問作麽生是禪師云日裏不點燈

僧問牛頭未見四祖時如何師云初七清明僧云見後如何師云念二穀雨

僧問上木下鐵意旨如何師云逢凶化吉僧擬議師大笑僧再問師云近日工夫太殺鬧

師問僧無根樹子作麽生種僧無對師云巡山稍暇

僧請益舉玄沙問光侍者打鐵船也未光無對請師代師云今日好風問進門一句作麽生道師云猢猻騎鱉背問既是大雄山因甚麽又道雲覆菴師云你是瓶窑來的僧云是師云扣氷去

徽天連雨師落堂云大衆因甚麽迷痴許久不晴衆無對師云知之爲知之不知爲不知天上雷公吽地下走蟛蜞呵呵好場熱亂以拄杖畫云渭衆茫然師喝云聾牛瞎驢一齊打散

解制師問僧云秋風清秋月明百城烟水任君行只有一事撞見勝熱婆羅門時莫道在者裏起程何故呢彭良久云你道老祖意在甚麽處

師問僧語是謗默是誑語默向上有事在什麽事呵呵不到死牛邊不欠死牛錢我與麽道你又作麽生

僧問如何是學人親切處師云火燒烏龜進云如何是本身盧舍那師云受戒也未僧云如何是清淨法身師云鬬打相爭

僧問如何是大通智勝佛師云東廊西廊僧云爲甚十刼坐道場師云看你顛僧云作麽生佛法不現前師笑云酒鬼子僧云何故不得成佛道師咄云痴虫

師問柴頭無根樹子斫斷也未頭無對次早云昨夜看無根樹子聞鑼聲忽然斷去師指花云因甚麽喚作海棠頭擬議師便掌

僧問清淨本然云何忽生山河大地師云你尋衣單麽進云學人請問佛法師云天旱棉花少

僧呈懷州牛食禾頌師笑云蠻婆哈醋嘴三尺村老聞酸面百摺引得乞兒聳膊寒儼然一幅吳生筆

師垂問云祖師西來籬邊山菜帶泥挑滋味新鮮好諸增上慢者聞必不敬信侍者答云甘草甜黃連苦師云向去莫言今日事觀音自在放毫光誰不忍者說答深山藏猛虎師云風燈動夜幛大棒打老鼠爲什麽窓敲碎玉聲偏細答明月堂前風冷淡師云太平時節桑麻話不用兵符佩絳紗錯過也答雲從龍風從虎師云蛟翻波作雪鼉吼氣蒸雲金色頭陀供麥飯還知否答曲不藏直師云畢陵伽呵叱河神梅花倒影插人頭是否答樓閣裏善財師云一鈎新月魚呑影雙峰雲外暝是何病答碧波生水面師云月上女出城舍利弗入城布袋和尚何故如今笑不止答辰屬龍卯屬兎師云東西南北水灑不著潑墨飛毫莫浪題你能搆得麽答雨過看長虹師

云禪和子親舍每疑雲外近長安翻覺日邊遥呪侍者答不契師遂遣出

偈頌

雁宕山過夏示徒

踏破草鞋坐消白日北海天麻南台烏藥嚼得破者急須吐却吞不下者翻成毒藥

示濵源禪人

水至柔而能攻堅故一其内美哉渢渢乎經始綿綿滂沱淮海子宜自勉

天目秋夜禮祖塔

涼月侵衣紅葉鮮杖藜幾度塔松前寒鴉數點棲枯杪一陣西風霜滿天

天目掃高祖塔

緑犀海外分離坎金毛崖畔甲丁庚三四四三三四四四三三四四三三西方菴上鐵蛇鑽入金剛眼東塢峰下巖前石虎抱兒眠恭惟老祖珍重萬福行森到此瞻之仰之萬年松拂日百怪石騰溪不一而一不二而二

世尊出山相

頭髼鬆鼻突兀膝拄腮皮裹骨見之曰佛咄咄

水月觀音大士

一蒲青草上四面白雲飛盡日無言說巖花落滿衣野店風濤驚泊岸西峰月上善財歸

布袋和尚讚

頭大頭無角肚大肚無槖盡道是奉化縣老官不知說得着不着放下布袋等箇人手裏把柄破木杓噁

頌世尊拈花迦葉微笑
是處江湖有釣簑相逢猶更問如何横吹
黄鶴樓前笛直是廬山採菊歌
頌汾陽十智同真示僧
當軒竹珮因風響遠徑梧陰帶月看會識
桃源仙子面豈緣流水覓胡麻
達摩祖師贊
怒目咬齒何苦如此而今用師不着有理
也是無理西天東土一般各各自有所以
祖師祖師請起請起
示明鏡
本來無一物何處惹塵埃六祖好語話幾
人不錯會
宿黄梅小石口五祖送六祖灘
夕陽樓外淡烟籠野渡舟横草接空望斷
嶺南人不見九江月冷水溶溶
宿四祖塔前
破額山窓紙泣風烏聲月下遶青桐夜寒
古殿鷄鳴蚤曳杖仍登最上峰
宿黄梅東禪寺
撲面蓬塵擬蔽天東禪槽廠若為傳應莕
華祖三生室耕者南田又北田
秋日掃龍池傳祖塔
塔上雙虹適偶期焚香誰識獨悲思池當
夕照半添色句與秋山兩闢奇龍出無心
三汲浪鶴鳴有意九皐岐若非吾祖何來
此兩細風斜歸去遲
禮磬山師翁塔宿海會寺
遊罷荆溪過上方笑看歸鳥磨斜陽千盤
石徑雲承屐一室松風月滿牀既破浮生

塵外夢寧躭長夜定中香分明塔下鐘清韵多少時人歎渺茫

山中四儀

山中行春鳥逢人自喚名芝蘭滿谷藏深草無限禪和努眼睛

山中住結夏安居雲水聚施主雖然箇也無竹石松風時共遇

山中坐燕去雁來歷亂過梧桐葉落一天秋雙峰月上僧功課

山中卧被絮前冬脚踢破夜寒無數箇翻身牀頭老鼠如旋磨

自箴

詩云無易由言耳屬於垣事以密成語以泄敗聰明深察而近於死者好議人者也愽辨廣大而危其身者發人之惡者也孔子惡稱人之惡者阮嗣宗口不論人過亂之所生也則言語以爲階吉人之辭寡言以簡爲貴言簡而意盡者至言也少言氣完而夢寐亦安君子絶交不出惡言少皐氏有不才子崇飾惡言天下之民爲之窮竒人而不仁疾之巳甚亂也汝唯不矜天下莫與汝爭能矜巳能喪厥功齊桓公葵邱之會微有振矜而叛者九國人有滿於意而不覺形於詞色者則其所養可知矣人好亶言必及於禍言切亶則不用而身危剛腸疾惡不避嫌疑謂之大失狃於能亶者所發多敝惡言不出於口忿言不反於身好盡言以招人過國武子所以見殺於齊也出言有時而不敢盡保身之道也往哲提命猶在一堂不次書之以清座右

嗟乎金人三緘實惟我師

御選語録卷第十八

音釋

焇（先彫切音消）　哈（色洽切音歃以口哈飲也）　懂（多動切音董懵懂心亂貌）

御製自序

夫本妙明心大圓覺海非見聞知解所可通故無語言文字之可立然而古來大德於最上眞乘灼示學人直言無隱於無法可說之中演無意之言句超情絶解直指自心了了可知昭昭不昧使聽者音前薦取性地承當茍非神悟於幾先則必滯情於句下非若秀才訓詁法師言詮録道德仁藝之文能言鸚鵡說夢幻泡影之論依樣葫蘆此事惟證乃知非自不悟滔滔法海上上眞機隔閡絲毫睽違萬里一音演出徹底分明一字纔成大千透露眞金鑛内必無點銅大火聚中寧容滴水程途階級歷歷若繪諸圖眞僞正邪灼灼自呈於鏡羣蒙易惑明眼無花葢雨入草心自分甘苦水歸器内各現方圓既具正觀難逃神聽朕於此事曾著參詳藩邸清閑化城游歷有向無方便中曲伸請問亦於絶思維處俯徇來機豈曰梯航不無漏逗今乃選編數帙垂示來茲於所採大善知識語録之後亦附刋焉朕昔者雖復時談妙旨實未徧閱羣言任性卷舒隨縁出沒實由杜撰非法經文近始披空裡之遺文剖塵中之積卷欲使焦枯栗棘新刺重生陳爛葛藤靈花再發今見昔人之語與朕之所言多不約而暗符無心而自合圓音如是不禁啞然此足表千年而異口同聲非有意一字之雷同勦說也朕今位居元后豈慕作家居士之虛名葢既親履道場宜宣大覺法王之正令欲人信知祖印親傳實有據本來具足言思絶處非虛說道理昭然非有而非空不出而不入妙性

不遠明覺非遥朕實本一性之圓通作五般之實語唯此一事餘二非眞古德之所顯承當來之所默印是以序而傳之不惜重添一番話墮非曰朕之言句可與從上大善知識比肩也觀者切莫哂焉

雍正十一年癸丑四月八日

御選語録卷第十九

和碩雍親王圓明居士語録

覺生銘

佛佛祖祖覺悟生民惟此一事餘二非眞此事云何直指人心此心云何有幻有眞幻亦非幻眞亦非眞眞即是幻幻即是眞心即是佛佛即是心何名衆生執生滅因背眞合妄顛倒沉淪欲了生死切莫用心切莫斷妄切莫求眞諸緣若息何處有因少涉取捨即憎愛心即此憎愛即生滅因即此生滅名曰無常因此無常顯有眞常何名眞常遍界不藏頭頭吐露法法全彰萬年一念物我一如本無來去豈有終初平等不動是名眞如覺明妙有無實無虛妙有覺明無欠無餘聖賢不着凡愚自縛妄執妄有錯中更錯迷生是非悟無好惡不必計議不必卜度佛生之分只在識覺知解念想盡情棄却驀然相應如響應聲明暗塞空無處不通圓虛寂照如月攝空無今無古無他無自無二無一光湛清碧如來如來如是如是

眞心銘

祖師西來直指人心多少學者錯認識神凡所推解皆妄非眞琢石磨玉枉費艱辛不必除妄不必求眞畢竟如何只要死心一心若死萬心皆眞塵塵刹刹的的親親此名不二玄妙法門

一貫銘

不二之門吾道一貫一二之法惟以息見見若能息覿體全現棄其生滅住此不辯不辯是非憎愛自幻如此進途是名正見若道同

行另有公案向下文長語言道斷非一非二
萬年此念
立春日王垂示云八萬有塵有不有十二空
門空不空識得口中兩片舌許汝具得一隻
睛若但隨着赤律律一箇舌頭依着光爍爍
兩箇眼睛要會螺螄跳上船只恐蝦蟆未必
肯作狗叫青山原不長草緑水本不生魚說
甚麼朝遊北海暮宿蒼梧春也融和夏也炎
蒸秋也淒爽冬也肅凝饒伊一觔斗翻到非
非想天也跳不出者圈子去何如一頭淬在
恒河沙裏塵塵爾刹刹爾悠悠自在任運如
如雖是背父逃走却作的是本分營生一時
倒撑鐵舫泛滄海何妨自家骨肉依然親若
也不會更爲註破不見塵塵刹刹刹刹塵塵
是我我是刹刹塵塵誰見塵塵刹刹咄四序

一年輪轉遍試看今日又從起
搊香水海於兩掌心三尺孩童弄泥團伎倆
撮三千界於一指尖赤貧乞兒貪小利營生
路逢道伴交肩過趙一道一人何得有兩頭
一口吸盡西江錢二說瞎漢生吞鐵蒺藜不
與萬法爲侶孫三言尚欠老虎吞却大蟲在
横擔拄杖直入千峰李四云還須遇着死蛇
休打殺青黄赤白黑雖然色色不見酸甜苦
辣醎一一嘗着滋味始得便只在長安城内
入含元殿裏翻一觔斗恁麽也得不恁麽也
打箇踍跳恁麽也不得不恁麽也不得必至
得所以大慈父我佛言我若按指海印發光
汝纔動念塵勞先起且道作麽生即得今朝
臘月八日
三界無法何處求心心不可求法將安寄兔

角杖挑潭底月巴鼻儼然龜毛繩繫桐頭風
顯露巳了頭頭物物逼塞虛空心耶法耶只
在當人識取若道描不成畫不就羅籠不住
呼喚不回底要且未必在者裏着脚喝一喝
路逢瓦礫休輕棄將得歸來盡是金一時將
寶藏金丹訣兩手分付諸人了也還有知恩
者麼回顧左右云作得一解險入地獄如箭
射
不管張三嘴上鬍誰論李四身如漆電光影
裏吼泥牛任運騰騰沒絆繫照顧眉毛眼上
排留着鼻孔好出氣眉毛則且置且道鼻孔
落在甚麼處東牽東去西扯西來
青青翠竹一莖兩莖東三莖四莖西鬱鬱黃
花一朵兩朵上三朵四朵下松直棘曲剥削
一些子不得鵠白烏黑點染一些子不得會
得底須彌山塞却咽喉會不得底香水海浸
瞎眼睛呵呵有甚麼交涉
真空妙有妙有真空一條柱杖兩人扶打着
西邊動北邊薰風拂拂時雨濛濛東東滴滴
滴滴東東無孔笛逢氊拍板大家齊唱玉芙
蓉不見道做一日和尚撞一日鐘
樹作觔兮石爲骨水爲血兮山爲肉日作心
兮路爲腸天作皮兮地爲膚惟有大地衆生
沒處安排把來權當肚裏蛔蟲設有箇漢出
來問道集雲咘只向他搖手云怕怕若云大
善知識爲甚麼怕但云從來沒見者樣箇大
怪物呵呵大笑
衆生不了猶如小兒放風箏相似隨風放去
風定却復收來收來放去實同兒戲何日是
了期所以古德每拈云脚跟下紅絲斷也未

此語甚親切譬如風箏線斷紙鷂落在何處
叅
尋師訪道何異驢頭上覓鹿角行脚叅禪大似龜殼裏取珍珠眼覩耳聽增添些什麽鼻直眉横少欠些什麽會得底當下承當會不得千生百刼且道承當箇什麽你是你我是我你是我我是你若也不會圓明更再下一註脚你不是你我不是我你不是我我不是你
王云海闊吾魚躍天空我鳥飛我海任魚躍吾空任鳥飛海闊從魚躍天空任鳥飛此三句有一句可與佛祖爲師試檢點看若儱侗會去辜負圓明若擬意分踈未免辜負前聖且道作麽生始得竪拳云木鳳披毛霄漢舞石虎懷胎海底行

月下賞花次聞鐘聲王云鐘是我聲只是聽不着花是我色只是見不着酒是我味只是嘗不着月是我體只是觸不着乃對侍從云圓明今日飲酒喫肉論玄談禪且道有罪過也無衆無對王笑云幸而談論是我只是説不着咄莫非酒話衆皆大笑王云也不可草草汝等但一心念佛念法念僧自然有箇會處
從來都道一句中薦得堪與佛祖爲師第二句薦得堪與人天爲師第三句薦得自救不了圓明以爲不然第三句薦得堪與佛祖爲師第二句薦得堪與人天爲師第一句薦得自救不了若道圓明有意别貲一路翻拈倒提未免辜負一番眉毛拖地何則一句中有不具三句之道三句中未有不具一句之理

諸方自有具眼者辨取

王云寒山大士道瞋是心中火能燒功德林欲行菩薩道忍辱護真心圓明今日道情是身中水能迷般若津欲行菩薩道戒慾護真身且道是同耶異耶

西天四七教外別傳大似飽漢説餓話東土二三一花五葉盡是開眼吟夢詩若然將什麼維持正法覺渡羣迷常拈一隻無孔笛隨緣演唱太平歌

淨潔潔一片閑田地露堂堂萬古舊家風豎窮三際橫遍十方山水雲霞粧點乾坤錦繡日月星辰照耀宇宙輝煌東南西北歷歷八方布列春夏秋冬明明四季周張自然觀自在妙圓淨妙音即便恁麼去何異寶鏡當空全沒交涉在且道作麼生行履良久云鐃伊一口吸盡西江還須直入千峰始得雖然尚欠知恁麼來在

清淨法身性合空百千萬億化身性合有圓滿報身性合空有大圓鏡智即有即空平等性智即空即有妙觀察智知空有而不知成所作智如鏡攝三身三智所謂那伽常在定無有不定時者三身四智一體全彰乃不二之法一二尚了不可得何得三四之説也要會三身四智一體全彰麼彈指云切忌認性爲我

一念動一念靜動靜二相渾無定一箇鼻孔香一箇鼻孔臭取不得捨不得不可得中只麼得俊鷂搏空入雲端欲落不能下癩狗滚地墮泥中欲起不能陞且道是苦是樂但至否極泰來自然羣陰剝盡一陽來復到者裏

雖是春同徃歲要知梅椿上開的不是去年花恰有箇小犬跳躍在傍呌道光光光光光圓明不覺失口說却被道着
横說十方竪說上下若道隨波逐浪吾嘗於此切只是你自未夢見在有時如來有時來如有時來來有時如如若不如是爭得如是若問如何是如是夜來諸人八萬四千毛孔爲甚塞却了一千二百五十衆默然王云是你不通却千圓明甚事
從來言見道易修道難修道易守道難守道易行道難圓明不然此論若見假道易修假道難修假道易守假道難守假道易行假道難若眞實言則行眞道易守眞道難守眞道易修眞道難修眞道易見眞道難但得眞見修守行皆易於爲力若見處不眞修守行不但難之一字亦斷不能成也所以云參須眞參悟須實悟但得本何愁末各人捫心自問不可强蒸沙望成米飯徒勞何益若不到大休歇田地不可妄爲休歇也學者其勉諸
有時大有時小有時有有時無大也非是放開小也非是揑聚有也非别有無無也非别有有若能恁麽方得恁麽若能得恁麽不可知恁麽若知恁麽即不得恁麽如是見如是行如是修如是證同見同行同修同證者珍重勉之
明頭也合逾白晝之光暗頭也合較黑夜彌寂開眼也合無一物非我身閉眼也合無一物是我巳言本無物多饒舌說一合相强安名誰道豎窮三際横亘十方只得綿綿然知而不知客客爾見而不見依草附木混俗和

光饑渴則飲食寒熱則披解徃之來之今之古之聽天而天不拘由命而命不束雖非長生却乃久視且道如何是久視一粒金丹藏世界萬般珍寶聚形山喝一喝云有什麽交涉

天堂地獄即此人間佛國忠恕貪嗔皆是識性佛心勉修善因以招福應莫種惡果以造業根雖是有爲幻做作確然無相實功德寧可從有背有不可從空背空背空從有惡果而招善因從空背有善因而招惡果然自本具非向非背非有非空非無向背非無有空非無亦非非非亦無無非亦無無無亦無達者不用頻頻舉未了之人仔細叅畫一○相云叅什麽復畫一⊙相云叅什麽復畫一⊛相云叅什麽復盡掃却云叅什麽叅叅叅

眼聽聲乃名眞聽耳觀色乃名正觀非是六根互用却乃法爾如然所以慈悲大士號觀世音若不如是何得與佛佛同一慈力與生生同一悲仰雖然此猶是化門度生聲色見聞邊事設有箇漢道捨此向上道句看圓明只得撫其背云亦不必話作兩橛

多少住山者却在山外住多少江湖客却在水面行不知朝堂城市中人人却在山水裏不明斯旨者大似誑惑閭閻說話孰不知眞語實語的語確語何則試看住山者阿誰不在山外住江湖客阿誰不在水面行朝堂城市人阿誰不在山閒水裏良久大笑云恁麽說話可謂眞實的確誑惑閭閻也有不甘者出來大家同發一大笑

情生智隔念起神昏是非迷正性好惡障眞

心心生種種法生心滅種種法滅貪嗔癡念起見恠不恠其恠自壞戒定慧情生門前生瑞草好事不如無不見道損法財滅功德莫不由斯心意識是以禪門了却心頓入無生知見力且道此知見力心也意也識也非心也非意也非識也磚石瓦礫大的大小的小稱他分兩作麽東西南北近的近遠的遠量他丈尺作麽只可言了心不可言無心所以云莫道無心却是道無心又隔萬重山有法即有心無心即無法不是無法無心只要心法一貫傍有一從者云供養百千萬億佛不如齋一無心道人咊王云待汝會得無心再向汝道

十三弟朝陽居士丁酉年春打破漆桶以能問於不能虛懷請示難辭一番漏逗援筆以應此

昨有深契不生不滅相應之說夫見到不生不滅者不足論也今賢弟乃坐在不生不滅甲裏也夫坐在色身內不生不滅者固不足數也今賢弟乃坐在法身中不生不滅者也能此者三十年後覓箇人也難得若於如來法門坐一微塵裏轉大法輪於一毫端現寶王刹尚未夢見在今將色身法界不妨蛇足一上一切衆生認色爲已偶爾警省識得本來主人不生不滅者次也一切聖賢以大千爲已一念眞實入妙圓覺海不生不滅者上也即如人之夭壽物之短長雖有差別仍屬夢幻又何足貴色身不過百年世界不過一劫故認色身者不可說短促認法界者不可說延長如言色身法界終歸於盡將謂別有

安身立命底所在𨚫話成兩橛如言色身法界皆無盡藏乃外道空言葢色身小者近者不必言即法界大者遠者亦有成住壞空之理今日所契不生不滅相應處猶是眼前功夫邊之展轉如更踏一步向前自然不假絲毫便見三身四智人我衆生三千世界八萬塵勞竪窮三際横亘十方不生不滅不滅不生不生生不滅滅不生生滅不滅生滅不生生生不滅滅滅饒他如來一按指海印發光也只得向他道者老漢不識好惡莫道此山多險峻前途猶有最高峰同行者勉之

問重關工夫如何大事已明雖忌疑而他求恐脚跟不穩然多强作主宰有悮向上如未踏重關最忌不疑得少爲足不肯努力行者一步破叅後要疑而進重關後要不疑而入眞實如無明者件事原無無明亦無無明盡既無明本無又何用斷若以靜止動以眞除妄饒伊一念萬劫終是空亡外道成得箇甚麽邊事佛云迷頭認影祇爲衆生一向忘頭認影熟了錯認顛倒既識得頭了管他影作麽然此事不可作一不可作二影是日月燈火光芒邊事有頭必有影有影必有頭衆生住影覲頭聖賢住頭覲影說不得自覲自說不得他視他日月燈火四光息後那有頭視頭底事四光不能長息頭影何得長無因熟處難忘所以有無量劫熏習種子之說只者一句若錯解了賺煞多少人譬如日光頭影隨日滅月光頭影隨月生時還喚他是先前底影子得麽原是當處受生當處受滅經云金已出鑛不復爲鑛總工夫渾些乃又來認

影認鑛並非我頭金來作鑛作影也勉之
問回途工夫如何一切衆生本具如來智慧
德相但因妄想執著不能證得破本㕘後妄
想已除透重關後執著全消智慧德相那裏
有證不得底事只是此時且莫管回途不回
途及前後等事但就者裏靜以俟之隨遇而
安說箇三千大千世界䙡如宅舍不免猶有
小大遠近比量在我只是見得一切處皆可
坐卧起居有什麽堂寢庭陛之分所謂無入
而不自得切不可作是非覺不可作眞妄覺
不可作捨就覺不可作去住覺如是覺者是
名正覺者還是燈影邊事譬如燈體雖無用
其用在光然其光却在燈體破㕘如燈近光
透重關如燈遠光不能即至於燈體者是燈
光暗弱無力也故行履到周年半載若仍不
見動靜還是重關工夫未曾通徹果能一念
信心當下用力不妨重起疑情古云功不浪
施又云佛法不怕爛却即便錯用了心也只
當書作幾篇文字辦理幾件事情總是認得
明了一切不妨底光畢竟能見體體畢竟不
離光然是體不在內實在內不在外實在外
千萬不可預爲計較徒自障礙更不可錯認
錯解那句經那句文著一境界便是魔境雖
然從縁入者不是家珍即愚兄從上所說也
只作公案看去不可被葛藤絆住必待一一
從胸襟中流出方是向上一路因賢弟問有
反面回途如何用力不知何前何後隨援筆
寫及然此乃是目下工夫道理用力所在若
更進一步處預言無益候一步踏到時自然
慶快平生不消言得

王云佛法度人無量佛法悞人無量一切衆生熱火寒氷内九横八苦千生千死六道輪迴無有休息茫茫業海痛莫可喻善男信女能生一念淨信猛省回光即登彼岸超離苦海是佛法度人無量處彼岸巳登萬業氷消逍遥極樂之鄉遊戲清凉之界回觀三界猶如火宅譬如傷弓之鳥遐舉高飛又如漏網之魚深藏遠遁往往令人執指爲月畫餅充饑這是佛法悞人無量處那裏知得鑊湯爐炭内即是法王全身法華經中化城之喻甚切衆生於一切痛苦孰不生厭厭故易棄一切樂利孰不生戀戀故難捨乃至生必定愛死必定惡故離死從生易捨生就死難所以說者件事非將相之所能若論生中之生將相能也死中之死將相能也生中之死死中之生將相不能也不見道天下可均白刃可蹈中庸不可能何故不可能因有能所以不能也這百尺竿頭懸崖撒手一步必須大丈夫漢纔能了辦非希圖小利畫地自止輩所可擬料也古人云但莫憎愛洞然明白纔有是非紛然失心又云取捨之心成巧僞若欲了明此事待汝脱却汗衫斷了命根方許汝會常住眞心也要會常住眞心麽晝行須把火夜坐莫張燈且道是度人無量是悞人無量喝一喝云向下文長來日再說

一日王云者件事因在内所以不在外因在外所以不在内因不在内外所以在内外因在内外所以不在内外不見臨濟道有時奪境不奪人有時奪人不奪境有時人境俱奪有時人境俱不奪後人不解其旨把作接人

邊會去未免辜負他前人此等說話譬如天之春夏秋冬地之東西南北人之生老病死日之子午卯酉月之晦朔弦望也且道孰有孰無孰真孰妄本是以有顯無以無顯有二既不無有四何得有無有無尚且不立真妄從何而分所以說無明識性即佛性幻化空身即法身既是無明即佛性空身即法身則佛性法身何可貴無明空身何可賤只者一貴一賤即生取捨一生取捨即生真妄真妄一生有無繼起生死隨之萬業雲集皆從此一識一覺而生也所以佛云我若按指海印發光汝纔動念塵勞先起者箇關頭第一要緊一絲不透一毫不脫如一指之障須彌是誰之過歟古人云塵垢盡除光始現心法雙忘性即真若欲塵垢盡除必須心法雙忘若欲心法雙忘必須心法合一但有彼此相何能忘此心此心如鏡萬有來臨盡皆塵垢若不能渾物我但云我自無心於萬物妄爲鏡已打破皆屬誑語自欺自悞此事須實踏不二心地非知識可解者參

王示一禪者云學者已入道而不能踏破重關者有三病一者惺惺的有箇大圓光相似或放或收以爲操縱由己是一二者呆呆的無聲無臭或隨或奪以爲物來則應事過不留是一三者見紅是紅見黑是黑胷中隱隱底似有箇物在是一是皆識漏未除淨相裏作活計樂境裏覓生涯若如此去直饒千百刦也只作得箇種佛種底伶俐衆生何時得了期必須跳出化城尋覓真境還如未破參時一般更加一番苦心尚恐不能何況優游

自在會圖小利畫地自限豈能進步也待汝内外一如今古不隔百尺竿頭者一步踏來再向汝道眞實不虚之説

從上佛佛祖祖千説萬説總爲者箇能見者箇切莫管者箇若一管者箇即成假者箇若認假者箇還不如不見者箇何故妄想易捨執着難銷後學者不可認賊爲子得少爲足得少爲足事小一認賊爲子則障汝前程萬里不見佛言是人行邪道不能見如來未了者當踴往直前莫貽自悞

凡人欲了此一大事只得將者箇覓那箇覓得那箇那箇却成者箇者箇却成那箇到此時須要離却那箇要離那箇須要就那箇那箇成了者箇者箇就是那箇那箇就是者箇到此時方可商量眞者箇若見了眞者箇實實無者箇那箇一任者箇也是那箇那箇也是者箇既然道實實無者箇那箇爲何又道那箇者箇却不知此時者箇那箇不是從前那箇者箇若也不會且下四句註脚八萬塵消頃刻間石含玉兮地孳山清風皓月無人識惟證方知非可傳叅

叅須眞叅悟須實悟何謂假叅爲博得箇明眼宗師作家居士之虚名也何謂眞叅爲了死生也若實爲生死致心一處窮究趙州道七日不悟摘取老僧頭去永嘉道若將妄語誑衆生自招拔舌塵沙刼試看前聖婆心之緊懇自可信此事之的眞所以石霜云休去歇去一念萬年去寒灰枯木去古廟香爐去一條白練去冷湫湫地去也若是假叅者到此便謂可以成名便不肯驀直而前捫心自

問果了死生乎非欺人也非欺天也乃自欺也不但墮落空亡外道奈大誑語成之罪業何若爲生死眞叅者斷不肯畫止此也不見雪峰道不休不歇去業識芒芒去七顛八倒去十字街頭鬧浩浩的坐臥去荆棘裏遊戲去刀山劍樹鑊湯爐炭去驢胎馬腹去也若道二老别資一路作此見解者實辜負前人眉毛拖地之深恩然若不到不休不歇斷不能眞到休去歇去若不到業識茫茫斷不能眞到一念萬年去若不到七顛八倒斷不能眞到枯木寒灰去若不到十字街頭鬧浩浩的斷不能眞到古廟香爐去若不能到荆棘林裏遊戲去斷不能眞到一條白練去若不能到刀山劍樹以至驢胎馬腹去斷不能眞到冷湫湫地去到此雖未能了死脫生實見明脫生了死之路此正文殊言其力未充之候然猶功勳邊事不見湧泉欣禪師云相續也大難要會相續的面目麽求聞見而不可得作善惡而亦不會湛湛碧天秋月皎大千沙界露全身咄切忌耳聞眼看意會

生死一事如大海中之浮漚本屬空幻衆生妄執爲有正我佛言一切衆生從無始來生死相續皆由晦昧爲空空晦暗中結暗爲色色雜妄想想相爲身此想不眞故有輪轉譬如澄清大海棄之唯認一浮漚體目爲全潮之謂經云凡事因譬喻而得明曉佛言衆生執有之因如譬言浮漚之起乃因物觸風攪而成聚則浮漚散則海水也我之妙明覺性譬之海水衆生塵刹譬之浮漚海水無暫竭之日浮漚無常滅之時雖是當處受生當處

受滅即此生滅亦隨海水以無窮衆生以漚泡爲已而觀海水如來以海水爲已而視浮漚衆生非離海也如來非離漚也須知生滅相即常住相所以佛言是法住法位世間相常住也愚昧衆生不但不知海之爲已且亦不知其漚之爲水也若彼投胎奪舍者即如捨此漚而就彼漚也勤求長生者即如以諸權巧護惜此漚也神通變化者即如以幻術舞弄此漚也所以道饒經八萬刼終究落空亡乃顯而易會者善男子大丈夫勤求此事務研至與海同體而後已方爲了事不可坐浮漚中目爲全潮爲了事也一知半解之人較凡愚稍差者知漚之爲水也是以不得大死者未捨此漚也得大活者通身入海也一切賢聖皆以無爲法而有差別者如浮漚非只海有江河湖海各有漚也然漚體水性其理本一聖賢修證之等列如江河湖海雖有大小深淺之不同不得仍名爲浮漚也佛與衆生其性無二亦然衆生不可言有生死聖賢不可言無生死若欲了生死不必離生死覔但即浮漚中識得漚是水諺云但入深山去何怕沒柴燒切不可得少爲足以能推的心識得大海之理便妄爲已證休去歇去不但畫地自限且大誑語成翻落無限苦趣也古人道見解人多行解人萬中無一箇以上乃性覺妙明之說更有本覺明妙之理實有口道不出若是鐵漢子到此自然領會亦不煩圓明重下註脚也擲筆慚惶處三十年後自有無面目人證明

天下叢林拈椎豎拂堂頭動輒言放行也恁

麼恁麼把住也恁麼恁麼拈起也恁麼恁麼放下也恁麼恁麼實令人發一大笑愚何至此尚敢大言將此謂我爲法王於法自在實不解此輩具何面皮肚腸也此事本不動揺阿誰放行把住本自具足阿誰拈起放下從上超佛越祖闡揚宗旨震雷音作獅吼底大善知識亦間有恁麼舉者乃黄葉止兒啼底婆心使子遣孫底說話何嘗似今日盲眼禪徒將此以爲究竟極則也並此化城境界亦未親覩實踏尚屬拾人涕唾爲珍饈所謂可憐愍中更可憐憫者也此乃執識神生死本外道斷常邪見認賊爲子豈止中止化城而已自悞不了有悞他人於心何忍能不畏佛誑語之戒乎未了禪和見圓明此說當各各自省自問知愧知勉發勇猛心務踏向上一關討箇大休大歇續佛慧命亦不枉出家叅學父母之生身大丈夫三字也況南泉分明道破歸家盡是兒孫事祖父從來不出門但者一句不可錯會若言此皮袋中有一祖父不出此皮袋之門如此見解何異坐井窺天蒙眼拽磨此言山川草木祖父不出山川草木之門龍鳳鯤鵬祖父不出龍鳳鯤鵬之門亭臺屋宇祖父不出亭臺屋宇之門鳥獸昆蟲祖父不出鳥獸昆蟲之門虛空祖父不出虛空之門塵刹祖父不出塵刹之門也若然則有情無情物物俱有祖父各不出其門則此皮袋亦萬有中之一物亦自然有不出門之祖父也如是叅如是悟始得不見臨濟道有一人在途中不離家舍有一人在家舍不離途中會得此二人方得會不出門底祖父

且道作麽生會折合歸來炭裏坐再道作麽生歸只是不歸歸便得故鄉風月有誰爭喝一喝云刀斧斫不開

經教語句人人皆知爲指月標渡河筏既見道已皆知標筏而捨之孰不知此乃外標筏也如我此一見乃自身之内標筏而人不知捨也何則經云知見無見方是無漏眞性又云見見之時見非是見所以道迷時師渡悟時自渡學者不可草草

凡學世間事非用心之至學不能成學既得成必到得信手拈來無事於心無心於事方名精純悟出世間法非無心之至悟不能徹悟既得徹必到得隨緣應物有法皆心有心皆法方名究竟圓明此説未具眼者觀之大似妄談般若孰不知古人云莫謂無心便是道無心猶隔萬重山不妨重爲註破凡夫以幻心爲幻事至極則無心地位迷之而不收入覺道人泯幻心究眞如至極則眞心地位覺之而不放入迷正所謂常惺惺常歷歷此境界乃佛説如是住如是持如是信解如是奉行者

從上提唱三印多言上士聞道如印印空中士聞道如印印水下士聞道如印印泥者圓明以爲不然接初機下士如印印空接進步中士如印印水接回途上士如印印泥何則若言下士執有滯句爲印泥何可言聞道也自有諸方作者檢點在

學人初聞道空境易空心難究竟則空心易空境難空境而不空心到處爲礙空心而不空境觸途成滯不見道心空及第應知心外

復有何物而可空物外復有何心而可空所以云我自無心於萬物何妨萬物常圍繞少有分別心則非第一義若不如是必不能守妙明心地要會不難但辦信心即在目前夫生滅心乃生死本凡所對待因緣善惡是非人我彼此憎愛取捨皆是無明生滅識性本地妙明眞心中實無這些葛藤學道之人但能識得本心看破生滅幻心即明生死之理若能了辦生滅幻心即超生死之道看破謂見了辦謂成其途路中無修守之修守若非踏破重關物我一如亦不可輕言易也其强作主宰輩與下士聞道大笑者何殊凡入道者諦自省可也

此一件事若與語黙邊會總沒交涉初學欲了明此事務將聰明知解語言文字盡情拋開的確一字用他不着淨名經云依於義不依語能如是直心而入必得了明將此爲入道之基但旣入矣又不可以黙爲究竟云此一事不在語句上便務靜觀心又所謂逃坑落塹也所以經云雖復不以言語道亦復不著無言說何則語言乃色相之名若不能徹其名焉能徹其體果能徹其體自能徹其名語黙二見不除皆爲障道之因聊述前後堦級次第上根大器者自能領會直踏華藏焉

凡夫種田從地上耕種道人種田從地下耕種凡田賴時雨滋長禾苗聖田需法雨收獲籽粒務心田者諦審思之設有增上慢人道求心了不可得更有何田可耕可種則未免辜負圓明此數句説話也自有眞實修行明眼人辨取在

學者叅悟見道頃刻之間便可明生死幻妄之因識得即生死而離生死之理然明雖在一時而了不可限期真心若不修無修幻身何得證無證所以道祖言外其身而身存寒山大士言易者易其形夫外易之道有二有從內而外身易形之道有從外而外身易形之道若執內之外易則似滯殼迷封若執外之外易則似癡狂外走若不明二種外易之道但囫圇排撥復不力行行業則饒伊經千生百劫亦不過空言明知生不是生死不是死爲何被生死之所流轉委之其力未充而已擬欲脚踏實地了明生死不能也且將二種內外外身易形之理試體會看若也體會得出許汝明佛仙一貫之道若也不能體會不可執狂空以欺已欺人也即圓明亦不敢自言了證但所見實有確據願與同見者期共勉同行云爾

十月初五日祖師誕辰王云達摩大士乃我震旦大恩初祖西歸時復慈留隻履我東土百千萬億衆生而祖履亦化爲百千萬億隻履人人惠之現今各各在目前爲何諸人負恩辜德一一棄之不顧況當年祖師九載所面之壁亦日日在各各面前何不體究若也不會圓明今日與諸人露箇消息叅透會穿

王云學道之人識心不了不著有便著無不著此二種便於有無之間博量卜度及自覺得此病又在非有非無處著倒所以古人諄諄垂訓令離四句之説四句者乃有無非有非無亦有亦無是也若透得此四句如何保任遇一切諸法有我亦隨順與之有却不被

此有所礙遇一切諸法無我亦隨順與之無亦非世俗虛豁之無遇一切諸法亦有亦無我亦隨順與之亦有亦無不作凡情戲論遇一切諸法非有非無我亦隨順與之非有非無且非互相背違此淨名所云外道六師所墮汝亦隨墮是也若不如是不得輕言離四句也珍重

一日偶云十方薄伽梵一路涅槃門從來拈提此旨乾峰柱杖一畫爲最但未免太隱圓明今日重開一面年牙相似體烏烏不同心且道與乾峰同耶異耶若檢點得出許汝解涅槃門一路

天無心覆而普蓋地無心載而普擎三光無心明而普照聖人無心用而普應聖凡之殊絲毫之隔只在有心無心之別耳所以道人能常清淨天地悉皆歸何況其他萬有諸法與吾爲礙爲滯也既爲人矣何不則天象地法三光作一眞人不亦快歟有一從者進云恁麼則王爺自能超凡入聖也王云惡是何言哉曰聖一字則余豈敢修而不倦誨人不厭或可謂云爾已矣

有問如何是無位眞人王云貪復云此一字已繪出無位眞人行樂了也若也不識只得蛇足一上言無位眞人者本非無位强名之曰無位耳若言有位却是無位說他無位却是有位要識無位眞人須從有位中會譬如一人不住東南西北四位立在者裏若東望此人則謂之西西望此人則謂之東南北亦然此乃逃一位而墮四位也上下亦然乃至塵塵刹刹亦然然則塵塵刹刹盡是有位眞

人舉一言是有位眞人則百千萬億爲無位眞人也從此一一推而廣之將何爲有位眞人也旣不可名有位眞人豈非無位眞人而何所以無位眞人之名如此而立乃從有位眞人而得此名也所以有因無有無因有無無即是有有即是無若於有無之外另覔無位眞人保汝覔到驢年亦不得夢見在若也不會叅

有僧問無位眞人如何保護王默然良久僧云懇乞指示王云護眞但化妄妄化自皈眞綿綿化導去妄盡即全眞眞名因妄立妄盡何名眞一眞不自立是名爲護眞云王爺還是演教還是酬機王云先演教後酬機云衲子分踈不下王云觀音千手千眼大師會得也無云會不得王云若也不會圓明八萬四千張口理應分踈不下僧禮謝王笑云何不道今日纔見多口親王

僧門不與萬法爲侶者是什麽人王云者句也須吞却僧云不解王云閉眼鑽入恒沙裏僧云恁麽則馬祖云一口吸盡西江水悞矣王云中人以下果不可以語上也

僧問不是心不是佛不是物畢竟是什麽王云是六僧云如是如是去也王云還添減些子纔得圓

中秋僧問清淨本然云何忽生山河大地王云只此十二字也少他不得僧云作麽生行履王云客來我便出何怕不相親僧云向上還有事也無王云切忌賞中秋僧拍手王云我醉欲眠君且去

除夕有一僧問如何是父母未生前本來面

目王云歲月蹉跎何暇戲論云小僧是至心眞實請問王云來年此月此日此時向汝道僧禮謝王取筆簽一押云立此存照歲底王至栢林書春福散衆一僧至云一大藏經盡被王爺布施了也王隨手執筆自向額上一點僧云王爲何自已點額王云自已點了免被他人點僧云作家王爺今日大有人我在王指額點云者點的是我是人僧慚惶作禮王急取烏帕拭淨墨點又一僧出云金不博金王爺爲何將烏帕拭墨王云仁者到諸方切不可舉圓明分黑疎白僧云衲子不敢王云水洗水也有一老僧在傍云王爺眞正仙機王云仙機與否無據情知你不解佛話又一僧云請王爺道佛話看王云且書壽字僧云王書底是福字何得言壽字王云不見道人間五福壽爲先老僧復拍手笑云有趣王云八十公公嚼秫稭老僧云貧衲實不解此語王云老老大大何曾嘗着些滋味衆笑無語王云今日無端頻遭點額

一日較射衆皆空發惟一善射護衛矢矢中的射畢論賞罰王罰善射者而賞衆者云僕矢皆中的何翻受罰耶王云余所論者中地汝所論者中的何得不罰汝也者云若如是論則易事也王云原係易事誰教汝自已爲難衆皆大笑乃厚賞善射者

一日王賞花飲酒晚歸寢室呼從者點燈來從者擎燈入室王將燈吹滅云點燈來者重燃燈方至王復吹滅云點燈來者云王醉也王喝云速點燈來者急復燃燈入室擎立王云燈下仔細觀看余醉也乃汝醉也

一日網魚從者將所網之魚呈獻王云網得之水何不一併呈來者云網何可網水王云水不可網魚如何可網得者笑云此魚即是網網得王云網呪者云在池邊王云可惜許令從者將魚擔去放生

從者一人問叅禪悟道惟覓一真我如何是真我請王指示王云水重水銀輕者云豈有水重似水銀之理王云若如汝說大海裏盡是水銀那者云總算自然水多水銀少王云痴人誰不教你總算

一日晚有侍從一人求請開示明心見性之法王云大海裏張燈捕魚蝦去即得從者云水裏何可張燈王云水裏既不可張燈心如何可明性如何可見者云若如是明心見性之理無耶王云不是無是理只是無有是理者云某甲更糊塗不解矣王問云月上也未答云月尚未上王云待月上時再向汝道

有僧請示問云踏破虛空向後作麽生行履王云合大體去僧云設如有箇直入千峰萬峰的還有事也無王云牛過窻櫺僧云莫是安身立命處麽王云身亦非身命亦非命僧云被貧衲勘破王爺伎倆了也王云大士今日如何喚余僧云雍親王殿下王云若然未許你勘破在

御選語録卷第十九

音釋

籽　音子

秫稭　上音術下訖黠切音戛

御選語録卷第二十

和碩雍親王圓明居士語録

王一日聞戍樓鐘聲問云什麽聲從者云是鐘聲王云我只道是鼓聲從者笑云何以鐘聲作鼓聲賺小奴王云你見撞鐘來那從者云雖然不見聽得是鐘聲王摇手云却是你賺我

王夜坐忽聞風起喚從者者應入王云風喚汝不答余喚汝即應何也從者無對王云風喚汝即去余喚汝不來何也從者又無對王云大門閉了不曾從者云尚未王云開開

有僧問童子持鑑意旨如何王云小兒伎倆云如何是大人作用王云訓他不持云王爺特尊貴生王云將謂你是小兒僧便喝王云小兒形態畢露云切莫壓良爲賤王云公案現在云恁麽則王爺一狀領過也王云無奈被闍黎帶累云轉見不堪王云漆桶相逢傳爲諸方笑具

有僧問大海無波因甚觸風鼓浪王云只爲無心云本自清淨爲何遇緣生情王云只爲有意云如何修行王云有意處無心無心處有意云若然人天福報則不無衲僧門下尚欠一籌在王云試露消息看僧便喝王云龍頭蛇尾漢云王爺又作麽生王亦喝僧又喝王云果然通身鱗甲僧笑云收

閑坐次侍從請示云古德往往有一字之答意旨如何王云汝等試問看　問如何是佛王云天　問如何是法王云地　問

如何是僧王云人　問如何是不是佛王云物　問如何是不是心王云佛　問如何是不是物王云心　問如何是萬法歸一王云開　問如何是一歸何處王云合　問如何是庭前栢樹子王云入　問如何是吹布毛意旨王云隨　問如何是蘇三觔意旨王云慈　問如何是未生前本來面目王云詎　問如何是趙州關王云穿　問如何是君王云仁　問如何是臣王云義　問如何是臣奉君王云禮　問如何是君就臣王云智　問如何是君臣道合王云信　問如何是透網金鱗王云苦　問如何是不與萬法爲侶王云覩　問如何是一口吸盡西江王云浸　問如何是函蓋乾坤王云怪　問如何是細入微塵王云奇　問如何是古澗寒泉王云冷　問如何是奪境不奪人王云狂　問如何是奪人不奪境王云癡　問如何是人境俱奪王云睡　問如何是人境俱不奪王云醒　問如何是第一句王云下　問如何是第二句王云中　問如何是第三句王云上　問如何是即心即佛王云誑　問如何是非心非佛王云誕　問如何是若能轉物即同如來王云急　問如何是金剛王寶劒王云狠　問如何是踞地獅子王云毒　問如何是探竿影草王云戲　問如何是一喝不作一喝用王云屈　問如何是到岸不須舟王云留　問如何是生無所住心王云如　問如何是因果報應王云確　問如何是眼耳鼻舌

身意王云六　問如何是色聲香味觸法王云一　問如何是北斗裏藏身王云顯　問如何是一領布衫重七觔王云露　問如何是大海無魚王云妄　問如何是大富無糧王云詐　問如何是大悟無道王云賊　問如何是一路涅槃門王云然　問如何是香嚴上樹意旨王云墮　問如何是神前蠟燭臺王云眞　問如何是殿閣生微凉意旨王云隱　問如何是三玄三要王云九　問如何是我宗無語句王云實　問如何是空谷傳聲王云應　問如何是看山不是山王云明　問如何是看水還是水王云瞎　問如何是狗子無佛性王云釣　問如何是脚跟點地王云退　問如何是百草頭邊祖師意王云賺　問如何是塵塵剎剎露全身王云徹　問如何是飯羅邊餓死人王云愚　問如何是不涉功勳王云誠　問如何是無爲而治王云平　問如何是念佛往生王云必　問如何是六波羅密行王云種　問如何是淨躶躶赤灑灑王云累　問如何是不染一塵王云濁　問如何是雲門一棒王云空　問如何是主王云陞　問如何是賔王云降　問如何是主中主王云多　問如何是賔中賔王云重　問如何是賔主互換王云錯　問如何是一喝分賔主王云斫　問如何是芥子納須彌王云易　問如何是須彌納芥子王云難　問如何是無舌人解語王云辯　問如何是啐啄同時王云中　問如何是大人

相王云沙　問如何是無量法門王云雜
　問如何是戒定慧王云鼎　問如何是
出家人行履王云俗　問如何是在家人
修行王云僧　問如何是驢胎馬腹去王
云償　問如何是別峰相見王云會　問
如何是塵説刹説熾然説王云鳴　問如
何是一念萬年王云夢　問如何是清淨
法身王云無　問如何是萬億化身王云
有　問如何是圓滿報身王云串　問如
何是途中不離家舍家舍不離途中王云
恰　問如何是照王云妖　問如何是用
王云精　問如何是照用同時王云揑
問如何是照用不同時王云裂　問如何
是竪窮三際横遍十方王云普　問如何
是普度衆生王云引　問如何是太平世
界王云和　問如何是西來大意王云月
乃云一字之意雖然如是一字尚然多設
何況餘言若能會得一字方可涉獵餘文
若不能領一字之旨便熟誦三藏十二部
博通經傳子史皆如以明珠作魚目徒增
茫茫業識耳有志達士但悉心究了此一
字千經萬卷即在其中矣決不相賺
有僧問一人發眞歸元十方虚空悉皆消
殞意旨如何王云因他有因他濁云晴空
如何言得有濁王云一闡提會中許上座
添一位
一道士問云釋道之教是同是別王云同
則總同別則總別云如何是同處王云渴
飲饑飡云別處如何王云黄冠僧帽衲衣
羽裳士云貧道所問三藏洞文之教意王

云仙佛設教之意豈出衣冠飲食也士有省禮謝云多感布施無上金丹王笑云雖然還須煆煉九轉方得成熟

春日林中同僧坐次聞黄鸝聲王問云此鳥弄艷詞演唱般若功也過也一僧云將謂王爺唱曲王愕然云大德幾時得者箇消息云豈不聞鴉鳴鵲噪盡演摩訶王笑云依稀似曲纔堪聽又被風吹别調中

有僧問興化四方八面來時打中間底意旨如何王云太喫力生云王爺作麽生王云割肉喂鷹去云興化又道遇卒風暴雨向古廟裏躲過㖈王云轉見不堪云王爺又作麽生王云幫他括幫他下僧禮謝云恁麽則興化未徹在王云盜名欺世虚謍惑人者如蘇似粟豈止興化一人而已所以要具叅方眼睛不然不被耳朶瞞者罕矣

一護衞問北斗裏藏身意旨如何王云因慈悲故有落草之談云如三脚驢子弄蹄行八角磨盤空裏走是何言也王云因落草故有慈悲之談云佛經爲何不見有此說話王笑云因佛不慈悲不落草所以不言及此

僧問不與萬法爲侶者什麽人王云即内不即外離二不離一云恁麽則是法住法位世間相常住也王云日落西山月昇東海云可作得中心樹子也未王云還見四方八面麽云作麽生行履即得王云泥牛奔入海底羚羊掛角松梢

僧問萬里不掛片雲時如何王云萬里不

挂片雲云爲何又道青天也須喫棒王云萬里自不掛片雲與青天有何交涉云恁麽則恁麽去也王云青天也須喫棒云前言何在王云因有前言乃舉後語云莫非末後句也王云將什麽喚作最初句僧禮謝王云無始有終的衲子三十年後覔一個半個也難得

一日賞花次王云人欲脩佛極易之事不必千經萬卷佛言若能轉物即同如來只此一句即可成佛世尊乃大慈悲父如語眞語實語者有一侍從云衆生如何被物轉王云賞花從者云如來如何轉物王云花賞者云衆生隨波逐浪如來如何行履王云鈍置漢浪逐波隨也道不出者云若如此極易也喫飯但言飯喫睡覺但言覺睡即可謂同如來耶王喝一喝云是你聽見我喝是我喝見你聽者云自然是奴才聽見主喝王笑云眞正聽喝的奴才

是日大風有僧問曰風鼓塵也塵鼓風也王云好好一個圓球被汝擘作兩半云大有人未肯點首在王云一口吸盡西江堪作什麽僧於言下大省王嘆云雖然滄海不覺潤易青天不覺空難

有僧問靜喧語默如何通不犯去王云飲啖珍饈不知百味云恁麽則枯木寒灰去也王云即此用始得云恁麽則鑊湯爐炭去也王云離此用始得云如何行履王云耳觀目聽去云向上還有事也無王云有云乞請指示王云耳亦觀不著目也聽不著

中秋月初八上弦夜對月閑坐王云好月不圓不缺好個時節侍從無語王云從前弘覺忞禪師舉仰山玩月次山指月問者個月尖時圓相向甚麼處去圓時尖相又向甚麼處去石室云尖時圓相隱圓時尖相在雲門别云尖時圓相在圓時無尖相道吾云尖時亦不尖圓時亦不圓時師會下有一僧云逢尖即尖遇圓即圓師自别云尖時圓相尖圓時尖相圓弘覺大似將張三作李四者僧韓盧逐塊道吾躲跟石室龍頭蛇尾雲門猶較些子雖然如是如是未免有者個在圓明即不然是尖不見尖是圓不見圓恁麼説話還有檢點者麼智者見之謂之智仁者見之謂之仁不是與人難共處大都緇素要分明

一日同僧齋次王舉昔日黃龍心與夏公立譚肇論論會情與無情共一體時有狗子臥香桌下龍拈尺擊狗子又擊香桌云狗子有情則去香桌無情自住情與無情如何成一體公立不能對靈嵒慍云要會情與無情共一體鎚殺有情狗子碎却無情香桌將來與他一團束縛抛向大洋海自然灑灑落落弘覺忞云何如有情狗子仍教他守夜無情香桌且留支用要會情與無情共一體但將擬議思量的與他一刀兩段則十方空蕩蕩地自然常光見前喚甚有情無情與你爲礙爲緣據圓明看來二老俱涉功勳不免勉強作主非的實之論各爲公立代一語看有云恁麼則兩重公案者王云一任雙泐有云分疏即不

堪者王云不分疎可堪那有云狗子不動香桌走者王云各人且掃門前雪有云還識香桌狗子麽者王云躱跟到那里去有云香桌狗子一狀領過者王云闍黎也少不得在裏許衆云王爺却如何代王云狗子擎則去香桌擎不動此正有情無情共一體處

一日同僧坐次王云文殊從無住本立一切法圓明從一切法立無住本問諸仁者同異在什麽處有云翻手雲覆手雨者有云今日瞻仰者有云黄河九曲水出崑崙者有云著珍服掛垢衣須是王爺始得者有云王爺陞堂文殊放參者王云俱未在文殊先天而天弗違圓明後天而奉天時且道圓明與文殊是同是異有云昔日文殊今朝王爺者有云文殊途中家舍王爺家舍途中者有云同則總同異則總異者有云文殊不識王爺王爺不識文殊者有云喚王爺作文殊亦得喚文殊作王爺亦得者王云俱非圓明境界文殊是圓明圓明不是文殊

閑坐次衆護衛侍側有一侍從問云如何是奴才的真我王自指云是我從者云小人豈敢當王云實話者云若然王爺將何爲我王云是你者云如何是主僕的你我王復指一人云是他衆皆不解王云佛法平等無人我貴賤是非之分者曰若然將子孫喚祖父可乎王云善哉此問一切衆生皆因執幻我故所以孝慈亦皆成幻孝幻慈執有我故所以有孝有不孝有慈有

不慈菩薩因無我故上與諸佛同一慈力下與衆生同一悲仰孝敬祖父則同悲仰慈愛子孫則同慈力如此則只有孝慈而覓不孝不慈了不可得是則名爲眞孝眞慈即此孝慈便是眞我推而言之萬事萬理皆然華嚴經云以菩提心爲家以如理修行爲家法古德云佛法不壞世間相如井底之蛙坐井窺天之凡愚謗釋門如楊朱墨翟之邪見外道謂之無父無君者何異仰面唾雲自取辱耳此皆未見顏色之瞽論汝等切莫惑此邪說吾儒聖人切言世間之法而罕言命與仁者非棄出世間法也恐凡愚着空見故也佛釋之切言出世間法而罕言是與非者非棄世間法也恐凡愚着有見故也釋教實有補於聖人之明德新民克己復禮之教聖教實有補於佛言之戒行功德因緣果報之教中外二聖實互爲表裏化人度世之慈恩實無同異聖佛合一之微旨非凡夫知識之所能推口筆之所能示惟證乃知難可測者須各努力參究余實達一貫之宗非强立分別之論決不相賺

侍從一人問曰如何是無所住心王云明來明住暗來暗住色來色住空來空住從者云此有所住心也王云又道無所住者云下愚實甚生疑王云將你的疑給我來者云小人自己的疑如何與得王主王云既如此我的不疑又何法與汝也者默然王笑云參

一從者問牛過窓櫺頭角四蹄都過了爲

甚尾巴過不得王云你看見牛過窻來那云未曾王云且莫聽人愚弄云過去祖師豈有誑語王云自然祖師豈有誑語云王爺前言何在王云實話且莫聽人愚弄者茫然王笑云莫輕視人圓明也是箇不打誑語的小祖師

一從者問玄沙道聾瞽喑啞人作麽生接倘遇此等人王爺便作麽生王云薰香接者云設復塞却鼻孔又如何王云與他服麻木藥喫者云恁麽則更毫無知識也奈何王云已爲汝接竟從者不解王云看來你較此病人却更覺難接

一從者問香嚴道口啣樹枝手脚俱不攀踏有人問西來意答即喪身失命不答又辜負他來意却如何是好王云你設身在樹上問樹下問者云設身樹上王云那來問的你道是好心是不好心者云有什麽好心王云似此不好心的人采他作麽雖然下樹始得安穩

熱河有僧問一塵入正受諸塵三昧起意旨如何王云我

皇巡狩中外歡迎云還登寶殿也不王云不是不登如同行在云四海五湖王化裏也王云清風明月緑水青山有什麽交涉云恁麽則同中不説異異裏不言同也王云分别即不得云如何操履王云大德道此去京城多少路僧禮謝王云不可將途中作家舍僧云又道家舍不離途中咻王云將謂上座作如是解

一侍從問透網金鱗以何爲食王云喫土

云學人不解王云逃坑落塹不喫土喫什麼復云透網金鱗以何爲命王云以火爲命云學人更不解王云避溺投火自然以火爲命從者默然王云解得無語不解無語云仍然不解王云好箇消息可惜只多了箇不解

僧問如何是有一人盡力入不得王云鳶飛戾天云有一人盡力出不得咻王云魚躍於淵云二人相去多少王云上下察也

僧問天不能蓋地不能載恒沙閙市裏請王爺指出一箇來王云問他第二月作麼云如何是月王云到即不點云即恁麼去也王云保任保任

一侍從問如何是佛祖的的之法王云你問我答從者云王爺不曾答王云我不答你不問者云若然則問與不問答與不答皆是的的法也王云問與不問答與不答皆不是的的法者云學人不會求王爺開示的的佛祖之法王笑云除此之外將何的的佛祖法與你說者默然王云向上一句又被你占了更沒得說也

有僧問一物不將來時如何王云貪官遭籍沒云萬物皆備於我却作麼生王云也是乞兒獲小利云兩途不取不捨如何行履王云清清着云清清與惺惺是同是别王云惺惺有不清清之時清清無不惺惺之理云向上還有事也無王云有云請王指示王云千峰勢到處萬泒聲歸時云此時此處可通一消息否王云今日十五不可說俟到初一慢商量

有僧問一人門内出不得一人門外入不得事如何王云憑空築堵墻作麽僧云渠却出入得自由王云何苦走出走入僧云恁麽則皇風咸一片何處覓封疆王云還我中心樹子來云祖父從來不出門王笑云大好拆却牆僧作掌勢王云者便是牆僧一喝王云者便是門云請王出入看王云我王府内無如是奴僧無語王云伎倆應盡闍黎無過云到此王爺作麽生道王云代汝一語還我王府來僧稽首云果然作家雍親王王云幸不是知音

南來二僧叅見方入堂王云二大德余一人認得一人不認得二僧云某某皆係初見尊駕王云圓明言的是前生僧云王爺莫非宿命通也王云非是圓明宿命通自是闍黎未會前生話云未生前話如何王云一識一不識二僧欣笑作禮王云亦不可作兩說茶次王云一人喫茶一人茶喫云前三三後三三王云却又不是者箇道理

有僧問我是有如何王云須待有現云我是空如何王云須待空現云向來葛藤如何安置王云如同有會云終非究竟王云用無餤氷火去云恁麽則洪爐一點雪也王云珍重僧大展禮云將此身心奉塵刹何以仰報我王恩王云知恩即不得僧感泣禮謝云又是一重恩爭能不感激王笑云瞎驢又恁麽去

栢林僧至府坐次問如何是庭前栢樹子王云你道栢林寺裏明日放堂明日打齋

一道者問太陽溢目萬里不掛片雲意旨如何王云汝但去人看

有儒士問三教之同異王云若論○以內三教實同一道不可泥於迹象涉於事爲而妄生分別也儒以修齊治平設教道以虛無清淨設教究其所以示人者不能外○者箇而釋教亦不捨離○者箇既不捨離即此○內而言則不謂之一貫不可也若以○之外周孔黃老之書未言及此能明此者惟有釋典耳下士愚盲小智見淺謂○以內尚不明了何暇究○以外不知○以內者倚○以外者而立若不明○以外則○以內無論不能頓地透脫即使到得盡處猶有者箇○在人但知拘滯生死不知窮其無生不死此一大關惟此一路方透即以佛教而論如講演戒律何嘗不與宗爲一貫必須宗爲之統攝離宗則盡屬幻作宗乃第一義也然一亦不立方是佛旨即此觀彼自明三教分合之定論圓明寧甘汝等迂儒之謗斷不忍令衆生長溺苦海而不拯救指迷也士聞愕然諾諾而退

四月八日月下坐次有從者指月問云那一半爲何不見王云理合如是

有儒士問如何是六般神用王云穴裏工人只須兩箇不兩箇

溪邊閒步一書生問如何得似碧潭光皎潔去王云滅去目下一點

僧問了明此事有捷徑直指之道否王云有總不出佛經祖意但人疎忽而不省耳

如三藏十二部無非敷演色即是空空即是色教外別傳歴代祖師提唱無非即心即佛一句汝但會色即是空空即是色色即是心心即是色佛即是心心即是佛佛即是空空即是佛能將此四句（色心空佛）合成一句承當一生叅學事畢

有道者問無邊身菩薩爲何不見世尊頂王云如文殊菩薩不能測如來智云文殊爲何不能測如來智王云如無邊身菩薩不見世尊頂云佛見無邊身菩薩頂否王云見則非佛不見亦非佛云佛測文殊智否王云若測非佛不測亦非佛道者有醒王云卸下道冠始得

侍從粧香次王云香烟如何得無香味去者云却請王爺道王以手掩鼻

有僧問慧燈朗耀時如何王曰伸手不見掌云意旨如何王云一里火光

王至栢林僧衆迎次王指堦下一犬問大衆云不得目爲犬道句看衆無語王云常住的

一日月夜延僧茶話次一僧問云如何是靜極光通達王云今日合昨日看

僧問無明識性即佛性之説如何理會王云此意有兩説無明譬波佛性譬水不可言波非是水不可言水全是波凡情認波捨水聖見取水棄波皆非眞如佛性所以圓覺經云於諸妄心亦不息滅又云住妄想境不加了知金剛經云如如不動如如者如波不動者如水若了徹之人無明識性即佛性未了徹之人無明識性非佛性

叅學之人不遇明師指引若但認以揚眉瞬目動轉施爲將昭昭靈靈謂自眞性是則認賊爲子不但辜負已靈抑且謗經誣法學者當窮究徹底不可被古今未達向上之盲眼宗師不了義論中止自悞也僧稽首歎服

一日王云三冬滴水滴凍且喜春融氷泮諸人看看池内龜生毛也未

一侍從問如何是鬼王云糊塗人云如何是神王云明白人云如何是佛王云不明白不糊塗人云如何是人王云一任揀擇

有僧問天得一以清地得一以寧君王得一坐致太平衲僧得一如何王云清寧太平僧禮謝王云爭奈你不是衲僧云爲何不是王云因闍黎未得一在云誰是衲僧王云圓明是衲僧云恁麼則王爺得一也王云我却不是衲僧云王何前後互異王以左手拍膝云衲僧復以右手拍膝云衲僧

有僧問如何是自性本不生滅王云因常生滅所以説不生滅云如何是本不動揺王云因時動揺所以説不動揺云如何是本自具足王云因無一物可得所以説具足云如何是能生萬法王云因無一法可見所以説能生萬法云王言與祖説大相違背王云若不違背即有趣向云如何生無所住心王云入林動草入水興波僧無語王云還須違背始得

有僧問如何是十智同眞王云浮山九帶八辯見七徵心六波羅蜜五位君臣四料

揀三玄要二賓主一句總荅汝了也云葛藤則且置設如有箇纖塵不立底王爺又如何接王云一任門外聽諸訛云塵塵剎剎露全身阿誰分上事王云阿誰無分云恁麽則王爺分半座與貧衲始得王云闍黎要還俗耶云王爺亦不得出家王云可惜棒不在手云何不領話王云向誰討保僧作禮王云雖則如是須知更有在僧拂袖便行王喚云大德記取圓明此語好

問一僧云將虛空填實將實地撮空向甚處出氣立脚僧云求生不得求死不得王云恁麽則了生死耶離生死耶云待填實虛空撮空實地還許通箇消息也無王云消息即不無還我填撮伎倆始得云非人撲地倒騎牛王云也是木女石郎唱合歡云若然文不加點也王云幸爾還有一點在云且喜流通

王沐浴索茶飲次問從者云身內是水身外是水汝看我身是水也不者云王身豈可言水王云人身原是四大合成汝可信得及否云信得及王云可又來汝細思之火見水自然滅土見水自然沉風見水自然浮其餘現今與水相合底此身非水而何者云雖然如是說理上行不得王笑云你旣不知理却如何向汝談道

王問一僧云不張弓不鳴絃箭箭中紅心是阿誰伎倆僧云藍田射石虎須待李將軍王云莫謗李廣好云還是大功不宰是無爲而治王云圓明生平不辜負人云若然空谷應響也王云者掠虛漢云恁麽則

洪鐘在架也王云者敲磕漢云如何即得王云啐啄同時失云爭奈作家不啐啄王云還我話頭來云貧衲不是作家王云轉見轉見云與王爺平分始得王云一任效顰

有僧問如何是大海無魚王云大地還見有衆生麽云大富無糧又作麽生王云闍黎吃飯還咬着米粒那云大悟無道又如何説王云情知你我未曾大悟云王爺何得以已方人王云却被闍黎帶累云心不負人面無慚色王云吾嘗於此切云恁麽則與王爺一鼻孔出氣也王自指鼻云且道圓明那一鼻孔通那一鼻孔塞云無暇分疎王云若然未許闍黎一鼻孔出氣在

一日風有僧問風聲來耳耳聞到風王云白鶴唳空石人側耳云小僧不會王云有聲無聞云有聲無聞意旨如何王云有我故有聲無我故無聞云恁麽則任自聲也王云大似土牛木馬云若然則我聲也王云拾人涕唾漢云會也會也王云會處道來看云有口的的道不出王笑云許汝識得一星星

僧問阿難云世尊大開慈悲令我得入請問如何入王云芥納須彌易須彌納芥難云恁麽則倒騎青牛去也王云雖是知恁麽去還應知恁麽來云如何恁麽來王云芥納須彌云還假功勲也不王云若假功勲去來皆幻云如何行履王云但盡今時自然成立云立後如何王云寄在汝邊僧禮謝王云切忌將此數句留在胸中云貧

衲不肯辜負王云珍重

有儒士問曹溪一派則且置五家宗旨請王宣示王云圓明但知曹溪旨不解五家宗士云一旨五宗是同是別王云遇正則同遇邪則別云曹溪一派之旨如何王云不取不捨云不取不捨個什麽王云不取妙明不捨明妙云如何行履王云惺惺着云如何脩證王云脩證則不無染汚即不得云向上還有事也無王云有云如何趨向王云佛言不可説千聖豈能宣云恁麽則不可得而聞也王云證者自知非可測士禮謝

王執扇問一僧云若道心内物缺半邊若道物内心缺半邊若道在心内外缺半邊若道不在心内外缺半邊且道如何得圓成去僧笑而不荅王云試一一問圓明看問云物在心内耶王云在心内云心在物内耶王云在物内云物在心内外耶王云在心内外云不在心内外耶王云不在心内外云恁麽則四邊俱缺矣王云圓成巳竟還少欠箇什麽僧歎服禮謝王笑云也只道得一半

閑言説

遍界無藏覆不掛一絲頭隨緣閒飲啄悠然任自由

不識路

山自高兮水自清乾坤物我大分明偶然忘却來時路偏向他人行處行

夜步

月上池魚呑餌風來竹影掃塵此際頓忘

物我渾然一泒天眞

懶夫我慢

一覺醒來睜眼處滿牕紅日天將午抖擻精神着力看佛法世法誰來忤

易難

善惡之報如影隨形不造罪福出平入平

寫眞

有人有我渾然幻無我無人非是眞獨坐有時山夜冷朝廷清淨一王身

空色

空兮色兮色空非空色兮空兮空色非色空色是空色空是色空色云何空空色色

自然而然

身應王位爲名繫心向空門又法縛兩頭擔子齊拈也早是秦時舊轆轢

小園三字經

圓明園眞妙好如佛地同仙島青山環緑水抱鶴銜芝魚吞藻有交棃多火棗種桑蔴植秔稻閲六經禮三寶任春秋隨晚早不拘束無煩惱奉天時養吾老

自得

有甚千年與萬春朝朝暮暮好光陰一物唤來皆不中逢場作戲樂天眞

人生

浮生如夢幻夢幻即長生長生離夢幻便是野狐精

實話

誰言世事等浮雲捨此何方更覓眞莫道無人解句意賴他露柱作知音

自述

暮歸朝出也尋常玉兎金烏一任忙四海浪平無個事憑將一句祝吾皇

閑

草堂空寂寂簷鵲演摩訶晝永閑無事渾忘歲月過

錯錯

十八木珠一串穿終朝念佛滌心愆可憐不識彌陀旨數盡恒沙也枉然

解脫

悟是迷根修爲法縛不悟不修歲月躭擱何計度生對病設藥海上奇方一服病却平地金仙百億化身不悟不修名解脫人

笑話

難明此事是何因到底皆緣信不眞一切圖維齊放下寒灰豆爆笑當人

竹

數莖翠竹移自幽谷亭亭拂雲青青覆屋何以名之本來面目

念珠

百八心珠顆顆圓癡人悞作手中禪其間妙義無多子佛尾佛頭一串穿

扇

玉骨氷肌得自由山川人物半輪收放開揑聚渾閑事一度風生一度秋

眞經

說經萬八千未曾道一語欲識西來意香爐與柱礎

鼻烟壺

全體琉璃靜發光頂門具眼豈尋常等閑鶻破其中味誰道壺中日月長

止兒啼

人我生是非是非生憎愛憎愛心一生萬有爲對待寡豈能敵衆處處成滯礙何如渾物我悠然得自在

紙

氷肌素質無瑕垢一任東君自剪裁饒他玉簡金經出若個不登寶筏來

露

出入同門形影莫踰無量刼來不離寸步愚者自瞞對面不晤一朝打破廓然獨露

釋迦文佛

大慈悲父大醫王演説衆生療病方砒霜翻作醍醐用笑煞堦前石敢當

觀音大士

三十二應露全身拯救衆生渡苦津只此慈悲心太切却將覺海作紅塵

六句

聞不是耳見不是眼但可轉物莫被物轉非垢非淨無增無減

示人

佛與衆生差别處只於覺識轉移間回頭直下之成也乎者從敎一串穿

警世俗句

笑凡夫何太愚珍糞土棄寶珠廿五濁樂三塗忘生死逐有無蓬舞風葉泛湖堪憐愍可嗟吁當警醒莫踟躕誠省巳自識吾只彈指一斯須超彼岸踏仙衢眞活計實良圖休遲疑莫含糊千聖轍萬佛途明指示莫負辜

不二

佛生相隔多少衹在一念之間失之毫釐千里得來沙界眉端

偶成

紅塵覺海原無隔堪笑衆生眼自瞞莫謂毫端全攝去者毫更是障知端

塵心

身是心中物心是身中神法界亦若爾塵空兮空塵

石女曲

佛祖無言徹底宣幾人能不錯流傳當時古德曾經道却是虚空舉得圓

愛山居

誰是山中人渠是山中叟有人來訪問渠便大開口

木人歌雪

即心即佛是非是非佛非心非不非試把是非皆坐斷管他心佛作何依

實相頌

云何名實相湛湛與堂堂虚空有隕墜真體無戕傷此共天天久此同地地長保經八萬刧終不落空亡

擬金丹

金丹一粒水銀團光射三千星斗寒恰似碧潭秋月影清清湛湛徹層巒

聞鐘聲

一聲萬籟寂萬籟一聲鳴不是知音者徒勞側耳聽

懺修

心從何起將心懺懺得心空罪福空修幻修兮行幻行上天下地自從容

無理之談
鐵舟泛巨海泥牛踏太空個中眞意味料
得幾人同
中秋
眞空世界中秋月旋碾清霄無障遮盤古
至今明此夜何曾有意照天涯
燒香
我香我焚我煙我聞香聞合一我我誰分
物我
情愛空閑閑空裏性耽山水水山中謾言
魚鳥非相識且共升沉上下同
月中兎
我家有一物大似月中兎遇霞便餐霞逢
霧便吐霧或時躍天衢或時步雲路王毫
現三千眼光射四部不染亦不貪無喜亦
無怒升沉同古今往來任朝暮悠悠度歲
華長生不拘數
自在
明明洞洞絶塵纖露露堂堂遍大千妙諦
不言空與色人間天上任安然
白猿捉月圖
老猿閑不住頻捉水中月因迷月體無狂
心不肯歇
淨土
一念不生此淨土直心前徃彼西天内丹
成了外丹就三字拈來豎作川
眞心詠
皎潔虛明空界寂青山緑水意分明秋來
春去渾閑事月印寒潭一色清
合頭語

明頭明明合暗頭暗暗合色頭色色合空頭空空合明此四和合是名一相合一相無和合一一一和合

俗談

葛藤亘古自如如萬别千差總一渠識得箇中非物我縱横自在任收舒

誰説

渠本自無生何處窮渠滅塵塵露其體刹刹演其説五藴當下空三毒霎時歇湛湛碧天清浩刲一輪月

遣懷

昨自神洲遊北濵今從天竺到臺山雖然行脚癡狂客却是乘空一地仙

徹論

動静原一體是非無二心不空亦不有無古亦無今

魔説

我佛道無生我却道有生如來説不滅我却説有滅若不如是説不得大休歇

説夢

甲子週流年復年幾番滄海變桑田翻雲覆雨渾閑事誰解壺中别有天

行脚

東西十萬里南北八千程會得脚根下移來一步行

引鏡

你是我今我是你你我對面不相識二人合眼細商量一片青銅一飯器

答起滅

起從何處起滅向何處滅如念亦如風何

處可把捉起滅既若爾生死亦如說法界
亦同然空不空無别但了取捨心洞然自
明白任運兮如如悠悠兮萬劫
不是躲根
無相光中藏日月驢胎馬腹作生涯山河
大地渾閑事錦被蒙頭是處家
心體
明者明其心見者見其體見性明心體明
心見性理理體無回互心性無比擬歷歷
與明明如斯而已矣
指路
煙水雲山千萬疊就中一路坦然平世間
多少探奇客妄覓鵬程鳥道行
對月談心
不是惺惺不是癡箇中滋味幾人知試看
秋夜搏空月湛湛清光誰可移
書齋述心
風花雪月天眞佛几簟琴書迦葉身不是
懶於拈妙句只緣無處覔詩心
一物頌
身中有一物時時身外安或同鸞鶴清霄
裏或共蟲魚山水間不動不定無往無還
飛潛任其所以出沒聽其如然極樂界自
在天彌勒後威音前不得號佛强名曰仙
西江月 乘片時之興率成一十六首書罷不覺擲筆大笑
其一
海底泥牛聲寂掛樹石羊沒踪三千破衲
擁睛空却惹非人出夢一耳覷鐵驢拽磨
目聽木馬嘶風銅蛇鑽入石稜中兎角龜
毛厮共

其二

大道非三非一凡夫說一說三終朝揑怪曰厼禪此句何嘗夢見　此句却非此句此句不出一三高低普應霎時間一月千潭徧現

其三

遍界如來妙體萬象隱顯其中乾坤物我本來同莫作經文空誦　會得千途一轍不會六道縱横如如若若自從容豈費纖毫功用

其四

煙水雲山疊疊浩浩萬里前程點移寸步自分明大千須臾坐定　從他寒來暑徃誰云地濁天清笑看日月任西東一曲無聲三弄

其五

八風吹來不動還同栁絮楊花箇中妙理實堪誇不是脫空說話　會得途中受用不會屋裏波查分明直截報君家不必別探奇法

其六

春夏秋冬四序覆載高厚乾坤就中一物太懸懃處處皆有渠分　覩之却又不見聽之更復無音欲識此物名和身塞耳合睛相認

其七

鼻舌身意眼耳香味觸法色聲但不對待便靈通翻成六般神用　凡情聖見無二佛性即是無明幻化空身妙體成何止三十二應

其八

佛性戒珠心印廓週沙界没垠塵塵剎剎滿圓身拆合不離方寸　識得無形妙體如來寶藏奇珍但棄生滅守常眞根塵自然脫盡

其九

空空空兮色色色色兮空空色空通塞本來同隱顯測其定動　動動動兮定定定動豈假施功榮枯得失聽天公自在彌陀淨境

其十

霧鎖長江浩瀚雲封華嶽氤氳霎時風捲霧雲分山水依然遠近　濁浪攪爲酥酪大千變作黃金不須卜度妄勞心雲霧從他爲暈

其十一

一二三四五六六一二五四三芥納須彌自等閑說甚顚倒互换　不是神通妙用亦非法爾如然石人鼻孔垂唇邊誰道一條白練

其十二

善惡種瓜種豆收來亦屬空花何如自種野人家心田一粒無價　此粒非空非有大千隨處生芽根深蒂固遍天涯道子難描難畫

其十三

十方世界法體名曰如來化身不須斷妄莫求眞即在目前切近　取之轉迷轉遠捨之愈沉愈深的實妙訣在無心歷歷明明普印

其十四

石火電光歲月急忙下手猶遲光陰荏苒幾多時刹那疾如彈指　心田離此即此迷途百轍千岐茫茫堪笑世人癡大似河邊見水

其十五

至道本離言語風雲月露成吟信手拈出却無心聊寄閑情一哂　多少詞壇詩社刻畫爭欲驚人平頭合掌各詳論總被文魔牽引

其十六

西江月詞數首堪笑不諳宫商參差韻調欠鏗鏘大似無聲演唱　乘興豈知工拙推敲不費思量游戲三昧偶逢場腔板原來一樣

教外別傳不立語言文字如何是三寶大地是佛虛空是法衆生是僧如威音前彌勒後之說世尊若不指出我輩何以得聞凡似此皆從緣所知非自真見但了目前虛空自然會豎窮三際但了目前片地自然會得橫徧十方三寶一體大道只在目前不必向高遠奇妙會實不用一句語言文字如是叅

御選語錄卷第二十

音釋

啐啄（上七醉切音翠　下音捉哺鷇也）喂（於非切）戕（音牆）暈（禹慍切）

御選語録卷第二十一

圓明百問

問凡有一身必有一心清淨法心百千萬億化心即不問如何是圓滿報心

問旣是頭頭顯露法法全彰爲何被森羅萬象色空明暗埋却

問鐘聲鼓聲同來耳中黑色白色同在目前且道辨别的是不辨别的是

問如何是覿體現前的水中眞火火中眞水

問有一絲毫便多一絲毫即不問有一絲毫便少一絲毫事如何

問一人賣珠買産一人賣産買珠且道二人阿誰獲利

問兎角弓龜毛箭發發中紅心此人伎倆何如

問太陽中却具太陰之體太陰中却具太陽之用將此體用試定奪看

問大海内有一通天徹地至寶神物且道是什麽

問天上有件物地上有件物人上有件物山河萬籟上風雲星辰上昆蟲草木上皆有一物且道是何物

問屋棚爲何在人脚下臥榻爲何在人頭上

問一人乘馬却脚點地一人步行却脚不點地且道是什麽人

問水結爲氷氷解爲水且道那箇是眞體

問且道光含萬象是光透萬象是試檢點看

問松樹稍頭有一物有體松樹根下有一物無體且道是何二物

問圓月内有一點太空中有一點太地裏有

一點巨海心有一點有人會得此四點叅學事畢

問大則遍滿三千即不問如何是小則毫毛莫識

問金木畢竟是金木爲何水火不是水火土爲何又是土不是土試道看

問四通八達易七花八裂難七花八裂易四通八達難若檢别得出許汝内外一如

問老鼠鑽入米囤裏且道是鼠吃米米吃鼠

問一人山頂立一人山脚坐二人相顧且道誰上誰下

問如何是東行却西走如何是北走却南行

問世尊説大藏經訓導衆生之恩初祖九年面壁開示諸人之德且道孰爲深厚

問將四海投於一滴水五岳移入一撮土則不問將虚空收歸何處

問天無上有上泉無下有下空無際有際海無邊有邊且道箇什麼是無的

問以三千爲已任爲何又道寸絲不掛體

問平伸兩空掌一手有物一手無物且道却是爲何

問毡蓆乃萬毛千葦共相無明之所成且道羣毛衆葦無明在什麼處

問一部華嚴經内有一字與當人最切且道是那一字

問歴歴三千界爲何又道湛湛絶點塵

問一間屋棟梁椽柱磚瓦土石基址且道以何爲體以何爲用

問以刀割水且道是斷不斷大好譬一事試舉看

問春夏秋冬四序以何爲正令
問一圓青銅鏡一方玻璃鏡且道二鏡那一鏡有痕跡那一鏡無痕跡
問空中書字是水面簽押是泥上搭印是
問目下在土地上有百千萬億魚鱉蝦蠏浮沉游泳諸人還見也否
問雪峰三箇木球如何得合一球去倶胝一指如何得成三指去試作用看
問萬有諸法皆是鏡中花水中月且道鏡在彼鏡在此
問五音六律合聲五藴六根合性且道似同似别
問有因無爲果無因有爲果除此有無以何爲因以何爲果
問人人脚跟下有對金剛釘爲何各各步步不能插地
問天上羣星皆拱北辰世間萬有却朝何宗
問一人飾粉塗脂一人灰頭土面一人浣濯灰土亦不塗飾脂粉且道三人孰優孰劣
問一人多夢夢裏作得主一人無夢夢裏作不得主且道二人孰優孰劣
問一般果子桃爲何甜李爲何苦
問一人道山中有水一人道水中有山二人内一人得體一人得用試辨别看
問萬有諸色皆各分五色萬有聲音皆各合五音且道何因有此差别
問如何是仰觀却下視如何是下視却仰觀
問泥金剛髭鬚儼然且道四肢有寒毛耶無寒毛耶
問相識熟人對面如何得不識去不識生人

對面如何得相識去
問古人言殺人刀活人劍今射一箭殺一物活一物且道活者何物殺者何物
問器世界内瓜多子情世界内魚多子且道空世界内阿誰多子
問城東老母怕見佛一人怕見太陽相同太陽在東此人避於西太陽向西亦然且道此人住居何所姓甚名誰
問一枝筆具清淨法身圓滿報身百千化身且道還有欠缺處也無
問地上有一羣星天上有一撮塵試拈出看
問桃紅復含宿雨柳緑更帶朝烟兩句有一句親一句疎試檢點看
問如何是將大千撮來如粟米大
問佛說三藏十二部如語實語眞語者爲何

又道不曾說着一字
問大海汪洋滔天波浪爲何不見一滴水
問山頂有一松樹水底有一松樹二樹同根且道那裏是同根處
問五九合十四數五九成四十五數且道那句是體那句是用
問拂子絲絲向下垂爲甚珊瑚枝枝撑着月
問投水色於水水便變成何色且道水性合色色性合水
問晝明屬日夜黒何因試道看
問會絲爲繩以那一絲爲體聚毫爲筆以那一毫爲用試分析看
問山是山水是水爲甚鹿不是鹿魚不是魚
問有一人好靜而不淨有一人好淨而不靜且道二人有優劣也不

問且道鏡中花水中月較天中月檻邊花孰眞孰幻

問古剎三門且道那一門是正路

問山上有一人却山山下山下有一人却在山上且道二人相去多少

問千萬字中皆容一字一字之中却容何字

問日月日日東升西落風雲爲何時刻不定試比量看

問如何是峻嶺不高如何是陂澤不下

問月光穿簾入燈光透簾出二光相合去還道有分別也無

問金剛經內有第一義字包括全經之旨且道是那一字

問引鏡照形孰爲眞我空谷應聲孰是我聲

問上而最上者何物下而最下者何物外而又外者何物內而又內者何物

問百爐焚百種香且道以那一味爲主

問雲無心以出岫誰知無心鳥倦飛而知還誰知有意

問大地沙門一隻眼爲何千手千眼觀世音

問日下如何得逃影去

問二人執線兩頭東扯西拉且道誰是得者

問香燈一般是火爲何一有光一無光

問海濱有一老姆家有一甕有時一甕中盡是海水有時將甕水成大海去且道具何神通不可作大海投於一滴會

問有一條線從三十三天直穿到十八層地獄試拈出這一條線看線不可作綫會

問有一人修行而不修行有一人不修行而修行且道孰是孰非不可作執相修修無修會

問玉琳國師不安有僧問候師云我本無病有甚好不好且道此意如何若道另有不病者則國師話成兩橛矣不可作此解誣謗

問星月普印一潭且道以那箇爲主不可作潭水爲主會

問凡人有六金剛圈若能跳得出許汝出三界不可作六根六塵六欲六道會

問三千大千可是百千萬億化身否荅云是

問目前叢叢蘆葦可是百千萬億化身否荅云不是問云何得話成兩橛笑荅云人情慣務遠而畧近且道意旨如何

問人身內有一物具一體五用身外有一物具五體一用且道是什麼物不可作五蘊六識五色五音會

問水火之中皆具殺人刀活人劍且道鋒刃在什麼處利害在什麼處不可作焚漂飲食會

問情世界器世界萬有之中有一物是我自已試定當看不可作儱侗會去

問如何是上而又上之人如何是下而又下之人且道二人是同是别不可作尊卑山上山下會

問水因何解渴而不能解饑飯因何解饑而不能解渴答云勤勞思歇閒極思動寒則思暖熱則思凉且道是何意旨

問萬有諸法皆歸一空且道空歸何處不可作本分解路

問鉼盤釵釧總是一金且道分也不分也不可作製造前溶化後以道理講説會

問心手水墨紙筆且指出是誰成字不可作和合相看

問三千大千色空明暗萬有諸法總是一箇字且道是何字不可作歸於一心一理會

問不論聖凡賢愚蠉動含靈各各身中有一物最高且道是何物不可作頂會

上諭附録

佛祖之道指悟自心爲本是此說者名爲正知正見用之以利人接物令人直達心源方得稱佛祖兒孫所言外道魔道者亦具有知見因其妄認識神生死本以爲極則誤認佛性謗毀戒行所以謂之外道魔道朕覽密雲悟天隱修語録其言句機用單提向上直指人心乃契西來的意得曹溪正脉者及見密雲悟録內示其徒法藏闢妄語其中所據法藏之言駭其全迷本性無知妄說不但不知佛法宗旨即其本師悟處亦全未窺見肆其臆誕誑世惑人此眞外魔知見所以其師一闢再闢而天隱修亦有釋疑普說以斥其謬然當日魔心不歇其所著述不行即燬如魔嗣弘忍中其毒者復有五宗救一書一併流傳冀魔說之不朽造魔業於無窮天下後世具眼者少不知其害即有知而闢之者有德無位一人之言無徵不信將使究竟禪宗者懷疑而不知所歸而傳染其說者將謂禪宗在是始而起邪信繼而具邪見起邪信則正信斷具邪見則正見滅必至處處有其魔種人人承其魔說自具之性宗不明而言條之枝蔓肆出今其魔子魔孫至於不坐香不結制甚至於飲酒食肉毀戒破律唯以吟詩作文媚悅士大夫同於倡優伎倆豈不汚濁祖庭若不剪除則諸佛法眼衆生慧命所關非細朕爲天下主精一執中以行修齊治平之事身居局外並非開堂說法之人於悟修何

有又於藏忍何有但既深悉禪宗之旨洞知魔外之情灼見現在魔業之大預識將來魔患之深實有不得不言不忍不言者夫禪宗者教外別傳可以無言可以有言古德云窮諸玄辨若一毫置於太虛竭世樞機若一滴投於巨海如是言者言言從本性中自然流出如三藏十二部千七百則公案何一非從本性中自然流出從無一實法繫綴人天今魔藏立一○相爲千佛萬佛之祖以袈裟縷縷爲宗旨所繫有四法有雙頭有小法大法有大法之大法稱爲細宗密旨有傳有授而魔嗣弘忍以僧伽難提遇童子持鑒直前爲從來有象可示證其魔師一○之象爲不悖又以多子塔前袈裟圍繞一事作袈裟爲宗旨所繫之明證又以臨濟打克符普化鑿爲黄蘗三頓棒之彔象種種作爲實法不勝枚舉全從知解穿鑿失却自心黄蘗云今時人只欲多知多解翻成壅塞唯知多與兒酥喫消與不消都總不知三乘學道人皆是此樣盡名食不消者所以知解不消皆爲毒藥盡向生滅中取眞如之中都無此事夫食不消之人多而魔藏父子則是已經飽毒者也佛法不二豈可執定三四而更有密傳三四之宗旨廣引從上古德言句相似者爲之注脚轉以較勘不立言說單提向上之正宗仰面唾雲反污已面趙州云老僧此間即以本分事接人若教老僧隨伊根基接人自有三藏十二部接他了也祇説無是非分別相早不本分何况宛立箇是非分別相世尊四十九年所説古錐千七百則公案總是語言文字

若不識得這箇縱使字字句句依樣葫蘆即爲魔説即爲謗佛縱能記得佛祖所説三藏十二部千七百則公案字字句句不差正是光明海中多着泥滓況既落言詮即同教相既同教相則三藏十二部現在又何必立教外別傳之旨任伊横説竪説能出三藏十二部之外乎聖人多能佛多神通能非聖本神通亦非佛宗仲尼何嘗知西方之梵語如來不能作震旦之唐言能與神通各有所窮與這箇有何交涉何況文字一端魔藏父子輒以不識字譏雲意謂不如伊等學問若要詮理論文自有秀才們在何用宗徒識字不識字與這箇又有何交涉博通經史如剪綵以添樹上之生花目不識丁亦飯熟不借鄰家之水火若魔藏父子其大病根正在識丁而不識這箇今使蒙古人來便接蒙古俄羅斯人來便接俄羅斯暹羅蘇禄琉球日本人來便接暹羅蘇禄琉球日本若必待伊識得文字然後接得則佛法不能盖天盖地矣魔藏邪外知見自以爲言言據古字字稟經豈知盡三藏十二部乃至十三經二十一史諸子百家盡世間四庫縹緗所有文字並與貫串配合極其稜消縫泯自道佛來也開口不得正是佛出世也救不得也阿難三十年爲侍者祇爲多聞智慧被佛呵云汝千日學慧不如一日學道若不學道滴水難消況魔藏以邪外知見唐突佛祖向上邊事尚安得有呵斥分祇瞞得有眼無珠之徒明眼人前魔形自露趙州云如今知識枝蔓上生枝蔓都大是去聖遥遠一代不如一代只如南泉尋

常道須向異類中行且作麽生會如今黃口小兒向十字街頭說葛藤博飯噇覓禮拜聚三五百衆云我是善知識爾是學人可知法藏父子之魔形從數百年前趙州早爲判定更不必到眼始知也悟修皆以臨濟一棒指人魔藏斥曰一橛頭禪躲跟窠臼若論箇事無論奇言妙句俱用不着雖一棒一喝亦爲剩法古人不得巳而用棒喝原爲剿絶情見直指人心魔藏若以情見解會乖謬之甚古不云乎一棒喝不作一棒喝用何嘗執此一喝一棒也魔意但欲抵排棒喝希將伊所妄立之一○相雙頭四法之實法以邀奇取勝殊不知其大乖教外別傳無法可傳之旨也且悟修未嘗謂一棒爲千佛萬佛之祖而魔藏妄揑一○相爲千佛萬佛之祖獨非躲跟窠臼乎若將一○相作棒喝用猶是躲跟窠臼若將一○相爲千佛萬佛之祖直是魔家窟宅矣忠國師以九十七○相示躭源躭源以示仰山魔藏杜撰稱爲然燈以前無文客印當日躭源示仰山仰山一見即焚却源後問仰仰即重集一本呈源更無遺失又潙山舉○相內作一日字仰山就地畫一○相內作一日字以脚抹之潙山大笑魔藏但於仰山一見即能記憶處詫爲神奇而不於潙山大笑處仰山焚却及脚抹處薦取所謂韓盧逐塊若謂九十七○相奇特者朕今即作八萬四千○相歸於八千三百九十七○相又歸於七百九十一○相又歸於九十五○相又歸於九○相又歸於一○相正如入海算沙亦遊戲華藏之一具有何奇特至於三玄

三要自臨濟唱出以來古今宗師無不拈提而皆不能分明舉似魔藏乃執黄蘗三頓棒以附會之杜撰差排是乃全不知三玄三要臨濟不云乎大凡演唱宗乘須一句語具三玄門一玄中須具三要首提演唱二字演唱不能無言句言句須識玄要方成活句然一玄而三要即具三玄而九要全具如此㊂㊂㊂乃玄以立要要以貫玄非九要不能貫三玄得九要而三玄始圓不分而分分而不分所以玄要之法無法不該如一棒喝不作一棒喝用顯而易見者又如四料揀之法亦如春夏秋冬之四時雖寒暑變遷總不出此一年此一年即棒喝也曹洞之五位亦如五行之互具不出此一氣此一氣即棒喝也若夫浮山九帶朕謂一句中須具九帶而九帶中須具五十五束又如汾陽十智同眞朕謂一句中須具十智同眞而一同眞中須具五十五實如此與玄要之旨何別推而廣之難以悉數總之歷代祖師雖更換面目接引世人總不離世尊拈花臨濟棒喝之旨離此者即爲魔説況此棒喝能具萬法能消萬法此棒喝豈有定相一棒喝何得作一棒喝用魔藏不識目爲一橛禪如果言禪即一橛已屬多設魔藏意猶未足不知必待幾橛方稱其魔意也三頓棒與三日耳聾豈更有別意有何交涉乎又魔藏作五宗録序以窣堵波爲喻以九級爲五時教義以結頂處爲如來禪以千丈旃檀從空破頂爲祖師禪以五光三昧爲五家宗派又自詡其言爲塔頂上加聚沙一掬種種魔説夫一切教相皆屬筌罤墍土

種瓜瓜成非土金從鑛出鑛豈即金乃謂教之級盡其結頂處即如來禪直同夢囈且西來大意即是如來涅槃妙心五家分派的的歸宗何可分佛分祖而又分五家雖二乘之與大乘尚如皮肉骨髓層次歷歷而分拆不開何况單提向上邊事五光五派有何交涉大似漢代迂儒謂尚書二十八篇應雲臺二十八將魔意祇欲推五宗爲超佛越祖而擲沙加頂已又度越五宗如來所謂大妄語成者又魔藏指曹溪本來無一物爲落空亡外道而弘忍泥黄梅亦未見性一語死在句下夫祇就本來無一物句論固似自了之見而下旣云何處惹塵埃亦可謂超越功勳直臻向上也黄梅亦未見性一語死在句下者且不必論若言掩人耳目者亦非黄梅豈肯疑悞衆生而米白無篩之對曹溪又豈世法謙讓悟修所判雖稍儱侗而藏忍直斥爲空亡外道轉見不堪可見其自了尚未能一味有爲實法邪知邪見耳弘忍又指斥密雲情與無情煥然頓現爲闉闍中物引雲門直得大地無纖毫過患爲轉句不見一色爲半提須知更有全提底時節爲証殊不知密雲之一棒到底正是處處全提皆是情與無情煥然頓現之力彼旣未到密雲悟處乃牽引雲門言句附會葢覆狐憑於城鼠依於社使人不敢焚熏究竟城社自是城社狐鼠自是狐鼠何能混狐鼠同於城社弘忍又云三峰師天童師其源流我輩師三峰師其法乳魔罪不問自承豈非並未會實無一法可得故曰源流所得有憑有據故妄云法乳耶夫工夫了

徹識得自心師資道合針芥相投啐啄同時從上心印亦惟言汝如是吾亦如是耳何曾有一法可傳況亦實無一法可得一言相授受者如是方名法乳若藏忍之邪知邪見魔外師徒以密傳口授爲乳是乃毒乳何云法乳朕謂魔藏原非全無知識只因離師太早煩惱妄想貢高我慢祇圖爭勝欲於法門中獨出一頭不顧巳之脚跟全未着地欲裝點智過於師伎倆揑定一〇四法雙頭等名相擬爲超師之作每立一妄語即捃摭文史穿配古德言句以證實之正如永明云以限量心起分齊見局太虛之濶狹定法界之邊疆遂令分別之情不越衆塵之境向眞如境上鼓動心機於寂滅海中奔騰識浪於管中存見向壁鑿偷光立能所之知起勝劣之解齊文定旨逐語分宗蟭螟豈健於鵬翼螢照那齊於日耀魔藏父子之語言著作永明數語可爲判盡當日魔藏取悅士大夫爲之保護使緇徒競相逐塊遂引爲種類其徒至今散布人間不少宗門衰壞職此之由朕今不加屏斥魔法何時熄滅著將藏内所有藏忍語録并五宗原五宗救等書盡行毀板僧徒不許私自收藏有違旨隱匿者發覺以不敬律論另將五宗救一書逐條駁正刻入藏内使後世具正知見者知其魔異不起他疑天童密雲悟派下法藏一支所有徒衆着直省督撫詳細查明盡削去支派永不許復入祖庭果能於他方參學得正知見別嗣他宗方許秉拂諭到之日天下祖庭係法藏子孫開堂者即撤鐘板不許說法地方官即擇天童下

别支承接方丈凡祖庭皆古來名刹且常住本屬十方朕但斥除魔外與常住原自無涉與十方叅學人更無涉地方官勿誤會朕意凡常住内一草一木不得動揺叅學之徒不得驚擾奉行不善即以違旨論如伊門下僧徒固守魔説自謂法乳不謬正契别傳之旨實得臨濟之宗不肯心悅誠服夢覺醉醒者着來見朕令其面陳朕自以佛法與之較量如果見過於朕所論尤高朕即收回原旨仍立三峰宗派如伎倆已窮負固不服以世法哀求者則朕以世法從重治罪莫貽後悔從來邪説之作易惑人心然内道外道是非邪正亦不難辨本乎自性而爲修爲説即謂之内不本乎自性而妄修妄説即謂之外釋宗每闢玄門爲外如紫陽眞人於所注悟眞篇後另注外集不雜玄門一語一一從性地演出禪宗即從上宗門禪師似此曉暢無礙包括於數篇之中者亦爲罕見而目之爲外可乎如眞人者是外之内也如魔藏之徒攘佛法而壞佛法乃内之外也曹溪清派何可容此濁流況此魔説與魔子孫流落人間末學受其無窮之遺毒法眼慧命之所關朕豈忍不辨其是非天下後世必有蒙朕眉毛拖地之深恩者須知此魔之不可不辨因其爲佛界之魔此異之不可不揀因其爲同中之異傳曰息邪説正人心夫袪邪扶正朕之所不得不然者也粤稽三教之名始於晉魏後世拘泥崇儒之虛名遂有意詆黜二氏朕思老子與孔子同時問禮之意猶龍之褒載在史册非與孔子有異教也佛生西域先孔子數

十年倘使釋迦孔子接迹同方自必交相敬禮葢五典九經三物六行治天下之大綱小紀固始自二帝三王而集成於我至聖然必解脱諸相而後此心方能達萬事萬物之性理此則其必然者後世或以日月星比三教謂某爲日謂某爲月謂某爲星朕意不必如此作拘礙之見但於日月星之本同一光處諭三教之異用而同體可也觀紫陽真人之外集自可無疑於仙佛一貫之旨道既一貫愈可以無疑於三教並行不悖之説爰附及於此使天下後世真實究竟性理之人屏去畛域廣大識見朕實有厚望焉

朕意禪宗莫盛於今日亦莫衰於今日直省刹寺棊布開堂秉拂者不可勝計固莫盛於今日也然天下宗徒不特透得向上一關者罕有其人即能破本參具正知見者亦不多得宗風如此實莫衰於今日也夫達磨西來九年面壁方得二祖慧可傳衣以佛祖之慧力接引人天尚俟九年之久始得一人今溥天之下萬刹萬僧萬僧萬拂師以盲傳弟以盲受人人提唱宗乘箇箇不了自心豈不使正法眼藏涅槃妙心垂絶如綫雖曰豈能必如達磨之傳二祖然亦必真參實悟自具正知正見而得正知正見之人而授之豈有盲傳盲受毫無着落若以此爲振興佛教續佛慧命與毁佛滅法何殊甚至名利熏心造大妄語動稱悟道喝佛駡祖不重戒律彼此相欺賣拂賣衣同於市井將佛祖之慧命作世諦之人情雖竊有佛祖兒孫之名並無人天師範之實如法藏弘忍輩惟以結交士大夫

倚托勢力爲保護法席計士大夫中喜負作
家居士之名者受其顢頇互相標榜世尊當
日雖以佛法付囑國王大臣善信護持未有
令枉道而從人也况乃不結制不坐香惟務
吟詩作文以媚悅士大夫捨本逐末如是居
心與在家何異若此則將來佛法掃地矣夫
西來的意不落言詮綱宗之設所以揀魔辨
異雖更換面目接人何嘗有意別立言說離
單提向上之正旨橫分畛域各立門庭也於
今宗徒多將識神生死本傍語言文字邊拾
人唾餘學人饒舌問者答者互相亂統棒者
喝者翻成𨈬跟忽於解路中相逢便作交融
之水乳謂是我宗密意若然與外道邪魔何
異正所謂一盲引衆盲相牽入火坑自負良
重何言利生以限量心起分別見向真如境

上鼓動業識齊文定旨逐語分宗令後學者
雖欲勤心力絲奈荆棘布地熱毒迷空措足
無從依心生業日積月久雖宗徒愈盛而宗
旨愈泯矣良可慨歎特頒明諭曉示叢林目
今直省諸刹堂頭若有自信無疑已臻向上
如願來見朕者着來京朕自以佛法接之其
深山窮谷之中或有獨老烟霞不肯受盲師
衣拂自具正知正見之人宜念宗風頹敗當
出而仰報佛恩果是實踢三關知見超越朕
必褒賜禪師之號令續從上諸祖法乳設若
以名利心生徼倖想一至朕前水落石出伊
既希冀世榮朕即按諸法綱其或本未自信
不過依樣葫蘆既稱禪徒只得說法正見魔
見兩皆不具者聞朕此旨當竭力領衆結制
坐香勤求本分或摘鐘撤板或棄拂捨篦重

復加力叅學必期了證毋再自欺悞人若大誑語成則善因而遭惡果何苦如此其餘緇侶未受付囑者當念佛祖留此法門原爲衆生生死若不以了生死爲念披袈裟何事要了生死須明心地勿守一知半解得少爲足勿墮學識依通未證謂證勿但圖妄囑出頭悞人勿苟合世法求名損已所謂業識茫茫無本可據上則孤負佛祖眉毛拖地之深恩下則孤負自已本來具足之面目長受沉淪永依苦趣誠爲可憫豈不惕然是宜眞心切念求了求當惟有大悟大徹方免醉生夢死其或未能且堅守佛制嚴淨梵行莫犯貪嗔癡常修戒定慧不可妄爲知證貽悞後學存此佛種以待機緣若惟以邪知邪見密傳口授欺已欺人貪名逐利世諦流布毁戒犯律則俗子之不如豈法門所宜有亟須自省知往修來毋負朕諄切護法訓誨之至意着該部傳諭直省督撫曉示天下宗門禪林

御選語録卷第二十一

音釋

綴之瑞切音贅　滓祖此切音子　暹思廉切音纖　窣孫入聲

御製序

達摩未到梁土以前北則什公弟子講譯經文南則蓮社諸賢精修淨土迨後直指心傳輝映震旦宗門每以教典爲尋文解義淨土爲著相菩提置而勿論不知不覺話成兩橛朕於肇法師語録序已詳言宗教之合一矣至於淨土之旨又豈有二這個如摩尼珠面面皆圓如寶絲網重重交映如大圓鏡萬有虚空不得而出如大火聚萬有虚空不得而入誠乃不無不有無欠無餘果能了悟則終日喫飯不曾嚼著一粒米終日著衣不曾掛著一條絲然則終日念佛豈有爲念佛所罣礙哉如猶不能了悟則色空明暗受想行識盡是一場大夢又何必但許人惡夢而不許人善夢也曹溪十一傳而至永明壽禪師始以淨土提持後學而長蘆北磵諸人亦作淨土章句及明蓮池大師專以此爲家法倡導於浙之雲棲其所著雲棲法彙一書於本分雖非徹底圓通之論然而已皆正知正見之說朕欲表是淨土一門使學人宴坐水月道場不致岐而視之誤謗般若故擇其言之融合貫通者刊爲外集以示後世如學人宗旨不明即將南無阿弥陀佛一句作無義味語一念萬年與之抵對自然摸著鼻孔如其已得正悟則丈六金身是一莖草三千世界是一微塵延一剎那頃於萬億年擴一毫毛端爲四大部寶池金地充塞現前翠竹黃花無非正受於此淨土正可隨喜花開見佛豈不是直指心傳也耶是爲序

雍正十一年癸丑八月望日

御選語録卷第二十二

雲棲蓮池宏大師語録

淨土問答

問念佛之心無雜無間即精進度何故乃云不退墮耶

答將謂精進乃能不退墮非精進即是不退墮耶辯此有二一者亦可即是不退何以故雖常言精不雜進不退然此二字總之成就進義古云精進度懈怠是也進與退對故精進即不退二者此重念佛普攝諸度不重訓詁精進二字況既云精進乃能不退今念佛之人永不退墮則念佛即成精進不必更求精進矣如所問乃是精進念佛非念佛即精進

問世人聞念佛念心心淨土淨之語因膠執內心拂拭令淨偏空自喜撥無西方及語心土一如則曰我心非石懷土奚爲蚓實含泥黃壤豈侔金界鰲誠戴岳持地何若搏空蓋亦喻似丹臺象比蓮萼四十脉絡以當實網交羅一靈內朗以況彌陀安住近肺約西通舌爲池法譬而已無論實境則有引風水之凶吉致子孫之興衰例依正之互融示機感之靡忒此猶未委正因未窮十妙更求明誨傾此惡見

答心淨土淨語則誠然但語有二義一者約理謂心即是土淨心之外無淨土也二者約事謂心爲土因其心淨者其土淨也若執理而廢事世謂清閒即是仙果清閒之外無眞仙乎至如攬身分而言淨土此則邪見尤甚

苦報彌深蓋吾佛唯明一心而謬人恒執四大是故認肉絡爲寶羅指妄想爲眞佛肺屬西而便名金地舌生津而遂號華池鄙僞千途莫可枚舉豈知革囊不淨幻質非眞徒費辛勤終成敗壞而復迷醉無知竊附於心淨土淨之説不但愚夫愚婦惑之士大夫亦有受其害者良可歎也

問或謂佛逼衆生拋離骨肉棄捨形骸近別家鄉遠投外國魂爽幽幽入此夢境夢中獲寶色色非眞聞之慘然有何極樂又云在生亦是夢境既全是夢益復可悲將謂菩薩先醒却行如夢六波羅密則實報莊嚴更成恍忽矣我其歸常寂光乎寂光無色莽渺安依不如寓世夢間一任獻吉憎惡

答虛浮界內是夢非眞常寂光中是眞非夢世人以夢爲眞以眞爲夢顛倒如斯良可悲矣豈知骨肉之即讐寃形骸之爲桎梏得生淨土是則脱沉疴而再獲天年釋狴犴而榮歸故里名之極樂詎不然乎若夫菩薩行門雖云如夢譬之大喜將臨夜現吉祥之境豈比重昏失曉魂招凶惡之徵蓋菩薩在夢而將甦凡夫由夢而入夢至於寂光則朗然大寐之得醒矣

問世之求往生者非即欲往生者也就使正禮念時佛現其前引之西往必辭以化緣未周婚嫁未畢幸少須臾無死耳復有一人異於前人力修三昧無間六時慮後倦勤失此機會便乃投身自斃縱火自焚既匪捨報安詳如入禪定佛憐其愚亦肯

手相接否

答智人之修淨土也在生則自淨其心報滿則任緣而往不欲生而戀著世緣者慢也急欲生而自殘軀命者愚也如是之流輕則攝入魔羣重則沉於惡趣日光普照不及覆盆佛雖大慈莫之能救

問王臣往生是不舍國事者也居士往生是不舍家事者也夫居士一心念佛或無他碍若王臣之勞於王事當不若家事之可推諉者楊無爲諸君亦何嘗祓銤官之剌而竟致化佛之迎豈軍旅政刑一切不妨往生乎抑彼念念與實相不背乎

答達心之士萬機萬變而國政非繁執境之流一夫一婦而家緣尚累譬之明鏡照物終日照而無勞空谷傳聲多衆傳而不困如是則大君不異世尊百辟何非海衆都俞吁咈而妙法交宣慶賞刑威而眞慈平等王事佛事打成一片何淨土之難生耶

問今之迷者猶背燭而坐回首無不見燭者彼一念緣佛便應見佛如必念之熟而後見將回首見燭者亦必瞪目熟視久而後見哉向令佛設善權念佛時隨念見佛停心絕念及與雜念時便爾懵然斯人人念佛矣安有闡提耶

答太陽日日當天而戴盆不覺明鏡時時對面而瞽目無知念佛之人念念與彌陀相接而自眛自迷何以異於是良以心水不清佛月不現衆生自咎於佛何尤且明燭在背回首幾人指點徒勞堅然强項乃責佛之難見亦獨何歟

問黄帝内經明大惑之病謂目中無端忽有所見是也今學人於本無中忽有所見與見鬼何別又云將死之時乃得接引所謂時衰鬼弄人捨身而隨之不亦大惑歟
答無故而忽見安得非邪昔觀而今成安得非正蓋因果之常理也淨業學人應須平日考因果之根原辨邪正之微細至於臨終所見魔佛顯然誰足爲惑如觀立佛而現坐佛者魔也正報依報不與經文符合者魔也以空觀空而隱者魔也苟爲不然則淨心成就淨境現前接引往生訓垂金口安得與無故忽見比耶
問或云西乃天傾物老之方人死念絶乃得生彼又云天傾之處地爲有餘有餘則能廣容往生之衆又云庚辛屬金金不變壞以示不退轉之義又云萬物以西而成百果皆實於秋行人東方行因西方證果竊爲往生乃是生機何不入東方生物之府而反入肅殺之地若標第一義諦何不直於中央攝人耶無乃但論一時當機所謂西者無所取義歟
答如來一語多義攸含但邪正殊途理應揀擇若云念絶則誰生念若云地容則地容有限金性不變秋位司成二義爲近據實而論亦不盡然蓋虚空無盡世界何窮今此極樂之邦東觀則西西觀則東南北二方亦復類是釋迦勸往故説西方别佛讚生必標他向那得執西立義膠固不融不然童子遍參何復南爲止位藥師示現乃令東亦淨方但歸心一處專念斯成已耳

問兜率彌勒宮也昔人往往發願求生具有儀法至唐道昻專修西方而臨終兜率來迎夫兜率可不願而致西方似亦可不願而致矣又或誓取銅輪反得鐵輪誓取金臺反得銀臺則誓取西方淨土反得東方淨土亦未可知

答十善戒定生天之正因發願回向淨土之正因故生天者容有不資於願而生淨土者無願則不成蓋淨土非無善力而願乃居先生天亦假慕求而善爲之主世有初修天業後一意西方是以殁現玉京俄隱跡而重彰佛國正專求之所感豈漫修而可成至如銅鐵未符金銀稍隔則是求上僅得其中然而終竟必如其願志西方而功未就要於人天善道受生耳若能純一用心堅誠發願西則必西何東生之足慮

問懺中所禮佛乃盡三世而所念佛獨一彌陀固謂三世諸佛無稱名之願耳然彌陀亦有多名具在經中隨取一名持之得否據小彌陀經翻爲無量壽無量光而觀經獨稱無量壽者豈能觀之智所觀之光即爲光耶六方佛中其西亦有無量壽者即是此佛自讚否耶

答如來名號誠曰多端但取偏熟衆生耳根於中實無差別惟彼彌陀之號普遍十方故令稱念之人皆歸一致且無量壽是唐言阿彌陀乃梵語而壽量現等虛空光明自徧宇宙舉體該用但云無量壽足矣若夫十方諸佛覈之歷有同名釋迦尊稱多之至於無算極樂教主何獨不然非佛自讚亦無疑矣今

時有人執念釋迦而不念彌陀者自以爲是拗衆稱高噫釋迦使汝師彌陀而汝不從教譬之子違父命而不就明師雖日呼其父安得不云忤逆

問極樂之樂從情識生三禪而上已不耽樂九品之内顧復求樂何也若云寂滅爲樂之樂豈必緣衣食自然無有衆苦而得名乎若云淨土唯心心體常樂何爲又言觀佛心者大慈悲是

答極樂雖接凡情其實有二一者對苦說樂無有衆苦故名極樂二者稱性說樂無苦無樂故名極樂此之真樂豈情識之擬耶又聲聞以寂滅爲樂大聖以慈悲爲樂則大慈悲心非即常樂乎而世人以戚戚言慈悲末矣

問一人作佛事諸佛應盡知十方佛來迎是人何所向諸佛本同迹同種種皆同念佛者合是十方諸佛同來接引此獨一方三聖往迎必其念時所見偏淺

答諸佛雖能徧知而赴機不亂一佛既勤專念而感應自符修淨土者就使諸佛齊彰亦必有主有伴彌陀獨顯化佛雲從因果法爾如然非是偏淺所致

問涅槃云釋迦亦有淨土本我導師在彼末法最後誠言可無信受便爾六時但念迦文生難勝國豈不當機耶釋迦極讚彌陀合如其願既生彼已遣我承事彌陀亦復何礙

答諸佛誰無淨土彌陀亦有穢邦良繇土土交資佛佛互讚如世易子而教猶花接榦而生妙用微權不可思議惡知難勝非即清泰

之鄉安辨瞿曇得無法藏之後但遵現教毋用他求

問有云大徹大悟人不妨更見彌陀既已不歷諸位立地成佛矣以佛見佛猶以知知知此一見爲是叅爲是證意者權示榜樣又或理既頓超身猶凡下往獲妙用乃可度生耳

答凡夫心始得悟見處與佛相齊菩薩行實無邊功能去佛猶遠不妨再依古佛重受新聞且證且叅何窮何盡昔人謂離師太早不能盡其妙况離佛乎若執三祇薰煉是藏教小乘而弱羽狂飛失利多矣可不慎諸

問即淨即穢即穢即淨西方此土不踰分寸生而即無生去則實不去今彈指一念頃屈伸臂此已約時便似舉足移步雖云極速猶是兩途

答執謝惑銷縱使路阻千山而融通不二情關識鎖就令速超彈指而判隔彌深今學人唯圖句語尖新喜談即穢即淨不知頭沒九淵之下謂天壤無殊身沉鮑厠之中謂薰猶不別良可哀夫

問執途之人而問之皆曰念佛乃口稱非心念詰之則曰心口相應夫心口相應斯成聲因心而動斯爲念安得以聲爲念乎或謂萬法唯心何聲之非心耶然則鐘鼓琴瑟之鳴亦是念乎幾矯亂矣

答鐘鼓雖含洪韻非叩不鳴琴瑟雖具妙音無指不發鐘鼓琴瑟譬脣舌之外張若擊若彈似心念之內動如其絕念從何發聲是以寐語喃喃亦由夢想豈得佛聲浩浩不自心

源但世人任運稱呼不專不切初則藉念成聲頃則隨聲亂念名曰相應實不相應耳天如有言口與心聲聲相應心與佛步步不離如是念佛其庶幾乎

問善財之叅德雲始知念佛法門及南過百城五十四叅而見阿彌陀佛則三昧成矣他日文殊現身竹林但令人念阿彌陀佛夫以善財位臻十信文殊何不徑指彌陀而顧使周歷百城彼學人未南詢而輙議西歸者太早計乎

答始叅而教念佛則從源以及流周歷而見彌陀則由末而歸本所謂無不從此法界流無不還歸此法界是故南詢而西返豈曰遲還往生而徧游何云早計醫王發藥標本隨宜操縱微機凡情靡測

問總攝六根而念佛此勢至語也念既從心則凡發願回向禮懺者一念蔽之矣世無心外之願與心外之回向禮懺也夫一心念佛而是佛所發之菩提即願也專向是佛即回向也南無即禮也一念消生死之罪即懺也餘可例知矣念佛有何不足而紛紛使心亂哉

答一心清淨是爲理觀内明五體翹勤乃曰事懺外助直觀本心非不徑要而末法衆生慧薄垢重須假理觀事懺内外交攻庶得定就慧成死生速脱但令人惟存事懺理觀全荒何況外飾虛文中無實悔反令清信男女紛紛亂心背普賢之願王乖慈雲之本制嗟乎傷哉弊也久矣

問觀經言觀佛心者大慈悲是世人若能

放生戒殺仁民愛物以至九類衆生皆滅度之而不作滅度想遂與法藏之心契矣且又不違釋迦觀心之訓奈何取觀身與稱名之麤迹而反以佛心爲助緣耶

答念佛有二一者念佛心性二者念佛身名念心性者見眞佛也不妨觀光明相好之佛於西方念身名者見應佛也亦能觀自性天眞之佛於象外本迹雙舉理事同原心性良非助緣身名豈云麤迹今五部六册之徒藉口無爲撥空因果障人禮像嗤彼稱名古德有言人人丹霞方可劈佛箇箇百丈始可道無其或未然入地獄如箭射

問空花巾兎之類世所謂幻妄也一切依正之報世所謂實事也佛言實事俱是幻妄則空花巾兎又當何名藉令彼之實事果爲幻妄其形狀了了虛僞一空花巾兎可矣安俟推破始知幻妄是故有幻者有如幻者有妄者有如妄者彼同居淨土幻妄耶如幻妄耶全妄是眞全幻是中同居穢土即同居淨土同居淨土即上三土耶

答空花巾兎全體虛無肉兎樹花從來幻妄本不推而自破但在迷而未知故正幻與如幻無殊實妄與似妄何別同居淨土即幻即如即眞即中統而論之即穢即淨即一即三畢竟空寂有何階限然雖如是情見未破欣厭猶存應須消除幻妄證入眞常捐棄穢邦求生淨國若夫捨垢取淨是生死業何淨土之有

問人畏生死事大無常迅速乃始猛欲求脱不敢暫息也一聞横出三界之旨捷路

修行之說念佛消罪之文十聲往生之願便謂有佛可憑無業足懼以致悠悠竟不得力而入閻老手者多矣則蓮宗誤之也彼宗教二門參究甚難又不許疾見功效生死二字常係於心安得有此

答凡人修道有聞難則止聞易則行者有聞難則勤聞易則惰者古聖施教各順時宜善用心者存乎其人而已念佛一途直超三界大悲之極故啓斯門若夫怠荒成弊衆生自誤非佛誤衆生也我欲仁而仁斯至仁在目前狂克念而聖斯成聖非遥遠是亦以易誤人乎若夫一言頓悟立地成佛宗門言易抑又甚矣安得亦謂之誤

問豐干彌陀化身也寒山拾得文殊普賢也彌陀之現不領觀音勢至而挾文殊普賢以遊至所屬詞又多宗門語將無以念佛觀佛爲局而轉如來禪成祖師禪乎抑常寂光土之人匪是莫由接乎

答觀音勢至固稱日侍導師文殊普賢何曾暫離安養故釋迦乃娑婆化主會有觀音黄蘖非儒教宗師席延裴相融通攝化寧有定乎至謂語涉宗門似乎更翻淨業殊不知九蓮華蕊枝枝開迦葉之顔七寶欄楯步步入善財之閣入稜毫相稜稜覩中道眞詮六字名稱字字示西來密意何待轉小爲大變局爲通然後接彼上根演斯玄化故知念佛一路即是入理妙門圓契五宗弘該諸教精微莫測廣大無窮鈍根者得之而疾免苦輪利智者逢之而直超彼岸似麄而細若易而難普願深思慎勿忽也

答曹魯川 附原書

乂不奉面命歉歉乃時時獲翻刻教廸我孔多慰謝慰謝南企法雲殊切瞻依違敝郡斷凡悟上人祗趨壇下爲求法故附此候安不佞繆迂近守東魯遠宗西竺乃於儒釋之書爲蠹魚者四十年於茲矣亦嘗奉教於諸達者有所蓄積冀正之於大善知識茲因斷凡之來布之也夫釋尊有三藏十二部教所謂於廣大海張衆多網又所謂大国小国也者祗宜談大以該小詎可舉一而廢多比吾黨中有倡爲歷劫成聖必漸無頓之説者夫漸亦聖説未嘗不是而以漸廢頓左矣尊者内祕頓圓而外顯淨土法門諸佛有然無足疑者豈近來聽衆不無如法華所説初聞佛法遇便信受思惟取證者直欲以彌陀一聖而盡廢十五王子以淨土一經而盡廢三藏十二部則不佞之所不願聞者也時雖末法而斯人之機豈無巧鈍有如釋尊爲迦葉爲憍陳如其説如此爲善財爲龍女其説如彼二十五聖各證圓通文殊所稱又如彼正所謂昨日定今日不定又所謂説我是空且不是空説我是有且不是有此所以爲善無常主活潑潑地如水上按葫蘆然非死煞法也倘釘椿守窟焉利人天所願尊者爲大衆衍淨教遇利根指上乘圓融通達不滯方隅俾鵬鷃並適不亦盡美盡善乎哉又佛華嚴乃無上一乘圓教如來稱性之極談非教非宗而即宗即教不空不有而無垢無淨是在法華猶較一籌若

餘乘似難與之絜長比短也者尊者乃與彌陀經並稱已似未妥因此遂有著論騰之架淨土於華嚴之上者朱紫遞淆之謂何鹿馬互指又何說也此而無人言之天下後世必有泰無人焉之嗤亦願尊者爲淨土根人說淨土爲華嚴根人說華嚴毋相誚亦毋相濫乃爲流通佛乘乃爲五敎並陳三根盡攝柰之何必刻舟而求劒且彈雀而走鷂也若夫華嚴一經有信解行證四法善說此法者宜莫如方山令其言具在可覆也爰有清涼人號爲華嚴菩薩而實不會華嚴義旨草草將全經裂爲四分以隸四法舍那妙義委之草莽矣亦願尊者辨黑白分涇渭揚杲日於義天嗟嗟今之時緇素中高流日就彫謝不佞之所仰重於尊者如泰嵩然故不以贊而以規知尊者無我而不佞亦非爲我故諄諄言之惟尊者亮之

久聞居士精意華嚴極懷敬仰玆接手敎殷勤直欲盡法界衆生而納之一乘性海是普賢大願也然不肖雖崇尚淨土而實則崇尚華嚴不異於居士夫華嚴具無量門求生淨土華嚴無量門中之一門耳就時之機蓋由此一門而入華嚴非舉此一門而廢華嚴也又來諭謂不肖以彌陀與華嚴並稱因此遂有著論駕淨土於華嚴之上者此論誰作乎華嚴如天子誰有駕諸侯王大臣百官於天子之上者乎然不肖亦未嘗並稱也疏鈔中特謂華嚴圓極彌陀經得圓少分是華嚴之眷屬流類非並也古稱華嚴之與餘經喻如

杲日麗天奪衆景之耀須彌横海落羣峰之高夫焉有並之者此不待論也又來諭謂宜隨機演敎為宜淨土人說淨土宜華嚴人說華嚴此意甚妙然中有二義一者千機並育乃如來出世事非不肖所能故曹溪專直指之禪豈其不通餘教遠公擅東林之社亦非止接鈍根至於雲門法眼曹洞溈仰臨濟雖五宗同出一源而亦授受稍别門庭施設理自應爾無足怪者況不肖凡品乎若其妄效古人昨日定今日不定而漫無師承變亂不一名曰利人實悞人矣何以故我為法王於法自在平民自號國王不可不慎也二者說華嚴則該淨土說淨土亦通華嚴是以說華嚴者自說華嚴說淨土者自說淨土固並行而不相悖今人但知華嚴廣於極樂而不知

彌陀即是遮那也又來諭清涼不會華嚴義旨而裂全經為四分以屬四法夫信解行證雖貫徹全經而經文從始至終亦有自然之次第非清涼強為割截也其貫徹也所謂圓融其次第也所謂行布即行布而圓融四分何害使無行布圓融何物必去行布而圓融則不圓融矣且信住行向地以至等妙佛亦自裂全經為五十二段乎何不將五十二段一句說盡而為此多卷之文乎因該果海果徹因源因果未嘗不同時而亦未嘗不因自因果自果也何必定執八十卷經束作一塊都盧是箇無孔鐵鎚而後謂之圓融乎定執一塊不許分開即死煞法即釘樁即守窟安在其為活潑潑也方山之論自是千古雄談而論有論體疏有疏體統明大義則方山專

美於前極深探賾窮微盡玄則方山得清凉而始爲大備豈獨方山即杜順而至賢首諸祖亦復得清凉而大備豈獨華嚴諸祖即三藏十二部百家論疏亦復得清凉而大備溫陵解華嚴以方山爲主清凉爲助已爲失宜而居士顧訾之此不肖之所未解也又龍樹於龍宮而出華嚴而願生極樂普賢爲華嚴長子而願生極樂文殊與普賢同佐遮那號華嚴三聖而願生極樂咸有明據皎如日星居士將提唱華嚴以風四方而與文殊普賢龍樹違背此又不肖之所未解也况方山列十種淨土極樂雖曰是權而華嚴權實融通理事無礙事事無礙故婬房殺地無非清淨道場而況七寶莊嚴之極樂乎婆須無厭皆是古佛作用而況萬德具足之彌陀乎居士游戲於華嚴無礙門中而礙淨土此又不肖之所未解也不肖與居士同爲華藏莫逆良友而居士不察區區之心復欲拉居士爲蓮胎骨肉弟兄而望居士之不我外也居士愛我不贊而規今妄有所規亦猶居士之愛我也病筆畧申梗槩殊未盡意惟鑒之諒之

漱郡斷凡上人索書上謁附致悃素顧承來翰規切究竟殷殷亟也荷荷謝謝來翰云華嚴具無量門求生淨土華嚴無量門中之一門就時之機由此一門而入華嚴非舉一門而廢華嚴又謂華嚴圓極無可駕於其上者並爲確論第華嚴是法身佛說一乘妙義逈異諸經而人多與釋迦經一目之故疏此經者賢首爰肇其端方山深契其旨在清凉則擇焉而弗精在溫陵

則語焉而未詳至有譔爲綸貫者抑末矣温陵云方山爲正清凉爲助此見最卓而尊者以爲失宜似未知温陵亦未知方山者諸不了義經論及别行普賢行願品與起信等論皆稱説淨土此豈無因然華嚴經中未嘗及之即方山所第十淨土更晰也法華鱗差十六王子内有彌陀未嘗定爲一尊其贊持經功德旁授安樂實説女人因果首楞嚴二十五聖證圓通文殊無所軒輊但云方便有多門又云順逆皆方便然繼以遲速不同倫則於無軒輊中又未嘗無所指歸也者故要極於普門而不推詡大勢至更加貶剝曰無常曰生滅若夫釋尊祗説大小彌陀不啻足矣胡爲乎紛紛然三藏十二部爲乎賢首清凉諸師

亟標小始終頓圓五教僉以爲允而未嘗品及淨土心宗家流尤所蕩掃大鑒之言且未及詮更拈一二如誌公曰智者知心是佛愚人樂往西方如齊己禪師曰惟有徑路修行依舊打之遶但念阿彌陀佛念得不濟事又曰你諸人日夕在徑路中往來因甚麼當面蹉過阿彌陀佛又曰其或準前捨父逃去流落他鄉東撞西磕苦哉阿彌陀佛此之三言或以爲苛然豈無謂而彼言之亦必有道矣古德云一切衆生自已迷悟不同迷心外見修行覓佛未悟自性即是小乘又有云直下頓了此心本來是佛無一法可得此是無上道此是眞如佛學道人祗怕一念有與道隔矣又有云目前無法意在目前他不是目前法若

向佛祖邊學此人未具眼在何不向生死中定當何處更擬佛擬祖替汝生死有智人笑汝在所以達者亟道祇刦辛苦修行不如一念得無生法忍又道一念緣起無生超出三乘權學況毋論三乘一乘要之無我我所今之往生淨土也者我爲能生土爲所生自他歷然生滅宛然欣厭紛然所未及悉顧從來談蓮乘者必曰華開見佛悟無生蓋必待往生而見彌陀始從觀音若勢至抑或彌陀誨以無生此時方悟豈其上品絕少中下滋多滯在祇刼似爲迂遲矧欲修淨土亦須先修有無等四四十六觀門試問所觀者是何軌則能觀者還有幾人所以念佛者如牛毛往生者如麟角何似反而求之自有餘佛在也彼寒山之曷豐干謂往五臺禮文殊不是我同流此在通達佛道者出辭吐氣自別且也一切佛道以金剛般若爲入門以佛華嚴爲究竟金剛則曰實無少法可得而佛華嚴所稱佛地二愚一則曰微細所知愚一則曰極微細所知愚所以阿難自道不歷僧祇獲法身識者猶且呵之故或曰佛瘡或曰佛魔文殊暫起佛見未免貶向二鐵圍嗟嗟見河能飄香象智主不受功德道人心無住處蹤跡不可尋故不歷權乘獨乘一乘此則不佞之所謂惓惓者也彼諸佛諸祖爲一分執著我識下劣衆生以及小乘弟子惟依一意識計以現在色心等爲染淨依者憫其四大既離一靈無歸如失水魚躑躅就斃故不得不將錯淨土而

安置之此亦化城之類也傳有之若能悟法性身法性土要歸於無物是眞佛土若華嚴性海所現全身如人身中有八萬四千毛孔東藥師西彌陀各各在一毛孔中說法度生人若渙毛孔徹全身未嘗不可倘抛撮全身入一毛孔不但海漚倒置而蠅投牕紙其謂之何昨不佞手疏所云爲宜淨土人說淨土爲宜華嚴人說華嚴自謂不悖諸佛法門亦是爲尊者赤心片片尊者乃欲攜我蓮胎則昔人所云若捉物入迷津與夫棄金擔草之謂矣更稽之古人有云若欲究竟此事須向高高山頂立深深海底行若閨閣中軟煖物捨不得有甚麼用處又有云諸經所稱無嗔恨行此之嗔恨非凡情可比恨者恨一切衆生皆有如來智慧福相而不自覺嗔者嗔吾度脫之未至也以故自覺覺他有世間智有出世間智有世出世間上上智舉以語人得無違拒庶幾能利益於人逎昔三教聖人出興於世無不爲一大事且觀時節因緣偏者補之弊者救之微者顯之要以心性開示於人已耳以今天下拘儒株守傳註曠士溺意虛玄餘之手木槵而口彌陀者自通道大都迨窮村僻巷居相望而肩相摩也尊者又從而和之非所謂順世情之教波隨而風偃者乎是在不佞不能無疑而來翰乃稱雖崇淨土實尚華嚴又云由此淨土一門而入華嚴此如古德所云但爲弘實而衆生不信須爲實施權以淺助深又云用與違時口雖說權內不違實

但使含生得權實諸益也者則不佞誠契之衹領之且羨且慰矣乃會下聽衆自杭過藴者時時有之罔弗津津九品間與之言稍涉上乘則駭心瞠目或更笑之此其過在弟子耶在師耶大丈夫氣宇沖天而度生爲急若出世矣開堂矣敷座矣不具大人作畧衹作閭巷老齋公齋婆舉止忽被伶俐人問着或明眼人撥着擬向北斗裏潛身耶抑鐵圍山裏潛身耶不見道若是大鵬金翅鳥奮迅百千由旬躡影神駒馳驟四方八極斷不取次啗啄亦不隨便埋身且總不依倚佛法大事非同小可願尊者重曆意焉來翰又云彌陀不異遮那是也第化境化儀各各差殊蓋諸佛敎義通宗因緣既墮因緣豈無大小定有深淺故謂諸佛爲異則千佛一佛不可謂異謂諸佛爲同則徧照能仁二尊亦自不同古人以爲一切諸法同異重重不可一向全同不可一向全異不可以全同作全異不可以全異作全同迷此同異二門則智不自在如云擬向白雪蘆花處覓則以溫州橘皮作火得乎首山念有云夫爲宗師須具擇法眼始得所以古來有拈古頌古又有別古憋古如云至道無難惟嫌揀擇又云至道最難須要揀擇所以華嚴第八地曰寂滅眞境現前矣猶云應起無量差別智又云觀察分別諸法門此非作而致其情也我之鑑覺自性本自圓明如大寶鏡胡漢不分而分如如意珠青黃不異而異若是於諸法中不生二解人何嘗離却揀

擇別求明白者些道理便是揀擇不揀擇所謂善巧分別清淨智非耶方山爲論清凉爲疏皆綜佛乘共闡圓宗雖論有論體疏有疏體然惟其義不惟其文文或殊而義則一耳如以其義則見地逈別清凉演說諸經眞善知識惟於華嚴其句訓而字釋豈無補於舍那其挈領而引維實弗逮夫棗柏清凉棗柏之區別弗明則盧舍那經之旨要終晦所謂信解行證四法裂全經而瓜豆之此其大者自餘更多不佞謂之擇焉弗精非無以也倘以爲未然請更質之於棗柏大士

辱惠書纍纍及二千言玄詞妙辨汪濊層疊誠美之仰之然竊以爲愛我深而辭太費也果欲揚禪宗抑淨土不消多語曷不曰三世諸佛被我一口吞盡既一佛不立何人更是彌陀又曷不曰若人識得心大地無寸土既寸土皆無何方更有極樂國只此二語來諭二千言攝無不盡矣茲擬一一酬對則恐犯鬭爭不對則大道所關終不可嘿敢畧陳之來諭謂清凉擇焉而未精愚意不知清凉擇華嚴未精耶抑亦居士擇清凉未精耶又來諭謂不了義經乃談說淨土而以行願品起信論當之起信且止行願以一品而攝八十卷之全經自古及今誰敢議其不了義者居士獨尚華嚴而非行願行願不了義則華嚴亦不了義矣又來諭謂法華記往生淨土爲女人因果則龍女成佛亦只是女人因果耶謂彌陀乃十六王子之一則毘盧遮那亦止是二十重華藏之第十三耶居士獨尊毘盧

奈何毘盧與彌陀等也又來諭謂楞嚴取觀音遺勢至復貶爲無常生滅則憍陳如悟客塵二字可謂達無常契不生滅矣何不入圓通之選誠曰觀音登科勢至下第豈不聞龍門點額之喻爲齊東野人之語耶又來諭謂齊巳禪師將古人念佛偈逐句着語其曰惟有徑路修行則着云依舊打之遶其曰但念阿彌陀佛則着云念得不濟事居士達禪宗何不知此是宗師家直下爲人解粘去縛乃作實法會而死在句下耶果爾古人有言踏毘盧頂上行則不但彌陀不濟事毘盧亦不濟事耶此等語言語録傳紀中百千萬億老朽四十年前亦曾用以快其唇吻雄其筆劄後知慚愧不敢復然至於今猶赧赧也又齊巳謂求西方者捨父逃逝流落他鄉東撞西磕苦哉阿彌陀佛徃應之曰即今却是如子憶母還歸本鄉捨東得西樂哉阿彌陀佛且道此語與齊巳所說相去多少又來諭謂多劫修行不如一念得無生法忍居士已得無生法忍否如得則不應以我爲能生以土爲所生何則即心是土誰爲能生即土是心誰爲所生不見能生所生而徃生故終日生而未嘗生也乃所以爲眞無生也必不許生而後謂之無生是斷滅空也非無生之旨也又來諭謂必待花開見佛方悟無生則爲迂遲居士達禪宗豈不知從迷得悟如睡夢覺如蓮花開念佛人有現生見性者是花開頃刻也有生後見性者是花開久遠也機有利鈍功有勤怠故花開有遲速安得槩以爲迂遲耶又來諭謂遮那與彌陀不同而喻華藏以

全身踰西方以毛孔生西方者如撮全身入毛孔爲海漚倒置夫大小之喻則然矣第居士通華嚴宗奈何止許小入大不許大入小且大小相入特華嚴十玄門之一玄耳與華藏不可說不可說無盡世界而入極樂國一蓮華中尚不盈華之一葉葉之一芥子地則何傷乎全身之入毛孔也又來諭謂荒山僧但問以上乘便駭心瞠目居士向謂宜華嚴者語以華嚴宜淨土者語以淨土今此鈍根輩正宜淨土何爲不與應病之藥而强聒之耶又來諭謂老朽既出世開堂不具大人作畧而作閭巷老齋公齋婆舉止設被伶俐人問著明眼人撥著向北斗裏潛身耶鐵圍裏潛身耶老朽曾不敢當出世之名自應無有大人之畧姑置弗論而以修淨土者鄙之齋公齋婆則古人所謂非鄙愚夫愚婦是鄙文殊普賢馬鳴龍樹也豈獨文殊普賢馬鳴龍樹凡遠祖善導天台永明清凉圭峰圓照眞歇黄龍慈受中峰天如等諸菩薩諸善知識悉齋公齋婆耶劉遺民白少傅柳柳州文潞公蘓長公楊無爲陳瑩中等諸大君子悉齋公齋婆耶就令齋公齋婆但念佛往生者即得不退轉地亦安可鄙耶且齋公齋婆庸呆下劣而謹守規模者是也愚也若夫聰明才辨妄談般若喫得肉已飽來尋僧説禪者魔也愚貴安愚吾誠自揣矣寧爲老齋公老齋婆無爲老魔民老魔女也至於所稱伶俐人明眼人者來問著撥著則彼齋公齋婆不須高登北斗遠覓鐵圍只就伶俐漢咽喉處安單明眼者瞳人上敷座何以故且敎伊暫閉

口頭三昧回光返照故抑居士尚華嚴而力詆淨土老朽業淨土而極贊華嚴居士靜中試一思之是果何爲而然乎又來諭謂勸巳求生淨土喻如棄金擔麻是顛倒行事大相屈辱也但此喻尚未親切今代作一喻如農人投刺於大富長者之門延之入彼田舍聞者皆笑之農人不知進退更掃徑謀重請焉笑之者曰主人向者不汝責幸矣欲爲馮婦乎農人曰吾見諸富室有爲富而不仁者有外富而中貧者有未富而先驕者有典庫於富人之門而自以爲富者且金谷郿塢於今安在哉而吾以田舍翁享太平之樂故忘巳之卑憐而爲此今知過矣於是相與大笑散去

御選語録卷第二十二

音釋

桎梏 上職日切音質足械也 下古禄切音谷手械也

狴犴 獸名似犬用守獄門

趍 陳知切音馳走奔也

御選語錄卷第二十三

雲棲蓮池宏大師語錄

答吳觀我

來書云兢兢以未獲了明此一入事爲甚憂此人情所謂不足憂者也即此是入道正因願一心本參而已又浮山冊中諸名公俱稱述觀碁黑白語爲上妙玄談此語雖傳誦千古而遠老深深處不在此此等今日聰明人亦能爲之即九帶等亦不須穿鑿求會但做遠老安樂工夫耳有如是工夫方有如是證悟古德謂祇愁不成佛不愁佛不解語至哉言也幸留意焉

答謝青蓮

提話頭是宗門發悟最緊切工夫修淨土人即以一聲佛號做個話頭此妙法也但心粗氣浮則未能相應須是沈潛反照至於力極勢窮乃有囫地一聲消息

答金廣聚

來問曰末後緊關曰甚深之旨曰本地相應曰直捷指斯事緊也深也本也直也皆切問也然只在近思而已除此靈知烱烱外皆緩耳淺耳末耳曲耳誠即此念佛一念所起覷得破管取大事了畢又不可見如是說便作思惟卜度穿鑿求通則反失之矣但念念體究真積力久而自得之方是證悟

答張廣經

所問雲門語不須究他說教外別傳只看他說須退步向自己脚跟下推尋是個甚麼其推尋今亦不難既信念佛但內看念佛的是誰便是脚跟下推尋也久之則正訛中所云

最後窮玄極微一段事不患不得

答廣印

眞信淨土決志往生者不論已悟未悟其從事單傳直指而未悟者雖日以參禪爲務不妨發願往生以未能不受後有畢竟有生處故不是偷心歧路心也其已悟者古人云汝將謂一悟便可上齊諸佛乎故普賢爲華嚴長子雖塵塵華藏在在蓮邦而行願品必拳拳乎以往生安樂爲言也已悟尚然未悟可知矣

一念不生是禪非參起念下疑乃名曰參楞嚴經云又以此心反覆研究等是也念時參時俱屬有念亦不相悖

即心即佛若眞信得及眞見得徹千了百當更無疑滯者方可任運過時如其不然未可放參

大悟則有念亦可無念亦可所謂入息不居陰界出息不涉衆緣是也

永明說先以聞解信入却又說後以無思契同契同則法身透矣情識盡矣是亦解亦證紹祖位不亦宜乎

不務實修實證而以口頭三昧逞機鋒鬬勝負此言語不可有也眞爲生死心地未明互相辨論互相酬唱此言語不可無也三登九上一句千山不論未悟以前即既悟以後尚有最後重關參求決擇之功未可便止

答僧海光

汝若一切無在何人受衣汝若周遍一切衣居何地汝若一切無在則本自無體安用戒爲汝若周徧一切則本自無欠何求具足菩

提有樹明鏡有臺本來有物此三句翻破曹溪後一句原不惹塵埃依舊落他窠臼何不道本來有一物任使惹塵埃

答周海門

諸惡莫作衆善奉行當下布毛滿地何待拈吹那更説同説別直饒是同早已成兩橛去也鳥窠初不曾鈍置白公偏厚侍者然雖如是於前言不會玄旨只麼止惡行善亦不悮人若向古人道如來不斷性惡及兀兀不修善等處錯會爲禍不少

雜答

歸元性無二方便有多門今之執禪謗淨土者却不曾眞實參究執淨土謗禪者亦不曾眞實念佛若各各做工夫到徹底窮源處則知兩條門路原不差毫釐也

若直指西方不但過此娑婆十萬億刹者爲非也説個自性已涉程途若實談淨土不但寶池金地種種莊嚴者爲非也纔著惟心翻成垢穢離此二邊作麼生是西方淨土

工夫最怕揀擇有志於學者只是一個正念常在胸中逢靜時也如此逢鬧時也如此憑他靜鬧變遷而我者個念頭斷然無有移易如是方無間斷謂之善做工夫也豈不見古人道智者除心愚者除境如必嫌喧取靜則境界恐無有靜之時亦無有靜之處夫求靜者莫如深山之中然深山靜矣而樵斧聞於隔雲牧笛鳴於斜照則耳畔又安能靜也然樵斧牧笛或可使屛絶之使不交於吾耳至於清宵而猿啼虎嘯白晝而鵲噪鴉鳴又安能靜耶然猿啼虎嘯鵲噪鴉鳴或可驅逐之

使不交於吾耳至於狂風起而萬竅怒號迅雷發而千山震撼則此時嫌喧取寂者將屛絶之耶驅逐之耶以此推之境界決無有靜之時也決無有靜之處也學人但患志不猛烈耳存一猛烈之志則何之而不可

示大同

古人教親近明師求善知識而善知識實無口傳心授秘密法門只替人解粘去縛便是秘密令但執持名號一心不亂此八個字即是解粘去縛秘密法門即是出生死堂堂大路朝念暮念行念坐念念念相續自成三昧莫更他求也

示李居士

叅疑二字不必分解疑即叅之別名總是體究追審之意但看念佛是誰以悟爲則而已又古德云看話頭不得卜度穿鑿亦不得抛向無事甲裏但只恁麼看此要言也

示吳大峻

莫管悟與不悟莫管有無内外中間莫管止觀莫管與他法門同與不同既疑情不起亦莫管是誰不是誰但執持名號一心一意無間無斷純一不雜做去

示沈廣逵

世諦中覺名利恩愛之畢竟成空便成觀破真體上覔生老病死而本來無有即是修持初機與究竟同歸因該果海究竟與初機不二果徹因源祇貴明心別無異法

答周海門

月雖皎潔水清濁而影別昏明心本昭靈事善惡而迹分升墜豈得以月體本無清濁而

故云濁水爲佳心體本無善惡而遂云惡事不礙既存空見便悖圓宗識渠善惡雙空正好止惡行善定禁止惡行善猶是識渠未眞步步行有口口談空此今日聰明人參禪之大病也

答戒問

高談無佛之世直指當人之心則不但老瞿曇絶口毘尼優波離羞稱羯磨即使束五部置之高閣褫三衣懸之樹端未足爲過如或不然法林惟恐不稠正見惟恐不廣耳何紛紛之足厭

空有二契眞空則萬法俱備何須更習毘尼墮頑空則衆善皆墮豈不有傷戒品執莽蕩輕軌儀其失大矣

總觀心地本體則體惟一念本自圓成細析心地法門則門有萬殊不妨分屬故云三十心者皆一毫頭也復以一二分屬戒相者毛頭之上更出毛頭也譬天王雖名天主亦應列任六曹六曹猶未徧周豈不重開百職經始標某心某心者六曹之謂也今復增某心某心者百職之謂也姑取義之相近亦令餘可例推便初學易知簡行在智者神融意會而已

非常大器過量圓人既不拘夏前夏後自相應即小即大纔持戒品巳達教相全文正受毘尼便悟禪宗妙旨建立則繁興萬法不礙六時掃蕩則屏絶纖塵奚存一念遠公常禮有定永明自行不虧豈彼小根故爲細事凡我後學顧各深思

此梵網經以心地爲宗無一法不從心地中

流無一法不還歸心地菩薩萬行若非出自一心還歸一心即不名佛因不名佛果今此華出舍那心地表菩薩從自心中出無量因行還以此華供養彼佛表還以自心因行成自心果佛也據華嚴因該果徹不離因果不落因果拈來無一物不可供佛舉起無一法不可爲因若執花必表因非圓敎義何以故有時華表因實表果開花後乃結實故有時實表因華表果種棟後乃生花故有時定因慧果淨極光通故有時慧因定果惑破心安故烏可一途而取一格而論乎如來妙定非動非靜而常動靜非出非入而常出入此三昧號體性虛空虛對實故使體性不空當如山不納山石不容石一碩定耳體本虛空故華光任現豈以既入三昧便應灰滅不生圓覺經如來入大光明藏三昧而起現淨土與十二大士更相酬答抑又何也且三昧有百千萬億等名不是一味寂靜故有三昧二乘尚不聞其名菩薩猶未解其義而執泥寂靜則獅子奮迅嚬呻皆成喧鬧矣又問諸三昧各有出入何獨此中而說出入答出入非難自在爲難三乘斂念方入起念方出不名自在隨心自在乃稱妙定也據華嚴即入即出依報正報交互圓融不可思議此特其小小者耳何足爲異

與劉羅陽居士

曩啓專以念佛求生淨土奉勸然此道至玄至妙亦復至簡至易以簡易故高明者忽焉夫生死不離一念乃至世出世間萬法皆不離一念今即以此念念佛何等切近眞實若

覷破此念起處即是自性彌陀即是祖師西來意縱令不悟乘此念力往極樂國且橫截生死不受輪廻終當大悟耳願翁放下萬緣十二時中念念提撕是所至望

與馮筠居居士

七十古稀百年能幾今此暮景正宜放開懷抱看破世間宛如一場戲劇何有真實但以一聲阿彌陀佛消遣光陰但以西方極樂世界爲我家舍我今念佛日後當生西方何幸如之發大歡喜莫生煩惱倘遇不如意事即便撥轉心頭這一聲佛急急提念却回光返照我是阿彌陀佛世界中人奈何與世人一般見識回嗔作喜一心念佛此是智慧中人大安樂大解脱法門也

答袁孝廉

嬰兒曾不欠少圓明寂照之體但迷而不發耳何止嬰兒凡人自幼而壯自壯而老自老而死無不在迷此圓明寂照之體有而不現非無也至於曹溪水趙州茶且不必以胸臆强解只顧本參以求正悟何謂本參若於念佛法門信得及但參是誰念佛所謂本參也

與朱西宗居士

人之處世遇順境者其情愉以安遇逆境者其情憂以危然而順未足爲幸逆未足爲不幸也溺於意之所願則出世之心不生戚戚乎不得志夫然後厭身世之桎梏而求以出世是故萬苦交於前但以正智觀察苦從何生從身生身從何生從業生業從何生從惑生因惑造業因業成身因身受苦但能破惑一切空寂敢問所以破惑之方只須就本參

話頭上理會念佛的是誰捉敗此疑諸惑皆破思之毋忽

答江廣宥居士

承居士來諭朱紫陽終是謗法當有何報余謂各有其報其爲儒家賢者自有人天之福然既排佛則聞法爲難

已事辦方可爲人

古人大徹大悟叅學事畢且於水邊林下長養聖胎不惜口頭生䑃龍天推出方乃爲人故辭法席者願生生居學地而自鍛鍊予出家時篤奉此語佩之胸襟後以病入山夂夂不覺漸成叢林然至今不敢目所居為方丈不敢開大口妄論宗乘蓋與衆同修非領衆行道也忝一日之長互相激勸而已諸仁者以友道待我而責善焉幸甚

自他二利

古云未能自利先能利人者菩薩發心斯言甘露也不善用之則翻成毒藥試反已而思之我是菩薩否况云發心非實已能也獨不聞自覺已圓復行覺他者如來應世乎或謂必待已圓而後利他則利他終無時矣然自疾不能救而能救他人無有是處是故當發菩薩廣大之心而復確守如來真切之訓不然以盲引盲欲自附於菩薩而人已雙失謂之何哉

講宗

宗門之壞講宗者壞之也或問講以明宗曷言乎壞之也予曰經律論有義路不講則不明宗門無義路講之則反晦將使其叅而自得耳故曰任從滄海變終不爲君通又曰我

若與汝説破汝向後罵我在今講者翻成套子話矣西來意不明正坐此耳

妄拈古德機緣一

雲棲僧約妄拈古德機緣者出院一僧云此不必禁禁之則斷般若緣彼謗法華者地獄罪畢還以謗故植緣法華況妄拈者非謗乎予曰子言則誠善矣然知其一未知其二謗法華者出地獄而植善緣孰若敬信法華者不入地獄而即植善緣乎又謂妄拈非謗而不思無知臆談皆名謗大般若是故漫述師言者被黜檢云先師無此語莫謗先師好彼尊師也非謗也錯答一轉語者墮野狐身彼錯也非謗也何二人皆成罪戾古人一問一答皆從真實了悟中來今人馳騁口頭三昧明眼人前似藥汞之入紅爐妖邪之遇白澤耳若不禁止東豎一拳西下一喝此作一偈彼説一頌如風如狂如戲如謔虛頭熾而實踐亡予以爲宗門復興吾以爲佛法大壞也

妄拈古德機緣二

僧不悦曰審如是古德機緣更不可開口一評量乎曰止禁妄拈未嘗言不可拈也二僧同起捲簾古德云一得一失子試評量得失誰在僧無語予曰昔人有言十回被師家問九回答不得未爲害但恐無知妄談則終無升進耳慎之哉

禪宗淨土遲速

一僧專修念佛法門一僧以禪自負謂念佛者曰汝念佛必待生西方已見阿彌陀佛然後得悟我參禪者現生便得悟去遲速較然矣汝罷念而參可也僧莫能決舉以問予予

曰根有利鈍力有勤惰存乎其人則彼此互爲遲速未可是此而非彼也譬如二人同趍寳所一人乘馬一人乘船同日起程而到之遲速未可定也則利鈍勤惰之説也叅禪念佛亦復如是語其遲念佛人有累劫蓮花始開叅禪人亦有多生勤苦不能見性者矣語其速叅禪人有當下了悟不歷僧祇獲法身念佛人亦有現生打徹臨終上上品生者矣古云如人涉遠以到爲期不取途中强分難易

居山

古云大隱居鄽小隱居山遂有甘心汩没於鄽俗者不知居鄽者混俗和光閙中得静有道之士則然非初心所宜也或曰永嘉謂未得道而先居山但見其山必忘其道是不許居山也此各有説予讚山居爲汩没於塵者誡也而永嘉所言自是正理出家兒大事未明千里萬里尋師訪道親近知識朝叅暮請豈得蒙眛無知作守山鬼乎故知行脚在前居山在後可也則亦不悖乎永嘉之言也

爲僧宜孝養父母

有爲僧不孝父母者予深責之或曰出家既已辭親割愛責之則反動其恩愛心矣曰惡是何言也大孝釋迦尊累劫報親恩積因成正覺而梵網云戒雖萬行以孝爲宗觀經云孝養父母淨業正因古人有作堂奉母者擔母乞食者未嘗以恩愛累也柰何於親割愛矣而締交施主不絶餽遺畜養弟子過於骨肉是無親而有親出一愛而復入一愛也何顛倒乃爾且已受十方供養飽煖安居而坐

視父母之饑寒寥落汝安則爲之

眞友

中峰大師警策有衆禪必待尋師友敢保工夫一世休又曰縱饒達摩與釋迦擬親早已成窠臼此醍醐至妙之言也然不可聞於下士也執此言而自用自專不復知取友之益則翻成毒藥矣取友非難得眞友爲難飲食財帛相徵逐者惡友也善相勸惡相規者好友也開我以正修行路示我以最上乘法爲我燈爲我眼爲我導師爲我醫王者眞善知識友也不可一日而遠離者也

傳燈

傳燈録所載諸師如六代相承五燈分燄諸大尊宿皆天下古今第一流人物所謂始知周孔外別自有英豪者是也豈易言哉而今人或得一知半見或得些少輕安便自以爲大徹大悟而無眼長老又或以東瓜印子印之一盲衆盲非徒無益而有害可勝悼歟

續原教論

國初翰林待詔沈士榮居士作續原教論其詳品名儒學佛一篇備舉唐宋諸君子如白香山蘇内翰至裴丞相楊大年等諸公禪學淺深最爲精覈其言曰即裴楊諸公不云無悟入而保養受持則未可知也豈有身居名利之塲又非果位菩薩而能無細惑流注者哉游戲法門者固不必論矣我輩身爲出家兒者試靜思之

護法

人知佛法外護付與王臣而未知僧之當其護者不可以不慎也護法有三一曰興崇梵

刹二曰流通大教三曰奬掖緇流曷言乎慎一也護刹者梵刹果爾原屬寺産豪强占焉奪而復之理也有如考諸啚籍則疑似不明傳之遠久則張王互易以勢取之可乎喜捨名爲吉祥地力不敵而與者謂之寃業藪若僧惟勸化有力大人以恢復舊刹爲大功德主而不思佛固等視衆生如羅睺羅殃民建刹即廣踰千頃高凌九霄旃檀爲林珠玉爲飾佛所悲憐而不喜者也有過無功不可不慎一也護教者其所著述果爾遠合佛心近得經旨讃嘆而傳揚之理也有如外道迂談胸臆偏見過爲稱譽可乎若僧惟乞諸名公作序作跋而不思疑誤後學有過無功不可不慎二也護僧者其僧果爾眞叅實悟具大知見者尊而禮之實心實行操持敦確者信而近之理也有如虛頭禪客下劣庸流亦尊之信之可乎若僧惟親附貴門冀其覆庇而綿纊錦繡以褁癰疽秖益其毒有過無功不可不慎三也是則王臣護法而僧壞法也悲夫

頌古拈古一

或問古人皆有頌古拈古子獨無何也答曰不敢也古人大徹大悟之後吐半偈發片言皆從眞實心地大光明藏中自然流出不假思惟不煩造作今人能如是乎國初尊宿言公案有二等如狗子佛性萬法歸一之類是一等又有最後極則誵訛謂之腦後一槌極爲難透予於前狗子萬法尚未能無疑何況最後故不敢恣其臆見妄爲拈頌也

頌古拈古二

或曰子其讓乎蓋能而示之以不能乎曰非

譏也是眞語實語也楞伽示宗說二通而教多顯義宗多密義故又云無義味語予於教之深玄者猶未能盡通也而况於宗門中語乎復次宗門問答機緣雖云無義味語然有猶存少分義路可思議者有絶無義路似無孔鐵槌不可鑽刺者有似太虚空不可捉摸者有似鐵蒺藜不可咬嚼者有似大火聚不可近傍者有似赫日輪不可眷眼者有似砒霜鴆羽不可沾唇者安得妄議畧舉古人一二世尊拈花迦葉破顔微笑我今已能冥會佛心如迦葉否客誦金剛六祖即時契悟我今已能頓了深經如六祖否臨濟見大愚而曰黄蘗佛法無多子我今已能實見得無多子否趙州八十行脚曰祇爲心頭未悄然我今已能心頭悄然否香嚴擊竹有聲而曰一擊忘所知我今已能忘所知否靈雲見桃花而曰直至如今更不疑我今已能的的到不疑之地否高峰被雪巖問正睡着無夢時主人不能答我今已能答斯問否又三年而於枕子落地處大悟我今已能有此大悟否如此類者不可勝舉倘有一未明其餘皆未必明如兜率悅公之謂張無盡是也非惟古人即今人所作亦不敢輕評其是非而漫爲之貶駁也何也人坐於堂上方能辨堂下人曲直又未曾繫籍聖賢故也嗟乎錯答一轉語墮野狐身百刦笑明眼人答話倒屙三十年覆轍昭然可弗慎諸

出家利益

古德云最勝兒出家好俗有恒言曰一子出家九族生天此皆贊嘆出家而未明言出家

之所以爲利益也豈曰不耕不織而有自然衣食之爲利益乎豈曰不買宅不賃房而有自然安居之爲利益乎豈曰王臣護法信施恭敬上不役於官下不擾於民而有自然清閒逸樂之爲利益乎古有偈曰施主一粒米大似須彌山若然不了道披毛戴角還又曰他日閻老子與你打算飯錢看你將何抵對此則出家乃大患所伏而況利益乎哉所謂出家之利益者以其破煩惱斷無明得無生忍出生死苦是則天上人間之最勝而父母宗族被其澤也不然則雖富積千箱貴師七帝何利益之有吾實大憂大懼而併以告夫同業者

三難淨土

一人問釋迦如來以足指按地即成金色世界佛具足如是神力何不即變此娑婆土石諸山穢惡充滿之處便成七寶莊嚴之極樂國乃必令衆生驅馳於十萬億佛土之迢迢也噫佛不能度無緣子知之乎淨緣感淨土衆生心不淨雖有淨土何由得生踰如十善生天即變地獄爲天堂而彼十惡衆生如來垂金色臂牽之彼終不能一登其閾也是故刹那金色世界佛攝神力而依然娑婆矣又一人問經言至心念阿彌陀佛一聲滅八十億劫生死重罪斯言論事乎論理乎噫經云一稱南無佛皆已成佛道又云禮佛一拜從其足跟至金剛際一塵一轉輪王位今正不必論其事之與理但於至心二字上着倒惟患心之不至勿患罪之不滅事如是理亦如是理如是事亦如是何足疑也又一人問有

人一生精勤念佛臨終一念退悔遂不得生有人一生積惡臨終發心念佛遂得往生則善者何爲反受虧而惡者何爲反得利也噫積惡而臨終正念者千萬人中之一人耳苟非宿世善根臨終痛苦逼迫昏迷瞀亂何由而能發起正念乎善人臨終退悔亦千萬人中之一人耳即有之心其一生念佛悠悠之徒非所謂精勤者精則心無雜亂勤則心無間歇何由而生退悔乎是則爲惡者急宜修省毋妄想臨終有此僥倖眞心求淨土者但益自精勤勿憂臨終之退悔也

世夢

古云處世若大夢經云却來觀世間猶如夢中事云若云如者不得已而喻言之也究極而言則眞夢也非喻也人生自少而壯自壯而老自老而死俄而入一胞胎也俄而出一胞胎也俄而又入又出之無窮已也而生不知來死不知去㦬㦬然㝠㝠然千生萬刦而不自知也俄而沉地獄俄而爲鬼爲畜爲人爲天升而沉沉而升惶惶然忙忙然千生萬刦而不自知也非眞夢乎古詩云枕上片時春夢中行盡江南數千里今被利名牽往返於萬里者豈必枕上爲然也故知莊生夢蝴蝶其未夢蝴蝶時亦夢也夫子夢周公其未夢周公時亦夢也曠大刦來無一時一刻而不在夢中也破盡無明朗然大覺曰天上天下惟吾獨尊夫是之謂夢醒漢

一轉語

先德開示學人謂我今亦不論你禪定智慧神通辨才只要你下一轉語諦當學人聞此

便晝夜學轉語錯了也既一轉語如是尊貴如是奇特則知定不是情識卜度見解依通所可襲取蓋從眞實大徹大悟中自然流出者也如其向經教中向古人問答機緣中以聰明小智摸倣穿鑿取辦於口非不語句尖新其實隔靴抓癢直饒一刹那下恒河沙數轉語與自已有何交涉今莫管轉語諦當不諦當且抛向不可說不可說世界之外只牢守本叅密密用心時時不捨但得悟徹時豈愁無語吾雖鈍根不敢不勉

本身盧舍那

僧問古德如何是本身盧舍那答云與我過拂子來僧而曰置舊處僧理前問曰古佛過去久矣又云未了之人聽一言只這如今誰動口後人由此以舉手動足開口作聲便爲眞佛是則是而實不是所謂認賊爲子者也遂將柏樹子麻三觔翠竹黄花鳥啣猨抱等一槩認去豈不誤哉俱胝遇問即竪一指魯祖見僧回身面壁昔人道我若看見拗折指頭予亦云待渠回身攔胸踏倒

宗門語不可亂擬

古人大悟之後横說竪說正說反說顯說密說一一契佛心印皆眞語實語非莊生寓言比也今人心未妙悟而資性聰利辭辨捷給者窺看諸語録中問答機緣便能摸倣只貴顛倒異常可喜可愕以眩俗目如當午三更夜半日出山頭起浪海底生塵種種無義味語信口亂發諸無識者莫能校勘同聲讚揚彼人久假不歸亦謂眞得甚至一棒打殺與狗子喫者裹有祖師麼喚來與我洗脚此等

處亦復無忌憚往往效嚬吁妄談般若罪在不原可畏哉

看語録須求古人用心處

凡看古人語録文字不可專就一問一答一拈一頌機鋒峻利語妙言奇處以爽我心目資我談柄須窮究他因何到此大徹大悟田地其中自叙下手工夫刻苦用心處遵而行之所謂何不依他樣子修也若但剽竊摸擬直饒日久歲深口滑舌便儼然與古人亂真亦只是剪綵之花畫紙之餅成得甚麽邊事

古玩入吾手

今人於一彝一罍一書一畫其遠在上古者出自名家者平生歆慕而不能致者一旦得之則大喜過望忻然慰曰此某某所遞互珍藏者今幸入吾手矣曾不思曠刦以來無酬價之至寶何時入吾手況世玩在外求未必獲至寶在我求則得之亦弗思而已矣

喜怒哀樂未發

予初入道憶子思以喜怒哀樂未發爲中意此中即空刦以前自巳也既而糸諸楞嚴則云縱滅一切見聞覺知内守幽閒猶爲法塵分别影事夫見聞泯覺知絶似喜怒哀樂未發而曰法塵分别者何也意根也法塵也根與塵對順境感而喜與樂發逆境感而怒與哀發是意根分别法塵也未發則塵未交於外根未起於内寂然悄然應是本體不知向緣動境今緣靜境向緣法塵之粗分别也今亦法塵之細分别也皆影事也非真實也謂之幽閒特幽勝顯閒勝鬧耳空刦以前自巳尚隔遠在此處更當諦審精察研之又研窮

之又窮不可草草

急叅急悟

放牛居士古杭人余氏子叅無門老人得悟於宋淳祐中其言曰大聰明人纔聞此事便以心意識領解所以認影爲真到臘月三十日眼光欲落時向閻老子道待我澄心攝念却與你去斷不可也須是急叅急悟放牛此語可謂喫緊爲人若真實徹悟者平日踏得牢牢固固穩穩當當不動千戈可以八面受敵無常到來安閒自如不慌不忙不怖不亂何更待澄心攝念勉强支吾耶所謂急叅急悟吾輩當力圖之

厭喧求靜

有習靜者獨居一室稍有人聲便以爲礙大人聲可禁也鴉鵲噪於庭則如之何鴉鵲可驅也虎豹嘯於林則如之何虎豹猶可使獵人捕之也風鄕水流雷轟雨驟則如之何故曰愚人除境不除心智者除心不除境欲除境而境卒不可除則道終不可學矣或曰世尊不知五百車聲盖禪定中事非凡夫所能然則高鳳讀書不知驟雨漂麥當是時鳳所入何定不咎志之不堅而嫌境之不寂亦謬矣哉

除日

古人以除日當死日盖一歲盡處猶一生盡處故黄檗垂示云預先若打不徹臘月三十日到來管取你熱鬧然則正月初一便理會除日事不爲早初生墮地時便理會死日事不爲早那堪荏荏苒苒悠悠揚揚不覺少而壯壯而老老而死况更有不及壯且老者豈

不重可哀哉今晚歲除應當惕然自誓自要不可明年依舊蹉跎去也雖然此打徹二字不可容易看過不是通幾本經論當得徹也不是坐幾炷香不動不摇當得徹也不是解幾則古德問答機緣作幾句頌古拈古當得徹也不是酬對幾句口頭三昧滑溜當得徹也古人謂於此事洞然如桶底驟脱爽然如大夢得醒更無纖毫疑處然後可耳嗟乎敢不努力

念佛不礙叅禪

古謂叅禪不礙念佛念佛不礙叅禪又云不許互相兼帶然亦有禪兼淨土者如圓照本眞歇了永明壽黄龍新慈受深等諸師皆禪門大宗匠而留心淨土不礙其禪故知叅禪人雖念念究自本心而不妨發願願命終時往生極樂所以者何叅禪雖得個悟處倘未能如諸佛住常寂光又未能如阿羅漢不受後有則盡此報身必有生處與其生人世而親近明師孰若生蓮花而親近彌陀之爲勝乎然則念佛不惟不礙叅禪實有益於叅禪也

心得

以耳聽受而得者不如以目看讀而得之者廣也以目看讀而得者不如以心悟明而得之者極其廣也以心爲君以目爲臣以耳爲佐使可也用目當心斯下矣用耳當目又下之下矣

世智當悟

智有二有世間智有出世間智世智有二一者博學宏辭長技遠畧但以多智多解而勝

乎人者是也二者明善惡别邪正行其所當行而止其所當止者是也僅得其初是謂狂智當墮三塗兼得其後是謂正智報在人天何以故德勝才謂之君子才勝德謂之小人也出世間智亦二一者善能分别如來正法四諦六度等依而奉行者是也二者破無明惑如實了了見自本心者是也僅得其初是出世間智也名爲漸入兼得其後是出世間上上智也乃名頓超何以故但得本莫愁末得末者未必得本也今有乍得世智初分便謂大徹大悟者何謬昧之甚

靜之益

日間有事或處分不定睡去四五更起坐是非可否忽自了然日間錯處於此悉現乃知爾來不得明見心性皆由忙亂覆却本體耳古人云靜見眞如性又云性水澄清心珠自現豈虛語哉

佛經不可不讀

予少時見前賢闢佛主先入之言作矮人之視罔覺也偶於戒壇經肆請數卷經讀之始大驚曰不讀如是書幾虛度一生矣今人乃有自少而壯而老而死不一過目者可謂面寶山而不入者也又一類雖讀之不過採其辭致以資談柄助筆勢自少而壯而老而死不一究其理者可謂入寶山而不取者也又一類雖討論講演亦不過訓字詁文爭新競高自少而壯而老而死不一眞修而實踐者可謂取其寶把玩之賞鑑之懷之袖之而復棄之者也雖然一染識田終成道種是故佛經不可不讀

泰首座

或謂泰首座刻香坐脱九峰不許以不會石霜休去歇去寒灰枯木去等語也而紙衣道者能去能來將無會石霜意而洞山亦不許者何也愚謂紙衣若果已出息不涉衆緣入息不居陰界則去住自由當與洞山作愚癡齋把手共行泰何可及如或不然未免是弄精魂漢古人所謂鬼神活計者是也而泰公却有真實定力特其耽著静境不解轉身一句二者病則均也然紙衣虚心就洞山理會而泰公奮然長往自失大利滿招損謙受益學禪者宜知之

心之精神是謂聖

孔叢子云心之精神是謂聖楊慈湖平生學問以是爲宗其於良知何似得無合佛説之真知歟曰精神更淺於良知均之水上波耳惡得爲真知乎哉且精神二字分言之則各有旨合而成文則精魂神識之謂也昔人有言無量劫來生死本癡人認作本來人者是也

僧習

末法僧有習書習詩習尺牘語而是三者皆士大夫所有事士大夫捨之不習而習禪僧反習其所捨而於己分上一大事因緣置之度外何顛倒乃爾

宗門問答

古尊宿家相見其問答機緣或無義無味或可驚可疑或如駡如謔而皆自真參實悟中來莫不水乳投函盖合無一字一句浪施也後人無知效嚬則口業不小譬之二同邑人

千里久別忽然邂逅相對作鄉語隱語諺語傍人聽之亦復無義無味可驚可疑如罵如謔而實字字句句皆衷曲之談肝膈之要也傍人固不知是何等語而二人默契如水乳如函蓋矣今不知緘口結舌但向本參上著力祇愁不悟不愁悟後無語

御選語録卷第二十三

音釋

鴆 直禁切朕去聲毒鳥也
抓 側絞切爪亂搔搯也
罌 於京切音英瓶總名
衒 于眷切音眩自賣也
黔 其廉切音鉗人首黑也

御選語録卷第二十四

雲棲蓮池宏大師語録

聞謗

經言人之謗我也出初一字時後字未生出後一字時初字已滅是乃風氣鼓動全無眞實若因此發嗔則鵲噪鴉鳴皆應發嗔矣其説甚妙而或謂設彼作爲謗書則一覽之下字字具足又永存不滅將何法以破之獨不思白者是紙黑者是墨何者是謗況一字一字皆篇韻湊合而成然則置一部篇韻在案是百千萬億謗書無一時不現前也何惑之甚也雖然此猶是對治法門若知我空誰受謗者

菩薩不現今時

竊恠今時造業者多信道者寡菩薩既度生無已何不分身示現化誘羣迷且昔佛法東流自漢魏以迄宋元善知識出世若鱗次然元季國初猶見一二近何寥寥無聞如地藏願度盡衆生觀音稱無剎不現豈其忍遺末度之生亦有不現之剎耶久而思之乃知菩薩隨願度生衆生無緣則不能度喻如月在天上本無絶水之心水自不清月則不現況今末法漸深心垢彌甚菩薩固時時度生而生無受度之地是則臨濁水而求明月奚可得乎

曹溪不斷思想

有誦六祖偈云惠能没伎倆不斷百思想對境心數生菩提作麼長揚揚自謂得旨便擬縱心任身一切無礙坐中一居士斥之曰大師此偈藥臥龍能斷思想之病也爾未有是

病妄服是藥是藥反成病善哉言乎今更爲一喻曹溪之不斷百思想明鏡之不斷萬像也令人之不斷百思想素縑之不斷五采也曹溪之對境心數起空谷之遇呼而聲起也令人之對境心數起枯木之遇火而烟起也不揣已而自附於先聖者試閒處一思之

根原枝葉

末法人業經論其所尚多在名繁相劇而難爲記持者義幽理晦而難爲剖析者文隱句澀而難爲銷會者以是騁辨博誇新奇而衲僧脚跟下一大事因緣置之罔聞又寧知彼名相義理文句皆從此中流出是則攻枝葉而昧根原永嘉所以浩歎也故曰但得本不愁末祗恐時人於此信不及放不下耳

種種法門

譬如王師討伐臨陣格鬭以殺賊爲全勝而殺賊者或劍或槊或槌或戟乃至矢石種種隨用唯貴精於一技而已以例學人則無明惑障如彼賊人種種法門如劍槊等破滅惑障如獲全勝是知無論殺具但取殺賊賊既殺已大事斯畢所云殺具皆過河筏耳不務其大而沾沾焉謂劍能殺人槊不能殺豈理也哉參禪者譏念佛爲著相勵行者呵修定爲落空亦猶是也故經云歸元無二道方便有多門先德云如人涉遠以到爲期不取途中强分難易

生死根本

黄魯直曰深求禪悅照破生死之根則憂畏淫怒無處著脚但枯其根枝葉自瘁此至論也但未明言孰爲生死根者又禪悅下要緊

在照破字若得禪悦便謂至足則内守幽閑正生死根耳須是窮𥹋力究了了見自本性則生死無處著脚生死無處著脚憂畏淫怒何由而生

智慧

增一阿含經佛言戒律成就是世俗常數三昧成就亦世俗常數神足飛行成就亦世俗常數唯智慧成就爲第一義則知戒定等三學布施等六波羅蜜唯智慧最重不可輕也唯智慧最先不可後也唯智慧貫徹一切法門不可等也經云因戒生定因定發慧蓋語其生發之次第然而要當知所重知所先知所貫徹始得雖然此智慧者又非聰明辨才之謂也如前世智當悟中説

行脚住山

今人見玄沙不越嶺保福不度關即便端拱安居眼空四海及見雪峰三登投子九上洞山趙州八旬行脚即便奔南走北浪蕩一生斯二者皆非也心地未明正應千里萬里親附知識何得守愚空坐我慢自高既爲生死𥹋師訪道又何得觀山觀水徒誇履歷之廣而已哉正因行脚之士自不如此

山色

近觀山色蒼然其青爲如藍也遠觀山色鬱然其翠爲如藍之成靛也山之色果變乎山色如故而目力有長短也自近而漸遠焉青易爲翠自遠而漸近焉翠易爲青是則青以緣會而青翠以緣會而翠非唯翠之爲幻而青亦幻也蓋萬法皆如是矣

惺寂

止觀之貴均等尚矣聖人復起不能易矣或有稍緩急於其間者曰經言因定發慧則止爲要以是相沿成習修行之人多主寂靜唯永嘉既爲惺惺寂寂寂寂惺惺之説以明均等而後文曰惺惺爲正寂寂爲助則迥然獨得之見從古至今無道及者自後宗門教人看話以期徹悟而妙喜呵默照爲邪禪正此意也是故佛稱大覺衆生稱不覺覺者惺也永嘉之旨微乎

眞道人難

凡人造業者百而爲善者一二爲善者百而向道者一二向道者百而堅久者一二堅久者百而堅之又堅久之又久直至菩提心不退轉者一二如是最後名眞道人難乎哉

楞嚴

天如集楞嚴會解或曰此天如之楞嚴非釋迦之楞嚴也予謂此語雖是而新學執此遂欲盡廢古人註疏則非也即盡廢註疏單存白文獨不曰此釋迦之楞嚴非自己之楞嚴乎則經可廢也何況註疏又不曰自己之楞嚴徧一切處乎則諸子百家乃至樵歌牧唱皆不可廢也何況註疏

悟後

溈山和尚云如今初心雖從緣得一念頓悟自理尤有無始曠劫習氣未能頓淨須教渠淨除現業流識即是修也不道別有法教渠修行趣向溈山此語非徹法源底者不能道今稍有省覺便謂一生叅學事畢者獨何歟

去障

修行去障亦有五等喻如一人之身五重纏

裹最外鐵甲次以皮裘次以布袍次以羅衫又次貼肉極以輕綃次第解之輕綃俱去方是本體赤歷自身也行人外去粗障去之又去直至根本無明極微細障皆悉去盡方是本體清淨法身也

禪佛相爭

二僧遇諸途一叅禪一念佛叅禪者謂本來無佛無可念者佛之一字吾不喜聞念佛者謂西方有佛號阿彌陀憶佛念佛必定見佛執有執無爭論不已有少年過而聽焉曰兩君所言皆徐六擔板耳二僧叱曰爾俗士也安知佛法少年曰吾誠俗士然以俗士爲喻而知佛法也吾梨園子也於戲場中或爲君或爲臣或爲男或爲女或爲善人或爲惡人而求其所謂君臣男女善惡者以爲有則實無以爲無則實有蓋有是即無而有無是即有而無有無俱非眞而我則湛然常住也知我常住何以爭爲二僧無對

談宗

予未出家時乍閱宗門語便以情識摸擬與一座主書左縱右橫座主憚焉出家數年後重會座主於一宿菴勞問間見予專志淨土語不及宗矍然曰子向日見地超卓今反卑近何也予笑曰諺有之初生牛犢不畏虎識法者懼君知之乎座主不答

名利

榮名厚利世所同競而昔賢謂求之既不可得却之亦不可免此却之不可免一語最極玄妙處世者當深信熟玩蓋求不可得人或知之却不可免誰知之者如知其不可免也

何以求爲又求之未得不勝其愠及其得之不勝其喜如知其不可免也何以喜爲又已得則喜他人得之則忌如知其不可免也何以忌爲庶幾達宿緣之自致了萬劫之如空而成敗利鈍與味蕭然矣故知此語玄妙

神通

神通大約有三一報得一修得一證得報得者福業自致如諸天皆能徹視徹聽及鬼亦有通是也修得者習學而成如提婆達多學神通於阿難尊者是也證得者專心學道無心學通道具而通自具但遲速不同耳如古今諸祖諸善知識是也較而論之得道不患無通得通未必有道先德有言神通妙用不如闍黎佛法還須老僧意有在矣試爲喻之世間官人所有爵禄冠服府署儀衛等若神通然而亦有三種其報得者如功勳蔭襲自然而有者也其修得者人力夤緣古人所惡不由其道者是也其證得者道明德立而位自隨之仲尼云學也禄在其中矣是也是三者勝劣可知也

大豪貴人

世間大豪貴人多從修行中來然有三等其一持戒修福而般若正智念念不忘則來生雖處高位五欲具足而心則時時在道眞所謂有髮僧也其二持戒修福而般若之念稍疎則來生遊戲法門而已其三持戒修福而於般若邈不繫念則來生爲順境所迷背善從惡甚而謗佛毀法滅僧者有矣鞠其因地則均之修行人耳而差別如是來生更來生其差別又何如也寒心哉

世界

憶昔童子時戲與諸童子相問難謂天地盡處當作何狀將空然皆太虛歟則此空者又何所止將結實如垣壁歟則此實者又何所止諸童子無以應笑而罷而予則隱隱礙於胸中也彼山海經所謂東西相去二億里南北相去一億五萬里秪據一方誠管窺而已後閱內典至虛空不可盡世界不可盡意始大豁以爲非佛不能道嗟乎此未易言也

心不在內

楞嚴徵心謂心不在內者指真心也若妄想心則亦可云在內此意微妙未易與不知者道世書曰心藏神神即妄想別名其所稱心則肉團之謂耳有義學輩聞予言搖首不信今請以事明之人熟寐戲以物壓其心則魘或自手悮掩其心亦魘又戲畫睡人面有至魘死者此在內之明徵也義學曰如是則真妄成二物矣曰子徒知真妄不二不知真妄一而常二二而常一也不觀水與氷乎水氷不二孰不知之而水既成氷水流動而無定方氷凝實而有常所真無方妄有所亦猶足也從真起妄妄外無真由水結氷氷外無水故其體常一而用常二也義學曰此子臆見終遠楞嚴有據則可曰有據據在楞嚴諸君自不察耳經云一迷爲心決定惑爲色身之內雖在色身之內不妨體徧十方正徧十方之時不妨現在身內此意妄想破盡者方能證之吾與子尚在妄想中葛藤且止

出谷喻

詩咏鳥謂出自幽谷遷於喬木蓋別是非慎

取舍之論昔德山作青龍鈔初以爲三祇鍊修乃得成佛而南方魔子謂一悟了畢吾當往滅其種以報佛恩當是時是一片眞實好心耿耿於懷特不自知其所見之謬耳及夫受指教於婆子親見龍潭而積歲所寶所重棄之如腐草故能終成大器震耀末法也向使封滯臆見我慢自賢喻如窶人珍祕燕石反謗賈胡謂嫉已寶雖有百婆子千龍潭其將若之何

九餅誑兒

憶在家時一兒晚索湯餅時市門已掩家人無以應丸米粉與之啼不顧其母恚甚子曰易事耳取米丸匾之兒入手啞然而笑時謂兒易誑若此因知今人輕淨土重禪宗者似焉語以丸湯餅之淨土則啼易以匾米丸之禪宗則笑此眞與兒童之見何異嗟夫

好名

人知好利之害而不知好名之爲害尤甚所以不知者利之害粗而易見名之害細而難知也故稍知自好者便能輕利至於名非大賢大智不能免也思立名則故爲詭異之行思保名則曲爲遮掩之計終身役役於名之不暇而暇治身心乎昔一老宿言舉世無有不好名者因發長嘆坐中一人作而曰誠如尊諭不好名者惟公一人而已老宿欣然大悦解頤不知已爲所賣矣名關之難破如是哉

看忙

世有家業已辦者於歲盡之日安坐而觀貧人之役役於衣食也名曰看忙世有科名已

辦者於大比之日安坐而觀士人之役役於進取也亦名曰看忙獨不曰世有惑破智成所作已辦者安坐而觀六道衆生之役役於輪迴生死也非所謂看忙乎吁舉世在忙中誰謂看忙者古人云老僧自有安閒法此安閒法可易言哉雖然世人以閒看忙有矜已心無憐彼心菩薩看忙起大慈悲心普覺羣迷冀彼同得解脱則二心逈異所以爲凡聖小大之别

無義味語

宗門答話有所謂無義味語者不可以道理會不可以思惟通故也後人以思惟心强説道理則愈説愈遠豈惟謬説直饒説得極是亦只如鸚鵡學人語而已圓悟老人曰汝但情識意解一切妄想都盡自然於這裏會去此先德已驗之方斷非虛語吾輩所當深信而力行者也

得悟人正宜往生淨土

或問某甲向修淨土有禪者曰但悟自佛即已何必外求他佛而願往生此意如何予謂此實最上開示但執之亦能有悞請以喻明假使有人頴悟同於顔子而百里千里之外有聖如夫子者倡道於其間七十子三千賢相與周旋焉汝聞其名往而見之未必不更有長處而自恃頴悟拒不覲謁可乎雖然得悟不願往生敢保老兄未悟在何者天如有言汝但未悟若悟則汝淨土之生萬牛不能挽矣深矣哉言乎

親師

古人心地未通不遠千里求師訪道既得眞

師於是拗折拄杖高掛鉢囊久久親近太上則阿難一生侍佛嗣後歷代諸賢其久衆知識者未易悉舉只如慈明老人下二尊宿一則楊岐輔佐終世一則清素執侍一十三年是以晨咨暮炙浹耳洽心終得其道以成大器而予出家時晚又色力羸弱氣不助志先師爲度出家便相別去方外行脚所到之處或阻機會或罹病緣皆乍住而已遂至今日白首無知抱愚守拙嗟乎予不能於杏壇泗水濟濟多士中作將命童子而乃於三家村裏充敎讀師可勝嘆哉

千僧無一衲子

龍興靖公受知於雪峰大師峰記靖云汝他日住持座下千僧無一衲子後靖應錢王之請住持龍興果衆千餘皆三藏誦習之徒而已一如峰記昔馬大師得人之多其成大器者至八十八人靖去馬師年不甚遠而衲子之難得乃千中罕見其一況今時乎人間無十善則天類衰僧中無衲子則佛種斷近且不知衲子之謂何也法道伶仃如綫欲絕悲夫

生日

世人生日設宴會張音樂繪圖畫競辭賦以之爲樂唐文皇獨不爲可謂超越常情矣或曰是日也不爲樂而誦經禮懺修諸福事則何如曰誠善矣欲報父母劬勞生育之恩及滅已躬平生所作之業於此宜盡心焉然未也非本也先德有言父母未生前誰是汝本來面目是日也有能不爲樂而正念觀察未生前之面目者乎若於此廓爾洞明則不但

報此身之父母而累劫之親恩無不報不但滅現生之業而多生之夙障罔弗滅矣罷人世之樂得涅槃之樂孝矣哉若人乎偉矣哉若人乎

年少閉關

閉關之説古未有也後世乃有之所以養道非所以造道也且夫已發菩提大心者猶尚航海梯山冐風霜於百郡不契隨他一語者方且挑包頂笠踏雲水於千山八旬行脚老更驅馳九上三登不厭勤苦爾何人斯安坐一室人來叅我我弗求人耶昔高峰坐死關於張公洞依岩架屋懸處虛空如鳥在巢人罕覯之者然大悟以後事耳如其圖安逸而緘封自便則斷乎不可

僧畜僮僕

僧有畜僮僕供使令者夫出家人有弟子可服役奚以僮僕爲或曰弟子爲求道而來非執役人也噫夫子之適國也一則曰冉有僕一則曰樊遲御淵明之赴友人召也一門生二子舁其籃輿後世圖而繪之以爲高致今出家爲僧乃寵愛其弟子如富貴家兒而另以錢買僮僕供爨負薪張傘執刺末法之弊一至是乎

時光不可空過

世人躭着處不捨晝夜曰晝短苦夜長何不秉燭遊躭賞翫也百年三萬六千日一日須傾三百杯躭麯糵也野客吟殘半夜燈躭詩賦也長夏惟消一局棋躭博奕也古有明訓曰是日已過命亦隨減當勤精進如救頭然今出家兒躭麯糵者固少而前後三事或未

免焉將好光陰驀然空過豈不大可惜哉

一蹉百蹉

古云今生若不修一蹉是百蹉一之至百何蹉之多直至於是經言離惡道得人身難得人生逢佛法難然而逢念佛法門信受爲尤難也如經所言蟻子自七佛以來未脫蟻身安知何日得人身又何日逢佛法又何日逢念佛法門而信受也何止百蹉蓋千蹉萬蹉而無窮也傷哉

修福

古有偈修慧不修福羅漢應供薄修福不修慧象身掛瓔珞有專執前之二句者終日營營惟勤募化曰吾造佛也吾建殿也吾齋僧也此雖悉是萬行之門而有二說一則因果不可不分明二則巳事不可不先辦或曰果如子言則佛像湮沒誰其整之塔寺崩頹誰其立之僧餓於道路而不得食誰其濟之人人惟辦巳事而三寶荒蕪矣曰不然但患一體三寶荒蕪耳世間三寶自佛法入中國以來造佛建殿齋僧者時時不休處處相望何煩子之私憂而過計也吾獨慨夫僧之營事者其瞞因昧果不懼罪福尅減常住藏匿信施者無論矣即守分僧而未諳律學但知我不私用入巳則巳遂乃移東就西將甲補乙或那還急債或餽送俗家不知磚錢買𣏌僧糧作堂枉受辛勤翻成惡報是則天堂未就地獄先成所謂無功而有禍者也中峰大師訓衆曰一心爲本萬行可以次之則所謂巳事先辦者也巳事辦而作福事則所作自然當可矣至哉言乎爲僧者當銘之肺腑可也

大鑑大通

大鑑能禪師世稱南宗大通秀禪師世稱北宗然黄梅衣鉢不付時時勤拂拭之大通而獨付本來無一物之大鑑何宗鏡録謂大鑑止具一隻眼大通則雙眼圓明信如是何以不得衣鉢夫曹溪親接黄梅遠承達摩又遠之承迦葉又遠之承釋迦乃永明傳道於天台韶國師而爲此説者何也抑隨時救弊之説也昔人言晉宋以來競以禪觀相高而不復知直指人心見性成佛之旨故初祖西來至永明時又或以爲一悟即了故宗鏡及萬善同歸等書力贊修持則似乎南宗專於頓悟而北宗頓悟漸修智行雙備故有隻眼雙眼之喻萬松老人獨奮筆曰此一隻眼是之謂盡大地是沙門一隻眼也是之謂把定乾坤眼也是之謂頂門金剛眼也倘新學輩諸淺見者執宗鏡所云作實法會則大鑑止是空諦而大通方始是中道第一義諦可乎或曰曹溪六代傳衣舉世靡不知之而當是時何爲惟見兩京法主二帝門師北宗大著於天下而不及曹溪者又何也曰曹溪既承印記秘其衣鉢爲獵人守網潛光匿彩至於一十八年大通之道盛行曹溪之名未顯也迨風幡之對而後道播萬世矣曹溪潛龍深淵不自炫耀大通見龍在田不自滿盈其言曰彼親傳吾師衣鉢者也盖善知識之相與以有成也如是

詩偈

勸修四料簡

作福不念佛福盡還沉淪念佛不作福入道

多苦辛無福不念佛地獄鬼畜羣念佛兼作
福後證兩足尊

示廣位

病從身生身從業生不造諸業禍消福增娑
婆念佛極樂標名一心不亂上品位登

因性靈示衆

聾啞癡僧名曰性靈世間好惡何足評論是
非長短何必强分以此不説即杜禍門以此
勿聽即塞謗門以此不疑成就信門人能學
我萬禍無侵再或精進聖道可成

僧大文求偈字無外號含空

萬象之中唯空爲大空在我心眇如一芥大
哉心乎誰與對待無對待故是以無外

示大璋

有生必有死長短安足論今得圓僧相平生
願已滿當生大歡喜切勿懷憂惱萬緣俱放
下但一心念佛注想極樂國上品蓮花生見
佛悟無生還來度一切

新春日示衆

今日賀新春歲時重換却昨日作麼生十二
月廿八

宿地藏院

濟寧城地藏院隱隱猶聞發弘願巧禪和空
鉢還家癡道人賣衣買麵喫麵人休亂嘸然
管胸中石頭片

還俗僧復祝髮入靈隱

數年佛殿蔓延一瞬魔宮震肅即非新起規
模原是本來面目

答台州王敬所侍郎

問夜來牀頭老鼠唧唧說盡一部華嚴

經師云猫兒突出時如何王無語師自代云走却法師留下講案因書頌曰

老鼠唧唧華嚴歷歷奇哉王侍郎却被畜生惑猫兒突出畫堂前牀頭説法無消息無消息大方廣佛華嚴經世主妙嚴品第一

採蕨嘆

雲棲主人愛食蕨衲子山前羣採折採歸食已洗足坐忉忉喚我談心訣心訣何須待我談蹉過山前好時節蕨蕨竪起拳頭向汝説

放螺螄有感

盤盤曲曲深深窖窖出門則帶水拖泥閉户則泯踪絶跡險遭玉咼調和幾被金針挑剔今來復入波濤但願永離羅織休嫌肢體廉纖莫恠廓房窄塞若知圓覺作伽藍眼前便是金剛窟

示沈居士見衡

五十年前咏見衡一似描形不識面要將無見當玄修野狐僞作金毛現願依夫子眞實言念念存誠心不變一朝悟取首楞嚴見見之時非是見

向偈附此以戒妄言

跨上白牛車尺木横當面頂門眼圓睜正見時時現千程復萬程永刦何曾變畢竟是甚麼來黑臉胡僧坐壁邊一物不存如是見

大音希聲

空谷幽然也一呼而響應十方雷霆寂然也一鼓而震驚百里若夫春禽晝啼秋虫夜鳴繁其聲者小音而巳矣故世尊默然良久而外道謂開我迷雲空生宴坐不言而帝釋云善説般若大音希聲非此之謂

乎頌曰
不音之音名曰至音沉沉寂寂吼動乾坤無叩而鳴古人所箴學道之士默以養眞

大器晚成

梗梓在山千歲而巨材成室干將鑄冶九載而神光燭天若夫槿花早發而萎不終朝蜉蝣易生而壽不逾夕速其成者小器而已矣故長慶七破蒲團而捲簾大悟趙州八旬行脚而傑出叢林大器晚成非此之謂乎頌曰
不器之器名曰上器積厚養深一出名世欲速不達古人所刺學道之士靜以俟勢

大智如愚

連城之璧隱頑石而藏輝照乘之珠孕深淵而祕彩若夫象以齒而焚身翠因毛而殞命衒其智者小智而已矣故曹溪妙契五祖而執勞負辛以韜光慈明親見汾陽而含垢忍耻以匿迹大智如愚非此之謂乎頌曰
不智之智名曰眞智蠢然其容靈輝内熾用察爲明古人所忌學道之士晦以混世

大巧若拙

騏驥負千里之能而迹濫駑駘栴檀值大千之價而形同枯木若夫振螳臂於齊輪呈驢技於黔虎售其巧者小巧而已矣故馬師具大機大用而初守鈍於磨磚香嚴能答十答百而終甘心乎學圃大巧若拙非此之謂乎頌曰
不巧之巧名曰極巧一事無能萬法俱了靈才揚己古人所少學道之士朴以自保

畫像自贊

瘦若枯柴衰如落葉呆比盲龜拙同跛鼈無道可尊無法可說問渠趺坐何爲但念阿彌陀佛

又

十晝九不像惱殺丹青匠㡧幾此近之權留作供養若道這便是依然成兩樣不兩樣三十棒

示孫居士無高

人若凡夫名超之欲入聖操此上人心窮高不知病我觀聖與凡無欠亦無剩廓然平等門高下何足競抑之又抑之乃見眞如性

鬼子母揭鉢圖

鬼母失兒情太慼天上人間求未得鉢盂指示空覩形盡其神力不能出囬光省過大歸依刹那母子重相識重相識遲入剋自家懷裏抱嬰兒何必向如來膝下殷勤覔

答頭陀袁希賢

須知有念終無念千丈綺羅無一線誰識無情却有情庭前鐵樹發新英無亦非有亦非偏南倚北莫相識無亦是有亦是東行西去隨我意君不見虚空本自絶中邊東西南北何曾異

擬古四首

畏寒時欲夏苦熱復思冬妄想能消滅安身處處同

其二

忖得翻成失擬東仍復西未來杳無定何必預勞思

其三

蠶出桑抽葉蜂饑樹給花有人斯有禄貧者
不須嗟

其四

草食勝空腹茆堂過露居人生解知足煩惱
一時除

藍田

鵖鵖平畦瑞起烟山翁懷土正高眠春深莫
訝犂鋤靜不是人間稻黍田

東銘

一瓩一椽一粥一飯檀信脂膏行人血汗爾
戒不持爾事不辦可懼可憂可嗟可嘆

西銘

一時一日一月一年流光易度幻形匪堅凡
心未盡聖果未圓可驚可怖可悲可憐

厨房銘

雪峰飯頭溈山典座古德芳風於今未墜攝
爾狂心慎爾口過運水搬柴無忘這個堂內
坐禪堂外禪坐誰信傳衣不離碓磨

浴堂銘

山巍路遠致其柴薪瀹釜然火効其勞勤一
月八浴叢林罕聞沙彌戲笑沸湯浇淋洗心
滌慮日新又新何以報德忽悟水因

御選語録卷第二十四

音釋

槊色角切矛屬　綃先彫切音宵生絲繒也　浹即涉切音接　緘古咸切音蒹封也　瀹弋灼切音藥漬也

御製序　幸五

朕既選刻僧肇等禪師語錄長夏幾暇欲全覽歷代古德之所激揚而錄其眞切爲人者奈華藏浩瀚目不暇給臣工中與禪衲輩具能辨別淄澠目力者不得其人莫可使分任繙閱呈朕總覽者無已乃就妙喜所輯正法眼藏幻寄所刻指月錄二書採取若干則公案以示後學夫正法眼藏指月錄二書行海內數百年矣西竺四七震旦二三佛佛祖祖無義味語至今普遍閻浮提界俾荒山古刹渺渺禪棲榔栗蒲團脩脩釋子皆得展卷而見提唱而聞妙喜幻寄之功勳固爲不可磨滅但惜皆未具透關眼所以拈提自先失利則粉中之雪煤裏之墨豈能揀辨的當擲黃金而取瓦礫寶魚目而棄摩尼定所不免是以正法眼藏指月錄之外其尚有玄樞正體靈鑑眞光開示指歸裨益末世者未經朕目無可如何在二書之中則可以自信選擇一無所遺矣明眼人自能辨取帙中所採言句非如妙喜幻寄所選祇尙語句尖新機鋒敏捷不論與本分心地有無交涉也皆專以提持向上不但時人之所推尚流俗之所盛傳而實非旨要未契眞宗者槩置不錄即古來大善知識遞相拈示之公案少或不依本分任其口頭滑利即不與選焉夫此不了言句歷代明眼善知識非不知其爲非第一義諦或以祖父所遺只得傳爲家珍或因諸方檢點恐起爭端不無回互不但不肯明以指斥且棄短取長附合拈提將方寸之木聳令高於岑樓亦不過無奈聊作門前之繞豈是謂

祖印在茲也初機後學未能人人具生知慧眼則不無悞人在朕今日無罣無礙一稟覺王正令黜陟古今有何忌諱而不爲直提指明後世眞正發心叅學之人如墮網之欲出若沐漆而求解者豈可不令解粘去縛之淨盡俾少留餘地耶如傅大士如大珠海如丹霞天然如靈雲勤如德山鑒如興化獎如長慶稜如風穴沼如汾陽昭如端師子如大慧杲如洪覺範如高峯妙皆宗門中歷代推爲提持後學之宗匠奈其機緣示語無一可入選者聊舉數端以見其旨如傅大士夜夜抱佛眠朝朝還共起起坐鎮相隨語默同居止及能爲萬象主不逐四時凋之句長慶上堂曰撞著道伴交肩過一生叅學事畢僧問與化四方八面來時如何化曰打中間的如此語句皆是祇識得個昭昭靈靈耳卽傅大士所云空手把鉏頭步行騎水牛人從橋上過橋流水不流亦祇到得脱凡情執著見耳祇如步行騎水牛較古德道士倒騎牛之句雖若彷彿而相去天淵如普化云明頭來明頭打暗頭來暗頭打四方八面來旋風打虛空來連架打此語雖亦非究竟較興化打中間語奚啻霄壤如龐居士一口吸盡西江水乃從來多傳爲極則者却不知但只會得個光吞萬象而已豈曾脚跟點地所以五祖演云一口吸盡西江水萬丈深潭窮到底略彴不似趙州橋明月清風安可比此頌可謂補龐蘊之欠缺也如龐婆百草頭邊祖師意之句尤爲粗淺而無知狂叅亦稱爲究竟之說如汾陽昭除十智同眞之外其他語句無一可

取似此見也則十智同眞之設亦從解路中得來耳若欲如是推演敷布豈有底止十智同眞亦奚足重若爲啟初學之疑情何必如此多言徒使眞參實悟之人牽連入於解路耳如德山乃從來歷代推崇之古錐而除一棒之外詳細搜求其垂示機緣却無一則可採不過會得個本無言說之理不被天下老和尚舌頭瞞地位耳未踏向上一着在所以潙山之語泥裏有刺道德山向後孤峯頂上盤結草庵呵佛罵祖去在可謂將德山數語判盡也如托鉢公案亦只可啟發初學疑情與本分毫無交涉況亦有何奇特直得數千百年提唱殊不可解如巖頭雪峯寔乃見過於師然亦未到圓通處較伊法嗣玄沙猶欠百步在如大珠頓悟入道要門論不過提唱初機全未具頂門正眼其馬祖賞歎之說未必確實如妙喜乃數百年望重海内之人其武庫全錄朕皆詳細披閱其示語機緣中一無可取其拈提古德處亦間有透脱之論而支離謬誤處甚多觀此則非具眞知見者亦乃認得個本來徹光用解識學問勉强擴充之所致非實透關之侶如靈雲青山原不動白雲任去來之句如露柱懷胎打破鏡來相見之説亦屬一流至風穴錄中所載不過默悟三玄指要是其極則其語句如老僧闍黎祖意教意皆左右兩拍之説家國與野老老僧與闍黎豈有兩個雖將左右兩拍解路粉飾似同中有異異中同者其顰蹙安貼話成兩橛如何蓋覆如荅隨緣不變云披簑側立千峯外引水澆蔬五老峰又如壁立千仭誰

敢正眼覷著之句皆從玄要中知解得來不問可知不但非第一義而且貽悞後學況與世理大相矛盾似此不經之説徒増文士嗤謗耳與佛法毫無裨益此一實事有一絲毫便是一絲毫失之毫釐差之千里眞僞之辨若遇明眼人斷不能逃影如丹霞燒木佛觀其語録見地只止無心實爲狂恣妄作據丹霞之見木佛之外別有佛耶若此則子孫焚燒祖先牌臣工毀棄帝王位可乎在丹霞以爲除佛見殊不知自墮鐵圍而不覺也意在立奇掃相而通身泥水自不知也若謂院主眉鬚墮設立疑案究亦無可疑處不過亦從解路中成就耳非切實爲人開人天眼目之宗匠況其示寂時一足未及地而化此亦護法神明令伊自示脚跟不點地之一証如一古德殿前背佛坐又一古德入殿向佛唾傍僧云何得背佛坐向佛唾答云將無佛處來與某甲唾指無佛處來與某甲背此等見解與丹霞同但知掃目前一像却不覺自執千像萬像矣當日但問此二狂徒你道除此殿中佛尚別有何佛試指取看管教立地現形此等無稽魔説何堪提唱書錄掛齒更有拾狐唾以爲獅乳者尤堪憐愍似此者不可枚舉以上所拈尚皆非屬邪妄但脚跟未踏實地非了義之説耳如洪覺範指月錄中採其拈提處甚多其支離謬妄處與幻寄同可謂同病相憐不過令人作發笑之戲具更不必論者至如三喚侍者婆子燒庵喫油糍野狐斬猫犀牛扇臺山婆子子湖狗香嚴上樹雲門扇子禾山鼓慈明榜等公案皆古今藂林

中日日舉似者朕悉不錄蓋雖言語道斷不過啟發初機非是究竟但此等公案尚不至榛蕪向上一路耳總之此事如杲日光如大火聚提則全提印則全印否乃不違佛之正旨盡屬奪弄精魂其言雖皆數千百年以來人人之所提唱其人雖皆數千百年以來人人之所推崇朕皆置之不論蓋歷代震於其名無人指出殊不知此等未了之談雜入真正人天眼目之宗師語句中後學豈能盡具叅方眼其目光如豆者必致金鍮莫辨皂白不分到此地位自以爲已造某古德所造之境向上自然無路妄爲叅學事畢豈不是盡九州鐵鑄成這一大錯此等語句雖於提掇初機發人淨信未始無功然其功甚小能令真正發心叅學之人中止化城過由伊造其過甚大如迦陵音亦可謂具叅方眼者乃於興化古廟躲過丹霞燒木佛長慶路逢道伴等公案尚被牽絆而未看破且尤喜提唱風穴閣黎老僧一則朕當年一一討論爲之説破尚不能透脫何況初機後學耶兹集所選歷代禪師除六祖外一百五十六人語句固皆本分極則而諸人中如誌公馬祖一南嶽思石頭遷忠國師長沙岑觀國師臨濟元投子同曹山寂玄沙備韶國師其見證與前選中諸大善知識無二無別但其傳世語句可採者止於此因其難成卷帙是以並在後集中至於藥山儼黄蘗運洞山价羅漢琛法眼益天衣懷細細評量猶有珠與璣之分其餘諸禪師公案言句二書所載祇此一二則語雖可錄不能品其次第學者能於古人語言

相似而高下懸殊之處自具隻眼知朕採取删汰意趣之所歸舉一明三方爲於此有分否則毋得顢頇含胡輕言叅透葛藤轉不如講誦經典薰此佛種以待機緣尚爲未昧自已朕今此舉若無灼知定見豈肯多生枝節爲天下後世之所嗤笑實憐禪宗頹廢慧命懸絲皆由此輩未了宗師開此紛雜岐徑令魚龍莫辨後學不知所從也故不得不爲虵足一上如標月指所指必月無論三垣二十八宿未嘗悞指卽弦朓之月亦所不指所指者如月之恒既圓且明普照三千大千後學但毋向指邊求月也是爲序

雍正十一年癸丑八月望日

無名氏問千七百則陳爛葛藤皆是無義味語

皇上品其優劣毋乃涉於解路乎

有名氏答從上祖師言句汝作麽生會無名氏云如鴉鳴鵲噪會有名氏曰汝既不作言句會汝今云何復生分別心如可分別者固應如是分別如曰不可分別則古來言句既作鴉鳴鵲噪會

皇上今日品題何不作鳳噦龍吟會彎兎角弓而射空裡風輪或百發百中或十發一中計功行賞夫何不可無名氏懡㦬而退

御選語錄卷第二十五

歷代禪師語錄前集

初祖菩提達摩大師

祖於般若多羅尊者得法演化本國時有二師一名佛大先二名佛大勝多佛大先遇般若多羅尊者捨小趣大與祖並化時號爲二甘露門而佛大勝多更分徒而爲六宗第一有相宗第二無相宗第三定慧宗第四戒行宗第五無得宗第六寂靜宗各封已解別展化源祖喟然歎曰彼之一師已陷牛跡況復支離而分六宗我若不除永纏邪見言已微現神力至有相宗所問曰一切諸法何名實相彼衆中有一尊長薩婆羅答曰於諸相中不互諸相是名實相祖曰一切諸相而不互者若名實相當何定耶彼曰於諸相中實無有定若定諸相何名爲實祖曰諸相不定便名實相汝今不定當何得之彼曰我言不定不說諸相當說諸相其義亦然祖曰汝言不定當爲實相定不定故即非實相彼曰定既不定即非實相知我非故不定不變祖曰汝今不變何名實相已變已往其義亦然彼曰不變當在在不在故故變實相以定其義祖曰實相不變變即非實於有無中何名實相薩婆羅心知聖師懸解潛達即以手指虛空曰此是世間有相亦能空故當我此身得似此否祖曰若解實相即見非相若了非相與色亦然當於色中不失色體於非相中不礙有故若能是解此名實相彼衆聞已心意朗然欽禮信受祖瞥然匿跡至無相宗所而問曰汝言無相當何證之彼衆中有波羅提者

答曰我明無相心不現故祖曰汝心不現當何明之彼曰我明無相心不取捨當於明時亦無當者祖曰於諸有無心不取捨又無當者諸明無故彼曰入佛三昧尚無所得何況無相而欲知之祖曰相既不知誰云有無尚無所得何名三昧彼曰我說不證證無所證非三昧故我說三昧祖曰非三昧者何當名之汝既不證非證何證波羅提聞祖辨析即悟本心禮謝於祖懺悔往謬祖記曰汝當得果不久證之此國有魔汝可降之言已忽然不現至定慧宗所問曰汝學定慧爲一爲二彼衆中有婆蘭陀者答曰我此定慧非一非二祖曰既非一二何名定慧彼曰在定非定處慧非慧一即非一二亦不二祖曰當一不一當二不二既非定慧約何定慧彼曰不一不二定慧能知非定非慧亦復然矣祖曰慧非定故然何知哉不一不二誰定誰慧婆蘭陀聞之疑心氷釋至第四戒行宗所問曰何者名戒云何名行當此戒行爲一爲二彼衆中有一賢者答曰一二二一皆彼所生依教無染此名戒行祖曰汝言依教即是有染一二俱破何言依教此二違背不及於行內外非明何名爲戒彼曰我有內外彼已知竟既得通達便是戒行若說違背俱是俱非言及清淨即戒即行祖曰俱是俱非何言清淨既得通故何談內外賢者聞之即自慚服至無得宗所問曰汝云無得無得何得既無所得亦無得得彼衆中有寶靜者答曰我說無得非無得得當說得得無得是得祖曰得既不得得亦非得既云得得得得何得彼曰見得

非得非得是得若見不得名爲得得祖曰得旣非得得得無得旣無所得當何得得寶靜聞之頓除疑網至寂靜宗所問曰何名寂靜於此法中誰靜誰寂彼衆中有尊者答曰此心不動是名爲寂於法無染名之爲靜祖曰本心不寂要假寂靜本來寂故何用寂靜彼曰諸法本空以空空故於彼空空故名寂靜祖曰空空已空諸法亦爾寂靜無相何靜何寂靜尊者聞師指誨豁然開悟於是六衆咸誓歸依化被南天聲馳五印經六十載度無量衆

祖念東震旦國佛記後五百歲般若智燈運光於彼遂囑弟子般若密多羅住天竺傳法而躬至震旦乃辭祖塔別學侶泛重溟達南海乃梁普通七年庚子歲也廣州刺史蕭昂具禮迎供表聞武帝帝遣使齎詔迎請十月至金陵帝問曰朕卽位以來造寺寫經度僧不可勝紀有何功德祖曰並無功德帝曰何以無功德祖曰此但人天小果有漏之因如影隨形雖有非實帝曰如何是眞功德祖曰淨智妙圓體自空寂如是功德不以世求帝又問如何是聖諦第一義祖曰廓然無聖帝曰對朕者誰祖曰不識帝不悟

祖渡江北寓止嵩山少林寺面壁而坐終日默然有僧神光詣祖參承祖常端坐面壁莫聞誨勵師立雪過膝斷臂求法祖遂因與易名曰慧可問曰諸佛法印可得聞乎祖曰諸佛法印匪從人得可曰我心未寧乞師與安祖曰將心來與汝安可良久曰覓心了不可得祖曰我與汝安心竟越九年欲返天竺乃

顧慧可而告之曰昔如來以正法眼付迦葉大士展轉囑累而至於我我今付汝汝當護持并授汝袈裟以為法信內傳法印以契證心外付袈裟以定宗旨至吾滅後二百年衣止不傳法周沙界明道者多行道者少說理者多通理者少潛符密證千萬有餘汝當闡揚勿輕未悟一念回機便同本得聽吾偈曰吾本來茲土傳法救迷情一花開五葉結果自然成

二祖慧可大師

有一居士年踰四十不言名氏聿來設禮而問祖曰弟子身纏風恙請和尚懺罪祖曰將罪來與汝懺士良久曰覓罪了不可得祖曰與汝懺罪竟宜依佛法僧住士曰今見和尚已知是僧未審何名佛法祖曰是心是佛是心是法法佛無二僧寶亦然士曰今日始知罪性不在內不在外不在中間如其心然佛法無二也祖深器之卽為剃髮曰是吾寶也宜名僧璨祖遂屬累付以衣法偈曰本來緣有地因地種花生本來無有種花亦不曾生向居士幽棲林野木食磵飲北齊天保初聞祖盛化乃致書曰影由形起響逐聲來弄影勞形不識形為影本揚聲止響不知聲是響根除煩惱而趣涅槃喻去形而覓影離衆生而求佛果喻默聲而求響故知迷悟一塗愚智非別無名作名因其名則是非生矣無理作理因其理則爭論起矣幻化非真誰是誰非虛妄無實何空何有將知得無所得失無所失未及造謁聊申此意伏望答之祖回示曰備觀來意皆如實眞幽之理竟不殊本迷

摩尼謂瓦礫豁然自覺是眞珠無明智慧等無異當知萬法卽皆如然此二見之徒輩申辭措筆作斯書觀身與佛不差别何須更覓彼無餘居士捧披祖偈乃申禮覲密承印記

三祖僧璨大師

信心銘至道無難惟嫌揀擇但莫憎愛洞然明白毫釐有差天地懸隔不識玄旨徒勞念靜圓同太虚無欠無餘良由取舍所以不如　不用求眞惟須息見纔有是非紛然失心二由一有一亦莫守一心不生萬法無咎無咎無法不生不心能由境滅境逐能沉境由能境能由境能欲知兩叚原是一空一空同兩齊含萬象欲取一乘勿惡六塵六塵不惡還同正覺智者無爲愚人自縛法無異法妄自愛著將心用心豈非大錯夢幻空花何勞把捉得失是非一時放却眼若不寐諸夢自除心若不異萬法一如狐疑盡淨正信調直一切不留無可記憶虚明自照不勞心力非思量處識情難測眞如法界無他無自要急相應惟言不二不二皆同無不包容十方智者皆入此宗宗非促延一念萬年無在不在十方目前極小同大忘絶境界極大同小不見邊表有卽是無無卽是有一卽一切一切卽一但能如是何慮不畢

四祖道信大師

祖謂牛頭融禪師曰夫百千法門同歸方寸河沙妙德總在心源一切戒門定門慧門神通變化悉自具足不離汝心一切煩惱業障本來空寂一切因果皆如夢幻無三界可出無菩提可求人與非人性相平等大道虚曠

絶思絶慮如是之法汝今已得更無闕少與佛何殊更無別法汝但任心自在莫作觀行亦莫澄心莫起貪嗔莫懷愁慮蕩蕩無礙任意縱横不作諸善不作諸惡行住坐卧觸目遇緣總是佛之妙用快樂無憂故名爲佛

五祖弘忍大師

咸亨中有居士姓盧名慧能自新州來叅謁祖問曰汝自何來盧曰嶺南祖曰欲須何事盧曰惟求作佛祖曰嶺南人無佛性若爲得佛盧曰人卽有南北佛性豈然祖令隨衆作務盧曰弟子自心常生智慧不離自性卽是福田未審和尚教作何務祖曰這獦獠根性太利著槽廠去盧禮足而退便入碓坊服勞於杵臼晝夜不息一日祖潛詣碓坊問曰米白也未盧曰白也未有篩祖以杖三擊其碓盧卽以三鼓入室祖告曰諸佛出世爲一大事故隨機大小而引導之遂有十地三乘頓漸等旨以爲教門然以無上微妙秘密圓明眞實正法眼藏付於上首大迦葉尊者展轉傳授二十八世至達摩屆於此土得可大師承襲以至於我今以法寶及所傳袈裟用付於汝善自保護無令斷絶聽吾偈曰有情來下種因地果還生無情旣無種無性亦無生盧跪受訖問法則旣受衣付何人祖曰昔達摩初至人未之信故傳衣以明得法今信心已熟衣乃爭端止於汝身不復傳也

六祖慧能大師

祖抵黄梅叅禮五祖當呈偈後三鼓入五祖室五祖復徵其初悟應無所住而生其心語祖於言下大徹遂啟五祖曰一切萬法不離

自性何期自性本自清淨何期自性本不生滅何期自性本自具足何期自性本無動摇何期自性能生萬法五祖知悟本性謂祖曰不識本心學法無益若識本心見自本性即名丈夫天人師佛遂傳衣法五祖送祖至九江驛邊令祖上船祖隨即把櫓五祖曰合是吾渡汝祖曰迷時師度悟時自度度名雖一用處不同能蒙師傳法今已得悟只合自性自度五祖云如是如是以後佛法由汝大行

祖至廣州法性寺值印宗法師講涅槃經寓止廊廡間暮夜風颺刹幡聞二僧對論一曰幡動一曰風動往復不已祖曰不是風動不是幡動仁者心動一衆竦然

印宗延至上席徵詰奥義問曰黄梅付囑如何指授祖曰指授即無惟論見性不論禪定解脱宗曰何不論禪定解脱祖曰爲是二法不是佛法佛法是不二之法宗又問如何是佛法不二之法祖曰法師講涅槃經明佛性是佛法不二之法如高貴德王菩薩白佛言犯四重禁作五逆罪及一闡提等當斷善根佛性否佛言善根有二一者常二者無常佛性非常非無常是故不斷名爲不二一者善二者不善佛性非善非不善是名不二蘊之與界凡夫見二智者了達其性無二無二之性即是佛性印宗聞説歡喜合掌

韋使君請益師陞座告大衆曰總淨心念摩訶般若波羅密多復云善知識菩提般若之智世人本自有之只緣心迷不能自悟須假大善知識示導見性當知愚人智人佛性本無差别只緣迷悟不同所以有愚有智吾今

爲説摩訶般若波羅密法使汝等各得智慧志心諦聽吾爲汝説善知識世人終日口説般若不識自性般若猶如説食不飽口但説空萬劫不得見性終無有益善知識摩訶般若波羅密是梵語此言大智慧到彼岸此須心行不在口念口念心不行如幻如化如露如電口念心行則心口相應本性是佛離性無别佛何名摩訶摩訶是大心量廣大猶如虚空無有邊畔亦無方圓大小亦非青黄赤白亦無上下長短亦無嗔無喜無是無非無善無惡無有頭尾諸佛刹土盡同虚空世人妙性本空無有一法可得自性眞空亦復如是善知識莫聞吾説空便卽著空第一莫著空若空心靜坐卽著無記空善知識世界虚空能含萬物色像日月星宿山河大地泉源溪礀草木叢林惡人善人惡法善法天堂地獄一切大海須彌諸山總在空中世人性空亦復如是善知識自性能含萬法是大萬法在諸人性中若見一切人惡之與善盡皆不取不捨亦不染著心如虚空名之爲大故曰摩訶善知識迷人口説智者心行又有迷人空心靜坐百無所思自稱爲大此一輩人不可與語爲邪見故善知識心量廣大徧周法界用卽了了分明應用便知一切一切卽一一卽一切去來自由心體無滯卽是般若善知識一切般若智皆從自性而生不從外入莫錯用意名爲眞性自用一眞一切眞心量大事不行小道口雖終日説空心中不修此行恰似凡人自稱國王終不可得非吾弟子善知識何名般若般若者唐言智慧也一切

處所一切時中念念不愚常行智慧卽是般若行一念愚卽般若絶一念智卽般若生世人愚迷不見般若口說般若心中常愚常自言我修般若念念說空不識眞空般若無形相智慧心卽是若作如是解卽名般若智何名波羅密此是西竺語唐言到彼岸解義離生滅著境生滅起如水有波浪卽名爲此岸離境無生滅如水常通流卽名爲彼岸故號波羅密善知識迷人口念當念之時惟妄惟非念念若行是名眞性悟此法者是般若法修此行者是般若行不修卽凡一念修行自身等佛善知識凡夫卽佛煩惱卽菩提前念迷卽凡夫後念悟卽佛前念著境卽煩惱後念離境卽菩提善知識摩訶般若波羅密最尊最上最第一無住無往亦無來三世諸佛從中出當用大智慧打破五蘊煩惱塵勞如此修行定成佛道變三毒爲戒定慧善知識我此法門從一般若生八萬四千智慧何以故爲世人有八萬四千塵勞若無塵勞智慧常現不離自性悟此法者卽是無念無憶無著不起誑妄用自眞如性以智慧觀照於一切法不取不捨卽是見性成佛道若起正眞般若觀照一刹那間妄念俱滅識自本性一悟卽至佛地善知識智慧觀照內外明徹識自本心若識本心卽本解脫若得解脫卽是般若三昧般若三昧卽是無念何名無念若見一切法心不染著是爲無念用卽徧一切處亦不著一切處但淨本心使六識出六門於六塵中無染無雜來去自由通用無滯卽是般若三昧自在解脫名無念行若百不思

常令念絶卽是法縛卽名邊見善知識悟無念法者萬法盡通悟無念法者見諸佛境界悟無念法者至佛地位善知識後代得吾法者將此頓教法門於同見同行發願受持如事佛故終身而不退者定入聖位

示衆云善知識我此法門以定慧爲本大衆勿迷言定慧别定慧一體不是二定是慧體慧是定用卽慧之時定在慧卽定之時慧在定若識此義卽是定慧等學諸學道人莫言先定發慧先慧發定定慧各别作此見者法有二相口說善相心中不善空有定慧定慧不等若心口俱善內外一種定慧卽等自悟修行不在於諍若諍先後卽同迷人不斷勝負却增我法不離四相善知識定慧猶如何等猶如燈光有燈卽光無燈卽暗燈是光之體光是燈之用名雖有二體本同一此定慧法亦復如是

祖云善知識云何立無念爲宗只緣口說見性迷人於境上有念念上便起邪見一切塵勞妄想從此而生自性本無一法可得若有所得妄說禍福卽是塵勞邪見故此法門立無念爲宗善知識無者無何事念者念何物無者無二相無諸塵勞之心念者念眞如本性眞如卽是念之體念卽是眞如之用眞如自性起念非眼耳鼻舌能念眞如有性所以起念眞如若無眼耳色聲當時卽壞善知識眞如自性起念六根雖有見聞覺知不染萬境而眞性常自在故經云能善分别諸法相於第一義而不動

無相頌曰迷人修福不修道只言修福便是

道布施供養福無邊心中三惡元來造擬將修福欲滅罪後世得福罪還在但向心中除罪緣名自性中眞懺悔忽悟大乘眞懺悔除邪行正卽無罪學道常於自性觀卽與諸佛同一類吾祖惟傳此頓法普願見性同一體若欲當來覓法身離諸法相心中洗努力自見莫悠悠後念總絶一世休若悟大乘得見性虔恭合掌至心求

南嶽懷讓禪師禮祖祖曰何處來曰嵩山祖曰甚麼物恁麼來曰說似一物卽不中祖曰還可修證否曰修證卽不無汚染卽不得祖曰只此不汚染諸佛之所護念汝旣如是吾亦如是

僧智通看楞伽經約千餘徧不會三身四智禮祖求解其義祖曰三身者清淨法身汝之性也圓滿報身汝之智也千百億化身汝之行也若離本性别說三身卽名有身無智若悟三身無有自性卽名四智菩提聽吾偈曰自性具三身發明成四智不離見聞緣超然登佛地吾今爲汝說諦信永無迷莫學馳求者終日說菩提通曰四智之義可得聞乎祖曰旣會三身便明四智何更問耶若離三身别譚四智此名有智無身也卽此有智還成無智復說偈曰大圓鏡智性清淨平等性智心無病妙觀察智見非功成所作智同圓鏡五八六七果因轉但用名言無實性若於轉處不留情繁興永處那伽定通禮謝以偈贊曰三身元我體四智本心明身智融無礙應物任隨形起修皆妄動守住匪眞精妙旨因師曉終無汚染名

僧志道覽涅槃經至諸行無常是生滅法生滅滅已寂滅爲樂而生疑禮祖求發明祖曰汝作麼生疑對曰一切衆生皆有二身謂色身法身也色身無常有生有滅法身有常無知無覺經云生滅滅已寂滅爲樂者未審是何身寂滅何身受樂若色身者色身滅時四大分散全是苦苦不可言樂若法身寂滅卽同草木瓦石誰當受樂又法性是生滅之體五蘊是生滅之用一體五用生滅是常生則從體起用滅則攝用歸體若聽更生卽有情之類不斷不滅若不聽更生卽永歸寂滅同於無情之物如是則一切諸法被涅槃之所禁伏尚不得生何樂之有祖曰汝是釋子何習外道斷常邪見而議最上乘法據汝所解卽色身外别有法身離生滅求於寂滅又推涅槃常樂言有身受者斯乃執吝生死耽著世樂汝今當知佛爲一切迷人認五蘊和合爲自體相分别一切法爲外塵相好生惡死念念遷流不知夢幻虛假枉受輪迴以常樂涅槃翻爲苦相終日馳求佛愍此故乃示涅槃眞樂刹那無有生相刹那無有滅相更無生滅可滅是則寂滅現前當現前之時亦無現前之量乃謂常樂此樂無有受者亦無不受者豈有一體五用之名何況更言涅槃禁伏諸法令永不生斯乃謗佛毁法聽吾偈曰無上大涅槃圓明常寂照凡愚謂之死外道執爲斷諸求二乘人目以爲無作盡屬情所計六十二見本妄立虛假名何爲眞實義唯有過量人通達無取捨以知五蘊法及以蘊中我外現衆色象一一音聲相平等如夢幻

不起凡聖見不作涅槃解二邊三際斷常應諸根用而不起用想分别一切法不起分别想刧火燒海底風鼓山相擊真常寂滅樂涅槃相如是吾今强言説令汝捨邪見汝勿隨言解許汝知少分道聞已踊躍作禮而退

僧志常叅祖祖問汝從何來欲求何事曰學人近禮大通和尚蒙示見性成佛之義未決狐疑望賜開示祖曰彼有何言句汝試舉看曰大通云汝見虚空否對曰見通曰汝見虚空有相貌否對曰虚空無形有何相貌通曰汝之本性猶如虚空返觀自性了無一物可見是名正見無一物可知是名真知無有青黄長短但見本源清淨覺體圓明卽名見性成佛亦名極樂世界亦名如來知見學人雖聞此説猶未決了乞和尚示誨令無凝滯祖曰彼師所説猶存見知故令汝未了吾今示汝一偈曰不見一法存無見大似浮雲遮日面不知一法守空知還如太虚生閃電此之知見瞥然興錯認何曾解方便汝當一念自知非自己靈光常顯現常聞偈已心意豁然乃述偈曰無端起知見著相求菩提情存一念悟寧越昔時迷自性覺源體隨照枉遷流不入祖師室茫然趣兩頭

有一童子名神會年十三自玉泉來叅禮祖曰知識遠來艱辛還將得本來否若有本則合識主試説看會曰以無住爲本見卽是主祖曰這沙彌爭合取次語會曰和尚坐禪還見不見祖以柱杖打三下云吾打汝痛不痛對曰亦痛亦不痛祖曰吾亦見亦不見神會問如何是亦見亦不見祖云吾之所見常見

自家過愆不見他人是非好惡是以亦見亦不見汝言亦痛亦不痛如何汝若不痛同其木石若痛則同凡夫卽起恚恨汝向前見不見是二邊痛不痛是生滅汝自性且不見敢爾弄人神會禮拜悔謝

一日祖告衆曰我有一物無頭無尾無名無字無背無面諸人還識否神會出曰是諸佛之本源神會之佛性祖曰向汝道無名無字汝便喚作本源佛性汝向去有把茆蓋頭也只成箇知解宗徒

唐中宗詔遣使薛簡迎祖祖以疾辭簡問曰京城禪德皆云欲得會道必須坐禪習定未審師所說法如何師曰道由心悟豈在坐也經云若言如來若坐若卧是行邪道何故無所從來亦無所去無生無滅是如來清淨禪諸法空寂是如來清淨坐究竟無證豈況坐耶簡曰弟子回京主上必問願師慈悲指示心要傳奏兩宮及京城學道者譬如一燈燃百千燈冥者皆明明明無盡師曰道無明暗明暗是代謝之義明明無盡亦是有盡相待立名故淨名經云法無有比無相待故明與無明凡夫見二智者了達其性無二無二之性卽是實性實性者處凡愚而不減在賢聖而不增住煩惱而不亂居禪定而不寂不斷不常不來不去不在中間及其內外不生不滅性相如如常住不遷名之曰道簡曰師說不生不滅何異外道祖曰外道所說不生不滅者將滅止生以生顯滅滅猶不滅生說不生我說不生不滅者本自無生今亦不滅所以不同外道汝若欲知心要但一切善惡都

莫思量自然得入清淨心體湛然常寂妙用恒沙簡棠指教豁然大悟禮辭歸闕表奏師語詔加褒美

僧問黄梅意旨甚麽人得祖曰會佛法人得曰和尚還得否祖曰我不會佛法

祖説偈曰一切無有眞不以見於眞若見於眞者是見盡非眞若能自有眞離假即心眞自心不離假無眞何處眞有情即解動無情即不動若修不動行同無情不動若覓眞不動動上有不動不動是不動無情無佛種善能分別相第一義不動但作如此見即是眞如用報諸學道人努力須用意莫於大乘門却執生死智若言下相應即共論佛義若是不相應合掌令歡喜此宗本無諍諍即失道意執逆諍法門自性入生死

祖曰諸善知識汝等各各淨心聽吾説法汝等諸人自心是佛更莫狐疑外無一物而能建立皆是本心生萬種法故經云心生種種法生心滅種種法滅若欲成就種智須達一相三昧一行三昧若於一切處而不住相於彼相中不生憎愛亦無取捨不念利益成壞等事安閒恬靜虚融澹泊此名一相三昧若於一切處行住坐卧純一直心不動道場眞成淨土此名一行三昧若人具二三昧如地有種含藏長養成就其實一相一行亦復如是我今説法猶如時雨溥潤大地汝等佛性譬之種子遇茲霑洽悉得發生承吾旨者決獲菩提依吾行者定證妙果聽吾偈曰心地含諸種普雨悉皆萌頓悟花情已菩提果自成説偈已復曰其法無二其心亦然其道清

淨亦無諸相汝等愼勿觀靜及空其心此心本淨無可取捨各自努力隨緣好去

御選語錄卷第二十五

音釋

碓都內切音對舂具也　櫓郎古切音魯船具也　叿呼洪切音烘市人聲也

絆博漫切音半馬縶也　鈯陀沒切音突鈍也　吻武粉切音刎口唇邊曰吻

御選語錄卷第二十六

歷代禪師語錄前集

秦跋陀禪師

問生法師講何經論生曰大般若經師曰作麼生說色空義曰衆微聚曰色衆微無自性曰空師曰衆微未聚喚作甚麼生罔措師又問别講何經論曰大涅槃經師曰如何說涅槃之義曰涅而不生槃而不滅不生不滅故曰涅槃師曰這箇是如來涅槃那箇是法師涅槃曰涅槃之義豈有二即某甲衹如此未審禪師如何說涅槃師拈起如意曰還見麼曰見師曰見箇甚麼曰見禪師手中如意師將如意擲於地曰見麼曰見師曰見箇甚麼曰見禪師手中如意墮地師斥曰觀公見解未出常流何得名喧宇宙拂衣而去其徒懷疑不已乃追師扣問我師說色空涅槃不契未審禪師如何說色空義師曰不道汝師說得不是汝師衹說得果上色空不會說得因中色空其徒曰如何是因中色空師曰一微空故衆微空衆微空故一微空一微空中無衆微衆微空中無一微

寶誌禪師

師問一梵僧承聞尊者喚我作屠兒曾見我殺生麼曰見師曰有見見無見見不有不無見若有見見是凡夫見無見見是聲聞見不有不無見是外道見未審尊者如何見梵僧曰你有此等見耶　師垂語曰終日拈香擇火不知身是道場　又曰京都鄴都浩浩還是菩提大道　又曰如我身空諸法空千品萬類悉皆同

迷悟不二頌　迷時以空爲色悟卽以色爲空迷悟本無差別色空究竟還同愚人喚南作北智者達無西東欲覓如來妙理常在一念之中陽燄本非其水渴鹿狂趁忽忽自身虛假不實將空更欲覓空世人迷倒至甚如犬吠雷叿叿

大乘讚七首　大道常在目前雖在目前難覩若欲悟道眞體莫除聲色煩惱煩惱本來空寂妄情遞相纏遶一切如影如響不知何惡何好有心取相爲實定知見性不了若欲作業求佛佛是生死大兆生死業常隨身黑闇獄中未曉悟理本來無異覺後誰晚誰早法界量同太虛衆生智心自小但能不起吾我涅槃法食常飽 一　妄身臨鏡照影影與妄身不殊但欲去影留形不知身本同虛身本與影不異不得一有一無若欲存一捨一永與直理相疎更若愛聖憎凡生死海裏沉浮煩惱因心有故無心煩惱何居不勞分別取相自然得道須臾夢時夢中造作覺時覺境都無翻思覺時與夢顛倒二見不殊改迷取覺求利何異販賣商徒動靜兩忘常寂自然契合眞如若言衆生異佛迢迢與佛常疎佛與衆生不二自然究竟無餘 二　法性本來常寂蕩蕩無有邊畔安心取捨之間被他二境迴換歛容入定坐禪攝境安心覺觀機關木人修道何時得達彼岸諸法本空無著境似浮雲會散忽悟本性元空恰似熱病得汗無智人前莫說打你色身星散 三　報你衆生直道非有卽是非無非有非無不二何須對有論虛有無妄心立號一破一箇不居兩名由

爾情作無情卽是眞如若欲存情覓佛將網山上羅魚徒費功夫無益幾許枉用功夫不解卽心卽佛眞似騎驢覓驢一切不憎不愛這箇煩惱須除除之則須除身除身無佛無因無佛無因可得自然無法無人 四 內見外見總惡佛道魔道俱錯被此二大波旬便見厭苦求樂生死悟本體空佛魔何處立脚只由妄情分別前身後身孤薄輪迴六道不停結業不能除却衆生身同太虛煩惱何處安著但無一切希求煩惱自然銷落 五 世間幾許癡人將道復欲求道廣尋諸義紛紛自救已身不了專尋他文亂說自稱至理妙好徒勞一生虛過永劫沉淪生老濁愛纏心不捨清淨智心自惱眞如法界叢林反作荆棘荒草但執黃葉爲金不悟棄金求寶所以失念狂走强力裝持相好口內誦經誦論心裏尋常枯槁一朝覺本心空具足眞如不少 六 聲聞心心斷惑能斷之心是賊賊賊遞相除遣何時了本語默口內誦經千卷體上問經不識不解佛法圓通徒勞尋行數墨頭陀阿練苦行希望後身功德希望卽是隔聖大道何由可得譬如夢裏渡河船師渡過河北忽覺牀上安眠失却渡船軌則船師及彼渡人兩箇本不相識衆生迷倒羈絆往來三界疲極覺悟生死如夢一切求心自息 七

明州布袋和尚

師有偈曰我有一布袋虛空無罣礙展開徧十方入時觀自在吾有三寶堂裏空無色相不高亦不低無遮亦無障學者體不如求者難得樣智慧解安排千中無一匠四門四果

生十方盡供養吾有一軀佛世人皆不識不塑亦不裝不雕亦不刻無一滴灰泥無一點彩色人畫畫不成賊偷偷不得體相本自然清淨非拂拭雖然是一軀分身千百億

又偈曰彌勒眞彌勒分身千百億時時示時人時人自不識

師有歌曰只箇心心心是佛十方世界最靈物縱橫妙用可憐生一切不如心眞實騰騰自在無所爲閑閑究竟出家兒若覩目前眞大道不見纖毫也大奇萬法何殊心何異何勞更用尋經義心王本自絕多知智者祇明無學地非聖非凡復若何不强分別聖情孤無價心珠本圓淨凡名異相妄空呼人能弘道道分明無量清高稱道情攜錫若登故國路莫愁諸處不聞聲

南嶽慧思禪師

師示衆曰道源不遠性海非遥但向己求莫從他覓覓卽不得得亦不眞

偈曰頓悟心源開寶藏隱顯靈通現眞相獨行獨坐常巍巍百億化身無數量縱令逼塞滿虛空看時不見微塵相可笑物兮無比況口吐明珠光晃晃尋常見說不思議一語標名言下當

又偈曰天不能蓋地不能載無去無來無障礙無長無短無青黃不在中間及內外超羣出衆太虛玄指物傳心人不會

清涼澄觀國師

師答皇太子問心要書其詞曰至道本乎一心心法本乎無住無住心體靈知不昧性相寂然包含德用該攝內外能深能廣非有非

空不生不滅無終無始求之而不得棄之而不離迷現量則惑苦紛然悟眞性則空明廓徹雖卽心卽佛惟證者方知然有證有知則慧日沉沒於有地若無照無悟則昏雲掩蔽於空門若一念不生則前後際斷照體獨立物我皆如直造心源無智無得不取不捨無對無修然迷悟更依眞妄相待若求眞棄妄猶棄影勞形若體妄卽眞猶處陰影滅若無心忘照則萬慮都捐若任運寂知則衆行爰起放曠任其去住靜鑒覺其源流語默不失玄微動靜未離法界言止則雙忘知寂論觀則雙照寂知語證則不可示人說理則非證不了是以悟寂無寂眞知無知以知寂不二之一心契空有雙融之中道無住無著莫攝莫收是非兩忘能所雙絶斯絶亦寂則般若現前般若非心外新生智性乃本來具足然本寂不能自現實由般若之功般若之與智性飜覆相成本智之與始修實無兩體雙亡證入則妙覺圓明始末該融則因果交徹心心作佛無一心而非佛心處處成道無一塵而非佛國故眞妄物我舉一全收心佛衆生渾然齊致是知迷則人隨於法法法萬差而人不同悟則法隨於人人人一智而融萬境言窮慮絶何果何因體本寂寥孰同孰異惟忘懷虛朗消息冲融其猶透水月華虛而可見無心鑒象照而常空矣

青原靜居行思禪師

師令遷持書與南嶽讓和尚曰汝達書了速回吾有箇鈯斧子與汝住山遷至彼未呈書便問不慕諸聖不重己靈時如何嶽曰子問

太高生何不向下問遷曰寧可永劫受沉淪不從諸聖求解脱獄便休遷便回師問子返何速書信達否遷曰書亦不通信亦不達去日蒙和尚許箇鈯斧子秪今便請師垂一足遷便禮拜尋辭往南嶽

荷澤神會叅師問甚處來曰曹溪師曰曹溪意旨如何會振身而立師曰猶帶瓦礫在曰和尚此間莫有眞金與人麽師曰設有汝向甚麽處著

僧問如何是佛法大意師曰廬陵米作麽價

江西馬祖道一禪師

師一日謂衆曰汝等諸人各信自心是佛此心卽是佛心達摩大師從南天竺國來至中華傳上乘一心之法令汝等開悟楞伽經以佛語心爲宗無門爲法門夫求法者應無所求心外無別佛佛外無別心不取善不捨惡淨穢兩邊俱不依怙達罪性空念念不可得無自性故故三界惟心森羅萬象一法之所印凡所見色皆是見心心不自心因色故有汝但隨時言說卽事卽理都無所礙菩提道果亦復如是於心所生卽名爲色知色空故生卽不生若了此意乃可隨時著衣喫飯長養聖胎任運過時更有何事聽吾偈曰心地隨時說菩提亦祇寧事理俱無礙當生卽不生

一日示衆云道不用修但莫汚染何爲汚染但有生死心造作趣向皆是汚染若欲直會其道平常心是道何謂平常心無造作無是非無取捨無斷常無凡聖故經云非凡夫行非聖賢行是菩薩行只如今行住坐卧應機

接物盡是道道卽是法界乃至河沙妙用不出法界若不然者云何言心地法門云何言無盡燈一切法皆是心法一切名皆是心名萬法皆從心生心爲萬法之根本故經云識心達本源故號爲沙門名等義等一切諸法皆等純一無雜隨時自在建立法界盡是法界若立眞如盡是眞如若立理一切法盡是理若立事一切法盡是事舉一千從事理無差盡是妙用更無別理皆由心之迴轉譬如月影有若干眞月無若干諸源水有若干水性無若干森羅萬象有若干虛空無若干說道理有若干無礙慧無若干種種成立皆由一心也建立亦得掃蕩亦得盡是妙用妙用盡是自家一切法皆是佛法諸法卽是解脱解脱者卽是眞如諸法不出於眞如在纏名如來藏出纏號淨法身體無增減能大能小能方能圓應物現形如水中月滔滔運用不立根苗不盡有爲不住無爲有爲是無爲之用無爲是有爲之依了達無二名平等性性無有異用則不同在迷爲識在悟爲智順理爲悟順事爲迷迷則迷自本心悟則悟自本性一悟永悟不復更迷如日出時不合於暗智慧日出不與煩惱暗俱了心境界妄想卽除妄想既除卽是無生若見此理眞正合道隨緣度日坐起相隨戒行增薰積於淨業但能如是何慮不通久立珍重

僧問離四句絶百非請師直指西來意師曰我今日勞倦不能爲汝說問取智藏去僧去問西堂堂云何不問和尚僧云和尚教來問堂云我今日頭痛不能爲汝說問取海兄去

僧又去問百丈丈云我到這裏却不會僧却回舉似師師曰藏頭白海頭黑

龐居士問不昧本來人請師高著眼師直下覰士曰一種没弦琴唯師彈得妙師直上覰士禮拜師歸方丈士隨後曰適來弄巧成拙

洪州廉使問曰喫酒肉卽是不喫卽是師曰若喫是中丞祿不喫是中丞福

師示疾院主問和尚近日尊候如何師曰日面佛月面佛

石頭希遷禪師

一日青原問師曰有人道嶺南有消息師曰有人不道嶺南有消息曰若恁麽大藏小藏從何而來師曰盡從這裏去原然之

僧問如何是解脱師曰誰縛汝問如何是淨土師曰誰垢汝問如何是涅槃曰誰將生死與汝

師問新到從甚麽處來曰江西來師曰見馬大師否曰見師乃指一橛柴曰馬師何似這箇僧無對却囘舉似馬祖祖曰汝見橛柴大小曰没量大祖曰汝甚有力曰何也祖曰汝從南嶽負一橛柴來豈不是有力

問如何是西來意師曰問取露柱曰學人不會師曰我更不會

大顛問道有道無俱是謗請師除師曰一物亦無除箇甚麽師却問併却咽喉唇吻道將來顛曰無這箇師曰若恁麽汝卽得入門

道悟問如何是佛法大意師曰不得不知曰向上更有轉處也無師曰長空不礙白雲飛

問如何是禪師曰碌甎問如何是道師曰木頭

師因看肇論至會萬物爲巳者其唯聖人乎乃拊几曰聖人無巳靡所不巳法身無象誰云自他圓鑑靈照於其間萬象體玄而自現境智非二孰云去來至哉斯語也遂掩卷不覺寢夢與六祖同乘一龜游泳深池之內覺而念曰靈龜者智也深池者性海也吾與祖師同乘靈智游性海矣遂著叅同契

上堂吾之法門先佛傳授不論禪定精進唯達佛之知見卽心卽佛心佛衆生菩提煩惱名異體一汝等當知自巳心靈體離斷常性非垢淨湛然圓滿凡聖齊同應用無方離心意識三界六道惟自心現水月鏡像豈有生滅汝能知之無所不備

鳥窠道林禪師

有侍者會通一日欲辭去師問曰汝今何往對曰會通爲法出家和尚不垂慈誨今往諸方學佛法去師曰若是佛法吾此間亦有少許曰如何是和尚佛法師於衣上拈起布毛吹之通遂領悟玄旨

南陽慧忠國師

肅宗問如何是十身調御師乃起立曰會麼帝曰不會師曰與老僧過淨瓶來又曰如何是無諍三昧師曰檀越蹋毘盧頂上行帝曰此意如何師曰莫認自巳清淨法身

肅宗到師指石獅子云陛下這石獅子奇特下取一轉語帝曰朕下語不得請師下語師曰山僧罪過後躭源問皇帝還會麼師曰皇帝會且置你作麼生會

師問紫璘供奉佛是甚麼義曰覺義師曰佛曾迷否曰不曾迷師曰用覺作麼

供奉註思益經師曰凡註經須會佛義始得曰若不會佛意爭解註經師令侍者盛一椀水中著七粒米椀面安一隻箸問奉是甚麽義奉無語師曰老僧意尚不會何況佛意

師問禪客從何方來禪客曰南方來師曰南方知識如何示人曰彼方知識直下示學人卽心是佛佛是覺義汝今悉具見聞覺知之性此性善能揚眉瞬目去來運用徧於身中挃頭頭知挃脚脚知故名正徧知離此之外更無別佛此身卽有生滅心性無始以來未曾生滅身生滅者如龍換骨蛇蛻皮人出故宅卽身是無常其性常也南方所說大約如此師曰若然者與彼先尼外道無有差別若以見聞覺知是佛性者淨名不應云法離見聞覺知若行見聞覺知是則見聞覺知非求法也僧又問法華了義開佛知見此復若爲師曰經云開佛知見尚不言菩薩二乘豈以衆生癡倒便同佛之知見耶僧又問阿那箇是佛心師曰牆壁瓦礫是僧曰與經大相違也涅槃云離牆壁無情之物故名佛性今云是佛心未審心之與性爲別不別師曰迷卽別悟卽不別曰經云佛性是常心是無常今云不別何也師曰汝但依語而不依義譬如寒月水結爲氷及至暖時氷釋爲水衆生迷時結性成心衆生悟時釋心成性若執無情無佛性者經不應言三界唯心宛是汝自違經吾不違也問無情既有佛性還解說法否師曰他熾然常說無有間歇曰某甲爲甚麽不聞師曰汝自不聞曰誰人得聞師曰諸聖得聞曰衆生應無分耶師曰我爲衆生說不

爲諸聖説曰某甲聾瞽不聞無情説法師應合聞師曰我亦不聞曰師既不聞爭知無情解説法師曰賴我不聞我若得聞則齊於諸聖汝則不聞我説法曰師但説無情有佛性有情復若爲師曰無情尚爾況有情耶曰若然者南方知識云見聞覺知是佛性應不合判同外道師曰不道他無佛性外道豈無佛性耶但緣見錯於一法中而生二見故言非也曰佛身無罣礙今以有爲窒礙之物而作佛身豈不乖於聖旨師曰大品經云不可離有爲而説無爲汝信色是空否曰佛之誠言那敢不信師曰色既是空寧有罣礙曰佛性一種爲別師曰不得一種曰何也師曰或有全不生滅或半生半滅半不生滅曰孰爲此解師曰我此間佛性全無生滅汝南方佛性半生半滅半不生滅曰如何區別師曰此則身心一如身外無餘所以全不生滅汝南方身是無常神性是常所以半生半滅半不生滅曰和尚色身豈得便同法身不生滅耶師曰汝那得入於邪道曰學人早晚入邪道師曰汝不見金剛經色見聲求皆行邪道今汝所見不其然乎曰師亦言卽心是佛南方知識亦爾那有異同師不應自是而非他師曰或名異體同或名同體異因茲濫矣只如菩提涅槃眞如佛性名異體同眞心妄心佛智世智名同體異緣南方錯將妄心言是眞心認賊爲子有取世智稱爲佛智猶如魚目而亂明珠不可雷同事須甄別

常州僧靈覺問曰發心出家本擬求佛未審如何用心卽得師曰無心可用卽得成佛曰

無心可用阿誰成佛師曰無心自成佛成佛亦無心曰無心卽成佛和尚卽今成佛未師曰心尚自無誰言成佛若有佛可成還是有心有心卽有漏何處得無心曰旣無佛可成和尚還得佛用否師曰心尚自無用從何有曰茫然都無莫落斷見否師曰本來無見阿誰道斷曰本來無見莫落空否師曰無空可落曰有可墮否師曰空旣是無墮從何立曰山中逢見虎狼如何用心師曰見如不見來如不來彼卽無心惡獸不能加害曰寂然無事獨脱無心名爲何物師曰名金剛大士曰金剛大士有何體叚師曰本無形叚曰旣無形叚喚何物作金剛大士師曰喚作無形叚金剛大士曰金剛大士有何功德師曰一念與金剛相應能滅殑伽沙劫生死重罪得見殑伽沙諸佛其金剛大士功德無量非口所説非意所陳無人能破壞者更不須問任意游行獨脱無畏常有河沙賢聖之所覆護所在之處常得河沙天龍八部之所恭敬河沙善神來護永無障礙何處不得逍遥

僧問古德云青青翠竹盡是法身鬱鬱黄花無非般若有人不許云是邪説亦有信者云不思議不知若爲師曰此葢普賢文殊境界非諸凡小而能信受皆與大乘了義經意合故華嚴經云佛身充滿於法界普現一切羣生前隨緣赴感靡不周而常處此菩提座翠竹旣不出於法界豈非法身乎又般若經云色無邊故般若亦無邊黄花旣不越於色豈非般若乎深遠之言不省者難爲措意於是禪客作禮而去

僧問若爲得成佛去師曰佛與衆生一時放却當處解脱曰作麽生得相應去師曰善惡不思自見佛性曰若爲得證法身師曰越毘盧之境界曰清淨法身作麽生得師曰不著佛求耳曰阿那箇是佛師曰卽心是佛曰心有煩惱否師曰煩惱性自離曰豈不斷耶師曰斷煩惱者卽名二乘煩惱不生名大涅槃曰坐禪看靜此復若爲師曰不垢不淨寧用起心而看淨相曰禪師見十方虚空是法身否師曰以想心取之則是顛倒見曰卽心是佛還用修萬行否師曰諸聖尚皆具二嚴豈可撥無因果耶

師將涅槃辭代宗代宗曰師滅度後弟子將何所記師曰告檀越造取一所無縫塔帝曰就師請取塔様師良久曰會麽帝曰不會師曰貧道去後弟子應眞却知此事乞詔問之後詔應眞問前語眞良久曰聖上會麽帝曰不會眞述偈曰湘之南潭之北中有黄金充一國無影樹下合同船琉璃殿上無知識

耽源應眞禪師

麻谷問十二面觀音豈不是聖師曰是麻谷與師一摑師曰想汝未到此境

圭峯宗密禪師

山南温造尚書問悟理息妄之人不復結業一期壽終之後靈性何依師曰一切衆生無不具有覺性靈明空寂與佛何殊但以無始劫來未曾了悟妄執身爲我相故生愛惡等情隨情造業隨業受報生老病死長劫輪迴然身中覺性未曾生死如夢被驅役而身本安閒如水作氷而濕性不易若能悟此性卽

是法身本自無生何有依托靈靈不昧了了常知無所從來亦無所去然多生妄執習以性成喜怒哀樂微細流注眞理雖然頓達此情難以卒除須常覺察損之又損如風頓止波浪漸停豈可一生所修便同諸佛力用但可以空寂爲自體勿認色身以靈知爲自心勿認妄念妄念若起都不隨之卽臨命終時自然業不能繫雖有中陰所向自由天上人間隨意寄托若愛惡之念已泯卽不受分段之身自能易短爲長易粗爲妙宗密有八句偈顯示此意於尚書處誦之偈曰作有義事是惺悟心作無義事是狂亂心狂亂隨情念臨終被業牽惺悟不由情臨終能轉業　情中欲作而察理不應卽須便止情中不欲作而照理相應卽須便作但由是非之理不曰愛惡之情卽臨命終時業不能繫隨意自在天上人間也通而言之但朝暮之間所作被情塵所牽卽臨終被業所牽而受生若所作所爲由於覺智不由情塵卽臨終由我自在而受生不由業也當知欲驗臨終受生自在不自在但驗尋常行心於塵境自由不自由

無名老宿

師曰祖師九年面壁爲訪知音若恁麼會喫鐵棒有日在祖師九年面壁何不慚惶若恁麼會更買草鞋行脚三十年

百丈懷海禪師

馬祖一日問師甚麼處來師曰山後來祖曰逢著一人麼曰不逢著祖曰爲甚麼不逢著曰若逢著卽舉似和尚祖曰甚麼處得這消息來曰某甲罪過祖曰卻是老僧罪過

師謂衆曰有一人長不喫飯不道饑有一人終日喫飯不道飽

師一日侍馬祖行次見一羣野鴨飛過祖曰是甚麽師曰野鴨子祖曰甚處去也師曰飛過去也祖遂把師鼻扭負痛失聲祖曰又道飛過去也師於言下有省

師令僧去章敬處見伊上堂説法你便展開坐具禮拜起將一隻鞋以袖拂却上塵倒頭覆下其僧到章敬一依師旨章敬云老僧罪過

有僧問抱璞投師請師一鑑師曰昨夜南山虎齩大蟲曰不謬真詮爲甚麽不垂方便師曰掩耳偷鈴漢曰不遇中郎鑑還同野舍薪師便打曰蒼天蒼天師曰得與麽多口曰罕遇知音拂袖便行師曰百丈今日輸却一半

南泉普願禪師

師翫月次僧問幾時得似這箇去師曰王老師二十年前亦恁麽來曰卽今作麽生師便歸方丈

師問黄蘗定慧等學明見佛性此理如何蘗曰十二時中不依倚一物師曰莫是長老見處麽蘗曰不敢師曰漿水錢且置草鞋錢敎阿誰還

師與魯祖歸宗杉山四人離馬祖處各謀住菴於中路相别次師插下柱杖云道得也被這箇礙道不得也被這箇礙宗拽柱杖打師一下云也只是這箇王老師説甚麽礙不礙魯云只此一句語大播天下

陸大夫向師道肇法師也甚奇怪解道天地與我同根萬物與我一體師指庭前牡丹花

曰大夫時人見此一株花如夢相似陸罔測

僧問師歸丈室將何指南師曰昨夜三更失却牛天明起來失却火

師示衆云喚作如如早是變了也如今師僧須向異類中行歸宗云雖行畜生行不得畜生報師云孟八郎漢又與麼去也

師問僧云夜來好風僧云夜來好風師云吹折門前一株松僧云吹折門前一株松次問一僧云夜來好風僧云是甚麼風師云吹折門前一株松僧云是甚麼松師云一得一失

師云三世諸佛不知有貍奴白牯却知有大溈智云三世諸佛既不知有貍奴白牯又何曾夢見灼然須知向上有知有底人始得

師問維那今日普請作甚麼對曰拽磨師曰磨從你拽不得動著磨中心樹子那無語

師在方丈與杉山向火次師曰不用指東指西直下本分事道來杉山揷火箸叉手師曰雖然如是猶較王老師一線道

鹽官海昌齊安國師

僧問如何是本身盧舍那師曰與老僧過淨瓶來僧將淨瓶至師曰却安舊處著僧送至本處復來詰問師曰古佛過去久矣

歸宗智常禪師

師嘗與南泉同行後忽一日相別煎茶次南泉問曰從來與師兄商量語句彼此已知此後或有人問畢竟事作麼生師曰這一片地大好卓菴南泉曰卓菴且置畢竟事作麼生師乃打翻茶銚便起南泉曰師兄喫茶了普願未喫茶師曰作這箇語話滴水也難銷

幽州寶積禪師

上堂夫心月孤懸光吞萬象光非照境境亦非存光境俱亡復是何物

上堂禪德可中學道似地擎山不知山之孤峻如石含玉不知玉之無瑕若如此者是名出家故導師云法本不相礙三際亦復然無爲無事人猶是金鎖難所以靈源獨耀道絶無生大智非明眞空無跡眞如凡聖皆是夢言佛及涅槃並爲增語禪德直須自看無人替代

上堂三界無法何處求心四大本空佛依何住瘠機不動寂爾無言覿面相呈更無餘事珍重

石鞏慧藏禪師

師問西堂汝還解捉得虛空麼西堂曰捉得師曰作麼生捉西堂以手撮虛空師曰汝不解捉西堂却問師兄作麼生捉師把西堂鼻孔拽西堂作忍痛聲曰太煞拽人鼻孔直欲脱去師曰直須恁麼捉虛空始得

鵝湖大義禪師

唐憲宗詔入麟德殿論義有法師問欲界無禪禪居色界此土憑何而立禪師曰法師秖知欲界無禪不知禪界無欲曰如何是禪師以手點空法師無對帝曰法師講無窮經論秖這一點尚不奈何師却問諸碩德曰行住坐臥畢竟以何爲道有對知者是道師曰不可以智知不可以識識安得知者是乎有對無分別者是師曰善能分別諸法相於第一義而不動安得無分別是乎有對四禪八定是師曰佛身無爲不墮諸數安在四禪八定耶衆皆杜口

伊闕伏牛自在禪師

上堂曰卽心卽佛是無病求藥句非心非佛是藥病對治句僧問如何是脫灑底句師曰伏牛山下古今傳

興善惟寬禪師

僧問狗子還有佛性否師曰有曰和尚還有否師曰我無曰一切衆生皆有佛性和尚因何獨無師曰我非一切衆生曰旣非衆生莫是佛否師曰不是佛曰究竟是何物師曰亦不是物曰可見可思否師曰思之不及議之不得故曰不可思議問道在何處師曰祇在目前曰我何不見師曰汝有我故所以不見曰我有我故卽不見和尚還見否師曰有汝有我展轉不見曰無我無汝還見否師曰無汝無我阿誰求見

楊岐甄叔禪師

示衆曰羣靈一源假名爲佛體竭形消而不滅金流朴散而常存性海無風金波自涌心靈絕兆萬像齊照體斯理者不言而徧歷河沙不用而功益玄化如何背覺反合塵勞於陰界中妄自囚執

潭州華林善覺禪師

師常持錫杖夜出林麓間七步一振錫一稱觀音名號夾山問遠聞和尚念觀音是否師曰然山曰騎却頭時如何師曰出頭卽從汝騎不出頭騎甚麼山無對

僧叅方展坐具師曰緩緩曰和尚見甚麼師曰可惜許磕破鐘樓其僧從此悟入

觀察使裴休訪之問曰還有侍者否師曰有一兩箇祇是不可見客裴曰在甚麼處師乃

喚大空小空時二虎自菴後而出裴覩之驚悸師語虎曰有客且去二虎哮吼而去裴問曰師作何行業感得如斯師乃良久曰會麽曰不會師曰山僧常念觀世音

襄州龐蘊居士

至藥山山命十禪客相送至門首士乃指空中雪曰好雪片片不落別處有全禪客曰落在甚處士遂與一掌全曰也不得草草士曰恁麼稱禪客閻羅老子未放你在全曰居士作麽生士又掌曰眼見如盲口說如瘂

偈曰心如境亦如無實亦無虛有亦不管無亦不拘不是聖賢了事凡夫易復易卽此五蘊有眞智十方世界一乘同無相法身豈有二若捨煩惱入菩提不知何方有佛地

藥山惟儼禪師

師叅禮馬祖於言下契悟便禮拜祖曰你見甚麼道理便禮拜師曰某甲在石頭處如蚊子上鐵牛祖曰汝旣如是善自護持

侍奉三年一日祖問子近日見處作麼生師曰皮膚脫落盡惟有一眞實祖曰子之所得可謂協於心體布於四肢旣然如是將三條篾束取肚皮隨處住山去師曰某甲又是何人敢言住山祖曰不然未有常行而不住未有常住而不行欲益無所益欲爲無所爲宜作舟航無久住此師乃辭祖返石頭

一日在石上坐次石頭問曰汝在這裏作麼師曰一物不爲頭曰恁麼卽閒坐也曰若閒坐卽爲也頭曰汝道不爲不爲箇甚麼曰千聖亦不識頭以偈讚曰從來共住不知名任運相將祇麼行自古上賢猶不識造次凡流

豈可明
石頭垂語曰言語動用没交涉師曰非言語動用亦没交涉頭曰我這裏針劄不入師曰我這裏如石上栽花頭然之
坐次道吾雲巖侍立師指按山上枯榮二樹問道吾曰枯者是榮者是吾曰榮者是師曰灼然一切處光明燦爛去又問雲巖枯者是榮者是巖曰枯者是師曰灼然一切處放教枯澹去高沙彌忽至師曰枯者是榮者是彌曰枯者從他枯榮者從他榮師顧道吾雲巖曰不是不是
僧問平田淺草麈鹿成羣如何射得麈中主師曰看箭僧放身便倒師曰侍者拖出這死漢僧便走師曰弄泥團漢有甚麽限
看經次僧問和尚尋常不許人看經爲甚麽却自看師曰我祇圖遮眼曰某甲學和尚還得也無師曰你若看牛皮也須穿
師坐次僧問兀兀地思量甚麽師曰思量箇不思量底曰不思量底如何思量師曰非思量
朗州刺史李翺問師何姓師曰正是時李不委却問院主某甲適來問和尚姓和尚曰正是時未審姓甚麽主曰恁麽則姓韓也師聞乃曰得恁麽不識好惡若是夏時對他便是姓熱　李初嚮師玄化屢請不赴乃躬謁師師執經卷不顧侍者曰太守在此李性褊急乃曰見面不如聞名拂袖便去師曰太守何得貴耳賤目李回拱謝問曰如何是道師以手指上下曰會麽曰不會師曰雲在青天水在瓶李欣然作禮述偈曰鍊得身形似鶴形

千株松下兩函經我來問道無餘話雲在青天水在瓶李又問如何是戒定慧師曰貧道這裏無此閑家具李罔測玄旨師曰太守欲保任此事須向高高山頂立深深海底行門閤中物捨不得便爲滲漏

潭州長髭曠禪師

師曹溪禮祖塔囘叅石頭頭問甚麽處來曰嶺南來頭曰大庾嶺頭一鋪功德成就也未師曰成就久矣秖欠點眼在頭曰莫要點眼麽師曰便請頭乃垂下一足師禮拜頭曰汝見箇甚麽道理便禮拜師曰據某甲所見如紅爐上一點雪

天王道悟禪師

師謁馬祖祖曰識取自心本來是佛不屬漸次不假修持體自如如萬德圓滿師於言下大悟祖囑曰汝若住持莫離舊處師蒙旨已便返荆門去郭不遠結草爲廬節使來訪師不爲加禮使怒擒師擲江中及歸見徧衙火發且聞空中天王神嗔責聲遂哀悔設拜烟熖頓息宛然如初乃躬往江邊迎師見師在水都不濕衣益自敬重於府西造天王寺供師

龍潭信問從上相承底事如何師曰不是明汝來處不得潭曰這箇眼目幾人具得師曰淺草易爲長蘆

師常云快活快活及臨終時呌苦苦又云閻羅王來取我也院主問曰和尚當時被節使拋向水中神色不動如今何得恁麽地師舉枕子云汝道當時是如今是院主無對

御選語錄卷第二十六

音釋

銚徒弔切音調　悸奇寄切音忌　拗於巧切凹上聲拉折也　拓他各切音託承物也　堲側六切音縬　黰乙滅切音黶深慘色也

御選語録卷第二十七

歷代禪師語録前集

黄檗希運禪師

百丈一日因普請開田回問師曰運闍黎開田不易師曰隨衆作務丈曰有煩道用師曰爭敢辭勞丈曰開得多少田師將钁築地三下丈便喝師掩耳而去

一日捧鉢向南泉位上坐泉入堂見乃問長老甚年行道師曰威音王已前泉曰猶是王老師兒孫下去師便過第二位坐泉休去

泉一日曰老僧有牧牛歌請長老和師曰某甲自有師在師辭南泉泉門送提起師笠曰長老身材沒量大笠子太小生師曰雖然如此大千世界總在裏許泉曰王老師呢師戴笠便行

裴相國一日托一尊佛於師前跪曰請師安名師召曰裴休公應諾師曰與汝安名竟公禮拜

師一日捏拳曰天下老和尚總在這裏我若放一線道從汝七縱八橫若不放過不消一捏僧問放一線道時如何師曰七縱八橫曰不放過不消一捏時如何師曰普

示裴公美曰諸佛與一切衆生唯是一心更無別法此心無始已來不曾生不曾滅不青不黄無形無相不屬有無不計新舊非長非短非大非小惟此一心卽是佛佛與衆生更無別異若觀佛作清淨光明解脫之相觀衆生作垢濁暗昧生死之相作此解者歷河沙刧終不得菩提爲著相故唯此一心更無微塵許法可得卽心是佛如今學道人不悟此

心體便於心上生心向外求佛著相修行皆是惡法非菩提道維摩者淨名也淨者性也名者相也性相不異故號淨名諸大菩薩所表者人皆有之不離一心悟之卽是今學道人不向自心中悟乃於心外著相取境皆與道背恒河沙者佛說是沙諸佛菩薩釋梵諸天步履而過沙亦不喜牛羊蟲蟻踐踏而行沙亦不怒珍寶馨香沙亦不貪糞尿臭穢沙亦不惡此心卽無心之心離一切相衆生諸佛更無差別但能無心便是究竟學道人若不直下無心累劫修行終不成道造惡造善皆是著相著相造惡枉受輪迴著相造善枉受勞苦總不如言下便自認取本法此法卽心心外無法此心卽法法外無心心自無心亦無無心者將心無心心却成有默契而已絶諸思議故曰言語道斷心行處滅此心是本源清淨佛人皆有之蠢動含靈與諸佛菩薩一體不異深自悟入直下便是圓滿具足更無所欠

師云若欲得知要訣但莫於心上著一物言佛眞法身猶若虛空此是喻法身卽虛空虛空卽法身常人謂法身徧虛空處虛空中含容法身不知法身卽虛空虛空卽法身也若定言有虛空虛空不是法身若定言有法身法身不是虛空但莫作虛空解虛空卽法身莫作法身解法身卽虛空虛空與法身無異相佛與衆生無異相生死與涅槃無異相煩惱與菩提無異相離一切相卽是佛凡夫取境道人取心心境雙亡乃是眞法忘境猶易忘心至難人不敢忘心恐落空無撈摸處不

知空本無空唯一眞法界耳
夫學道者若以一切時中心有常見卽是常
見外道若觀一切法空作空見者卽是斷見
外道所以三界唯心萬法唯識若但不說本
祇說末不說迷祇說悟不說體祇說用總無
你話論處他一切法且本不有今亦不無緣
起不有緣滅不無本亦不有本非本故心亦
不心心非心故相亦非相相非相故所以道
無法無本心始解心心法法卽非法非法卽
法無法無非法故是心心法旣若如此故知
一切法性自爾卽不用愁他慮他如言前念
是凡後念是聖如手翻覆一般此是三乘教
之極也據我禪宗中前念且不是凡後念且
不是聖前念不是佛後念不是衆生所以一
切色是佛色一切聲是佛聲舉著一理一切

理皆然見一事見一切事見一心見一切心
見一道見一切道一切處無不是道見一塵
十方世界山河大地皆然見一滴水卽見十
方世界一切性水又見一切法卽見一切心
一切法本空心卽不無不無卽妙有有亦不
有不有卽有卽眞空妙有旣若如是十方世
界不出我之一心一切微塵國土不出我之
一念若然說甚麼內之與外如蜜性甜一切
蜜皆然世間出世間乃至六道四生山河大
地有性無性元同一體言同者名相亦空有
亦空無亦空盡恒沙世界元是一空故達摩
大師從西天來至此土經多少國土祇覓得
可大師一人密傳心印印你本心以心印法
以法印心心旣如此法亦如此同眞際等法
性法性空中誰是授記人誰是成佛人誰是

得法人他分明向你道菩提者不可以身得身無相故不可以心得心無相故不可以性得性卽便是本源自性天眞佛故不可以佛更得佛不可以無相更得無相不可以空更得空不可以道更得道本無所得無得亦不可得所以道無一法可得祇教你了取本心當下了時不得了相無了無不了相亦不可得如此之法得者卽得得者不自覺知不得者亦不自覺知如此之法從上已來有幾人得知所以道天下忘已者有幾人

師云凡人多爲境礙心事礙理常欲逃境以安心屛事以存理却不知乃是心礙境理礙事但令心空境自空但令理寂事自寂勿倒用心也凡人多不肯空心恐落于空不知自心本空愚人除事不除心智者除心不除事

示衆自如來付法迦葉已來以心印心心心不異印著空卽印不成文印著物卽印不成法故以心印心心心不異能印所印俱難契會故得者少然心卽無心得卽無得

一日云學般若人不見有一法可得絶意三乘惟一眞實不可云證得謂我能證能得皆增上慢人法華會上拂衣而去者皆斯徒也故佛言我於菩提實無所得默契而已凡人臨欲終時但觀五蘊皆空四大無我眞心無恒不去不來生時性亦不來死時性亦不去湛然圓寂心境一如但能如是直下頓了不爲三世所拘繫便是出世人也切不得有分毫趣向若見善相諸佛來迎及種種現前亦無心隨去若見惡相種種現前亦無心怖畏但自忘心同於法界便得自在此卽是要節

也

師云我此禪宗從上相承已來不曾教人求知求解只云學道早是接引之辭然道亦不可學情存學解却成迷道道無方所名大乘心此心不在内外中間實無方所第一不得作知解情量若盡心無方所此道天眞本無名字

僧問妄能障自心未審而今以何遣妄師云起妄遣妄亦成妄妄本無根秖因分別而有你但於凡聖兩處情盡自然無妄不得有纎毫依執云既無依執當何相承師云以心傳心云若心相傳云何言心亦無師云不得一法名爲傳心若了此心卽是無心無法云若無心無法云何名傳師云汝聞道傳心將謂有可得耶所以祖師云認得心性時可說不思議了了無所得得時不說知此事若教汝會何堪也

問和尚見今說法何得言無僧亦無法師云汝若見有法可說卽是以音聲求我若見有我卽是處所法亦無法法卽是心所以祖師云付此心法時法法何曾法無法無本心始解心心法實無一法可得名坐道場道場者秖是不起諸見悟法本空喚作空如來藏本來無一物何處有塵埃若得此中意逍遥何所論

問聖人無心卽是佛凡夫無心莫沉空寂否師云法無凡聖亦無沉寂法本不有莫作無見法本不無莫作有見有之與無盡是情見猶如幻翳所以云見聞如幻翳知覺乃衆生祖師門中只論息機忘見所以忘機則佛道

隆分别則魔軍熾
問本旣是佛那得更有四生六道種種形貌不同師云諸佛體圓更無增減流入六道處處皆圓萬類之中箇箇是佛譬如一團水銀分散諸處顆顆皆圓若不分時祇是一塊此一卽一切一切卽一種種形貌喻如屋舍捨驢屋入人屋捨人身至天身乃至聲聞緣覺菩薩佛屋皆是汝取捨處所以有别本源之性何得有異

長慶大安禪師

雪峯因入山採得一枝木其形似蛇於背上題曰本自天然不假雕琢寄與師師曰本色住山人且無刀斧痕

清田和尚

師與瑫上座煎茶次師敲繩牀三下瑫亦敲三下師曰老僧敲有箇善巧上座敲有何道理瑫曰某甲敲有箇方便和尚敲作麽生師舉起盞子瑫曰善知識眼應須恁麽茶罷瑫却問和尚適來舉起盞子意作麽生師曰不可更别有也

大慈寰中禪師

杭州大慈山寰中禪師蒲坂盧氏子參百丈受心印辭往南嶽常樂寺結茅山頂一日南泉至問如何是菴中主師曰蒼天蒼天南泉曰蒼天且置如何是菴中主師曰會卽便會莫忉忉南泉拂袖而出

僧辭師問甚麽處去曰江西去師曰我勞汝一段事得否曰和尚有甚麽事師曰將取老僧去得麽曰更有過於和尚者亦不能將去師便休僧後舉似洞山洞山曰闍黎爭合恁

麼道曰和尚作麼生洞山曰得

洞山又問其僧大慈別有甚麼言句曰有時示衆曰說得一丈不如行取一尺說得一尺不如行取一寸洞山曰我不恁麼道曰和尚作麼生洞山曰說取行不得底行取說不得底

石霜性空禪師

僧問如何是祖師西來意師云如人在千尺井中不假寸繩出得此人卽答汝西來意僧曰近日湖南暢和尚出世亦爲人東語西話師喚沙彌拽出這死屍著　沙彌卽仰山山後問躭源如何出得井中人源曰咄癡漢誰在井中山復問潙山潙召慧寂山應諾潙曰出也仰山住後常舉前語謂衆曰我在躭源處得名潙山處得地

長沙景岑招賢禪師

上堂我若一向舉揚宗教法堂前須草深一丈事不獲已向汝諸人道盡十方世界是沙門眼盡十方世界是沙門全身盡十方世界是自巳光明盡十方世界在自巳光明裏盡十方世界無一人不是自巳我常向汝諸人道三世諸佛法界衆生是摩訶般若光光未發時汝等諸人向甚麼處委悉光未發時尚無佛無衆生消息何處得山河國土來時有僧問如何是沙門眼師曰長長出不得又曰成佛成祖出不得六道輪迴出不得僧曰未審出箇甚麼不得師曰晝見日夜見星曰學人不會師曰妙高山色青又青

師游山歸首座問和尚甚處去來師曰游山來座曰到甚麼處師曰始從芳草去又逐落

花回座曰大似春意師曰也勝秋露滴芙蕖有秀才看千佛名經問曰百千諸佛但見其名未審居何國土還化物也無曰黃鶴樓崔顥題後秀才還曾題也未曰未曾曰得閒題取一篇好

僧問本來人還成佛也無師曰汝見大唐天子還自種田割稻麽曰未審是何人成佛師曰是汝成佛僧無語師曰會麽曰不會師曰如人因地而倒依地而起地道甚麽

問向上一路請師道師曰一口針三尺線曰如何領會師曰益州布揚州絹

師示偈曰百尺竿頭不動人雖然得入未爲眞百尺竿頭須進步十方世界是全身僧便問秖如百尺竿頭如何進步師曰朗州山澧州水曰不會師曰四海五湖皇化裏

竺尚書問蚯蚓斬爲兩段兩頭俱動未審佛性在阿那頭師曰莫妄想曰爭奈動何師曰會即風火未散書無對師喚尚書書應諾師曰不是尚書本命曰不可離却即今秖對别有第二主人師曰喚尚書作至尊得麽曰恁麽總不秖對時莫是弟子主人否師曰非但秖對與不秖對時無始劫來是箇生死根本

示偈曰學道之人不識眞秖爲從來認識神無始劫來生死本癡人喚作本來人

僧問如何轉得山河國土歸自己去師曰如何轉得自己成山河國土去曰不會師曰湖南城下好養民米賤柴多足四隣僧無語師示偈曰誰問山河轉山河轉向誰圓通無兩畔法性本無歸

示衆若心是生則夢幻空華亦應是生若身

是生則山河大地萬象森羅亦應是生問教中說幻意是有耶師曰大德是何言歟曰恁麼則幻意是無耶師曰大德是何言歟曰恁麼則幻意是不有不無耶師曰大德是何言歟曰如某三明盡不契於幻意未審和尚如何明教中幻意師曰大德信一切法不思議否曰佛之誠言那敢不信師曰大德言信二信之中是何信曰如某所明二信之中是名緣信師曰依何教門得生緣信曰華嚴云菩薩摩訶薩以無障無礙智慧信一切世間境界是如來境界又華嚴云諸佛世尊悉知世法及諸佛法性無差別決定無二又華嚴云佛法世間法若見其眞實一切無差別師曰大德所舉緣信教門甚有來處聽老僧與大德明教中幻意若人見幻本來眞是則名爲見佛人圓通法法無生滅無滅無生是佛身

華嚴座主問虛空爲是定有爲是定無師曰言有亦得言無亦得虛空有時但有假有虛空無時但無假無曰如和尚所說有何教文師曰大德豈不聞首楞嚴云十方虛空生汝心內猶如片雲點太清裏豈不是虛空生時但生假名又云汝等一人發眞歸元十方虛空悉皆銷殞豈不是虛空滅時但滅假名老僧所以道有是假有無是假無

問如何是文殊師曰墻壁瓦礫是曰如何是觀音師曰音聲語言是曰如何是普賢師曰衆生心是曰如何是佛師曰衆生色身是曰河沙諸佛體皆同何故有種種名字師曰從眼根返源名文殊耳根返源名觀音從心返

源名普賢文殊是佛妙觀察智觀音是佛無緣大慈普賢是佛無爲妙行三聖是佛之妙用佛是三聖之眞體用則有河沙假名體則總名一薄伽梵

皓月供奉問天下善知識證三德涅槃也未師曰大德問果上涅槃因中涅槃曰問果上涅槃師曰天下善知識未證曰爲甚麽未證師曰功未齊於諸聖曰功未齊於諸聖何爲善知識師曰明見佛性亦得名爲善知識曰未審功齊何道名證大涅槃師示偈曰摩訶般若照解脫甚深法法身寂滅體三一理圓常欲識功齊處此名常寂光曰果上三德涅槃已蒙開示如何是因中涅槃師曰大德是

初師久依南泉有投機偈曰今日還鄉入大門南泉親道徧乾坤法法分明皆祖父回頭慙愧好兒孫泉答曰今日投機事莫論南泉不道徧乾坤還鄉盡是兒孫事祖父從來不出門

鄂州茱萸和尚

上堂擧起一橛竹曰還有人虛空裏釘得橛麽時有靈虛上座出衆曰虛空是橛師便打虛曰莫錯打師便下座

子湖巖利蹤禪師

示衆諸法蕩蕩何絆何拘汝等於中自生難易心源一統綿亘十方上上根人自然明白自古及今未曾有一箇凡夫聖人出現汝前亦無有一善語惡語到汝分上爲甚麽故爲善善無形爲惡惡無相既已無我把甚麽爲善惡立那箇是凡聖汝信否還保任否有甚麽迴避處恰似日中逃影相似還逃得麽今

之旣爾古之亦然今古齊時汝還諱得麼佛法玄妙了得者自相策發無爲小緣妨於大事汝不見道寧可終身立法誰能一旦忘緣仁者要得會禪麼各歸衣鉢下看

僧問如何是大圓鏡師云一切物著不得進云爲甚麼一切物著不得師云汝是一切物還著得汝否

師曰仁者本自具足本自周備直教無纖塵法礙你眼光始得若有微塵底不盡不是一生半刼賺汝皮囊汝性命根境法中造諸妖恠山精鬼魅附汝行持得少爲足鼓弄片皮於佛法却爲毒害譏禮塔廟毀彼持經則成師子身中蟲自食師子身中肉

師曰仁者豈不見目前太虛還有纖毫欠少處麼若也於中體得這箇消息不妨出得凡聖境界了得世間出世間之智一法旣爾萬法亦然仁者還樂也無

示衆天上人間輪迴六道乃至蠢動含靈未曾於此一分眞如中有些子相違處還信麼還領受得麼大凡行脚也須具大信根作箇丈夫始得何處得與麼難信他古人只見道箇卽心是佛卽心是法便承信去隨處茅茨石室長養聖胎只待道果成熟汝今何不效他行取仁者可煞分明並無參雜治生產業與諸實相不相違背

靈鷲閑禪師

明水和尚問如何是頓獲法身師曰一透龍門雲外望莫作黄河點額魚

仰山問寂寂無言如何視聽師曰無縫塔前多雨水

新羅大茅和尚

上堂欲識諸佛師向無明心內識取欲識常住不凋性向萬物遷變處識取

湖南祇林和尚

師每叱文殊普賢皆爲精魅手持木劍自謂降魔纔見僧來叅便曰魔來也魔來也以劍亂揮歸方丈如是十二年後置劍無言僧問十二年前爲甚麽降魔師曰賊不打貧兒家曰十二年後爲甚麽不降魔師曰賊不打貧兒家

道吾宗智禪師

師預藥山法會密契心印一日山問子去何處來師曰遊山來山曰不離此室速道將來師曰山上烏兒頭似雪澗底遊魚忙不徹

師一日提笠出雲巖指笠曰用這箇作甚麽師曰有用處巖曰忽遇黑風猛雨來時如何師曰蓋覆著巖曰他還受蓋覆麽師曰然雖如是且無滲漏

有施主施裩藥山提起示衆曰法身還具四大也無有人道得與他一腰裩師曰性地非空空非性地此是地大三大亦然藥山曰與汝一腰裩

雲巖曇晟禪師

師問僧甚處來曰添香來師曰還見佛否曰見師曰甚麽處見曰下界見師曰古佛古佛

道吾問大悲千手眼那箇是正眼師曰如人夜間背手摸枕子吾曰我會也師曰作麽生會吾曰徧身是手眼師曰道也太煞道祇道得八成吾曰師兄作麽生師曰通身是手眼

師掃地次道吾曰太區區生師曰須知有不

區區者吾曰恁麽則有第二月也師竪起掃帚曰是第幾月吾便行

院主遊石室回師問云汝去入到石室裏許爲秖恁麽便回院主無對洞山代曰彼中已有人占了也師曰汝更去作甚麽洞山曰不可人情斷絶去也

華亭船子德誠禪師

師至秀州華亭泛一小舟隨緣度日以接四方往來之衆時人莫知其高蹈因號船子和尚一日泊船岸邊閒坐有官人問如何是和尚日用事師竪橈子曰會麽官人曰不會師曰棹撥清波金鱗罕遇後夾山散衆束裝直造華亭師纔見便問大德住甚麽寺山曰寺卽不住住卽不似師曰不似似箇甚麽山曰不是目前法師曰甚處學得來山曰非耳目之所到師曰一句合頭語萬劫繫驢橛師又問垂絲千尺意在深潭離鉤三寸子何不道山擬開口被師一橈打落水中山纔上船師又曰道道山擬開口師又打山豁然大悟乃點頭三下師曰竿頭絲線從君弄不犯清波意自殊山遂問抛綸擲鉤師意如何師曰絲懸綠水浮定有無之意山曰語帶玄而無路舌頭談而不談師曰鉤盡江波金鱗始遇山乃掩耳師曰如是如是遂囑曰汝向去直須藏身處沒蹤跡沒蹤跡處莫藏身吾三十年在藥山秖明斯事汝今已得他後莫住城隍聚落但向深山裏钁頭邊覔取一箇半箇接續無令斷絶山乃辭行頻頻回顧師遂喚闍黎山乃回首師竪起橈子曰汝將謂别有乃覆船入水而逝

澧州高沙彌

師住菴後一日歸省藥山值雨山曰你來也師答曰是山曰可煞濕師曰不打這箇鼓笛雲巖曰皮也無打甚麽鼓道吾曰鼓也無打甚麽皮山曰今日大好一場曲調

藥山問曰汝從看經得請益得師曰不從看經得亦不從請益得山曰大有人不看經不請益爲甚麽不得師曰不道他不得秖是不肯承當

山齋時自打鼓師捧鉢作舞入堂山便擲下鼓槌曰是第幾和師曰是第二和山曰如何是第一和師就桶舀一杓飯便出

仙天禪師

洛瓶和尚參師問甚處來洛瓶曰南溪師曰還將南溪消息來麽曰消卽消已息卽未息師曰最苦是未息洛瓶曰且道未息箇甚麽師曰一回見面千載忘名洛瓶拂袖便出師曰弄死蛇手有甚麽限

三平義忠禪師

師初參石鞏鞏常張弓架箭接機師詣法席鞏曰看箭師乃撥開胸曰此是殺人箭活人箭又作麽生鞏彈弓弦三下師乃禮拜鞏曰三十年張弓架箭秖射得半箇聖人遂拗折弓箭後參大顛舉前話顛曰旣是活人箭爲甚麽向弓弦上辨師無對顛曰三十年後要人舉此話也難得師問大顛不用指東劃西便請直指顛曰幽州江口石人蹲師曰猶是指東劃西顛曰若是鳳凰兒不向那邊討師作禮顛曰若不得後句前話也難圓

師有偈曰卽此見聞非見聞無餘聲色可呈

君箇中若了全無事體用何妨分不分

睦州道明尊宿

師一日晚叅謂衆曰汝等諸人還得箇入頭處也未若未得箇入頭處須覓箇入頭處若得箇入頭處已後不得孤負老僧時有僧出禮拜曰某甲終不敢孤負和尚師曰早是孤負我了也

紫衣大德到禮拜師問曰所習何業曰惟識師曰作麽生説曰三界惟心萬法惟識師指門扇曰這箇是甚麽曰是色法師曰簾前賜紫對御談經何得不持五戒德無對

僧問如何是觸途無滯底句師曰我不恁麽道曰師作麽生道師曰箭過西天十萬里却向大唐國裏等候

秀才訪師稱會二十四家書師以柱杖空中點一點曰會麽秀才罔措師曰又道會二十四家書永字八法也不識

新到叅方禮拜師叱曰闍黎因何偷常住果子喫曰學人纔到和尚爲甚麽道偷果子師曰贓物現在

師問講金剛經僧荷擔如來卽不問你寺門前金剛爲甚麽入你鼻孔裏僧云和尚甚麽説話師云你講得夢裏

問僧甚麽處來云靈山來師曰近日打殺一門僧是否僧無語師云這箇蝦蟇

僧問寺門前金剛拓卽乾坤大地不拓卽絲髮不逢時如何師曰吽吽我不曾見此

問教意祖意是同是别師曰青山自青山白雲自白雲曰如何是青山師曰還我一滴雨來曰道不得請師道師曰法華鋒前陣涅槃

句後收
問如何是展演之言師曰量才補職曰如何是不展演之言師曰伏惟尚饗
問以一重去一重卽不問不以一重去一重時如何師曰昨朝栽茄子今日種冬瓜
問一氣還轉得一大藏教也無師曰有甚麽饆饠䭔子快下將來
問僧甚處來僧云那邊劄師曰老僧屈僧云和尚卽得師曰擔枷過狀擗脊便打
問僧幾人新到云五人師云旡解氷消僧云和尚未曾有問師云賊把贓爲驗

烏石靈觀禪師

師問西院此一片地堪著甚麽物西院曰好著箇無相佛師曰好片地被兄放不淨汚了也

剗草次問僧汝何處去曰西院禮拜安和尚去時竹上有一青蛇師指蛇曰欲識西院老野狐精秖這便是

大隨法眞禪師

僧問路逢古佛時如何師曰你忽逢驢駝象馬喚作甚麽
僧問劫火洞然大千俱壞未審這箇壞不壞師曰壞曰恁麽則隨他去也師曰隨他去僧不肯後到投子舉前話子遂裝香遥禮曰西川古佛出世謂其僧曰汝速回去懺悔
問僧甚處去曰西山住菴去師曰我向東山頭喚汝汝便來得麽曰不然師曰汝住菴未得

福州壽山師解禪師

閩帥問壽山年多少師曰與虛空齊年曰虛

空年多少師曰與壽山齊年

新興嚴陽尊者

僧問如何是佛師曰土塊曰如何是法師曰地動也曰如何是僧師曰喫粥喫飯問如何是新興水師曰面前江裏

婺州木陳從朗禪師

因金剛倒僧問旣是金剛不壞身爲甚麼却倒地師敲禪牀曰行住坐卧

日容遠和尚

因豁上座參師拊掌三下曰猛虎當軒誰是敵者豁曰俊鶻冲天阿誰捉得師曰彼此難當

關南道吾和尚

師問灌溪作麽生灌溪曰無位師曰莫同虛空麽灌溪曰這屠兒師曰有生可殺卽不倦

臨濟義玄禪師

師鉏地次見黄檗來拄钁而立檗曰這漢困那師曰钁也未舉困箇甚麽檗便打師接住棒一送送倒檗呼維那扶起我來維那扶起曰和尚爭容得這風顛漢無禮檗纔起便打維那師钁地曰諸方火葬我這裏活埋

師栽松次檗曰深山裏栽許多松作甚麽師曰一與山門作境致二與後人作標榜道了將钁頭𡎺地三下檗曰雖然如是子巳喫吾三十棒了也師又𡎺地三下噓一噓檗曰吾宗到汝大興於世

師到翠峯峯問甚處來師曰黄檗來峯曰黄檗有何言句指示於人師云黄檗無言句峯云爲甚麽無師云設有亦無舉處峯云但舉看師云一箭過西天

師小參曰有時奪人不奪境有時奪境不奪人有時人境兩俱奪有時人境俱不奪克符問如何是奪人不奪境師曰煦日發生鋪地錦嬰兒垂髮白如絲符曰如何是奪境不奪人師曰王令已行天下徧將軍塞外絕烟塵符曰如何是人境俱奪師曰并汾絕信獨處一方符曰如何是人境俱不奪師曰王登寶殿野老謳歌

有僧問如何是眞佛眞法眞道乞師開示師曰佛者心清淨是法者心光明是道者處處無礙淨光是三卽一皆是空名而無實有如眞正作道人念念心不間斷自達摩大師從西土來祇是覓箇不受人惑底人後遇二祖一言便了始知從前虛用工夫大凡演唱宗乘一句中須具三玄門一玄門須具三要有權有實有照有用汝等諸人作麼生會

師應機多用喝會下參徒亦學師喝師曰汝等總學我喝我今問汝有一人從東堂出一人從西堂出兩人齊喝一聲這裏分得賓主麼汝且作麼生分若分不得已後不得學老僧喝

師云山僧無一法與人祇是治病解縛你取山僧口裏語不如休歇無事去

師曰你但一切入凡入聖入染入淨入諸佛國土入彌勒樓閣入毘盧遮那世界處處皆現國土成住壞空佛出於世轉大法輪入無餘涅槃不見有去來相貌求其生死了不可得便入無生法界處處游履國土入華藏世界盡見諸法全眞皆是實相

師曰你一念心愛被水溺你一念心瞋被火

燒你一念心疑被地礙你一念心喜被風飄若能如是辨得不彼境轉處處用境東涌西沒南涌北沒中涌邊沒邊涌中沒履水如地履地如水緣何如此爲達四大如夢如幻故道流你只今聽法者不是你四大能用你四大若如是見得便乃去住自由約山僧見處沒嫌底法你若憎凡愛聖被聖凡境縛有一般學人向五臺山求文殊早錯了也五臺山無文殊你欲識文殊麼只你目前用處始終不異處處不礙此箇是活文殊你一念心無差別光處處總是普賢你一念心能自在隨處解脫此是觀音三昧法互爲主伴顯卽一時顯隱卽一時隱一卽三三卽一如是解得方始好看教

夾山善會禪師

師初在潙山作典座潙問今日喫甚菜師曰二年同一春潙曰好好修事著師曰龍宿鳳巢

僧問從上立祖意教意和尚爲甚麽却言無師曰三年不喫飯目前無饑人曰既是無饑人某甲爲甚麽不悟師曰祇爲悟迷却闍黎復示偈曰明明無悟法悟法却迷人長舒兩脚睡無僞亦無眞

問古人布髮掩泥當爲何事師曰九烏射盡一翳猶存一箭墮地天下黯黑

僧問如何是夾山境師曰猿抱子歸青嶂裏鳥銜花落碧巖前

上堂金烏玉兔交互爭輝坐却日頭天下黑瞎上唇與下唇從來不相識明明向君道莫令眼顧著何也日月未足爲明天地未足爲

大空中不運斤巧匠不遺蹤見性不留佛悟道不存師尋常老僧道目覩瞿曇猶如黃葉一大藏教是老僧坐具祖師玄旨是破草鞋寧可赤脚不著最好

上堂不知天曉悟不由師龍門躍鱗不墮漁人之手但意不寄私緣舌不親玄旨正好知音此名俱生話若向玄旨疑去賺殺闍黎困魚止濼鈍鳥棲蘆雲水非闍黎闍黎非雲水老僧於雲水而得自在闍黎又作麽生

上堂明不越戶穴不棲巢目不顧他位裏脚不踏他位裏六戶不掩四衢無蹤學不停午意不立玄千劫眼不借舌頭底萬劫舌頭不顧眼中明峻機不假鋒鋩事到這裏有甚麽事闍黎竿頭絲線從君弄不犯清波意自殊

上堂有祖以來時人錯會相承至今以佛祖言句爲人師範若或如此却成狂人無智人去他祇指示汝無法本是道道無一法無佛可成無道可得無法可取無法可捨所以老僧道目前無法意在目前他不是目前法若向佛祖邊學此人未具眼在何故皆屬所依不得自在本祇爲生死茫茫識性無自由分千里萬里求善知識須具正眼求脫虛謬之見定取目前生死爲復實有爲復實無若有人定得許汝出頭上根之人言下明道中下根器波波浪走何不向生死中定當取何處更疑佛疑祖替汝生死有智人笑汝汝若不會更聽一頌勞持生死法惟向佛邊求目前迷正理撥火覓浮漚

投子大同禪師

一日趙州和尚至桐城縣師亦出山途中相

遇乃逆而問曰莫是投子山主麽師曰茶鹽錢布施我州先歸菴中坐師後攜一瓶油歸州曰久嚮投子及乎到來秖見箇賣油翁師曰汝秖識賣油翁且不識投子州曰如何是投子師提起油瓶曰油油茶次師自過胡餅與州州不管師令侍者過胡餅州禮侍者三拜州問大死底人却活時如何師曰不許夜行投明須到州曰我早候白伊更候黑

雪峯到師指菴前一片石謂雪峯曰三世諸佛總在裏許峯曰須知有不在裏許者師曰不快漆桶師與雪峯遊龍眠有兩路峯問那箇是龍眠路師以杖指之峯曰東去西去師曰不快漆桶問一槌便就時如何師曰不是性燥漢曰不假一槌時如何師曰不快漆桶峯問此間還有人叅也無師將钁頭抛向峯面前峯曰恁麽則當處掘去也師曰不快漆桶峯辭師送出門召曰道者峯回首應諾師曰塗中善爲

僧問趙州初生孩子還具六識也無州云急水上打毬子後僧問師急水上打毬子意旨如何師曰念念不停留

師因僧問如何是十身調御師下禪牀立又問凡聖相去多少師亦下禪牀立

問一等是水爲甚麽海鹹河淡師曰天上星地下木

師在京赴一檀越齋檀越將一盤草來師拳兩手安頭上檀越便將齋來後有僧問和尚在京投齋意旨如何師曰觀世音菩薩

問和尚自住此山有何境界師曰了角女子白頭絲

問一念不生時如何師曰堪作甚麽僧無語
師又曰透出龍門雲雨合山川大地入無蹤

清平安樂遵令禪師

初叅翠微便問如何是西來的的意翠微曰
待無人卽向汝說師良久曰無人也請和尚
說翠微下禪牀引師入竹園師又曰無人也
請和尚說翠微指竹曰這竿得恁麽長那竿
得恁麽短師領謝
僧問如何是大乘師曰井索曰如何是小乘
師曰錢貫曰如何是有漏師曰笊籬曰如何
是無漏師曰木杓
問如何是清平家風師曰一斗麪作三箇蒸
餅

御選語錄卷第二十七

音釋

灃（方中切音風）　峕（以沼切遥上聲）　瑫（他刀切音滔）　濼（歷各切音落）

御選語録卷第二十八

歷代禪師語録前集

洞山良价悟本禪師

師叅潙山問曰頃聞南陽忠國師有無情說法話某甲未究其微潙曰我這裏亦有秖是罕遇其人師曰某甲未明乞師指示潙豎起拂子曰會麽師曰不會請和尚說潙曰父母所生口終不爲子說此去澧陵攸縣有雲巖道人若能撥草瞻風必爲子之所重師遂辭潙山徑造雲巖便問無情說法甚麽人得聞巖曰無情得聞師曰和尚聞否巖曰我若聞汝卽不聞吾說法也師曰某甲爲甚麽不聞巖豎起拂子曰還聞麽師曰不聞巖曰我說法汝尚不聞豈況無情說法乎師曰無情說法該何典敎巖曰豈不見彌陀經云水鳥樹林悉皆念佛念法師於此有省乃述偈曰也大奇也大奇無情說法不思議若將耳聽終難會眼處聞聲方得知巖曰价闍黎承當箇事大須審細師猶涉疑後因過水睹影大悟前旨有偈曰切忌從他覓迢迢與我疎我今獨自往處處得逢渠渠今正是我我今不是渠應須恁麽會方得契如如

師作五位君臣頌曰正中偏三更初夜月明前莫怪相逢不相識隱隱猶懷舊日嫌偏中正失曉老婆逢古鏡分明覿面别無眞休更迷頭猶認影正中來無中有路隔塵埃但能不觸當今諱也勝前朝斷舌才兼中至兩刃交鋒不須避好手猶如火裏蓮宛然自有冲天志兼中到不落有無誰敢和人人盡欲出常流折合還歸炭裏坐

問欲見和尚本來師如何得見師曰年牙相似即無阻矣僧擬進語師曰不躡前蹤別請一問僧無對

問蛇吞蝦蟆救則是不救則是師曰救則雙目不睹不救則形影不彰

僧問師尋常教學人行鳥道未審如何是鳥道師曰不逢一人曰如何行師曰直須足下無私去曰祇如行鳥道莫便是本來面目否師曰闍黎因甚顛倒曰甚麼處是學人顛倒師曰若不顛倒因甚麼却認奴作郎曰如何是本來面目師曰不行鳥道

師曰今時人學道祇認得驢前馬後底將爲自已佛法平沉此之是也賓中主尚未分如何辨得主中主僧問如何是主中主師曰闍黎自道取曰某甲道得即是賓中主如何是主中主師曰恁麼道即易相續也大難遂示頌曰嗟見今時學道流千千萬萬認門頭恰似入京朝聖主祇到潼關即便休

問僧甚處來曰遊山來師曰還到頂麼曰到師曰頂上有人麼曰無人師曰恁麼則不到頂也曰若不到頂爭知無人師曰何不且住曰某甲不辭住西天有人不肯師曰我從來疑著這漢

僧問如何是青山白雲父師曰不森森者是曰如何是白雲青山兒師曰不辨東西者是曰如何是白雲終日倚師曰去離不得曰如何是青山總不知師曰不顧視者是

師與雲居過水師問水深多少居曰不濕師曰粗人居却問水深多少師曰不乾

師因曹山辭遂囑曰吾在雲巖先師處親印

寶鏡三昧事窮的要今付於汝詞曰如是之法佛祖密付汝今得之宜善保護銀盌盛雪明月藏鷺類之弗齊混則知處意不在言來機亦赴動成窠臼差落顧佇背觸俱非如大火聚但形文彩卽屬染污夜半正明天曉不露爲物作則用拔諸苦雖非有爲不是無語如臨寶鏡形影相覩汝不是渠渠正是汝如世嬰兒五相完具不去不來不起不住婆婆和和有句無句終不得物語未正故重離六爻偏正回互疊而爲三變盡成五如荎草味如金剛杵正中妙挾敲唱雙舉通宗通塗挾帶挾路錯然則吉不可犯忤天眞而妙不屬迷悟因緣時節寂然昭著細入無間大絶方所毫忽之差不應律呂外寂中搖繫駒伏鼠先聖悲之爲法檀度要合古轍請觀前古佛道垂成十劫觀樹如虎之缺如馬之馵以有下劣寶几珍御以有驚異貍奴白牯木人方歌石女起舞非情識到寧容思慮臣奉於君子順於父不順非孝不奉非輔潛行密用如愚若魯但能相續名主中主

師又曰末法時代人多乾慧若要辨驗眞僞有三種滲漏一曰見滲漏機不離位墮在毒海二曰情滲漏滯在向背見處偏枯三曰語滲漏究妙失宗機昧終始濁智流轉於此三種子宜知之

偈曰道無心合人人無心合道欲識箇中意一老一不老

仰山南塔光涌禪師

師依仰山剃度北游謁臨濟復歸侍山山曰汝來作甚麼師曰禮覲和尚山曰還見和尚

麽師曰見山曰和尚何似驢師曰某甲見和尚亦不似佛山曰若不似佛似箇甚麽師曰若有所似與驢何别山大驚曰凡聖兩忘情盡體露吾以此驗人二十年無决了者子保任之山每指謂人曰此子肉身佛也

福州雙峰古禪師

師因辭石霜石霜將拂子送出門首召曰古侍者師回首石霜曰擬著卽差是著卽乖不擬不是亦莫作箇會茍非知有莫能知之好去好去師應喏喏後僧問和尚當時辭石霜石霜恁麽道意作麽生師曰祇敎我不著是非

三聖院慧然禪師

上堂我逢人卽出出則不爲人便下座

僧問如何是祖師西來意師曰臭肉來蠅

灌谿志閑禪師

師住末山後上堂曰我在臨濟爺爺處得半杓末山孃孃處得半杓共成一杓喫了直至如今飽不饑

僧問久嚮灌谿到來祇見漚麻池師曰汝祇見漚麻池且不見灌谿曰如何是灌谿師曰劈箭急

九峰道虔禪師

僧問無間中人行甚麽行師曰畜生行曰畜生復行甚麽行師曰無間行曰此猶是長生路上人師曰汝須知有不共命者曰不共甚麽命師曰長生氣不常師乃曰諸兄弟還識得命麽欲知命流泉是命湛然是身千波競涌是文殊境界一亘晴空是普賢牀榻其次借一句子是指月話月且如諸方先德未建

許多名目指陳已前諸兄弟約甚麽體格商量到這裏不假三寸試話會看不假耳試釆聽看不假眼試辨白看所以道聲前拋不出句後不藏形盡乾坤大地都來是汝當人箇體向甚麽處安眼耳鼻舌莫但向意根下圖度作解盡未來際亦未有休歇分所以洞山道擬將心意學玄宗大似西來却向東珍重

台州涌泉景欣禪師

上堂我四十九年在這裏尚自有時走作汝等諸人莫開大口見解人多行解人萬中無一箇見解言語總要知通若識不盡敢道輪回去在爲何如此蓋爲識滯未盡汝但盡却今時始得成立亦喚作立中功轉功就他去亦喚作就中功親他去我所以道親人不得度渠不度親人恁麽譬喻尚不會薦取渾圇底但管取性亂動舌頭不見洞山道相續也大難

洛浦元安禪師

師到夾山不禮拜乃當面叉手而立山曰雞棲鳳巢非其同類出去師曰自遠趨風請師一接山曰目前無闍黎此間無老僧師便喝山曰住住且莫草草怱怱雲月是同溪山各異截斷天下人舌頭即不無闍黎爭教無舌人解語師佇思山便打因茲服膺

一日問山佛魔不到處如何體會山曰燭明千里像暗室老僧迷又問朝陽已昇夜月不現時如何山曰龍銜海珠遊魚不顧師於言下大悟山將示滅垂語曰石頭一枝看看即滅矣師曰不然山曰何也師曰他家自有青山在山曰苟如是即吾宗不墜矣

上堂師云末後一句始到牢關鏁斷要津不通凡聖尋常向諸人道任從天下樂欣欣我獨不肯欲知上流之士不將佛祖言教貼在額頭上如龜負圖自取喪身之兆鳳縈金網趨霄漢以何期直須旨外明宗莫向言中取則是以石人機似汝也解唱巴歌汝若似石人雪曲也應和指南一路智者知疏

問僧近離甚處曰荆南師曰有一人與麼去還逢麼曰不逢師曰爲甚不逢曰若逢卽頭粉碎師曰闍黎三寸甚密雲門於江西見其僧乃問還有此語否曰是門曰洛浦倒退三千里

巖頭全豁禪師

示衆但明取綱宗本無實法不見道無實無虛若向事上覻卽疾若向意根下尋卒摸索不著又曰此是向上人活計只露目前些子如同電拂如擊石火截斷兩頭靈然自在若道向上有法有事眞椀鳴聲塗糊汝繫罩汝古人喚作繫驢橛若將實法與人土亦消不得

示衆云夫大統綱宗中事須識句若不識句難作箇話會甚麼是句百不思時喚作正句亦云居頂亦云得住亦云歷歷亦云惺惺亦云的的亦云佛未生時亦云得地亦云與麼時將與麼時等破一切是非纔與麼便不與麼便轉轆轆地不見古人道沉昏不好須轉得始得觸著便轉是句亦剗非句亦剗自然轉轆轆自然目前露倮倮地飽齁齁地不解却不解斅瞥起微情早落地上若也未得與麼蕩蕩地喚作依句修行有則便須等破與

麼時一物不存信知從來學得一切言句隘在胸中有甚麼用處不見道辟觀辟句外不放入內不放出截斷兩頭自然光烯烯地不與一物作對便是無諍三昧兄弟若欲得易會但向根本明取不見道無依無欲便是能仁古人道置毒藥安乳中乃至醍醐亦能殺人這箇不是汝習學得底這箇不是汝去住底不是汝色裏底莫錯認門頭戶口賺汝臘月三十日赤閑閑地無益信知古風大好不見道有即是無無即是有與麼送出來時便知深淺這箇是古格於中有一般漢信彩吐出來有甚麼碑記但知喚作禪道但知喚作一句子軟嫩嫩地眞是無孔鐵椎聚得一萬箇有甚麼用處若是有筋骨底不用多諸處行脚也須帶眼始得莫被人謾不見道依法生解猶落魔界夫唱教須一一從自己胸襟中吐得出來與人爲榜樣今時還有與麼漢麼莫終日閑閑地亦無了期欲得易會但知於聲色前不被萬境惑亂自然露倮倮地自然無事送向聲色中蕩蕩地恰似一團火燄相似觸著便燒更有甚麼事不見道非是塵不侵自是我無心時熱珍重

雪峰義存禪師

僧問西山和尚如何是祖師西來意山舉拂子示之其僧不肯後叅師師問甚處來云浙中來師曰今夏在甚處曰蘇州西山師曰和尚安否曰來時萬福師曰何不在彼從容曰佛法不明師曰有甚麼事僧舉前話師曰汝作麼生不肯他曰是境師曰汝見蘇州人家男女否曰見師曰汝見路上林木否曰見師

曰凡覩人家男女大地林沼總是境汝肯他否曰肯師曰祇如拈拂子汝作麽生不肯僧乃禮拜曰學人取次發言乞和尚慈悲師曰盡乾坤是箇眼汝向甚麽處蹲坐僧無對

三聖問透網金鱗以何爲食師曰待汝出網來向汝道聖曰一千五百人善知識話頭也不識師曰老僧住持事繁

師問僧甚處來曰潙山來師曰潙山有何言句曰某甲曾問如何是祖師西來意潙山據座師曰汝肯他否曰某甲不肯他師曰潙山古佛汝可速去懺悔

問僧甚麽處去曰識得即知去處師曰你是了事人亂走作麽曰和尚莫塗汚人好師曰我即不塗汚你古人吹布毛作麽生與我說來看曰殘羹餿飯已有人吃了師休去

玄沙問師曰某甲如今大用去和尚作麽生師將三箇木毬一時拋出沙作斫牌勢師曰你親在靈山方得如此沙曰也是自家事

普請次路逢一獼猴師曰人人有一面古鏡這箇獼猴亦有一面古鏡三聖曰曠劫無名何以彰爲古鏡師曰瑕生也聖曰這老漢著甚麽死急話頭也不識師曰老僧住持事繁

問古礀寒泉時如何師曰瞪目不見底曰飲者如何師曰不從口入僧舉似趙州州曰不從口入不可從鼻孔裏入僧却問古礀寒泉時如何州曰苦曰飲者如何州曰死師聞得乃曰趙州古佛遥望作禮自此不答話

師一日在僧堂内燒火閉却前後門乃叫曰救火救火玄沙將一片柴從窻櫺中拋入師便開門

上堂南山有一條鼈鼻蛇汝等諸人切須好看長慶出曰今日堂中大有人喪身失命雲門以拄杖攛向師前作怕勢有僧舉似玄沙沙曰須是稜兄始得雖然如是我卽不然曰和尚作麽生沙曰用南山作麽

閻王問曰擬欲蓋一所佛殿去時如何師曰大王何不蓋取一所空王殿曰請師樣子師展兩手

上堂盡大地撮來如粟米粒大抛向面前漆桶不會打鼓普請看

上堂此事如一片田地相似一任諸人耕種無有不承此恩力者玄沙曰且作麽生是這田地師曰看玄沙曰是卽是某甲不與麽師曰你作麽生玄沙曰祇是人人底

上堂舉拂子曰這箇爲中下僧問上上人來如何師舉拂子僧曰這箇爲中下師便打

上堂諸上座望州亭與汝相見了也烏石嶺與汝相見了也僧堂前與汝相見了也

曹山本寂禪師

僧問沙門豈不是具大慈悲底人師曰是曰若遇六賊來時如何師曰亦須具大慈悲曰如何具大慈悲師曰一劒揮盡曰盡後如何師曰始得和同

問眉與目還相識也無師曰不相識曰爲甚麽不相識師曰爲同在一處曰恁麽則不分去也師曰眉且不是目曰如何是目師曰端的去曰如何是眉師曰曹山却疑曰和尚爲甚麽却疑師曰若不疑卽端的去也

雲門問如何是沙門行師曰喫常住苗稼者是曰便恁麽去時如何師曰你還畜得麽曰

畜得師曰你作麽生畜曰著衣喫飯有甚麽難師曰何不道披毛戴角門禮拜

師問德上座菩薩在定聞香象渡河出甚麽經曰出涅槃經師曰定前聞定後聞曰和尚流也師曰道也太煞道祇道得一半曰和尚如何師曰灘下接取

師問僧作甚麽曰掃地師曰佛前掃佛後掃曰前後一時掃師曰與曹山過靸鞋來

僧問親何道伴卽得常聞於未聞師曰同共一被蓋曰此猶是得聞如何是常聞於未聞師曰不同於木石曰何者在先何者在後師曰不見道常聞於未聞

僧問一牛飲水五馬不嘶時如何師曰曹山解忌口

紙衣道者來叅師問莫是紙衣道者否者曰不敢師曰如何是紙衣下事者曰一裘纔挂體萬法悉皆如師曰如何是紙衣下用者近前應諾便立脱師曰汝祇解與麽去何不解恁麽來者忽開眼問曰一靈眞性不假胞胎時如何師曰未是妙者曰如何是妙師曰不借借者珍重便化師示頌曰覺性圓明無相身莫將知見妄疎親念異便於玄體昧心差不與道爲隣情分萬法沈前境識鑒多端喪本眞如是句中全曉會了然無事昔時人

師問强上座曰佛眞法身猶若虛空應物現形如水中月作麽生説箇應底道理曰如驢覰井師曰道則太煞道祇道得八成曰和尚又如何師曰如井覰驢

師讀杜順傅大士所作法身偈曰我意不欲與麽道門弟子請别作之旣作偈又註釋之

其詞曰渠本不是我(非我)我本不是渠(非渠)渠無我卽死(你汝取活)我無渠卽余(不別有)渠如我是佛(要且不是佛)我如渠卽驢(二俱不立)不食空王俸(若遇御飯)直須吐却)何假雁傳書(不通信)我說橫身唱(爲信唱)君看背上毛(不與你相似)乍如謠白雪(將謂是白雪)猶恐是巴歌(傳此句無註)

雲居道膺禪師

師造洞山山問甚處來師曰翠微來山曰翠微有何言句示徒師曰翠微供養羅漢某甲問供養羅漢羅漢還來否微曰你每日喫箇甚麼山曰實有此語否師曰有山曰不虛叅見作家來山問汝名甚麼師曰道膺山曰向上更道師曰向上卽不名道膺山曰與老僧祇對道吾底語一般深然之一日山問師甚處去來師曰蹋山來山曰那箇山堪住師曰那箇山不堪住山曰恁麼則國內總被闍黎占却師曰不然山曰恁麼則子得箇入路師曰無路山曰若無路爭得與老僧相見師曰若有路卽與和尚隔山去也山曰此子已後千人萬人把不住去在

僧問山河大地從何而有師曰從妄想有曰與某甲想出一鋌金得麽師便休去僧不肯

示衆曰佛法有什麽多事行得卽是但知心是佛莫愁佛不解語欲得如是事還須如是人自古先德醇素任眞元來無巧設有人問如何是道或時答甎磚木頭作麽皆重元來他根本脚下實有力卽是不思議人握土成金若無如是事饒汝說得簇花簇錦相似盡說了合煞頭人總不信受元來自家脚下虛無力僧家發言吐氣須有來由莫當等閒一

言參差卽千里萬里若是知有底人自解護惜終不取次十度發言九度休去爲什麽如此常恐無利益欲得與麽事須是與麽人既是與麽人不愁恁麽事恁麽事卽難得師曰汝等直饒學得佛邊事早是錯用心了也不見古人講得天花落石點頭尚不干自己事如今擬將有限身心向無限中用有什麽交涉不見古人道學處不玄盡是流俗閨閤中物捨不得俱爲滲漏直須向這裏及取去及去及來併盡一切事始得無過所以古人道猶如雙鏡光光相對光明相照更無虧盈豈不是一般猶喚作影像邊事如日出時光照世間明朗是一半那一半喚作甚麽如今人未認得光影門頭戶底粗淺底事將作屋裏事又爭得

師曰從天降下卽貧窮從地涌出卽富貴門裏出身則易身裏出門則難動則埋身千尺不動則當處生苗一言迥脫獨抜當時語言不要多多則無用處僧問如何是從天降下卽貧窮曰不貴得又問如何是從地涌出則富貴曰無中或有

疎山匡仁禪師

上堂病僧咸通年前會得法身邊事咸通年後會得法身向上事雲門出問如何是法身邊事師曰枯椿曰如何是法身向上事師曰非枯椿曰還許某甲說道理也無師曰許曰枯椿豈不是明法身邊事師曰是曰非枯椿豈不是明法身向上事師曰是曰衹如法身還該一切也無師曰法身周徧豈得不該門指淨缾曰衹如淨缾還該法身麽師曰闍黎

莫向淨瓶邊覓門便禮拜
師常握木蛇有僧問師手中是甚麽師提起曰曹家女
洛京白馬遁儒禪師
僧問如何是法身向上事師曰井底蝦蟆吞却月
龍牙山居遁證空禪師
師有頌曰學道如鑽火逢烟未可休直待金星現歸家始到頭
問十二時中如何著力師曰如無手人欲行拳始得
問古人得箇甚麽便休去師曰如賊入空室
問如何是祖師西來意師曰待石烏龜解語卽向汝道曰石烏龜語也師曰向汝道甚麽
京兆府蜆子和尚
師居無定所自印心於洞山混俗閩川冬夏惟披一衲逐日沿江岸採掇蝦蜆以充其腹暮卽宿東山白馬廟紙錢中居民目爲蜆子和尚華嚴靜禪師聞之欲決眞假先潛入紙錢中深夜師歸嚴把住曰如何是祖師西來意師遽答曰神前酒臺盤嚴放手曰不虛與我同根生
越州乾峰和尚
上堂法身有三種病二種光須是一一透得始解歸家穩坐須知更有向上一竅在雲門出問菴內人爲甚麽不知菴外事師呵呵大笑門曰猶是學人疑處師曰子是甚麽心行門曰也要和尚相委師曰直須與麽始解穩坐門應諾諾
上堂舉一不得舉二放過一著落在第二雲

門出衆曰昨日有人從天台來却往徑山去師曰典座來日不得普請便下座
問十方薄伽梵一路涅槃門未審路頭在甚麽處師以拄杖畫云在這裏
問僧甚處來曰天台師曰見説石橋作兩叚是否曰和尚甚處得這消息來師曰將謂華頂峰前客元是平田莊裏人

芭蕉山慧清禪師

上堂拈拄杖示衆曰你有拄杖子我與你拄杖子你無拄杖子我奪却你拄杖子靠拄杖下座　天童正覺云你有則一切有你無則一切無有無自是當人與奪關芭蕉甚事正恁麽時作麽生是你拄杖子

南院慧顒禪師

上堂諸方秖具啐啄同時眼不具啐啄同時用僧便問如何是啐啄同時用師曰作家不啐啄啐啄同時失曰此猶未是某甲問處師曰汝問處作麽生僧曰失師便打其僧不肯後於雲門會下聞二僧舉此語一僧曰當時南院棒折那其僧忽契悟

台州瑞巖師彦禪師

師尋居丹邱瑞巖坐盤石終日如愚每自喚主人公復應諾乃曰惺惺著他後莫受人瞞　後有僧叅玄沙沙問近離甚處曰瑞巖沙云有何言句示徒僧舉前話沙云一等是弄精魂也甚奇怪　鏡清問天不能覆地不能載豈不是師曰若是卽被覆載清曰若不是瑞巖幾遭也師自稱曰師彦

玄沙師備宗一禪師

雪峰上堂曰要會此事猶如古鏡當臺胡來胡現漢來漢現師出衆曰忽遇明鏡來時如何峰曰胡漢俱隱師曰老和尚脚跟猶未點地在

一日雪峰指火曰三世諸佛在火燄裏轉大法輪師曰近日王令稍嚴峰曰作麽生師曰不許攙奪行市

侍雪峰遊山次峰指面前地曰這一片地好造箇無縫塔師曰高多少峰乃顧視上下師曰人天福報卽不無和尚若是靈山授記未夢見在峰曰你又作麽生師曰七尺八尺

雪峰曰世界闊一尺古鏡闊一尺世界闊一丈古鏡闊一丈師指火鑪曰火鑪闊多少峰曰如古鏡闊師曰老和尚脚跟未點地在

與雪峰夾籬次師問夾籬處還有佛法也無峰曰有師曰如何是夾籬處佛法峰撼籬一下師曰某甲不與麽峰曰子又作麽生師曰穿過篾頭來

僧問如何是學人自巳師曰用自巳作麽

鼓山來師作一圓相示之山曰人人出這箇不得師曰情知汝向驢胎馬腹裏作活計山曰和尚又作麽生師曰人人出這箇不得山曰和尚與麽道却得某甲爲甚麽道不得師曰我得汝不得

師與韋監軍茶話次軍曰占波國人語話稍難辨何况五天梵語還有人辨得麽師提起托子云識得這箇卽辨得

普請斫柴次見一虎天龍曰和尚虎師曰是汝虎歸院後天龍問適來見虎云是汝未審尊意如何師曰娑婆世界有四種極重事若

人透得不妨出得陰界
師問鏡清教中道不見一法爲大過患且道不見甚麽法清指露柱曰莫是不見這箇法
師曰浙中清水白米從汝喫佛法未夢見在
僧問承和尚有言盡十方世界是一顆明珠學人如何得會師曰盡十方世界是一顆明珠用會作麽僧便休師來日却問其僧盡十方世界是一顆明珠汝作麽生會曰盡十方世界是一顆明珠用會作麽師曰知汝向鬼窟裏作活計
師云若論此事喻如一片田地四至界分結契賣與諸人了也只有中心樹子猶屬老僧在
上堂佛道閒曠無有程途無門解脱之門無意道人之意不在三際故不可升沈建立乖真非屬造化動則起生死之本靜則醉昬沈之鄉動靜雙泯卽落空亡動靜雙收顢頇佛性必須對塵對境如枯木寒灰臨時應用不失其宜道本如如法爾天真不同修證祇要虛閒不昧作用不涉塵泥箇中纖毫道不盡卽爲魔王眷屬直饒得似秋潭月影靜夜鐘聲隨扣擊以無虧觸波瀾而不散猶是生死岸頭事道人行處如火銷冰終不却成冰箭既離弦無返回勢所以牢籠不肯住呼喚不回頭若到這裏步步登玄不屬邪正識不能識智不能知語路處絶心行處滅直得釋迦掩室於摩竭淨名杜口于毘耶若與麽現前更疑何事沒棲泊處離去來今不因莊嚴本來真淨便是千聖出頭來也安一字不得久立珍重

示衆夫古佛眞宗常隨物現堂堂應用處處流輝隱顯坦然高低盡照是以沙門上士道眼惟先契本明心方爲究竟森羅萬象一體同源廓爾無邊誰論有滯塵劫中事都在目前時人曠隔年深致乖常體迷心認物以背眞宗執有滯空渾成意度古德云情存聖量猶落法塵已見未忘還成滲漏不可道持齋持戒長坐不臥住意觀空凝神入定便當去也有甚麼交涉西天外道入得八萬劫定不免輪迴蓋爲道眼不明生死根源不破如今甚麼處不是汝甚麼處不分明甚麼處不露現何不與麼會去若無這箇田地時中爭奈諸般滲漏何總成虛妄阿那箇便是平生得力處有爲心法不可相依日久年深全無利益只爲違眞棄本厭離凡情忻心聖道作此見知不出他限量拋他五陰不去不見道諸行無常是生滅法你只擬向前爭能明得可中徹去方得知之若未究得當知盡是虛頭世間難信之法具大根器方能明達今生若徹去萬劫亦然古德云直向今生須了却誰能累劫受餘殃珍重

上堂我今問汝諸人且承當得箇甚麼事在何世界安身立命還辨得麼若辨不得恰似捏目生花見事便差知麼如今目前現有山河大地色空明暗種種諸物皆是狂勞花相喚作顛倒知見夫出家人識心達本源故號爲沙門大丈夫兒何不自省察看是甚麼事衹如從上宗乘是諸佛頂族但從迦葉門接續頓超去此一門超凡聖因果超毘盧妙莊嚴世界海直下永劫不教有一物與汝作眼

見何不自急急究取未道我且待三生兩生久積淨業仁者宗乗是甚麽事不可由汝用功莊嚴便得去不可他心宿命便得去知麽識得卽是大出脫大徹頭人所以超凡越聖出生離死離因離果超毘盧超釋迦不被凡聖因果所謾一切處無人識得汝知麽莫祇長戀生死愛網被善惡業拘將去無自由分饒汝鍊得身心同虛空去饒汝到精明湛不摇處不出識陰古人喚作如急流水流急不覺妄爲恬靜恁麽修行盡出他輪廻際不得依前被輪廻去所以道諸行無常直是三乗功果若無道眼亦不究竟何似如今博地凡夫不用一毫功夫便頓超去解省心力麽我如今立地令汝構去更不教汝加功鍊行如今不恁麽更待何時下座

上堂汝諸人如在大海裏坐没頭浸却了更展手問人乞水喫夫學般若菩薩須具大根器有大智慧始得有一般坐繩牀和尚稱善知識問著便摇身動手點眼吐舌瞪視更有一般說昭昭靈靈靈臺智性能見能聞向五蘊身田裏作主宰恁麽爲善知識大賺人知麽我今問汝汝若認昭昭靈靈是汝眞實爲甚麽瞌睡時又不成昭昭靈靈若瞌睡時不是爲甚麽有昭昭時汝還會麽這箇喚作認賊爲子是生死根本妄想縁氣汝欲識根由麽我向汝道昭昭靈靈祇因前塵色聲香等法而有分別便道此是昭昭靈靈若無前塵汝此昭昭靈靈同於龜毛兎角仁者眞實在甚麽處汝今欲得出他五蘊身田主宰但識取汝祕密金剛體古人向汝道圓成正徧徧

周沙界衹如今山河大地十方國土色空明暗及汝身心莫非盡承汝圓成威光所現直是天人羣生類所作業次受生果報有情無情莫非承汝威光乃至諸佛成道成果接物利生莫非盡承汝威光衹如金剛體還有凡夫諸佛麽有汝心行麽不可道無便得當去也知麽汝既有如是奇特當陽出身處何不發明取因何却隨他向五蘊身田中鬼趣裏作活計直下自謾去若不了此煩惱惡業因緣不是一刼兩刼得休直與汝金剛齊壽知麽

上堂太虚日輪是一切人成立太虚現在諸人作麽生滿目覷不見滿耳聽不聞此兩處省不得便是瞌睡漢若明徹得坐却凡聖坐却三界夢幻身心無一物如鍼鋒許爲緣爲對直饒諸佛出來作無限神通變現設如許多教網未曾措著一分毫惟助初學誠信之門還會麽如今沙門不薦此事翻成弄影漢生死海裏浮沉幾時休息去若要明徹卽今這裏便明徹去不敎仁者取一法如微塵大不教仁者捨一法如毫髮許還會麽

師云是諸人見有險惡見有大蟲刀劒諸事逼汝身命便生無限怕怖如似什麽恰如世間畫師一般自畫作地獄變相作大蟲刀劒了好好地看時却自生怕怖汝今諸人亦復如是百般見有是汝自幻出自生怕怖亦不是別人與汝爲過汝今欲覺此幻惑麽但識取汝金剛眼睛若識得不曾教汝有纖塵可得露現何處更有虎狼刀劒解懾嚇得汝所以我向汝道沙門眼把定世界函葢乾坤不

漏絲髮何處更有一物爲汝知見知麽何不急究取
師示衆曰世尊道吾有正法眼藏付囑摩訶大迦葉猶如畫月曹溪豎拂猶如指月時鼓山出衆曰月呢師曰這箇阿師就我覓月鼓山不肯却歸衆曰道我就他覓月
師以杖拄地問長生曰僧見俗見男見女見汝作麽生見曰和尚還見皎然見處麽師曰相識滿天下
師與韋監軍喫果子韋問如何是百姓日用而不知師拈起果子曰喫韋喫果子了再問師曰祇這是日用而不知
僧問學人乍入叢林乞師指箇入路師曰還聞偃溪水聲麽曰聞師曰從這裏入
保福從展禪師
長慶問見色便見心還見船子麽師曰見曰船子且置作麽生是心師却指船子
師見僧以杖打露柱又打其僧頭僧作忍痛聲師曰那箇爲甚麽不痛僧無對
師因僧侍立問曰汝得恁麽麄心僧曰甚麽處是某甲麄心處師拈一塊土度與僧曰抛向門前著僧抛了却來曰甚麽處是某甲麄心處師曰我見築著磕著所以道汝麄心
龍華靈照眞覺禪師
師一夕指半月問溥上座曰那一片甚麽處去也溥曰莫妄想師曰失却一片也
翠巖令參永明禪師
上堂一夏與兄弟東語西話看翠巖眉毛在麽　圓悟勤拈云人多錯會道白日青天說無向當話無事生事夏末先自說過先自點

檢免得別人點檢他且喜沒交涉這般見解謂之滅胡種族歷代宗師出世若不垂示於人都無利益圖箇甚麼到這裏見得透方知古人有驅耕夫之牛奪饑人之食手段如今人問著便向言句下齩嚼眉毛上作活計看他屋裏人自然知他行履處雪竇頌云千古無對他只道看翠巖眉毛在麼有什麼奇特處便乃千古無對須知古人吐一言半句出來不是造次須是有定乾坤底眼始得雪竇著一言半句如金剛王寶劒如踞地獅子如擊石火似閃電光若不是頂門具眼爭能見他古人落處這箇示衆直得千古無對過於德山棒臨濟喝且道翠巖雪竇爲人意在什麼處急著眼看

鏡清道怤順德禪師

昔請次雪峰舉溈山道見色便見心汝道還有過也無師曰古人爲甚麼事峰曰雖然如此要共汝商量師曰恁麼則不如道怤鉏地去師再參雪峰峰問甚處來師曰嶺外來峰曰甚麼處逢見達摩師曰更在甚麼處峰曰未信汝在師曰和尚莫恁麼粘膩好峰便休師後徧歷諸方益資權智因訪先曹山山問甚麼處來師曰昨日離明水山曰甚麼時到明水師曰和尚到時到山曰汝道我甚麼時到師曰適來猶記得山曰如是如是

師因僧問新年頭還有佛法也無師曰有曰如何是新年頭佛法師曰元正啓祚萬物咸新曰謝師答話師曰鏡清今日失利

問僧近離甚處曰石橋師曰本分事作麼生曰近離石橋師曰我豈不知你近離石橋本

分事作麽生曰和尚何不領話師便打僧曰某甲話在師曰你但喫棒我要這話行

問僧門外甚麽聲曰雨滴聲師曰衆生顛倒迷己逐物曰和尚作麽生師曰洎不迷己曰洎不迷己意旨如何師曰出身猶可易脱體道應難

太原孚上座

雪峰一日見師乃指日示之師揺手而出峰曰汝不肯我那師曰和尚揺頭某甲擺尾甚麽處是不肯峰曰到處也須諱却一日衆僧晩參峰在中庭卧師曰五州管内祇有這老和尚較些子峰便起去峰問師見説臨濟有三句是否師曰是曰作麽生是第一句師舉目視之峰曰此猶是第二句如何是第一句師叉手而退自此峰深器之

一日玄沙上問訊雪峰峰曰此間有箇老鼠子今在浴室裏沙曰待與和尚勘過言訖到浴室遇師打水沙曰相看上座師曰已相見了沙曰甚麽劫中曾相見師曰瞌睡作麽沙却入方丈白雪峰曰已勘破了峰曰作麽生勘伊沙舉前話峰曰汝著賊也

金峰從志禪師

師拈起枕子示僧曰一切人喚作枕子金峰道不是僧曰未審和尚喚作甚麽師拈起枕子僧曰恁麽則依而行之師曰你喚作甚麽曰枕子師曰落在金峰窠裏

問是身無知如土木瓦石此意如何師下禪牀扭僧耳朶僧負痛作聲師曰今日始捉著箇無知漢僧作禮出去師召闍黎僧回首師曰若到堂中不可舉著曰何故師曰大有人

笑金峰老婆心

上堂事存函葢合理應箭鋒拄還有人道得麽如有人道得金峰分半院與他住時有僧出作禮師曰相見易得好共住難爲人便下座

僧侍次師曰舉一則因縁汝第一不得亂會曰請和尚舉師竪拂子僧良久師曰知道闍黎亂會僧以目視東西師曰雪上更加霜

佛日本空禪師

師年十三叅夾山纔入門見維那那曰此間不著後生師曰某甲不求挂搭暫來禮謁和尚維那白夾山山許相見師擬上堦山曰三道寶堦從何而上師曰三道寶堦曲爲今時向上一路請師直指山便揖師乃上堦禮拜山問闍黎與甚麽人同行師曰木上座山曰何不相看老僧師曰和尚看他有分山曰在甚麽處師曰在堂中山便同師下到堂中師遂取拄杖擲在山面前山曰莫從天台得否師曰非五嶽之所生山曰莫從須彌得否師曰月宮亦不逢山曰恁麽則從人得也師曰自己尚是寃家從人得堪作甚麽山曰冷灰裏有一粒豆爆乃喚維那明窻下安排著

來日普請維那令師送茶師曰某甲爲佛法來不爲送茶來那曰奉和尚處分師曰和尚尊命卽得乃將茶去作務處摇茶甌作聲山回顧師曰釅茶三五盌意在钁頭邊山曰缾有傾茶勢籃中幾箇甌師曰缾有傾茶勢籃中無一甌便行茶時衆皆舉目師曰大衆鶴望請師一言山曰路逢死蛇莫打殺無底籃子盛將歸師曰手執夜明符幾箇知天曉衆

皆仰歎

撫州踈山證禪師

師謁投子投子問近離甚處曰延平投子曰還將得劒來麽曰將得來投子曰呈似老僧看師乃指面前地投子便休至晚問侍者新到在麽侍者曰當時去也投子曰三十年弄馬騎今日被驢撲

御選語録卷第二十八

音釋

茥 直尼切音持五味子　杓 裳若切音勺挹杅器　齁 呼侯切吼平聲鼾鼻息也　倮 戸瓦切華上聲赤袒　蜆 呼典切音顯小蛤也　釅 魚欠切音驗味厚醲也

御選語録卷第二十九

歷代禪師語録前集

頴橋鐵胡安禪師

師與鐘司徒向火次鐘問三界焚燒時如何出得師以香匙撥開火鐘擬議師撥火云司徒司徒鐘忽有省

同安慧敏禪師

師初參洞山問諸聖以何爲命洞山曰以不間斷師曰還有向上事也無洞山曰有師曰如何是向上事洞山曰不從間斷師於言下有省

白雲藏和尚

僧問如何是深深處師曰矮子渡深溪問赤脚時如何師曰何不脱却

明招德謙禪師

師到坦長老處坦曰夫叅學一人所在亦須到半人所在亦須到師便問一人所在即不問如何是半人所在坦無對後令小師問師師曰汝欲識半人所在麼也秖是弄泥團漢到羌菴乃提起絛子云得恁麽鬍毿毿地菴云莫錯認定盤星師曰恰是

訪保寧於中路相遇便問兄是道伴中人乃點鼻頭曰這箇礙塞我不徹與我拈却少時得麽寧曰和尚有來多少時師曰噫幾賺我踏破一緉草鞋便回

師往國泰深乃領衆出接至門首師乃指金剛云者兩箇漢在這裏作什麽深揎拳作金剛勢師云殿裏黄面老子笑你

師在招慶因普請去王太傅宅取木佛傅乃問大衆云忽遇丹霞又作麽生衆無語師當

時捧起向頂上云也要分付著人

鹿門譚和尚

僧問如何是實際理地師曰南贍部洲北鬱單越云恁麼則事同一家師曰隔須彌在

羅漢院桂琛禪師

玄沙問三界惟心汝作麼生會師指椅子曰和尚喚這箇作甚麼曰椅子師曰和尚不會三界惟心曰我喚這箇作竹木汝喚作甚麼師曰桂琛亦喚作竹木曰盡大地覓一個會佛法底人不可得師自爾愈加激勵

師侍沙在方丈說話夜深侍者閉却門沙曰門總閉了汝作麼生得出去師曰喚甚麼作門

問僧甚處來曰南方來師曰南方知識有何言句示徒曰彼中道金屑雖貴眼裏著不得師曰我道須彌在汝眼裏

保福僧到師問彼中佛法如何答曰有時示衆云塞却你眼教你覷不見塞却你耳教你聽不聞坐却你意教你分別不得師曰吾問你不塞你眼見箇甚麼不塞你耳聞箇甚麼不坐你意作麼生分別

師見僧舉拂子曰還會麼曰謝和尚慈悲示學人師曰見我豎拂子便云示學人汝每日見山見水可不示汝又見僧來舉拂子其僧讚歎禮拜師曰見我豎拂子便禮拜讚歎那裏掃地豎起掃帚爲甚麼不讚歎

上堂諸上座不用低頭思量思量不及便道不用揀擇委得下口處麼汝向什麼處下口試道看還有一法近得汝還有一法遠得汝麼同得汝異得汝麼既然如是爲甚麼却特

地艱難去

上堂宗門玄妙爲當祇恁麽也更别有奇特若别有奇特汝且舉將來看若無去不可將兩箇字便當却宗乘也何者兩箇字謂宗乘敎乘也汝纔道著宗乘便是宗乘道著敎乘便是敎乘禪德佛法宗乘原來由汝口裏安立名字作取說取便是也斯須向這裏說平說實說圓說常禪德汝喚甚麽作平實把甚麽作圓常傍家行脚理須甄别莫相埋沒得些子聲色名字貯在心頭道我會解善能揀辨汝且會箇甚麽揀箇甚麽記持得底是名字揀辨得底是聲色若不是聲色名字汝又作麽生記持揀辨風吹松樹也是聲蝦蟇老鵶叫也是聲何不那裏聽取揀辨去若那裏有箇意度模樣祇如老師口裏又有多少意度與上座莫錯卽今聲色摐摐地爲當相及不相及若相及卽汝靈性金剛秘密應有壞滅去也何以如此爲聲貫破汝耳色穿破汝眼因緣卽塞却汝幻妄走殺汝聲色體爾不可容也若不相及又甚麽處得聲色來會麽相及不相及試裁辨看少間又道是圓常平實甚麽人恁麽道未是黃夷村裏漢解恁麽說是他古聖垂些子相助顯發今時不識好惡便安圓實道我别有宗風玄妙釋迦佛無舌頭不如汝些子便恁麽點胸若論殺盜婬罪雖重猶輕尚有歇時此箇謗般若瞎却衆生眼入阿鼻地獄吞鐵丸莫將爲等閒所以古人道過在化主不干汝事珍重

安國慧球禪師

師於玄沙室中叅訊居首因問如何是第一

月沙曰用汝箇月作麽師從此悟入
上堂我此間粥飯因緣爲兄弟舉唱終是不
常欲得省要却是山河大地與汝發明其道
旣常亦能究竟若從文殊門入者一切無爲
土木瓦礫助汝發機若從觀音門入者一切
音響蝦蟇蚯蚓助汝發機若是普賢門入者
不動步而到以此三門方便示汝如將一隻
折箸攪大海水令彼魚龍知水爲命會麽若
無智眼而審諦之任汝百般巧妙不爲究竟
師問了院主秖如先師道盡十方世界是眞
實人體你還見僧堂麽了曰和尚莫眼花師
曰先師遷化肉猶煖在

招慶省僜禪師

師初叅保福福一日入大殿覩佛像乃舉手
問師曰佛恁麽意作麽生師曰和尚也是橫
身福曰一橛我自收取師曰和尚非惟橫身
福然之

大龍智洪禪師

僧問色身敗壞如何是堅固法身師曰山花
開似錦澗水碧如藍　雪竇顯頌問曾不知
答還不會月冷風高古巖寒檜堪笑路逢達
道人不將語默對手把珊瑚鞭驪珠盡擊碎
不擊碎增瑕纇國有憲章三千條罪

龜洋慧忠禪師

一日謂弟子曰衆生不能解脫者情累爾悟
道易明道難問如何得明道去師曰但脫情
見其道自明矣夫明之爲言信也如禁蛇人
信其咒力藥力以蛇綰弄揣懷袖中無難未
知咒藥等力者怖駭棄去但諦見自心情見
便破今千疑萬慮不得用者是未見自心者

也

白雲子祥禪師

上堂諸人會麽但向街頭市尾屠兒魁劊地獄鑊湯處會取若恁麽會得堪與人天爲師若向衲僧門下天地懸殊更有一般底衹向長連牀上作好人去汝道此兩般人那個有長處無事珍重

問僧不壞假名而談實相作麽生僧指椅子曰這個是椅子師以手撥椅曰與我將鞋袋來僧無對師曰這虛頭漢　雲門聞乃云須是我祥兄始得

德山緣密禪師

上堂我有三句語示汝諸人一句函蓋乾坤一句截斷衆流一句隨波逐浪作麽生辨若辨得出有叅學分若辨不出長安路上輥輥地

示衆俱胝和尚但有問答只竪一指頭寒則普天普地寒熱則普天普地熱

上堂但叅活句莫叅死句活句下薦得永劫無滯一塵一佛國一葉一釋迦是死句揚眉瞬目舉指竪拂是死句山河大地更無諸訛是死句時有僧問如何是活句師曰波斯仰面看曰恁麽則不謬去也師便打

巴陵新開院顥鑒禪師

師住後更不作法嗣書衹將三轉語上雲門僧問如何是道師曰明眼人落井問如何是吹毛劒師曰珊瑚枝枝撑著月問如何是提婆宗師曰銀盌裏盛雪雲門見曰他後老僧忌日衹消舉此三轉語足以報恩

雙泉師寬明教禪師

僧問洞山初和尚如何是佛初曰麻三斤師聞之乃曰向南有竹向北有木

一日雲門問師今日喫得幾箇胡餅師曰五箇門曰露柱喫得幾箇師曰請和尚茶堂裏喫茶

師一日訪白兆兆曰老僧有箇木魚頌師曰請舉看兆曰伏惟爛木一橛佛與衆生不別若以杖子擊著直得聖凡路絶師曰此頌有成褫無成褫兆曰無成褫師曰佛與衆生不別呢侍僧救曰有成褫師曰直得聖凡路絶呢當時白兆一衆失色

洞山守初宗慧禪師

師初叅雲門門問近離甚處師曰查渡門曰夏在甚處師曰湖南報慈曰幾時離彼師曰八月二十五門曰放汝三頓棒師至明日却上問訊昨日蒙和尚放三頓棒不知過在甚麽處門曰飯袋子江西湖南便恁麽去師於言下大悟遂曰他後向無人烟處不蓄一粒米不種一莖菜接待十方往來盡與伊抽釘拔楔拈却炙脂帽子脱却鶻臭布衫敎伊灑灑地作箇無事衲僧豈不快哉門曰你身如梛子大開得如許大口師便禮拜

示衆語中有語名爲死句語中無語名爲活句諸禪德作麽生是活句到這裏實難得人若也不動一塵不撥一境見事便道答話長老下脚不得東西南北莫知多少要得去離泥水活人眼目舉唱宗風激揚大事不道全無其奈還少只緣未達其源落在第八魔境界中識得箇不名不物無是無非頭頭物物無不具足道我得安樂田地更不求餘凡有

叩擊問難卽便敲牀竪拂更不惜便施便設
便行便用向惡水坑裏頭出頭沒弄箇無尾
猢猻到臘月三十日鼓也打破猢猻又走却
了手忙脚亂一無所成悔將何及若是箇衲
僧乍可凍殺餓殺終不著他鶻臭布衫
又曰舉唱宗乘闡揚大教須得法眼精明方
能鑒辨緇素切緣眞妄一源水乳同器到此
難分洞山尋常以心中眼觀身外相觀之又
觀乃辨眞僞若不如是何名善知識夫善知
識者驅耕夫之牛奪饑人之食方名善知識
卽今天下那箇是眞善知識諸禪德叅得幾
箇善知識來也不是等閒直須叅教徹覰教
透千聖莫能證明方顯大丈夫兒不見釋迦
老子明星出時豁然大悟與大地衆生同時
成佛無前後際豈不暢哉雖然如是若遇明

眼衲僧也好劈脊便棒
問維摩掌擎四世界未審維摩身在甚處師
曰在闍棃後底曰爲甚麽在學人後底師曰
還我話頭來
問如何是佛師曰麻三斤
問自古及今不從人得六祖在黃梅夜間聞
何事師曰誌公柱杖曰得用時如何師曰用
那曲尺作甚麽
問十二時中行住坐卧自省覺時如何師曰
看人喫飯曰爭奈樹影不斜何師曰親言出
親口
問金鍮現前請師辨師曰兩脚蝦蟇吞却月
都監太保問眼處入正受諸塵三昧起此意
如何師云洞山茶碗裏有太保太保茶碗裏
有洞山太保無語

首山省念禪師

僧問如何是佛師曰新婦騎驢阿家牽曰未審此語甚麼句中收師曰三玄收不得四句豈能該曰此意如何師曰天長地久日月齊明

僧問學人乍入叢林乞師指示師曰闍黎在老僧會裏多少時曰已經冬夏師曰莫錯舉似人乃曰若論此事實不挂一元字脚便下座

問僧近離何處曰廣慧師曰穿雲不渡水渡水不穿雲離此二途速道曰昨夜宿長橋師曰與麼則合喫首山棒也曰尚未參堂師曰兩重公案曰恰是師曰耶耶

示衆諸上座不得盲喝亂喝者裏尋常向你道賔則始終賔主則始終主賔無二賔主無二主若有二賔二主卽是兩箇瞎漢所以我若立時你須坐我若坐時你須立坐則共你坐立則共你立雖然如是到這裏急著眼始得若是眼孔定動卽千里萬里何故如此如隔窗看馬騎相似擬議卽沒交涉諸上座旣然於此留心直須仔細不要掠虛好他日異時賺著你在諸人若也有事近前無事珍重

師示衆曰識得柱杖子行脚事畢

嘗作綱宗偈曰咄哉拙郎君巧妙無人識打破鳳林關著靴水上立咄哉巧女兒攛梭不解織看他鬬鷄人水牛也不識背陰山子向陽多南來北往意如何若人問我西來意東海東面有新羅

師上堂辭衆偈曰諸子謾波波過却幾恒河觀音指彌勒文殊不奈何良久曰白銀世界

金色身情與無情共一眞明暗盡時都不照
日輪午後示全身日午後泊然而化

清溪洪進禪師

一日師問修山主曰明知生是不生之理爲甚麽爲生死之所流修曰筍畢竟成竹去如今作篾使還得麽師曰汝向後自悟去在修曰某所見止如此上座意旨又如何師指曰這箇是監院房那箇是典座房修卽禮謝

龍濟修禪師

問劫火洞然大千俱壞未審這箇還壞也無師曰不壞曰爲甚麽不壞師曰爲同於大千

上堂捲簾除却障閉戸生窒礙祇這障與礙古今無人會會得是障礙不會不自在

僧問古鏡未磨時如何師曰照破天地曰磨後如何師曰黑漆漆地

萬法是心光諸緣唯性曉本無迷悟人祇要今日了

智門光祚禪師

上堂赫日裏我人雲霧裏慈悲霜雪裏假禍雹子裏藏身還藏身得麽若藏不得却被雹子打破髑髏

示衆數日好雨且道雨從甚處來若道從天降那箇是天若道從地出喚甚麽作地若更不會所以古人道天地之前徑時人莫強移箇中生解會眼上更安錐

蓮花峰祥菴主

師示衆云若是此事最是急切須是明取使得若是明得時中免被拘繫便得隨處安閑亦不要將心捺伏須是自然合他古轍去始得纔到學處分劑便須露布箇道理以爲佛

法幾時得心地休歇去上座却請與麽相委好

示寂日拈柱杖示衆曰古人到這裏爲甚麽不肯住衆無對師乃曰爲他途路不得力復曰畢竟如何以杖橫肩曰榔標橫擔不顧人直入千峰萬峰去言畢而逝

藍田眞禪師

上堂成山假就於始簣修塗託至於初步上座適來從地鑪邊來還與初步同别若言同卽不會不遷若言别亦不會不遷上座作麽生會還會麽這裏不是那裏那裏不是這裏且道一處兩處是遷不遷是來去不是來去若於此顯明得便乃古今一如初終自爾念念無常心心永滅所以道觀方知彼去去者不知方上座適來恁麽來却請恁麽去㕘

清涼法眼文益禪師

師同紹修法進三人欲出嶺過地藏院阻雪少憇附鑪次藏問此行何之師曰行脚去藏曰作麽生是行脚事師曰不知藏曰不知最親切又同三人舉肇論至天地與我同根處藏曰山河大地與上座自已是同是别師曰别藏豎起兩指師曰同藏又豎起兩指便起去雪霽辭去藏門送之問曰上座尋常説三界惟心萬法惟識乃指庭下片石曰且道此石在心内在心外師曰在心内藏曰行脚人著甚麽來由安片石在心頭師窘無以對卽放包依席下求決擇近一月餘日呈見解説道理藏語之曰佛法不恁麽師曰某甲辭窮理絶也藏曰若論佛法一切現成師於言下大悟

僧慧超問如何是佛師曰汝是慧超
嘗指竹問僧曰還見麽曰見師曰竹來眼裏
眼到竹邊曰總不與麽師笑曰死急作麽
師因患脚僧問訊次師曰非人來時不能動
及至人來動不得且道佛法中下得甚麽語
曰和尚且喜得較師不肯自别云和尚今日
似減
因開井被沙塞却泉眼師曰泉眼不通被沙
礙道眼不通被甚麽礙僧無對師代曰被眼
礙
上堂盡十方世界皎皎地無一絲頭若有一
絲頭卽是一絲頭
師曰出家兒但隨時及節便得寒卽寒熱卽
熱欲識佛性義當觀時節因緣古今方便不
少石頭初看肇論至會萬物爲已者其惟聖
人乎則曰聖人無已靡所不已乃作叅同契
首言竺土大仙心無過此語也中間亦只尋
常説話夫欲會萬物爲自已去葢盡大地無
一法可見已而又矚曰光陰莫虚度所以告
汝輩但隨時及節便得若也移時失候卽虚
度光陰於非色中作色解於非色作色解卽
是移時失候且道色作非色解還當得否若
與麽會便是沒交涉正是癡狂兩頭走有甚
麽用處但守分過時好
上堂大衆久立乃謂之曰諸人各曾看還源
觀百門義海華嚴論涅槃經諸多策子阿那
箇教中有這箇時節若有試舉看莫是恁麽
經裏有恁麽語是此時節麽有甚麽交涉所
以道微言滯於心首嘗爲緣慮之塲實際居
於目前翻爲名相之境又作麽生得翻去若

也飜去又作麽生得正去還會麽莫祇恁麽念策子有甚麽用處

文邃禪師嘗究首楞嚴爲之節解句釋自謂深符經旨謁師師曰楞嚴豈不是有八還義邃曰是師曰明還甚麽邃曰明還日輪師曰日輪還甚麽邃懵然師戒令焚所注文邃始依師請益

玄則禪師問青峰如何是學人自已峰曰丙丁童子來求火後謁師師問甚處來則曰青峰師曰青峰有何言句則舉前話師曰上座作麽生會則曰丙丁屬火而更求火如將自已求自已師曰與麽會又爭得則曰某甲祇與麽未審和尚如何師曰你問我我與你道則問如何是學人自已師曰丙丁童子來求火

三界惟心頌曰三界惟心萬法惟識惟識惟心眼聲耳色色不到耳聲何觸眼眼色耳聲萬法成辦萬法匪緣豈觀如幻大地山河誰堅誰變

華嚴六相義頌曰華嚴六相義同中還有異異若異於同全非諸佛意諸佛意總別何曾有同異男子身中入定時女子身中不留意不留意絶名字萬象明明無理事

承天三交智嵩禪師

師叅首山問如何是佛法的的大意首山曰楚王城畔汝水東流師於此有省頓契佛意乃作三元偈曰須用眞須用心意莫定動三歲獅子吼十方沒狐種我有眞如性如同幕裏隱打破六門關顯出毘盧印眞骨金剛體可誇六塵一拂永無遮廓落世界空爲體體

上無爲眞到家首山聞乃請喫茶問這三頌是汝作來耶師曰是首山曰或有人教汝現三十二相時如何師曰某甲不是野狐精首山曰惜取眉毛師曰和尚落了多少首山以竹篦頭上打曰這漢向後亂作去在

鄭工部問師百尺竿頭獨打毬萬丈懸崖絲繫腰時如何師曰幽州着脚廣南厮撲鄭無語師曰勘破這胡漢鄭曰二十年江南界裏這回却見禪師師曰瞎老婆吹火

潭州神鼎洪諲禪師

師與數耆宿至襄沔間一僧舉論宗乘頗敏捷會野飯山店中供辦而僧論説不已師曰三界惟心萬法惟識惟識惟心眼聲耳色是甚麽人語僧曰法眼語師曰其義如何曰惟心故根境不相到惟識故聲色縱然師曰舌味是根境否曰是師以筯筴菜入口中含胡而語曰何謂相入耶坐者皆駭然僧不能答師曰途路之樂終未到家見解入微不名見道參須實參悟須實悟閻羅大王不怕多語

上堂舉古德曰貪瞋癡太無知賴我今朝識得伊行便打坐便槌分付心王子細推無量劫來不解脱問汝三人知不知師曰古人與麽道神鼎則不然貪瞋癡實無知十二時中任從伊行卽往坐卽隨分付心王擬何爲無量劫來元解脱何須更問知不知

谷隱蘊聰慈照禪師

僧問若能轉物卽同如來未審三門佛殿如何轉師曰我向汝道汝還信麽曰和尚誠言安敢不信師曰這漆桶

問一處火發任從你救八方齊發時如何師

曰快曰還求出也無師曰若求出卽燒殺你僧禮拜師曰直饒你不求出也燒殺你

上堂師云五白猫兒爪距獰養來堂上絶蟲行分明上樹安身法切忌遺言許外生作麽生是許外生底句莫錯舉

僧問深山巖崖還有佛法也無師曰有曰如何是深山巖崖中佛法曰奇怪石頭形似虎火燒松樹勢如龍

洞山曉聰禪師

僧問達摩未傳心地印釋迦未解髻中珠此時若問西來意還有西來意也無師曰六月雨淋淋寛其萬姓心曰恁麽則雲散家家月春來處處花師曰脚跟下到金剛水際是多少僧無語師曰祖師西來特唱此事自是上座不薦所以從門入者不是家珍認影迷頭豈非大錯旣是祖師西來特唱此事又何必更對衆忉忉珍重

天台德韶國師

師所至少留見知識五十四人括磨搜剔窮極隱秘後至臨川謁法眼眼一見深契之師以徧涉叢林但隨衆而已無所咨叅有僧問法眼禪師曰十二時中如何得頓息萬緣去法眼曰空與汝爲緣耶色與汝爲緣耶言空爲緣則空本無緣言色爲緣則色心不二日用果何物爲汝緣乎師聞悚然異之又有問者曰如何是曹源一滴水法眼曰是曹源一滴水於是師大悟於座下平生疑滯渙若冰釋感涕沾衣法眼曰汝當大弘吾宗行矣無自滯

興教明和尚問曰飲光持釋迦丈六之衣在

雞足山候彌勒下生將丈六之衣披在千尺之身應量恰好秖如釋迦身長丈六彌勒身長千尺爲復是身解短耶衣解長耶師曰汝却會明拂袖便出去師曰小兒子山僧若答汝不是當有因果汝若不是吾當見之明歸七日吐血浮光和尚勸曰汝速去懺悔明乃至師方丈悲泣曰願和尚慈悲許某懺悔師曰如人倒地因地而起不曾教汝起倒明又曰若許懺悔某當終身給侍師爲出語曰佛佛道齊宛爾高低釋迦彌勒如印印泥

僧問承古有言若人見般若卽被般若縛若人不見般若亦被般若縛既見般若爲甚麽却被縛師曰你道般若見甚麽曰不見般若爲甚麽亦被縛師曰你道般若甚麽處不見乃曰若見般若不名般若不見般若亦不名般若且作麽生說見不見所以古人道若欠一法不成法身若剩一法不成法身若有一法不成法身若無一法不成法身此是般若之眞宗也

示衆眞宗不二萬德無言正當明時如王寶劒所以如來於一切處成等正覺於刀山劒樹上成等正覺於鑊湯鑪炭裏成等正覺於棒下成等正覺於喝下成等正覺所以一動一靜一去一來一生一滅未曾有纖毫異相未曾有纖毫別相更無毫釐絲髮許作見聞心識解會何故誠謂是非路絶妙性天機所以云汝生我亦生汝殺我亦殺生殺輪王機交馳激電掣

上堂佛法現成一切具足豈不見道圓同太虛無欠無餘若如是也且誰欠誰剩誰是誰

非誰是會者誰是不會者所以道東去亦是上座西去亦是上座南去亦是上座北去亦是上座因甚麽却成東西南北若會得自然見聞覺知路絶一切諸法現前何故如此爲法身無相觸目皆形般若無知對緣而照一時徹底會取好諸上座出家兒合作麽生此是本有之理未爲分外識心達本源故名爲沙門若識心皎皎地實無絲毫障礙上座久立珍重

上堂古聖方便猶如河沙祖師道非風幡動仁者心動斯乃無上心印法門我輩是祖師門下客合作麽生會祖師意莫道風幡不動汝心妄動莫道不撥風幡就風幡通取莫道風幡動處是甚麽有云附物明心不須認物有云色卽是空有云非風幡動應須妙會如是解會與祖師意旨有何交涉既不許如是會諸上座便合知悉若於這裏徹底悟去何法門而不明百千諸佛方便一時洞了更有甚麽疑情所以古人道一了千明一迷萬惑

上堂毛呑巨海海性無虧纖芥投鋒鋒利無動見與不見會與不會唯我知焉乃有頌曰暫下高峰已顯揚般若圓通遍十方人天浩浩無差別法界縱横處處彰珍重

上堂古者道如何是禪三界綿綿如何是道十方浩浩因甚麽道三界綿綿何處是十方浩浩底道理要會麽塞却眼塞却耳塞却舌身意無空闕處無轉動處上座作麽生會横亦不得竪亦不得縱亦不得奪亦不得無用心處亦無施設處若如是會得始會法門絶揀擇一切言語絶滲漏曾有僧問作麽生是

絶滲漏底語向他道口似鼻孔甚好上座如此會自然不通風去如識得盡十方世界是金剛眼睛無事珍重

上堂僧問欲入無爲海先乘般若船如何是般若船師曰常無所住曰如何是無爲海師曰且會般若船問古德道登天不借梯徧地無行路如何是登天不借梯師曰不遺絲髮地曰如何是徧地無行路師曰適來向你道甚麽乃曰百千三昧門百千神通門百千妙用門盡不出得般若海中何以故爲於無住本建立諸法所以道生滅去來邪正動靜千變萬化是諸佛大定門無過於此諸上座大家究取珍重

上堂舉古者道吾有一言天上人間若人不會緑水青山且作麽生是一言底道理古人語須是曉達始得若是將言而名於言未有箇會處良由究盡諸法根蔕始會一言不是一言半句思量解會喚作一言若會言語道斷心行處滅始到古人境界亦不是閉目藏睛暗中無所見喚作言語道斷且莫賺會佛法不是這箇道理要會麽假饒經塵沙劫說亦未曾有半句到諸上座經塵沙劫不說亦未曾欠少半句應須徹底會去始得若如是酙酌名言空勞心力並無用處與諸上座共相證明後學初心速須究取久立珍重

師有偈曰通玄峰頂不是人間心外無法滿目青山法眼聞曰卽此一頌可起吾宗

師以涅槃四種聞示學者諸方目爲韶國師四料揀云聞聞　聞不聞　不聞聞　不聞不聞

御選語録卷第二十九

音釋

毿蘇含切毿平聲毛長貌　揎息全切音宣捋也　纇力遂切音纇絲節也

綰烏版切彎上聲繫貫也又音患撿結也　劊古外切音膾斷也　括古活切官入聲

剝伯各切音博裂也　蔕丁計切音帝與蔕同

御選語録卷第三十

歷代禪師語録前集

靈隱清聳禪師

師參法眼眼指雨謂師曰滴滴落在上座眼裏師初不諭旨後因閱華嚴感悟承眼印可上堂曰十方諸佛常在汝前還見麽若言見將心見將眼見所以道一切法不生一切法不滅若能如是解諸佛常現前又曰見色便見心且喚甚麽作心山河大地萬象森羅青黄赤白男女等相是心不是心若是心爲甚麽却成物象去若不是心又道見色便見心還會麽祇爲迷此而成顛倒種種不同於無同異中強生同異且如今直下承當頓豁本心皎然無一物可作見聞若離心別求解脱者古人喚作迷波討源卒難曉悟

奉先慧同禪師

僧問教中道唯一堅密身一切塵中見又道佛身充滿於法界普現一切羣生前於此二途請師説師曰唯一堅密身一切塵中見

永明道潛禪師

師謁法眼眼曰子於參請外看甚麽經師曰華嚴經眼曰總別同異成壞六相是何門攝屬師曰文在十地品中據理則世出世間一切法皆具六相也眼曰空還具六相也無師無對眼曰汝問我師乃問空還具六相也無眼曰空師於是開悟踊躍禮謝眼曰子作麽生會師曰空眼然之異日因四衆士女入院眼問曰律中道隔壁聞釵釧聲卽名破戒現覩金銀合雜朱紫駢闐是破戒不是破戒師曰好箇入路眼曰汝向後有五百毳徒爲王

侯所重在

石霜慈明禪師

師到大愚芝坐間開合子取香燒師問作麽生燒芝便放香爐中燒師指曰訝郎當漢又恁麽去也

問鬧中取靜時如何師曰頭枕布袋

問四山火來時如何師曰物逐人興

永首座與師同辭汾陽永未盡其妙從師二十年終不脫灑一夕圍爐深夜師以火筯敲炭曰永首座永首座永咄曰野狐精師乃指永曰訝郎當漢又恁麽去也永乃豁然

上堂道吾打鼓四大部洲同叅柱杖横也挑括乾坤大地鉢盂覆也葢却恒沙世界且問諸人向甚麽處安身立命若也知得向北俱盧洲喫粥喫飯若也不知長連牀上喫粥喫飯

示衆一切聖賢皆以無爲法而有差別前是按山後是主山那箇是無爲法良久云向下文長付在來日

作示徒偈曰黑黑黑道道道明明明得得得

瑯邪慧覺廣照禪師

上堂山僧因看華嚴金師子章第九由心迴轉善成門又釋曰如一尺之鏡納重重之影像若然者道有也得道無也得道非亦得道是亦得雖然如是更須知有柱杖頭上一竅若也不會柱杖子穿燈籠入佛殿撞着釋迦磕倒彌勒露柱拊掌呵呵大笑你且道笑箇甚麽卓柱杖下座

上堂汝等諸人在我這裏過夏與你點出五般病一不得向萬里無寸草處去二不得孤

峰獨宿三不得張弓架箭四不得物外安身五不得滯於生殺何故一處有滯自救難爲五處若通方名導師汝等諸人若到諸方遇明眼作者與我通箇消息貴得祖風不墜若是常徒卽便寢息何故躶形國裏誇服飾想君太煞不知時

示衆云有句無句如藤倚樹樹倒藤枯好一堆爛柴

大愚守芝禪師

僧問昔日靈山分半座二師相見事如何師曰記得麽僧良久師打禪牀一下曰多年忘却也乃曰且住且住若向言中取則句裏明機也似逃頭認影若也舉唱宗乘大似一場寐語雖然如是官不容鍼私通車馬放一線道有箇葛藤處遂敲禪牀一下曰三世諸佛盡皆頭痛且道大衆還有免得底麽若一人免得無有是處若免不得海印發光乃豎起拂子曰這箇是印那箇是光這箇是光那箇是印掣電之機徒勞佇思會麽老僧説夢且道夢見箇甚麽南柯十更若不會聽取一頌北斗挂須彌杖頭挑日月林泉有商量夏末秋風切珍重

陞座揭香合子曰明頭來明頭合暗頭來暗頭合若道得天下横行道不得且合却

問通身是眼口在甚麽處師曰三跳曰不會師曰章底詞秋罷歌韻向春生

慈明有善侍者號稱明眼聞師之風自石霜至大愚入室師遽出隻履示之善退身而立師俯取履善輒踏倒師起面壁以手點津連畫其壁三善瞠立其後師旋轉以履打至法

堂善曰與麽爲人瞎却一城人眼在

文公楊億大年居士

公出守汝州謁廣慧廣慧接見公便問布鼓當軒擊誰是知音者廣慧曰來風甚辨公曰恁麽則禪客相逢祇彈指也廣慧曰君子可入公應喏喏廣慧曰草賊大敗夜語次廣慧曰秘監曾與甚人道話來公曰某曾問雲巖諒監寺兩箇大蟲相鬬時如何諒曰一合相某曰我祇管看未審恁麽道還得麽廣慧曰這裏卽不然公曰請和尚别一轉語廣慧以手作拽鼻勢曰這畜生更跨跳在公於言下脫然無疑有偈曰八角磨盤空裏走金毛獅子變作狗擬欲將身北斗藏應須合掌南辰後

天衣義懷禪師

示衆古人云五蘊山頭一段空同門出入不相逢無量劫來賃屋住到頭不識主人翁有老宿拈云旣不識他當初問甚麽人賃恁麽拈也太遠在何故須知死人路上有活人出身處活人路上死人無數那箇是活人路上死人無數那箇是死人路上活人出身處若檢點得分明拈却炙脂帽子脫却鶻臭布衫

僧問如何是佛師曰布髮掩泥橫身臥地曰意旨如何師曰任是波旬也皺眉曰謝師指示師曰西天此土問學人上來請師說法師曰林間鳥噪水底魚行

上堂須彌頂上不扣金鐘畢鉢巖中無人聚會山僧倒騎佛殿諸人反着草鞋朝遊檀特暮到羅浮柱杖鍼筒自家收取

上堂師云衲僧橫說竪說未知有頂門上眼

時有僧問如何是頂門上眼師曰衣穿瘦骨露屋破看星眠

上堂大衆集定乃曰上來道箇不審能銷萬兩黃金下去道箇珍重亦銷得四天下供養若作佛法話會滴水難消若作無事商量眼中着屑且作麽生卽是良久曰還會麽珍重

上堂夫爲宗師須是驅耕夫之牛奪飢人之食遇賤卽貴遇貴卽賤驅耕夫之牛令他苗稼豐登奪飢人之食令他永絶飢渴遇賤卽貴握土成金遇貴卽賤變金成土老僧亦不驅耕夫之牛亦不奪飢人之食何謂耕夫之牛我復何用飢人之食我復何餐我也不握土成金也不變金作土何也金是金土是土玉是玉石是石僧是僧俗是俗古今天地古今日月古今山河古今人倫雖然如此打破大散關幾箇逃逢達摩

上堂鴈過長空影沉寒水鴈無遺蹤之意水無留影之心若能如是方解向異類中行不用續鳧截鶴夷嶽盈壑放行也百醜千拙收來也攣攣拳拳用之則敢與八大龍王鬬富不用都來不直半分錢參

上堂髑髏常干世界鼻孔摩觸家風芭蕉聞雷開葵花隨日轉諸仁者芭蕉聞雷開還有耳麽葵花隨日轉還有眼麽若也會得西天卽是此土若也不會七九六十三收

上堂靈源絶朕普現色身法離斷常有無堪示所以道塵塵不見佛刹刹不聞經要會靈山親授記晝見日夜見星良久曰若到諸方不得錯舉參

上堂無邊刹境自他不隔於毫端且道妙喜

世界不動如來說甚麽法十世古今始終不離於當念秖如威音王佛最初一會度多少人若是通方作者試爲道看良久曰行路難行路難萬仞峰頭君自看

上堂僧問天不能葢地不能載未審是甚麽人師曰掘地深埋曰此人還受安排也無師曰土上更加泥

師問僧無手人能行拳無舌人解言語忽然無手人打無舌人無舌人道箇甚麽

色空頌二首色空空色色空空礙却潼關路不通刼火洞然毫末盡青山依舊白雲中東西南北十萬八千空生罔措火裏生蓮

玉泉承皓禪師

叢林號爲皓布裩一日爲張無盡舉傅大士頌曰空手把鉏頭步行騎水牛人從橋上過橋流水不流又舉洞山頌曰五臺山頂雲蒸飯佛殿階前狗尿天剎竿頭上煎鎚子三箇猢猻夜簸錢此二頌只頌得法身邊事不頌得法身向上事張曰請和尚頌師曰昨夜雨滂湃打倒蒲萄棚知事普請行者人力拄底拄撐底撐撐撐拄拄到天明依舊可憐生

永明延壽禪師

僧問如何是永明妙旨師曰更添香著曰謝師指示師曰且喜沒交涉僧禮拜師曰聽取一偈欲識永明旨門前一湖水日照光明生風來波浪起

問如何是大圓鏡師曰破砂盆

二僧來衆乃問衆頭曾到此間否曰曾到又問第二上座曾到否曰不曾到師曰一得一失少選侍僧問適來二僧未審那箇得那箇

失師曰汝曾識這二僧也無曰不曾識師曰同坑無異土

指法以佛祖之語爲銓準曰迦葉波初聞偈曰諸法從緣生諸法從緣滅我師大沙門嘗作如是說此佛祖骨髓也龍勝曰無物從緣生無物從緣滅起惟諸緣起滅惟諸緣滅乃知色生時但是空生色滅時但是空滅譬如風性本不動以緣起故動倘風本性動則寧有靜時哉密室中若有風風何不動若無風遇緣卽起非特風爲然一切法皆然維摩謂文殊師利曰不來相而來不見相而見文殊乃曰如是居士若來已更不來若去已更不去所以者何來者無所從來去者無所至所可見者更不可見此緣起無生之旨也

問學人久在永明爲甚麽不會永明家風師曰不會處會取曰不會處如何會師曰牛胎生象子碧海起紅塵

五雲華嚴志逢禪師

上堂諸上座捨一知識參一知識盡道善財南遊之式樣且問上座祇如善財禮辭文殊擬登妙峰謁德雲比丘及到彼所何以德雲却於別峰相見夫教意祖意同一方便終無別理彼若明得此亦昭然諸上座卽今簇著老僧是相見是不相見此處是妙峰是別峰脫或從此省去可謂不孤負老僧亦常見德雲比丘未嘗剎那相捨還信得及麽

瑞鹿本先禪師

師偈三首曰非風幡動仁心動自古相傳直至今今後水雲人欲曉祖師眞是好知音又曰若是見色便見心人來問著方難答若求

道理說多般孤負平生三事衲又曰曠大劫來秖如是如是同天亦同地同地同天作麽形作麽形兮無不是

上堂華嚴稱佛身充滿於法界是眞箇也無且如佛身既已充滿法界菩薩界緣覺聲聞界人天修羅界餓鬼地獄畜生界應無處蹲如是理論太煞聱訛尋常說諸法所生唯心所現且道卽今六根所對六境與汝是同耶是別耶同則何不作一塊別則如何說唯是一心大須著精彩佛法不是等閑

上堂天台教中說文殊觀音普賢三門文殊門者一切色觀音門者一切聲普賢門者不動步而到我道文殊門者不是一切色觀音門者不是一切聲普賢門者是箇甚麽莫道別却天台教說話無事且退

上堂你等諸人夜間眠熟不知一切既不知一切且問你等那時有本來性無本來性若道有本來性又不知一切與死無異若道無本來性睡眠忽省覺知如故還會麽不知一切與死無異睡眠忽省覺知如故如是等時是箇甚麽若也不會各體究取無事莫立

興教洪壽禪師

師同國師普請次聞墮薪有省作偈曰撲落非他物縱横不是塵山河及大地全露法王身

住後中丞王公隨一日過師師擁毳負暄自若王下拜師推蒲團席地與坐笑語終日而去門人讓師曰此一衆所仰奈何不加禮他日王復來師出前趨迎之王曰何不如前日相見師曰中丞卽得奈知事嗔何王益重之

雲居道齊禪師

師謂門弟子曰達摩言此方經惟楞伽可以印心吾讀此經偈曰諸法無法體而說惟是心不見於自心而起於分別可謂大慈悲父如實極談我輩自不領受背負恩德如恒河沙或問曰然則見自心遂斷分別乎師曰非然也譬如調馬馬自見其影而不驚何以故以自知其影從自身出故吾以是知不斷分別亦捨心相也祇令目前如實而觀不見纖毫祖師曰若見現在過去未來亦應見若不見過去未來現在亦不應見此語分明人自迷昧

黃龍慧南禪師

有僧侍立師顧視久之問曰百千三昧無量妙門作一句說與汝汝還信否對曰和尚誠言何敢不信師指其左曰過過這邊來僧將趨師咄之曰隨聲逐色有甚了期出去一僧知之卽趨入師理前語問之亦對曰安敢不信師又指其左曰過這邊來僧竪住不往師又咄曰汝來親近我反不聽我語出去

舜老夫暮年有所開示但曰本自無事從我何求師聞之謂侍者曰老夫耄矣何不有事令無事無事令有事是謂淨佛國土成就衆生

師室中常問僧曰人人盡有生緣上座生緣在何處正當問答交鋒却復伸手曰我手何似佛手又問諸方叅請宗師所得却復垂脚曰我脚何似驢脚三十餘年示此三問學者莫能契吉天下叢林目爲三關

大寧道寬禪師

僧問如何是露地白牛師以火筯橫火罏上曰會麼曰不會師曰頭不欠尾不剩問天下禪客爲甚麼出這箇○不得師曰往往如斯

僧問教中云始知衆生本來成佛爲甚麼有煩惱菩提師曰甘草甜黄連苦曰却成兩箇去也師曰你不妨會得好

道吾悟眞禪師

師問僧甚處來曰僧堂裏來師曰聖僧道甚麼僧近前曰不審師曰東家作驢西家作馬曰過在甚麼處師曰萬里崖州

上堂夜來雷聲震地今朝細雨霏霏乾枯滋潤萬物萌芽且道嘉州大像長得髭鬚多少還有道得者麼若也道得陝府鐵牛是常不輕菩薩若道不得土宿擲脫你鼻孔

越州姜山方禪師

僧問如何是不動尊師曰單著布衫穿市過曰學人未曉師曰騎驢踏破洞庭波曰透過三級浪專聽一聲雷師曰伸手不見掌曰還許學人進向也無師曰踏地告虚空曰雷門之下布鼓難鳴師曰八花毬子上不用繡紅旗曰三十年後此話大行師便打

雲峰文悅禪師

僧問巔山巖崖還有佛法也無師曰有曰如何是巔山巖崖佛法師曰獼猻倒上樹

上堂未達境惟心起種種分別達境惟心已分別卽不生知諸法惟心便捨外塵相諸禪德只如大地山河明暗色空法法現前作麼生說箇捨底道理於此明得正在半塗須知向上更有一竅在便下座

上堂卽今休去便休去欲覓了時無了時此事若向言語上作解意根下卜度天地懸殊不得相應豈況被人喚去方丈裏塗糊指注舉楞嚴肇論根塵色法向上向下有無得失他時後日死不得其地近世更有一般宗匠二三十年馳聲走譽只管教人但莫上他言句喚作透聲色便問東荅西以爲格外之句將此狂解遞相沿習從此混傷宗教誑惑後生苦哉苦哉我王庫中無如是刀下座

慧林宗本圓照禪師

高麗僧統義天以王子奉國命使於朝聞師名請以弟子禮見問其所得以華嚴經對師曰華嚴經三身佛報身說耶化身說耶法身說耶義曰法身說師曰法身徧周沙界當時聽衆何處蹲立義茫然無對

黃龍祖心晦堂寶覺禪師

師與夏倚公立談至肇論會萬物爲自己者及情與無情共一體時有狗臥香桌下師以壓尺擊狗又擊香桌曰狗有情卽去香桌無情自住情與無情如何得成一體公立不能對師曰纔涉思惟便成剩法何曾會萬物爲已哉

上堂若也單明自已不悟目前此人有眼無足若悟目前不明自已此人有足無眼據此二人十二時中常有一物藴在胸中物旣在胸不安之相常在目前旣在目前便觸塗成滯作麽生得平穩去祖不言乎執之失度必入邪路放之自然體無去住

師室中常舉拳問僧曰喚作拳頭則觸不喚作拳頭則背喚作甚麽

示衆云礙處非牆壁通處沒虛空若能如是會心色本來同拂子是色那箇是心靈利漢纔聞舉著隔牆見角早知是牛更若擬議思量白雲千里萬里

寶峯雲菴眞淨禪師

開堂日乃曰問話且止祇知問佛問法殊不知佛法來處且道從甚麼處來垂一足曰昔日黃龍親行此令十方諸佛無敢違者諸代祖師一切聖賢無敢越者無量法門一切妙義天下老和尚舌頭始終一印無敢異者無異則且置印在甚麼處還見麼若見非僧非俗無偏無黨一一分付若不見而我自收遂收足喝一喝曰兵隨印轉將逐符行佛手驢脚生緣老好痛與三十棒而今會中莫有不甘者麼若有不妨奇特若無新長老謾你諸人去也

白雲守端禪師

示衆若端的得一回汗出來也向一莖草上便現瓊樓玉殿若未端的得一回汗出縱有玉殿瓊樓却被一莖草葢却且道作麼生得汗出去良久云自有一雙窮相手不曾容易舞三臺

保寧勇和尚

示衆云古人底今人用今人底古人爲古今無背面今古幾人知哪嗚咿一九與二九相逢不出手又云無種靈苗火裏栽鐵花還向樹頭開驀然結箇團圞果指似時人處得來

黃龍死心悟新禪師

師室中問僧月晦之陰以五色彩著於瞑中令百人千萬人夜視其色寧有辨其青黃赤

白者麽僧無語師代曰箇箇是盲人

示衆云心外無法而法可明法外無心而心可通可通可明心法全宗全其宗則法法皆宗全其心則心心無心心旣無心直造其源得其源則現大身而滿虛空中現小身而纖塵不立作麽生是纖塵不立良久云一點水墨兩處成龍

青原惟信禪師

上堂師云老僧三十年前未參禪時見山是山見水是水及至後來親見知識有箇入處見山不是山見水不是水而今得箇休歇處依前見山祇是山見水祇是水大衆這三般見解是同是别有人緇素得出許汝親見老僧

五祖法演禪師

三佛侍師於一亭上夜話及歸燈已滅師於暗中曰各人下一轉語看佛鑑曰彩鳳舞丹霄佛眼曰鐵蛇横古路佛果曰看脚下師曰滅吾宗者克勤耳

示衆舉德山答僧我宗無語句雪峰聞之有省後峰云我當時空手去空手歸因緣師云白雲今日說向透未過者譬如有箇人從東京來問伊甚處來他却道蘇州來問伊蘇州事如何伊道一切祇尋常雖然如是謾白雲不過何故祇爲他語音各别畢竟如何蘇州菱邵伯藕

師上堂人之性命事第一須是〇欲得成此〇先須防於〇若是眞〇人〇〇

示衆云吾本來茲土傳法救迷情一花開五葉結果自然成達摩大師信脚來信口道後

代兒孫多成計較要會開花結果處麽鄭州梨青州棗萬物無過出處好

郭功甫初到五祖請祖陞座公趨前拈香曰此一瓣香爇向鑪中供養我堂頭法兄禪師伏願於方廣座上擘開面門放出先師形相與他諸人描邈何以如此白雲巖畔舊相逢往日今朝事不同夜靜水寒魚不食一鑪香散白蓮峰祖遂云曩謨薩怛哆鉢囉野恁麽恁麽幾度白雲谿上望黃梅花向雪中開不恁麽不恁麽嫩柳垂金線且要應時來不見龐居士問馬大師云不與萬法為侶者是甚麽人大師云待汝一口吸盡西江水卽向汝道大衆一口吸盡西江水萬丈深潭窮到底略彴不是趙州橋明月清風安可比

潙潭景祥禪師

師室中問僧達摩西歸手攜隻履當時何不兩隻都將去曰此土也要留箇消息師曰一隻脚在西天一隻脚在東土著甚來由僧無語

問僧惟一堅密身一切塵中現如何是塵中現底身僧指香鑪曰這箇是香鑪師曰帶累三世諸佛生陷地獄僧罔措師便打

慈氏瑞仙禪師

師至投子廣鑑問鄉里甚處師曰兩浙東越鑑曰東越事作麽生師曰秦望峰高鑑湖水濶鑑曰秦望峰與你自己是同是別師曰西天梵語此土唐言鑑曰此猶是叢林祇對畢竟是同是別師便喝鑑便打師曰恩大難酬便禮拜

丞相張商英居士

公嘗云先佛所說於一毛端現寶王刹坐微塵裏轉大法輪是眞實義法華會上多寶如來在寶塔中分半座與釋迦文佛過去佛現在佛同坐一處實有如是事非謂表法

太平慧懃佛鑑禪師

文殊心道禪師初叅諸方抵太平聞師夜叅舉趙州栢樹子話至覺鐵觜云先師無此語莫謗先師好因大疑提撕既久一夕豁然卽趨丈室擬敘所悟師見來便閉門道曰和尚莫瞞某甲師曰十方無壁落何不入門來道以拳擉破牕紙鑑卽開門搊住云道道道以兩手捧師頭作口啐而出遂呈偈曰趙州有箇栢樹話禪客相傳徧天下多是摘葉與尋枝不能直向根源會覺公說道無此語正是惡言當面罵禪人若具通方眼好向此中辨眞假師深然之

龍門清遠佛眼禪師

示衆千說萬說不若親面一見縱不說亦自分明王子寶刀喻衆盲摸象喻禪學中隔江招手事望州亭相見事迥絕無人處深山巖崖處事此皆親面而見之不在說也

上堂云大衆或有人喚上座上座便應設使不應心中也須領覽今時學人便道應底是也領覽底是也若如此會便是入地獄漢子是卽且置且道面前是阿誰喚你是有人喚耶是無人喚耶還裁斷得麼若是有人喚山精鬼魅喚你時天魔外道喚你時如何辨白若道無人喚你又不聾不騃如何得無人喚者箇是十二時中生死路頭事諸人明得麼有人喚生逃亂無人喚遭繫絆若能行生死

斷萬兩金終不換下座

師作示道三偈一曰隨流　千聖靈蹤百草頭卓然放去號隨流從教萬古無人識笑殺溈山水牯牛　二曰合轍　水中月是天邊月南北東西更無別新羅打鐵火星飛燒著指頭名合轍　三曰雙唱　坐斷千差古路頭解開空岸濟人舟明明一句該羣象善唱無聲作麼求

淨因繼成禪師

師同圓悟法真慈受并十大法師禪講千僧赴太尉陳公良弼府齋時黴宗私幸觀之有善華嚴者賢首宗之義虎也對衆問曰吾佛設教自小乘至於圓頓掃除空有獨證真常然後萬德莊嚴方名為佛常聞禪宗一喝能轉凡成聖與諸經論似相違背今一喝若能入吾宗五教是為正說若不能入是為邪說諸禪視師師曰如法師所問不足三大禪師之酬淨因小長老可以使法師無惑也師召善善應諾師曰法師所謂小乘教者乃有義也大乘始教者乃空義也大乘終教者乃不有不空義也大乘頓教者乃即有即空義也一乘圓教者乃不有而有不空而空義也如我一喝非惟能入五教至於工巧伎藝諸子百家悉皆能入師震聲喝一喝問善曰聞麼曰聞師曰汝既聞此一喝是有能入小乘教須臾又問善曰聞麼曰不聞師曰汝既不聞適來一喝是無能入始教遂顧善曰我初一喝汝既道有喝久聲消汝復道無道無則原初實有道有則而今實無不有不無能入終教我有一喝之時有非是有因無故有無一

喝之時無非是無因有故無卽有卽無能入頓敎須知我此一喝不作一喝用有無不及情解俱忘道有之時纖塵不立道無之時橫徧虛空卽此一喝入百千萬億喝百千萬億喝入此一喝是故能入圓敎善乃起再拜師復謂曰非唯一喝爲然乃至一語一默一動一靜從古至今十方虛空萬象森羅六趣四生三世諸佛一切聖賢八萬四千法門百千三昧無量妙義契理契機與天地萬物一體謂之法身三界惟心萬法惟識四時八節陰陽一致謂之法性是故華嚴經云法性徧在一切處有相無相一聲一色全在一塵中含四義事理無邊周徧無餘參而不雜混而不一於此一喝中皆悉具足猶是建化門庭隨機方便謂之小歇場未至寶所殊不知吾祖師門下以心傳心以法印法不立文字見性成佛有千聖不傳底向上一路在善又問曰如何是向上一路師曰汝且向下會取善曰如何是寶所師曰非汝境界善曰望禪師慈悲師曰任從滄海變終不爲君通善膠口而出上大悅聞者靡不歎仰

國清妙印禪師

上堂滿口道得底爲甚麼不知有十分知有底爲甚麼道不得且道誵訛在甚麼處若也知處許你照用同時明暗俱了其或未然道得道不得知有不知有南山石大蟲解作獅子吼

華藏密印安民禪師

師一日白圓悟曰和尚休舉話待其說看圓悟詰師曰尋常拈槌豎拂豈不是經中道一

切世界諸所有相皆卽菩提妙明眞心圓悟笑曰你元來在這裏作活計師又曰下喝敲牀時豈不是返聞聞自性性成無上道圓悟曰你豈不見經中道妙性圓明離諸名相師於言下釋然圓悟出蜀居夾山師罷講侍行圓悟爲衆夜參舉古帆未挂因緣師聞未領遂求決圓悟曰你問我師舉前話圓悟曰庭前栢樹子師卽洞明謂圓悟曰古人道如一滴投於巨壑殊不知大海投於一滴圓悟笑曰奈這漢何未幾令分座

大溈法泰禪師

僧問理隨事變該萬有而一片虛凝事逐理融等千差而咸歸實際如何是理法界師曰山河大地曰如何是事法界師曰萬象森羅曰如何是理事無礙法界師曰東西南北曰如何是事事無礙法界師曰上下四維

雲居高菴善悟禪師

一日有僧被蛇傷足佛眼問曰旣是龍門爲甚麽却被蛇齩師卽應曰果然現大人相佛眼益器之後傳此語到照覺圓悟曰龍門有此僧耶東山法道未寂寥爾

白楊法順禪師

師依止佛眼聞普說舉傅大士心王銘云水中鹽味色裏膠青決定是有不見其形乃於言下有省後覩寶藏迅轉頓明大法趨丈室作禮呈偈曰頂有異峰雲冉冉源無别派水泠泠遊山未到山窮處終被青山礙眼睛佛眼笑而可之

普菴印肅禪師

師謁牧菴於湘之溈山問萬法歸一一歸何

處牧菴竪拂示之有省歸壽隆時年二十九矣使牒請主慈化寺師利世不伐嘗言捨家出家當爲何事披緇削髮本屬何因若不報國資家虛負皇恩若不導化檀那枉作釋子楮衣糲食脇不沾席者十有二年一日誦華嚴論至達本情亡知心體合豁然大悟徧體汗流曰我今親契華嚴法界矣遂示衆曰李公長者於華嚴大經之首痛下一槌擊碎三千大千世界如湯消雪不留毫髮許於後進者作得滯礙普菴老人一見不覺吞却五千四十八卷化成一氣充塞虛空方信釋迦老子出氣不得之句然後破一微塵出此華嚴經徧含法界無理不收無法不貫便見摩耶夫人是我身彌勒樓臺是我體善財童子是甚茄子文殊普賢與我同叅不動道場徧周法界悲涕歡喜踴躍無量大似死中得活如夢忽醒良久云不可說不可說又不可說始信金剛經云信心清淨卽生實相實相旣生妄想相滅全體法身徧一切處方得大用現前卽說偈曰捏不成團撥不開何須南嶽又天台六根門首無人用惹得胡僧特地來師一日舉似心齋圓通二子云達本情亡知心體合汝作麼生會二人相顧笑云未達明日各呈頌師因題云據宗眼看來句到意未到其體未合其情未亡乘便強占二詞調曰解佩令明眼人前覷著三十柱杖不饒爲甚麼如此不合雪上加霜其一云先天先地何名何樣阿曼陁無物比皃觸目菩提自是人不肯承當且輪迴滯名著相圓融法界無思無想盧陵米不用商量血脉纔通便知道擊木

無聲打虛空盡成金響其二云栢庭立雪一場敗闕了無爲當下休歇百帀千圍但只這孤圓心月不揩磨鎮常皎潔無餘無欠無聽無說韶陽老祗得一橛十聖三賢聞舉著魂消膽裂惟普菴迥然寂滅俄有僧稱道存自蜀冐雪而來旣見師曰此吾不請友也遂相徵詰棒喝交馳心心密契僧曰師再來人也

淨慈師一禪師

師首衆雪峰慧照禪師慧照舉藏身無迹話問之師數日方明呈偈曰藏身無迹更無藏脫體無依便廝當古鏡不勞還自照淡烟和霧濕秋光慧照質之曰畢竟那裏是藏身無迹處師曰嗄慧照曰無蹤迹處因甚麼莫藏身師曰石虎吞却木羊兒慧照深肯之

大安山省和尚

僧問離四句絶百非請和尚道曰我王庫內無如是刀問重重關鎖信息不通時如何曰爭得到這裏云到後如何曰彼中事作麼生問如何是眞中眞曰十字街頭泥佛子

花藥英和尚

示衆師拈柱杖云我今爲汝等保任此事終不虛也大覺世尊是眞語者實語者如語者不誑語者不異語者不賺汝諸人還信得及麼喝一喝云上無攀仰下絶已躬虛空大地咸出心中萬里八九月一身西北風下座

清凉普明和尚

示衆云祖師心法洞貫十方今古恒然法爾如是如是之法不假修而自就不假得而自圓一切現成名不動地用而非有不用非無妙體湛然恒常不變體合妙用應備無爲映

現重重無邊色相心無自性觸事全彰不動道場遍十方界如斯境界略暫回光背覺合塵妄爲影事此之事意如王大路行之卽是假使不行亦在其路如斯所論猶是化門之說若以舉唱宗乘只有一時散去好

御選語録卷第三十

音釋

釵釧上差岐笄也下串臂鐶也　趯丑歷切音尺躍也　銓且緣切音詮衡量也　聱五交切音謷不聽也　耄莫報切音帽惛忘也　彴職略切音酌横木渡水

御製序

達摩西來不立文字直指人心以此慧燈續佛慧命到者裡唯證乃知非可測見聞知覺一點難容才辦聰明絲毫無涉但將一句無義味話似銀山鐵壁看去一時不了閱一歲一歲不了閱一紀拚却今生來生與之抵對久之久之一時叅破萬有皆空併此無義味話亦了不可得樹頭果熟因風墮地五花八裂囫地一聲自然無著落處而知有着落在然此無義味話本同兎角龜毛豈爲眞寔曰末後句曰活句者唯用以接引初機千篇一律正是敲門之瓦意在門開若持瓦不敲唯向門前之達摩峯把玩瓦不釋手甚至謂人之瓦不良謂已之瓦至美張旗樹幟爲瓦交鋒瓦戰彌深去門愈遠不曰狂徒不可得也今之宗門每以藏頭白海頭黒院主眉鬚墮落掇退菓棹之類謂之末後句葢因先從解路推求推到解路斷絶處則强爲末後句翻成虚套實法也更有以父母未生前本來面目萬法歸一一歸何處念佛的是誰等爲死句以東山水上行庭前柏樹子唵啞吽蘇嚕蘇嚕悉唎悉唎等爲活句葢謂有字義可尋則爲死句無字義可尋則曰活句也如此會取則末後句尚未是初句而活句已盡成死句矣水裏月輪豈容撈漉空中火聚安可推排果能化毒藥爲醍醐嚼金剛爲香飯脚跟著地鼻孔撩天自然知得祖師所言無非末後句無非活句即至三藏十二分亦無非末後句無非活句否則千七百則公案盡是死句亦無一末後句古德云有句無句如藤倚

樹樹倒藤枯好一堆爛柴古人與麼老婆心切明明道出猶自不悟不肯向藤樹爛柴中亘下承當體取活句只管向有句無句邊分別初末衆生顛倒寔爲可憐甚至各立門庭毌護祖父或乃當場敗鬬嫉妬同參揮勒情絶見之太阿鋒争情争見用療恚醫痴之甘露味增恚增痴不知轉得句圓辨得機捷與吾靈覺有何交涉佛祖慧命豈其在斯况此因緣本同龜毛兎角如曰勝則有言亦勝無言亦勝如曰負則一場懡㦬固負便百轉不窮愈見其負豈得曰勝者活句負者死句勝者知末後句負者不知末後句也朕二十餘年來於本分少得相應於藩邸時頗閲今時禪侶伎倆大抵不過如是嘗於此作游戲三昧巍巍堂堂者折其頭角窈窈沉沉者碎其窟窠出泥牛於海心載之片葉驟玉麟於天上控以單絲機辨紛馳遇者盡屈於句下方之於古朕實不後於人然於所爲本分相應者何嘗於此有絲毫交涉耶爲憫學人身住大圓覺場而不得正悟魔外滋繁狂參益熾故選緣從上古德專提向上之語刊示藂林以期燈傳無盡而凡接引初機及問答如流機鋒迅利者並不入選又恐未經舉出學人眼目不明用是取其中不悞學者中止化城有礙正知正見者別録一帙以供隨喜葢古人既於無梯航處設茲梯航朕即於無等次中分其等次譬如虛空方則空方圓則空圓朕以方還方以圓還圓而爲分別然而方空圓空等是虛空非因分別而有同異也是選也譬如鼓瑟彈琴敲金擊石丹青書翰詠月

吟花無非游戲三昧可佐法喜禪悅尚不得作楊葉止啼會云至其中有数十則可入前集者則以選閱指月録等書之後採輯教外别傳禪宗正脉其時前集已經刻成難於按次添入因即編之後集卷内事出偶然遂成别例閱此書者玩千番之珉石忽遇九華散百斛之小璣間逢七采發心叅學未妨引起疑情明眼宗徒不必逐條指出譬如曾遊龍藏自然到眼立分若其生長蓽門且任目迷五色爰識其緣起俟學人自擇焉

雍正十一年癸丑八月望日

御選語録卷第三十一

歷代禪師語録後集

善慧傅大士

梁武帝請講金剛經士纔陞座以尺揮案一下便下座帝愕然聖師曰陛下還會麼帝曰不會聖師曰大士講經竟

大士一日披衲頂冠靸履朝見帝問是僧耶士以手指冠帝曰是道耶士以手指靸履帝曰是俗耶士以手指衲衣

偈曰空手把鉏頭步行騎水牛人在橋上過橋流水不流

泗州僧伽大師

唐高宗時至長安洛陽行化歷吳楚間手執楊枝混於緇流或問師何姓即答曰我姓何又問師何國人師曰我何國人

天台豊干禪師

師欲遊五臺問寒拾曰汝共我去遊五臺便是我同流若不共我去遊五臺不是我同流山曰你去遊五臺作甚麽師曰禮文殊山曰你不是我同流師尋獨入五臺逢一老人便問莫是文殊麽曰豈可有二文殊師作禮未起忽然不見

師凡有人問佛理止答隨時二字

寒山大士

趙州遊天台路次相逢大士見牛迹問州曰還識牛麽州曰不識士指牛迹曰此是五百羅漢遊山州曰既是羅漢爲甚麽却作牛去士曰蒼天蒼天州呵呵大笑士曰作甚麽州曰蒼天蒼天士曰這厮兒宛有大人之作

拾得大士

國清寺半月念戒衆集大士拍手曰聚頭作想那事如何維那叱之大士曰大德且住無嗔即是戒心淨即出家我性與你合一切法無差

明州布袋和尚

有一僧在師前行師乃拊僧背一下僧回頭師曰乞我一文錢曰道得即與你一文師放下布袋叉手而立

師在街衢立有僧問和尚在這裏作甚麼師曰等箇人曰來也來也師云汝不是這箇人曰如何是這箇人師曰乞我一文錢

偈曰是非憎愛世偏多仔細思量奈我何寬却肚腸須忍辱豁開心地任從他若逢知已須依分縱遇冤家也共和若能了此心頭事自然證得六波羅

又偈曰一鉢千家飯孤身萬里遊青目覩人少問路白雲頭

法華志言大士

丞相呂許公問佛法大意師曰本來無一物一味却成真

集仙王質問如何是祖師西來意師曰青山影裏潑藍起寶塔高吟撼曉風又曰請法華燒香師曰未從齋戒覔不向佛邊求

國子助教徐岳問祖師西來意師曰街頭東畔底徐曰某甲未會師曰三般人不會

僧問世有佛否師曰寺裏文殊有

問師凡耶聖耶遂舉手曰我不在此住

扣冰澡先禪師

師謁雪峰手攜臯茨一包醬一器獻之峰曰包中是何物師曰臯茨峰曰何處得來師曰

泥中得峰曰泥深多少師曰無丈數峰曰還更有麼師曰轉有轉深又問器中何物曰醬峰曰何處得來曰自合得峰曰還熟也未曰不較多峰異之曰子異日必爲王者師

初居温嶺繼居將軍巖二虎侍側神人獻地爲瑞巖院學者爭集嘗謂衆曰古聖修行全憑苦節吾今夏則衣楮冬則扣冰而浴故人號爲扣冰古佛

有僧燒炭積成火龕曰請師入此修行曰眞玉不隨流水化琉璃爭奪衆星明曰莫祇這便是麼曰且莫認奴作郎曰畢竟如何曰梅花臘月開

天成戊子應閩王之召王敬禮謝茶次師提起橐子曰會麼曰不會曰人王法王各自照了留十日以疾辭

懶殘大士

師有歌曰兀然無事無改換無事何須論一段直心無散亂他事不須斷過去已過去未來猶莫算兀然無事坐何曾有人喚向外覓工夫總是癡頑漢糧不畜一粒逢飯但知嗎世人多事人相趁渾不及我不樂生天亦不愛福田饑來喫飯困來卽眠愚人笑我智乃知焉不是癡鈍本體如然要去卽去要住卽住身披一破衲脚著娘生袴多言復多語由來反相悮若欲度衆生無過且自度莫謾求眞佛眞佛不可見妙性及靈臺何須受薰煉心是無事心面是娘生面劫石可移動個中無改變無事本無事何須讀文字削除人我本冥合個中意種種勞筋骨不如林下睡兀兀舉頭見日高喫飯從頭捋將功用功展轉

冥懞取卽不得不取自通吾有一言絶慮忘緣巧說不得只用心傳更有一語無過直與細如毫末大無方所本自圓成不勞機杼世事悠悠不如山邱青松蔽日碧澗長流山雲當幕夜月爲鉤臥藤蘿下塊石枕頭不朝天子豈羨王侯生死無慮更復何憂水月無影我常只寧萬法皆爾本自無生兀然無事坐春來草自青

法順大師

師作法身頌曰嘉州牛喫禾益州馬腹脹天下覓醫人灸猪左膊上

南嶽懷讓禪師

有大德問如鏡鑄像像成後未審光向甚麼處去師曰如大德爲童子時相貌何在曰祇如像成後爲甚麼不鑑照師曰雖然不鑑照謾他一點不得

馬大師闡化於江西師問衆曰道一爲衆說法否衆曰已爲衆說法師曰總未見人持個消息來衆無對因遣一僧去囑曰待伊上堂時但問作麼生伊道底言語記將來僧去一如師旨回謂師曰馬師云自從胡亂後三十年不曾少鹽醬師然之

青原行思禪師

希遷詣靜居叅禮師曰子何方來遷曰曹溪師曰將得甚麼來曰未到曹溪亦不失師曰若恁麼用去曹溪作甚麼曰若不到曹溪爭知不失遷又曰曹溪大師還識和尚否師曰汝今識吾否曰識又爭能識得師曰衆角雖多一麟足矣遷又問和尚自離曹溪甚麼時至此間師曰我却知汝早晚離曹溪曰希遷

不從曹溪來師曰我亦知汝去處也曰和尚幸是大人莫造次他日師復問遷汝甚麽處來曰曹溪師乃舉拂子曰曹溪還有這個麽曰非但曹溪西天亦無師曰子莫曾到西天否曰若到即有也師曰未在更道曰和尚也須道取一半莫全靠學人師曰不辭向汝道恐已後無人承當

馬祖道一禪師

僧問和尚爲甚麽説即心即佛曰爲止小兒啼曰啼止時如何師曰非心非佛曰除此二種人來如何指示師曰向伊道不是物曰忽遇其中人來時如何曰且教伊體會大道

一夕西堂百丈南泉隨侍翫月次師問正恁麽時如何堂曰正好供養丈曰正好修行泉拂袖便行師曰經入藏禪歸海惟有普願獨超物外

僧叅次師乃畫一圓相云入也打不入也打僧纔入師便打僧云和尚打某甲不得師靠杜杖休去

問如何得合道師曰我早不合道

有小師躭源行脚回於師前畫個圓相就上拜了立師曰汝莫欲作佛否曰某甲不解揑目師曰吾不如汝小師不對

鄧隱峰辭師師曰甚麽處去曰石頭去師曰石頭路滑曰竿木隨身逢塲作戲便去纔到石頭即繞禪牀一帀振錫一聲問是何宗旨石頭曰蒼天蒼天峰無語却回舉似師師曰汝更去問待他有答汝便嘘兩聲峰又去依前問石頭乃嘘兩聲峰又無語回舉似師師曰向汝道石頭路滑

有僧於師前作四畫上一畫長下三畫短曰不得道一畫長三畫短離此四字外請和尚答師乃畫地一畫曰不得道長短答汝了也

師問僧什麼處來云湖南來師云東湖水滿也未云未師云許多時雨水尚未滿

石頭希遷禪師

門人道悟問曹溪意旨誰人得師曰會佛法人得曰師還得否師曰不得曰爲甚麼不得曰我不會佛法

牛頭山法融禪師

師年十九學通經史尋閱大部般若曉達眞空忽一日歎曰儒學世典非究竟法般若眞觀出世舟航遂隱茅山投師落髮後入牛頭山幽棲寺北巖之石室有百鳥銜花之異四祖遙觀氣象知彼山有異人乃躬自尋訪問寺僧此間有道人否曰出家兒那箇不是道人祖曰阿那箇是道人僧無對別僧曰此去山中十里許有一懶融見人不起亦不合掌莫是道人麼祖遂入山見師端坐自若曾無所顧祖問曰在此作甚麼師曰觀心祖曰觀是何人心是何物師無對便起作禮曰大德高棲何所祖曰貧道不決所止或東或西師曰還識道信禪師否祖曰何以問他師曰嚮德滋久冀一禮謁祖曰道信禪師貧道是也師曰因何降此祖曰特來相訪莫更有宴息之處否師指後面曰別有小菴遂引祖至菴所遶菴惟見虎狼之類祖乃舉兩手作怖勢師曰猶有這箇在祖曰這箇是甚麼師無語少選祖却於師宴坐石上書一佛字師覩之竦然祖曰猶有這箇在

博陵王問曰恰恰用心時若爲安隱好師曰恰恰用心時恰恰無心用曲談名相勞直説無繁重無心恰恰用常用恰恰無今説無心處不與有心殊問曰智者引妙言與心相會當言與心路別合則萬倍乖師曰方便説妙言破病大乘道非關本性談還從空化造無念爲眞常終當絶心路離念性不動生滅無乖悞谷響既有聲鏡像能回顧

天柱崇慧禪師

僧問達摩未來此土時還有佛法也無師曰未來且置即今事作麼生曰某甲不會乞師指示師曰萬古長空一朝風月僧無語師復曰闍黎會麼曰不會師曰自己分上作麼生干他達摩來與未來作麼他家來大似賣卜漢見汝不會爲汝錐破卦文纔生吉凶盡在汝分上一切自看僧曰如何是解卜底人師曰汝纔出門時便不中也

徑山道欽禪師

馬祖令人送書到書中作一圓相師發緘於圓相中著一點却封回

鳥窠道林禪師

白居易守杭時入山謁師問曰禪師住處甚危險師曰太守危險尤甚白曰弟子位鎮江山何險之有師曰薪火相交識性不停得非險乎又問如何是佛法大意師曰諸惡莫作衆善奉行白曰三歲孩兒也解恁麼道師曰二歲孩兒雖道得八十老人行不得白作禮而退

壽州道樹禪師

師得法於北宗秀卜壽州三峰山結茅而居

常有野人服色素樸言談詭異時忽化作佛及菩薩羅漢天仙等形或放神光或呈聲響師之學徒覩之皆不能測如此涉十年後寂無形影師告衆曰野人作多色伎倆眩惑於人只消老僧不見不聞伊伎倆有窮吾不見不聞無盡

嵩嶽破竈墮和尚

師不稱名氏言行叵測隱居嵩嶽山塢有廟甚靈殿中惟安一竈遠近祭祀不輟烹宰物命甚多師一日領寺僧入廟以杖敲竈三下曰咄此竈只是泥瓦合成聖從何來靈從何起恁麼烹宰物命又打三下竈乃傾破墮落須臾有一人青衣峩冠設拜師前師曰是甚麼人曰我本此廟竈神久受業報今日蒙師說無生法得脫此處生在天中特來致謝師曰是汝本有之性非吾强言神再禮而沒少選侍僧問曰某等久侍和尚不蒙示誨竈神得甚麼徑旨便得生天師曰我只向伊道是泥瓦合成別也無道理爲伊侍僧無言師曰會麼僧曰不會師曰本有之性爲甚麼不會侍僧等乃禮拜師曰破也破也墮也墮也

嵩嶽元珪禪師

師得法安國師隱於嶽之龎塢一日有神人率羣從謁師師覩其貌奇偉非常乃問曰善來仁者胡爲而至彼曰師寧識我耶師曰吾觀佛與衆生等吾一目之豈分別耶彼曰吾此嶽神也能生死於人師安得一目我哉師曰吾本不生汝焉能死吾視身與空等視吾與汝等汝能壞空與汝乎苟能壞空及汝吾則不生不滅也汝尚不能如是又安能生死

吾耶神稽首曰我亦聰明正直於餘神詎知師有廣大之智辯乎願授以正戒令我度世師曰汝既乞戒即既戒也所以者何戒外無戒又何戒哉神曰此理也我聞茫昧止求師戒我身爲門弟子師即爲張座秉鑪正几曰付汝五戒若能奉持即應曰能不能即曰否曰謹受教師曰汝能不婬乎曰我亦娶也師曰非謂此也謂無羅欲也曰能師曰汝能不盜乎曰何乏我也焉有盜取哉師曰非謂此也謂饗而福淫不供而禍善也曰能師曰汝能不殺乎曰實司其柄焉曰不殺師曰非謂此也謂有濫悞疑混也曰能師曰汝能不妄乎曰我正直焉有妄乎師曰非謂此也謂先後不合天心也曰能師曰汝不遭酒敗乎曰能師曰如上是爲佛戒也又言以有心奉持而無心拘執以有心爲物而無心想身能如是則先天地生不爲精後天地死不爲老終日變化而不爲動畢盡寂默而不爲休信此則雖娶非妻也雖饗非取也雖柄非權也雖作非故也雖醉非惛也若能無心於萬物則羅欲不爲婬福淫禍善不爲盜濫悞疑混不爲殺先後違天不爲妄惛荒顛倒不爲醉是謂無心也無心則無戒無戒則無心無佛無衆生無汝及無我孰爲戒哉神曰我神通亞佛師曰汝神通十句五能五不能佛則十句七能三不能神竦然避席跪啓曰可得聞乎師曰汝能戾上帝東天行而西七曜乎曰不能師曰汝能奪地祇融五嶽而結四海乎曰不能師曰是謂五不能也佛能空一切相成萬法智而不能即滅定業佛能知羣有性窮

億劫事而不能化導無緣佛能度無量有情而不能盡衆生界是爲三不能也定業亦不牢久無緣亦是一期衆生界本無增減亘無一人能主其法有法無主是謂無法無法無主是謂無心如我解佛亦無神通也但能以無心通達一切法爾神曰我誠淺昧未聞空義師所授戒我當奉行今願報慈德效我所能師曰我觀身無物觀法無常塊然更有何欲耶神曰師必命我爲世間事展我小神功使已發心初發心未發心不信心必信心五等人目我神蹤知有佛有神有能有不能有自然有非自然者師曰無爲是無爲是神曰佛亦使神護法師寧隳叛佛耶願隨意垂誨師不得已而言曰東巖寺之障莽然無樹北岫有之而背非屏擁汝能移北樹於東嶺乎神曰已聞命矣然昏夜必有喧動願師無駭即作禮而去師門送而目觀之見儀衛逶迤如王者之狀其夕果有暴風吼雷棟宇揺蕩師曰神言徵矣衆可無怖詰旦和霽則北巖松栝盡移東嶺森然行植師謂其徒曰毋令外知人將妖我曰吾始居寺東嶺吾滅汝必置吾骸於彼言訖若委蜕焉

嵩山峻極和尚

僧問如何是修善行人師曰擔枷帶鎖曰如何是作惡行人師曰修禪入定曰某甲淺機請師直指師曰汝問我惡惡不從善汝問我善善不從惡僧良久師曰會麼曰不會師曰惡人無善念善人無惡心所以道善惡如浮雲俱無起滅處僧於言下大悟後破竈墮聞舉乃曰此子會盡諸法無生

南陽慧忠國師

西天大耳三藏到京云得他心通帝命師試驗三藏纔見師便禮拜立於右邊師問曰汝得他心通那對曰不敢師曰汝道老僧即今在甚麼處曰和尚是一國之師何得却去西川看競渡良久再問汝道老僧即今在甚麼處曰和尚是一國之師何得却在天津橋上看弄猢猻師良久復問汝道老僧只今在甚麼處藏罔測師叱曰這野狐精他心通在甚麼處藏無對

一日喚侍者者應諾如是三召三應師曰將謂吾孤負汝却是汝孤負吾

南泉到叅師問甚麼處來曰江西來師曰還將得馬師眞來否曰只這是師曰背後底呢南泉便休

丹霞來訪値師睡次乃問侍者躭源云國師在否者云在即在秖是不見客霞云太深遠生者云莫道上座佛眼也覷不見霞云龍生龍子鳳生鳳兒師睡起侍者舉似師師打二十棒趁出丹霞聞云不謬爲南陽國師

師問紫璘供奉甚處來云城南來師云城南草作何色云作黄色師乃問童子城南草作何色云作黄色師云只這童子亦可簾前賜紫對御談玄

躭源應眞禪師

吉州躭源山應眞禪師爲國師侍者時一日國師在法堂中師入來國師乃放下一足師見便出良久却回國師曰適來意作麼生師曰向阿誰説即得國師曰我問你師曰甚麼處見某甲師又問百年後有人問極則事如

何國師曰幸自可憐生須要覓箇護身符子作麼

國師諱日設齋有僧問曰國師還來否師曰未具他心曰又用設齋作麼師曰不斷世諦

宋太宗皇帝

一日幸相國寺問看經僧曰是甚麼經曰仁王經曰既是寡人經因甚却在卿手裏無對

幸開寶塔問僧卿是甚人曰塔主曰朕之塔因甚卿作主無對　僧朝宗問甚處來曰廬山臥雲菴曰朕聞臥雲深處不朝天因甚到此無對　僧入對次奏曰陛下還記得麼曰甚處相見來曰靈山一别直至如今曰以何爲驗無對　京寺回祿藏經燬僧乞宣賜召問昔日摩騰不燒如今爲甚却燒無對

宗嘗夢神人報曰請陛下發菩提心因早朝宣問左右街菩提心作麼生發無對

茶陵郁山主

師不曾行脚因廬山有化士至論及宗門中事教看僧問法燈百尺竿頭如何進步燈曰噁凡三年一日乘驢度橋一蹋橋板而墮忽然大悟遂有頌云我有神珠一顆久被塵勞關鎻今朝塵盡光生照破山河萬朶因茲更不遊方

樓子和尚

師不知何許人亦不知其名氏一日偶經遊街市間於酒樓下整韈帶次聞樓上人唱曲云你既無心我便休忽然大悟因號樓子焉

福州雲頂禪師

有居士問洞山道有一物上拄天下拄地未審是甚麼物師曰擔鐵枷喫鐵棒曰天地黒

山河走師曰閻老殿前添一鬼北邙山下臥千年曰快活快活師曰也是野狐吞老鼠

無名老宿

師一夏不爲師僧說話有僧歎曰我衹恁麼空過一夏不敢望和尚說佛法得聞正因兩字也得老宿聞乃曰闍黎莫瞽速若論正因一字也無道了扣齒云適來無端不合與麼道隣壁有一老宿聞曰好一釜羹被一顆鼠糞汚却

無名婆子

婆子供養一庵主經二十年常令一二八女子送飯給侍一日令女子抱定曰正恁麼時如何主曰枯木倚寒巖三冬無煖氣女子舉似婆婆曰我二十年衹供養得箇俗漢遂遣出燒却庵

有一僧叅米胡路逢一婆住庵僧問婆有眷屬否曰有僧曰在甚麼處曰山河大地若草若木皆是我眷屬僧曰婆莫作師姑來否曰汝見我是甚麼僧曰俗人婆曰汝不可是僧僧曰婆莫混濫佛法好婆曰我不混濫佛法僧曰汝恁麼豈不是混濫佛法婆曰你是男子我是女人豈曾混濫

處州法海立禪師

師因徽宗革本寺作神霄宮師陞座謂衆曰都緣未徹所以說是說非蓋爲不眞便乃分彼分此我身尚且不有身外烏足道哉正眼觀來一塲笑具今則聖君垂旨更僧寺作神霄佛頭添箇冠兒算來有何不可山僧今日不免橫擔柱杖高挂鉢囊向無縫塔中安身立命於無根樹下嘯月吟風一任乘雲仙客

來此咒水書符叩牙作法他年成道白日上昇堪報不報之恩以助無爲之化祇恐不是玉是玉也大奇然雖如是且道山僧轉身一句作麽生道還委悉麽擲下拂子竟爾趨寂郡守具奏詔仍改寺額曰眞身

歐陽文忠公

公昔官洛中一日遊嵩山却去僕吏放意而往至一山寺入門修竹滿軒霜清鳥啼風物鮮明文忠休於殿陛旁有老僧閱經自若與語不甚顧答文忠異之問曰道人住山久否對曰甚久也又問誦何經對曰法華經文忠曰古之高僧臨生死之際類皆談笑脫去何道致之耶對曰定慧力耳又問今乃寂寥無有何哉老僧笑曰古之人念念在定慧臨終安得亂今之人念念在散亂臨終安得定文忠大喜不自知膝之屈也

無名僧

鹽官會下有一主事僧忽見一鬼使來追僧告曰某甲身爲主事未暇修行乞容七日得否使曰待爲白王若許即七日後來不然須臾便至言訖不見至七日後覔其僧了不可得後有人舉問一僧若被覔著時如何抵擬他

又無名僧

僧在經堂内不看經每日打坐藏主曰何不看經僧曰某甲不識字藏主曰何不問人僧近前叉手鞠躬曰這箇是甚麽字藏主無對僧入冥見地藏菩薩地藏問你平生修何業僧曰念法華經曰止止不須說我法妙難思爲是說是不說僧無對

無名古德

師一日不赴堂侍者請赴堂德曰我今日在莊上喫油糍飽也侍者曰和尚不曾出入德曰汝去問莊主者方出門忽見莊主來謝和尚到莊

天竺證悟法師

師依白蓮僊法師嘗患學者囿於名相至以天台爲文字之學南宗鄙之乃謁護國此菴元禪師夜語次師舉東坡宿東林偈且曰也不易到此田地元曰尚未見路徑何言到耶曰秖如他道溪聲便是廣長舌山色豈非清淨身若不到此田地如何有這箇消息元曰是門外漢耳曰和尚不吝可爲説破元曰却秖從這裏猛著精彩覰捕看若覰捕得他破則亦知本命元辰落著處師通夕不寐及曉鐘鳴去其秘畜以前偈別曰東坡居士太饒舌聲色關中欲透身溪若是聲山是色無山無水好愁人特以告元元曰向汝道是門外漢師禮謝未幾有化馬祖殿瓦者求語發揚師書曰寄語江西老古錐從教日炙與風吹兒孫不是無料理要見氷消瓦解時此菴見之笑曰須是這闍黎始得

淨居尼玄機

師常習定於大日山石窟中一日忽念曰法性湛然本無去住厭喧趍寂豈爲達耶乃往叅雪峰雪峰問甚處來曰大日山來雪峰曰日出也未師曰若出則鎔却雪峰雪峰曰汝名甚麽師曰玄機雪峰曰日織多少師曰寸絲不挂遂禮拜退纔行三五步雪峰召曰袈裟角拖地也師回首雪峰曰大好寸絲不挂

賣鹽翁

有一僧去覆船路逢一賣鹽翁僧問覆船路向甚麼處去翁良久僧再問翁曰你患聾那僧曰你向我道甚麼翁曰向你道覆船路僧曰翁莫會禪麼翁曰莫道會禪佛法也會盡僧曰你試說看翁挑起鹽籃僧曰難翁曰你喚這個作甚麼僧曰鹽翁曰有甚麼交涉僧曰你喚作甚麼曰不可更向你道是鹽

僧文通慧

師河南開封白雲寺僧也其師令掌盥盆偶有市鮮者濯於盆文悲擊之遽隕因潛奔華州總持寺久之爲長老葢二十年餘矣一日忽語其徒曰二十年前一段公案今日當了衆問故曰日午當自知之遂趺坐以俟時張浚統兵至闞中一卒持弓矢至法堂瞪目視文將射之文笑曰老僧相待久矣卒曰素未相面今見而恚心不可遏即欲相戕何耶文語以昔故卒遽說偈曰冤冤相報何時了劫劫相纏豈偶然不若與師俱解釋如今立地往西天視之已立化矣文即索筆書偈曰三十三年飄蕩做了幾番模樣誰知今日相逢却是在前變障書畢泊然而化

百丈懷海禪師

馬祖陞座衆纔集師出卷却席祖便下座師隨至方丈祖曰我適來未曾說話汝爲甚便卷却席師曰昨日被和尚扭得鼻頭痛祖曰汝昨日向甚處留心師曰鼻頭今日又不痛也祖曰汝深明昨日事師作禮而退

師再叅侍立次祖目視繩牀角拂子師曰即此用離此用祖曰汝向後開兩片皮將何爲

人師取拂子豎起祖曰即此用離此用師挂拂子於舊處祖振威一喝師直得三日耳聾未幾住大雄山以所處巖巒峻極故號百丈四方學者麕至一日謂衆曰佛法不是小事老僧昔被馬大師一喝直得三日耳聾黃檗聞舉不覺吐舌師曰子已後莫承嗣馬祖去麼檗曰不然今日因和尚舉得見馬祖大機之用然且不識馬祖若嗣馬祖已後喪我兒孫師曰如是如是見與師齊減師半德見過於師方堪傳授子甚有超師之見檗便禮拜住後馬師寄三甕醬至師集衆上堂開書了拈柱杖指甕曰道得即不打破道不得即打破衆無語師打破歸方丈

溈山五峰雲巖侍立次師問溈山倂却咽喉唇吻作麼生道山曰却請和尚道師曰不辭向汝道恐已後喪汝兒孫又問五峰峰曰和尚也須倂却師曰無人處斫額望汝又問雲巖巖曰和尚有也未師曰喪我兒孫

師每上堂有一老人隨衆聽法一日衆退唯老人不去師問汝是何人老人曰某非人也於過去迦葉佛時曾住此山因學人問大修行人還落因果也無某對云不落因果遂五百生墮野狐身今請和尚代一轉語貴脫野狐身師曰汝問老人曰大修行人還落因果也無師曰不昧因果老人於言下大悟作禮曰某已脫野狐身住在山後敢乞依亡僧津送師食後領衆至山後巖下以杖挑出一死野狐乃依法火葬師至晚上堂舉前因緣黃檗便問古人錯祗對一轉語墮五百生野狐身轉轉不錯合作箇甚麼師曰近前來向汝

道檗近前打師一掌師笑曰將謂胡鬚赤更有赤鬚胡時溈山在會下作典座司馬頭陁舉野狐話問典座作麼生座撼門扇三下司馬曰太粗生座曰佛法不是這箇道理

普請钁地次忽有一僧聞鼓鳴舉钁頭大笑便歸師曰俊哉此是觀音入理之門師歸院喚其僧問適來見甚麼道理便恁麼曰適來肚饑聞鼓聲歸喫飯師乃笑

僧問西堂有問有答即且置無問無答時如何堂曰怕爛却那師聞舉乃曰從來疑這箇老兄曰請和尚道師曰一合相不可得

雲巖問每日區區爲阿誰師曰有一人要巖曰因甚麼不教伊自作師曰他無家活

趙州叅師問近離甚處曰南泉師曰南泉近日有何言句曰未得之人直須悄然師曰悄然一句且置茫然一句作麼生道州進前三步師便喝州作縮身勢師曰大好悄然州便出去

師有時說法竟大衆下堂乃召之大衆回首師曰是甚麼

上堂靈光獨耀迥脫根塵體露眞常不拘文字心性無染本自圓成但離妄緣即如如佛

南泉普願禪師

南泉山下有一菴主人謂曰近日南泉和尚出世何不去禮見主曰非但南泉出世直饒千佛出興我亦不去師聞乃令趙州去勘州去便設拜主不顧州從東過西又從西過東主亦不顧州曰草賊大敗遂拽下簾子便歸舉似師師曰我從來疑著這漢次日師與沙彌携茶一瓶盞三隻到菴擲向地上乃曰昨

日底昨日底主曰昨日底是甚麼師於沙彌
背上拍一下曰賺我來賺我來拂袖便回
趙州問道非物外物外非道如何是物外道
師便打州捉住棒云已後莫錯打人師曰龍
蛇易辨衲子難瞞
師叅百丈涅槃和尚丈問從上諸聖還有不
爲人說底法麼師曰有丈曰作麼生是不爲
人說底法師曰不是心不是佛不是物丈曰
說了也師曰某甲只恁麼和尚作麼生丈曰
我又不是大善知識爭知有說不說師曰某
甲不會丈曰我忒煞爲你說了也
師同魯祖杉山歸宗喫茶次魯祖提起茶盞
云世界未成時便有這箇師云今人祇識這
箇未識世界宗云是師云師兄莫同此見麼
宗却拈起盞云向世界未成時道得麼師作
掌勢宗以面作承掌勢
麻谷持錫到章敬遶禪牀三帀振錫一下卓
然而立敬云是是谷又到師處亦遶禪牀三
帀振錫一下卓然而立師云不是不是谷云
章敬道是和尚爲甚麼道不是師云章敬即
是是汝不是此是風力所轉終成敗壞
鹽官謂衆曰虛空爲鼓須彌爲椎甚麼人打
得衆無對有僧舉似師師云王老師不打這
破鼓笛
師與歸宗麻谷同去叅禮南陽國師師於路
上畫一圓相曰道得即去宗便於圓相中坐
谷便作女人拜師曰恁麼則不去也宗曰是
什麼心行師乃相喚便回更不去禮國師
有一座主辭師師問甚麼處去對曰山下去
師曰第一不得謗王老師對曰爭敢謗和尚

師乃噴噓曰多少主便出去

師一日掩方丈門將灰圍却門外曰若有人道得即開或有祇對多未惬師意趙州曰蒼天師便開門

陸大夫問弟子家中有一片石或時坐或時臥如今擬鐫作佛得否師曰得陸曰莫不得否師曰不得

問父母未生時鼻孔在甚麼處師曰父母已生了鼻孔在甚麼處

師問神山何處來神山云打羅來師曰手打脚打山無語師曰你問我我與你道山如問師曰分明記取已後遇明眼人舉似他

師問座主講甚麼經座主云彌勒下生經師云彌勒幾時下生主云現在天宮未來師云天上無彌勒地下無彌勒

師住庵時有一僧到庵師向伊道我上山去作務待齋時作飯自喫了送一分上來少時其僧作飯自喫了却一時打破家事就牀臥師待不見來便歸庵見僧臥師亦就伊邊臥僧便起去師住後曰我往前住庵時有箇靈利道者直至如今不見

師因東西兩堂爭猫兒師遇之白衆曰道得即救取猫兒道不得即斬却也衆無對師便斬之趙州自外歸師舉前語示之州脱履安頭上而出師曰子若在即救得猫兒也

師曰我十八上便解作活計

師示衆云江西馬祖說即心即佛王老師不恁麼道不是心不是佛不是物恁麼道有過麼趙州禮拜而出時有一僧隨問趙州曰上座禮拜便出意作麼生州曰汝却問取和尚

僧乃問適來諗上座意作麼生師曰他却領得老僧意旨

師云心如枯木始有少許相應

師云文殊普賢昨夜三更相打每人與二十棒趁出院了也

上堂王老師賣身去也還有人買麼一僧出曰某甲買師曰不作貴不作賤汝作麼生買

僧無對

師至莊所莊主預備迎奉師曰老僧居常出入不與人知何得排辦如此莊主曰昨夜土地報道和尚今日來師曰王老師修行無力被鬼神覷見侍者便問和尚既是善知識爲甚麼被鬼神覷見師曰土地前更下一分飯

鹽官齊安國師

有講僧來叅師問座主藴何事業對曰講華嚴經師曰有幾種法界曰廣說則重重無盡略說有四種師竪起拂子曰這個是第幾種法界主沉吟師曰思而知慮而解是鬼家活計日下孤燈果然失照

師一日喚侍者曰將犀牛扇子來者曰破也師曰扇子既破還我犀牛兒來者無對

歸宗智常禪師

上堂從上古德不是無知解他高尚之士不同常流今時不能自成自立虛度時光諸子莫錯用心無人替汝亦無汝用心處莫就他覓從前祇是依他解發言皆滯光不透脱祇爲目前有物

問如何是玄旨師曰無人能會曰向者如何師曰有向即乖曰不向者如何師曰誰求玄旨又曰去無汝用心處曰豈無方便門令學

人得入師曰觀音妙智力能救世間苦曰如何是觀音妙智力師敲鼎蓋三下曰子還聞否曰聞師曰我何不聞僧無語師以棒趁下

大愚一日辭師師問甚處去愚曰諸方學五味禪去師曰諸方有五味禪我這裏只有一味禪愚便問如何是一味禪師便打愚忽然大悟云嗄我會也師云道道愚擬開口師又打趁出愚後到黄檗舉前話檗上堂曰馬大師出八十四員善知識問著箇箇屙漉漉地祇有歸宗較些子

師入園取菜次乃畫圓相圍却一株語衆曰輙不得動著這箇衆不敢動少頃師復來見菜猶在便以棒趁衆僧曰這一隊漢無一箇有智慧底

剌史李渤問教中所言須彌納芥子渤即不疑芥子納須彌莫是妄談否師曰人傳使君讀萬卷書籍還是否曰然師曰摩頂至踵如椰子大萬卷書向何處著李俛首李異日又問一大藏教明得箇甚麼邊事師舉拳示之曰還會麼曰不會師曰這箇措大拳頭也不識曰請師指示師曰遇人則塗中授與不遇即世諦流布

御選語録卷第三十一

音釋

靸悉合切音趿儒士履也　橐他各切音託無底囊也　嘶先齊切音西悲聲也　覰七慮切音娶伺視也　盥古緩切音管盆水洗手也　瞪除庚切音棖直視也　麕規雲切音均麞類多也　嚔丁計切音帝鼻塞歕氣也

御選語録卷第三十二

歷代禪師語録後集

大梅法常禪師

初叅大寂問如何是佛寂曰即心是佛師即大悟遂之四明梅子真舊隱縛茆燕處寂聞師住山乃令僧問和尚見馬大師得箇甚麼便住此山師曰大師向我道即心是佛我便向這裏住僧曰大師近日佛法又別師曰作麼生曰又道非心非佛師曰這老漢惑亂人未有了日任他非心非佛我祇管即心即佛其僧回舉似寂寂曰梅子熟也

龎居士欲驗師特相訪纔見便問久嚮大梅未審梅子熟也未師曰熟也你向甚麼處下口士曰百雜碎師伸手曰還我核子來士無語

僧問如何是佛法大意師曰蒲花柳絮竹針麻線

夾山與定山同行言話次定山曰生死中無佛即無生死夾山曰生死中有佛即不迷生死互相不肯同上山見師夾山便舉問未審二人見處那箇較親師曰一親一疎夾山復問那箇親師曰且去明日來夾山明日再上問師曰親者不問問者不親

大梅山旁有石庫相傳神仙置藥之所一夕師夢神人告之曰君非凡夫石庫中有聖書受之者爲地下主不然亦爲帝王師於夢中答曰昔僧稠不顧仙經其卷自亡吾以涅槃爲樂厥壽何啻與天偕老耶神曰此地靈府俗人居此立致變怪師曰吾寓跡梅尉之鄉耳非久據也

忽一日謂其徒曰來莫可抑往莫可追從容
間聞鼯鼠聲乃曰即此物非他物汝等諸人
善自護持吾今逝矣言訖示滅

魯祖寶雲禪師

師尋常見僧來便面壁南泉聞乃云我尋常
向僧道佛未出世時會取尚不得一箇半箇
他漝麼驢年去
師因僧問如何是不言言師曰汝口在甚麼
處曰無口師曰將甚麼喫飯僧無對

泐潭常興和尚

南泉至見師面壁泉乃拊師背師問汝是阿
誰曰普願師曰如何曰也尋常師曰汝何多
事

泐潭法會禪師

師問馬祖如何是祖師西來意祖曰低聲近
前來向汝道師便近前祖打一摑曰六耳不
同謀且去來日來師至來日獨入法堂曰請
和尚道祖曰且去待老漢上堂出來問與汝
證明師忽有省遂曰謝大衆證明乃遶法堂
一帀便去

五洩山靈默禪師

師初謁馬祖次謁石頭便問一言相契即住
不契即去石頭據坐師便行頭隨後石曰闍
黎師回首頭曰從生至死祇是這箇回頭轉
腦作麼師言下大悟乃拗折柱杖而棲止焉

幽州寶積禪師

師因於市肆行見一客人買猪肉語屠家曰
精底割一觔來屠家放下刀叉手曰長史那
箇不是精底師於此有省
僧問如何是道師便咄僧曰學人未曉師曰

去

上堂心若無事萬法不生意絶玄機纖塵何立道本無體因體而立名道本無名因名而得號若言即心即佛今時未入玄微若言非心非佛猶是指蹤極則向上一路千聖不傳學者勞形如猿捉影

麻谷寶徹禪師

師侍馬祖行次問如何是大涅槃祖曰急師曰急箇甚麼祖曰看水

師同南泉歸宗謁徑山路逢一婆乃問徑山路向甚處去婆曰驀直去師曰前頭水深過得否婆曰不濕脚師又問上岸稻得與麼好下岸稻得與麼怯婆曰總被螃蟹喫却也師曰禾好香婆曰没氣息師又問婆在甚處住婆曰秖在這裏三人至店婆煎茶一瓶携盞三隻至謂曰和尚有神通者即喫茶三人相顧間婆曰看老朽自逞神通去也於是拈盞傾茶便行

東寺如會禪師

仰山參師問汝是甚處人仰曰廣南人師曰我聞廣南有鎮海明珠是否仰曰是師曰此珠如何仰曰黒月即隱白月即現師曰還將得來也無仰曰將得來師曰何不呈似老僧仰叉手近前曰昨到潙山亦被索此珠直得無言可對無理可伸師曰眞獅子兒善能哮吼仰禮拜了却入客位具威儀再上人事師纔見乃曰已相見了也仰曰恁麼相見莫不當否師歸方丈閉却門仰歸舉似潙山潙曰寂子是甚麼心行仰曰若不恁麼爭識得他

相國崔公羣出爲湖南觀察使見師問曰師

以何得師曰見性得師方病眼公譏曰既云見性其柰眼何師曰見性非眼眼病何害公稽首謝之

公見鳥雀於佛頭上放糞乃問鳥雀還有佛性也無師曰有公曰爲甚麼向佛頭上放糞師曰是伊爲甚麼不向鷂子頭上放

西堂智藏禪師

師與百丈南泉同入大寂之室李尚書嘗問僧馬大師有甚麼言教僧曰大師或說即心即佛或說非心非佛李曰總過這邊李却問師馬大師有甚麼言教師呼李翱李應諾師曰鼓角動也

僧問有問有答賓主歷然無問無答時如何師曰怕爛却那

有一俗士問有天堂地獄否師曰有曰有佛法僧寶否師曰有更有多問盡答言有曰和尚恁麼道莫錯否師曰汝曾見尊宿來耶曰某甲曾叅徑山和尚來師曰徑山向汝作麼生道曰他道一切總無師曰汝有妻否曰有師曰徑山和尚有妻否曰無師曰徑山和尚道無即得俗士禮謝而去

大珠慧海禪師

道光座主問曰禪師用何心修道師曰老僧無心可用無道可修曰既無心可用無道可修云何每日聚衆勸人學禪修道師曰老僧尚無卓錐之地甚麼處聚衆來老僧尚無舌何曾勸人來曰禪師對面妄語師曰老僧尚無舌勸人焉解妄語曰某甲却不會禪師語論也師曰老僧自亦不會

維摩座主問經云諸菩薩各入不二法門維

摩默然是究竟否師曰未是究竟聖意若盡第三卷更說何事座主良久曰請禪師爲說未究竟之意師曰如經第一卷是引衆呵十大弟子住心第二諸菩薩各說入不二法門以言顯於無言文殊以無言顯於無言維摩不以言不以無言故默然收前言語故第三卷從默然起說又顯神通作用座主會麼曰奇怪如是師曰亦未如是曰何故未是師曰且破人執情作如此說若據經意只說色心空寂令見本性教捨僞行入眞行莫向言語紙墨上討意度但會淨名兩字便得淨者本體也名者跡用也從本體起跡用從跡用歸本體體用不二本跡非殊所以古人道本跡雖殊不思議一也一亦非一若識淨名兩字假號更說甚麼究竟與不究竟無前無後非本非末非淨非名只示衆生本性不思議解脱若不見性人終身不見此理

華嚴座主問禪師信無情是佛否師曰不信若無情是佛者活人應不如死人死驢死狗亦應勝於活人經云佛身者即法身也從戒定慧生從三明六通生從一切善法生若說無情是佛大德如今便死應作佛去曰如何得作佛師曰是心是佛是心作佛曰衆生入地獄佛性入否師曰如今正作惡時更有善否曰無師曰衆生入地獄佛性亦如是

三藏法師問眞如有變易否師曰有變易藏曰禪師錯也師却問三藏有眞如否曰有師曰若無變易決定是凡僧也豈不聞善知識者能回三毒爲三聚淨戒回六識爲六神通回煩惱作菩提回無明爲大智眞如若無變

易三藏眞是自然外道也藏曰若爾者眞如即有變易也師曰若執眞如有變易亦是外道曰禪師適來說眞如有變易如今又道不變易如何即是的當師曰若了了見性者如摩尼珠現色說變亦得說不變亦得若不見性人聞說眞如變易便作變易解會說不變易便作不變易解會藏曰固知南宗實不可測

問三教同異師曰大量者用之即同小機者執之即異總從一性上起用機見差別成三迷悟由人不在教之同異也

源律師問和尚修道還用功否師曰用功曰如何用功師曰饑來喫飯困來即眠曰一切人總如是同師用功否師曰不同曰何故不同師曰他喫飯時不肯喫飯百種須索睡時不肯睡千般計較所以不同也律師杜口

杉山智堅禪師

師初與歸宗南泉行脚時路逢一虎各從虎邊過了泉問歸宗適來見虎似箇甚麼宗曰似箇猫兒宗却問師師曰似箇狗子又問南泉泉曰我見是箇大蟲

師喫飯次南泉收生飯乃曰生呢師曰無生泉曰無生猶是末泉行數步師召曰長老泉回頭曰作麼師曰莫道是末

普請擇蕨次南泉拈起一莖曰這箇大好供養師曰非但這箇百味珍羞他亦不顧泉曰雖然如是箇箇須嘗過始得

石鞏慧藏禪師

師本以弋獵爲務惡見沙門因逐鹿從馬祖菴前過祖乃逆之師遂問還見鹿過否祖曰

汝是何人曰獵者祖曰汝解射否曰解射祖曰汝一箭射幾箇曰一箭射一箇祖曰汝不解射曰和尚解射否祖曰解射曰一箭射幾箇祖曰一箭射一羣曰彼此生命何用射他一羣祖曰汝既知如是何不自射曰若教某甲自射直是無下手處祖曰這漢曠劫無明煩惱今日頓息師擲下弓投祖出家

一日在廚作務次祖問作甚麼曰牧牛祖曰作麼生牧曰一回入草去驀鼻拽將回祖曰子眞牧牛師便休師住後常以弓箭接機

南源道明禪師

洞山參方上法堂師曰巳相見了也山便下去明日却上問曰昨日已蒙和尚慈悲不知甚麼處是與某甲已相見處師云心心無間斷流入於性海山曰幾合放過

中邑洪恩禪師

仰山問如何得見佛性義師曰我與汝說箇譬喻如一室有六牕内有一獼猴外有獼猴從東邊喚猩猩猩猩即應如是六牕俱喚俱應仰山禮謝起曰適蒙和尚譬喻無不了知更有一事祇如内獼猴睡著外獼猴欲與相見又且如何師下繩牀執仰山手作舞曰猩猩與汝相見了譬如蟭螟蟲在蚊子眼睫上作窠向十字街頭叫云土曠人稀相逢者少

三角總印禪師

師示衆曰凡說法須用應時應節時有僧問曰四黄四赤時如何師曰三月杖頭挑曰爲甚麼滿肚皮貯氣師曰爭奈一條繩何曰如何得出氣去師曰直待皮穿

僧問如何是三寶師曰禾麥豆曰學人不會

師曰大衆欣然奉持

汾州無業禪師

師謁馬祖祖覩狀貌奇偉語音如鐘乃曰巍巍堂堂其中無佛師禮跪而問曰三乘文學粗窮其旨常聞禪門即心是佛實未能了祖曰祇未了底心即是更無別物師曰如何是祖師西來密傳心印祖曰大德正鬧在且去別時來師纔出祖召曰大德師回首祖曰是甚麼師便領悟乃禮拜祖曰這鈍漢禮拜作麼

師既住後凡學者致問多答之曰莫妄想

師曰諸佛不曾出世亦無一法與人但隨病施方遂有十二分教如將蜜果換苦葫蘆淘汝諸人業根

又云他古德道人得意之後茅茨石室向折脚鐺中煮飯喫過三二十年名利不干懷財寶不爲念大忘人世隱跡巖叢君王命而不來諸侯請而不赴豈同我輩貪名愛利汩沒世途如短販人

芙蓉太毓禪師

師因行食到龐居士前居士擬接師乃縮手曰生心受施淨名早訶去此一機居士還甘否居士曰當時善現豈不作家師曰非關他事居士曰食到口邊被他奪却師乃下食居士曰不消一句

居士又問馬大師著實爲人處還分付吾師否師曰某甲尚未見他作麼生知他著實處居士曰祇此見知也無討處師曰居士也不得一向言說居士曰一向言說師又失宗若作兩向三向師還開得口否師曰直是開口

不得可謂實也居士撫掌而出

利山和尚

僧問衆色歸空空歸何所師曰舌頭不出口曰爲甚麼不出口師曰内外一如故

松山和尚

師同龐居士喫茶士舉槖子曰人人盡有分爲甚麼道不得師曰衹爲人人盡有所以道不得士曰阿兄爲甚麼却道得師曰不可無言也士曰灼然灼然師便喫茶士曰阿兄喫茶爲甚麼不揖客師曰誰士曰龐公師曰何須更揖後丹霞聞乃曰若不是松山幾被個老翁惑亂一上士聞之乃令人傳語霞曰何不會取未舉槖子時

紫玉山道通禪師

于頔相公問如何是黑風吹其船舫漂墮羅刹鬼國師曰于頔客作漢問恁麼事作麼于公失色師乃指曰這個便是漂墮羅刹鬼國公又問如何是佛師喚相公公應諾師曰更莫别求藥山聞曰噫可惜于家漢生埋向紫玉山中公聞乃謁見藥山山問曰聞相公在紫玉山中大作佛事是否公曰不敢乃曰承聞有語相救今日特來山曰有疑但問公曰如何是佛山召于頔公應諾山曰是甚麼公於此有省

五臺隱峰禪師

師問石頭如何得合道去頭曰我亦不合道師曰畢竟如何頭曰汝被這個礙得多少時耶

石頭剗草次師在左側叉手而立頭飛剗子向師前剗一株草師曰和尚衹剗得這箇不

剗得那箇頭提起剗子師接得便作剗草勢頭曰汝祇剗得那箇不解剗得這箇師無對

師推車次馬祖展脚在路上坐師曰請師收足祖曰已展不縮師曰已進不退乃推車碾損祖脚祖歸法堂執斧子曰適來碾損老僧脚底出來師便出於祖前引頸祖笑置斧

到南泉值衆叅次泉指淨瓶曰銅瓶是境瓶中有水不得動著境與老僧將水來師拈起淨瓶向泉面前瀉泉便休

到潙山便入堂於上板頭解放衣鉢潙聞師叔到先具威儀下堂內相看師見來便作臥勢潙便歸方丈師乃發去少間潙山問侍者師叔在否曰已去潙曰去時有甚麼語曰無語潙曰莫道無語其聲如雷

師在襄州破威儀堂只著襯衣於砧椎邊拈椎云道得即不打於時大衆默然師便打一下

南嶽西園曇藏禪師

師一日自燒浴次僧問何不使沙彌師撫掌三下

東廚有一大蟒長數丈張口呀氣毒燄熾然侍者請避之師曰死可逃乎彼以毒來我以慈受毒無實性激發則強慈苟無緣寃親一揆言訖其蟒按首徐行倏然不見

磁州馬頭峰神藏禪師

上堂知而無知不是無知而說無知便下座

烏臼和尚

玄紹二上座叅師乃問二禪客發足甚麼處玄曰江西師便打玄曰久知和尚有此機要師曰汝既不會後面箇師僧祇對看紹擬近

前師便打曰信知同坑無異土叅堂去
問僧近離甚處曰定州師曰定州法道何似
這裏曰不别師曰若不别更轉彼中去便打
僧曰棒頭有眼不得草草打人師曰今日打
著一箇也又打三下僧便出去師曰屈棒元
來有人喫在曰爭奈杓柄在和尚手裏師曰
汝若要山僧回與汝僧近前奪棒打師三下
師曰屈棒屈棒曰有人喫在師曰草草打著
箇漢僧禮拜師曰却與麼去也僧大笑而出
師曰消得恁麼消得恁麼

古寺和尚

丹霞來叅經宿明旦粥熟行者衹盛一鉢與
師又盛一椀自喫殊不顧丹霞丹霞亦自盛
粥喫行者曰五更侵早起更有夜行人丹霞
問師何不教訓行者得恁麼無禮師曰淨地
上不要點污人家男女丹霞曰幾不問過這
老漢

石臼和尚

師初叅馬祖祖問甚麼處來師曰烏臼來祖
曰烏臼近日有何言句師曰幾人於此茫然
祖曰茫然且置悄然一句作麼生師乃近前
三步祖曰我有七棒寄打烏臼你還甘否師
曰和尚先喫某甲後甘

本谿和尚

師因龐居士問丹霞打侍者意在何所師曰
大老翁見人長短在居士曰爲我與師同叅
方敢借問師曰若恁麼從頭舉來共你商量
居士曰大老翁不可共你說人是非師曰念
翁年老居士曰罪過罪過

石林和尚

師見龐居士來乃竪起拂子曰不落丹霞機試道一句子居士奪却拂子却自竪起拳師曰正是丹霞機居士曰與我不落看師曰丹霞患瘂龐公患聾居士曰恰是師無語居士曰向道偶爾又一日問居士某甲有箇借問居士莫惜言語居士曰便請舉來師曰元來惜言語居士曰這箇問訊不覺落他便宜師乃掩耳曰作家作家

鎮州金牛和尚

師每自做飯供養衆僧至齋時舁飯桶到堂前作舞呵呵大笑曰菩薩子喫飯來

百靈和尚

師一日與龐居士路次相逢問曰南嶽得力句還曾舉向人也無士曰曾舉來師曰舉向甚麼人士以手自指曰龐公師曰直是妙德空生也讃歎不及士却問阿師得力句是誰得知師戴笠子便行士曰善爲道路師更不回首

則川和尚

師摘茶次龐蘊曰法界不容身師還見我否師曰不是老師洎答公話士曰有問有答蓋是尋常師乃摘茶不聽士曰莫怪適來容易借問師亦不顧士喝曰這無禮儀老漢待我一一舉向明眼人師乃拋却茶籃便歸方丈一日在方丈内坐士來見乃曰只知端居丈室不覺僧到叅時師垂下一足士便出行三兩步却回師乃収足士曰可謂自由自在師曰我是主士曰阿師只知有主不知有客師喚侍者點茶士作舞而出

忻州打地和尚

師自江西領旨常晦其名凡學者致問唯以棒打地示之時謂之打地和尚一日被僧藏却棒然後致問師但張其口僧問門人曰祇如和尚每日有人問便打地意旨如何門人即於竈内取柴一片擲置釜中

江西椑樹和尚

師卧次道吾近前牽被覆之師曰作麽吾曰葢覆師曰卧底是坐底是吾曰不在這兩處師曰爭奈葢覆何吾曰莫亂道

道吾一日從外歸師問甚麽處去來道吾曰親近來師曰用簸這兩片皮作麽道吾曰借師曰他有從汝借無作麽生道吾曰祇爲有所以借

浮盃和尚

凌行婆來禮拜師與坐喫茶婆乃問盡力道不得底句分付阿誰師曰浮盃無剩語婆曰未到浮盃不妨疑著師曰別有長處不妨拈出婆歛手哭曰蒼天中更添寃苦師無語婆曰語不知偏正理不識倒邪爲人即禍生後有僧舉似南泉泉曰苦哉浮盃被這老婆摧折一上婆後聞笑曰王老師猶少機關在澄一禪客逢見行婆便問怎生是南泉猶少機關在婆乃哭曰可悲可痛一罔措婆曰會麽一合掌而立婆曰伎死禪和如麻似粟一舉似趙州州曰我若見這臭老婆問教口瘂一曰未審和尚怎生問他州便打一曰爲甚麽却打某甲州曰似這伎死漢不打更待幾時連打數棒婆聞却曰趙州合喫婆手裏棒後僧舉似趙州州哭曰可悲可痛婆聞此語合掌歎曰趙州眼光爍破四天下州令僧問如

何是趙州眼婆乃竪起拳頭僧回舉似趙州州作偈曰當機覿面提覿面當機疾報汝凌行婆哭聲何得失婆以偈答曰哭聲師已曉已曉復誰知當時摩竭國幾喪目前機

潭州龍山和尚

洞山與密師伯行脚見溪流菜葉洞曰深山無人因何有菜隨流莫有道人居否乃相與撥草溪行五七里間忽見師羸形異貌放下行李問訊師曰此山無路闍黎從何處來洞曰無路且置和尚從何而入師曰我不從雲水來洞曰和尚住此山多少時耶師曰春秋不涉洞曰和尚先住此山先住師曰不知洞曰爲甚麼不知師曰我不從人天來洞曰和尚得何道理便住此山師曰我見兩個泥牛鬭入海直至於今絶消息洞山始具威儀禮拜便問如何是主中賓師曰青山覆白雲曰如何是賓中主師曰長年不出户曰賓主相去幾何師曰長江水上波曰賓主相見有何言説師曰清風拂白月洞山辭退師乃述偈曰三間茅屋從來住一道神光萬境閑莫把是非來辨我浮生穿鑿不相關又曰一池荷葉衣無數滿地松花食有餘剛被世人知住處又移茅屋入深居因燒菴不知所如故人亦稱隱山和尚

襄州龐藴居士

唐貞元初謁石頭乃問不與萬法爲侶者是甚麼人頭以手掩其口豁然有省後與丹霞爲友一日石頭問曰見老僧以來日用事作麼生士曰若問日用事即無開口處乃呈偈曰日用事無別惟吾自偶諧頭頭非取捨處

處没張乖朱紫誰爲號卯山絶點埃神通并妙用運水及搬柴頭然之曰子以緇耶素耶士曰願從所慕遂不剃染後參馬祖問曰不與萬法爲侶者是甚麽人祖曰待汝一口吸盡西江水即向汝道士於言下頓領玄旨

士見丹霞霞作走勢士曰猶是拋身勢作麽生是嚬呻勢霞便坐士以柱杖劃地作七字霞於下劃箇一字士曰因七見一見一忘七霞便起去士曰更坐少時猶有第二句在霞曰向這裏著語得麽士遂哭出去

士悟後以舟盡載珍橐數萬沉之湘流舉室修行有女名靈照常鬻竹漉籬以供朝夕有偈曰有男不婚有女不嫁大家團欒頭共說無生話

士一日菴中獨坐驀地云難難十石油麻樹上攤龐婆接聲云易易百草頭上祖師意靈照云也不難也不易饑來喫飯困來睡

士坐次問靈照曰古人道明明百草頭明明祖師意作麽生照曰老老大大作這箇語話士曰你作麽生照曰明明百草頭明明祖師意士乃笑

士賣竹漉籬下橋喫撲靈照見亦去爺邊倒士曰你作甚麽照曰見爺倒地某甲相扶士曰賴是無人見

士將入滅謂靈照曰視日早晚及午以報照遽報日已中矣而有蝕也士出戶觀次靈照即登父座合掌坐亡士笑曰我女鋒捷矣於是更延七日州牧于公頔問疾次士謂之曰但願空諸所有愼勿實諸所無好去世間皆如影響言訖枕于公膝而化遺命焚棄江湖

藥山惟儼禪師

住藥山後海衆四集遵布衲浴佛師曰這箇從汝浴還浴得那箇麽遵曰把將那箇來師乃休

院主報打鐘也請和尚上堂師曰汝與我擎鉢盂去曰和尚無手來多少時師曰汝祇是枉披袈裟曰某甲祇恁麽和尚如何師曰我無這箇眷屬

謂雲巖曰與我喚沙彌來巖曰喚他來作甚麽師曰我有箇折脚鐺子要他提上挈下巖曰恁麽則與和尚出一隻手去也師便休

園頭栽菜次師曰栽即不障汝栽莫教根生曰既不教根生大衆喫甚麽師曰汝還有口麽頭無對

師晚叅云我有一句子待特牛生兒即向汝道時有僧便出云特牛生兒也祇是和尚不道師喚侍者將燈來其僧便抽身入衆

師問龐居士一乘中還著得這箇事麽士曰某甲祇管日求升合不知還著得麽師曰道居士不見石頭得麽士曰拈一放一未爲好手師曰老僧住持事繁士珍重便出師曰拈一放一的是好手士曰好箇一乘問宗今日失却也師曰是是

師因僧問學人有疑請師決師曰待上堂時來與闍黎決疑至晚上堂衆集師曰今日請决疑上座在甚麽處其僧出衆而立師下禪牀把住曰大衆這僧有疑便與一推却歸方丈

問僧年多少也僧云七十二也師云是年七十二那僧云是師便打

問巳事未明乞和尚指示師良久曰吾今爲汝道一句亦不難祇宜汝於言下便見去猶較些子若更入思量却成吾罪過不如且各合口免相累及

師令供養主抄化甘贄行者問甚處來曰藥山來甘曰作麼曰教化甘曰將得藥來麼曰行者有甚麼病甘便捨銀兩錠意山中有人必不受此主歸納疏師問曰子歸何速主舉前話師曰速送還他子著賊了也主遂送還甘曰由來有人益金以施

師久不陞座一日院主白云大衆久思和尚示誨曰打鐘著時大衆纔集定便下座歸方丈院主隨後問云和尚許爲大衆說話爲甚麼一言不措師曰經有經師律有律師爭怪得老僧

御選語録卷第三十二

音釋

溍 席入切音習水貌 摑 古伯切音國批打也 剗 楚簡切音産削平也 瘂 倚雅切鴉上聲口不能言也 簸 補火切波上聲揚米也 鐺 音撐釜屬有耳足

御選語録卷第三十三

歷代禪師語録後集

丹霞天然禪師

一日石頭告衆曰來日剗佛殿前草至來日大衆諸童行各備鍬钁剗草獨師以盆盛水沐頭於石頭前胡跪頭見而笑之便與剃髮又爲説戒師乃掩耳而出再往江西謁馬祖未參禮便入僧堂内騎聖僧頸而坐時大衆驚愕遽報馬祖祖躬入堂視之曰我子天然師即下地禮拜曰謝師賜法號因名天然祖問從甚處來師曰石頭祖曰石頭路滑還蹉倒汝麼師曰若蹉倒即不來也乃杖錫觀方過慧林寺遇天大寒取木佛燒火向院主訶曰何得燒我木佛師以杖子撥灰曰吾燒取舍利主曰木佛何有舍利師曰既無舍利更取兩尊燒主自後眉鬚墮落

明日再往禮拜見國師便展坐具國師曰不用不用師退後國師曰如是如是師却進前國師曰不是不是師繞國師一帀便出國師曰去聖時遥人多懈怠三十年後覓此漢也難得

訪龐居士見女子靈照洗菜次師曰居士在否女子放下菜籃叉手而立師又問居士在否女子提籃便行師遂回須臾居士歸女子乃舉前話士曰丹霞在麼女曰去也士曰赤土塗牛妳

師問龐居士昨日相見何似今日士曰如法舉昨日事來作箇宗眼師曰祇如宗眼還著得龐公麼士曰我在你眼裏師曰某甲眼窄何處安身士曰是眼何窄是身何安師休去

士曰更道取一句便得此話圓師亦不對士曰就中這一句無人道得
師與龐居士行次見一泓水士以手指曰便與麼也還辨不出師曰灼然是辨不出士乃戽水潑師二掬師曰莫與麼莫與麼士曰須與麼須與麼師却戽水潑士三掬師曰正與麼時堪作甚麼士曰無外物師曰得便宜者少士曰誰是落便宜者
問僧甚麼處宿曰山下宿師曰甚麼處喫飯曰山下喫飯師曰將飯與闍黎喫底人還具眼也無僧無對
潮州大顛禪師
僧問其中人相見時如何師曰早不其中也曰其中者如何師曰不作箇問
韓文公一日相訪問師春秋多少師提起數珠曰會麼公曰不會師曰晝夜一百八公不曉遂回次日再來至門前見首座舉前話問意旨如何座扣齒三下及見師理前問師亦扣齒三下公曰元來佛法無兩般師曰是何道理公曰適來問首座亦如是師乃召首座問是汝如此對否座曰是師便打趁出院
文公又一日白師曰弟子軍州事繁佛法省要處乞師一語師良久公罔措時三平爲侍者乃敲禪牀三下師曰作麼平曰先以定動後以智拔公乃曰和尚門風高峻弟子於侍者邊得箇入處
僧問苦海波深以何爲船筏師曰以木爲船筏曰恁麼即得度也師曰盲者依前盲瘂者依前瘂
一日將痒和子廊下行逢一僧問訊次師以

痒和子驀口打曰會麼曰不會師曰大顛老野狐不曾孤負人

潭州長髭禪師

師問僧甚處來曰九華山控石菴師曰菴主是甚麼人曰馬祖下尊宿師曰名甚麼曰不委他法號師曰他不委你不委曰尊宿眼在甚處師曰若是菴主親來今日也須喫棒曰賴遇和尚放過某甲師曰百年後討箇師僧也難得

李行婆來師乃問憶得在絳州時事麼婆曰非師不委師曰多虗少實在婆曰有甚諱處師曰念你是女人放你柱杖婆曰某甲終不見尊宿過師曰老僧過在甚麼處婆曰和尚無過婆豈有過師曰無過底人作麼生婆乃竪拳曰與麼總成顛倒師曰實無諱處

師見僧乃擒住曰獅子兒野干屬僧以手作撥眉勢師曰雖然如此猶欠哮吼在僧擒住師曰偏愛行此一機師與一摑僧拍手三下師曰若見同風汝甘與麼否曰終不由別人師作撥眉勢僧曰猶欠哮吼在師曰料想不由別人

汾州石樓禪師

僧問未識本來性乞師方便指師曰石樓無耳朶曰某甲自知非師曰老僧還有過曰和尚過在甚麼處師曰過在汝非處僧禮拜師便打

大同濟禪師

米胡領衆來纔欲相見師便拽轉禪牀面壁而坐米於背後立少時却回客位師曰是即是若不驗破已後遭人貶剝令侍者請米米

却拽轉禪牀便坐師乃遶禪牀一帀便歸方
丈米却拽倒禪牀領衆便出
訪龎居士士曰憶在母胎時有一則語舉似
阿師切不得作道理主持師曰猶是隔生也
士曰向道不得作道理師曰驚人之句爭得
不怕士曰如師見解可謂驚人師曰不作道
理却成作道理士曰不但隔一生兩生師曰
粥飯底僧一任檢責士鳴指三下
師見龎居士來便掩却門曰多知老翁莫與
相見士曰獨坐獨語過在阿誰師便開門纔
出被士把住曰師多知我多知師曰多知且
置閉門開門卷之與舒相較幾許士曰祇此
一問氣急殺人師黙然士曰弄巧成拙
一日問龎居士是箇語言古今少人避得只
如龎公還避得麼曰諾師再舉前話士曰甚
麼處去來師曰非但如今古人亦有此語士
作舞而出去師曰風顛老風顛老自過教誰
檢
士來訪提起笊籬喚曰大同師大同師師不
顧士曰石頭一宗乍解氷消師曰若不得龎
公輩灼然如此士拋下笊籬曰寧教不直一
文錢師曰錢雖不直欠他又爭得士作舞而
退師乃提起笊籬曰龎公龎公士曰你要我
笊籬我要你木杓師作舞而退士撫掌笑曰
歸去來歸去來

黄檗希運禪師

師上堂衆纔集師拈柱杖一時打散復召大
衆衆回首師曰月似彎弓少雨多風問如何
是西來意師便打
一日上堂大衆雲集乃曰汝等諸人欲何所

求以拄杖趁之大衆不散師却復坐曰汝等諸人盡是噇酒糟漢恁麽行脚取笑於人但見八百一千人處便去不可圖他熱鬧也汝等既稱行脚亦須著些精神好還知道大唐國裏無禪師麽時有僧問諸方尊宿盡聚衆開化爲甚麽却道無禪師師曰不道無禪祇是無師

長慶大安禪師

僧問此陰已謝彼陰未生時如何師曰此陰未謝那箇是大德曰不會師曰若會此陰便明彼陰

問黄巢軍來和尚向甚麽處迴避師曰五蘊山中曰忽被他捉著時如何師曰惱亂將軍

古靈神贊禪師

師行脚遇百丈開悟却回受業本師問曰汝離吾在外得何事業曰並無事業遂遣執役一日因澡身命師去垢師乃拊背曰好所佛堂而佛不聖本師回首視之師曰佛雖不聖且能放光本師又一日在窗下看經蜂子投窗紙求出師覩之曰世界如許廣濶不肯出鑽他故紙驢年去遂有偈曰空門不肯出投窗也太癡百年鑽故紙何日出頭時本師置經問曰汝行脚遇何人吾前後見汝發言異常師曰某甲蒙百丈和尚指箇歇處今欲報慈德耳本師於是告衆致齋請師説法師乃登座舉唱百丈門風曰靈光獨耀迥脫根塵體露眞常不拘文字心性無染本自圓成但離妄緣即如如佛本師於言下感悟曰何期垂老得聞極則事

天台平田普岸禪師

師訪茂源和尚源纔起迎師近前把住云開口即失閉口即喪去此二途請師別道源以手掩鼻師放開云一步較易兩步較難源云著甚死急師云若非是師不免諸方點檢

臨濟訪師到路口先逢一嫂在田使牛濟問嫂平田路向甚麼處去嫂打牛一棒曰這畜生到處走到此路也不識濟又曰我問你平田路向甚麼處去嫂曰這畜生五歲尚使不得濟心語曰欲觀主人先觀所使便有抽釘拔楔之意及見師師問你還曾見我嫂也未濟曰已收下了也師遂問近離甚處濟曰江西黃檗師曰情知你見作家來濟曰特來禮拜和尚師曰已相見了也濟曰賓主之禮合施三拜師曰既是賓主之禮禮拜著

洪州東山慧禪師

大於侍者到師問金剛正定一切皆然秋去冬來且作麼生者曰不妨和尚借問師曰即今即得去後作麼生者曰誰敢問著某甲師曰大於還得麼者曰猶要別人點檢在師曰輔弼宗師不廢光彩侍者禮拜

百丈山涅槃和尚

師一日謂衆曰汝等與我開田我與汝說大義衆開田了歸請說大義師乃展兩手衆罔措

趙州眞際從諗禪師

師到黃檗檗見來便閉方丈門師乃把火於法堂內叫曰救火救火檗開門捉住曰道道師曰賊過後張弓

師一日於雪中倒臥曰相救相救有僧便去身邊臥師便起去

師在東司上見遠侍者過驀召文遠遠應諾

師曰東司上不可與汝說佛法

僧問二龍爭珠誰是得者師曰老僧只管看

僧問至道無難唯嫌揀擇是時人窠臼否師曰曾有人問我老僧直得五年分疎不下

問院主甚麼處來主曰送生來師曰鵶爲甚麼飛去主曰怕某甲師曰汝十年知事作恁麼語話主却問鵶爲甚麼飛去師曰院主無殺心

僧遊五臺問一婆子曰臺山路向甚處去婆曰驀直去僧便去婆曰好箇師僧又恁麼去後有僧舉似師師曰待我去勘過明日師便去問臺山路向甚處去婆曰驀直去師便去婆曰好箇師僧又恁麼去師歸院謂僧曰臺山婆子爲汝勘破了也

問如何是玄中玄師曰汝玄來多少時耶曰玄之久矣師曰闍黎若不遇老僧幾乎玄殺

有一婆子令人送錢請轉藏經師受施利了却下禪牀轉一匝乃曰傳語婆轉藏經已竟其人回舉似婆婆曰比來請轉全藏如何祇爲轉半藏

官人問丹霞燒木佛院主爲甚麼眉鬚墮落師云官人宅內變生作熟是甚麼人云所使師云却是他好手

問作何方便即得聞於未聞師云未聞且置你曾聞箇甚麼來

新到參師曰甚處來曰南方來師曰佛法盡在南方汝來這裏作甚麼曰佛法豈有南北耶師曰饒汝從雲居雪峰來祇是箇擔板漢

師問一婆子甚麼處去曰偷趙州筍去師曰

忽遇趙州又作麼生婆與一掌師休去
師因有老宿問近離甚處師云滑州宿云幾程到這裏師云一蹝到宿云好箇揵疾鬼師云萬福大王宿云叅堂去師應喏喏
又謂衆曰你若一生不離叢林不語五年十載無人喚你作瘂漢已後佛也不奈你何你若不信截取老僧頭去
南泉從浴室裏過見浴頭燒火問云作甚麼云燒浴泉云記取來喚水牯牛浴浴頭應喏至晚間浴頭入方丈泉問作什麼云請水牯牛去浴泉云將得繩索來不浴頭無對師來問訊泉泉舉似師師云某甲有語泉便云還將得繩索來麼師便近前驀鼻便拽泉云是即是太麄生
師問南泉離四句絶百非外請師道泉便歸方丈師云這老和尚每常口吧吧地及其問著一言不措侍者云莫道和尚無語好師便打一掌南泉便掩却方丈門便把灰圍却問僧云道得即開門多有人下語並不契泉意師云蒼天蒼天泉便開門
問承聞和尚親見南泉是否師云鎮州出大蘿蔔頭
問如何是佛眞法身師云更嫌什麼
問如何是賓中主師云山僧不問婦如何是主中賓師云老僧無丈人
問如何是一切法常住師云老僧不諱祖其僧再問師云今日不答話
問萬物中何物最堅師云相罵饒汝接觜相唾饒汝潑水
問曉夜不停時如何師云僧中無與麼兩稅

百姓

師上堂云兄弟你正在第三寃裏所以道但改舊時行履處莫改舊時人共你各自家出家比來無事更問禪問道三十二十人聚頭來問恰似欠伊禪道相似你喚作善知識我是同受㭟老僧不是戲好恐帶累佗古人所以東道西說

問如何是趙州主人公師咄云這箍桶漢學人應喏師云如法箍桶著

問如何是學人本分事師云樹搖鳥散魚驚水渾

問如何玄中玄師云說什麼玄中玄七中七八中八

問如何是玄中玄師云這僧若在合年七十四五

師上堂云兄弟但改徃修來若不改大有著你處在

尼問離却上來說處請和尚指示師咄云㟪破鐵瓶尼將鐵瓶添水來請和尚答話師笑之

問從上至今即心是佛不即心還許學人商量也無師云即心且置商量箇什麼

師示衆云擬心即差僧便問不擬心時如何師打二下云莫是老僧辜負闍黎麼

問凡有問答落在意根不落意根師如何對師云問學云便請師道師云莫向這裏是非

問上上人一撥便轉下下人來時如何師云汝是上上下下云請和尚答話師云話未有主在云某甲七千里來莫作心行師云據你者一問心行莫不得麼此僧一宿便去

問眞如凡聖皆是夢言如何是眞言師云更不道者兩箇學云兩箇且置如何是眞言師云唵嚩啉𠺕

師示衆云心生即種種法生心滅即種種法滅你諸人作麼生僧乃問只如不生不滅時如何師云我許你者一問

師因敎次云明又未明道昏欲曉你在阿那頭僧云不在兩頭師云與麼即在中間也云若在中間即在兩頭師云這僧多少時在老僧這裏作與麼語話不出得三句裏然直饒出得也在三句裏你作麼生僧云某甲使得三句師云何不早與麼道

問萬境俱起還有惑不得者也無師云有學云如何是惑不得者師云你還信有佛法否學云信有佛法古人道了如何是惑不得者師云爲什麼不問老僧學云問了也師云惑也

師示衆云敎化得底人是今生事敎化不得底人是第三生寃若不敎化恐墮却一切衆生敎化亦是寃是你還敎化也無僧云敎化師云一切衆生還見你也無學云不見師云爲什麼不見學云無相師云即今還見老僧否學云和尚不是衆生師云自知罪過即得

師示衆云八百箇作佛漢覓一箇道人難得問白雲不落時如何師云老僧不會上象學云豈無賓主師云老僧是主闍黎是賓白雲在什麼處

師示衆云佛之一字吾不喜聞問和尚還爲人也無師云爲人學云如何爲人師云不識玄旨徒勞念靜學云既是玄作麼生是旨師

云我不把本學云者箇是玄如何是旨師云答你是旨
問狗子還有佛性也無師云無學云上至諸佛下至蝗子皆有佛性狗子爲什麼無師云爲伊有業識性在
問如何是道人師云我向道是佛人
問凡有言句舉手動足盡落在學人網中離此外請師道師云老僧齋了未喫茶
馬大夫問和尚還修行也無師云老僧若修行即禍事云和尚既不修行教什麼人修行師云大夫是修行底人云某甲何名修行師云若不修行爭得撲在人王位中餧得來赤凍紅地無有解出期大夫乃下淚拜謝
問學人才到總不知門戶頭事如何師云上座名什麼學云惠南師云大好不知

問學人欲學又謗於和尚如何得不謗去師云你名什麼學云道皎師云靜處去者米囤子
問不挂寸絲時如何師云不挂什麼學云不挂寸絲師云大好不挂寸絲
問用處不現時如何師云用即不無現是誰
問空劫中還有人修行也無師云喚什麼作空劫云無一物是師云者箇始稱修行喚什麼作空劫
問如何是出家師云不履高名不求垢壞
有秀才見師手中柱杖乃云佛不奪衆生願是否師云是秀才云某甲就和尚乞取手中柱杖得否師云君子不奪人所好秀才云某甲不是君子師云老僧亦不是佛
師因出外見婆子插田云忽遇猛虎作麼生

婆云無一法可當情師云唸婆子云唸師云
難有者箇在
問如何是佛向上人師云只者牽耕牛底是
問初生孩子還具六識也無師云急流水上
打毬子
問唯佛一人是善知識如何師云魔語
問如何是急切處師云一問一答
問如何是無師智師云老僧不曾教闍黎
問如何是親切一句師云話墮也
問如何是西來意師云板齒生毛
問如何是丈六金身師云腋下打領云學人
不會師云不會請人裁
尼問如何是密密意師以手掐之云和尚猶
有者箇在師云是你有者箇
問如何是塵中人師云布施茶鹽錢來

問如何是佛法大意師云禮拜着僧擬進話
次師喚沙彌文遠文遠到師叱云適來去什
麼處來
問如何是忠言師云你娘醜陋
問如何是忠言師云喫鐵棒
問如何是不思處師云快道快道
問非思量處如何師云速道速道
問出來底是什麼人師云佛菩薩
問如何是聖師云不凡云如何是凡師云不
聖云不凡不聖時如何師云好個禪僧
問兩鏡相向那個最明師云闍黎眼皮蓋須
彌山
問高峻難上時如何師云老僧不向高峰頂
問如何是沙門行師云離行
問真休之處請師指師云指即不休

問利劍出匣時如何師云黑

問如何是沙門得力處師云你什麼處不得力

問高峻難上時如何師云老僧自住峰頂云爭奈曹溪路側何師云曹溪是惡云今時爲什麼不到師云是渠高峻

問祖佛命不斷處如何師云無人知

問貧子來將什麼物與他師云不欠少

師因在室坐禪次主事報和尚云大王來禮拜大王禮拜了左右問烈士王來爲什麼不起師云你不會老僧者裏下等人來出三門接中等人來下禪牀接上等人來禪牀上接不可喚大王作中等下等人也恐屈大王大王歡喜再三請入内供養

師因問周員外你還夢見臨濟也無員外豎起拳師云那邊見外云者邊見師云什麼處見臨濟員外無對師問周員外什麼處來云非來非去師云不是老鴟飛來飛去

問新到從何方來云無方面來師乃轉背僧將坐具隨師轉師云大好無方面

師與侍郎遊園見兔走過侍郎問和尚是大善知識兔子見爲什麼走師云老僧好殺

師問僧離什麼處云離京中師云你還從潼關過麼云不歷師云今日捉得者販私鹽漢

師因到臨濟方始洗脚臨濟便問如何是祖師西來意師云正値洗脚臨濟乃近前側聆師云若會便會不會更莫啗啄作麼臨濟拂袖去師云三十年行脚今日爲人錯下注脚

師行脚時見二庵主一人作了角童師問訊二人殊不顧來日早晨了角童將一鐺飯來

放地上分作三分庵主將席子近前坐了角
童亦將席近前相對坐亦不喚師師乃亦將
席子近前坐了童目顧於師庵主云莫言侵
早起更有夜行人師云何不教詔這行者庵
主云他是人家男女師云洎合放過了童便
起顧視庵主云多口作麼了童從此入山不
見

師因看經次沙彌文遠入來師乃將經側視
之沙彌乃出去師隨後把住云速道速道文
遠云阿彌陀佛阿彌陀佛師便歸方丈

有新羅院主請師齋師到門首問此是什麼
院云新羅院師云我與你隔海

有一婆子日晚入院來師云作什麼婆云寄
宿師云者裏是什麼所在婆呵呵大笑而去

長沙景岑禪師

師與仰山翫月次山曰人人盡有這個祇是
用不得師曰恰是倩汝用山曰你作麼生用
師劈胸與一蹋山曰㘞直下似個大蟲自此
諸方稱爲岑大蟲

問南泉道三世諸佛不知有貍奴白牯却知
有爲甚麼三世諸佛不知有師曰未入鹿苑
時猶較些子曰貍奴白牯爲甚麼却知有師
曰汝爭怪得伊

問南泉遷化向甚麼處去師曰東家作驢西
家作馬曰學人不會此意如何師曰要騎即
騎要下即下

三聖令秀上座問曰南泉遷化向甚麼處去
師曰石頭作沙彌時參見六祖秀曰不問石
頭見六祖南泉遷化向甚麼處去師曰教伊
尋思去秀曰和尚雖有千尺寒松且無抽條

石筍師默然秀曰謝和尚答話師亦默然秀回舉似三聖聖曰若恁麼猶勝臨濟七步然雖如此待我更驗看至明日三聖上問承聞和尚昨日答南泉遷化一則語可謂光前絶後今古罕聞師亦默然

子湖巖利蹤禪師

師於門下立牌曰子湖有一隻狗上取人頭中取人心下取人足擬議即喪身失命臨濟會下二僧來參方揭簾師喝曰看狗僧回顧師便歸方丈

劉鐵磨參師曰汝是劉鐵磨否曰不敢師曰左轉右轉曰和尚莫顛倒師便打

陸亘大夫

宣州刺史陸亘大夫問南泉古人瓶中養一鵞鵞漸長大出瓶不得如今不得毀瓶不得損鵞和尚作麼生出得南泉召大夫亘應諾南泉曰出也亘從此開解即禮謝

池州甘贄行者

一日入南泉設齋黃蘗爲首座行者請施財座曰財法二施等無差別甘曰恁麼道爭消得某甲便將出去須臾復入曰請施財座曰財法二施等無差別甘乃行䞋

又一日入寺設粥請南泉念誦泉乃白椎曰請大衆爲貍奴白牯念摩訶般若波羅蜜甘拂袖便出泉粥後問典座行者在甚處座曰當時便去也泉便打破鍋子

芙蓉靈訓禪師

師初參歸宗問如何是佛宗曰我向汝道汝還信否曰和尚誠言安敢不信宗曰即汝便是師曰如何保任宗曰一翳在眼空華亂墜

五臺智通禪師

師初在歸宗會下忽一夜連叫曰我大悟也衆駭之明日上堂衆集宗曰昨夜大悟底僧出來師出曰某甲宗曰汝見甚麽道理便言大悟試説看師曰師姑原是女人做宗異之師便辭去宗門送與提笠子師接得笠子戴頭上便行更不回顧後居臺山法華寺臨終有偈曰舉手攀南斗回身倚北辰出頭天外看誰是我般人

御選語録卷第三十三

音釋

鍬 此遶切悄平聲畚臿也　愕 逆各切音諤錯愕倉卒貌　笊 側教切爪去聲笊籬口　噇 助莊切音牀喫貌　箍 攻乎切音孤篾束物也　螘 語綺切音擬蚍蜉與蟻同　⿰口余 通都切音⿰王余吐也

御選語録卷第三十四

歷代禪師語録後集

鎭州普化和尚

師事盤山密受記莂而佯狂出言無度暨盤山順世乃於此地行化每振一鐸曰明頭來明頭打暗頭來暗頭打四面八方來旋風打虛空來連架打一日臨濟令僧捉住曰總不恁麼來時如何師拓開曰來日大悲院裏有齋僧回舉似濟濟曰我從來疑著這漢

師見馬步使出喝道師亦喝道作相撲勢馬步使令人打五棒師曰似即似是即不是

師嘗於闤闠間揺鐸唱曰覓箇去處不可得時道吾遇之把住問曰汝擬去甚麼處師曰汝從甚麼處來吾無語師掣手便去

虔州處微禪師

僧問三乘十二分教體理得妙與祖意是同是別師曰須向六句外鑒不得隨聲色轉曰如何是六句師曰語底默底不語不默總是總不是汝合作麼生僧無對

金州操禪師

師請米和尚齋不排坐位米到展坐具禮拜師下禪牀米乃坐師位師却席地而坐齋訖米便去侍者曰和尚受一切人欽仰今日坐位被人奪却師曰三日後若來即受救在米三日後果來曰前日遭賊

朗州古堤和尚

師尋常見僧來但曰去汝無佛性僧無對或有對者莫契其旨仰山到參師曰去汝無佛性仰山乂手近前三步應喏師笑曰子甚麼處得此三昧來仰山曰我從耽源處得名溈

山處得地師曰莫是潙山的子麼仰山曰世諦即不無佛法即不敢仰山却問和尚從甚處得此三昧師曰我從章敬處得此三昧仰山嘆曰不可思議來者難爲湊泊

湖南上林戒靈禪師

師初參潙山山曰大德作甚麼來師曰介胄全具山曰盡卸了來與大德相見師曰卸了也山咄曰賊尚未打卸作甚麼師無對仰山代曰請和尚屏却左右潙山以手指曰喏喏

師後參永泰方諭其旨

五臺祕魔巖和尚

師常持一木叉每見僧來禮拜即叉却頸曰那箇魔魅教汝出家那箇魔魅教汝行脚道得也叉下死道不得也叉下死速道速道學徒鮮有對者霍山通和尚訪師纔見不禮拜便攛入懷裏師拊通背三下通起拍手曰師兄三千里外賺我來三千里外賺我來便回

潙山靈祐禪師

合醬次問仰山這箇用多少鹽水仰曰某甲不會不欲祇對師云却是老僧會仰云不知用多少鹽水師云汝既不會我亦不答晚間師却問仰山今日因緣子作麼生主持仰云待問即答師云現問次仰云耳背眼昏見聞不曉師云凡有問答出子此語不得仰禮謝

師云寂子今日忘前失後不是小小

師謂仰山曰汝須獨自回光返照別人不知汝解處汝試將實解獻老僧看仰曰若教某甲自看到這裏無圓位亦無一物一解得獻和尚師云無圓位處原是汝作解處未離心境在仰曰既無圓位何處有法把何物作境

師曰適來是汝作與麼解是否仰曰是師云若恁麼是具足心境法未脱我所心在元來有解獻我許汝信位顯人位隱在

師一日見香嚴仰山作餅次師曰當時百丈先師親得這箇道理仰與香嚴相顧視云什麼人荅得此話師云有一人荅得仰云是阿誰師指水牯牛云道道仰取一束草來香嚴取一桶水來放牛前牛纔喫師云與麼與麼不與麼不與麼二人俱作禮師云或時明或時暗

師因資國來叅乃指月示之國以手撥三下師云不道汝不見秖是見處太粗

師問道吾甚處去來吾云看病來師云有幾人病吾云有病底有不病底師云不病底莫是智頭陀否吾云病與不病總不干他事急道急道師云道得也與他没交涉

師問仰山終日與子商量成得箇甚麼邊事仰空中畫一畫師曰若不是吾終被子惑

師問僧甚處來曰西京來師曰還得西京主人公書來麼曰不敢妄通消息師曰作家師僧天然猶在曰殘羮餿飯誰人喫之師曰獨有闍黎不喫僧作嘔吐勢師曰扶出這病僧著僧便出去

道吾山宗智禪師

溈山問雲巖菩提以何爲座巖曰以無爲爲座巖却問溈山山曰以諸法空爲座又問師作麼生師曰坐也聽伊坐臥也聽伊臥有一人不坐不臥速道速道山便休去

師指佛桑花問僧曰這箇何似那箇曰直得寒毛卓竪師曰畢竟如何曰道吾門下底師

曰十里大王
雲巖不安師乃謂曰離此殼漏子向甚麼處相見巖曰不生不滅處相見師曰何不道非不生不滅處亦不求相見

雲巖曇晟禪師

師少出家於石門叅百丈海禪師二十年因縁不契後造藥山山問甚處來曰百丈來山曰百丈有何言句示徒師曰尋常道我有一句子百味具足山曰鹹則鹹味淡則淡味不鹹不淡是常味作麼生是百味具足底句師無對山曰爭奈目前生死何師曰目前無生死山曰在百丈多少時師曰二十年山曰二十年在百丈俗氣也不除他日侍立次山又問百丈更說甚麼法師曰有時道三句外省去六句內會取山曰三千里外且喜沒交涉山又問更說甚麼法師曰有時上堂大衆立定以柱杖一時趁散復召大衆衆回首丈曰是甚麼山曰何不早恁麼道今日因子得見海兄師於言下頓省便禮拜

師煎茶次道吾問煎與阿誰師曰有一人要曰何不教伊自煎師曰幸有某甲在

師問石霜甚麼處來曰溈山來師曰在彼中得多少時曰粗經冬夏師曰若恁麼即成山長也曰雖在彼中却不知師曰他家亦非知非識石霜無對

僧問一念暫起便落魔界時如何師曰汝因甚麼却從佛界來僧無對師曰會麼曰不會師曰莫道體不得設使體得也秖是左之右之

裴大夫問僧供養佛佛還喫否僧曰如大夫

叅家神大夫舉似師師曰有幾般飯食但一時下來師却問神山一時下來後作麽生神山曰合取鉢盂師然之

師一日作草鞋次洞山近前曰學人乞師眼睛得麽師曰汝底與阿誰去也曰良价無師曰設有汝向甚麽處著洞山無語師曰乞眼睛底是眼否洞山曰非眼師便喝出

尼僧禮拜師問汝爺在否曰在師曰年多少曰年八十師曰汝有箇爺不年八十還知否曰莫是恁麽來者師曰恁麽來者猶是兒孫

一日藥山問汝除在百丈更到甚麽處來師曰曾到廣南來曰見說廣州城東門外有一片石被州主移去是否師曰非但州主闔國人移亦不動

百巖明哲禪師

洞山與密師伯到叅師問二上座甚處來山曰湖南師曰觀察使姓甚麽曰不得姓師曰名甚麽曰不得名師曰還治事也無曰自有郎幕在師曰還出入也無曰不出入師曰豈不出入山拂袖便出師次早入堂召二上座曰昨日老僧對闍黎一轉語不相契一夜不安今請闍黎別下一轉語若愜老僧意便開粥相伴過夏山曰請和尚問師曰豈不出入山曰太尊貴生師乃開粥同共過夏

翠微無學禪師

一日師在法堂內行投子進前接禮問曰西來密旨和尚如何示人師駐步少時子曰乞師垂示師曰更要第二杓惡水那子便禮謝

師曰莫躱根子曰時至根苗自生

師因供養羅漢僧問丹霞燒木佛和尚爲甚

麽供養羅漢師曰燒也燒不著供養亦一任供養曰供養羅漢羅漢還來也無師曰汝每日還喫飯麽僧無語師曰少有靈利的

孝義性空禪師

丁行者看師師打一棒云瞎却汝本來眼也丁云非但今日古人亦行此令師云誰向汝道古今丁拂袖便出師云青天白日有迷路人丁云莫要指示麽師便打丁云莫瞎却人眼好師云瞎却俗人眼有甚麽過

仙天禪師

僧叅纔展坐具師曰不用通時暄還我文彩未生時道理來曰某甲有口瘂却即閉苦死覓箇臘月扇子作麽師拈棒作打勢僧把住曰還我未拈棒時道理師曰隨我者隨之南北不隨我者死住東西曰隨與不隨且置請師指出東西南北師便打

披雲和尚來纔入方丈師便問未見東越老人時作麽生爲物雲曰祇見雲生碧嶂焉知月落寒潭師曰祇與麽也難得曰莫是未見時麽師便喝雲展兩手師曰錯怪人者有甚麽限雲掩耳出師曰死却這漢平生也

馬頰本空禪師

上堂祇這施爲動轉還合得本來祖翁麽若合得十二時中無虛棄底道理若合不得喫茶說話往往喚作茶話在僧便問如何免得不成茶話去師曰你識得口也未曰如何是口師曰兩片皮也不識曰如何是本來祖翁師曰大衆前不要牽爺恃孃曰大衆欣然去也師曰你試㸃大衆性看僧作禮師曰伊往往道一性一切性在僧欲進語師曰孤負平

生行脚眼
問去却即今言句請師直指本來性師曰你迷源來得多少時曰即今蒙和尚指示師曰若指示你我即迷源曰如何即是師示頌曰心是性體性是心用心性一如誰別誰共妄外迷源秖者難洞古今凡聖如幻如夢

本生禪師

師拈柱杖示衆曰我若拈起你便向未拈起時作道理我若不拈起你便向拈起時作主宰且道老僧爲人在甚麼處時有僧出曰不敢妄生節目師曰也知闍黎不分外曰低低處平之有餘高高處觀之不足師曰節目上更生節目僧無語師曰掩鼻偷香空招罪犯

石室善道禪師

師叅石頭一日隨頭遊山次頭曰汝與我斫却面前樹子免礙我師曰不將刀來頭乃抽刀倒與師曰何不過那頭來頭曰你用那頭作甚麼師即大悟
師一夕與仰山翫月山問這箇月尖時圓相甚麼處去圓時尖相又甚麼處去師曰尖時圓相隱圓時尖相在

龍潭崇信禪師

初悟和尚居天王寺師家於寺巷其家賣餅師日以十餅饋之天王食畢常留一餅曰吾惠汝以蔭子孫師一日自念曰餅是我持去何返遺我其別有旨乎遂造問焉天王曰是汝持來復汝何咎師聞之頗曉玄旨因投出家服勤左右一日問曰某自到來不蒙指示心要天王曰自汝到來吾未嘗不指汝心要師曰何處指示大王曰汝擎茶來吾爲汝接

汝行食來吾爲汝受汝和南時吾便低首何處不指示心要師低頭良久天王曰見則直下便見擬思即差師當下開解復問如何保任天王曰任性逍遥隨緣放曠但盡凡心別無聖解

僧問髻中珠誰人得師曰不賞翫者得曰安著何處師曰有處即道來

有尼問如何得爲僧去師曰作尼來多少時也曰還有爲僧時也無師曰汝即今是甚麼曰現是尼身何得不識師曰誰識汝

李翺刺史問如何是眞如般若師曰我無眞如般若李曰幸遇和尚師曰此猶是分外之言

睦州道明尊宿

師曰明明向汝道尚自不會何况蓋覆將來又曰老僧在此住持不曾見箇無事人到來汝等何不近前時有一僧方近前師曰維那不在汝自領去三門外與二十棒曰某甲過在甚麼處師曰枷上更著杻

師見僧乃曰現成公案放汝三十棒曰某甲如是師曰三門頭金剛爲甚麼舉拳曰金剛尚乃如是師便打

座主叅師問莫是講唯識論否曰不敢師曰朝去西天暮歸唐土會麼曰不會師曰吽吽五戒不持

問僧近離甚處曰仰山師曰五戒也不持曰某甲甚麼處是妄語師曰這裏不著沙彌

問僧正云講得唯識論麼正云不敢小年曾讀文字來師拈起糖餅擘作兩片云你作麼生正無語師云喚作糖餅是不喚作糖餅是

正云不可不喚作糖餅師却喚沙彌來來你喚作甚麼彌云糖餅師云你也講得唯識論

師問武陵長老了即毛端吞巨海始知大地一微塵長老作麼生曰問阿誰師曰問長老曰何不領話師曰汝不領話我不領話

問一句道盡時如何師曰義墮也曰甚麼處是學人義墮處師曰三十棒教誰喫

問某甲講兼行脚不會教意時如何師曰灼然實語當懺悔曰乞師指示師曰汝若不問老僧即緘口無言汝既問老僧不可緘口去也曰請師便道師曰心不負人面無慚色

問高揖釋迦不拜彌勒時如何師曰昨日有人問趁出了也曰和尚恐某甲不實那師曰柱杖不在苕帚柄聊與三十

問僧何處來云靈山來師云涅槃是第幾座僧無對師又問迦葉甚麼處去僧云不知師云脫空妄語漢

師聞一老宿難親近躬往相訪纔入宿便喝師側掌曰兩重公案宿曰過在甚麼處師曰這野狐精便退

陞座云首座呢答云在寺主呢答云在維那呢答云在師云三段不同今當第一向下文長付在來日下座

示衆大事未明如喪考妣大事既明如喪考妣

示衆我見百丈不識好惡大衆纔集以柱杖一時打下復召大衆衆回首乃云是甚麼有甚共語處又黃檗和尚亦然復召大衆衆回首乃云月似彎弓少雨多風猶較些子

僧問如何是一代時教師曰上大人丘乙已

問如何是禪師曰猛火著油煎
僧叅師曰汝是新到否曰是師曰且放下葛藤會麽曰不會師曰擔枷陳狀自領出去僧便出師曰來來我實問你甚處來曰江西師曰㵎潭和尚在汝背後怕你亂道見麽僧無對
看華嚴經次僧問看甚麽經師曰大光明雲青色光明雲紫色光明雲却指面前曰那邊是甚麽雲曰南邊是黑雲師曰今日須有雨
問以字不成八字不是是何章句師彈指一聲曰會麽曰不會師曰上來講讃無限勝因蝦蟇䖸跳上天蚯蚓驀過東海
問僧近離甚處曰河北師曰彼中有趙州和尚你曾到否曰某甲近離彼中師曰趙州有何言句示徒僧舉喫茶話師乃呵呵大笑曰慚愧却問趙州意作麽生曰祇是一期方便師曰苦哉趙州被你將一杓屎潑了也便打師却問沙彌你作麽生會沙彌便設拜師亦打其僧往沙彌處問適來和尚打你作甚麽沙彌曰若不是我和尚不打某甲

烏石靈觀禪師

師尋常扃戸人罕見之一日雪峰伺便扣門師開門峰驀胸搊住曰是凡是聖師唾曰這野狐精便推出閉却門峰曰也祇要識老兄雪峰至敲門師曰誰峰云鳳皇兒師云作甚麽峰云來啗老鵶師便開門扭住云道道峰擬議師便托開閉却門峰住後示衆云我當時若入得老觀門你這一隊噇酒糟漢向甚處摸索

大隨法眞禪師

師妙齡夙悟徧叅知識次至大潙會下數載食不至充臥不求煖清苦鍊行潙深器之一日問曰闍黎在老僧此間不曾問一轉話師曰教某甲向甚麼處下口潙曰何不道如何是佛師便作手勢掩潙口潙歎曰子真得其髓

問僧甚處去曰峨嵋禮普賢去師舉拂子曰文殊普賢總在這裏僧作圓相拋向後乃禮拜師喚侍者取一帖茶與這僧

僧問如何是大隋一面事師曰東西南北

庵側有一龜僧問一切衆生皮裹骨這個衆生爲甚骨裹皮師拈草履覆龜背上僧無語

靈樹和尚

僧問如何是和尚家風曰千年田八百主如何是千年田八百主曰郎當屋舍沒人修

靈雲志勤禪師

師初在潙山因見桃花悟道有偈曰三十年來尋劍客幾回落葉又抽枝自從一見桃花後直至如今更不疑潙覽偈詰其所悟與之符契囑曰從緣悟達永無退失善自護持

長生問混沌未分時含生何來師曰如露柱懷胎曰分後如何師曰如片雲點太清曰未審太清還受點也無師不答曰恁麼則含生不來也師亦不答曰直得純清絕點時如何師曰猶是真常流注曰如何是真常流注師曰似鏡長明曰向上更有事也無師曰有曰如何是向上事師曰打破鏡來與汝相見

新興嚴陽尊者

師初叅趙州問一物不將來時如何州曰放下著師曰既是一物不將來放下個甚麼州

曰放不下擔取去師於言下大悟後常有一蛇一虎隨從手中與食

杭州多福和尚

僧問如何是多福一叢竹師曰一莖兩莖斜曰學人不會師曰三莖四莖曲

益州西睦和尚

上堂有俗士舉手曰和尚便是一頭驢師曰老僧被汝騎士無語去後三日再來白言某甲三日前著賊師拈杖趂出

石梯和尚

師因侍者請浴師曰既不洗塵亦不洗體汝作麼生者曰和尚先去某甲將皂角來師呵呵大笑

一日見侍者托鉢赴堂乃喚侍者者應諾師曰甚麼處去者曰上堂齋去師曰我豈不知汝上堂齋去者曰除此外別道箇甚麼師曰我衹問汝本分事者曰和尚若問本分事某甲實是上堂齋去師曰汝不謬爲吾侍者

末山尼了然禪師

師因灌溪聞和尚到若相當即住不然即推倒禪牀便入堂内師遣侍者問上座遊山來爲佛法來溪曰爲佛法來師乃陞座溪上叅師問上座今日離何處曰路口師曰何不蓋却溪無對始禮拜問如何是末山師曰不露頂曰如何是末山主師曰非男女相溪乃喝曰何不變去師曰不是神不是鬼變箇甚麼溪於是伏膺作園頭三年

金華俱胝和尚

有尼名實際來戴笠子執錫遶師三帀曰道得即下笠子如是三問師皆無對尼便去師

曰日勢稍晚何不且住尼曰道得即住師又無對尼去後師歎曰我雖處丈夫之形而無丈夫之氣不如棄菴往諸方叅尋知識去其夜山神告曰不須離此將有肉身菩薩來後天龍和尚到菴師乃迎禮龍竪一指示之師當下大悟自此凡有學者叅問師惟舉一指無別提唱有一供過童子每見人問事亦竪指祇對人謂師曰和尚童子亦會佛法凡有問皆如和尚竪指師一日潛袖刀子問童曰聞你會佛法是否童曰是師曰如何是佛童竪起指頭師以刀斷其指童叫喚走出師召童子童回首師曰如何是佛童舉手不見指頭豁然大悟師將順世謂衆曰吾得天龍一指頭禪一生用不盡

仰山慧寂通智禪師

師坐次有僧翹一足云西天二十八祖亦如是唐土六祖亦如是天下老和尚亦如是某甲亦如是師下禪牀打四藤條

師謂第一座曰不思善不思惡正恁麼時作麼生座曰正恁麼時是某甲放身命處師曰何不問老僧座曰正恁麼時不見有和尚師曰扶我教不起

香嚴智閑禪師

師叅溈山山問我聞汝在百丈先師處問一答十問十答百此是汝聰明靈利意解識想生死根本父母未生時試道一句看師被一問直得茫然歸寮將平日看過文字從頭尋一句酬對竟不能得乃自歎曰畫餅不可充饑屢乞溈山說破山曰我若說似汝汝已後駡我去我說底是我底終不干汝事師遂將

平昔所看文字燒却曰此生不學佛法也且作個長行粥飯僧免役心神乃泣辭溈山過南陽覩忠國師遺跡遂憇止焉一日芟除草木偶抛瓦礫擊竹作聲忽然省悟遽歸沐浴焚香遥禮溈山讚曰和尚大慈恩踰父母當時若爲我說破何有今日之事乃有頌曰一擊忘所知更不假修持動容揚古路不墮悄然機處處無踪跡聲色外威儀諸方達道者咸言上上機溈山聞得謂仰山曰此子徹也仰曰此是心機意識著述得成待某甲親自勘過仰後見師曰和尚讚歎師弟發明大事你試說看師舉前頌仰曰此是夙習記持而成若有正悟别更說看師又頌曰去年貧未是貧今年貧始是貧去年貧猶有卓錐之地今年貧錐也無仰曰如來禪許師弟會祖師禪未夢見在師復頌曰我有一機瞬目視伊若人不會别喚沙彌仰乃報溈山曰且喜閑師弟會祖師禪也

上堂若論此事如人上樹口銜樹枝脚不蹋枝手不攀枝樹下忽有人問如何是祖師西來意不對他又違他所問若對他又喪身失命當恁麽時作麽生即得時有虎頭招上座出衆云樹上即不問未上樹時請和尚道師乃呵呵大笑

徑山洪諲禪師

佛日長老訪師師問伏承長老獨化一方何以薦遊峰頂日曰朗月當空挂冰霜不自寒師曰莫是長老家風也無日曰峭峙萬重關於中含寶月師曰此猶是文言作麽生是長老家風日曰今日賴遇佛日却問隱密全眞

時人知有道不得太省無辜時人知有道得於此二途猶是時人陞降處未審和尚親道自道如何道師曰我家道處無可道曰曰如來路上無私曲便請玄音和一場師曰任汝二輪更互照碧潭雲外不相關曰曰爲報白頭無限客此回年少莫歸鄉師曰老少同倫無向背我家玄路勿參差曰曰一言定天下四句爲誰宣師曰汝言有三四我道其中一也無師因有偈曰東西不相顧南北與誰留汝言有三四我道一也無

僧問掩息如灰時如何師曰猶是時人功幹曰幹後如何師曰耕人田不種曰畢竟如何師曰禾熟不臨場

許州全明上座先問石霜一毫穿衆穴時如何石霜曰直須萬年去曰萬年後如何石霜曰登科任汝登科拔萃任汝拔萃後問師曰一毫穿衆穴時如何師曰光靴任汝光靴結果任汝結果

僧問如何是長師曰千聖不能量曰如何是短師曰蟭螟眼裏著不滿其僧不肯便去舉似石霜石霜曰祇爲太近實頭僧却問石霜如何是長石霜曰不屈曲曰如何是短石霜曰雙陸盤中不喝彩

定山神英禪師

師因椑樹省和尚行脚時參問不落數量請師道師提起數珠曰是落不落省曰圓珠三竅時人知有請師圓前話師便打省拂袖便出師曰三十年後槌胸大哭去在省住後示衆曰老僧三十年前至定山被他熱謾一上不同小小

京兆七師米和尚

師參學後歸受業寺有老宿問月中斷井索時人喚作蛇未審七師見佛喚作甚麼師曰若有佛見即同衆生老宿曰千年桃核

王敬初常侍

公視事次米和尚至公乃舉筆示之米曰還判得虛空否公擲筆入宅更不復出米致疑明日憑鼓山供養主入探其意米亦隨至潛在屛蔽間偵伺供養主纔坐問曰昨日米和尚不審有甚麼言句便不相見公曰師子齩人韓盧逐塊米聞此語即省前繆遽出朗笑曰我會也我會也公曰會即不無你試道看米曰請常侍舉公乃豎起一隻箸米曰這野狐精公曰這漢徹也

御選語錄卷第三十四

音釋

苕田聊切音迢　芟師銜切音衫刈除草也　泐歷德切音勒石解散也　萃秦醉切音瘁聚也　鸛古玩切音貫似鶴好水　椑布眉切音悲木名

御選語錄卷第三十五

歷代禪師語錄後集

臨濟義玄禪師

師問黃檗佛法大意三度問三度被打師辭黃檗檗曰不須他去秖往高安灘頭叅大愚必爲汝說師到大愚愚曰甚處來師曰黃檗來愚曰黃檗有何言句師曰某甲三度問佛法的的大意三度被打不知某甲有過無過愚曰黃檗與麽老婆心切爲汝得徹困更來這裏問有過無過師於言下大悟乃曰元來黃檗佛法無多子愚搊住曰這尿牀鬼子適來道有過無過如今却道黃檗佛法無多子你見箇甚麽道理速道速道師於大愚肋下築三拳愚拓開曰汝師黃檗非干我事師辭大愚却回黃檗

黃檗一日普請次師隨後行檗回頭見師空手乃問钁在何處師云有一人將去了也檗曰近前來共汝商量箇事師便近前檗豎起钁曰秖這箇天下人拈掇不起師就手掣得豎起曰爲甚麽却在某甲手裏檗曰今日自有人普請便回寺

師一日在僧堂前坐見黃檗來便閉却目黃檗乃作怖勢便歸方丈師隨至方丈禮謝首座在黃檗處侍立黃檗云此僧雖是後生却知有此事首座云老和尚脚跟不點地却證據箇後生黃檗自於口上打一摑首座云知卽得

師在僧堂裏睡檗入堂見以柱杖打板頭一下師舉首見是檗却又睡檗又打板頭一下却往上間見首座坐禪乃曰下間後生却坐

禪汝在這裏妄想作麽座曰這老漢作甚麽
檗又打板頭一下便出去
黄檗因入廚下問飯頭作甚麽頭曰揀衆僧
飯米檗曰一頓喫多少頭曰二石五檗曰莫
太多麽頭曰猶恐少在檗便打頭舉似師師
曰吾與汝勘這老漢纔到侍立檗舉前話師
曰飯頭不會請和尚代轉一語檗曰汝但舉
師曰莫太多麽檗曰來日更喫一頓師曰說
甚麽來日即今便喫隨後打一掌檗曰這風
顛漢又來這裏捋虎鬚師喝一喝便出去
師半夏上黄檗山見檗看經師曰我將謂是
箇人元來是唵黒豆老和尚住數日乃辭檗
曰汝破夏來何不終夏去師曰某甲暫來禮
拜和尚檗便打趁令去師行數里疑此事却
曰終夏後又辭檗檗曰甚處去師曰不是河

南便歸河北檗便打師約住與一掌檗大笑
乃喚侍者將百丈先師禪板几案來師曰侍
者將火來檗曰不然子但將去已後坐斷天
下人舌頭去在
到三峰平和尚處平問甚處來師曰黄檗來
平曰黄檗有何言句師曰金牛昨夜遭塗炭
直至如今不見蹤平曰金風吹玉管那箇是
知音師曰直透萬重關不住青霄内平曰子
這一問太高生師曰龍生金鳳子衝破碧瑠
璃平曰且坐喫茶又問近離甚處師曰龍光
平曰龍光近日如何師便出去
到鳳林林曰有事相借問得麽師曰何得剜
肉作瘡林曰海月澄無影遊魚獨自迷師曰
海月既無影遊魚何得迷林曰觀風知浪起
翫水野帆飄師曰孤蟾獨耀江山靜長嘯一

聲天地秋林曰任張三寸揮天地一句臨機試道看師曰路逢劍客須呈劍不是詩人莫獻詩林便休師乃有頌曰大道絶同任向西東石火莫及電光罔通

到大慈慈在方丈内坐師問端居丈室時如何慈云寒松一色千年別野老拈花萬國春師云今古永超圓智體三山鎖斷萬重關慈便喝師亦喝慈云作麽師拂袖便出

到明化化問來來去去作甚麽師云祇圖踏破草鞋化云畢竟作麽生師云老漢話頭也不識

到金牛牛見師來横按柱杖當門踞坐師以手敲柱杖三下却歸堂中第一位坐牛下來見乃問夫賓主相看各具威儀上座從何而來太無禮生師云老和尚道甚麽牛擬開口師便打一坐具牛作倒勢師又打一坐具牛曰今日不著便遂歸方丈

師住鎮州臨濟學侶雲集一日謂普化克符二上座曰我欲於此建立黄檗宗旨汝等成褫我二人珍重下去三日後普化却上來問和尚三日前說甚麽師便打三日後克符上來問和尚三日前打普化作麽師亦打

師曰有時一喝如金剛王寶劍有時一喝如踞地獅子有時一喝如探竿影草有時一喝不作一喝用汝作麽生會僧擬議師便喝

上堂次兩堂首座相見同時下喝僧問師還有賓主也無師曰賓主歴然師召衆曰要會臨濟賓主句問取堂中二首座

示衆我有時先照後用有時先用後照有時照用同時有時照用不同時先照後用有人

在先用後照有法在照用同時驅耕夫之牛奪飢人之食敲骨取髓痛下針錐照用不同時有問有答立賓立主合水和泥應機接物若是過量人向未舉已前撩起便行猶較些子

上堂赤肉團上有一無位眞人常從汝等面門出入未證據者看看時有僧出問如何是無位眞人師下禪牀把住云道道其僧擬議師托開云無位眞人是甚麽乾矢橛便歸方丈

僧問如何是佛法大意師豎起拂子僧便喝師便打又僧問如何是佛法大意師亦豎起拂子僧便喝師亦喝僧擬議師便打乃曰大衆夫爲法者不避喪身失命我於黄檗先師處三度問佛法的的大意三度被打如蒿枝拂相似如今更思一頓誰爲下手時有僧出曰某甲下手師度與柱杖僧擬接師便打

有一老宿參便問禮拜即是不禮拜即是師便喝宿便拜師曰好箇草賊宿曰賊賊便出去師曰莫道無事好時首座侍立師曰還有過也無座曰有師曰賓家有過主家有過曰二俱有過師曰過在甚麽處座便出去師曰莫道無事好

大覺到參師舉起拂子覺敷坐具師擲下拂子覺收坐具參堂去僧衆曰此僧莫是和尚親不禮拜又不喫棒師聞令喚覺覺至師曰大衆道汝不禮拜又不喫棒莫是長老親故覺乃珍重下去

師問院主甚麽處去來曰州中糶黄米來師曰糶得盡麽曰糶得盡師以柱杖劃一劃曰

還糶得這箇麽主便喝師便打典座至師舉前話座曰院主不會和尚意師曰你又作麽生座禮拜師亦打

同普化赴施主齋次師問毛吞巨海芥納須彌爲復是神通妙用爲復是法爾如然化趯倒飯牀師曰太粗生曰這裏是甚麽所在說粗說細次日又同赴齋師復問今日供養何似昨日化又趯倒飯牀師曰得即得太粗生化喝曰瞎漢佛法說甚麽粗細師乃吐舌

師與河陽木塔長老同在僧堂地爐内坐因說普化每日在街市掣風掣顛知他是凡是聖言猶未了普化入來師便問汝是凡是聖普化云汝且道我是凡是聖師便喝普化以手指云河陽新婦子木塔老婆禪臨濟小廝兒却具一隻眼師云者賊普化云賊賊便出去

一日普化在僧堂前喫生菜師見云大似一頭驢普化便作驢鳴師謂直歲云細抹草料著普化云少室人不識金陵又再來臨濟一隻眼到處爲人開

師問杏山如何是露地白牛山曰吽吽師曰啞那山曰長老作麽師曰者畜生

麻谷問大悲千手眼那箇是正眼師搊住曰大悲千手眼作麽生是正眼速道速道谷拽師下禪牀却坐師問訊曰不審谷擬議師便喝拽谷下禪牀却坐谷便出

石霜慶諸禪師

師抵潙山爲米頭一日篩米次潙曰施主米莫拋撒師曰不拋撒潙於地上拾得一粒曰汝道不拋撒這箇是甚麽師不對潙又曰莫

輕這一粒百千粒盡從這一粒生師曰百千粒從這一粒生未審這一粒從甚麽處生爲呵呵大笑歸方丈爲至晚上堂曰大衆米裏有蟲諸人好看

因僧自洞山來師問和尚有何言句示徒曰解夏上堂云秋初夏末兄弟或東去西去直須向萬里無寸草處去復良久曰秖如萬里無寸草處作麽生去師曰有人下語否曰無師曰何不道出門便是草

師在方丈內僧在窻外問咫尺之間爲甚麽不覩師顔師曰徧界不曾藏僧舉問雪峰徧界不曾藏意旨如何峰曰甚麽處不是石霜師聞曰這老漢著甚死急峰聞曰老僧罪過

僧問三千里外遠聞石霜有箇不顧師曰是曰秖如萬象歷然是顧不顧師曰我道不驚衆曰不驚衆是與萬象合如何是不顧師曰徧界不曾藏

雲蓋問萬户俱閉即不問萬户俱開時如何師曰堂中事作麽生曰無人接得渠師曰道也太煞道也只道得八九成曰未審和尚作麽生道師曰無人識得渠

問僧近離甚處曰審道師於面前畫一畫曰汝剌脚與麽來還審得這箇麽曰審不得師曰汝衲衣與麽厚爲甚却審這箇不得曰某甲衲衣雖厚爭奈審這箇不得師曰與麽則七佛出世也救你不得曰說甚七佛千佛出世也救某甲不得師曰太懵懂生曰爭奈兜師曰叅堂去僧曰喏喏

示衆初機未覯大事先須識取頭其尾自至

疎山仁叅問如何是頭師曰直須知有曰如

何是尾師曰盡却今時曰有頭無尾時如何師曰吐得黄金堪作甚麽曰有尾無頭時如何師曰猶有依倚在曰直得頭尾相稱時如何師曰渠不作箇解會亦未許渠在

漸源仲興禪師

一日寶蓋和尚來訪師便捲起簾子在方丈内坐蓋一見乃下却簾便歸客位師令侍者傳語長老遠來不易猶隔津在蓋擒住侍者與一掌者曰不用打某甲有堂頭和尚在蓋曰爲有堂頭老漢所以打你者回舉似師師曰猶隔津在

夾山善會禪師

師會下有一僧到石霜入門便道不審霜曰不必闍黎僧云與麽則珍重又到巖頭亦云不審頭乃嘘兩聲僧云與麽則珍重纔回步頭云雖是後生亦能管帶其僧歸舉似師師明日陞堂乃喚昨日從石霜巖頭來底阿師出來如法舉前話僧舉了師云大衆還會麽若無人道老僧不惜兩莖眉毛道去也乃云石霜雖有殺人刀且無活人劍巖頭亦有殺人刀亦有活人劍

上堂我二十年住此山未曾舉著宗門中事有僧問承和尚有言二十年住此山未曾舉著宗門中事是否師曰是僧便掀倒禪牀師休去至明日普請掘一坑令侍者請昨日僧至曰老僧二十年說無義語今日請上座打殺老僧埋向坑裏便請若不打殺老僧上座自著打殺埋在坑中始得其僧歸堂束裝潛去

虎頭上座參師問甚處來曰湖南來師曰曾

到石霜麽曰要路經過爭得不到師曰聞石霜有毬子話是否曰和尚也須急著眼始得師曰作麽生是毬子曰跳不出師曰作麽生是毬杖曰没手足師曰且去老僧未與闍黎相見明日升座師曰昨日新到在麽頭出應諾師曰目前無法意在目前不是目前法非耳目之所到頭曰今日雖問要且不是師曰片月難明非關天地頭曰莫豦沸便作掀禪牀勢師曰且緩緩虧著上座甚麽處頭豎起拳曰目前還著得這箇麽師曰作家作家頭又作掀禪牀勢師曰大衆看這一員戰將若是門庭布列山僧不如他若據入理之談也較山僧一級地

德山宣鑒禪師

師擔青龍疏鈔出蜀至澧陽路上見一婆子賣餅因息肩買餅點心婆指擔曰這箇是甚麽文字師曰青龍疏鈔婆曰講何經師曰金剛經婆曰我有一問你若答得施與點心若答不得且別處去金剛經道過去心不可得現在心不可得未來心不可得未審上座點那箇心師無語

師至龍潭上法堂曰久嚮龍潭及乎到來潭又不見龍又不現潭引身曰子親到龍潭師無語遂棲止焉一夕侍立次潭曰更深何不下去師珍重便出却回曰外面黑潭點紙燭度與師師擬接潭復吹滅師於此大悟便禮拜潭曰子見箇甚麽師曰從今向去更不疑天下老和尚舌頭也潭謂衆曰可中有箇漢牙如劍樹口似血盆一棒打不回頭他時向孤峰頂上立吾道去在師將疏鈔堆法堂前

舉火炬曰窮諸玄辯若一毫置於太虛竭世樞機似一滴投於巨壑遂焚

師抵溈山挾複子上法堂從西過東從東過西曰有麼有麼山坐次殊不顧盼師曰無無便出至門首乃曰雖然如此也不得草草遂具威儀再入相見纔跨門提起坐具曰和尚山擬取拂子師便喝拂袖而出溈山至晚問首座今日新到在否座曰當時背却法堂著草鞋出去也山曰此子已後向孤峰頂上盤結草菴呵佛罵祖去在

小參示衆曰今夜不答話問話者三十棒時有僧出禮拜師便打僧曰某甲話也未問和尚因甚麼打某甲師曰汝是甚麼處人曰新羅人師曰未跨船舷好與三十棒

示衆道得也三十棒道不得也三十棒臨濟聞得謂洛浦曰汝去問他道得為甚麼也三十棒待伊打汝接住棒送一送看伊作麼生浦如教而問師便打浦接住送一送師便歸方丈浦回舉似臨濟濟曰我從來疑著這漢雖然如是你還識德山麼浦擬議濟便打

龍牙問學人仗鏌鎁劍擬取師頭時如何師引頸近前曰㘞牙曰頭落也師呵呵大笑牙後到洞山舉前話山曰德山道甚麼牙曰德山無語洞曰莫道無語且將德山落底頭呈似老僧看牙方省便懺謝有僧舉似師師曰洞山老人不識好惡這漢死來多少時救得有甚麼用處

有僧相看乃近前作相撲勢師曰與麼無禮合喫山僧手裏棒僧拂袖便行師曰饒汝如是也秖得一半僧轉身便喝師曰須是我打

你始得曰諸方有明眼人在師曰天然有眼僧擘開眼曰猫便出師曰黄河三千年一度清

僧參師問維那今日幾人新到曰八人師曰喚來一時生按著

上堂及盡知也直得三世諸佛口挂壁上猶有一人呵呵大笑若識此人參學事畢

示衆有言時騎虎頭收虎尾第一句下明宗肯無言時覿露機鋒如同電拂

師因疾僧問還有不病者也無師曰有曰如何是不病者師曰阿㖿阿㖿師復告衆曰捫空追響勞汝心神夢覺覺非竟有何事

洞山良价悟本禪師

師初行脚時路逢一婆擔水師索水飲婆曰水不妨飲婆有一問須先問過且道水具幾塵師曰不具諸塵婆云去休汚我水擔

他日因供養雲巖眞次僧問先師道祇這是莫便是否師曰是曰意旨如何師曰當時幾錯會先師意曰未審先師還知有也無師曰若不知有爭解恁麽道若知有爭肯恁麽道

雲巖諱日營齋僧問和尚於雲巖處得何指示師曰雖在彼中不蒙指示曰既不蒙指示又用設齋作甚麽師曰爭敢違背他曰和尚初見南泉爲甚麽却與雲巖設齋師曰我不重先師道德佛法祇重他不爲我說破曰和尚爲先師設齋還肯先師也無師曰半肯半不肯曰爲甚麽不全肯師曰若全肯卽孤負先師也

師與泰首座冬節喫果子次乃問有一物上拄天下拄地黑似漆常在動用中動用中收

不得且道過在甚麽處泰曰過在動用中師唤侍者掇退果桌

問雪峰從甚處來曰天台來師曰見智者否曰義存喫鐵棒有分

雪峰上問訊師曰入門來須有語不得道早箇入了也峰曰某甲無口師曰無口且從還我眼來峰無語

雪峰搬柴次乃於師面前拋下一束師曰重多少峰曰盡大地人提不起師曰爭得到這裏峰無語

洗鉢次見兩烏爭蝦蟆有僧便問這箇因甚麽到恁麽地師曰衹爲闍黎

問三身之中阿那身不墮衆數師曰吾嘗於此切

陳尚書問師五十二位菩薩中爲甚麽不見妙覺師曰尚書親見妙覺

官人問有人修行否師曰待公作男子即修行

師有時曰體得佛向上事方有些子語話分僧問如何是語話師曰語話時闍黎不聞曰和尚還聞否師曰不語話時即聞僧問如何是佛向上人師曰非佛

師不安令沙彌傳語雲居乃囑曰他或問和尚安樂否但道雲巖路相次絕也汝下此語須遠立恐他打汝沙彌領旨去傳語聲未絕早被雲居打一棒

將圓寂謂衆曰吾有閒名在世誰人爲吾除得衆皆無對時沙彌出曰請和尚法號師曰吾閒名已謝

睦州刺史陳操尚書

公問僧有箇事與上座商量得麽曰合取狗口公自摑口曰某甲罪過曰知過必改公曰恁麽則乞上座口喫飯得麽

齋次拈起胡餅問僧江西湖南還有這箇麽曰尚書適來喫箇甚麽公曰敲鐘謝響

又與僚屬登樓次見數僧行來有一官人曰來者總是行脚僧公曰不是曰焉知不是公曰待來勘過須臾僧至樓前公驀喚上座僧皆舉首公謂諸官曰不信道

無著文喜禪師

師往五臺山華嚴寺至金剛窟禮謁遇一老翁牽牛而行邀師入寺翁呼均提有童子應聲出迎翁縱牛引師陞堂堂宇皆耀金色翁踞牀指繡墩命坐翁曰近自何來師曰南方翁曰南方佛法如何住持師曰末法比丘少奉戒律翁曰多少衆師曰或三百或五百師却問此間佛法如何住持翁曰龍蛇混雜凡聖同居師曰多少衆翁曰前三三後三三翁呼童子致茶并進酥酪師食之覺心意開爽翁拈起玻璃盞問曰南方還有這箇否師曰無翁曰尋常將甚麽喫茶師無對辭退翁令童子相送師問童子前三三後三三是多少童召大德師應諾童曰是多少師復問曰此爲何處童曰此金剛窟般若寺也師悽然悟彼翁者即文殊也不可再見即稽首童子願乞一言爲別童說偈曰面上無嗔供養具口裏無嗔吐妙香心裏無嗔是珍寶無垢無染是真常言訖均提與寺俱隱但見五色雲中文殊乘金毛師子往來忽有白雲自東方來覆之不見師因駐錫五臺後叅仰山頓了心

契令充典座文殊嘗現於粥鑊上師以攪粥篦便打曰文殊自文殊文喜自文喜殊乃說偈曰苦瓠連根苦甜瓜徹蔕甜修行三大刼却被老僧嫌

一日有異僧來求齋食師減已分饋之仰山預知問曰適來果位人至汝結食否師曰輟已回施仰曰汝大利益

霍山景通禪師

有行者問如何是佛法大意師乃禮拜行者曰和尚爲甚麼禮俗人師曰汝不見道尊重弟子

興化存奬禪師

師到大覺爲院主一日覺喚院主我聞你道向南方行脚一遭柱杖頭不曾撥着一箇會佛法底你憑箇甚麼道理與麼道師便喝覺便打師又喝覺又打師來日從法堂過覺召院主我直下疑你昨日這兩喝師又喝覺又打師再喝覺亦打師曰某甲於三聖師兄處學得箇賓主句總被師兄折倒了也願與某甲箇安樂法門覺曰這瞎漢來這裏納敗缺脫下衲衣痛打一頓師於言下薦得臨濟先師在黃檗處喫棒底道理師後開堂日拈香曰此一炷香本爲三聖師兄三聖於我太孤本爲大覺師兄太覺於我太賒不如供養臨濟先師

師謂克賓維那曰汝不久爲唱導之師賓曰不入這保社師曰會了不入不會了不入曰總不與麼師便打曰克賓維那法戰不勝罰錢五貫設饋飯一堂次日師自白椎曰克賓維那法戰不勝不得喫飯即便出院

示衆曰若是作家戰將便請單刀直入更莫如何若何有旻德禪師出禮拜起便喝師亦喝德又喝師又喝德禮拜歸衆師曰適來若是别人三十棒一棒也較不得何故爲他旻德會一喝不作一喝用

師見同叅來纔上法堂師便喝僧亦喝師又喝僧亦喝師近前拈棒僧又喝師曰你看這瞎漢猶作主在僧擬議師直打下法堂侍者請問適來那僧有甚觸忤和尚師曰他適來也有權也有實也有照也有用及乎我將手向伊面前横兩横到這裏却去不得似這般瞎漢不打更待何時僧禮拜

後唐莊宗車駕幸河北回至魏府行宫詔師問曰朕收中原獲得一寶未曾有人酬價師曰請陛下寶看帝以兩手舒幞頭脚師曰君王之寶誰敢酬價宗大悦

鎮州寶壽沼禪師

師在方丈坐因僧問訊次師曰百千諸聖盡不出此方丈内曰祇如古人道大千沙界海中漚未審此方丈向甚麽處著師曰千聖現在曰阿誰證明師便擲下拂子僧從西過東立師便打僧曰若不久叅焉知端的師曰三十年後此話大行

師問僧甚處來曰西山來師曰見獮猴麽曰見師曰作甚麽伎倆曰見某甲一箇伎倆也作不得師便打

三聖院慧然禪師

師至仰山山問汝名甚麽師曰慧寂山曰慧寂是我名師曰我名慧然山大笑

到德山纔展坐具山曰莫展炊巾這裏無殘

羹餿飯師曰縱有也無著處山便打師接住棒推向禪牀上山大笑師哭蒼天便下叅堂堂中首座號踢天泰問行脚高士須得本道公驗作麼生是本道公驗師曰道甚麼座再問師打一坐具曰這漆桶前後觸忤多少賢良座擬人事師便過第二座人事

問僧近離甚處僧便喝師亦喝僧又喝師又喝僧曰行棒即瞎便喝師拈棒僧乃轉身作受棒勢師曰下坡不走快便難逢便棒僧曰這賊便出去師遂拋下棒次有僧問適來爭容得這僧師曰是伊見先師來

鎮州萬壽和尚

師訪寶壽寶壽坐不起師展坐具寶壽下禪牀師却坐寶壽驟入方丈閉却門知事見師坐不起曰請和尚庫下喫茶師乃歸院翌日寶壽來復謁師踞禪牀寶壽展坐具師亦下禪牀寶壽却坐師歸方丈閉却門寶壽入侍者寮取灰圍却方丈門便歸去師遂開門見曰我不恁麼他却恁麼

幽州譚空和尚

鎮州牧有姑爲尼行脚回欲開堂爲人牧令師勘過師問曰見說汝欲開堂爲人是否尼曰是師曰尼是五障之身汝作麼生爲人尼曰龍女八歲南方無垢世界成等正覺又作麼生師曰龍女有十八變你試一變看尼曰設使變得也祇是箇野狐精師便打牧聞舉乃曰和尚棒折那

虎溪庵主

僧問庵主在這裏多少年也師曰祇見冬凋夏長年代總不記得曰大好不記得師曰汝

道我在這裏得多少年也曰冬凋夏長兕師曰閙市裏虎

桐峰菴主

有老人入山叅師曰住在甚處老人不語師曰善能對機老人地上拈一枝草示師師便喝老人禮拜師便歸菴老人曰與麽疑殺一切人在

杉洋菴主

有僧到叅師問阿誰曰杉洋菴主師曰是我僧便喝師作噓聲僧曰猶要棒喫在師便打問僧甚麽處來曰江西來師豎起拂和子曰江西還有這箇麽僧拓膝閉目師曰東家厮兒却向西家使喚僧曰有口不煩賓主說師曰適來患聾而今患瘂僧曰買鐵得金一場富貴師曰客作無功未免逃避僧便行師曰自累猶可莫累老僧

谿上座

師叅德山山纔見下禪牀作抽坐具勢師曰這箇且置或遇心境一如的人來向伊道箇甚麽免被諸方檢責山曰猶較昔日三步在別作箇主人公來師便喝山默然師曰塞却這老漢咽喉也拂袖便出

九峰道虔禪師

師爲石霜侍者洎霜歸寂衆請首座繼住持師白衆曰須明得先師意始可座曰先師有甚麽意師曰先師道休去歇去冷湫湫地去一念萬年去寒灰枯木去古廟香鑪去一條白練去其餘則不問如何是一條白練去座曰這個秖是明一色邊事師曰元來未會先師意在座曰你不肯我那但裝香來香烟斷

處若去不得即不會先師意遂焚香香烟未斷座已脫去師拊座背曰坐脫立亡即不無先師意未夢見在

涌泉景欣禪師

彊德二禪客於路次見師騎牛不識師忽曰蹄角甚分明爭奈騎者不鑒師驟牛而去彊德憩於樹下煎茶師回却下牛問曰二禪客近離甚麼處曰那邊師曰那邊事作麼生彊提起茶盞師曰此猶是這邊事那邊事作麼生彊無對師曰莫道騎者不鑒

雲葢志元圓淨禪師

僧問如何是獅子師曰善哮吼僧拊掌曰好手好手師曰青天白日却被鬼迷僧作掀禪牀勢師便打曰驢事未去馬事到來師曰灼然作家僧拂袖出師曰將甌盛水擬比大洋道吾問久嚮和尚會禪是否師曰蒼天蒼天吾近前掩師口曰低聲低聲師與一掌吾曰蒼天蒼天師把住曰得與麼無禮吾却與一掌師曰老僧罪過吾拂袖便行師呵呵大笑曰早知如是不見如是

鳳翔石柱禪師

師遊方時到洞山時虔和尚垂語曰有四種人一人說過佛祖一步行不得一人行過佛祖一句說不得一人說得行得一人說不得行不得阿那箇是其人師出衆曰一人說過佛祖行不得者祇是無舌不許行一人行過佛祖一句說不得者祇是無足不許說一人說得行得者祇是函蓋相稱一人說不得行不得者如斷命求活此是石女兒披枷帶鎖山曰闍黎分上作麼生師曰該通分上卓卓

寧彰山曰祇如海上明公秀又作麽生師曰幻人相逢拊掌呵呵

張拙秀才

士因禪月大師指叅石霜霜問秀才何姓曰姓張名拙霜曰覔巧尚不可得拙自何來張忽有省乃呈偈曰光明寂照徧河沙凡聖含靈共我家一念不生全體現六根纔動被雲遮破除煩惱重增病趣向真如亦是邪隨順世緣無罣礙涅槃生死等空花

洛浦元安禪師

師抵涔陽遇故人因話武陵舊事問曰倏忽數年何處逃難師曰祇在闤闠中曰何不向無人處去師曰無人處有何難曰闤闠中如何逃避師曰雖在闤闠中要且人不識故人罔測

龎居士禮拜起曰孟夏毒熱孟冬薄寒師曰莫錯士曰龎公年老師曰何不寒時道寒熱時道熱士曰患聾作麽師曰放你三十棒士曰啞却我口塞却你眼

蛤溪道者相訪師問自從犁溪相別今得幾年溪曰和尚猶記得昔年事師曰見說道者總忘却年月也溪曰和尚住持事繁且容仔細看師曰打即打會禪漢溪曰某甲消得師曰道者住山事繁

問一毫吞盡巨海於中更復何言師曰家有白澤之圖必無如是妖怪

僧問供養百千諸佛不如供養一箇無心道人未審百千諸佛有何過無心道人有何德師曰一片白雲橫谷口幾多歸鳥盡迷巢

上藍令超禪師

僧問二龍爭珠誰是得者師曰其珠徧地目覩如泥

黄山月輪禪師

師謁夾山山問名甚麽師曰月輪山作一圓相曰何似這箇師曰和尚恁麽語話諸方大有人不肯在山曰闍黎作麽生師曰還見月輪麽山曰闍黎恁麽道此間大有人不肯諸方師乃服膺叅訊一日夾山抗聲問曰子是甚麽處人師曰閩中人山曰還識老僧麽師曰和尚還識學人麽山曰不然子且還老僧草鞋錢然後老僧還子廬陵米價師曰恁麽則不識和尚也未委廬陵米作麽價山曰真師子兒善能哮吼乃入室受印

韶山普寰禪師

僧叅師問莫是多口白頭因麽因曰不敢師曰有多少口曰通身是師曰尋常向甚麽處屙曰向韶山口裏屙師曰有韶山口即得無韶山口向甚麽處屙因無語師便打

遵布衲訪師在山下相見遵問韶山路向甚麽處去師以手指曰嗚那青青黯黯處去遵近前把住曰久嚮韶山莫便是否師曰是即是闍黎有甚麽事遵曰擬伸一問師還答否師曰看君不是金牙作爭解彎弓射尉遲遵曰鳳凰直入烟霄去誰怕林間野雀兒師曰當軒畫鼓從君擊試展家風似老僧遵曰一句迥超千聖外松蘿不與月輪齊師曰饒君直出威音外猶較韶山半月程遵曰過在甚處師曰倜儻之辭時人知有遵曰恁麽則真玉泥中異不撥萬機塵師曰魯班門下徒施巧妙遵曰學人即恁麽未審師意如何師曰

王女夜抛梭織錦於西舍遵曰莫便是和尚家風也無師曰耕夫製玉漏不是行家作遵曰此猶是文言如何是和尚家風師曰横身當宇宙誰是出頭人遵無語師遂同歸山纔人事了師召近前曰闍黎有衝天之氣老僧有入地之謀闍黎横吞巨海老僧背負須彌闍黎按劍上來老僧控鎗相待向上一路速道速道遵曰明鏡當臺請師一鑒師曰不鑒遵曰爲甚不鑒師曰水淺無魚徒勞下釣遵無對師便打

太原海湖禪師

師因有人請灌頂三藏供養敷坐訖師乃就彼位坐時有雲涉座主問曰和尚甚麽年行道師曰座主近前來涉近前師曰祇如憍陳如是甚麽年行道涉茫然師喝曰這尿牀鬼

投子感温禪師

師遊山見蟬蛻侍者問曰殻在這裏蟬向甚麽處去也師拈殻就耳畔搖三五下作蟬聲侍者於是開悟

郢州四禪禪師

僧問古人有請不背今請和尚入井還背也無師曰深深無别源飲者消諸患

鳳翔天蓋幽禪師

因有一院名無垢淨光造浴室有人問既是無垢淨光爲甚麽却造浴室僧無語後請師代師曰三秋明月夜不是騁團圓

巖頭全豁禪師

師謁仰山纔入門提起坐具曰和尚仰山取拂子擬舉師曰不妨好手後參德山執坐具上法堂瞻視山曰作麽師便喝山曰老僧過

在甚麼處師曰兩重公案乃下參堂山曰這個阿師稍似箇行脚人至來日上問訊山曰闍黎是昨日新到否曰是山曰甚麼處學得這虛頭來師曰全奯終不自謾山曰他後不得辜負老僧

一日參德山方跨門便問是凡是聖山便喝師禮拜有人舉似洞山山曰若不是奯公大難承當師曰洞山老人不識好惡錯下名言我當時一手擡一手搦

雪峰在德山作飯頭一日飯遲德山擎鉢下法堂峰曬飯巾次見德山乃曰鐘未鳴鼓未響拓鉢向甚麼處去德山便歸方丈峰舉似師師曰大小德山未會末後句在山聞令侍者喚師去問汝不肯老僧那師密啟其意山乃休明日陞堂果與尋常不同師至僧堂前拊掌大笑曰且喜堂頭老漢會末後句他後天下人不柰伊何雖然也秖得三年活山果三年後示寂

師與羅山卜塔基羅山中路忽曰和尚師回顧曰作麼山舉手指曰這裏好片地師咄曰瓜州賣瓜漢又行數里歇次山禮拜問曰和尚豈不是三十年前在洞山而不肯洞山師曰是又曰和尚豈不是嗣德山又不肯德山師曰是山曰不肯德山即不問秖如洞山有何虧缺師良久曰洞山好佛秖是無光山禮拜

問三界競起時如何師曰坐却著曰未審師意如何師曰移取廬山來即向汝道

僧問塵中如何辨主師曰銅鈔鑼裏滿盛油

師值沙汰於鄂州湖邊作渡子兩岸各挂一

板有人過渡打板一下師曰阿誰或曰要過那邊去師乃舞棹迎之一日因一婆抱一孩兒來乃曰呈橈舞棹即不問且道婆手中兒甚處得來師便打婆曰婆生七子六箇不遇知音秖這一箇也不消得便抛向水中

牛頭微禪師

上堂三世諸佛用一點伎倆不得天下老師口似匾擔諸人作麼生大不容易除非知有餘莫能知

御選語録卷第三十五

音釋

糶（他弔切挑去聲賣米穀）　趯（他歷切音剔跳貌）　鑊（胡郭切音穫釜屬）　獮（綿兮切音迷獮猴）　闤（胡關切音還市垣）　闠（胡對切音會市門也）　黵（乙減切音黶深㶣色又黵黮不明貌）

御選語錄卷第三十六

歷代禪師語錄後集

雪峰義存禪師

師在洞山作飯頭淘米次山問淘沙去米淘米去沙師曰沙米一時去山曰大衆喫箇甚麽師遂覆却米盆山曰據子因緣合在德山洞山一日問師作甚麽來師曰斫槽來山曰幾斧斫成師曰一斧斫成山曰猶是這邊事那邊事作麽生師曰直得無下手處山曰猶是這邊事那邊事作麽生師休去師辭洞山山曰子甚處去師曰歸嶺中去山曰當時從甚麽路出師曰從飛猿嶺出山曰今回向甚麽路去師曰從飛猿嶺去山曰有一人不從飛猿嶺去子還識麽師曰不識山曰爲甚麽不識師曰他無面目山曰子既不識爭知無面目師無對遂謁德山問從上宗乘學人還有分也無山打一棒曰道甚麽師曰不會至明日請益山曰我宗無語句實無一法與人師有省後與巖頭至澧州鰲山鎮阻雪頭每日祇是打睡師一向坐禪一日喚曰師兄師兄且起來頭曰作甚麽師曰今生不著便共文邃箇漢行脚到處被他帶累今日到此又祇管打睡頭喝曰噇眠去每日牀上坐恰似七村裏土地他時後日魔魅人家男女去在師自點胸曰我這裏未穩在不敢自謾頭曰我將謂你他日向孤峰頂上盤結草菴播揚大教猶作這箇語話師曰我實未穩在頭曰你若實如此據你見處一一通來是處與你證明不是處與你剗却師曰我初到鹽官見上堂擧色空義得箇入處頭曰此去三十年

切忌舉著又見洞山過水偈曰切忌從他覔迢迢與我踈渠今正是我我今不是渠頭曰若與麼自救也未徹在師又曰後問德山從上宗乘中事學人還有分也無德山打一棒曰道甚麼我當時如桶底脫相似頭喝曰你不聞道從門入者不是家珍師曰他後如何即是頭曰他後若欲播揚大教一一從自己胸襟流出將來與我葢天蓋地去師於言下大悟便作禮起連聲叫曰師兄今日始是鰲山成道

住後僧問和尚見德山得箇甚麼便休去師曰我空手去空手歸

有兩僧來師以手拓菴門放身出曰是甚麼僧亦曰是甚麼師低頭歸菴僧辭去師問甚麼處去曰湖南師曰我有箇同行住巖頭附汝一書去書曰某書上師兄某一自鰲山成道後迄至於今飽不飢同衆某書上僧到巖頭問甚麼處來曰雪峰來有書達和尚頭接了乃問僧別有何言句僧遂舉前話頭曰他道甚麼曰他無語低頭歸菴頭曰噫我當初悔不向伊道末後句若向伊道天下人不柰雪老何僧至夏末請益前話頭曰何不早問曰未敢容易頭曰雪峰雖與我同條生不與我同條死要識末後句秖這是

有一僧山下卓菴多年不剃頭畜一長柄杓溪邊舀水時有僧問如何是祖師西來意主曰溪深杓柄長師聞得乃曰也甚奇怪一日將剃刀同侍者去訪纔相見便舉前話問是菴主語否主曰是師曰若道得即不剃你頭主便洗頭跪師前師即與剃却

僧問聲聞人見性如夜見月菩薩人見性如晝見日未審和尚見性如何師打三下後問巖頭頭打三掌

問僧甚處來曰近離浙中師曰船來陸來曰二塗俱不涉師曰爭得到這裏曰有甚麼隔礙師便打趁出僧過十年後再來師又問甚處來曰湖南師曰湖南與這裏相去多少曰不隔師竪起拂子曰還隔這箇麼曰若隔即不到也師又打趁出此僧住後凡見人便罵師一日有同行聞特去訪問兄到雪峰有何言句便如是罵他遂舉前話被同行訶叱與他說破這僧當時悲泣常向中夜焚香遙禮

問僧甚處去曰禮拜徑山和尚去師曰徑山若問此間佛法如何汝作麼生祇對曰待問即道師便打後舉問鏡清這僧過在甚麼處清曰問得徑山徹困師曰徑山在浙中因甚麼問得徹困清曰不見道遠問近對師曰如是如是

問僧近離甚處曰覆船師曰生死海未渡爲甚麼覆却船僧無對乃回舉似覆船船曰何不道渠無生死僧再至進此語師曰此不是汝語曰是覆船恁麼道師曰我有二十棒寄與覆船二十棒老僧自喫不干闍黎事

閩帥施銀交牀僧問和尚受大王如此供養將何報答師以手拓地曰輕打我輕打我

瓦棺和尚

師在德山爲侍者一日同入山砍木山將一碗水與師師接得便喫却山曰會麼師曰不會山又將一碗水與師師又接喫却山曰會麼師曰不會山曰何不成褫取不會底師曰

不會又成褫箇甚麽山曰子大似箇鐵橛住後雪峰訪師茶話次峰問當時在德山砍木因緣作麽生師曰先師當時肯我峰曰和尚離師太早時面前偶有一碗水峰曰將水來師便度與峰接得便潑却

高亭簡禪師

師叅德山隔江纔見便云不審山乃搖扇招之師忽開悟乃横趨而去更不回顧

曹山本寂禪師

師謁洞山山問闍黎名甚麽師曰本寂山曰那箇呢師曰不名本寂山深器之自此入室盤桓數載乃辭去山問曰子向甚麽處去師曰不變異處去山曰不變異處豈有去耶師曰去亦不變異

僧問學人通身是病請師醫師曰不醫曰爲甚麽不醫師曰教汝求生不得求死不得

鏡清問清虚之理畢竟無身時如何師曰理即如此事作麽生曰如理如事師曰謾曹山一人即得爭奈諸聖眼何曰若無諸聖眼爭鑑得箇不恁麽師曰官不容針私通車馬

問具何知解善能問難師曰不呈句曰問難箇甚麽師曰刀斧砍不入曰恁麽問難還有不肯者麽師曰有曰是誰師曰曹山

僧舉藥山問僧年多少曰七十二山曰是七十二那曰是山便打此意如何師曰前箭猶似可後箭射人深曰如何免得此棒師曰王勅既行諸侯避道

僧問香嚴如何是道嚴曰枯木裏龍吟曰如何是道中人嚴曰髑髏裏眼睛僧不領乃問石霜如何是枯木裏龍吟霜曰猶帶喜在曰

如何是髑髏裏眼睛霜曰猶帶識在又不領問師如何是枯木裏龍吟師曰血脉不斷曰如何是髑髏裏眼睛師曰乾不盡曰未審還有得聞者麽師曰盡大地未有一人不聞曰未審枯木裏龍吟是何章句師曰不知是何章句聞者皆喪遂示偈曰枯木龍吟眞見道髑髏無識眼初明喜識盡時消息盡當人那辨濁中清

師作四禁偈曰莫行心處路不挂本來衣何須正恁麽切忌未生時

雲居道膺禪師

師結菴於三峰經旬不赴堂山問子近日何不赴齋師曰每日自有天神送食山曰我將謂汝是箇人猶作這箇見解在汝晚間來師晚至山召膺菴主師應諾山曰不思善不思惡是甚麽師回菴寂然宴坐天神自此竟尋不見如是三日乃絶山問師作甚麽師曰合醬山曰用多少鹽師曰旋入山曰作何滋味師曰得山問大闡提人作五逆罪孝養何在師曰始成孝養自爾洞山許爲室中領袖

師曾令侍者送袴與一住菴道者道者曰自有孃生袴竟不受師再令侍者問孃未生時著箇甚麽道者無語後遷化有舍利持似於師師曰直饒得八斛四斗不如當時下得一轉語好

新羅僧問佛陀波利見文殊爲甚却回去師曰秖爲不將來所以却回去

荊南節度使成汭入山設供問曰世尊有密語迦葉不覆藏如何是世尊密語師召尚書成應諾師曰會麽成曰不會師曰汝若不會

世尊有密語汝若會迦葉不覆藏

疎山匡仁禪師

師到夾山山上堂師問承師有言目前無法意在目前如何是非目前法山曰夜月流輝澄潭無影師作掀禪牀勢山曰闍黎作麽生師曰目前無法了不可得山曰大衆看取這一員戰將

師叅巖頭頭見來乃低頭佯睡師近前而立頭不顧師拍禪牀一下頭回首曰作甚麽師曰和尚且瞌睡拂袖便行頭呵呵大笑曰三十年弄馬騎今日被驢撲

有僧爲師造壽塔畢白師師曰將多少錢與匠人曰一切在和尚師曰爲將三錢與匠人爲將兩錢與匠人爲將一錢與匠人若道得與吾親造壽塔來僧無語後僧舉似大嶺菴閒和尚（即羅山也）嶺曰還有人道得麽僧曰未有人道得嶺曰汝歸與疎山道若將三錢與匠人和尚此生決定不得塔若將兩錢與匠人和尚與匠人共出一隻手若將一錢與匠人累他匠人鬚眉墮落僧回如教而說師具威儀望大嶺作禮歎曰將謂無人大嶺有古佛放光射到此間雖然如是也是臘月蓮花大嶺後聞此語曰我恁麽道早是龜毛長三尺

青林師虔禪師

師初叅洞山山問近離甚處師曰武陵曰武陵法道何似此間師曰胡地冬抽筍山曰別甑炊香飯供養此人師拂抽便出山曰此子向後走殺天下人在師在洞山栽松次有劉辰翁者求偈師作偈曰長長三尺餘鬱鬱覆青草不知何代人得見此松老劉得偈呈洞

山山謂曰此是第三代洞山主人師辭洞山山曰子向甚麽處去師曰金輪不隱的徧界絶紅塵山曰善自保任師珍重而出洞山門送謂師曰恁麽去一句作麽生道師曰步步踏紅塵通身無影像山良久師曰老和尚何不速道山曰子得恁麽性急師曰某甲罪過便禮辭

問學人徑往時如何師曰死蛇當大路勸子莫當頭曰當頭者如何師曰喪子命根曰不當頭者如何師曰亦無迴避處曰正當恁麽時如何師曰失却也曰向甚麽處去師曰草深無覓處曰和尚也須隄防始得師拊掌曰一等是個毒氣

白水本仁禪師

長生然和尚問如何是西來意師曰還見庭前杉樅樹否曰恁麽則和尚今日因學人致得是非師曰多口座主然去後師方知是雪峰禪客乃曰盜法之人終不成器

上堂老僧尋常不欲向聲前色後鼓弄人家男女何故且聲不是聲色不是色僧問如何是聲不是聲師曰喚作色得麽曰如何是色不是色師曰喚作聲得麽僧作禮師曰且道爲汝說答汝話若向這裏會得有箇入處

白馬山靄和尚

僧問如何是白馬正眼曰面南看北斗

龍牙居遁證空禪師

師叅翠微乃問學人自到和尚法席一箇餘月不蒙示誨一法意在於何微曰嫌甚麽師又問洞山山曰爭怪得老僧

師又問翠微如何是祖師意微曰與我將禪

板來師遂過禪板徼接得便打師曰打即任
打要且無祖師意又問臨濟如何是祖師意
濟曰與我將蒲團來師乃過蒲團濟接得便
打師曰打即任打要且無祖師意後有僧問
和尚行脚時問二尊宿祖師意未審二尊宿
明也未師曰明即明也要且無祖師意
師復舉德山頭落底語因自省過遂止於洞
山隨衆叅請一日問如何是祖師西來意山
曰待洞水逆流即向汝道師始悟厥旨服勤
入稔
裴相國入大安寺問諸大德曰羅睺羅以何
爲第一曰以密行爲第一裴不肯遂問此間
有何禪者時師在後園種菜遂請來問羅睺
羅以何爲第一師曰不知裴便拜曰破布裹
眞珠

報慈嶼讚師眞曰日出連山月圓當户不是
無身不欲全露師一日在帳中坐僧問不是
無身不欲全露請師全露師撥開帳子曰還
見麼曰不見師曰不將眼來
上堂夫叅玄人須透過祖佛始得新豐和尚
道祖佛言教似生寃家始有叅學分若透不
得即被祖佛謾去僧問祖佛還有謾人之心
也無師曰汝道江湖還有礙人之心也無乃
曰江湖雖無礙人之心爲時人過不得江湖
成礙人去不得道江湖不礙人祖佛雖無謾
人之心爲時人透不得祖佛成謾人去不得
道佛祖不謾人若透得祖佛過此人過却祖
佛若也如是始體得佛祖意方與向上人同
如未透得但學佛學祖則萬劫無有出期僧
曰如何得不被祖佛謾去師曰道者直須自

悟去始得

益州北院通禪師

師叅洞山山上堂曰坐斷主人公不落第二見師出衆曰須知有一人不合伴山曰猶是第二見師便掀倒禪牀山曰老兄作麽生師曰待某甲舌頭爛即向和尚道後辭洞山擬入嶺山曰善爲飛猿嶺峻好看師良久山召通闍黎師應諾山曰何不入嶺去師因有省更不入嶺

欽山文邃禪師

師與巖頭雪峰過江西到一茶店喫茶次師曰不曾轉身通氣者不得茶喫頭曰若恁麽我定不得茶喫峰曰某甲亦然師曰這兩箇老漢話頭也不識頭曰甚處去也師曰布袋裏老鵶雖活如死頭退後曰看看師曰豁公且置存公作麽生峰以手畫一圓相師曰不得不問頭呵呵曰太遠生師曰有口不得茶喫者多

德山侍者來叅纔禮拜師把住曰還甘欽山與麽也無侍者曰某甲却悔久住德山今日無言可對師乃放手曰一任祇對侍者撥開胸曰且聽某通氣一上師曰德山門下即得這裏一點用不著侍者曰久聞欽山不通人情師曰累他德山眼目衆堂去

資福如寶禪師

陳操尚書來師畫一圓相操曰弟子與麽來早是不著便更畫圓相師於中著一點操曰將謂是舝番舶主師便歸方丈閉却門

南院慧顒禪師

師問僧近離甚處曰襄州師曰來作甚麽曰

特來禮拜和尚師曰恰遇寶應老不在僧便喝師曰向汝道不在又喝作甚麼僧又喝師便打僧禮拜師曰這棒本是汝打我我且打汝要此話大行瞎漢叅堂去

問從上諸聖向甚麼處去師曰不上天堂則入地獄曰和尚又作麼生師曰還知寶應老漢落處麼僧擬議師打一拂子曰你還知喫拂子底麼曰不會師曰正令却是你行又打一拂子

僧叅方入丈室便以手指云敗也師乃拈起柱杖度與僧僧纔接師便打

問僧近離甚處曰長水師曰東流西流曰總不恁麼師曰作麼生僧珍重師便打

僧叅師舉拂子僧曰今日敗缺師放下拂子僧曰猶有這箇在師便打

守廓侍者

師問德山曰從上諸聖向甚麼處去山曰作麼作麼師曰勑點飛龍馬跛鼈出頭來山便休去來日浴出師過茶與山山於背上拊一下曰昨日公案作麼生師曰這老漢今日方始瞥地山又休去

師到鹿門一日見楚和尚與僧道話次鹿門下來問楚和尚你終日披披搭搭作甚麼楚云和尚見某甲披披搭搭那門便喝楚亦喝兩家總休去師云諸上座你看這兩箇瞎漢隨後便喝門歸方丈却令侍者請師上來云老僧適來與楚闍黎賔主相見什麼處敗缺師曰轉見病深門云老僧自見與化來便會也師云和尚到與化時某甲爲侍者記得與麼時語門云請舉看師遂舉與化問和尚甚

處來和尚云五臺來化云還見文殊麽和尚便喝化云我問你還見文殊麽又惡發作麽和尚又喝化不語和尚作禮化至明日敎某甲喚和尚和尚早去也化上堂云你看這箇僧擔條斷貫索向南方去也已後也道見興化來師云今日公案恰似與麽時底門云興化當時爲甚無語師曰見和尚不會賓主句所以不語及欲喚和尚持論和尚已去也鹿門明日特爲煎茶晩叅告衆曰夫叅學龍象直須仔細入室決擇不得容易違得箇語便以爲極則道我靈利只如山僧當初見興化時認得箇動轉底見人道一喝兩喝便休以爲佛法也今日被明眼人覷破却成一塲笑具圖箇甚麽只爲我慢無明不能回轉親近上流賴得明眼道人不惜身命對衆證據此恩難報何故興化云饒你喝得興化老人上三十三天却撲下來一點氣也無欵欵地蘇息起來向你道未在何故如此興化未曾向紫羅帳裏撒真珠與你在胡喝亂喝作麽真謂藥石之言道流難信如今直下分明辨取豈不慶快平生叅學事畢

汝州西院思明禪師

從漪上座到法席旬日常自曰莫道會佛法人覓箇舉話底人也無師聞而黙之漪異日上法堂次師召從漪漪舉首師曰錯漪進三兩步師又曰錯漪近前師曰適來兩錯是上座錯是思明老漢錯曰是從漪錯師曰錯錯乃曰上座且在這裏過夏共汝商量這兩錯漪不肯便去後住相州天平山每舉前話曰我行脚時被惡風吹到汝州有西院長老勘

我連下兩錯更留我過夏待共我商量我不道恁麽時錯我發足向南方去時早知錯了也

寳壽和尚

師開堂日三聖推出一僧師便打聖云與麽爲人非但瞎却這僧眼瞎却鎮州一城人眼去在師擲下柱杖便歸方丈

鳳棲同安常察禪師

僧問學人未曉時機乞師指示師曰叅差松竹籠烟薄重疊峰巒月上遲僧擬進語師曰劍甲未施賊身已露僧曰何也師曰精陽不剪霜前竹水墨徒誇海上龍僧繞禪牀而出師曰閉目食蝸牛一場酸澀苦

新到持錫繞師三匝振錫一下曰凡聖不到處請師道師鳴指三下僧曰同安今日嚇得忘前失後師曰闍黎發足何處僧珍重便出師曰五湖衲子一錫禪人未到同安不妨疑著僧回首曰遠聞不如近見師曰貪他一杯酒失却滿船魚

問僧近離何處曰江西師曰江西法道何似此間曰賴遇問著某甲若問别人則禍生也師曰老僧適來造次曰某甲不是嬰兒徒用正啼黄葉師曰傷鼈恕龜殺活由我僧又問久造玄微如何洞曉師曰老僧耳背分明問將來曰快鷂不打籬邊雀師曰暗中臨鏡誰辨妍媸曰向上機關如何洞曉師曰何必曰休休師曰始解乘舟擬跨劍水

問僧甚處來曰五臺師曰還見文殊麽僧展兩手師曰展手頗多文殊難覩曰氣急殺人師曰不覩雲中雁焉知沙塞寒曰遠邈丈室

乞師一言師曰孫臏門下徒話鑽龜曰名不浪得師曰喫茶去僧珍重便出師曰雖得一場榮刖却一雙足

問僧近離甚處曰太原師曰太原近日法道如何曰只見雲隨日出水逐波生不知太原法道如何師曰豈不是離太原乎曰苦苦師曰不覩海雲色徵覺旱雷聲曰以金易鍮憎真愛假師便歸方丈僧拂袖便出師曰得縮頭時且縮頭

禾山無殷禪師

師至九峰虔公問汝遠來何所見當由何路出生死對曰重昏廓闢盲者自盲虔笑以手揮之曰佛法不如是師不懌請曰豈無方便曰汝問我師理前語問之曰奴見婢殷勤師於是依止十餘年

問習學謂之聞絕學謂之隣過此二者謂之真過如何是真過師曰禾山解打鼓曰如何是真諦師曰禾山解打鼓問即心即佛則不問如何是非心非佛師曰禾山解打鼓曰如何是向上事師曰禾山解打鼓

青峰傳楚禪師

一日洛浦問院主去甚麼處來師曰掃雪來浦曰雪深多少師曰樹上總是浦曰得即得汝向後住箇雪窟定矣後訪白水水曰見說洛浦有生機一路是否師曰是水曰止却生路向熟路上來師曰生路上死人無數熟路上不著活漢水曰此是洛浦底你底作麼生師曰非但洛浦夾山亦不奈何水曰夾山爲甚麼不奈何師曰不見道生機一路

僧問大事已明爲甚麼也如喪考妣師曰不

得春風花不開及至花開又吹落

木平善道禪師

師初謁洛浦問一漚未發已前如何辨其水脉浦曰移舟諳水脉舉棹别波瀾師不契乃叅蟠龍語同前問龍曰移舟不别水舉棹即迷源師從此悟入

郢州桐泉山禪師

師叅黄山山問天門一合十方無路有人道得擺手出漳江師曰蟄户不開龍無龍句山曰是你恁麽道師曰是即直言是不是直言不是山曰擺手出漳江山復問卞和到處荆山秀玉印從他天子傳時如何師曰靈鶴不於林下憇野老不重太平年山深肯之

瑞巖師彦禪師

師初禮巖頭問曰如何是本常理頭曰動也曰動時如何頭曰不是本常理師良久頭曰肯即未脱根塵不肯即永沈生死師遂領悟便禮拜

後謁夾山山問甚處來曰臥龍來山曰來時龍還起也未師乃顧視之山曰炙瘡瘢上更著艾燋曰和尚又苦如此作甚麽山休去

師問夾山與麽即易不與麽即難與麽與麽即惺惺不與麽不與麽即居空界與麽不與麽請師速道山曰老僧瞞闍黎去也師喝曰這老和尚而今是甚時節便出去

羅山道閒禪師

師問石霜起滅不停時如何霜曰直須寒灰枯木去一念萬年去函蓋相應去全清絶點去師不契謁巖頭復如前問頭喝曰是誰起滅師於此有省

師在禾山送同行矩長老出門把柱杖向面前一攧矩無對師曰石牛攔古路一馬生雙駒

保福問巖頭道與麽與麽不與麽不與麽意作麽生師召福福應諾師曰雙明亦雙暗福禮謝三日後却問前日棠和尚垂慈祇爲看不破師曰盡情向汝道了也福曰和尚是把火行山師曰若與麽據汝疑處問將來福曰如何是雙明亦雙暗師曰同生亦同死福又禮謝而退別有僧問福同生亦同死時如何福曰彼此合取狗口僧曰和尚收取口喫飯其僧却問師同生亦同死時如何師曰如牛無角曰同生不同死時如何曰如虎帶角

玄沙師備宗一禪師

師福州閩縣謝氏子少漁於南臺江上及壯忽棄舟從芙蓉山靈訓禪師祝髮芒鞋布衲食纔接氣宴坐終日衆異之初兄事雪峰既而師承之峰以其苦行呼爲頭陀一日峰問阿那箇是備頭陀師曰終不敢誑於人異日峰召曰備陀頭何不徧參去師曰達摩不來東土二祖不往西天峰然之暨登象骨山乃與師同力締搆玄徒臻萃師入室咨決罔替晨昏又閱楞嚴發明心地由是應機敏捷與修多羅冥契諸方玄學有所未決必從之請益至與雪峰徵詰亦當仁不讓峰曰備頭陀再來人也

師辭雪峰云啟和尚人人自由自在某甲如今下山去峰云是誰與麽道師曰是和尚與麽道峰曰汝作麽生師云不自由自在峰云知

雪峰謂師曰有箇南際長老問無有答不得者際一日到雪峰峰令訪師師曰古人道此事惟我能知長老作麼生際曰須知有不求知者師曰山頭老漢喫許多辛苦作麼

師見僧來禮拜乃曰禮拜著因我得禮汝

閩王送荔枝與師師拈起示衆云這箇荔枝得恁麼紅這箇荔枝得恁麼赤諸人作麼生會若道得一色猶是儱侗若道是衆色又落斷常諸人作麼生有僧出云不可不識荔枝師自代云只是荔枝

師一日見三人新到自去打普請鼓三下却歸方丈新到具威儀了亦自去打普請鼓三下却入僧堂久住來白師云新到輕欺和尚師云打鐘集衆勘過大衆集新到不赴師令侍者去喚新到纔至法堂却向侍者背上拍一下云和尚喚你侍者至師處新到便歸堂久住乃問和尚何不勘新到師云我與你勘了也

韋監軍來謁乃曰曹山和尚甚奇怪師曰撫州取曹山幾里韋指旁僧曰上座曾到曹山否曰曾到韋曰撫州取曹山幾里曰百二十里韋曰恁麼則上座不到曹山韋却起禮拜師曰監軍却須禮此僧此僧却具慙愧

師南遊莆田縣排百戲迎接來日師問小塘長老昨日許多喧鬧向甚麼處去也塘提起衲衣角師曰料掉沒交涉

問承和尚有言聞性徧周沙界雪峰打鼓這裏爲甚麼不聞師曰誰知不聞

長慶來師問除却藥忌作麼生道慶曰放憨作麼師曰雪峰山橡子拾食來這裏雀兒放

糞

泉守王公請師登樓先語客司曰待我引大師到樓前便舁却梯客司稟旨公曰請大師登樓師視樓復視其人乃曰佛法不是此道理

師與泉守在室中説話有一沙彌揭簾入見却退步而出師曰那沙彌好與二十柱杖守曰恁麼即某甲罪過師曰佛法不是恁麼

上堂衆集師將柱杖一時趁下却回丈室向侍者道我今日作得一解險入地獄如箭射者曰喜得和尚再復人身

師垂語曰諸方老宿盡道接物利生祇如三種病人汝作麼生接患盲者拈槌豎拂他又不見患聾者語言三昧他又不聞患瘂者教伊說又說不得若接不得佛法無靈驗時有僧出曰三種病人還許學人商量否師曰許汝作麼生商量其僧珍重出師曰不是不是羅漢曰桂琛現有眼耳口和尚作麼生接師曰慚媿便歸方丈

長慶慧稜禪師

師往來雪峰玄沙二十年坐破七箇蒲團不明此事一日捲簾忽然大悟乃有頌曰也大差也大差捲起簾來見天下有人問我是何宗拈起拂子劈口打峰舉謂沙曰此子徹去也沙曰未可此是意識著述更須勘過始得至晚衆僧上來問訊峰問師曰備頭陀未肯汝在汝實有正悟對衆舉來師又頌曰萬象之中獨露身惟人自肯乃方親昔時謬向途中覓今日看來火裏冰峰乃顧沙曰不可更是意識著述師問峰曰從上諸聖傳授一路

請師垂示峰良久師設禮而退峰乃微笑師入方丈參峰曰是甚麽師曰今日天晴好曬麥自此酬問未嘗爽於玄旨

師與保福遊山福問古人道妙峰山頂莫祇這箇便是也無師曰是即是可惜許

師在西院問詵上座曰這裏有象骨山汝曾到麽曰不曾到師曰爲甚麽不到曰自有本分事在師曰作麽生是上座本分事詵乃提起衲衣角師曰爲當祇這箇别更有曰上座見箇甚麽師曰何得龍頭蛇尾

問僧甚處來曰鼓山來師曰鼓山有不跨石門底句有人借問汝作麽生道曰昨夜報慈宿師曰劈脊棒汝又作麽生曰和尚若行此棒不虚受人天供養師曰幾合放過

雪峰問吾見潙山問仰山從上諸聖什麽處去仰云或在天上或在人間汝道仰山意作麽生師云若問諸聖出没處與麽道即不可峰云汝渾不肯忽有人問汝作麽生道師云但道錯峰云是汝不錯師云何異於錯

僧問如何是正法眼師曰有願不撒沙

保福院從展禪師

一日長慶謂師曰寧說阿羅漢有三毒不可說如來有二種語不道如來無語祇是無二種語師曰作麽生是如來語慶曰聾人爭得聞師曰情知和尚向第二頭道慶曰汝又作麽生師曰喫茶去

因舉盤山道光境俱亡復是何物洞山道光境未亡復是何物師曰據此二尊宿商量猶未得勦絶乃問長慶如今作麽生道得勦絶慶良久師曰情知和尚向鬼窟裏作活計慶

却問作麽生師曰兩手扶犁水過膝

上堂有人從佛殿後過見是張三李四若從佛殿前過爲甚麽不見且道佛法利害在甚麽處僧曰爲有一分粗境所以不見師乃叱之自代曰若是佛殿即不見曰不是佛殿還可見否師曰不是佛殿見箇甚麽

鼓山神宴興聖國師

師與招慶相遇次慶曰家常師曰太無厭生慶曰且欵欵師却曰家常慶曰今日未有火師曰太鄙吝生慶曰穩便將取去

師問保福古人道非不非是不是意作麽生福拈起茶盞師曰莫是非好

師示衆云若論此事如一口劍時有僧問承和尚言若論此事如一口劍和尚是死尸學人是死尸如何是劍師云拖出這死尸僧應諾歸衣鉢下結束便行師至晚問首座問話底僧在否座云當時便去也師云好與二十棒

師有偈曰直下猶難會尋言轉更賒若論佛與祖特地隔天涯師舉問僧汝作麽生會僧無語乃謂侍者曰某甲不會請代一轉語者曰和尚與麽道猶隔天涯在僧舉似師師喚侍者問汝爲這僧代語是否者曰是師便打趁出院

問東使只如仰山祇對溈山於面前與一畫意作麽生東使云作家麽師云兒眞箇與麽作麽生東使云日可冷月可熱被師攔胸與一托

清源王太尉問安國了院主云劫火洞然向甚麽處迴避院主云這裏迴避太尉不肯自

代云不迴避進云爲什麽不迴避太尉云他不出頭迴避什麽師云什麽處見他道不出頭

師因與清源王太尉話次云但是世間一切雜學底事盡是網太尉云只如今還網得也無師云太尉吹太尉乃展手云即今有甚麽師云只這一網亦不少

太尉舉南陽喚侍者事趙州云如空中書字雖然不成而文彩已彰師云只如與麽道是宗國師不宗國師太尉云宗與不宗俱是彰也師云只如趙州意旨作麽生太尉云不辜負趙州師云此是句也趙州意作麽生太尉云作麽師云彰也趙州意作麽生太尉無對

鏡清道怤順德禪師

師謁雪峰峰問甚處人曰温州人峰曰恁麽則與一宿覺是鄉人也曰秖如一宿覺是甚麽處人峰曰好喫一頓棒且放過一日師問秖如古德豈不是以心傳心峰曰兼不立文字語句師曰秖如不立文字語句師如何傳峰良久師禮謝峰曰更問我一轉豈不好師曰就和尚請一轉問頭峰曰秖恁麽爲别有商量師曰和尚恁麽即得峰曰於汝作麽生師曰辜負殺人雪峰謂衆曰堂堂密密地師出問是甚麽堂堂密密峰起立曰道甚麽師退步而立雪峰垂語曰此事得恁麽尊貴得恁麽綿密師曰道怤自到來數年不聞和尚恁麽示誨峰曰我向前雖無如今已有莫有所妨麽曰不敢此是和尚不已而已峰曰致使我如此師從此信入普請次雪峰舉溈山道見色便見心汝道還有過也無師曰古人

爲甚麽事峰曰雖然如此要共汝商量師曰恁麽則不如道恁鉏地去師再叅雪峰峰問甚處來師曰嶺外來峰曰甚麽處逢見達摩師曰更在甚麽處峰曰未信汝在師曰和尚莫恁麽粘膩好峰便休

問學人啐請師啄師曰還得活也無曰若不活遭人怪笑師曰也是草裏漢

師一日於僧堂自擊鐘曰玄沙道底玄沙道底僧問玄沙道甚麽師乃畫一圓相僧曰若不久叅爭知與麽師曰失錢遭罪

問學人未達其源請師方便師曰是甚麽源曰其源師曰若是其源爭受方便僧禮拜退侍者問和尚適來莫是成褫伊麽師曰無曰莫是不成褫伊麽師曰無曰未審意旨如何師曰一點水墨兩處成龍

普請鉏草次浴頭請師浴師不顧如是三請師舉钁作打勢頭便走師召曰來來頭回首師曰向後遇作家分明舉似頭後到保福舉前語未了福以手掩其口頭却回舉似師師曰饒你恁麽也未作家

安國弘瑫禪師

師舉國師碑文云得之於心伊蘭作栴檀之樹失之於旨甘露乃蒺藜之園問僧曰一語須具得失兩意汝作麽生道僧舉拳曰不可喚作拳頭也師不肯亦舉拳别示祇爲喚這箇作拳頭

清化全怤禪師

師初叅南塔南塔問從何而來師曰鄂州南塔曰鄂州使君名甚麽師曰化下不敢相觸忤曰此地道不畏師曰大丈夫何必相試南

塔輾然而笑遂乃印可

長生皎然禪師

師久依雪峰一日與僧斫樹次峰曰斫到心且住師曰斫却著峰曰古人以心傳心汝爲甚麽道斫却師擲下斧曰傳峰打一柱杖而去

普請次雪峰負一束藤路逢一僧便拋下僧擬取峰便踏倒歸謂師曰我今日踏這僧快師曰和尚却替這僧入涅槃堂始得峰便休去

雪峰問光境俱亡復是何物師曰放皎然過有道處峰曰放汝過作麽生道曰皎然亦放和尚過峰曰放汝二十棒師便禮拜

玄沙問我觀如來前際不來後際不去今亦無住長老作麽生師云放某甲過有箇道處沙云放你過作麽生道師默然沙云教誰委師云和尚不委沙云情知你向鬼窟裏作活計師休去

太原孚上座

師嘗遊浙中登徑山法會一日於大佛殿前有僧問上座曾到五臺否師曰曾到曰還見文殊麽師曰見曰甚麽處見師曰徑山佛殿前見其僧後適閩川舉似雪峰峰曰何不教伊入嶺來師聞乃趣裝入嶺初至雪峰廨院憩錫因分柑子與僧長慶問甚麽處將來師曰嶺外將來曰遠涉不易擔負將來師曰柑子柑子次日上山雪峰聞乃集衆師到法堂上顧視雪峰便下看知事明日却上禮拜曰某甲昨日觸忤和尚峰曰知是般事便休

保福簽瓜次師至福曰道得與汝瓜喫師曰

把將來福度與一片師接得便去
鼓山問父母未生時鼻孔在甚麽處師曰老兄先道山曰如今生也汝道在甚麽處師不肯山却問作麽生師曰將手中扇子來山與扇子再徵前話師搖扇不對山罔測乃毆師一拳

新羅國大嶺禪師

僧問如何是一切處清淨師曰截瓊枝寸寸是寶析栴檀片片皆香

金峰從志禪師

師問僧發足甚處曰趙州師曰趙州法嗣何人曰南泉師曰你何曾離趙州曰未審和尚尊意如何師曰趙州實嗣南泉僧至晚請益曰今日蒙和尚慈悲某甲未會請和尚指示師曰若到別處莫道後語是金峰底曰爲甚如此曰恐辱他趙州

師一日上堂喫胡餅次乃拈一箇從上座板頭轉一匝大衆見一一合掌師曰假饒十分擡起手也只得一半至晚間有僧請益曰今日和尚行胡餅見衆僧合掌曰假饒十分擡起手也只得一半請和尚全道師以手作拈餅勢曰會麽曰不會師曰金峰也始道得一半

僧問訊次師把住曰輒不得向人道我有一則因緣舉似你僧作聽勢師與一掌僧曰爲甚麽打某甲師曰我要這話行

上堂老僧二十年前有老婆心二十年後無老婆心僧問如何是二十年前有老婆心師曰問凡答凡問聖答聖曰如何是二十年後無老婆心師曰問凡不答凡問聖不答聖

處州廣利容禪師

因僧到師乃竪拂子云貞溪老漢還具眼麼僧云某甲不敢見人過師云老僧死在闍黎手裏僧以手指胸便出去師云闍黎叅見先師來至晚請喫茶了僧拈起盞子云這箇是諸佛出世邊事作麼生是未出世邊事師以手撥却盞云到闍黎死在老僧手裏僧云五里牌在郭門外師云無故惑亂師僧僧遂起謝茶師曰特謝闍黎相訪

鳳棲山同安丕禪師

僧問如何是和尚家風師曰金雞抱子歸霄漢玉兎懷胎入紫微曰忽遇客來將何祇待師曰金果朝來猿摘去玉花晚後鳳銜歸

新到叅師問甚處來曰湖南師曰還知同安這裏風雲體道花檻璇璣麼曰知師曰非公境界僧便喝師曰短販樵人徒誇書劍僧擬進語師曰劒甲未施賊身已露

佛日本空禪師

師謁雲居作禮問曰二龍爭珠誰是得者居曰卸却業身來與子相見師曰業身已卸居曰珠在甚麼處師無對

池州嵇山章禪師

師在投子作柴頭投子同喫茶次謂師曰森羅萬象總在裏許師潑却茶曰森羅萬象在甚麼處子曰可惜一碗茶師後謁雪峰峰問莫是章柴頭麼師乃作輪椎勢峰肯之

朱溪謙禪師

部國師到叅次聞犬齩靈鼠聲韶問是甚麼聲曰犬齩靈鼠聲韶曰既是靈鼠爲何却被犬齩曰齩殺也韶曰好箇大師便打韶曰莫

打某甲話在師休去

雲居道簡禪師

僧問路逢猛虎時如何師曰千人萬人不逢爲甚麽闍黎偏逢

問孤峰獨宿時如何師曰閒却七間僧堂不宿阿誰教汝孤峰獨宿

問古人云若欲保任此事直須向高高山頂立深深海底行意旨如何曰高峰深海迥絶孤危似汝闤闠中軟煖麽

問如何是朱頂王菩薩師曰問這赤頭漢作麽

靈泉歸仁禪師

師初問疎山枯木生華始與他合是這邊句是那邊句山曰亦是這邊句師曰如何是那邊句山曰石牛吐出三春霧靈雀不棲無影林

僧問如何是沙門行師曰恰似箇屠兒曰如何行履師曰破齋犯戒曰究竟作麽生師曰因不收果不入

俗士問俗人還許會佛法否師曰那箇臺無月誰家樹不春

伏龍奉璘禪師

僧問和尚還愛財色也無師曰愛曰既是善知識爲甚麽却愛財色師曰知恩者少

石門獻蘊禪師

師問青林如何用心得齊於諸聖林仰面良久曰會麽師曰不會林曰去無子用心處師禮拜乃契悟更不他遊遂作園頭一日歸侍立次林曰子今日作甚麽來師曰種菜來林曰徧界是佛身子向甚處種師曰金鉏不動

土靈苗在處生林欣然來日入園喚藴闍黎師應諾林曰剩栽無影樹留與後人看師曰若是無影樹豈受栽耶林曰不受栽且止你曾見他枝葉麽師曰不曾見林曰既不曾見爭知不受栽師曰止爲不曾見所以不受栽林曰如是如是

青林將順寂召師師應諾林曰日轉西山後不須取次安師曰雪滿金檀樹靈枝萬古春林曰或有人問你金針線囊事子道甚麽師曰若是羽毛相似者某甲終不敢造次

問不落機關請師便道師曰湛月迅機無可比君今曾問幾人來曰即今問和尚師曰好大哥雲綻不須藏九尾恕君殘壽速歸邱

問月生雲際時如何師曰三箇孩兒抱華鼓好大哥莫來攔我毬門路

般若寺被焚有人問曰既是般若爲甚麽被火燒師曰萬里一條鐵師應機多云好大哥時稱大哥和尚

僧問如如不動時如何師曰有甚麽了日曰如何即是師曰石户非關鎖

重雲暉禪師

僧問要路坦然如何踐履師曰我若指汝則東西南北去也

御選語録卷第三十六

音釋

舀 以沼切遥上聲抒臼也　舶 簿麥切音白海中大船也　瞥 匹滅切篇入聲　漪 於宜切音猗水波也　締 特計切音弟結不解也　囅 丑忍切嗔上聲囅然大笑貌　簽 千廉切音籤簽籯籠也簽書文字也

御選語錄卷第三十七

歷代禪師語錄後集

報慈藏嶼禪師

僧問情生智隔想變體殊祇如情未生時如何師曰隔曰情未生時隔箇甚麽師曰這箇梢郎子未遇人在

雲門文偃禪師

師在雪峰僧問峰如何是觸目不會道運足焉知路峰云蒼天蒼天僧不會遂問師蒼天意旨如何師云三斤麻一疋布僧云不會師云更奉三尺竹峰聞喜云我常疑箇布衲

師在浙中蘊和尚會裏一日因喫茶次舉蘊和尚垂語云見聞覺知是法法離見聞覺知作麽生有旁僧云見定如今目前一切見聞覺知是法法亦不可得師拍手一下蘊乃舉頭師云猶欠一著在蘊云我到這裏却不會師到臥龍問明已底人還見有已麽龍曰不見有已始明得已又問長連牀上學得底是第幾機龍曰是第二機曰如何是第一機龍曰緊峭草鞋

到天童童曰你還定當得麽師曰和尚道甚麽童曰不會則目前包裹師曰會則目前包裹

到鵝湖聞上堂曰莫道未了底人長時浮逼逼地設使了得底明明得知有去處尚乃浮逼逼地師下問首座適來和尚意作麽生曰浮逼逼地師曰首座久在此住頭白齒黃作這箇語話曰上座又作麽生師曰要道即得見即便見若不見莫亂道曰祇如道浮逼逼地又作麽生師曰頭上著枷脚下著杻曰與

麽則無佛法也師曰此是文殊普賢大人境界
問新到你諸方行脚道我知有與我拈三千大千世界來眼睫上著僧云喏師云錢塘爲甚麽去國三千里僧云豈干他事師云者掠虚漢
問首座乾坤大地與你自已是同是別曰同師曰一切物命蛾蛘蟻子是同是別曰同師曰你爲什麽干戈相待
舉座主就華嚴講請翠巖齋巖云山僧有箇問座主若道得即齋巖便拈起胡餅云還具法身麽主云具法身巖云與麽則喫法身也主無語本講座主代云有什麽過巖不肯東使云喏喏師代云特謝和尚降重空筵
問樹凋葉落時如何師云體露金風

有講僧參經時乃曰未到雲門時恰似初生月及乎到後曲彎彎地師得知乃問是你道否曰是師曰甚好吾問汝作麽生是初生月僧乃斫額作望月勢師曰你如此已後失却目在僧經旬日復來師又問你還會也未曰未會師曰你問我僧便問如何是初生月師曰曲彎彎地僧罔措後果然失目
問一生積惡不知善一生積善不知惡此意如何師曰燭
問承古有言了即業障本來空未了應須償宿債未審二祖是了不了師曰確
問新到甚處人曰新羅師曰將甚麽過海曰草賊大敗師引手曰爲甚麽在我這裏曰恰是師曰一任跨跳僧無對
問十二時中如何得不空過師曰向甚麽處

著此一問曰學人不會請師舉師曰將筆硯來僧乃取筆硯來師作一頌曰舉不顧即差互擬思量何劫悟

問一口吞盡時如何曰我在你肚裏曰和尚爲甚麼在學人肚裏師曰還我話頭來

師問嶺中順維那古人竪起拂子放下拂子意旨如何順曰拂前見拂後見師曰如是如是師後舉問僧你道當初諾伊不諾伊僧無對師曰可知禮也

問直歲甚處去來曰刈茆來師曰刈得幾箇祖師曰三百箇師曰朝打三千暮打八百東家杓柄長西家杓柄短又作麼生歲無語師便打

問僧甚處來曰西禪師曰西禪有何言句僧展兩手師與一掌曰某甲話在師却展兩手僧無語師又打

問僧甚麼處來曰禮塔來師曰誑我曰某甲實禮塔來師曰五戒也不持

問僧看什麼經僧云瑜伽論師云義墮也僧云甚麼處義墮師云自領出去

問僧看甚麼經其僧却指旁僧云和尚問何不祇對師云露柱爲甚麼倒退三千里僧云豈干他事師曰學語之流代云洎合不識勢

師見飯頭云汝是飯頭麼云是師云顆裏有幾米米裏有幾顆頭無對代云某甲瞻星望月

王太傅問北院古人道普現色身徧行三昧佛法爲甚麼不到北俱盧州院云祇爲徧行所以不到師云如法置一問來

師坐次有僧非時上來師云作甚麼僧云請

益師云你有甚麽疑僧云某甲曾問和尚一宿覺搬柴柴搬一宿覺師乃敲椅子三下云你作麽生會僧云一切臨時師乃揎拳云我與你相撲一交得麽僧無對次日僧再上值師漱盥次師乃將水碗過與僧云送去厨下著其僧送去了却來師見來乃從後門出去其僧云比來請益秖得一口碗

因供養羅漢問僧今夜供養羅漢你道羅漢還來也無僧無對師曰你問我僧便問師曰換水添香僧曰與麽即來也師云有什麽饅頭餡子速下來

一日行次一僧隨後行師竪起拳云如許大栗子喫得幾箇僧云和尚莫錯師云是你錯僧云莫壓良爲賤師云静處薩婆訶

問如何是一代時教師曰對一說

問不是目前機亦非目前事時如何師曰倒一說

師云古佛與露柱相交是第幾機僧問意旨如何師云一條條三十文買復代前語云南山起雲北山下雨僧又問一條條三十文買如何師云打與

師赴廣主召至府留止供養兩月餘還山謂衆曰我離山得六十七日且問汝六十七日事作麽生衆莫能對師曰何不道和尚京中喫麵多

示衆古德道藥病相治盡大地是藥那箇是你自巳乃曰遇賤即貴僧曰乞師指示師拍手一下拈柱杖曰接取柱杖僧接得拗作兩橛師曰直饒恁麽也好與三十棒

示衆從上祖師三世諸佛說法山河大地草

木爲甚麽不省去代云新到行人事
示衆柱杖子化爲龍吞却乾坤了也山河大地甚處得來
師每顧見僧即曰鑒僧欲酬之則曰咦卒以爲常故門弟子録曰顧鑒咦德山密禪師删去顧字但以鑒咦二字爲頌謂之抽顧頌

芭蕉繼徹禪師

師初叅風穴穴問如何是正法眼師曰泥彈子穴異之次謁先芭蕉蕉上堂舉仰山道兩口一無舌此是吾宗旨師領悟禮拜

承天院辭確禪師

僧問衆罪如霜露慧日能消除時如何師曰亭臺深夜雨樓閣靜時鐘曰爲甚麽因緣會遇時果報還自受師曰管筆能書片舌解語

風穴延沼禪師

師叅南院入門不禮拜院曰入門須辨主師曰端的請師分院於左膝拍一拍師便喝院於右膝拍一拍師又喝院曰左邊一拍且置右邊一拍作麽生師曰瞎院便拈棒師曰莫盲枷瞎棒奪打和尚莫言不道院擲下棒曰今日被黄面浙子鈍置一場師曰和尚大似持鉢不得詐道不饑院曰闍黎曾到此間麽師曰是何言歟院曰老僧好好相借問師曰也不得放過便下叅衆了却上堂頭禮謝院曰闍黎曾見甚麽人來師曰在襄州華嚴與廓侍者同夏院曰親見作家來院問南方一棒作麽商量師曰作奇特商量師却問和尚此間一棒作麽商量院拈柱杖曰棒下無生忍臨機不見師師於言下大徹玄旨遂依止六年

一日南院問曰汝聞臨濟將終時語否曰聞之曰臨濟曰誰知吾正法眼藏向這瞎驢邊滅却渠平生如師子見即殺人及其將死何故屈膝妥尾如此對曰密付將終全主即密又問三聖如何亦無語乎對曰親承入室之真子不同門外之遊人南院頷之

上堂祖師心印狀似鐵牛之機去即印住住即印破祇如不去不住印即是不印即是還有人道得麽時有盧陂長老出問學人有鐵牛之機請師不搭印師曰慣釣鯨鯢澄巨浸却憐蛙步驟泥沙陂注思師喝曰長老何不進語陂擬議師便打一拂子曰還記得話頭麽陂擬開口師又打一拂子時有牧主曰信知佛法與王法一般師曰見甚麽道理主曰當斷不斷反招其亂師便下座

問隨緣不變者忽遇知音時如何師曰披簑側立千峰外引水澆蔬五老前

問九夏賞勞請師言薦師曰出袖拂開龍洞雨泛杯波涌鉢囊花

問如何是清淨法身師曰金沙灘頭馬郎婦

問如何是佛師曰杖林山下竹筋鞭

黃龍誨機超慧禪師

僧問急切相投請師通信師曰火燒裙帶香

僧問風恬浪静時如何師曰百尺竿頭五兩垂

僧問毛吞巨海芥納須彌未是學人本分事如何是學人本分事師曰封了合盤市裏揭

明招德謙禪師

清上座舉仰山插鍬話問師古人意在叉手處插鍬處師召清清應諾師曰還夢見仰山

麽清曰不要上座下語秖要商量師曰若要商量堂頭自有一千五百人老師在

師在疾一日國泰深和尚來問疾侍者通報云深師叔來師令請深纔入方丈師便云阿哪阿哪深師叔救取老僧深云和尚有什麽救處師舉頭一覷云咦眼子烏嵂嵂地依前是舊時深上座乃回身面壁

師問國泰瑫和尚云古人道俱胝秖念三行咒便得名超一切人作麽生與他拈却三行咒便得名超一切人國泰豎起一指師云不因今日爭識得瓜州客

師會迅菴主在高司徒宅見挂彌勒幢子師指彌勒佛喚云菴主主應諾師云這漢還徹也未主無語師云黄連和根煑也未是苦後國泰代合掌云善哉善哉師云和尚與他隣舍住菴即得

嘗與僧擁鑪僧問曰目前無法意在目前不是目前法非耳目所到那句是主那句是賔師指火曰與我向此中拈出一莖眉毛得麽僧曰非但學人盡大地人喪身失命師曰汝因甚麽自把髻投衙耶

師在婺州智者寺居第一座尋常不受淨水主事嗔曰上座不識觸淨爲甚麽不受淨水師跳下牀提起淨瓶曰這箇是觸是淨事無語師乃撲破

羅漢院桂琛禪師

師因插田次見僧問甚處來曰南州師曰彼中佛法如何曰商量浩浩地師曰爭如我這裏栽田愽飯喫曰爭奈三界何師曰喚甚麽作三界

問如何是羅漢一句師曰我向汝道却成兩句

問一佛出世普爲羣生和尚今日爲箇甚麼師曰甚麼處遇一佛曰恁麼即學人罪過師曰謹退

翫月次乃曰雲動有雨去有僧曰不是雲動是風動師曰我道雲亦不動風亦不動曰和尚適來又道雲動師曰阿誰罪過

問僧甚處來曰秦州師曰將得甚麼物來曰不將得物來師曰汝爲甚麼對衆謾語其僧無對師却問秦州豈不是出鸚鵡曰鸚鵡出在隴西師曰也不較多

王太傅上雪峰施衆僧衣時從弇上座不在師弟代上名受衣弇歸弟曰某甲爲師兄上名了弇曰汝道我名甚麼弟無對師代云師兄得恁麼貪又曰甚麼處是貪處又代云兩度上名

師與長慶保福入州見牡丹障子保福曰好一朶牡丹花長慶曰莫眼花師曰可惜許一朶花

師因疾僧問和尚尊候較否師以杖拄地曰汝道這箇還痛否曰和尚問阿誰師曰問汝曰還痛否師曰元來共我作道理

太傅王延彬居士

公一日入招慶佛殿指鉢盂問殿主這箇是甚麼鉢主曰藥師鉢公曰祇聞有降龍鉢主曰待有龍即降公曰忽遇拏雲攫浪來時作麼生主曰他亦不顧公曰話墮也

公到招慶煎茶朗上座與明招把銚忽翻茶銚公問茶鑪下是甚麼朗曰捧鑪神公曰既

是捧鑪神爲甚麽黐却茶朗曰事官千日失在一朝公拂袖便出明招曰朗上座喫却招慶飯了却向外邊打野榸朗曰上座作麽生招曰非人得其便

漳州報恩道熙禪師

師因與保福送書到泉州王太尉尉問漳南和尚近日還爲人也無師曰若道爲人即屈著和尚若道不爲人又屈著太尉來問太尉曰道取一句待鐵牛能齧草木馬解含烟師曰某甲惜口喫飯尉良久又問驢來馬來師曰驢馬不同途尉曰爭得到這裏師曰謝太尉領話

鼓山智嶽禪師

師遊方至鄂州黄龍問久嚮黄龍及乎到來祇見赤斑蛇龍曰汝祇見赤斑蛇不見黄龍師曰如何是黄龍龍曰滔滔地師曰忽遇金翅鳥來又作麽生龍曰性命難存師曰恁麽則被他吞却去也龍曰謝闍黎供養師便禮拜

報國照禪師

佛塔被雷霹有問祖佛塔廟爲甚麽却被雷霹師曰通天作用曰既是通天作用爲甚麽却霹佛師曰作用處何處見有佛曰爭奈狼藉何師曰見甚麽

同安志禪師

先同安將示寂上堂曰多子塔前宗子秀五老峰前事若何如是三舉莫有對者師出曰夜明簾外排班立萬里歌謠道太平安曰須是這驢漢始得

襄州廣德義禪師

師謁先廣德作禮問曰如何是和尚密密處德曰隱身不必須巖谷闤闠堆堆覩者稀師曰恁麽則酌水獻花去也德曰忽然雲霧霭闍黎作麽生師曰採汲不虛施廣德忻然曰大衆看取第二代廣德

襄州廣德周禪師

僧問教中道阿逸多不斷煩惱不修禪定佛記此人成佛無疑此理如何師曰鹽又盡炭又無曰鹽盡炭無時如何師曰愁人莫向愁人說說向愁人愁殺人

石門慧徹禪師

僧問雲光作牛意旨如何師曰陋巷不騎金色馬回途却著破爛衫雲光法師不事戒律誌公曰出家何爲光曰吾不齋而齋食而非食後招報作牛拽車於途誌公見之呼曰雲光牛舉首誌曰何不道拽而非拽牛墮淚跳號而卒

香林澄遠禪師

僧問美味醍醐爲甚麽變成毒藥師曰導江紙貴

問如何是西來的的意師曰坐久成勞

僧問北斗裏藏身意旨如何曰月似彎弓少雨多風問如何是室内一燈曰三人證龜成鼈問如何是衲衣下事曰臘月火燒山問魚游陸地時如何曰發言必有後救僧云却下碧潭時如何曰頭重尾輕

問一子出家九族盡得解脱目連爲甚麽母入地獄師曰確

將示寂辭知府宋公璫曰老僧行脚去通判曰這僧風狂八十歲行脚去那裏宋曰大善知識去住自由歸謂衆曰老僧四十年方打成一片言訖而逝

新開院顥鑒禪師

師問僧遊山來爲佛法來曰清平世界說甚麽佛法師曰好箇無事禪客曰早是多事了也師曰上座去年在此過夏了曰不曾師曰與麽則先來不相識下去

問祖意教意是同是別師曰雞寒上樹鴨寒下水

洞山守初宗慧禪師

師曰言無展事語不投機乘言者喪滯句者迷於此四句語中見得分明也作箇脫灑衲僧根椽片瓦粥飯因緣堪與人天爲善知識於此不明終成莽鹵

問僧甚處來曰汝州師曰此去多少曰七百里師曰踏破幾緉草鞋曰三緉師曰甚處得錢買曰打笠子師曰叅堂去僧應諾

問僧莫便是新到否曰是師曰夜來投棲處今朝事如何曰今朝風較急青山背上行師曰不是更道曰珍重師便打

問不向心頭安了義如何得達祖師言師曰六脚蜘蛛上板牀

金陵奉先深禪師

師同明和尚在衆時聞僧問法眼如何是色眼暨起拂子或曰雞冠花或曰貼肉汗衫二人特往請益問曰承聞和尚有三種色語是否眼曰是師曰鷂子過新羅便歸衆時李主在座下不肯乃白法眼曰寡人來日致茶筵請二人重新問話明日茶罷備綵一箱劒一口謂二師曰上座若問話得是奉賞雜綵一箱若問不是祇賜一劒法眼陞座師復出問今日奉勅問話師還許也無眼曰許曰鷂子

過新羅捧絲便行大衆一時散去時法燈作維那乃鳴鐘集衆僧堂前勘師衆集燈問承聞二上座久在雲門有甚奇特因緣舉一兩則來商量看師曰古人道白鷺下田千點雪黄鸝上樹一枝花維那作麽生商量燈擬議師打一坐具便歸衆

師同明和尚到淮河見人牽網有魚從網透出師曰明兄俊哉一似箇衲僧相似明曰雖然如此爭如當初不撞入網羅好師曰明兄你欠悟在明至中夜方省

大容諲禪師

僧問既是大容爲甚麽趣出僧師曰大海不容塵小谿多揺擺

問如何是古佛一路師指地僧曰不問這箇師曰去

師與一老宿相期他往偶因事不去宿曰佛無二言師曰法無一向

華嚴慧禪師

僧問承古有言妄心無處即菩提正當妄時還有菩提也無師曰來音已照曰不會師曰妄心無處即菩提

西禪欽禪師

僧問如何是函蓋乾坤句師曰天上有星皆拱北曰如何是截斷衆流句師曰大地坦然平曰如何是隨波逐浪句師曰春生夏長

洞山清稟禪師

師叅雲門門問今日離甚處曰慧林門舉柱杖曰慧林大師恁麽去汝見麽師曰深領此問門顧左右微笑而已

白雲智作禪師

僧問如何是枯木裏龍吟師曰火裏蓮生曰如何是髑髏裏眼睛師曰泥牛入海

北禪寂禪師

師問僧甚處來曰黃州師曰夏在甚處曰資福師曰福將何資曰兩重公案師曰爭奈在北禪手裏曰在手裏即收取師便打僧不甘師隨後趁出

首山省念禪師

師與眞園頭同上問訊風穴次穴問眞曰作麽生是世尊不說說眞曰鵓鳩樹頭鳴穴曰汝作許多癡福作麽何不體究言句又問師曰汝作麽生師曰動容揚古路不墮悄然機穴謂眞曰汝何不看念法華下語

問僧不從人薦得底事試道看僧便喝師曰好好相借問惡發作麽僧又喝師曰今日放過即不可僧擬議師喝之

問有一人蕩盡來時師還接否師曰蕩盡即置那一人是誰曰風高月冷師曰僧堂内幾人坐臥僧無對師曰賺殺老僧

問如何是梵音相師曰驢鳴犬吠乃曰要得親切第一莫將問來問還會麽問在答處答在問處汝若將問來問老僧在汝脚底汝若擬議即没交涉時有僧出禮拜師便打僧便問挂錫幽巖時如何師曰錯僧曰錯師又打

師問僧近離甚處僧曰襄州師云路上曾逢達摩也無僧近前云不審師云這箇是驢前馬後底僧云和尚又如何師曰非公境界且坐喫茶僧纔坐師又問在甚麽處過夏僧云石門師云水牯牛安樂麽僧云及時水草師曰爲甚麽傷人苗稼僧云對和尚不敢造次

師云放過即不可便打

黑水和尚

師參黃龍問雪覆蘆花時如何龍曰猛烈師曰不猛烈龍又曰猛烈師又曰不猛烈龍便打於此有省便禮拜

棗樹和尚

師問僧近離甚處曰漢國師曰漢國天子還重佛法也無曰苦哉賴値問著某甲問著別人則禍生師曰作甚麽曰人尚不見有何佛法可重師曰闍黎受戒來多少時曰二十夏師曰大好不見有人便打

清涼休復禪師

僧問古人得箇甚麽即便休歇去師曰汝得箇甚麽即不休歇去

龍濟紹修禪師

示衆具足凡夫法凡夫不知具足聖人法聖人不會聖人若會即是凡夫凡夫若知即是聖人此語具一理二義若人辨得不妨於佛法中有箇入處若辨不得莫道不疑好

又云是柱不見柱非柱不見柱是非已去了是非裏薦取

問如何得出三界師曰是三界則一任出曰不是三界又如何師曰甚麽處不是三界

問僧甚處來曰翠巖師曰翠巖有何言句示徒曰尋常道出門逢彌勒入門見釋迦師曰與麽道又爭得曰和尚又如何師曰出門逢阿誰入門見甚麽僧於言下有省

上堂聲色不到處病在見聞言詮不及處過在脣吻僧問離却聲色請和尚道師曰聲色裏問將來

廣平玄旨禪師

僧問如何是廣平境師曰地負名山秀谿連海水清曰如何是境中人師曰汝問我答問如何是法身體師曰廓落虛空絕點瑕曰如何是體中物師曰一輪明月散秋江曰未審體與物分不分師曰適來道甚麼曰恁麼則不分也師曰穿耳胡僧笑點頭

靈峰志恩禪師

僧問如何是靈峰境師曰萬疊青山如釘出兩條綠水若圖成曰如何是境中人師曰明明密密密密明明

郢州梁山緣觀禪師

師會下有箇園頭參得禪衆中多有不信者一日有僧去撩撥他要其露箇消息乃問園頭何不出問堂頭一兩則話結緣園頭云我除是不出問若出須教這老漢下禪牀立地在及梁山上堂果出問曰家賊難防時如何山曰識得不爲冤曰識得後如何山云貶向無生國裏曰莫是他安身立命處也無山云死水不藏龍曰如何是活水裏龍山云興波不作浪曰忽然傾湫倒嶽時如何梁山果然從法座上走下把住云闍黎莫教濕著老僧袈裟角

智門光祚禪師

上堂一法若有毗盧墮在凡夫萬法若無普賢失其境界正當恁麼時文殊向甚麼處出頭若也出頭不得金毛師子腰折幸好一盤飯莫待糝薑椒

上堂山僧記得在母胎中有一則語今日舉似大衆諸人不得作道理商量還有人商量

得麽若商量不得三十年後不得錯舉

開福賢禪師

僧問如何是衲僧活計師曰耳裏種田

上堂不用思而知不用慮而解知解俱泯合談何事師曰一葉落天下秋

乾明睦禪師

師問洞山停機罷賞時如何洞山曰水底弄傀儡師曰誰是看戲者洞山曰停機罷賞者

師曰恁麽則知音不和也洞山曰知音底事作麽生師曰大盡三十日洞山曰未在更道

師曰某甲合喫和尚手中痛棒洞山休去

西峰雲豁禪師

師早扣諸方晚見清涼問佛未出世時如何清涼曰雲遮海門樹曰出世後如何清涼曰擘破鐵圍山師於言下大悟清涼印可之

大歴和尚

僧問施主供養將何報答師以手撚髭曰有髭即撚無髭又如何師曰非公境界

連州寶華和尚

師問僧甚處來曰大容來師曰大容近日作麽生曰近來合得一甕醬師喚沙彌將一碗水來與這僧照影

月華山月禪師

有一老宿上法堂東西顧視曰好箇法堂要且無主師聞乃召曰且坐喫茶宿問曰玄中最的猶是龜毛兎角不向二諦中修如何密用師曰側宿曰恁麽則拗折柱杖割斷草鞋去也師曰細而詳之

蘄州五祖師戒禪師

湖州上方嶽禪師至丈室師曰上人名甚麽

對曰齊嶽師曰何似泰山嶽無語師即打趯
翌日復謁師曰汝作甚麼嶽回首以手畫圓
相呈之師曰是甚麼嶽曰老老大大胡餅也
不識師曰趁鑪竈熱更褡一箇嶽擬議師拽
拄杖趯出門及數日後嶽再詣乃提起坐具
曰展則大千沙界不展則毫髮不存爲復展
即是不展即是師遽下繩牀把住云既是熟
人何須如此嶽又無語師又打出

福昌善禪師

僧問如何是正法眼師曰夜觀乾象曰學人
不會意旨如何師曰日裏看山

法眼文益禪師

僧問聲色兩字甚麼人透得師却謂衆曰諸
上座且道這僧還透得也未若會此僧問處
透聲色也不難

師問修山主毫氂有差天地懸隔兄作麼生
會修曰毫氂有差天地懸隔師曰恁麼會又
爭得修曰和尚如何師曰毫氂有差天地懸
隔修便禮拜

因僧來參次師以手指簾尋有二僧齊去捲
簾師云一得一失

問覺上座船來陸來曰船來師曰船在甚麼
處曰在河裏覺退師問旁僧曰你道適來這
僧具眼不具眼

師令僧取土添蓮盆僧取土到師曰橋東取
橋西取曰橋東取師曰是眞實是虛妄

問僧甚處來曰泗州禮拜大聖來師曰今年
大聖出塔否曰出師却問旁僧曰汝道伊到
泗州不到

雲門問僧甚處來曰江西來門曰江西一隊

老宿寱語住也未僧無對後僧問師不知雲門意作麽生師曰大小雲門被這僧勘破

生法師曰敲空作響擊木無聲師忽聞齋魚聲謂侍者曰還聞麽適來若聞如今不聞如今若聞適來不聞會麽

師見僧搬土次乃以一塊土放僧擔上曰吾助汝僧曰謝和尚慈悲師不肯一僧别云和尚是甚麽心行師便休去

問六處不知音時如何師曰汝家眷屬一羣子師又曰作麽生會莫道恁麽來問便是不得汝道六處不知音眼處不知音耳處不知音若也根本是有爭解無得古人道離聲色著聲色離名字著名字所以無想天修得經八萬大劫一朝退墮諸事儼然葢爲不知根本眞實次地修行三生六十劫四生一百劫

如是直到三祇果滿他古人猶道不如一念緣起無生超彼三乘權學等見又道彈指圓成八萬門剎那滅却三祇劫也須體究若如此用多少氣力

汾陽善昭禪師

僧問如何是接初機底句師曰汝是行脚僧

又問如何是辨衲僧底句師曰西方日出卯

又問如何是正令行底句師曰千里特來呈舊面又問如何是立乾坤底句師曰北俱盧洲長粳米食者無嗔亦無喜又曰只將此四轉語驗天下衲僧纔見汝出來驗得了也

問大悲千手眼如何是正眼師曰瞎曰恁麽則一條柱杖兩人舁師曰三家村裏唱巴歌曰恁麽則和尚同在裏頭師曰謝汝慇懃

鄭工部到茶話次鄭呈師偈曰黄紙休遮眼

青雲自有陰莫將閒學解埋没祖師心復云只將此偈驗天下長老師曰與麼則汾陽也在裏頭云擔枷過狀師云更不再勘鄭云兩重公案師云知即得鄭良久師噓一聲鄭云文寶文寶師云在甚所在鄭云不容某甲出氣爭得嗔他道淹滯長老在此師曰是何言歟鄭云實師云也不得放過鄭云請師一偈師云不開紙墨隨示偈云荒草尋幽徑巖松迥布陰幾多玄學客失却本來心

上堂謂衆曰夫說法者須具十智同眞作麼生是十智同眞與諸上座點出一同一質二同大事三總同叅四同眞智五同徧普六同具足七同得失八同生殺九同音吼十同得入又曰與甚麼人同得入與阿誰同音吼作麼生是同生殺甚麼物同得失阿那箇同具足是甚麼同徧普何人同眞智孰能總同叅那箇同大事何物同一質有點得出底麼點得出者莫吝慈悲點不出來未有叅方眼在切須辨取要識是非面目見在不可久立珍重

承天三交智嵩禪師

師辭首山山以杖杖送師師接得有偈曰和尚杖杖照破龍象臨濟家風落在我掌山云莫相帶累師打山一坐具山曰果然帶累師云今日捉敗這老漢山云又似得便宜又似落便宜

楊侍郎李駙馬與師問答問彌陁演化於西方達摩傳心於東土胡來漢現水到渠成五嶽鎭靜以崢嶸百谷朝宗而浩渺一靈之性託境現形三有之中憑何立命師云仙人無

婦玉女無夫楊云尼剃頭不復生子師云陜府鐵牛能哮吼嘉州大像念摩訶李云側跳上山巔師云騎牛不著靴

問玄沙不出嶺保壽不渡河善財叅知識五十三員惠遠結黒白一十八士雪峰三度上投子智者九旬講法華遮六箇漢爲復野干鳴爲復獅子吼速道速道師云水急魚行澀峰高鳥不棲楊云泗州大聖師云土上加泥更一重李云舌上覆金錢師曰半夜歌樂動誰是得知音

師作宗本頌左顧右覻黄昏莽鹵展手回來早是彰露且道作麼生是彰露底句楊云正殺人時努出頭師云兩脚捎空手叉胸李云左鬢右髮隱文章師云名利已彰天下去了頭女子倒騎牛師復云維摩一默文殊賛善若遇老僧在彼各與三十棒且道這二老漢過在什麼處楊云頭破作七分如阿黎樹枝師云迦葉不擎拳阿難不合掌李云似犢牛兒未用角時師云忙屈拳打令師復云教有明文佛身充滿於法界老僧今日充滿於法界侍郎即今在甚麼處楊云布裙一截泥努出膝蓋子師云寬口布袴三尺杖李云河水一擔值三文師云只見鼻頭津不見項後濕

廣教歸省禪師

師叅首山山一日舉竹篦問曰喚作竹篦即觸不喚作竹篦則背喚作甚麼師掣得擲地上曰是甚麼山曰瞎師於言下豁然頓悟

問維摩丈室不以日月爲明和尚丈室以何爲明師曰眉分八字曰未審意旨如何師曰雙耳垂肩

問如何是和尚深深處師曰猫有歃血之功虎有起尸之德曰莫便是也無師曰碓搗東南磨推西北

問忽遇大闡提人來還相爲也無師曰法久成弊曰慈悲何在師曰年老成魔

問己事未明以何爲驗師曰鬧市裏打靜槌曰意旨如何師曰日午點金燈

僧問聞鐘聲只有這箇聲爲復別有師曰腦後三斤

問一僧曰近離什麽處僧曰東京師曰你因甚口上破僧曰和尚也須仔細師曰七棒對十三庫下喫茶去

師到洞山問洞山廓然無依法歸何處山云三番羯磨師云恁麽即知音不和也山云知音不和底事作麽生師云龜毛拂子長三尺山云你因什麽眉鬚墮落師便禮拜

神鼎洪諲禪師

有僧自汾州來師倚柱杖曰一朶峰巒上獨樹不成林時如何僧曰水分江樹淺遠澗碧泉深又問作麽生是回互之機僧曰盲人無眼又問曰我在衆時不會汾陽一偈上座久在法席必然明了僧曰請和尚舉看師曰鵓王飛鳥去馬頭嶺上住天高葢不得大家總上路作麽僧舉起坐具曰萬年松在祝融峰師曰不要上座答話試說看僧曰忽憶少年曾覽照十分光彩臉邊紅即拂衣去師曰弄巧成拙

師住神鼎以一朽牀爲說法座其甘枯淡無比德臘俱高諸方尊之如古趙州

谷隱蘊聰慈照禪師

師到太陽玄和尚問近離甚處師曰襄州陽曰作麽生是不隔底句師曰和尚住持不易陽曰且坐喫茶師便衆去侍者問適來新到祇對住持不易和尚爲甚麽教坐喫茶陽曰我獻他新羅附子他酬我舶上茴香你去問他有語在侍者請師喫茶問適來祇對和尚道住持不易意旨如何師曰真鍮不博金僧侍立次師問甚麽處坐曰後架裏坐師曰你向甚麽處舉話曰與主人公舉話師曰主人公姓甚麽曰不得姓師曰名甚麽曰不得名師曰恁麽則不識主人公也僧便喝師不對

問古人索火意旨如何師曰任他滅曰滅後如何師曰初三十一

問寸絲不挂法網無邊爲甚麽却有迷悟師曰兩桶一擔

上堂十五日已前諸佛生十五日已後諸佛滅十五日已前諸佛生你不得離我這裏若離我這裏我有鈎子鈎你十五日已後諸佛滅你不得住我這裏若住我這裏我有錐子錐你且道正當十五日用鈎即是用錐即是遂有偈曰正當十五日鈎錐一時息更擬問如何回頭日又出

廣慧元璉禪師

師初依招慶真覺禪師日事炊爨有閒誦經真覺見而問曰汝念甚麽經對曰維摩經真覺曰經在這裏維摩在甚麽處師茫然無以酬泣涕曰大丈夫漢被人一問無詞可措豈不媿哉於是謁閩中尊宿歷五十餘員不能契旨遂趨河南首山山問近離甚處師曰漢

上山竪起拳曰漢上還有這箇麽師曰這箇是甚麽盌鳴聲山曰瞎師曰恰是拍一拍便出他日又問學人親到寶山空手回時如何山曰家家門前火把子師當下大悟云某甲不疑天下老和尚舌頭也山曰汝會處作麽生與我說來看師曰秪是地上水碙砂也山曰汝會也師便禮拜

許郎中式漕西蜀經由謁師適接見於佛前許曰先拜佛先拜長老師曰蝦蟇吞大蟲許曰恁麽則總不拜去也師曰運使話墮許曰許長老具一隻眼師以衣袖便拂許曰今日看破便禮拜

住後楊億侍郎問天上無彌勒地下無彌勒未審在甚麽處師曰敲磚打瓦又問風穴道金沙灘頭馬郎婦意旨如何師曰更道也不及

鹿門慧昭山主

楊億侍郎問曰入山不畏虎當路却防人時如何師曰君子坦蕩蕩

智門罕迥禪師

師爲北塔僧使點茶次師起揖曰僧使近上坐使曰鷂子頭上爭敢安巢師曰棒上不成龍隨後打一坐具使茶罷起曰適來却成觸忤和尚師曰江南杜禪客覓甚麽第二盌

太陽警玄禪師

師遊方初到梁山問如何是無相道場梁山指觀音曰這箇是吳處士畫師擬進語梁山急索曰這箇是有相底那箇是無相底師遂有省便禮拜梁山曰何不道取一句師曰道即不辭恐上紙筆梁山笑曰此語上碑去在

石霜誠禪師

僧問古者道捲簾當白晝移榻對青山如何是捲簾當白晝師曰過淨瓶來曰如何是移榻對青山師曰却安舊處著

上堂云心外無法法外無心隨緣蕩蕩更莫沉吟你等諸人纔上階道便好回去更要待第二杓惡水潑作甚麼

泐潭澄禪師

師一日見僧披衲師曰得恁麼好針線曰祇要牢固師曰打草驚蛇作甚麼曰客來須看師曰祇有這箇更別有曰雲生嶺上師曰未在更道曰水滴巖前

御選語錄卷第三十七

音釋

確克角切音殻堅也　縧他刀切音韜扁緒也編縧繩也　驏陟扇切展去聲　幀猪孟切音倀開張畫繪也　陂逋眉切音碑阪也　䫋與擭同　緉良樊切音兩雙屨也　搕擡上克盍切音榼下悉盍切音昝搕擡糞色也　犢徒谷切音獨牛子也

御選語錄卷第三十八

歷代禪師語錄後集

雪竇重顯禪師

師造智門即伸問曰不起一念云何有過門召師近前師纔近前門以拂子驀口打師擬開口門又打師豁然開悟留止五年盡得其道乃復徧叅

師到大龍爲知客一日問曰語者黙者不是非語非黙更非總是總不是拈却大用現前時人知有未審大龍如何龍曰子有如是見解師曰這老漢瓦解氷消龍曰放你三十棒師禮拜歸衆龍却喚適來問話底僧來師便出龍曰老僧因甚麽瓦解氷消師曰轉見敗闕龍作色曰旪耐旪耐師休去後舉似南嶽雅和尚雅曰大龍何不與本分草料師曰和尚更須行脚

問羅漢林曰法爾不爾如何指南林曰只爲法爾不爾師曰大衆記取某甲話頭拂衣歸衆林下堂却令侍者請師至方丈問上座適來不肯老僧那師曰和尚當代宗匠焉敢不肯林曰你爲甚拂衣歸衆師曰還許某甲說道理也無師曰你說看師拍一拍下去

僧問遠離翠峰祖席巳臨雪竇道場未審是一是二師曰馬無千里謾追風曰恁麽則雲散家家月師曰龍頭蛇尾漢

師問新到甚處人僧提起坐具師曰蝦跳不出斗僧曰蹐跳師便打僧曰更蹐跳師又打僧便走師喚回僧作禮曰觸忤和尚師曰我要這話行你又走作甚麽僧曰巳徧天下了也師復打五棒僧曰有諸方在師曰你只管

喫棒師又喚第二底近前來問甚處人僧曰鼎州人師曰敗也僧曰青天白日師曰兩重公案僧曰恰是師以柱杖指曰你擬踍跳僧擬議師亦打五棒叅頭曰這僧喫棒與某甲不同師一時喚近前僧珍重便走師隨後與一柱杖

問僧名甚麼云義懷師云何不名懷義云當時致得師云誰與汝安著云某甲受戒來十年也師云行脚費却多少草鞋云和尚莫謾人好師云我也沒量罪過汝作麼生僧無語師云脫空謾語漢便打

僧問猿抱子歸青嶂裏鳥銜花落碧巖前古人意旨如何曰夾山猶在曰和尚如何曰依稀似曲纔堪聽又被風吹別調中僧却問如何是翠峰境曰春至桃花亦滿溪僧禮拜師曰山僧今日敗闕有人點檢得出許他頂門上具一隻眼便下座

宗首座到方擬人事師約住云既知信之韜略便須拱手歸降宗云今日敗闕師云劍刃未施賊身已露宗云氣急殺人師云敗將不斬宗云是師云禮拜著宗云三十年後有人舉在師云已放你過

與數僧遊山次見牯牛舉頭師問牯牛舉頭作甚麼僧云怕和尚穿却師不肯自云看入草底

首座寫真師曰既是首座爲甚麼却有兩箇曰爭之不足師曰你問我我與你道座擬問師曰雪竇門下

雪峰欽山主

上堂昨日一今日二不用思量快須瞥地不

暜地蹉過平生沒巴鼻咄

洞山曉聽禪師

師遊方時在雲居作燈頭見僧說泗州大聖近日在揚州出現有設問曰既是泗州大聖爲甚麼却向揚州出現師曰君子愛財取之以道後僧舉似蓮花峰祥庵主主大驚曰雲門兒孫猶在中夜望雲居拜之

師嘗負柴上山路逢一僧問山上有柴何故向山下擔柴師放柴於地曰會麽曰不會師曰我要燒

發供養主示衆云住持之道勞他十方高人且實際理地不受一塵佛事門中不捨一法蓋爲清衆之故所以忘勞然盡大地作一胡餅天下人盡得喫惟有深沙神不得喫怒發將蒺藜杖打一棒瓦解氷消

師手植萬松於東嶺而恒誦金剛般若經山中人因名其嶺曰金剛方植松而寶禪師至時親自五祖來師問上嶺一句作麼生道寶曰氣急殺人師拄钁呵曰從何得此隨語生解阿師見問上嶺便言氣急佛法却成流布寶請代語師曰氣喘殺人

逍遥問嶺在此金剛在何處師指曰此一株是老僧親栽

因事示衆天晴蓋却屋乘乾刈却禾早輸王稅了鼓腹唱巴歌

金陵天寶和尚

僧問如何是和尚家風師曰列半作三曰學人未曉師曰鼻孔針筒

清凉泰欽法燈禪師

師在衆曰性豪逸不事事衆易之法眼獨契

重法眼一日問衆曰虎項金鈴是誰解得衆無對師適至法眼舉前語問師曰繫者解得法眼曰汝輩輕渠不得

上堂有僧出禮拜師曰道者前時謝汝請我將甚麼與汝好僧擬問次師曰將謂相悉却成不委

報恩慧明禪師

一日有新到叅師問近離甚處曰都城師曰上座離都城到此山則都城少上座此間剩上座剩則心外有法少則心法不周說得道理即住不會即去僧無對

資巖長老問如何是現前三昧師曰還聞麼巖曰某甲不患聾師曰果然患聾

師尋遷天台山白沙卓庵有朋彥上座博學強記來訪師敵論宗乘師曰言多去道轉遠今有事借問祇如從上諸聖及諸先德還有不悟者也無彥曰若是諸聖先德豈有不悟者哉師曰一人發眞歸源十方虛空悉皆消殞今天台山嶷然如何得消殞去彥無對

雲居清錫禪師

有廖天使入院見供養法眼眞乃問曰眞前是什麼果子師曰假果子廖曰既是假果子何以將供養眞師曰也祇要天使識假

羅漢院智依禪師

師問僧今夏在甚麼處僧曰在無言上座處師曰還曾問訊他否僧曰也曾問訊師曰無言作麼生問得僧曰若得無言甚麼處不問得師喝曰恰似問老兄

師與彥端長老喫餅餤端曰百種千般其體不二師曰作麼生是不二體端拈起餅餤師

曰祇守百種千般端曰也是和尚見處師曰汝也是羅公詠梳頭樣

上堂盡十方世界無一微塵許法與汝作見聞覺知還信麽然雖如此也須悟始得莫將爲等閑不見道單明自己不悟目前此人祇具一隻眼還會麽僧問纖塵不立爲甚麽好醜現前師曰分明記取别處問人

報恩玄則禪師

上堂諸上座盡有常圓之月各懷無價之珍所以月在雲中雖明而不照智隱惑内雖真而不通無事久立

僧問如何是不動尊師曰飛飛颺颺

寶塔紹巖禪師

吳越王命師開法上堂云今日大王施張法筵致請山僧祇圖諸仁者明心此外别無道理諸仁者還明心也未莫不是語言談笑時凝然杜默時參尋知識時道伴商略時觀山翫水時耳目絶對時是汝心否如上所解盡爲魔魅所攝豈曰明心更有一類人離身中妄想外别認徧十方世界含日月包太虚謂是本來真心斯亦外道所計非明心也諸仁者要會麽心無是者亦無不是者汝擬執認其可得乎

棲賢圓禪師

上堂出得僧堂門見五老峯一生參學事畢何用更到這裏來雖然如此也勞上座一轉了也珍重

石霜慈明禪師

師謁唐明嵩禪師嵩謂師曰楊大年内翰知見高入道穩實子不可不見師乃往見大年

年問曰對面不相識千里却同風師曰近奉山門請年曰眞個脱空師曰前月離唐明年曰適來悔相問師曰作家年便喝師曰恰是年復喝師以手劃一劃年吐舌曰眞是龍象師曰是何言歟年喚客司點茶來元來是屋裏人師曰也不消得茶罷又問如何是上座爲人一句師曰切年曰與麼則長裙新婦拖泥走師曰誰得似内翰年曰作家作家師曰放你二十棒年拊膝曰這裏是甚麼所在師拍掌曰也不得放過年大笑又問記得唐明當時悟底因緣麼師曰唐明問首山如何是佛法的的大意山曰楚王城畔汝水東流年曰秖如此語意旨如何師曰水上挂燈毬年曰與麼則孤負古人去也師曰内翰疑則別參年曰三脚蝦蟇跳上天師曰一任跨跳年乃大笑館於齋中

師謁李督尉公聞謁使童子問曰道得即與上座相見師曰今日特來相看又令童子曰碑文刋白字當道種青松師曰不因今日節餘日定難逢童又出曰都尉言與麼則與上座相見去也師曰脚頭脚底公乃出坐定問曰我聞西河有金毛獅子是否師曰甚處得這消息公便喝師曰野干鳴公又喝師曰恰是公大笑師辭公問如何是上座臨行一句師曰好將息公曰何異諸方師曰都尉又作麼生公曰放上座二十棒師曰專爲流通公又喝師曰瞎公曰好去師應喏喏自是往來楊李之門以法爲友久之辭還河東年曰有一語寄與唐明得麼師曰明月照見夜行人年曰却不相當師曰更深猶自可午後更愁

人年曰開寶寺前金剛近日因甚麽汗出師曰知年曰上座臨行豈無爲人底句師曰重疊關山路年曰與麽則隨上座去也師噓一聲年曰眞獅子兒大獅子吼師曰放去又收來年曰適來失脚蹋倒又得家童扶起師曰有甚麽了期年大笑師還唐明

謁神鼎諲禪師鼎首山高弟望尊一時衲子非人類精奇無敢登其門者門弟子氣吞諸方師髮長不剪敝衣楚音通謁稱法姪一衆大笑鼎遣童子問長老誰之嗣師仰視屋曰親見汾陽來鼎杖而出顧見頎然問曰汾州有西河師子是否師指其後高叫曰屋倒矣童子返走鼎回顧相矍鑠師地坐脱隻履而示之鼎老忘所問又失師所在師徐起整衣且行且語見面不如聞名遂去鼎遣人追之不可歎曰汾州乃有此兒耶

問行脚不逢人時如何師曰釣絲絞水

問磨礲三尺劒去化不平人師意如何師曰好去僧曰𪍿師曰你看僧拍手一下歸衆師曰了

問僧近離甚處曰雲過千山碧師曰著忙作麽曰鴈過水聲凄師便喝僧亦喝師便打僧亦打師曰你看這瞎漢本分打出三門外念你是新到且坐喫茶

師問顯英首座近離甚處曰金鑾曰去夏在甚處曰金鑾曰前夏在甚處曰金鑾曰先前夏在甚處曰和尚何不領話曰我也不能勘得汝教庫下供過奴子來勘且𪍿一碗茶與汝濕口

師室中晏坐橫刀水盆之上旁置草鞋使來

叅扣者下語無有契其機者

又冬日牓僧堂作此字°°°二一三儿聊拙其下注云若人識得不離四威儀中有首座者見之謂曰和尚今日放叅師聞而笑之

法華全舉禪師

師得法汾陽徧歷諸方首謁荊南福昌善禪師善問曰回互不回互師曰總不與麼曰爲甚麼巳喫福昌棒師曰一家有事百家忙曰脫空謾語師曰調琴澄太古琢句體全眞

謁公安遠禪師遠問作麼生是伽藍師曰深山藏獨虎淺草露羣蛇曰作麼生是伽藍中人師曰青松蓋不帀黃葉豈能遮曰道什麼師曰少年翫盡天邊月老倒扶桑没日頭曰一句兩句雲開月露作麼生師曰照破祖師關

謁夾山眞首座眞曰還見麼師曰萬事全無曰還不見麼師曰千般皆在手師曰首座未見澄散聖時如何曰湖南江西又問見後如何曰江西湖南師曰却共首座一般耶曰打草驚蛇師曰終不捏怪

謁大愚芝禪師芝問古人見桃花意作麼生師曰曲不藏直曰那箇且從者箇作麼生師曰市中拾得寶比鄰那得知曰上座還知麼師曰路逢劍客須呈劍不是詩人不獻詩曰作家詩客師曰一條紅線兩人牽曰元沙道諦當又作麼生師曰海枯終見底人死不知心曰恰是師曰樓閣凌雲勢峰巒疊翠層

謁五祖戒禪師戒問作麼生是絕羈絆底人師曰反手把籠頭曰却是作家師曰背鞭打不著曰爲什麼上來下去師曰甚處見上來

下去戒便打師曰一言無別路千里不逢人
謁雪竇顯禪師竇問牛喫草草喫牛師曰回
頭欲就尾已隔萬重關曰應知無背面要須
常現前師曰驗在目前曰自領出去
到瑯琊覺和尚處琊問近離甚處師曰兩浙
曰船來陸來師曰船來曰船在甚處師曰步
下曰不涉程途一句作麼生道師以坐具摵
一摵曰杜撰長老如麻似粟拂袖而出琊問
侍者此是甚麼人者曰舉上座琊曰莫是舉
師叔麼先師教我尋見伊遂下旦過問上座
莫是舉師叔麼莫怪適來相觸忤師便喝復
問長老何時到汾陽琊曰某時到師曰我在
浙江早聞你名元來見解衹如此何得名播
寰宇琊遂作禮曰某甲罪過
示衆釋迦不出世達摩不西來佛法徧天下
談玄口不開

芭蕉谷泉禪師

師謁慈明明問曰白雲橫谷口道人何處來
師左右顧曰夜來何處火燒出古人墳慈明
呵曰未在更道師乃作虎聲慈明以坐具摵
之師接住推明置禪牀上明却作虎聲師大
笑曰我見七十餘員善知識今日始遇作家

天聖皓泰禪師

師到瑯琊琊問埋兵掉鬬未是作家匹馬單
鎗便請相見師指琊曰將頭不猛帶累三軍
琊打師一坐具師亦打琊一坐具琊接住曰
適來一坐具是山僧令行上座一坐具落在
甚麼處師曰伏惟尚饗琊拓開曰五更侵早
起更有夜行人師曰賊過後張弓　琊曰且坐
喫茶

浮山圓鑒禪師

歐陽文忠公聞師奇逸造其室未有以異之與客碁師坐其旁文忠遽收局請因碁說法師即令撾鼓陞座曰若論此事如兩家著碁相似何謂也敵手知音當機不讓若是綴五饒三又通一路始得有一般底秖解閉門作活不會奪角衝關硬節與虎口齊彰局破後徒勞綽斡所以道肥邊易得瘦肚難求思行則往往失粘心麄而時時頭撞休誇國手謾說神仙贏局輸籌即不問且道黑白未分時一著落在甚麼處良久曰從來十九路迷悟幾多人文忠嘉歎從容謂同僚曰修初疑禪語爲虛誕今日見此老機緣所得所造非悟明於心地安能有此妙旨哉

師老退休於會聖巖因閱班固九流遂擬之作九帶敘佛祖教義博採先德機語叅同印證其一曰佛正法眼帶其二曰佛法藏帶其三曰理貫帶其四曰事貫帶其五曰事理縱橫帶其六曰屈曲帶其七曰妙叶兼帶其八曰金鍼雙鎖帶其九曰平懷常實帶學者既已傳誦師曰若據圓極法門本具十數今此九帶已爲諸人說了更有一帶還見得麼若也見得親切分明却請出來說看說得分明許汝通前九帶圓明道眼若見不親切說不相應惟依吾語而爲已解則名謗法大衆到此如何衆無語師叱之去

金山曇穎達觀禪師

師首謁太陽玄禪師遂問洞山特設偏正君臣意明何事陽曰父母未生時事師曰如何體會陽曰夜半正明天曉不露師罔然遂謁

谷隱舉前話隱曰太陽不道不是秖是口門窄滿口說未盡老僧即不然師問如何是父母未生時事隱曰糞墼子師曰如何是夜半正明天曉不露隱曰牡丹花下睡猫兒師愈疑駭一日普請隱問今日運薪耶師曰然隱曰雲門問僧人搬柴柴搬人如何會師無對隱曰此事如人學書點畫可效者工否者拙蓋未能忘法耳當筆忘手手忘心乃可也師於是黙契良久曰如石頭云執事元是迷契理亦非悟隱曰汝以爲藥語爲病語師曰是藥語隱呵曰汝以病爲藥又安可哉師曰事如函得蓋理如箭直鋒妙寧有加者而猶以爲病實未諭旨隱曰妙至是亦祇名理事祖師意旨智識所不能到矧事理能盡乎故世尊云理障礙正見知事障續諸生死師恍如夢覺曰如何受用隱曰語不離窠臼安能出蓋纏師歎曰纔涉唇吻便落意思盡是死門終非活路住後示衆曰纔涉唇吻便落意思盡是死門俱非活路直饒透脫猶在沉淪莫教孤負平生虛度此世要得不孤負平生麽拈柱杖卓一下曰須是莫被柱杖謾始得看看柱杖子穿過你諸人髑髏踍跳入你鼻孔裏去也又卓一下

過京師寓止駙馬都尉李端愿之園李公問曰地獄畢竟是有是無師曰諸佛向無中說有眼見空花太尉就有裏尋無手攎水月堪笑眼前見牢獄不避心外見天堂欲生殊不知欣怖在心善惡成境太尉但了自心自然無惑李曰心如何了師曰善惡都莫思量李曰不思量後心歸何所師曰且請太尉歸宅

上堂山僧平生意好相撲衹是無人搭對今日且共首座搭對捲起袈裟下座索首座相撲座纔出師曰平地上喫交便歸方丈

光慶遇安禪師

上堂欲識曹谿旨雲飛前面山分明真實箇不用别追攀僧問古德有言井底紅塵生山頭波浪起未審此意如何師曰若到諸方但恁麽問曰和尚意旨如何師曰適來向汝道甚麽

景清居素禪師

僧問即此見聞非見聞爲甚麽法身有三種病二種光師曰填凹就缺

駙馬李遵勗居士

公謁谷隱問出家事隱以崔趙公問徑山公案答之公於言下大悟作偈曰學道須是鐵漢著手心頭便判直趨無上菩提一切是非莫管

公一日與堅上座送别公問近離上黨得居中都方接塵談遽回虎錫指雲屏之翠嶠訪雪嶺之清流未審此處彼處的的事作麽生座曰利劍拂開天地静霜刀纔舉斗牛寒公曰恰值今日耳聵座曰一箭落雙鵰公曰上座爲甚麽著草鞋睡座以衣袖一拂公低頭曰今日可謂降伏也座曰普化出僧堂

華嚴道隆禪師

師初叅石門徹和尚問曰古者道但得隨處安閒自然合他古轍雖有此語疑心未歇時如何石門曰知有乃可隨處安閒如人在州縣住或聞或見千奇百怪他總將作尋常不知有而安閒如人在村落住有少聲色則驚

怪傳説師於言下有省

文公楊億大年居士

公問廣慧曰承和尚有言一切罪業皆因財寶所生勸人踈於財利況南閻浮提衆生以財爲命邦國以財聚人教中有財法二施何得勸人踈財乎慧曰幡竿尖上鐵龍頭公曰海壇馬子似驢大慧曰楚雞不是丹山鳳公曰佛滅二千歲比丘少慚愧

投子義青禪師

師謁見圓通秀禪師無所叅問惟嗜睡而已執事白通通即曳杖入堂見師正睡乃擊牀呵曰我這裏無閒飯與上座喫了打眠師曰和尚教某何爲通曰何不叅禪去師曰美食不中飽人喫通曰爭奈大有人不肯上座師曰待肯堪作甚麽通曰上座曾見甚麽人來師曰浮山通曰怪得恁麽頑賴遂握手相笑歸方丈

興陽清剖禪師

師在太陽作園頭種瓜次陽問甜瓜何時得熟師曰即今熟爛了也曰揀甜底摘來師曰與甚麽人喫曰不入園者師曰未審不入園者還喫也無曰汝還識伊麽師曰雖然不識不得不與陽笑而去

僧問娑竭出海乾坤震靚面相逢事若何師曰金翅鳥王當宇宙箇中誰是出頭人曰忽遇出頭時又作麽生師曰似鶻捉鳩君不信髑髏前驗始知眞曰恁麽則叉手當胸退身三步也師曰須彌座下烏龜子莫待重遭點額回

羅浮山顯如禪師

師初到太陽陽問汝是甚處人曰益州陽曰此去幾里曰五千里陽曰你與麽來還曾踏著麽曰不曾踏著陽曰汝解騰空那曰不解騰空陽曰爭得到這裏曰步步不迷方通身無辨處陽曰汝得超方三昧耶曰聖心不可得三昧豈彰名陽曰如是如是

修撰曾會居士

公幼與明覺同舍及冠異塗天禧間公守池州一日會於景德寺公遂以中庸大學叅以楞嚴符宗門語句質明覺覺曰這箇尚不與教乘合況中庸大學耶學士要徑節理會此事乃彈指一下曰但恁麽薦取公於言下領旨

雲居曉舜禪師

師叅洞山一日如武昌行乞首謁劉居士士曰老漢有一問若相契即請開疏若不相契即請還山遂問古鏡未磨時如何師曰黑似漆磨後如何師曰照天照地士長揖曰且請上人還山師懡㦬而歸洞山問其故師述前語山曰汝問我師理前問山曰此去漢陽不遠師進後語山曰黃鶴樓前鸚鵡洲師於言下大悟

師嘗譏天衣說葛藤禪一日聞懷還化於法堂上合掌云且喜葛藤樁子倒了也秀圓通時在會中作維那每見訶駡不已乃謂同列曰我須與這老漢理會一上及夜叅又如前訶駡秀出衆厲聲曰豈不見圓覺經中道師遽曰久立大衆伏惟珍重便歸方丈秀曰這老漢通身是眼駡得懷和尚也

翠巖真點胸常駡師說無事禪石霜永和尚

令人傳語云舜在洞山悟古鏡因緣豈是説無事禪你罵他自失却一隻眼師聞之作頌曰雲居不會禪洗脚上牀眠冬瓜直儱侗瓠子曲彎彎永和尚亦作頌曰石霜不會禪洗脚上牀眠枕子撲落地打破常住磚

上堂諸方有弄蛇頭撥虎尾跳大海劍刃裏藏身雲居這裏寒天熱水洗脚夜間脱韈打睡早朝旋打行纏風吹籬倒喚人夫劈篾縛起

師問秀圓通曰你見懷和尚有何言句秀舉懷投機頌師曰不好別有甚言句秀曰一日有長老來叅懷舉拂子云會麽云不會懷云耳朶兩片皮牙齒一具骨師歎曰眞善知識

佛日契嵩禪師

師得法於洞山師夜則頂戴觀世音菩薩像而誦其號必滿十萬乃寢自是世間經書章句不學而能作原教論十萬餘言以抗宗韓排佛之説讀者畏服後居永安蘭若著禪門定祖圖傳法正宗記輔教編上進仁宗嘉賞令編次入藏賜號明教

太守許式

公得法於洞山一日與泐潭澄上藍溥坐次潭問聞郎中道夜坐連雲石春栽帶雨松當時答洞山甚麽話公曰今日放衙早潭曰聞答泗州大聖揚州出現語是否公曰別點茶來潭曰名不虚傳公曰和尚早晚回山潭曰今日被上藍覷破藍便喝潭曰須你始得公曰不奈船何打破戽斗

公入上藍僧堂問首座年多少曰六十八公曰僧臘多少曰四十七夏公曰聖僧得幾夏

曰與虛空齊受戒公拍板頭曰下官喫飯不似首座喫鹽多

玉泉承皓禪師

無盡居士張公奉使京西南路就謁之問曰師得法何人師曰復州北塔廣和尚公曰與伊相契可得聞乎師曰只爲伊不肯與人說破公善其言

僧入室次狗子在室中師叱一聲狗子便出去師曰狗却會你却不會

一日衆集師問曰作什麼曰入室師曰待我抽解來及上厠來見僧不去以柱杖趕散

示寂門人圍繞師笑曰吾年八十一老死屛屍出兒郎齊著力一年三百六十日言畢而逝

育王懷璉大覺禪師

師持律嚴甚仁廟嘗賜以龍腦鉢盂師對使者焚之曰吾法以壞色衣以瓦鉢食此鉢非法仁廟益嘉歎

師自京師乞還山時英宗賜手詔有經過菴院任性住持語師藏之不以示人東坡爲師撰宸奎閣記欲一見之師終不出示寂後始得之笥中示寂之時年八十二

法昌倚遇禪師

師謁北禪禪問近離甚處師曰福嚴禪曰思大鼻孔長多少師曰與和尚當時見底一般禪曰汝道我見時長多少師曰和尚大似不曾到福嚴禪曰學語之流又問來時馬大師安樂否師曰安樂禪曰向汝道甚麼師曰教和尚莫亂統禪曰念汝新到不能打得你師曰某甲亦放和尚過茶罷禪問鄉里甚麼師

曰漳州禪曰三平在彼作甚麼師曰說禪說道禪曰年多少師曰與露柱齊年禪曰有露柱且從無露柱年多少師曰無露柱一年也不少禪曰夜半放烏雞

師事北禪最久慈明過北禪師侍立禪曰汾陽獅子可煞威獰明曰不道來者皷殺禪曰審如此汾陽門下道絕人荒耶明舉拂子曰這箇因甚到今日禪未及對師從旁曰養子不及父家門一世衰禪呵曰汝具甚眼目乃敢爾師曰若是皷人獅子終不與麼明將去至龍牙像前指問師云誰像師曰龍牙像明曰既是龍牙像為甚在北禪師曰兩彩一賽明曰像在此龍牙在甚處師擬對明掌之曰莫道不能皷人師曰乞兒見小利明呵遂之

遊廬山寓圓通時大覺璉公方赴詔辭衆曰此事分明須薦取莫教累刼受輪迴師問曰如何是此事曰薦取師曰頭上是天脚下是地薦箇甚麼曰不是知音者徒勞話歲寒師曰豈無方便曰胡人飲乳反怪良醫師曰暴虎憑河徒誇好手拍一拍歸衆

師在雙嶺受法昌請與英勝二首座相別曰三年聚首無事不知檢點將來不無滲漏以拄杖畫一畫曰這箇即且止宗門事作麼生英曰須彌安鼻孔師曰恁麼則臨崖看滸眼特地一場愁英曰深沙努眼睛師曰爭奈聖凡無異路方便有多門英曰鐵蛇鑽不入師曰這般漢有甚共語處英曰自緣根力淺莫怨太陽春却畫一畫曰宗門事且止這箇事作麼生師便掌英曰這漳州子莫無去就師曰你這般見解不打更待何時又打英曰也

是老僧招得
住後英勝到山相訪英曰和尚尋常愛點檢諸方今日因甚麽却來古廟裏作活計師曰打草秖要驚蛇英曰莫塗糊人好師曰你又剃頭入膠盆作甚麽英曰古人道我見兩箇泥牛鬬入海所以住此山未審和尚見箇甚麽師曰你他時異日有把茆蓋頭人或問你作麽生秖對英曰山頭不如嶺尾師曰你且道還當得住山事也無英曰使钁不及拖犁師曰還曾夢見古人麽英曰和尚作麽生師展兩手英曰蝦跳不出斗師曰休將三寸燭擬比太陽輝英曰爭奈公案現在師曰亂統禪和如麻似粟

雲居了元佛印禪師

師入室次蘇子瞻適至師曰此間無坐處蘇曰暫借佛印四大爲座師曰山僧有一問學士道得即請坐道不得即輸玉帶蘇欣然請問師曰四大本空五陰非有居士向甚麽處坐蘇遂施帶師荅一衲

西塞帥王公韶自以殺業重祈爲澡雪請説法上藍師炷香曰此香爲殺人不眨眼上將軍立地成佛大居士衆稱善韶亦悠然意消

智海逸正覺禪師

僧問古鏡未磨時如何師曰青青河畔草曰磨後如何師曰鬱鬱園中柳曰磨與未磨是同是別師曰同別且置還我鏡來僧擬議師便喝

道士問如何是道師曰龍吟金鼎虎嘯丹田曰如何是道中人師曰吐故納新曰道與道中人相去多少師曰胥鶴顛崖上沖天眛米

民

五雲華嚴志逢禪師

師一日入普賢殿中宴坐倏有一神人跪膝於前師問汝其誰乎曰護戒神也師曰吾患有宿愆未殄汝知之乎曰師有何罪惟一小過耳師曰何也曰凡折鉢水亦施主物師每傾棄非所宜也言訖而隱師自此洗鉢水盡飲之積久因致脾疾十載方愈

瑞鹿上方遇安禪師

師事天台閱首楞嚴經到知見立知即無明本知見無見斯即涅槃師乃破句讀曰知見立知即無明本知見無見斯即涅槃於此有省有人語師曰破句了也師曰此是我悟處畢生不易時謂之安楞嚴

雁蕩願齊禪師

僧問夜月舒光爲甚麽碧潭無影師曰作家弄影漢其僧從東過西立師曰不惟弄影兼乃怖頭

雲居道齊禪師

大梅煦來參師問汝從甚處來若從僧堂來即是謾語不從僧堂來又是自瞞汝從甚處來梅於言下頓悟

支提辯隆禪師

上堂巍巍實相逼塞虛空金剛之體無有破壞大衆還見不見若言見也且實相之體本無青黃赤白長短方圓亦非見圓覺知之法且作麽生作箇見底道理若言不見又道巍巍實相逼塞虛空爲甚麽不見僧問如何是向上一路師曰脚下底曰恁麽則尋常履踐師曰莫錯認

廬山棲賢澄湜禪師

僧問毘目仙人執善財手見微塵諸佛祇如未執手時見箇甚麼師曰如今又見箇甚麼

師性高簡律身精嚴動不違法度暮年三終藏經以坐閱爲未敬則立誦行披之黃龍南禪師初遊方年方少從之屢年故其平生所爲多取法焉嘗曰棲賢和尚定從人天中來叢林標表也

黃龍慧南禪師

化主歸上堂世間有五種不易一化者不易二施者不易三變生爲熟者不易四端坐喫者不易更有一種不易是甚麼人良久云咦便下座

師問翠巖承聞首座常將女子出定話爲人是否巖曰無師曰奢而不儉儉而不奢爲甚道無嚴曰若是本分衲僧也少他鹽醬不得師却回首喚侍者報典座明日只煮白粥

師風度凝遠叢林中有終身未嘗見其破顔者居積翠時一夕燕坐間光燭室戒侍者令勿言四祖演長老通法嗣書上堂山僧才輕德薄豈堪人師蓋不昧本心不欺諸聖未免生死今免生死未出輪迴今出輪迴未得解脫今得解脫未得自在今得自在所以大覺世尊於然燈佛所無一法可得六祖夜半於黃梅又傳個甚麼乃說偈曰得不得傳不傳歸根得旨復何言憶得首山曾漏泄新婦騎驢阿家牽

楊岐方會禪師

慈明上堂師出問幽鳥語喃喃辭雲入亂峰時如何明曰我行荒草裏汝又入深村師曰

官不容針更借一問明便喝師曰好喝明又喝師亦喝明連喝兩喝師禮拜明曰此事是箇人方能擔荷師拂袖便行

一日慈明問師馬祖見讓師便悟去且道迷却在甚麼處師曰要悟即易要迷即難

陞座時有僧出師曰漁翁未擲釣躍鱗衝浪來僧便喝師曰不信道僧拊掌歸衆師曰消得龍王多少風問師唱誰家曲宗風嗣阿誰師曰有馬騎馬無馬步行曰少年長老足有機籌師曰念汝年老放汝三十棒問如何是佛師曰三脚驢子弄蹄行曰莫祇這便是麼師曰湖南長老師下座九峯勤和尚把住云今日喜得箇同叅師曰作麼生是同叅底事曰九峯牽犂楊岐拽耙師曰正恁麼時楊岐在前九峯在前勤擬議師拓開曰將謂同叅元來不是

慈明忌辰設齋衆纔集師於眞前以兩手揑拳安頭上以坐具畫一畫打一圓相便燒香退身三步作女人拜首座曰休揑怪師曰首座作麼生座曰和尚休揑怪師曰兎子喫牛妳第二座近前打一圓相便燒香亦退身三步作女人拜師近前作聽勢座擬議師打一掌曰這漆桶也亂做

問來僧曰雲深路僻高駕何來曰天無四壁師曰踏破多少草鞋僧便喝師曰一喝兩喝後作麼生曰看這老和尚著忙師曰柱杖不在且坐喫茶

又問來僧敗葉堆雲朝離何處曰觀音師曰觀音脚跟下一句作麼生道曰適來相見了也師曰相見底事作麼生其僧無對師曰第

二上座代衆頭道看亦無對師曰彼此相鈍置

室中問僧栗棘蓬你作麽生吞金剛圈你作麽生透

一日七人新到師問陣勢既圓作家戰將何不出陣與楊岐相見僧以坐具便打師曰作家僧又打師曰一坐具兩坐具又作麽生僧擬議師背面立僧又打師曰你道楊岐話頭落在甚處僧指面前曰在這裏師曰三十年後遇明眼人不得錯舉好且坐喫茶

翠巖可真禪師

慈明問如何是佛法大意師曰無雲生嶺上有月落波心明瞋目喝曰頭白齒豁猶作這個見解如何脱離生死師悚然求指示明曰汝問我師理前語問之明震聲喝曰無雲生嶺上有月落波心師於言下大悟

師語南禪師曰我他日十字街頭作個粥飯主人有僧自黄檗來我必勘之南公曰何必他日我作黄檗僧汝今試問師便問近離甚處曰黄檗師曰見説堂頭老子脚跟不點地是否曰上座何處得這消息來師曰有人傳至南公笑曰却是汝脚跟不點地師亦大笑而去

靈隱德章禪師

師初住大相國寺西經藏院仁宗詔師於延春閣下齋宣普照大師問如何是當機一句師曰一言迥出青霄外萬仞峰前嶮處行曰作麽生是嶮處行師便喝曰皇帝面前何得如此

後再宣入化成殿齋宣守賢問齋筵大啟如

何報答聖君師曰空中求鳥跡曰意旨如何
師曰水内覓魚踪

大寧道寛禪師

僧問飲光正見爲甚拈花却微笑師曰忍俊
不禁
問既是一真法界爲甚麽有千差萬别師曰
根深葉盛曰未審還出得這箇也無師曰弄
巧成拙

御選語録卷第三十八

音釋

刈倪制切音藝割也　餤徒濫切　蝦蟇上何加切下謨加切　拓他各切音託　墼古歷切　泐歷德切　眨竹洽切　罥古犬切

御選語録卷第三十九

歷代禪師語録後集

道吾悟真禪師

示衆舉洞山云五臺山上雲蒸飯佛殿階前狗尿天幡竿頭上煎䭔子三箇猢猻夜簸錢老僧即不然三面狸奴脚踏月兩頭白牯手拏烟戴冠碧兎立庭栢脱㲉烏龜飛上天老僧葛藤盡被汝諸人覷破了也洞山老人甚是奇特雖然如是只行得三步四步且不過七跳八跳且道誵訛在甚麼處老僧今日不惜眉毛一時布施良久曰丁寧損君德無言真有功任從滄海變終不為君通

師卧病院主問和尚近日尊候如何師曰粥飯頭不得氣力良久曰會麼曰不會師曰老鼠尾上帶研椎

數人新到禮拜師曰總是浙裏師僧曰猢猻向火師曰跨跳作麼僧曰今日得見和尚師曰伏惟尚饗僧無語師便打

師在慈明會裏一日提螺螄一籃遶院行云賣螺螄令衆下語皆不契有一老宿揭簾見以目顧視師放身便卧師放籃子便行

越州姜山方禪師

僧問奔流度刃疾燄過風未審姜山門下還許借借也無師曰天寒日短夜更長曰錦帳繡鴛鴦行人難得見師曰髑髏裏面氣衝天僧召和尚師曰雞頭鳳尾曰諸方泥裏洗姜山畫將來師曰姜山今日為客且望闍黎善傳雖然如是不得放過乃拍禪牀一下

興教院坦禪師

師住興教有雪竇化主省宗出問諸佛未出

世人人鼻孔撩天出世後爲甚麽杳無消息師曰雞足峰前風悄然宗曰未在更道師曰大雪滿長安宗曰誰人知此意令我憶南泉拂袖歸衆更不禮拜師曰新興教今日失利便歸方丈令人請宗至師曰適來錯祗對一轉語人天衆前何不禮拜蓋覆却宗曰大丈夫膝下有黄金爭肯禮拜無眼長老師曰我别有語在宗乃理前語至未在更道處師曰我有三十棒寄與打雪竇宗禮拜

西余淨端禪師

師始見弄師子發明心要往見龍華蒙印可遂旋里合綵爲師子皮時被之因號端師子丞相章惇慕其道躬請開法吳山化風盛播開堂日僧宣疏至七軸之蓮經未誦一聲之漁父先聞師止之遂登座拈香祝聖罷引聲吟曰本是瀟湘一釣客自西自東自南北大衆雜然稱善師顧笑曰諦觀法王法法王法如是便下座

一日章丞相留飯師瞋説偈曰章惇章惇請我看墳我却喫素汝却喫葷惇爲大笑

又因惇請供賺下餛飩師偈曰腥餛飩素餛飩滿碗盛來渾圇吞垃圾打從灘上過龍宮海藏自分明

惇赴召别師師曰且爲愛護佛法惇曰不興不廢愛護佛法也師令侍者取糖與相公送路喫糖次師問甜麽惇曰甜師曰甜便住惇一笑遂起

師到華亭衆請上堂靈山獅子雲間哮吼佛法無可商量不如打個筋斗便下座

問羚羊未挂角時如何師曰怕曰既是善知

識因何却怕師曰山僧不曾見恁麽差異畜生

師抵郭南見上方超和尚有一尼來叅師曰待來日五更三點入來師侵早紅粉搽面而坐尼入見驚而遂悟

天寧道楷禪師

師謁投子於海會乃問佛祖言教如家常茶飯離此之外別有爲人處也無子曰汝道寰中天子敕還假堯舜禹湯也無師方擬進語子以拂子摵師口曰汝發意來早有三十棒也師即開悟再拜便行子曰且來闍黎師不顧子曰汝到不疑之地耶師以手掩耳後作典座子曰厨務勾當不易師曰不敢子曰煑粥耶蒸飯耶師曰人工淘米著火行者煑粥蒸飯子曰汝作甚麽師曰和尚慈悲放他閒去一日侍投子遊菜園子度柱杖與師師接得便隨行子曰理合恁麽師曰與和尚提鞋挈杖也不爲分外子曰有同行在師曰那一人不受教子休去至晚問師早來說話未盡師曰請和尚舉子曰卯生日戌生月師即點燈來子曰汝上來下去總不徒然師曰在和尚左右理合如此子曰奴兒婢子誰家屋裏無師曰和尚年尊缺他不可子曰得恁麽慇懃師曰報恩有分

示衆畧曰夫出家者爲厭塵勞求脫生死休心息念斷絶攀緣遇聲遇色如石上栽花見利見名如眼中著屑無始以來此等不是不曾經歷何須苦苦貪戀如今不歇更待何時能盡今時更有何事若得心中無事佛祖猶是冤家一切世事自然冷淡方始那邊相應

你不見隱山至死不肯見人趙州至死不肯告人匾擔拾橡栗爲食大梅以荷葉爲衣紙衣道者衹披紙衣泰上座衹著布石霜置枯木堂與人坐臥衹要死了你心投子使人辦米同煮共餐要得省取你事且從上諸聖有如此榜樣若無長處如何甘得諸仁者若也於斯體究的不虧人若也不肯承當向後深恐費力山僧今日向諸人說家門已是不著便豈可更去陞堂入室拈槌豎拂張眉努目東棒西喝如癎病發相似不見達摩西來少室山下面壁九年二祖至於立雪斷臂可謂受盡艱辛然而達摩不曾措一辭二祖不曾問著一句喚達摩作不爲人得麽喚二祖作不求師得麽

靈隱玄本禪師

師見僧看經乃問看甚麽經僧無語乃示頌曰看經不識經徒勞損眼睛欲得不損眼分明識取經

慧林宗本圓照禪師

神宗最重師嘗召對師翛然自如無所加損出都日王公貴人送者車騎相屬師誨之曰歲月不可把玩老病不與人期惟勤修勿怠是眞相爲聞者莫不感動

長蘆應夫禪師

上堂召衆曰江山繞檻宛如水墨屛風殿閣凌空麗若神仙洞府森羅萬象海印交參一道神光更無遮障諸人還會麽良久曰寥寥天地間獨立望何極參

佛日智才禪師

上堂城裏喧繁空山寂靜然雖如此動靜一

如死生不二四時輪轉物理湛然夏不去而秋自來風不涼而人自爽今也古也不改絲毫誰少誰多身無二用諸禪德既身無二用爲甚麽龍女現十八變君不見弄潮須是弄潮人珍重

上堂風雨蕭騷塞汝耳根落葉交加塞汝眼根香臭叢雜塞汝鼻根冷熱甘甜塞汝舌根衣綿温冷塞汝身根顛倒妄想塞汝意根諸禪德直饒汝翻得轉也是平地骨堆叅

上堂舉栢樹子話師曰趙州庭栢説與禪客黑漆屏風松欏亮隔

開聖棲禪師

開堂垂語曰選佛場開人天普會莫有久歷覺塲罷叅禪客出來相見時有僧出師曰作家作家僧曰莫著忙師曰元來不是作家僧提起坐具曰看看摩竭陀國親行此令師曰衹今作麽生僧禮拜師曰龍頭蛇尾

法雲寺法秀禪師

師習圓覺華嚴妙入精義而頗疑禪宗聞懷禪師法席之盛徑往叅謁懷問座主講何經師曰華嚴曰華嚴以何爲宗師曰法界爲宗曰法界以何爲宗師曰以心爲宗曰心以何爲宗師無對懷曰毫釐有差天地懸隔汝當自看必有發明後聞僧舉白兆叅報慈情未生時如何慈曰隔師忽大悟

住眞州長蘆衆千人有全椒長老至登座衆目笑之無出問者師出拜趨問如何是法秀自已椒笑曰秀鐵面乃不識自已乎師曰當局者迷一衆服其荷法心

長蘆福長老道眼不明常將所得施利舟載

往上江齋僧師聞之往驗其虛實適至見福上堂云入荒田不揀可煞顢頇信手拈來草猶較些子便下座師大驚曰說禪如此誰道不會乃謂諸方生滅也遂躬造方丈禮謁具說前事仍請益提唱之語福爲依文解義師曰若如此諸方不謾道你不會禪福不肯師曰請打鐘集衆有法秀上座在此與和尚理會福休去

李伯時善畫馬師呵曰汝士大夫以畫名矧又畫馬期人誇妙妙入馬腹中亦足懼也伯時遂絶筆師勸畫觀音贖過黃魯直工豔詞師亦詆呵之魯直笑曰又當置我馬腹耶師曰汝以豔語動天下人淫心不止馬腹正恐生泥犂耳黃竦然悔謝遂勵精求道

禮部楊傑無爲居士

公歷叅諸名宿晚從天衣遊衣每引老龐機語令叅究深造後奉祠太山一日雞初鳴覩日如盤湧忽大悟乃別老龐偈曰男大須婚女大須嫁討甚閑工夫更說無生話書寄衣衣稱善

會芙蓉楷禪師公曰與師相別幾年蓉曰七年公曰學道來叅禪來蓉曰不打這鼓笛公曰恁麼則空游山水百無所能也蓉曰別來未久善能高鑒公大笑

公有辭世偈曰無一可戀無一可捨太虛空中之乎者也將錯就錯西方極樂

慈雲慧禪師

上堂片月浸寒潭微雲滿空碧若於達道人好箇眞消息還有達道人麽微雲穿過你髑髏片月觸著你鼻孔珍重

黄龍祖心晦堂禪師

居士吳敦夫自謂多見知識心地明淨偶閱鄧隱峰傳見其倒卓化去而衣亦順身不褪忽疑之曰彼化之異故莫測而衣亦順之何也以問師師曰汝今衣順垂於地復疑之乎曰無所疑也師笑曰此既無疑則彼倒化衣亦順體何疑之有哉敦夫言下開解

師過法昌遇禪師遇問曰承聞和尚造草堂已畢工否師曰已畢工曰幾工師曰止用數百工遇恚曰大好草堂師拊掌笑曰且要天下人疑著

師於南公圓寂之日作偈曰昔人去時是今日今日依前人不來今既不來昔不往白雲流水空徘徊誰云秤尺平直中還有曲誰云物理齊種麻還得粟可憐馳逐天下人六六元來三十六

寶峰克文真淨禪師

師坐夏大潙聞舉僧問雲門佛法如水中月是否門曰清波無透路師乃領解往見黄龍不契却曰我有好處這老漢不識我遂往香城見順和尚順問甚處來師曰黄龍來曰黄龍近日有何言句師曰黄龍近日州府委請黄檗長老龍垂語云鐘樓上念讚牀脚下種菜有人下得語契便往住持勝上座云猛虎當路坐龍遂令去住黄檗順不覺云勝上座祇下得一轉語便得黄檗住佛法未夢見在師於言下大悟方知黄龍用處

遂回見黄龍問甚處來師曰特來禮拜和尚龍曰恰值老僧不在師曰向甚麼處去龍曰天台普請南嶽遊山師曰恁麼則學人得自

在去也龍曰脚下鞋甚處得來師曰廬山七百五十文唱得龍曰何曾得自在師指鞋曰何嘗不自在龍異之

一日龍曰適令侍者捲簾問渠捲起簾時如何曰照見天下放下簾時如何曰水泄不通不捲不放時如何侍者無語汝作麽生師曰和尚替侍者下涅槃堂始得龍喝曰關西人果無頭腦乃顧旁僧師指之曰只這僧也未夢見龍大笑

問講師曰火災起時山河大地皆被焚盡世間虛空是否曰教有明文安有不是之理師曰如許多灰燼將置何處講師笑曰不知師亦笑曰汝所講者紙上語耳

劉宜翁嘗參佛印頗自負一日見師便問長老寫戲來得幾年師曰專候樂官來曰我不入這保社師曰爭奈即今在這塲子裏劉擬議師拍手曰蝦蟇禪祇跳得一跳又坐次劉指禪衣曰喚作甚麽師曰禪衣曰如何是禪師乃抖擻曰抖擻不下劉無語師打一下曰你伎倆如此敢勘老僧耶

錢弋郎中訪師談久錢如廁師令侍者引從西邊去錢遽曰既是東司爲甚麼向西去師曰多少人向東邊討師報謁錢有契逸出師避之錢戲曰禪者教誨龍虎乃畏狗乎師應聲曰易伏隈巖虎難降護宅龍錢嘉之

南康諸山相會佛印後至師問曰雲居來何遲曰爲著草鞋從歸宗肚裏過所以遲師曰却被歸宗吞了曰爭奈吐不出師曰吐不出即屙出

僧問如何是道師曰寶公云若欲將心求佛

道問取虛空始出塵汝今求佛道虛空向汝道甚麼其僧於是大悟於言下

僧問如何是佛師呵呵大笑曰何哂之有師曰笑你隨語生解曰偶然失利師喝曰不得禮拜僧便歸衆師復笑曰隨語生解

僧問有一人欲出長安有一人欲入長安未審那箇在先師曰多少人疑著曰不許夜行

師曰蚊子錐鐵牛曰山頂老猿啼古木渡頭新鴈下平沙師曰長安人已入你合作麼生曰春日華山青師曰這僧雖然後生却可與商量

僧問雲門大師欲一棒打殺釋迦老子和尚又欲糞埽堆裏䍐殺雲門未審和尚罪過還許學人點檢也無師曰且莫造次曰和尚坐斷廬山爲甚麽不識某甲這話師曰三十棒

白關師曰點曰劄師曰念汝做街坊師室中問僧云了也未僧云未了師云你喫粥了也未僧云了師云又道未了復云門外甚麼聲僧云雨聲師云又道未了復云面前是甚麼僧云屏風師云又道未了復云還會麼僧云不會乃云聽取一頌隨緣事事了日用何欠少一切但尋常自然不顛倒

上堂裩無襠袴無口頭上青灰三五斗趙州老子少賣弄然則國清才子貴家富小兒驕其奈禾黍不陽豔競栽桃李春翻令力耕者半作賣花人

隆慶院慶閑禪師

師父事黄龍龍甚重之時與翠巖順公同在黄檗順時時詰問師師横機無所讓順謂龍曰閒輕易且語未辨觸淨龍曰法應如是以

情求閒乃成是非既龍過雙嶺師謁龍龍問甚處來師曰百丈曰幾時離彼師曰正月十三龍曰脚跟好痛與三十棒師曰非但三十棒龍喝曰許多時行脚無點氣息師曰百千諸佛亦乃如是龍曰汝與麼來何曾有纖毫到諸佛境界師曰諸佛未必到慶閒境界龍隨問如何是汝生緣處師曰早晨喫白粥如今又覺饑問我手何似佛手師曰月下弄琵琶問我脚何似驢脚師曰鷺鷥立雪非同色龍咨嗟而視曰汝剃除鬚髮當爲何事師曰祇要無事龍曰既無事何須剃髮師曰若不剃髮爭知無事曰與麼則數聲清磬是非外一箇閒人天地間也師曰是何言歟曰靈利衲子師曰也不消得龍便喝師拍一拍龍又喝師便出復侍次龍曰此間有辨上座者汝著精彩師曰他有甚麼長處曰他拊汝背一下又如何師曰作甚麼曰他展兩手師曰甚處學這虛頭來龍大笑師却展兩手龍喝師便出齋後又侍立龍問儱儱鬆鬆兩人共一椀作麼生會師曰百雜碎曰盡大地是箇須彌山撮來掌中汝又作麼生會師曰兩重公案曰這裏從汝胡言漢語若到同安如何過得師曰渠也須到這箇田地始得曰忽被渠指火鑪曰這箇是黑漆火鑪那箇是黑漆香桌甚處是不到處師曰慶閒面前且從恁麼說話若是别人笑和尚去龍拍一拍師便喝明日同看僧堂曰好僧堂師曰極好工大曰好在甚處師曰一梁拄一柱曰此未是好處師曰和尚又作麼生龍以手指曰這柱得與麼圓那枋得與麼匾師曰人天大善知識須

是和尚始得便出龍出堂外曰適來與麽是肯你不肯你師曰若與麽何曾得安樂處師上方丈問訊龍曰據汝知見秖得上梢不得下梢師曰某甲上梢亦得下梢亦得曰如何是上梢師曰風過樹頭搖曰如何是下梢師曰刀斫斧鑿龍曰老僧即不然師曰如何是上梢曰頭鬅鬙耳卓朔曰如何是下梢曰緊峭草鞋師曰謝師答話龍便喝明日侍立龍問得坐披衣向後如何施設師曰遇方即方遇圓即圓曰汝與麽說話猶帶唇齒在師曰慶閒即與麽和尚作麽生曰近前來為汝說師拊掌曰三十年用底今朝捉敗龍大笑曰一等是精靈師拂袖而去由是學者爭歸之

泐潭洪英禪師

有僧禮拜起便垂下袈裟角曰脫衣卸甲時如何師曰喜得狼烟息弓弰壁上懸僧却攬上袈裟曰重整衣甲時如何師曰不到烏江畔知君未肯休僧便喝師曰驚殺我僧拍一拍師曰也是死中得活僧禮拜師曰將謂是收燕破趙之才元來是販私鹽漢

雙嶺順禪師問菴中老師好問學者併却咽喉唇吻道取一句首座曾道得麽師乾笑已而有偈曰阿家嘗醋三尺喙新婦洗面摸著鼻道吾答話得腰裩玄沙開書是白紙順公屈服

黃檗積翠永菴主

師問僧審奇汝久不見何所為奇曰見偉藏主有箇安樂處師曰舉似我奇敘所得師曰汝是偉未是奇莫測以語偉偉曰汝非永不非奇走積翠質之南公南亦大笑師聞作偈

曰明暗相參殺活機大人境界普賢知同條生不同條死笑倒菴中老古錐

白雲守端禪師

師參楊岐岐一日忽問受業師爲誰師曰茶陵郁和尚岐曰吾聞伊過橋遭攧有省作偈甚奇能記否師誦曰我有明珠一顆久被塵勞關鎖今朝塵盡光生照破山河萬朶岐笑而趨起師愕然通夕不寐黎明咨詢之適歲暮岐曰汝見昨日打敺儺者麽曰見岐曰汝一籌不及渠師復駭曰何謂也岐曰渠愛人笑汝怕人笑師大悟

示衆明明知道只是這箇爲甚麽透不過只爲見人開口時便喚作言句見人閉口時便喚作良久默然又道動展施爲開言吐氣盡十方世界内無不是自己所以墮在塗中隱隱猶懷近日嫌豈不見雲門道聞聲悟道見色明心遂舉手云觀世音菩薩將錢來買胡餅放下手云元來却是饅頭又不見山僧在法華時嘗示衆云無業禪師道一毫頭聖凡情念未盡未免入驢胎馬腹裏去大衆直饒一毫頭聖凡情念頓盡亦未免入驢胎馬腹裏去瞎漢但恁麽看取參

示衆曰此事如萬仞崖頭相似總知道放著手便撲到底只是捨命不得法華今日不動一毫頭教諸人到底去也擲柱杖下座

保寧仁勇禪師

僧問如何是佛師曰近火先焦曰如何是道曰泥裏有刺曰如何是道中人曰切忌踏著上堂有手脚無背面明眼人看不見天左旋地右轉拍膝云西風一陣來落葉兩三片

示衆云釋迦老子四十九年說法不曾道着一字優波毱多丈室盈籌不曾度得一人達摩不居少室六祖不住曹溪彼自無瘡勿傷之也拍膝顧衆云且喜得天下太平

師云一是一二是二三是三四是四數目甚分明上下依資次依資次有何事以柱杖畫一畫云大衆一時亂却六十甲子了也

示衆曰三界唯心萬法唯識檻外雲生簷前雨滴澗水湛如藍山花開似錦此時若不究根源直侍當來問彌勒

比部孫居士

因楊岐來訪值視斷次士曰某爲王事所牽何由免難岐指曰委悉得麽士曰望師點破岐曰此是比部弘願深廣利濟羣生士曰未審如何岐示以偈曰應現宰官身廣弘悲願深爲人重指處棒下血淋淋士於此有省

寶峰闡提惟照禪師

示聰藏主法語五則一曰曹山立四禁盡衲僧命脉透得過切忌依倚將來了事人須別有生機一路二曰衲僧向異類中行履先德道異類墮此了事人病明安道須是識主始得三曰闡提尋常向人道不得叅禪不得學佛只要伊如大死人只恐聞此語作無事會作無法可當情會正是死不得若是死得决不肯作這般見解他時爲人切宜仔細四曰吾家立五位爲宗往往人以理事明以寂照會以能所見以體用解盡落今時何得名爲教外別傳之妙生死路頭那箇是得處總不恁麽時如何卜度即不中五曰有情故情滲漏有見故見滲漏有語故語滲漏設得見無

情無語無拽住便問他你是何人

上堂過去諸佛已入涅槃了也汝等諸人不應追念未來諸佛未出於世汝等諸人不要妄想正當今日你是何人參

上堂本自不生今亦無滅是死不得底樣子當處出生隨處滅盡是活生受底規模大丈夫漢直須處生死流臥荆棘林俯仰屈伸隨機施設能如是也無量方便莊嚴三昧大解脫門蕩然頓開其或未然無量煩惱一切塵勞嶽立面前塞却古路

雪下僧問祖師西來即不問時節因緣事若何師曰一片兩片三四片落在眼中猶不薦

石門元易禪師

上堂十方同聚會箇箇學無爲此是選佛場心空及第歸大衆祇如聞見覺知未嘗有間作麼生說箇心空底道理莫是見而不見聞而不聞謂之心空耶錯莫是忘機息慮萬法俱捐銷能所以入元宗泯性相而歸法界謂之心空耶錯恁麼也不得不恁麼也不得恁麼不恁麼總不得未審畢竟作麼生還會麼良久曰若實無爲無不爲天堂地獄長相隨三尺杖子攪黃河入臂那吒冷眼窺無限魚龍盡奔走捉得循河三脚龜脫取殼鐵錐錐吉凶之兆便分輝借問東村白頭老吉凶未兆若何爲休休休古往今來春復秋白日騰騰隨分過更嫌何處不風流咄

資聖南禪師

聖節上堂顧視左右曰諸人還知麼夜明簾外之主萬化不渝瑠璃殿上之尊四臣不昧端拱而治不令而行壽逾百億須彌化洽大

千沙界且道正恁麼時如何行履野老不知黄屋貴六街慵聽静鞭聲

法雲善本大通禪師

僧問寶塔原無縫如何指示人師曰烟霞生背面星月遶簷楹曰如何是塔中人師曰竟日不干清世事長年占斷白雲鄉曰向上更有事也無師曰太無厭生

師所至見佛菩薩行立之像不敢坐伊蒲塞饌以魚胾名者不食其眞誠應事防心離過類如此

壽州資壽巖禪師

僧問大藏經中還有奇特事也無師曰祇恐汝不信曰如何即是師曰黑底是墨黄底是紙曰謝師答話師曰領取鉤頭意莫認定盤星

上堂乾坤肅静海晏河清風不鳴條雨不破塊春生夏長秋收冬藏這箇是世間法作麼生是佛法良久曰欲得不招無間業莫謗如來正法輪

投子修顒禪師

師參慧林因哭顛有省作偈曰這一交這一交萬兩黄金也合消頭上笠腰下包清風明月杖頭挑

富鄭公因趙清獻公警發不捨晝夜力進此道謁師於投子會師方爲衆登座富見師左右顧視忽有省因執弟子禮趨函丈命侍者請爲入室師見即曰相公已入來富彌猶在外富聞汗流浹背即大悟

清獻公趙抃字悦道

公年四十餘擯去聲色繫心宗教會佛慧來

居衢之南禪公日親之慧未嘗容措一詞後典青州政事之餘多宴坐忽大雷震驚即契悟作偈曰默坐公堂虚隱几心源不動湛如水一聲霹靂頂門開喚起從前自家底慧聞笑曰趙悅道撞彩耳公嘗自題偈齋中曰腰佩黃金已退藏箇中消息也尋常世人欲識高齋老秖是柯村趙四郎復曰切忌錯認臨終遺書佛慧有曰非師平日警誨至此必不得力矣

黃龍死心悟新禪師

師初謁棲賢秀鐵面秀問上座甚處人師曰廣南韶州又問曾到雲門否師曰曾到又問曾到靈樹否師曰曾到秀曰如何是靈樹枝條師曰長底自長短底自短秀曰廣南蠻莫亂統師曰向北驢只恁麼拂袖而出秀器之而師無留意至黃龍謁晦堂堂竪拳問曰喚作拳頭則觸不喚作拳頭則背汝喚作甚麼師罔措經二年方領解然尚談辯無所牴牾堂患之偶與語至其銳堂遽曰住住說食豈能飽人師窘乃曰某到此弓折箭盡望和尚慈悲指箇安樂處堂曰一塵飛而翳天一芥墮而覆地安樂處正忌上座許多骨董直須死却無量劫來識心乃可耳師趨出一日聞知事捶行者而迅雷忽震即大悟趨見晦堂忘納其屨即自譽曰天下人總是參得底禪某是悟得底堂笑曰選佛得甲科何可當也因號死心叟

謁法昌遇禪師遇問近離甚處師曰某甲自黃龍來遇曰還見心禪師麼師曰見遇曰甚麼處見師曰喫粥喫飯處見遇插火箸於鑪

中曰這箇又作麽生師拽脱火箸便打王正言問嘗聞三緣和合而生又聞即死即生何故有奪胎而生者師曰如正言作漕使隨所住處即居其位還疑否王曰不疑師曰復何疑也王於言下領解

師住翠巖時翠巖有淫祠鄉人禳禬酒胾無虛日師誡知事令毁之知事辭以不敢擾禍師曰使能作禍吾自當之乃躬自毁拆俄有巨蟒盤臥內引首作吞噬之狀師叱之蟒遁安寢無他

領雲巖建經藏太史黄庭堅爲作記有以其親墓志鐫於碑陰者師罵曰凌侮不避禍若是語未卒電光翻屋雷擊自户入析其碑陰中分之視之志已灰燼而藏記安然無損晚屬疾退居晦堂夜衆竪起拂子云看看拂子病死心病拂子安死心安拂子穿却死心死心穿却拂子正當恁麽時唤作拂子又是死心唤作死心又是拂子畢竟唤作甚麽良久云莫把是非來辨我浮生穿鑿不相關有乞末後句者師示偈曰末後一句子直須心路絶六根門旣空萬法無生滅於此徹其源不須求解脱平生愛罵人只爲長快活

泐潭草堂清禪師

上堂色心不異彼我無差竪起拂子曰若唤作拂子入地獄如箭不唤作拂子有眼如盲直饒透脱兩頭也是黑牛臥死水

太史山谷黄庭堅居士

士初謁秀圓通語具圓通章自是遂著發願文痛戒酒色日惟朝粥午飯鋭志衆求旣依晦堂乞指徑捷處堂曰秖如仲尼道二三子

以我爲隱乎吾無隱乎爾者太史居常如何理論公擬對堂曰不是不是公迷悶不已一日同堂山行次時巖桂盛開堂曰聞木樨花香麽公曰聞堂曰吾無隱乎爾公釋然即拜之曰和尚得恁麽老婆心切堂笑曰祗要公到家耳久之謁死心新禪師隨衆入室心見張目問曰新長老死學士死燒作兩堆灰向甚麽處相見公無語心約出曰晦堂處參得底使未著在後左官黔南道力愈勝於無思念中頓明死心所問報以書曰往年嘗蒙苦苦提撕長如醉夢依稀在光影中蓋疑情不盡命根不斷故望崖而退耳謫官在黔南道中晝臥覺來忽爾尋思被天下老和尚瞞了多少惟有死心道人不肯乃是第一相爲也

祕書吳恂德夫居士

士參晦堂堂謂曰平生學解記憶多聞即不問你父母未生已前道將一句來公擬議堂以拂子擊之即領深旨連呈三偈其後曰咄這多知俗漢齩盡古今公案忽於狼藉堆頭拾得蜣螂糞彈明明不直分文萬兩黃金不換等閒拈出示人祗爲走盤難看

兜率從悅禪師

師初首衆於道吾領數衲謁雲蓋智和尚智與語未數句盡知所蘊乃笑曰觀首座氣質不凡柰何出言吐氣如醉人耶師面熱汗下曰願和尚不吝慈悲智復與語錐劄之師茫然遂求入室智曰曾見法昌遇和尚否師曰曾看他語錄自了可也不願見之智曰曾見洞山文和尚否師曰關西子沒頭惱拖一條布裩作尿臭氣有甚長處智曰你但向尿臭

氣處叅取師依教即謁洞山深領奥旨復謁智智曰見關西子後大事如何師曰若不得和尚指示洎乎蹉過一生遂禮謝師復謁眞淨後出世鹿苑有潰素者久叅慈明寓居一室未始與人交師因食蜜漬荔枝偶素過門師呼曰此老人鄉果也可同食之素曰自先師亡後不得此食久矣師曰先師爲誰素曰慈明也某忝執事十三年耳師乃疑駭曰十三年堪忍執事之役非得其道而何遂饋以餘果稍稍親之素問師所見者何人曰洞山文素曰文見何人師曰黄龍南素曰南匾頭見先師不久法道大振如此師益疑駭遂袖香詣素作禮素起避之曰吾以福薄先師受記不許爲人師益恭素乃曰憐子之誠違先師之記子平生所得試語我師具通所見素曰子之所見可以入佛而不能入魔師曰何謂也素曰豈不見古人道末後一句始到牢關如是累日素乃印可仍戒之曰文示子者皆正知正見然子離師太早不能盡其妙吾今爲子點破使子受用得大自在他日切勿嗣吾也師後嗣眞淨如素所戒

師室中設三語以驗學者一曰撥草瞻風秖圖見性即今上人性在甚麼處二曰識得自性方脱生死眼光落地時作麼生脱三曰脱得生死便知去處四大分離向甚麼處去

沩潭湛堂文準禪師

初雲巖虚席郡牧命死心禪師舉所知心曰準山主住得某未嘗識渠見有洗鉢頌甚好牧請舉心舉云之乎者也衲僧鼻孔大頭向下若也不會問取東村王大姐牧奇之因請

主雲巖

一日新到相看展坐具師曰未得人事上座近離甚處曰廬山歸宗師曰宗歸何處曰嗄師曰蝦蟇窟裏作活計曰和尚何不領話師曰是你豈不從歸宗來曰是師曰驢前馬後漢問第二上座近離甚處曰袁州師曰夏在甚處曰仰山師曰還見小釋迦麼曰見師曰鼻孔長多少僧擬議師曰話墮阿師

問僧你來作甚麼曰特來問訊和尚師曰雲在嶺頭閒不徹水流澗下太忙生曰和尚莫瞞人師曰馬大師爲甚麼從闍黎脚跟下走過僧無語師曰却是闍黎瞞老僧

一日法堂上逢首座便問向甚麼處去座曰擬與和尚商量一事師曰便請曰東家杓柄長西家杓柄短師曰爲甚拈起葦縣茶瓶却是饒州磁碗曰臨崖看滸眼特地一場愁師呌屈座吐舌而退

僧問教中道若有一人發眞歸源十方虚空悉皆銷殞未審此理如何師遂展掌點指曰子丑寅卯辰巳午未一羅二土三水四金五太陽六太陰七計都今日計都星入巨蟹宮寶峰不打這鼓笛便下座

示衆云鑽珍珠解玉板却易看窯籠著楔却難月色和雲白松聲帶露寒即不問你諸人且道大目犍連共須菩提商量個甚麼事

清涼洪範慧禪師

師示衆曰靈源禪師謂予曰道人保養如人病須服藥藥之靈驗易見要須忌口乃可不然服藥何益生死是大病佛祖言教是良藥汙染心是雜食不能忌之生死之病無時而

損也予愛其言追念圓覺經曰末世諸衆生心不生虚妄佛説如是人現世即菩薩法句經曰若起精進心是妄非精進但能心不妄精進無有涯南嶽思大禪師悟入法華三昧即誦曰是眞精進是名眞法供養汾陽大達國師一生答學者之問但曰莫妄想是謂稱性之語見道徑門而禪者易其言反求元妙良可笑也

尊勝有朋講師

師嘗疏楞嚴維摩等經學者宗之每疑祖師直指之道故多與禪衲遊一日謁開元跡未及閫心忽領悟開元出遂問座主來作甚麼師曰不敢貴耳賤目開元曰老老大大何必如是師曰自是者不長開元曰朝看華嚴夜讀般若則不問如何是當今一句師曰日輪正當午開元曰閒言語更道來師曰平生仗忠信今日任風波然雖如是祇如和尚恁麼道有甚交涉須要新戒草鞋穿開元曰這裏且放你過忽遇達摩問你作麼生道師便喝開元曰這座主今日見老僧氣衝牛斗師曰再犯不容開元拊掌大笑

五祖法演禪師

師至白雲舉僧問南泉摩尼珠話請問雲叱之師領悟獻投機偈曰山前一片閑田地叉手叮嚀問祖翁幾度賣來還自買爲憐松竹引清風雲特印可令掌磨事一日有僧見磨轉遽指以問師曰此神通耶法爾耶師褰衣旋磨一匝僧無語未幾雲至語師曰有數禪客自盧山來皆有悟入處教伊説亦説得有來由舉因緣問伊亦明得教伊下語亦下得

祇是未在師於是大疑私自計曰旣悟了說亦說得明亦明得如何却未在遂叅究累日忽然省悟從前寶惜一時放下走見白雲雲爲手舞足蹈師亦一笑而已師後曰吾因兹出一身白汗便明得下載清風雲一日示衆曰古人道如鏡鑄像像成後鏡在甚麼處衆下語不契舉以問師師近前問訊曰也不較多雲笑曰須是道者始得乃命分座

問如何是佛師曰露胸跣足曰如何是法師曰大赦不放曰如何是僧師曰釣魚船上謝三郎

圓悟一日請益臨濟四賓主師曰也祇個程限是甚麼閒事又云我這裏却似馬前相撲倒便休

師謂圓悟曰你也儘好只是有些病悟再三請問不知某有甚麼病師云只是禪忒多悟云本爲叅禪因甚麼却嫌人說禪師云只似尋常說話時多少好時有僧便問因甚嫌人說禪師云惡情悰

師一日問圓悟無縫塔話悟罔然直從方丈至三門方道得師云你道得也悟云不然暫時不在便不堪也

三佛一日相謂曰老和尚祇是乾爆爆地往往說心說性不得因請益佛身無爲不墮諸數師曰譬如清淨摩尼寶珠映於五色五色是數摩尼是佛身圓悟謂二老曰他大叚會說我輩說時費多少工夫他祇一兩句便了分明是個老大蟲師聞之乃曰若說心說性便是惡口又曰猫有歃血之功虎有起屍之德所謂驅耕夫之牛奪饑人之食若不如是

盡是弄泥團漢

示衆將四大海水爲一枚硯須彌山作一管筆有人向虛空裏寫祖師西來意五字太平下座大展坐具禮拜爲師若寫不得佛法無靈驗有麽有麽便下座大衆散師高聲云侍者者應諾師曰收取坐具復問侍者云收得坐具麽者提起坐具師曰我早知汝恁麽也

上堂汝等諸人見老和尚鼓動唇吻豎起拂子便作勝解及乎山禽聚集牛動尾巴却將作等閒殊不知簷聲不斷前句雨電影還連後夜雷

上堂山僧昨日入城見一棚傀儡不免近前看或見端嚴奇特或見醜陋不堪動轉行坐青黃赤白一一見了仔細看時元來青布幔裏有人山僧忍俊不禁乃問長史高姓他道老和尚看便了問甚麽姓大衆山僧被他一問直得無言可對無理可伸還有人爲山僧道得麽昨日那裏落節今日這裏拔本

師垂語曰譬如水牯牛過窻櫺頭角四蹄都過了因甚尾巴過不得

室中常問僧倩女離魂那箇是眞底

示衆云每日起來拄却臨濟棒吹雲門曲應趙州拍擔仰山鍬驅溈山牛耕白雲田七八年來漸成家活更告諸公每人出一隻手相共扶助唱歸田樂齏羮淡飯且恁麽過何也但願今年蠶麥熟羅睺羅兒與一文僧問牛頭未見四祖時如何曰頭上戴纍垂云見後如何曰青布遮前云未見四祖時爲甚麽百鳥銜花獻曰富與貴是人之所欲云見後爲甚麽百鳥不銜花獻曰貧與賤是人之所惡

問一代時教是箇切脚未審切那箇字師曰鉢囉娘

天童正覺禪師

師至汝州香山成枯木一見深所器重一日聞僧誦蓮經至父母所生眼悉見三千界瞥然有省即詣丈室陳所悟香山指臺上香合曰裏面是甚麼物師曰是甚麼心行香山曰汝悟處又作麼生師以手畫一圓相呈之復拋向後香山曰弄泥團漢有甚麼限師曰錯香山曰別見人始得師應喏喏即造丹霞丹霞問如何是空劫已前自己師曰井底蝦蟆吞却月三更不借夜明簾丹霞曰未在更道師擬議丹霞打一拂子曰又道不借師言下釋然

華藥智朋禪師

師依寶峰有年無省因為衆持鉢寶峰自題其像曰雨洗淡紅桃萼嫩風搖淺碧柳絲輕白雲影裏怪石露綠水光中古木清噫你是何人至焦山枯木成禪師見之歎曰今日方知此老親見先師來師遂請益其贊成曰豈不見法眼拈夾山境話曰我二十年祇作境會師即契悟乃曰元來恁麼地成曰汝作麼生會師曰春生夏長秋收冬藏成曰直須保任師應喏

寶林果昌禪師

師與提刑楊次公入山同遊山次楊拈起大士飯石問既是飯石為甚麼齩不破師曰祇為太硬楊曰猶涉繁詞師曰未審提刑作麼生楊曰硬師曰也是第二月楊為寫七佛殿額乃問七佛重出世時如何師曰一回相見

一回新

雲蓋智本禪師

上堂滿口道不出句句甚分明滿目覷不見山山疊亂青鼓聲猶不會何況是鐘鳴喝一喝

禾山方禪師

上堂舉拂子曰看看衹這箇在臨濟則照用齊行在雲門則理事俱備在曹洞則偏正叶通在溈山則暗機圓合在法眼則何止於心然五家宗派門庭施設則不無直饒辯得倜儻分明去猶是光影邊事若要抵敵生死則霄壤有隔且超越生死一句作麼生道良久曰泊合錯下注腳

空室道人智通

龍圖范珣女也幼聰慧厭世相求父祝髮龍圖難之遂清修因看法界觀有省乃連作二偈見意一曰浩浩塵中體一如縱橫交互印毘盧全波是水波非水全水成波水自殊二曰物我元無異森羅鏡像同明明超主伴了徹真空一體含多法交參帝網中重重無盡處動靜悉圓通後父母俱亡兄涓領分寧尉通偕行聞死心名重往謁之心見知其所得便問常啼菩薩賣却心肝教誰學般若通曰你若無心我也休又問一雨所滋根苗有異無陰陽地上生箇甚麼通曰一華五葉復問十二時中向甚麼處安身立命通曰和尚惜取眉毛好心打曰這婦女亂作次第通禮拜心然之

政和間居金陵嘗設浴於保寧揭榜於門曰一物也無洗箇甚麼纖塵若有起自何來道

取一句乃可入浴古靈祗解揩背開士何曾明心欲證離垢地時須是通身汗出盡道水能洗垢焉知水亦是塵直饒水垢頓除到此亦須洗却後爲尼名惟久挂錫姑蘇之西竺

御選語録卷第三十九

音釋

䭔都回切　簸補火切波上聲　貍鄰溪切　橡與樣切　脩先彫切

欏郎何切籬也　詆典禮切　詈過合切　髜鬙上音朋下音僧　戠資四切音恣　漬資四切　滸火五切　珣音荀

御選語錄卷第四十

歷代禪師語錄後集

雪竇持禪師

上堂悟心容易息心難息得心源到處閒斗轉星移天欲曉白雲依舊覆青山

石佛益禪師

上堂一葉落天下秋一塵起大地收一法透萬法周且道透那一法遂喝曰切忌錯認驢鞍橋作阿爺下頷便下座

中巖蘊能禪師

師一日與黃提刑奕棊黃曰數局之中無一局同千著萬著則固是如何是那一著師提起棊子示之黃佇思師曰不見道從前十九路迷殺幾多人

慧日安禪師

僧問如何是和尚爲人一句師曰狗走抖擻口曰意旨如何師曰猴愁摟搜頭

雪竇智鑑禪師

上堂世尊有密語迦葉不覆藏一夜落華雨滿城流水香

太平慧懃佛鑑禪師

師以惟此一事實餘二則非眞味之有省乃徧叅名宿往來五祖之門有年恚祖不爲印據與圓悟相繼而去及悟還侍五祖得徹證而師忽至意欲他邁悟勉令挂搭且曰某與兄相別始月餘比舊相見時如何師曰我所疑者此也遂叅堂一日聞祖舉僧問趙州如何是和尚家風州曰老僧耳聾高聲問將來僧再問州曰你問我家風我却識你家風了也師即大豁所疑曰乞和尚指示極則祖曰

森羅及萬象一法之所印師展拜祖令掌翰墨後同圓悟語話次舉東寺和尚問仰山汝是甚處人仰山曰廣南人寺曰我聞廣南有鎮海明珠曾收得否山曰收得寺曰珠作何色山曰白月即現黑月即隱寺曰何不呈似老僧山叉手近前云慧寂昨到溈山被索此珠直得無言可對無理可伸悟顧師曰既云收得逮索此珠又云無言可對無理可伸是如何師無語忽一日謂悟曰仰山見東寺因緣我有語也東寺當時只索一顆珠仰山傾出一栲栳悟深肯之乃告之曰老兄更宜親近老和尚去師一日造方丈未及語被祖詬罵懡㦬而退歸寮閉門打睡恨祖不已悟已密知即往扣門師曰誰悟曰我師即開門悟問你見老和尚何如師曰我本不去被你賺累我遭這老漢詬罵悟呵呵大笑曰你記得前日下的語麼師曰是甚麼語悟曰你又道東寺祇索一顆仰山傾出一栲栳師當下釋然悟遂領師同上方丈祖纔見遽曰懃兄且喜大事了畢

龍門清遠佛眼禪師

師讀法華至是法非思量分別之所能解質其講師師不能答遂徧叅至太平見五祖旋丐於廬州偶雨仆地煩懣間聞二人交相惡罵諫者曰你猶自煩惱在師於言下有省及歸凡有所問祖即曰我不如你你自會得好或曰我不會我不如你師愈疑遂咨決於元禮首座禮乃以手引師之耳繞圍鑪數匝且行且語曰你自會得好師曰有冀開發乃爾相戲耶禮曰你他後悟去方知今日曲折耳

太平將遷海會師慨然曰吾持鉢方歸復忝隨往一荒院安能究決巳事耶遂作偈告辭之蔣山坐夏邂逅靈源禪師相與甚善話次師曰比見都下一尊宿語句似有緣源曰演公天下第一宗師何故捨而事遠遊耶所謂有緣者蓋知解之師與公初心相應耳師從所勉徑趨海會後命典謁適寒夜孤坐撥鑪見火如豆許怳然自喜曰深深撥有些子平生事只如此遽起閱几上傳燈錄至破竈墮因緣忽大悟作偈曰刀刀林鳥啼披衣終夜坐撥火悟平生窮神歸破墮事皎人自迷曲淡誰能和念之永不忘門開少人過

示衆以迷心故山林中來見善知識將謂別有一道可令人安樂不知返究向來迷處工夫乃最第

大隨南堂元靜禪師

師忝永安恩於臨濟三頓棒話發明次依諸名宿無有當意者聞五祖機峻欲抑之遂謁祖祖乃曰我此間不比諸方凡於室中不要汝進前退後豎指擎拳繞禪牀作女人拜提起坐具千般伎倆衹要你一言下諦當便是汝見處師茫然退忝歷三載一日入室罷祖謂曰子所下語巳得十分試更與我説看師即剖而陳之祖曰説亦説得十分更與我斷看師隨所問而判之祖曰好即好衹是未得老僧説話在齋後汝可來祖爺塔所與汝一一按過始得及至彼祖便以即心即佛非心非佛睦州擔板漢南泉斬猫兒趙州狗子無佛性有佛性之語編辟之其所對了無凝滯至子胡狗話祖遽轉面曰不是師曰不是却

如何祖曰此不是則和前面皆不是師曰望和尚慈悲指示祖曰看他道子胡有一狗上取人頭中取人腰下取人脚入門者好看纔見僧入門便道看狗向子胡道看狗處下得一轉語教子胡結舌老僧鈐口便是你了當處次日入室師密啟其說祖笑曰不道你不是千了百當底人此語祇似先師下底語師曰某何人得似端和尚祖曰不然老僧雖承嗣他謂他語拙蓋祇用遠錄公手段接人故也如老僧共遠錄公便與百丈黃檗南泉趙州輩把手共行纔見語拙即不堪師以爲不然乃拽杖渡江適大水泛漲因留四祖儕輩挽其歸又二年祖方許可嘗商略古今次執師手曰得汝說須是吾舉得汝舉須是吾說而今而後佛祖秘要諸方關鍵無逃子掌握矣

上堂有祖已來時人錯會祇將言句以爲禪道殊不知道本無體因體而立名道本無名因名而立號祇如適來上座纔恁麽出來便恁麽歸衆且道具眼不具眼若道具眼纔恁麽出來眼在甚麽處若道不具眼爭合便恁麽去諸仁者於此見得倜儻分明則知二祖禮拜依位而立眞得其髓祇這些子是三世諸佛命根六代祖師命脉天下老和尚安身立命處雖然如是須是親到始得

有一老宿垂語云十字街頭起一間茅厮祇是不許人屙僧舉以叩師師曰是你先屙了更教甚麽人屙宿聞焚香遙望大隨拜謝

無爲宗泰禪師

師叅五祖祖舉趙州洗鉢盂話俾叅泊入室

舉此話問師你道趙州向伊道甚麼這僧便悟去師曰洗鉢盂去呢祖曰你秪知路上事不知路上滋味師曰既知路上事路上有甚滋味祖曰你不知耶又問你曾游浙否師曰未也祖曰你未悟在師自此凡五年不能對祖一日陞堂顧衆曰八十翁翁輥繡毬便下座師欣然出衆曰和尚試輥一輥看祖以手作打杖鼓勢操蜀音唱綿州巴歌曰豆子山打瓦鼓楊平山撒白雨白雨下取龍女織得絹二丈五一半屬羅江一半屬元武師聞大悟掩祖口曰秪消唱到這裏祖大笑而歸

五祖表自禪師

師依五祖最久未有省時圓悟為座元往請益悟曰兄有疑處試語我師遂舉德山小叅不答話問話者三十棒悟曰禮拜著我作得你師舉話尚不會師作禮竟悟令再舉前話師曰德山小叅不答話悟掩其口曰但恁麼看師出揚聲曰屈屈豈有公案秪教人看一句底道理有僧謂師曰兄不可如此說首座須有方便因靜坐體究及旬頓釋所疑詣悟禮謝悟曰兄始知吾不汝欺又詣方丈祖迎笑

師榜侍者門曰東山有三句若人道得即挂搭衲子皆披靡一日有僧攜坐具徑造丈室謂師曰某甲道不得秪要挂搭師大喜呼維那於明窓下安排

九頂清素禪師

師聞五祖舉首山西來意話倏然契悟述偈曰顛倒顛顛倒顛新婦騎驢阿家牽便恁麼太無端回頭不覺布衫穿祖見乃問百丈野

狐話又作麽生師曰來說是非者便是是非人祖大悅

太守呂公來瞻大像問曰既是大像因甚肩負兩楹師曰船上無散工至閣下覩觀音像又問彌勒化境觀音何來師曰家富小兒嬌守乃禮敬

法閃上座

師久依五祖未有所入一日造室祖問不與萬法爲侶者是甚麽人曰法閃即不然祖以手指曰住住法閃即不然作麽生師於是啟悟

師至東林宣密度禪師席下見其得平實之旨一日拈花繞度禪牀一帀背手插香鑪中曰和尚且道意作麽生度屢下語皆不契踰兩月乃令師試說之師曰某秖將花插香鑪中和尚自疑有甚麽事來

金陵俞道婆

市油餈爲業常隨衆叅問瑯琊瑯琊以臨濟無位眞人話示之一日聞丐者唱蓮花落云不因柳毅傳書信何緣得到洞庭湖忽大悟以油餈投地夫曰你顛耶婆掌曰非汝境界往見瑯琊瑯琊望之知其造詣問那箇是無位眞人婆應聲曰有一無位眞人六臂三頭努力瞋一擘華山分兩路萬年流水不知春

圜悟蔣山開堂方至法座前婆於衆中躍出以身一撥便歸衆悟曰見怪不怪其怪自壞悟次日至其家婆不出厲聲曰這般黃口小兒也道出來開堂說法悟曰婆子少賣弄我識得你了也婆遂大笑出相見

凡有僧至則曰兒兒僧擬議即掩門佛燈珣

禪師往勘之婆見如前問珣曰爺在甚處婆轉身拜露柱珣即踏倒曰將謂有多少奇特便出婆蹶起曰兒兒來惜你則箇珣竟不顧頌馬祖不安因緣曰日面月面虛空閃電雖然截斷天下人舌頭分明衹道得一半

石門聰和尚

師在報慈聞鳩子鳴乃問僧是甚麼聲云鵓鳩聲師曰欲得不招無間業莫謗如來正法輪

淨慈慧暉禪師

師謁宏智智舉當明中有暗不以暗相遇當暗中有明不以明相覩問之語不契初夜定回往聖僧前燒香而宏智適至師見之頓明前話次日入室智舉堪嗟去日顏如玉却歎回時鬢似霜詰之師曰其入離其出微自爾

問答無滯智許爲室中眞子

雪竇嗣宗禪師

僧問如何是正法眼師曰烏豆

問如何是君師曰磨礱三尺劒待斬不平人曰如何是臣師曰白雲閒不徹流水太忙生曰如何是君臣道合師曰雲行雨施月皎星輝

問如何是正中偏師曰菱華未照前曰如何是偏中正師曰團圞無少剩曰如何是正中來師曰偏界絶纖埃曰如何是兼中至師曰鼇鏃功前戲曰如何是兼中到師曰十道不通耗

問如何是轉功就位師曰撒手無依全體現扁舟漁父宿蘆華曰如何是轉位就功師曰半夜嶺頭風月靜一聲高樹老猿啼曰如何

是功位齊彰師曰出門不踏來時路滿目飛塵絶點埃曰如何是功位俱隱師曰泥牛飲盡澄潭月石馬加鞭不轉頭

吉祥元實禪師

師自到天衣早夜精勤脇不至席一日偶失笑喧衆天衣擯之中夜宿田里覩星月粲然有省曉歸趨方丈天衣見乃問洞山五位君臣如何話會師曰我這裏一位也無天衣令叅堂謂侍僧曰這漢却有箇見處奈不識宗旨何入室次天衣預令行者五人分序而立師至俱召實上座師於是密契奥旨述偈曰一位纔彰五位分君臣叶處紫雲屯夜明簾卷無私照金殿重重顯至尊天衣稱善

左丞范冲致虚居士

公由翰苑守豫章過圓通謁旻禪師茶罷曰某行將老矣墮在金紫行中去此事稍遠通呼内翰公應諾通曰何遠之有公躍然曰乞師再垂指示通曰此去洪都有四程公佇思通曰見即便見擬思即差公豁然有省士與圓通擁鑪次公問諸家因緣不勞拈出直截一句請師指示通厲聲指曰看火公急撥衣忽大悟謝曰灼然佛法無多子通喝曰放下著公應諾諾士問圓通曰是法非思量分别之所能解如何奏泊通曰全身入火聚公曰畢竟如何會通曰驀直去公沉吟通曰可更喫茶麼公曰不必通曰何不恁麼會公契旨曰元來太近通曰十萬八千公占偈曰不可思議是大火聚便恁麼去不離當處通曰噫猶有這箇在公曰乞師再垂指示通曰便恁麼去鐺是鐵

鑄公頓首謝之

徑山塗毒智策禪師

師初謁寂室光灑然有省次謁大圓於萬壽圓問曰甚處來師曰天台來曰見智者大師麽師曰即今亦不少曰因甚在汝脚跟下師曰當面蹉過圓曰上人不耘而秀不扶而直一日辭去圓送之門拊師背曰寶所在近此城非實師領之往預章謁典牛道由雲居風雪塞路坐閲四十二日午時版聲鏗然豁爾大悟及造門典牛獨指師曰甚處見神見鬼來師曰雲居聞板聲來牛曰是甚麽師曰打破虚空全無柄靶牛曰向上事未在師曰東家暗坐西家厮罵牛曰嶄然超出佛祖他日起家一麟足矣

虎丘紹隆禪師

師初謁長蘆信禪師得其大略有傳圓悟語至者師讀之歎曰想酢生液雖未澆腸沃胃要且使人慶快第恨未聆謦欬耳遂由寶峰依湛堂客黄龍扣死心禪師次謁圓悟一日入堂悟問曰見見之時見非是見見猶離見見不能及舉拳曰還見麽師曰見悟曰頭上安頭師聞脱然契證悟叱曰見箇甚麽師曰竹密不妨流水過悟肯之尋俾拳藏教有問悟曰隆藏主柔易若此何能爲哉悟曰瞌睡虎耳

育王佛智端裕禪師

上堂曰行時絶行跡説時無説蹤行説若到則粱生招箭行説未明則神鋒劃斷就使説無滲漏行不迷方猶滯轂漏在若是大鵬金翅奮迅百千由旬十影神駒馳驟四方八極

不取次啗啄不隨處埋身且總不依倚還有履踐分也無剎剎塵塵是要津

護國景元禪師

上堂威音王已前這一隊漢錯七錯八威音王已後這一隊漢落二落三而今這一隊漢坐立儼然且道是錯七錯八落二落三還定當得出麼舉拂子曰吽吽

師因僧讀死心小參語云旣迷須得箇悟旣悟須識悟中迷迷中悟迷悟雙忘却從無迷悟處建立一切法師聞而疑卽趨佛殿以手拓開門扉豁然大徹繼而執事機辯逸發圓悟目爲聱頭玄侍者悟自題肖像付之有曰生平只説聱頭禪撞著聱頭如鐵壁

靈隱慧遠禪師

內翰曾開居士久叅諸方紹興辛未值師領光孝開來謁問曰如何是善知識師曰燈籠露柱貓兒狗子開曰爲甚麼贊卽歡喜毀卽煩惱師曰侍郎曾見善知識否開曰某三十年叅問何言不見師曰向煩惱處見向歡喜處見開擬議師震聲便喝開擬對師曰開口底不是公開罔然師召曰侍郎向甚麼處去也開猛省點頭説偈曰咄哉瞎驢叢林妖孽震地一聲天機漏泄有人更問意如何拈起拂子劈口截師曰也祇得一橛

知府葛郯志慕禪宗久無證入一日舉不是心不是佛不是物豁然有省説偈云非心非佛亦非物五鳳樓前山突兀豔陽影裏倒翻身野狐跳入金毛窟謁師求證師云居士見處祇可入佛未得入魔在葛禮拜師曰云何不道金毛跳入野狐窟葛乃頓領

華藏安民禪師

師謁佛鑑鑑問佛果有不曾亂爲人說底句曾與你說麽師曰合取狗口鑑震聲曰不是這箇道理師曰無人奪你茶鹽袋呌作甚麽鑑曰佛果若不爲你說我爲你說師曰和尚疑時退院别叅去鑑呵呵大笑

玄沙僧昭禪師

上堂天上無彌勒地下無彌勒且道彌勒在甚麽處良久曰夜行莫踏白不是水便是石

南峰雲辯禪師

師叅圓悟值入室纔踵門悟曰看脚下師打露柱一下悟曰何不着實道取一句師曰師若搖頭弟子擺尾悟曰你試擺尾看師翻筋斗而出悟大笑

上堂好是仲春漸暖那堪寒食清明萬疊雲山聳翠一天風月良隣在處華紅柳綠湖天浪穩風平山禽枝上語諄諄再三瑣瑣碎碎囑咐叮叮嚀嚀且道叮嚀囑咐箇甚麽卓柱杖曰記取明年今日依舊寒食清明

僧問十二時中教學人如何用心師曰蘸雪喫冬瓜問浩浩塵中如何辨主師曰木杓頭邊鑣切菜曰莫便是和尚爲人處也無師曰研槌撩飥飥

大溈佛性法泰禪師

上堂欲識佛去處衹這語聲是咄傅大士不識好惡以昭昭靈靈教壞人家男女被誌公和尚一喝曰大士莫作是說别更道看大士復說曰空手把鋤頭步行騎水牛人從橋上過橋流水不流誌公呵呵大笑曰前頭猶似可末後更愁人

鼓山珍禪師

上堂尋牛須訪跡學道貴無心跡在牛還在無心道易尋豎起拂子曰這箇是跡牛在甚麼處直饒見得頭角分明鼻孔也在法石手裏

昭覺道祖首座

初見圓悟於即心即佛語下發明久之悟命分座一日爲衆入室師忽問曰生死到來如何迴避僧無對師擲下拂子奄然而逝衆皆貽愕悟聞至召曰祖首座師張目視之悟曰抖擻精神透關去師點頭竟爾趨寂

慧日黙菴道禪師

上堂同雲欲雪未雪愛日似暉不暉寒雀啾啾鬧籬落朔風冽冽舞簾帷要會韶陽親切句今朝覿面爲提撕卓拄杖下座

樞密徐俯師川居士

公叅圓悟悟喜其見地超邁一日至書記寮指悟頂相曰這老漢脚跟猶未點地在悟顛面曰甕裏何曾走却鱉公曰且喜老漢脚跟點地悟曰莫謗他好公休去

龍牙智才禪師

師初住嶽麓開堂日僧問德山棒臨濟喝今日請師爲拈掇師曰蘇嚕蘇嚕曰蘇嚕蘇嚕還有西來意也無師曰蘇嚕蘇嚕由是叢林呼爲才蘇嚕

何山佛燈守珣禪師

師叅佛鑑隨衆咨請邈無所入乃封其衾曰此生若不徹誓不展此於是晝坐宵立如喪考妣逾七七日忽佛鑑上堂曰森羅及萬象一法之所印師聞頓悟往見鑑鑑曰可惜一

顆明珠被這風顛漢拾得乃詰之曰靈雲道自從一見桃花後直至如今更不疑如何是他不疑處師曰莫道靈雲不疑知今覓個疑處了不可得鑑曰玄沙道諦當甚諦當敢保老兄未徹在那裏是他未徹處師曰深知和尚老婆心切鑑然之師拜起呈偈曰終日看天不舉頭桃花爛熳始擡眸饒君更有遮天網透得牢關即便休鑑囑令護持是夕厲聲謂衆曰這回珣上座穩睡去也圜悟聞得疑其未然乃曰我須勘過始得遂令人召至因與遊山偶到一水潭悟推師入水遽問曰牛頭未見四祖時如何師曰潭深魚聚悟曰見後如何師曰樹高招風悟曰見與未見時如何師曰伸脚在縮脚裏悟大稱之

待制潘良貴依師久不契謂師曰某秖欲死去如何師曰好個封皮且留著使用而今不了不當便去忽被他換却封皮卒無整理處公又以南泉斬猫話問曰某看此甚久終未透徹望和尚慈悲師曰你秖管理會别人家猫兒不知走却自家狗子公於言下如醉醒師復曰不易公進此一步更須知有向上事始得如今士大夫説禪説道秖依著義理便快活大率似將錢買油餈喫了便不饑其餘便道是瞞他亦可笑也公唯唯

師嘗謂衆曰兄弟如有省悟處不拘時節請來露個消息雪夜有僧扣方丈門師起秉燭震威喝曰雪深夜半求決疑情因甚麽威儀不具僧顧視衣裓師逐出院

龍翔士珪禪師

師醉心楞嚴逾五秋南遊謁諸尊宿始登龍

門即以平時所得白佛眼眼曰汝解心已極但欠著力開眼耳俾職堂司一日侍立次問云絶對待時如何眼曰如汝僧堂中白椎相似師罔措眼晚至堂司師理前話眼曰聞言語師遂大悟

黃龍法忠禪師

師習台教悟一心三觀之旨未能泯跡徧叅名宿至龍門觀水磨旋轉發明心要乃述偈曰轉大法輪目前包裹更問如何水推石磨呈佛眼眼曰其中事作麽生師曰㵎下水長流眼曰我有末後一句待分付汝師掩耳而出已而禮辭渡九江登廬阜露眠草宿相羊山水會意則居或數日不食或連宵不臥髮長不翦衣敝不易故禪會呼爲忠道者

宣和間湘潭大旱禱而不應師躍入龍淵呼曰業畜當雨一尺雨隨至居南嶽恒跨虎出遊儒釋望塵而拜

世奇首座

師徧叅諸方晚造龍門一日燕坐瞌睡間羣蛙忽鳴誤聽爲淨髮版響亟趨往有曉之者曰蛙鳴非版也師恍然詣方丈剖露佛眼曰豈不見羅睺羅師遽止曰和尚不必舉待去自看未幾有省乃占偈曰夢中聞版響覺後蝦蟇啼蝦蟇與版響山嶽一時齊由是益加參究洞臻玄奧佛眼命分座師固辭曰此非細事也如金針刺眼毫髮若差眼則破矣願生生居學地而自煆煉佛眼因以偈美之

護聖居靜禪師

師年十四禮白馬安慧爲師聞南堂道望遂往依焉南堂舉香嚴枯木裏龍吟話往返酬

詰師於言下大悟一日南堂問曰莫守寒巖異草青坐却白雲宗不妙汝作麼生師曰直須揮劍若不揮劍漁父棲巢南堂矍然曰這小厮兒師珍重便行

開先智和尚

示衆曰宗之與教權道佛之與祖强名受教傳心俱爲虛妄求眞覓實轉更參差若取自已自心爲究竟必有他物他人作對治時有僧問如何則是曰是則有非云如何得入曰汝何劫在外頭問如何是佛曰汝喚那箇作衆生云與麼則無佛無衆生也曰者衆生問如何是平常心曰蜂蠆狼貪云與麼則全衆生心也曰你道那箇是平常心云不會曰汝他後會去在問四大何緣有形曰你道虛空何緣無像云到者裏却不會曰我也不會又曰汝道汝不會與我不會是一是二云乞和尚慈悲曰我早晚曾罵辱汝問如何是大道曰我無小徑云如何是小徑曰我不知有大道問和尚見處如何曰非汝境界云學人見處如何曰取我處分又爭得云乞師指授曰我長劫來不曾蒙蔽汝

龍圖王蕭居士

居士字觀復留昭覺日聞開靜板聲有省問南堂曰某有箇見處纔被人問却開口不得未審過在甚處南堂曰過在有箇見處南堂却問朝旆幾時到任公曰去年八月四日南堂曰自按察幾時離衙公曰前月二十南堂曰爲甚麼道開口不得公乃契悟

南臺安和尚

因僧問寂寂無依時如何曰寂寂底呢因有

頌曰南臺靜坐一爐香終日凝然萬慮忘不是息心除忘想都緣無事可思量

法輪添禪師

上堂喝一喝曰獅子哮吼又喝一喝曰象王嚬呻又喝一喝曰狂狗趁塊又喝一喝曰鰕跳不出斗乃曰此四喝有一喝堪與祖佛爲師明眼衲僧試請揀看若揀不出大似日中迷路

光孝深禪師

上堂維摩一默普賢廣說歷代聖人互呈醜拙君不見落華三月子規啼一聲聲是一點血

上堂風蕭蕭葉飄飄雲片片水茫茫江千獨立向誰說天外飛鴻三兩行

中竺癡禪玄妙禪師

僧問如何是截斷衆流句師曰佛祖開口無分曰如何是函蓋乾坤句師曰函地普天曰如何是隨波逐浪句師曰有時入荒草有時上孤峰

御選語錄卷第四十

音釋

擻 先候切音漱　懡㦬 上忙果切下郎可切　倏 式竹切　謦欬 上棄挺切下音慨　䬼飥 上與鎛同下音託　顊 匹米切音鼙傾首也

御製後序

朕少年時喜閲内典惟慕有爲佛事於諸公案總以解路推求心輕禪宗謂如來正教不應如是

聖祖勅封灌頂普慧廣慈大國師章嘉呼土克圖剌麻乃真再來人實大善知識也梵行精純圓通無礙西藏蒙古中外諸土之所皈依僧俗萬衆之所欽仰藩邸清閒時接茶話者十餘載得其善權方便因知究竟此事壬辰春正月延僧坐七二十二十一隨喜同坐兩日共五枝香即洞達本來方知惟此一事實之理然自知未造究竟而迦陵音乃踴躍讚歎遂謂已徹玄微儱侗稱許叩問章嘉乃曰若王所見如針破紙窓從隙窺天雖云見天然天體廣大針隙中之見可謂徧見乎佛法無邊當勉進步朕聞斯語深洽朕意二月中復結制於集雲堂着力參求十四日晚經行次出得一身透汗桶底當下脱落始知實有重關之理乃復問證章嘉章嘉國師云王今見處雖進一步譬猶出在庭院中觀天矣然天體無盡究未悉見法體無量當更加勇猛精進云云朕將章嘉示語問之迦陵音則茫然不解其意但支吾云此不過剌麻教回途工夫之論更有何事而朕諦信章嘉之垂示而不然性音之妄可仍勤提撕恰至明年癸巳之正月二十一日復堂中靜坐無意中忽躡末後一關方達三身四智合一之理物我一如本空之道慶快平生詣章嘉所禮謝國師望見即曰王得大

自在矣朕進問更有事也無國師乃笑展手云更有何事耶復用手從外向身揮云不過尚有恁麼之理然易事耳此朕平生叅究因緣章嘉呼土克圖國師剌麻實爲朕證明恩師也其他禪侶輩不過曾在朕藩邸往來壬辰癸巳間坐七時曾與法會耳迦陵性音之得見朕也乃朕初欲隨喜結七因栢林方丈年老問及都中堂頭僉云只有千佛音禪師乃命召至既見問難甚久其伎倆未能令朕發一疑情廹窘詰屈但云王爺解路過於大慧杲貧衲實無計奈何矣朕笑云汝等只管打七余且在傍隨喜爾時醒發因緣已具述如左若謂性音黙用神力能令朕五枝香了明此事何得奔波一生開堂數處而不能得一人妄付十數庸徒耶向後性音惟勸朕研辨五家宗旨朕問五家宗旨如何研辨音云宗旨須待口傳朕意是何言歟口傳耳受豈是拈花別傳之旨堂堂丈夫豈肯拾人涕唾從茲棄置語錄不復再覽者二十年此府中宮中人人之所盡知者夫五家宗旨同是曹溪一味不過權移更換面目接人究之皆是無義味語所爲毒藥醍醐攪成一器黃金瓦礫融作一團用處無差拈來有準並皆一代之宗師百世之模楷奈庸流不了自心累他塗汚有分鼓動識情橫生法執謬加穿鑿取笑傍觀明眼人前不堪舉似因見性音諄諄於此是乃逐語分宗齊文定旨也甚輕其未能了徹如使性音明知之而勸朕於此打之遠更是何

心行也則其限於見地可知矣如達摩傳衣偈云一花開五葉結果自然成後世附會其說以爲五葉者五宗也夫傳衣止於曹溪則是從慧可而下五世矣因震旦信心已熟法周沙界衣乃爭端不復用以表信達摩黄梅之言具在由可至能豈非五葉後來萬派同源豈非結果自然成耶何得以五宗當之且傳衣公案世多囫圇吞棗全未明白世尊至多子塔前命摩訶迦葉分座令坐以僧伽黎圍之遂告曰吾以正法眼藏密付於汝汝當護持繼又告迦葉吾將金縷僧伽黎衣傳付於汝轉授補處至慈氏佛出世勿令朽壞世尊所分之座究是何座僧伽黎究是何物如云即是此金縷僧伽黎衣從迦葉傳至六祖者豈有自周昭王至梁武帝時尚不朽壞即屬異實不可思議便能常存世間又與正法眼藏有何交涉且自六祖以後何以又復消泯世尊明言至慈氏佛出世勿令朽壞乃未至唐時即已無存豈世尊妄語誑語耶且以僧伽黎圍迦葉者又是何意總之未悟正法眼藏從何推測人必明取僧伽黎定然留得到慈氏出世之故然後可與論傳衣之事何得支離穿鑿妄定宗旨更以五宗牽合附會耶況五宗前後參差亦非一時即五宗所明同是大圓覺性宗若有五性亦當有五矣古人專爲勦情絶見惟恐一門路熟又復情見熾然是以別出一番手眼使人悟取衆生心不能緣於般若之上今乃轉以情見分別之埋沒古人

不少朕既深明本旨只圖眞實以辦平生豈肯被伊牽絆葛藤窠也因一年之後自清涼山回宗教兩不拈提迨即位以來十年不見一僧未嘗涉及禪之一字蓋此事實明者少逐塊之流徒勞延佇求名之輩更長業緣而世間井底蛙又必妄生議論朕愍諸有情無知愚陋恐其因此造諸謗般若大罪孽不談之意良非偶然今見去聖日遠宗風掃地正法眼藏垂絶如綫又不忍當朕世而聽其滔滔日下也乃選輯從上宗師喫緊爲人之語刊示天下後世使之擺脱生死根塵掀翻輪廻陷穽學者當知朕今此舉實爲佛祖慧命所繫不惜眉毛拖地非與十方常住行脚秉拂之徒較論見地短長朕此選出莫又緝緝聚頭妄論是何宗派却與朕莫交涉在天下宗徒能爲自己一大事勇猛精進如救頭然立雪不寒斷臂無痛自然黑漆桶攔空撲破玉麒麟就地勒回那時方省得朕此一番話墮無量慈悲如或此心不眞不誠不苦不切但從語言文字放出見聞覺知任情卜度細意推求此一則是臨濟宗那一則是曹洞派起模畫樣滯相執縁以此求契求證所爲將空塞空徒使朕與從上諸古德百千方便亦如取聲鎖向匣中吹網欲令氣滿耳豈不鈍置人耶朕在藩邸時亦以本分事接人不無漏逗所有語句並已刊入圓明居士語錄卷内此外並無一則機縁流布人世況朕身居帝王之位口宣佛祖之心天下後世理障深重者必以

教外別傳之旨未經周公孔子評定懷疑而不肯信然此其爲害猶淺若夫外託禪宗心希榮利之輩必有千般誑惑百種聱訛或曾在藩邸望見顔色或曾於法侶傳述緒言便如骨巖木陳之流揑飾妄詞私相紀載以無爲有恣意矜誇刊刻流行煽惑觀聽此等之人既爲佛法所不容更爲國法所宜禁發覺之日即以詐爲制書律論朕今此舉實以教外別傳將墜於地不得已而爲此至於宗門能殺能活能縱能奪之趣皆由宗師所參不謬所悟無垠如千里駒隨意舉步便是追風逐日其不可及者皆其所不自知苟存一與奪自在擒縱無偏之見於八識田内則人法不空能所交接其與魔外有何分別茲選之有正集外集前集後集而又諄諄提示各序其旨於篇端者專欲學人眞參實悟各得本分正知正見如象渡河脚踏實地便能超出三界而一一具足六度萬行切莫仍向此中轉求口頭滑利也此事不由語言文字分迷悟豈由語言文字定是非已悟已證者有語有句固能爲人解粘去縛若平生無一則機緣語句傳世者豈得遂謂未悟未證乎如西天四七所垂言句甚少東土二三惟達摩曹溪尚傳語句璨大師尚有信心銘一篇其他二祖四祖並無一語垂後豈皆是未悟未證人也應知何在語錄之流傳與否乃近代宗徒動輒拾取他人涕唾陳爛葛藤串合彌縫偷作自已法語災梨禍棗誑惑人家男女其口頭實能

滑利者便鳴鐘擊板竪拂擎拳彼建立則我掃蕩彼掃蕩則我建立各出妄見爭持大家一塲懡㦬禮拜者作出身之活路棒喝者成漂墮之黑風如此心行稱曰度人佛祖門庭豈不汚辱又如古人契證無差每有拈代偈頌以相印合今則不然不於契證處自了自心但於公案上旨拈賭頌剽竊成語差排牽合爲可解不可解之語作若通若不通之文千七百則皆可通融百千萬言無非活套以此爲拈代偈頌豈不塗汚古人誤累自己有何交涉虛費鑽研夫講師詮解教典何嘗不同於如來之語而不得謂傳如來之心者以心宗非語言文字所可傳故曰教外別傳今將教外別傳所有公案作文字則是又成一教外別傳之教典矣況文字邊事欲其工妙亦非聚數十年心力不能到家至作得文字好則此數十年不究本分可知教外別傳只是本分二字安可離却而爲此門庭以外事拈代偈頌四者頌最爲後學人於頌古切用工夫遂漸至宗風日墜此端一開盡向文字邊作活計趙州所呵枝蔓上生枝蔓正爲此輩至乃子孫稍得世榮便欲將祖父言句夤緣入藏不思千古自有明眼人豈得欺盡謾盡夫本爲利益將來流芳百世夤緣入藏而乃忌其貽誤後人遺臭萬年也何苦夤緣自貽伊戚平素一無所事喫得飯飽長連牀上三三五五握管伸紙商量作一部好語錄垂後縱使句句如初祖所說亦乃餿羹餲飩與靈覺有何

交涉況此實非學問之所能及思慮之所能到何苦造大罪孽同於謗佛古人云佛法不怕爛却又云但得成佛不愁不會說法朕願天下宗徒叅則實叅悟則實悟此是菩提道塲其中無求名利處於此尚不無汚染可見從初發心便非眞實爲生死出家也若爲名利何如耕農作一孝弟力田之民不然應試作一科舉文學之士留此宗門以待眞正發心叅學之人免致塗汚佛祖之慧命朕閱指月錄正法眼藏禪宗正脉教外别傳諸書所選古德機緣語句皆錯雜不倫至於迦陵音所選宗統一絲者尤爲乖謬古人語句專爲開人迷雲後人選輯專爲垂諸久遠今乃挨門逐戶拾取剩遺或珠或璣或金或鍮或絲或布或柴或草或瓦或礫或垢或膩一家強收一物入籠中更自誇曰秉公何庸愚之甚也但圖人人有分個個不遺紛紜雜陳撩亂錯出蝌斗與神龍並游野狐與師子齊吼飽叅者尚或一時目迷況初學之人豈不觀之而愈惑求之而愈遠其爲毒害奚可勝言此選朕近日方見未料性音昏憒卑鄙至於此極也至於取本朝開堂說法之衲僧平生所有亂統各各人編一則錯雜不堪謂之宗統一絲直接西天四七東土二三眞令人笑之齒冷若然則禪宗之統實危如一絲也其意不過取媢同門叅學之徒俾感其選錄伊祖父言句入集以爲榮華此何異世間澆薄士子彼此標榜選刻文字自稱名士乎噫可爲宗風太息

流涕者矣如朕於湧泉欣天衣懷韶國師等古德語句寶之如摩尼夜光亦刀大貝而諸書所載極少徧求不可復得蓋瞿汝稷輩自然皆是性音心行既雜取下等語句又畏繁多自然將眞正師範至言轉播棄之而不惜歷年既久漸以無傳良可歎惋因念從上古德不肯以佛法當人情一任香火歇絶不妄付拂者其與旨傳旨受衹圖支派蕃衍之人高下相去天地懸隔夫慧命絶續正同父子但與身體髮膚之禀受其理相不可强同雖瓣香所承定不容昧但如朕所採語句中諸禪師現在已無法嗣者天下宗徒之祖父豈得不從此摸着鼻孔是則亦爲伊祖父生身之所自也凡爲嗣續正當飲水思源奈何各立門庭同於世間種族趙甲之家不祀錢乙之祖横分畛域各守封疆况伊輩旨傳旨受並未大死大活有何法乳所報何恩倘從此選中諸禪師垂示處得個入頭是乃瓣香法乳之恩理宜酧荅者也如或未能則姑如先聖先賢列祀學宫之例使人人致敬要亦未爲不可天下叢林古剎衲子除各自供養伊本支祖父外應將從來拔萃古德一一設位於堂朝夕供養禮拜使其香火絶而復續徧滿震旦不但爲後世眞參實學者勸亦報本酬源之正舉再者從上祖師設呵佛罵祖之路蓋爲學人聖見不除則觸途成礙苟不向脚跟下如斬一握絲一斬一齊斷則見相横前仍沿此岸夫如來直指靈鑑心體不特破根塵相對

之妄亦乃破離妄絶對之眞眞妄兩途皆衆生無始以來之見病大善知識透天透地泯妄泯眞是以掃空生佛之虛華蕩盡妄眞之閒説喫緊爲人無柰立此呵佛罵祖之説所謂以慈悲之故而有落草之談也其實水月道塲空花萬行中此等語言何處安著如德山鑒平生語句都無可取一味狂見恣肆乃性音選宗統一絲採其二條内一條截去前後語言專錄其辱罵佛祖不堪之詞如市井無賴小人詬誶實令人驚訝不解其是何心行將以此開示學人耶是何爲耶近世宗徒未踏門庭先決堤岸一腔私意唯恐若不呵佛罵祖則非宗門强作解事學人饒舌狐行象路鵶學鳳音是何言歟是何言歟釋子旣以佛祖爲祖父豈得信口譏訶譬如家之逆子國之逆臣豈有不人神共嫉天地不容者閻羅面前刀山劒樹專爲此輩而設極宜猛省如南泉願牧水牯牛公案最爲下品因南泉願頗有本分之語是以朕未加訶斥而性音則於其他語句槩置不錄所錄二條其一即是此條具此凡眼有何聖見可除輒敢見人呵佛罵祖便生歡喜採輯鵰鼠嗜糞斯之謂矣又如大慧杲云今時宗師爲人入室三五徧辨白不出却教他説悟處若恁麼地如何爲人等語此論大誤從來如永嘉一宿覺之類祇因當時但知教乘初聞禪宗所以一言半語漏逗本分皆胸襟流出便可印合自唐季以後古德垂示流布海内人人捃摭攘竊預備應

機若不入室細扣知其是何心行朕亦頗能爲人然實不能不令入室三五徧而即悉其底藴開堂說法臨機問荅固不可無若止憑一二語以定虛實此肯傳肯受之根大慧杲悞人謬論蕺林當爲烱戒況大慧杲旣具如此眼目所談奇妙法何耶所得英俊才誰耶朕實深嘗上乘圓頓甘露之味非依墻摸壁率意之亂統旣知之無疑豈忍不報佛祖深恩因不辭話墮竭力爲宗門一番整頓所冀天下禪僧改往修來英靈輩出如朕所選中諸禪師者唱導十方使如來正教有振興之象是則朕之深願如爾等僧徒仍執迷不悟將朕一片慈悲全不領受仍以無明緇素人我心會取如世尊所說三藏十二分一例束之高閣則宗風之衰朕亦無如之何矣選輯旣竣書此以爲後序

雍正十一年癸丑九月朔日